LA MALÉDICTION D'OLD HAVEN

FABRICE COLIN

La Malédiction d'Old Haven

ALBIN MICHEL

ISBN : 978-2-253-08985-8 – 1re publication LGF

Pour Anne, qui y a cru la première.

Pour Marion, qui a toujours montré qu'elle était là.

Pour Shaïne, qui a jeté toutes ses forces (et les miennes) dans la bataille, et ce n'est que le début !

Pour Claire D., Éric L., René-Marc D. et Lucie C., lecteurs émérites, auxquels j'avais évidemment fait le serment de ne pas les remercier : les copains, j'ai réalisé il y a peu ce que j'avais exigé de vous – je ne peux que reprendre ma promesse.

Pour Katia, enfin, qui a porté Mary à bout de bras et a rendu ce livre possible, ainsi que tout le reste.

« Le monde est vaste, Mary, et nous ne pouvons pas tout savoir. » Il avait murmuré ces mots sur son lit de mort ; je les avais à peine entendus. Dehors, les vaisseaux de l'Empire m'attendaient, et mon existence menaçait une nouvelle fois de basculer. J'étais épuisée, j'étais terrifiée, et je ne savais même pas ce que « monde » voulait dire.

Mais ce soir, ce soir, tandis qu'à la lueur d'une chandelle de suif je feuillette d'une main les pages de l'énorme *America principus* de Winslow, tenant de l'autre la plume fébrile qui rédige ces lignes, les paroles de mon pasteur me reviennent en mémoire avec une netteté nouvelle et douloureuse.

Je repense à l'année où tout a commencé, bien avant ma naissance. Je repense à la façon dont les événements se sont précipités et entremêlés pareils aux thèmes d'une violente symphonie, et me voilà projetée cinquante ans en arrière. Brusquement, je réalise que, si toute cette histoire devait se jouer à nouveau, sous mes yeux ou ailleurs, rien, pas un seul mot n'en serait changé. Parce que les hommes avancent ainsi : courbés sous le joug du destin, soumis à un entrelacs de causes et de conséquences si complexes qu'ils se révèlent incapables, tant qu'ils n'ont pas vécu, de percevoir le sens secret des choses. Et ensuite...

Ceci n'est pas une confession. Ceci n'est pas un livre de mémoires. Ceci est la relation aussi fidèle que possible d'une période de ma vie particulièrement agitée, qui coïncide avec ce que les historiens appellent la « chute de Gotham » : une sorte d'apocalypse, au sens de révélation, qui changea à jamais le visage de notre capitale. Oui, j'ai vécu ces événements, j'ai vécu ces bouleversements, j'y ai pris une part plus qu'active. Pour autant, je ne crois pas en être à l'origine. Je ne représente que le dernier maillon d'une chaîne qui s'enfonce dans la nuit des âges, une chaîne faite de haine et d'amour, et je connais, en cet instant, un homme qui noircit des pages aussi, et dont la responsabilité dans ce qui s'est passé est au moins égale à la mienne.

Je ne prétends pas que tout soit vrai ; j'ai essayé de me rappeler, le plus fidèlement possible, et il arrive que des souvenirs nous échappent ou se transforment. Ce que j'ai écrit, toutefois, je l'ai écrit dans un souci constant de justice.

J'ignore à quelle époque et en quelles circonstances vous lirez ces lignes. Certaines choses sont difficiles à expliquer pour qui n'a pas vécu ces temps troublés ; c'est pourquoi j'ai pris soin d'inclure par endroits des extraits de livres et de journaux. L'ensemble ne forme pas à proprement parler un roman, puisque ce qui est décrit est réellement arrivé. Mais vous n'êtes pas forcé de me croire et peu importe, en définitive. Ce qui importe, c'est que mon histoire existe. Que vous la lisiez.

Fermez les portes à présent. Calez-vous dans un

bon fauteuil et dites aux autres que vous n'êtes plus chez vous. Je vous emmène ailleurs – très loin.

Imaginez. Nous nous trouvons en l'an de grâce 1670. De l'autre côté de l'océan, le très vénérable et très estimé astronome Galileo Galilei, qui vient de fêter ses cent six ans d'existence en même temps que ses trois décennies d'exil, est décoré en grande pompe par le roi Louis XIV sur le parvis de la cathédrale Notre-Dame. C'est le matin. Les Français sont heureux. Ils ne savent pas encore.

Dans moins d'une heure, le poète John Milton, Premier ministre du roi Charles II d'Angleterre, sera retrouvé assassiné, les feuillets sanglants du manuscrit originel du *Paradis perdu* éparpillés autour de lui. À cause de cela, de nouveau, il y aura une guerre. On la pressent. On la redoute. Déjà, les armées se rassemblent et d'obscures alliances se nouent ; les artilleurs astiquent leurs pièces de bronze et les généraux défroissent leurs plans de bataille : c'est la rumeur d'un monde en marche. Bientôt, ses échos cataclysmiques parviendront jusqu'aux lointaines Amériques.

Mais pas aujourd'hui.

Car ici, ici dans cette vallée noyée de brumes et de ténèbres où, depuis trois jours, tombe une pluie torrentielle qui fait bondir les fleuves de leur lit et descendre la boue des montagnes, l'orage se déchaîne avec une telle violence que l'on ne peut rien entendre d'autre, et les gens se moquent bien de savoir ce qui se passe en Europe : ils baissent la tête, avalent leur soupe et attendent, frissonnants, que la colère du ciel s'apaise.

Il est près de trois heures du matin, et nous nous

trouvons à la taverne de *L'Ours Noir*, au cœur des monts Adirondacks. Dans la cheminée, les bûches crépitent. Tout le monde est descendu dans la salle commune. Comment trouver le sommeil par une nuit pareille ? Pour passer le temps, on mange, on parle de chasses miraculeuses et de forêts à explorer – on évoque les nouveaux traités commerciaux signés avec les Iroquois du Nord, on se raconte en ricanant les derniers ragots de Gotham.

Autour de la grande table, l'assemblée est hétéroclite : deux cartographes, un mercenaire, trois trappeurs et un groupe de Hollandais négociants en fourrures. Seul, à l'écart, un jeune homme drapé dans un long manteau gris a gardé son capuchon relevé. Personne ne lui pose de questions. Après qu'il a terminé de nettoyer ses casseroles, Ben le Borgne fait servir aux convives de grosses chopes de vin chaud. Sa femme, Lucy, se presse derrière les bancs, un plateau à la main. Les Hollandais sont bruyants et tapageurs mais, d'une certaine façon, Ben est heureux qu'ils soient là. Depuis cinq ans qu'il possède cet endroit, il n'a encore jamais vu un temps pareil.

Un rideau de pluie s'abat sur la forêt ; Ben se poste à la fenêtre. Régulièrement, un éclair illumine les montagnes. L'écho du tonnerre résonne au-dessus de la vallée.

Ici, avant, il n'y avait rien, rien d'autre qu'une nature ardente et indomptée, la chanson du vent dans les arbres, le saut des carpes d'argent... et quelques Indiens. Ben n'est pas sûr que l'époque soit devenue meilleure. Tout ce qu'il sait, c'est qu'il n'échangerait sa place pour rien au monde. Une fois qu'on a goûté au calme des montagnes, on n'a plus besoin du reste.

Le tavernier se gratte la nuque. Son esprit fatigué se perd dans l'immensité de la nuit, suivant les cimes des arbres qui ploient sous la tempête, son épouse, elle, regarde de l'autre côté. Et ce qu'elle voit ne lui plaît pas du tout.

– Ben ?

Le tavernier se retourne. Lucy est inquiète. Elle essuie la buée sur la vitre. Des feux sont apparus au bout de la route. Des feux qui avancent. En pleine nuit.

Ben s'approche de sa femme. Derrière le couple, les clients ont cessé de parler. Eux aussi sentent quelque chose.

Des torches. Une vingtaine, au moins. On entend des chevaux hennir. Le martèlement de leurs sabots sur la piste. Plus personne ne bouge.

Soudain, la porte s'ouvre. Une bourrasque glacée s'engouffre, et une silhouette massive se dessine dans l'encadrement. Un homme s'avance, dégoulinant de pluie. Il porte un ample manteau blanc constellé de minuscules croix noires, ainsi qu'une cagoule en pointe, avec une fente pour les yeux.

La Sainte Inquisition !

L'homme tape ses bottes sur le seuil. Dans un grincement, la porte se referme. Dehors, la pluie redouble de vigueur. Son fracas n'est troublé que par les craquements des bûches dans l'âtre. À la ceinture de l'inquisiteur, un pistolet est glissé. L'homme caresse sa crosse en balayant la salle du regard.

– Nous cherchons une jeune femme, lâche-t-il. Nous savons qu'elle se terre ici.

Le tavernier arque un sourcil, tente de rester

naturel. Son cœur bat la chamade. Astiquant le comptoir, Lucy l'implore du regard.

– Faites excuse, monseigneur, mais il n'y a ici... que mon épouse.

L'inquisiteur l'écarte et s'avance vers la table. Les Hollandais ont reposé leur chope. Leur peur est palpable. Lentement, le mercenaire reprend le chapeau à large bord qu'il avait laissé sur le banc et le pose sur son crâne. Il ne baisse pas les yeux lorsque le visiteur scrute son visage.

Soudain, le jeune homme au capuchon se lève et gagne l'escalier. L'inquisiteur l'interpelle :

– Hé, toi !

L'autre a déjà posé un pied sur la première marche. L'inquisiteur l'attrape par un bras et le force à redescendre.

– Pas si vite, mon garçon !

Le jeune homme essaie de se dégager.

– Serais-tu effrayé ? Tu m'as l'air bien pressé.

Pas de réponse.

– Et si tu nous montrais ce joli minois ?

Le jeune homme ne pipe mot. D'une petite tape, l'inquisiteur fait tomber son capuchon. Les voyageurs retiennent leur souffle.

Ce *n'est pas* un jeune homme. Son visage est fin, empreint d'une douceur farouche, et ses cheveux roux bouclés sont retenus en chignon par une broche de cuivre. Les flammes de l'âtre tremblent dans le miroir de ses yeux vert amande.

Sans un mot, l'inquisiteur passe une main dans sa chevelure et, d'un mouvement expert, défait la broche. Libérés, les cheveux coulent en cascade. L'inquisiteur caresse la joue pâle.

– Ton nom ?

– Ne me touchez pas.

Elle le repousse. Un coup de tonnerre ébranle la taverne, plus fort encore que les précédents. La pluie cingle les vitres. Sur les lèvres de l'inquisiteur, un rictus se dessine :

– Misérable petite catin. Qui croyais-tu abuser ?

Puis, se tournant vers les voyageurs :

– Regardez bien, vous autres ! Voyez le visage du démon !

Au même instant, le mercenaire se lève. L'inquisiteur tire son pistolet et le pointe dans sa direction.

– Toi, assis !

Mais le mercenaire ne l'écoute pas. Il continue d'avancer. L'inquisiteur pose son doigt sur la gâchette.

– Serais-tu sourd ?

L'homme se fige. Trois coups viennent d'être frappés. De nouveau, la porte s'ouvre. Un deuxième inquisiteur se signe. Il est trempé, sa cagoule retombe. À en juger par le nombre de croix sur son manteau, il doit appartenir à un grade inférieur.

– Maître ?

– J'ai retrouvé notre sorcière, frère. Notre venue ne semble guère du goût de tout le monde, mais je gage que tout va rapidement rentrer dans l'ordre. N'est-ce pas, mon brave ?

Sous son chapeau, le mercenaire sourit.

– Lâchez cette fille. Je ne vous le redemanderai pas.

– Je crains que tu n'aies pas saisi la teneur exacte de la situa...

Sans lui laisser le temps de terminer, le mercenaire fait un pas de côté, sort un pistolet de sous son manteau et tire. L'inquisiteur riposte. Sa balle fait voler une vitre en éclats. Aussitôt après, il lâche son arme. Sa main se crispe sur son cœur : il regarde ses doigts, essaye de les porter à ses lèvres. Puis il s'écroule.

Mort.

Devant la porte, son complice est pétrifié. Le mercenaire le tient en joue.

– Dis à tes amis que tout va bien. Dis-leur que vous tenez la sorcière.

L'homme pose une main sur la poignée.

– Et referme derrière toi. Oh, j'oubliais : si tu ne suis pas mes instructions à la lettre, je tire à travers la fenêtre. Tu essaieras de te mettre à l'abri mais tu n'en auras pas le temps. À cette distance, je ne manque jamais ma cible. Ce sera une fin stupide. Évitons-nous cela, veux-tu ?

L'inquisiteur opine puis sort. Devant lui, regroupés en arc de cercle, une vingtaine de ses semblables attendent sous la pluie. Plusieurs torches sont éteintes. Les chevaux s'ébrouent, piétinent.

– Alors ?

L'homme qui vient de parler est un maître supérieur. S'il est impossible de dire ce qui se dissimule sous son visage, on devine que ce n'est pas un sourire.

Le jeune inquisiteur s'approche, marmonne quelque chose.

– Imbécile ! rugit le maître supérieur en l'écartant d'une bourrade. Trois hommes avec moi ! Les autres, surveillez toutes les issues !

Il arme son pistolet et ouvre la porte d'un coup de pied. Derrière sa cagoule, ses yeux s'écarquillent. Le corps de son acolyte gît au pied de l'escalier.

Autour de la table, les convives contemplent la

scène, médusés. Le tavernier et sa femme, eux, sont raides comme des piquets. Le maître supérieur est hors de lui.

– Par tous les démons, allez-vous me dire ce...

BLAM. BLAM.

Deux nouveaux coups de feu ont retenti à l'extérieur. L'inquisiteur fait volte-face, se précipite au-dehors et se cogne à l'un de ses hommes, qui désigne la route.

Là-bas, dans le brouillard, une silhouette à cheval s'enfonce dans la nuit. Elle laisse deux cadavres dans son sillage.

Et un chapeau à large bord.

Les bras noués autour du ventre de son sauveur, collée à son dos, Lisbeth Wickford se mord les lèvres en sanglotant. Elle ne sait plus si c'est de détresse, de peur ou de soulagement. Elle se croyait en sécurité dans la forêt ; son monde vient de s'effondrer. Ses larmes se mêlent à la pluie. Le vent les emporte.

Autour d'eux, l'obscurité est presque complète, et seule une tache laiteuse voilée par les nuages éclaire leur chemin. Mais l'homme avec qui elle vient de sauter par la fenêtre du premier étage, l'homme qui l'a tirée à lui et l'a entraînée si vite que ses pieds ne touchaient plus le sol, celui qui l'a hissée des deux mains sur son cheval avant de bondir à son tour alors que l'animal partait déjà au galop, cet homme-là, elle le sait, n'est pas comme les autres : il pourrait conduire sa monture les yeux bandés.

Qui est-il ?

Il n'a pas encore prononcé un mot.

À présent, ils filent sur une piste à flanc de montagne et se baissent pour éviter les branches. Parfois, sans ralentir, le mercenaire se retourne. Les hommes de l'Inquisition sont lancés à leur poursuite. Ils tirent dans la nuit.

Il pleut toujours. Le mercenaire serre les mains de Lisbeth contre son abdomen. Il crie :

– Cela fait un moment que je vous suis !

– Je l'avais remarqué.

– Navré. Les gens comme vous ne sont pas faciles à trouver.

Elle se penche vers son oreille :

– Qu'est-ce que ça veut dire, « les gens comme moi » ?

– Vous êtes une sorcière, n'est-ce pas ?

– ...

– Oui, vous l'êtes. Je l'ai su à la première seconde.

– Que voulez-vous de moi ?

– Vous aider.

La piste fait un coude. Les arbres sont plus grands. Dans le ravin déferle un torrent. Malgré la pluie et les coups de tonnerre, ils entendent son rugissement.

Elle crie elle aussi. C'est comme un jeu entre eux.

– M'aider ? Je n'ai besoin de personne !

– Faux ! Vous savez voir, certes. Mais, pour le reste, vous avez tout à apprendre.

Elle s'esclaffe. L'étreint plus fort. La nuit est si profonde.

– Et vous seriez mon initiateur ?

– Rien ne me ferait plus plaisir !

Elle ne dit plus rien. Des lambeaux de brume s'enroulent autour d'eux. Des éclairs illuminent la vallée. Ils foncent sans répit dans la grande nuit américaine.

BLAM.

Des balles fusent encore mais, pour une raison qu'elle ne saurait expliquer, Lisbeth est persuadée qu'elles ne les atteindront jamais. Leur monture est vaillante. De petits nuages de vapeur s'échappent de ses naseaux. La pluie est partout.

La piste s'étire en ligne droite. Là-bas, tout au bout, elle s'arrête au bord d'un ravin. Le front de Lisbeth se plisse.

– Où est le pont ?

– Quoi ?

– Le pont ! Il y a bien un pont, non ?

Le mercenaire ne répond pas. Il éperonne son cheval de plus belle. La jeune femme jette un œil sur le côté. Le torrent se brise sur les rochers, continue sa course folle.

Le ravin est profond. Cent vingt pieds à vue de nez.

– Arrêtez-vous !

Il ne l'écoute pas. Il ne l'entend pas. Elle referme ses doigts sur l'étoffe de sa chemise.

– Arrêtez !

Ses pensées s'affolent. Que s'est-il passé ? Il devait y avoir un pont autrefois. La piste continue de l'autre côté, elle la voit : une trouée dans la forêt...

Se retenant d'une main, elle jette un œil par-dessus son épaule.

L'Inquisition est toujours là.

– Ils nous rattrapent !

– Me faites-vous confiance ?

– Oui, mais...

– Alors gardez les yeux ouverts.

Le mercenaire encourage sa monture, secoue vivement les rênes. Elle se colle à lui, hume à pleins poumons les parfums de la nuit. Est-elle en train de devenir folle ? Ils ne sont plus qu'à cent pieds du gouffre.

– Je ne connais même pas votre nom !

– Pourquoi vous le dirais-je ?

Soixante pieds.

– J'ai besoin de savoir à qui je confie ma vie !

Le gouffre est là, tout proche. Avec la pluie, elle n'arrive pas très bien à voir, mais elle est certaine d'une chose : aucun cheval ne peut franchir une telle distance.

Quarante pieds.

– Dites-le-moi !

Il se couche sur sa monture. Elle se couche avec lui.

Vingt pieds.

Dix.

Derrière eux, les inquisiteurs ont freiné leurs montures.

Maintenant, ils regardent.

Cinq pieds.

Le mercenaire lâche les rênes et se retourne.

– Je m'appelle Rip Van Winkle.

Il attrape Lisbeth par la nuque pour l'attirer à lui. À cette seconde précise, les sabots de leur cheval quittent la terre. La jeune femme hurle, et son hurlement se perd dans la bouche de son sauveur. Tout se passe au ralenti : les jambes du cheval qui s'agitent dans le vide, la pluie bienfaisante qui tombe goutte à goutte. Les langues se mêlent, entament une folle sarabande. Une joie immense envahit la sorcière, en même temps qu'une terreur sans nom.

Quoi qu'il arrive, elle ne peut plus reculer. Et c'est ainsi que mon histoire commence.

Livre I

La novice

Le départ (1723)

Au-dessus des clochers de Gotham, les derniers lambeaux du jour s'étiraient en traînées flamboyantes teintées de mauve et de pourpre. Là-bas, vers les terres de l'Ouest, le ciel était déjà devenu noir. Un vol de perdrix jaillit sous les nuages. Bientôt huit heures.

Debout dans la salle de méditation aux murs de pierre nus, je me retournai vers le miroir pour rajuster ma coiffe. Sous mon fichu, je fis disparaître une mèche de cheveux roux et m'absorbai dans la contemplation de mon visage. Il est toujours étrange de s'observer dans une glace. Lorsqu'on regarde trop longtemps, on ne se reconnaît plus. La mère supérieure nous avait souvent répété que l'unique et véritable beauté résidait dans le regard des autres.

D'un doigt humide, je lissai mes sourcils. Péché de vanité. Mon nez était petit, mes yeux d'un gris tirant sur le vert et, lorsque venaient les beaux jours, des taches de rousseur apparaissaient sur mes joues et mes épaules. À en croire les sourires du jeune jardinier qui venait parfois tailler les arbres du cloître, je ne devais pas être trop laide.

– Mary ?

– Je suis là.

La porte s'ouvrit. Le visage de sœur Jeanne apparut dans l'entrebâillement.

– La mère supérieure vous attend après votre leçon.

– Merci.

Les pas s'éloignèrent dans le couloir. Je pris une inspiration et pivotai vers l'autre porte, celle qui menait à ma classe. Depuis trois ans, j'enseignais l'histoire aux jeunes pensionnaires de l'orphelinat.

Ma main se crispa sur la poignée. Ce soir était mon dernier soir mais je devais essayer de ne pas y penser. Je fis un signe de croix et entrai.

Les élèves – une vingtaine de fillettes âgées de neuf ou dix ans – se levèrent en silence. À leur expression, je devinai qu'elles savaient.

– Asseyez-vous.

Au matin de leur dix-septième année, ou peu s'en fallait, toutes les pensionnaires de l'orphelinat de la Sainte-Charité devaient quitter le cloître pour apprendre un métier et découvrir le monde. Aucune d'entre nous ne connaissait la date exacte. Aucune n'était capable de déterminer avec exactitude le moment de sa naissance. Les nonnes avaient choisi arbitrairement un jour. Elles ne nous communiquaient la précieuse information que quelques semaines avant notre départ.

Sur mon pupitre, le *Nouveau Compendium de Fulbert* était resté ouvert à la page 352, celle de la colonisation de Gotham. Je pris une craie et traçai quelques mots au tableau.

« 13 septembre 1609 : Henry Hudson remonte le fleuve qui porte aujourd'hui son nom et s'arrête à Albany. »

Je revins à mon pupitre.

– Certaines d'entre vous s'en souviennent peut-être : nous avons fêté le cent dixième anniversaire de cet événement considérable il y a quelques années.

Une main se leva.

– Oui, Damaris ?

– De quoi Hudson est-il mort, mademoiselle ?

Je souris.

– On ne le sait pas avec certitude. Certains prétendent que son bateau volant s'est écrasé sur une falaise du Massachusetts tandis qu'il terminait des relevés topographiques. D'autres racontent qu'il a été assassiné ou qu'il s'est retiré dans les montagnes.

Apparemment satisfaite, la fillette attrapa sa plume.

– Bien. Veuillez prendre en notes.

Je commençai à dicter. Le texte parlait des colons fondateurs, des trafics de peaux et des premières attaques d'Indiens.

Mes élèves écrivaient avec application. L'enseignement dispensé par l'orphelinat de la Sainte-Charité s'appuyait, je le savais, sur des ouvrages désormais interdits. Depuis la dissolution du Haut Conseil théocratique en 1708 et la proclamation du Premier Empire, notre marge de manœuvre était devenue des plus réduites. La bonne nouvelle que constituait en apparence l'institution du primat de la religion catholique avait fait long feu.

– Vous pouvez allumer vos lampes.

La nuit était vraiment là à présent. Les flammèches jaillirent sous le verre. L'usage des lampes à huile était strictement réglementé au couvent, mais personne ne tenait à ce que nos jeunes élèves s'abîment les yeux.

– Bon. En 1644, donc, Cromwell envoie ses premiers contingents d'ornithoptères, machines qui, à l'époque, produisent sur les populations des colonies une très forte impression. Pouvez-vous me rappeler de qui sont inspirés les plans des ornithoptères et des autres machines volantes ?

– Léonard de Vinci ! répondirent les fillettes d'une seule voix.

– Exact. Et à quoi marchent-elles ?

– Au pétrole !

– C'est parfait, mesdemoiselles.

Je tournai la page et poursuivis ma lecture. À force de la raconter aux plus jeunes, je commençais à connaître l'histoire de l'Amérique comme si j'en avais parcouru moi-même les moindres méandres : la dissolution de la Ligue des Iroquois dans les montagnes du Nord, la découverte des puits de pétrole d'Ipswich, la bataille des compagnies hollandaises, l'arrivée du *Mayflower*, le massacre nocturne des « trois cents puritains » à Boston en 1679, la prise du *Copernic* et de ses reliques sacrées par les pirates de la côte... Tous ces épisodes survenus avant ma naissance avaient acquis à mes yeux une réalité tangible, que j'essayais jour après jour de restituer à mes élèves. Et dire, songeai-je, dire que moi aussi je m'étais trouvée à ces tables quelques années auparavant ! Se pouvait-il que l'on grandisse si vite ?

– ... et le commerce des peaux de loutre fut durablement affecté par ce traité, qui conférait un avantage certain aux sociétés anglaises, avant que les édits du gouverneur Nicolls ne viennent y mettre bon ordre.

J'allais demander aux fillettes s'il leur restait des questions à poser, lorsque le premier coup des neuf heures sonna au clocher de l'abbaye. Au moment de refermer le *Compendium*, je suspendis mon geste. Non, rien ne changerait après mon départ.

– Dans ce cas...

Je relevai la tête. Les élèves me dévisageaient avec insistance.

– Je vous quitte ! m'écriai-je avec une joie forcée. Travaillez, continuez à vous appliquer, demain et tous les autres jours, même si un autre professeur...

Je m'arrêtai, au bord des larmes.

– Mademoiselle ? Mademoiselle !

Je tournai les talons et courus m'enfermer dans la salle de méditation. Adossée au mur de pierre, je me laissai glisser. J'ôtai ma coiffe, la serrai avec force, ravalai mes sanglots. « Pourquoi pleures-tu ? me répétai-je intérieurement. Ce qui t'attend est merveilleux. Tu vas découvrir le monde ! »

– Avez-vous soupé, Miss Campbell ?

Je secouai la tête. Debout devant le bureau de la mère supérieure, j'écarquillais les yeux comme pour graver dans ma mémoire les moindres détails de la pièce. En face de moi, une croix de bois était fixée au mur blanc. La mère supérieure achevait de noircir de son écriture élégante une grande page parcheminée. J'attendais.

– Je suppose que la perspective de votre départ prochain vous ravit autant qu'elle vous emplit d'angoisse. Toutes nos filles sont passées par là.

– Je sais, ma mère.

– Vous savez.

Un sourire fugace passa au coin de ses lèvres. Elle parapha sa lettre d'une signature énergique, la plia en deux et la glissa dans une enveloppe qu'elle scella d'un cachet à la cire.

– Tenez. Votre lettre de recommandation.

– Merci.

– Vous n'avez pas à me remercier. Je me suis bornée à évoquer les faits. Vous êtes travailleuse, Mary. Votre esprit est vif et joliment tourné. Vous avez de la volonté, et c'est là chose excellente.

Elle croisa ses mains sur la table.

– Cependant, nous l'avons vu, votre tempérament fantasque et votre imagination enflammée peuvent se révéler prompts à vous jouer des tours. Nous vous avons aidée à combattre vos chimères. Ensemble, nous sommes parvenues à les mettre en fuite. N'oubliez jamais qu'elles peuvent revenir.

– Oui, ma mère.

– Ne laissez pas vos émotions prendre le pas sur votre intelligence. La foi est avant tout affaire de clarté. Soyez humble et vénérez la vérité ; elle reste le seul guide.

J'opinai.

– Notre fiacre viendra vous chercher demain à neuf heures. D'après ce qu'on m'en a dit, vous comptez vous diriger vers les provinces du Nord, c'est bien cela ?

– Le Massachusetts, oui.

– Vous n'aurez aucun mal à trouver du travail. La côte regorge de petits villages accueillants, essentiellement puritains, et un pasteur a toujours besoin d'une bonne intendante. Philip a reçu l'ordre de vous conduire jusqu'aux portes de Boston. Cela me paraît un bon départ. À ce propos...

Elle me tendit une bourse.

– Dix livres. De quoi tenir quelques semaines. À partir de demain, vous n'avez plus besoin de nous,

Mary Campbell. J'espère toutefois que vous n'oublierez jamais la devise de notre couvent.

– « La seule demeure est celle du cœur. »

– Notre porte vous restera éternellement ouverte, oui. Nos pensionnaires sont comme nos enfants : elles seront toujours les bienvenues ici. Au cours de ces dix-sept années, nous avons forgé votre esprit et votre caractère afin que vous soyez prête à affronter le monde extérieur, ses tentations et ses dangers. Sans relâche, nous nous sommes fait un devoir de vous pousser vers l'avant. En avez-vous conscience ?

J'acquiesçai, un brin inquiète. La mère supérieure ouvrit un tiroir et posa sur la table un menu objet enveloppé dans un morceau de tissu.

– Qu'est-ce que c'est ?

– Prenez-le.

Je levai un coin d'étoffe. Une amulette. Une amulette dorée, couverte d'inscriptions inconnues et fixée à une chaînette. J'étais surprise par son poids.

La mère supérieure me fixait avec gravité.

– Vous ne vous appelez pas Campbell, commença-t-elle d'une voix égale. Campbell est un nom que nous avons choisi pour vous, parce que nous ne connaissions pas celui de votre mère. Vous n'êtes pas non plus la fille d'une blanchisseuse prétendument morte de consomption au moment de vous mettre au monde. Lorsque nous vous avons trouvée sur les marches de l'abbaye, vous étiez nue dans votre berceau, enroulée dans une couverture de laine, et un carré de tissu portant l'inscription « Mary » était épinglé sur le rebord. Ce bijou était posé à vos pieds.

D'une main hésitante je caressai le métal. Il émanait du bijou quelque chose de surprenant. Une sorte... une sorte de force. Je relevai la tête. L'expression de la mère supérieure demeurait indéchiffrable.

À dix heures, je dînai dans le grand réfectoire vide. De chaque côté de mon assiette, des bougeoirs avaient été disposés. Des ombres dansaient sur le mur.

La mère supérieure avait demandé qu'on me lise des psaumes, comme c'était la tradition. Montée en chaire, Anna Copper, la seule personne que je tenais véritablement pour une amie en ces lieux, avait insisté pour se charger de la besogne. Tandis que je terminais mon potage, sa voix s'élevait, toute de pureté dans la pénombre : *Concupivit Rex decorem tuum, quoniam ipse est Dominus Deus tuus. Audi, filia, et vide, et inclina aurem tuam. Alleluia, alleluia. Haec est virgo sapiens, et una de numero prudentum. Alleluia.*

J'avalai une gorgée d'eau.

– « Le Roi s'est épris de ta beauté », traduisis-je pensivement. C'est drôle comme les Psaumes parlent de Dieu, parfois, tu ne trouves pas ? On croirait un homme.

Anna s'arrêta.

– Tu blasphèmes, Mary.

Je souris.

– Vous allez me manquer, toi et tes sermons. Je t'assure...

Je levai les yeux sur elle. Elle tremblait.

– Quoi ? dis-je.

– Ne pars pas. Ne pars pas.

Je reposai mon verre.

– Allons. Je reviendrai te voir. Je te l'ai promis.

Mon amie hocha la tête en reniflant. Depuis plusieurs années déjà, elle avait pris la décision de rentrer dans les ordres et de rester au couvent. Elle et moi étions aussi dissemblables que le jour et la nuit ; notre amitié se nourrissait sans doute de cette différence profonde.

– Sais-tu ce que tu vas faire ?

– J'ai mon idée.

– Je te vois bien gouvernante. Les petites t'adorent.

– Pourquoi pas ?

Elle descendit me rejoindre. Elle était blême.

– Pardonne-moi de te dire cela, mais... je suis si inquiète pour toi !

– Il n'y a aucune raison.

– Il y a *toutes* les raisons. Le monde est un endroit dangereux, plein de chausse-trappes et de dangers, et toi, tu es tellement...

Je posai ma main sur la sienne.

– Dis-le.

– Déraisonnable ?

J'ôtai ma main.

– Nous avons déjà eu cette conversation, Anna.

– Excuse-moi.

– Je n'ai pas connu la moindre crise depuis plus de deux ans. Les drogues des nonnes ont fini par produire leur effet.

– Le Ciel t'entende. Je prierai pour toi.

– Merci.

– Mais défie-toi des hommes, Mary. Les hommes ne désirent qu'une chose et sont capables de tout pour l'obtenir. Tu me jures que tu feras attention ?

Je me levai, posai un baiser sur son front.

– Bonne nuit, Anna.

Traversant le réfectoire, je me dirigeai vers le

cloître. La nuit était calme, le jardin frissonnait sous la caresse du vent. Tant de souvenirs restaient attachés à cet endroit !

Cinq ans auparavant, lors d'une nuit dont la mémoire me hantait encore, ce que les nonnes appelleraient plus tard mes « mauvais rêves » étaient subitement, et pour la première fois, venus me tourmenter. Mon calvaire commença. On me bourra de drogues. On me fit boire des tisanes. On dépêcha même un exorciste. Mais rien n'y faisait. Je me réveillais en sueur. Je poussais des hurlements.

Et puis, un jour, les cauchemars s'estompèrent.

Et finirent par disparaître.

– Mary ?

Anna courait vers moi. Je n'eus que le temps d'ouvrir les bras.

– Oh, Mary, Mary !

Elle sanglotait, bredouillait des « pardon ». Je lui caressai les cheveux.

– Chuuut.

Anna avait peur de tout. En dix-sept ans, elle n'avait dû sortir que trois fois dans Gotham, contrainte et forcée.

– Viens, allons nous coucher.

Nous rejoignîmes notre dortoir. Je savais ce que pensait mon amie et quelles étaient ses craintes. Pour ma part, et même si je goûtais le calme de la sacristie et les processions silencieuses le long des arches du cloître, l'agitation de la ville ne me rebutait pas. Plus souvent qu'à mon tour, je m'étais portée volontaire pour effectuer des courses à l'autre bout de la capitale. Gotham avait tant grandi depuis ma naissance ! Grâce au pétrole et à l'argent des catholiques, c'était désormais une illustre cité, l'égale d'un Londres ou d'un Paris. On lui prêtait plus de trois cent mille habitants – trois cent mille ! Ailleurs, dans les provinces, beaucoup voyaient d'un mauvais œil ce bourgeonnement soudain, ces avenues encombrées de voitures à pétrole, ce ciel constamment sillonné de machines. Peu de temps après sa prise de pouvoir, l'Empereur avait publiquement juré de purger la « moderne Babylone », selon ses propres termes, de ses démons secrets. Mais chacun savait que l'Empereur était lui-même un être étrange, prompt aux excès et aux éruptions de colère. Et j'espérais, moi, qu'il ne parviendrait jamais à ses fins. Car, si j'aimais Gotham pour ses tours audacieuses et ses passerelles graciles, j'appréciais aussi ses rues boueuses et ses petites églises, j'aimais les maisons biscornues massées en grappes autour du palais impérial autant que les jardins du parc Élyséen et les statues du pont Mayflower.

– Bonne nuit, Mary.

– Bonne nuit, Anna.

Assise sur mon lit avec la lune pour seule compagnie, j'avais renoncé à trouver le sommeil. Les cloches de l'abbaye venaient de sonner – deux heures de bronze dans le silence sépulcral. Poussant un soupir, j'allai m'accouder à la fenêtre. Quelques lueurs brillaient encore dans les faubourgs. En face de nous, le palais impérial dominait de sa masse sombre la cité endormie. Sa verrière luisait sous les étoiles.

Je tirai la petite chaise de mon secrétaire et me laissai tomber. Mes affaires étaient prêtes, sagement alignées : une malle avec quelques vêtements, un coffre garni de légers effets personnels, et puis mon tableau, ce tableau que je n'avais pas admiré depuis plus de deux ans, recouvert d'un drap blanc, soigneusement ficelé. J'ouvris mon armoire une dixième fois pour vérifier qu'elle était vide.

Je me retournai. Oui. C'était bien cette toile qui m'empêchait de dormir. Je la pris avec moi et regagnai ma chaise. Puis je défis les ficelles. Un coin de drap tomba. Lentement, je découvris la peinture. Rien n'avait changé. Le vaisseau pirate était toujours là : un fier bâtiment sur une mer démontée.

Avec ses nuages noirs et ses flots en furie, la composition était incontestablement réussie. Mais quelque chose en elle continuait de m'intriguer. Je me concentrai sur le navire. La tête commençait à me tourner. Je rabattis le drap et renouai les ficelles.

Un soir d'hiver – peu après ma confirmation, je ne devais pas avoir loin de quinze ans – la vieille sœur Margaret, celle qui m'avait trouvée sur les marches de l'abbaye (et qui, malheureusement, nous avait quittées depuis), avait frappé à la porte de ma cellule. J'avais ouvert. Elle m'avait tendu la toile, emmitouflée dans son linge.

– Prenez.

J'étais restée interdite. Elle avait insisté.

– Prenez, vous dis-je ! C'est à vous.

Je n'avais obtenu le fin mot de l'histoire qu'une semaine plus tard. Le tableau m'avait été envoyé par un bienfaiteur anonyme. Les nonnes avaient jugé préférable de ne pas me le remettre, Dieu seul savait pourquoi. Un jour malgré tout, sœur Margaret, qui me vouait une affection sans bornes, avait décidé de braver l'interdit. Naturellement, elle fut punie lorsque sa faute fut découverte. Mais on n'eut d'autre choix que de me laisser la toile.

Cette nuit-là, tandis que la neige tombait sur Gotham, je l'avais sortie de son drap, et je l'avais contemplée. Au bout de quelques minutes, les murs de ma chambre s'étaient mis à tanguer. Je m'étais levée d'un bond, secouée de nausées.

J'avais laissé le tableau sur mon lit et jeté le drap dessus. « Tu es en train de devenir folle », me souviens-je avoir pensé. Et, pourtant, j'étais sûre de ce que j'avais vu.

Le bateau avait bougé.

– Mademoiselle ?

J'ouvris les yeux. Sœur Jeanne était penchée sur moi. Un rayon de soleil me chatouillait le visage. Je me redressai.

– Il est plus de neuf heures, mademoiselle.

– Je suis désolée. Je me suis endormie tellement tard !

La nonne m'aida à ôter ma chemise de nuit.

– Vous étiez nerveuse. Cela se conçoit aisément. Mais ne vous inquiétez pas, Philip patiente en bas. Vos affaires sont-elles en ordre ?

Je hochai le menton.

– Tout est là.

– Bien. Nous allons les faire descendre.

Je gagnai la salle d'eau pour procéder à mes ablutions. Mes cheveux étaient en bataille. Ce matin, j'avais décidé de ne pas les attacher. Revenue à ma chambre, j'enfilai une robe de coton rouge et m'enroulai dans un châle. Pour ma tête, un fichu suffirait.

Mes bagages avaient été emportés. Je pivotai sur le seuil. C'était un adieu. En m'éloignant le long du couloir, je laissai ma main traîner contre les murs, doigts écartés, dans le vain espoir de retenir cet instant.

Dans le hall du couvent, les nonnes m'attendaient. Je m'efforçai de faire bonne figure. Il ne fallait pas que je pense à ce que j'étais sur le point de quitter.

La mère supérieure me pressa contre son sein et jeta un œil à l'écarlate de ma robe.

– Soyez prudente, pour l'amour de Dieu.

– Ne vous inquiétez pas.

D'autres sœurs me donnèrent l'accolade. Elles souriaient simplement, comme si elles allaient me revoir le soir même. Juste avant de sortir, je me tournai vers le vaste escalier qui menait aux salles d'étude.

– Je sais ce que vous pensez, fit la mère supérieure dans mon dos. Mais, dans quelques jours, votre amie aura surmonté sa peine. Quant à vos petites élèves, elles ne vous oublieront pas, soyez-en assurée. Cependant, elles aussi ont une vie à mener.

Sur le perron, je me signai. Une nonne ouvrit la grande porte. Un flot de lumière se déversa sur moi, et je descendis.

Le fiacre de Philip, l'antique fiacre à cheval que nous avions toujours connu, m'attendait portes ouvertes. Je fis volte-face. Rassemblées sur les marches, les nonnes m'observaient avec tendresse. Je leur adressai un signe de la main et, relevant mes jupons, disparus à leur vue. Sans un mot, le cocher fouetta sa monture. Le fiacre s'ébranla dans un long grincement d'essieux. Les mains posées sur les genoux, tête haute, je luttais de toutes mes forces pour ne plus me retourner.

Nous avancions sans hâte. Je commençai à me mordre le pouce lorsque nous nous engageâmes dans une large avenue latérale où se pressaient déjà de nombreux attelages et voitures à pétrole. Philip ôta son haut chapeau noir.

– Bienvenue, mademoiselle !

Je pouvais enfin pleurer.

Le Nouveau Compendium de Fulbert – *extrait*

En l'an de grâce 1622, le roi d'Angleterre Jacques Ier, devenu aveugle à la suite d'un accident de chasse, se prétendit soudain touché par la sagesse divine. Alors qu'il la leur refusait depuis des années, il accorda aux trois compagnies nationales regroupées sous le nom de « Ligue anglaise » la permission d'envahir l'Amérique dans le dessein de la coloniser et de la convertir. Devenu lui-même catholique par conversion, Jacques Ier se présentait comme un farouche adversaire des puritains. Il avait fait traduire une nouvelle version de la Bible, et en appelait sans cesse à une « vision sacrée » qu'il avait reçue, prétendait-il, une nuit au cœur de ses jardins privés. L'Amérique, d'après ses dires, était une antichambre de l'enfer. Il fallait donc faire table rase des croyances anciennes et, au besoin, massacrer les infidèles.

Feu du ciel, feu sur la Terre

Nous étions partis pour trois jours de voyage avec – si tout se passait bien – une première nuit aux abords de New London. Philip m'avait prévenue : sur de longues distances, le voyage en fiacre pouvait se révéler inconfortable. Je ne m'en formalisais pas. Tout était nouveau pour moi. Je ne m'étais jamais éloignée à plus de cinq miles du centre de Gotham.

Au bout d'une heure de route, nous longions déjà de vastes champs de maïs où, sous un soleil harassant, s'activaient des cohortes d'esclaves noirs. J'avais dénoué mon fichu et me servais de ma lettre de recommandation comme d'un éventail. Philip fixait l'horizon, et ne paraissait guère avide d'engager la conversation. Nous l'avions toujours connu ainsi. Les nonnes appréciaient son sérieux et sa simplicité : c'était un homme au caractère renfermé, qui avait perdu sa femme très jeune. À présent, il était difficile de lui donner un âge. Si l'on se tenait à son crâne dégarni et aux rides qui creusaient son visage, on pouvait toutefois supposer qu'il avait dépassé les soixante années. Tandis que notre attelage passait en brinquebalant sur un pont de pierrailles, je me décidai à poser ma question.

– Philip ? fis-je, me penchant pour parler à travers la grille.

– Mademoiselle ?

– Je me demandais... Depuis combien de temps travaillez-vous pour le couvent ?

Il haussa les épaules et s'essuya le front.

– Un certain temps.

C'était sans appel. Je me renfonçai dans ma banquette. Quelques instants plus tard, sentant peut-être qu'il m'avait vexée, il désigna les rives de l'Hudson.

– J'avais une ferme là-bas, dans les années quatre-vingt.

– Avec votre épouse ?

Il confirma. J'allais lui demander s'il avait eu des enfants, lorsque notre fiacre s'arrêta brutalement. Je fus projetée en avant.

– Hé !

D'un bond, Philip sauta de son perchoir. La main en paravent, il montrait un point au-dessus de la plaine. Je descendis à mon tour.

Une forme dorée se contorsionnait dans le ciel. À cause du soleil, on ne voyait pas grand-chose. Mais la forme se rapprochait. Et elle était vivante.

– Un dragon... souffla Philip.

– Quoi ?

– Il a dû s'échapper de la verrière. Voyez !

L'animal, dont l'envergure dépassait allègrement cinq fiacres comme le nôtre, zigzaguait à tire-d'aile au-dessus de l'Hudson. Trois formes plus petites l'accompagnaient dans son vol. Nous reconnûmes des ornithoptères. Ils le poursuivaient.

– Qu'est-ce qu'ils lui veulent ?

– L'abattre, pardi !

Je m'avançai sur le chemin. Dans les champs de maïs, les esclaves s'étaient redressés pour regarder eux aussi.

– Pourquoi font-ils ça ?

Des déflagrations se répondirent au-dessus de la plaine. Le dragon poussa un rugissement déchirant. C'était un adulte – un mâle, à en juger par son corps trapu. Et il était paniqué.

– Ils le préfèrent mort qu'en liberté.

Onze ans plus tôt, l'Empereur avait envoyé une armée dans les Appalaches, avec mission de rapporter autant d'œufs de dragon que possible. Il avait fait bâtir une énorme verrière pour les accueillir. Un an et demi après, une dizaine de mâles avaient éclos, et autant de femelles. L'Empereur avait pensé les utiliser comme machines de guerre, mais il avait dû rapidement se rendre à l'évidence : même pris à la naissance, des monstres pareils étaient impossibles à dompter. Depuis lors, les dragons étaient restés dans la verrière. De temps à autre, des hommes se présentaient – hypnotiseurs, montreurs de fauves, spécialistes des reptiles – qui prétendaient pouvoir les dresser. L'Empereur leur laissait leur chance. Généralement, les charlatans abandonnaient. Ou finissaient carbonisés.

– Allez vous mettre à l'abri.

Philip désignait les sous-bois, de l'autre côté du chemin.

– Ils arrivent par ici, ajouta-t-il. Ça pourrait être dangereux.

J'ignorai l'injonction. Si effrayant fût-il, je ne pouvais me détacher du spectacle.

À plusieurs reprises, nous vîmes le dragon cracher des flammes. Les ornithoptères ne lui laissaient aucun répit : ils tournaient autour de lui tels des insectes et le mitraillaient sans relâche. Le staccato de leurs mousquets à répétition rendait la bête folle de terreur. Elle se retournait sur elle-même comme un poisson pris dans une nasse. Elle crachait au hasard, s'épuisait en vain. Et les pilotes des ornithoptères maniaient leurs engins avec une science consommée de l'attaque.

– Il va mourir, lâcha Philip.

Tel un boulet de canon, l'animal piqua soudain vers l'Hudson. Nous le vîmes s'enfoncer dans les flots, soulever une gerbe étincelante. Les ornithoptères hésitèrent quelques secondes. D'un coup, le dragon ressortit, ruisselant. Éperdu, il filait vers l'azur. Ses poursuivants se remirent en chasse. Il se propulsa vers le soleil, sembla les implorer d'un long feulement rauque ; ils répondirent en tirant.

Je portai une main à ma bouche. Désormais, le monstre fonçait droit sur nous. Je voyais sa queue s'agiter tel un long balancier. L'une de ses ailes était déchirée. Les ornithoptères ne le lâchaient pas. Une vomissure de feu s'échappa de sa gueule. Il se tordait de douleur. Je vis les esclaves courir pour essayer de se mettre à l'abri. À une centaine de pieds de la route, la bête tomba comme une masse. Son corps s'écrasa au milieu du champ, soulevant un nuage de poussière.

Je me précipitai.

– Mary !

Philip s'était lancé à ma poursuite. Relevant mes jupons, je me frayais un chemin à travers l'immense champ de maïs. Autour de moi, les esclaves hébétés reprenaient leurs esprits. Les ornithoptères, eux, entamaient leurs manœuvres d'atterrissage. Je m'arrêtai, hors d'haleine. La bête était là, fouettant l'air de sa queue. Des plants de maïs gisaient décapités autour d'elle. Les esclaves se tenaient à distance respectable. L'un d'eux voulut me retenir. Nos regards se croisèrent ; il me lâcha.

– Mary, ne faites pas ça, il va...

Philip s'arrêta, à bout de souffle. La tête du dragon avait heurté le sol avec un bruit sourd ; pendant quelques instants, il cessa de bouger. Puis, de nouveau, il ouvrit un œil.

Il me voyait.

– Là...

Je tendis une main vers lui. Son immense pupille devenait vitreuse.

– Mademoiselle !

L'un des pilotes d'ornithoptère, qui venait de se poser non loin, arrivait à grands pas. Je ne lui prêtai aucune attention.

– Là, répétai-je. Calme. Calme-toi.

Le dragon ouvrit la gueule. Son haleine était brûlante. Il se laissait toucher à présent. Dans mon dos, les esclaves faisaient cercle. Je posai une main sur son mufle.

– Mademoiselle...

Le pilote ne savait que faire. Je mis un genou à terre. L'œil du monstre me suivait avec attention.

– Je suis désolée, murmurai-je. Ça n'aurait pas dû arriver.

Ma voix était devenue chuchotement. Dans son regard, mon reflet tremblotait. Il m'écoutait avec la plus grande attention.

Une dernière fois, sa queue remua et frôla le sol. Enfin, elle s'immobilisa.

Le souffle était devenu rocailleux.

J'ôtai ma main.

Me relevai.

– Mary ?

Philip n'eut que le temps d'ouvrir les bras. Désemparé, il me serra contre lui. J'avais besoin de sa force. De sa chaleur.

– Mademoiselle, s'emporta le pilote derrière nous, vous avez fait montre d'une folle imprudence ! Cet animal avait échappé à tout contrôle, il aurait pu...

Philip lui fit signe de se taire. Pour la deuxième fois ce matin, je pleurais à chaudes larmes. Mais, cette fois, ce n'était plus sur mon sort.

– Il avait peur, vous dis-je.

Le soleil était à son zénith. Assis sur la banquette avant, nous déjeunions d'un jambon et d'une miche de pain. J'essayais d'expliquer à Philip ce que j'avais ressenti en touchant le dragon, mais il ne comprenait pas.

– C'était... comme s'il me parlait, dans ma tête. Ah, cessez donc de me dévisager de la sorte ! Je sais ce que vous pensez.

– Vraiment ?

– Oui : je suis Mary, cette petite idiote qui avait des visions et dont les nonnes ont dû soigner les ardeurs à coups de potions savantes et d'*Ave Maria*.

– Vous avez tort.

Je m'agitai sur ma banquette. Le souvenir de la scène refusait de me quitter. Le dragon m'avait reconnue ; que dire de plus ?

– Je suis fatiguée.

Je sautai à terre et remontai à l'arrière. Notre cheval grattait le sol de son sabot ; des nuages s'amoncelaient au firmament. Philip soupira et secoua les rênes.

– Allez, hue !

Les champs de maïs oscillaient dans le lointain.

Je fermai les yeux, laissant ma tête dodeliner au gré du cahot, puis la posant contre la paroi boisée. Les pilotes des ornithoptères avaient ôté leurs casques et s'étaient approchés du dragon. L'un d'eux avait posé une main sur les écailles métalliques. J'étais partie à ce moment-là.

Lorsque je me réveillai, une pluie fine tombait sur la campagne. Notre attelage s'était aventuré sur une piste escarpée à flanc de coteau et Philip courbait l'échine comme si toute la misère du monde s'était abattue sur ses épaules.

Je tapotai la grille.

– Combien de temps ai-je dormi ?

– Pas loin de quatre heures.

Je me frottai les joues. Il n'était pas dans mon habitude de m'assoupir ainsi, et certainement pas aussi longtemps.

– Où sommes-nous ?

– Je connais une auberge, à une trentaine de miles d'ici. J'espère que nous l'atteindrons avant la nuit. Ce n'est pas très loin de New London.

Je regagnai ma banquette. Ce voyage commençait à me peser. Le couvent était loin, si loin ! J'avais hâte de savoir de quoi ma nouvelle vie allait être faite.

Deux heures et demie plus tard, nous arrivions à l'auberge du *Bon Refuge*. Cent pieds plus loin, la piste s'enfonçait dans la forêt. Nous descendîmes. L'endroit était désert.

– Que s'est-il passé ?

La porte était condamnée. Des traces de suie couraient jusqu'aux fenêtres du premier étage, et le cellier attenant s'était pratiquement effondré. Philip tapa du poing sur le mur. Seule la pluie troublait le silence.

– Un incendie...

– Vous ne connaissez pas d'autre endroit ?

Il se tritura le menton.

– Je ne sais pas si...

– Si quoi ?

Il leva les yeux. Ma robe était déjà trempée.

– Il y a bien cette taverne.

– Où ?

– Dans la forêt. *Les Trois Lanternes*. Mais elle a fort mauvaise réputation.

Frissonnant, je rabattis les pans de mon châle sur mes épaules.

– C'est-à-dire ?

– Eh bien, on raconte qu'elle est hantée. Qu'il s'y pratique des messes noires, des pactes magiques et autres sorcelleries.

Je reniflai.

– Comment se fait-il que l'Inquisition ne s'y soit jamais intéressée ?

Philip demeura coi. J'insistai :

– Nous pourrions au moins aller voir, dis-je en remontant sur la banquette avant. À moins que vous ne comptiez nous faire passer la nuit dehors ?

Il me rejoignit finalement, et nous pénétrâmes dans la forêt. La pluie ne cessait pas ; elle se mêlait de nuit. Des rafales glacées nous fouettaient le visage. Je plissai les yeux. Des ombres peuplaient les sous-bois. La route était jonchée de pierres énormes que notre cheval évitait tant bien que mal.

– Vous êtes sûr que c'est par ici ?

Philip conduisait en regardant droit devant lui. Toutes les cinq minutes, il ôtait son haut chapeau et le secouait vivement, aspergeant notre banquette au passage. Son humeur s'assombrissait à vue d'œil. Soudain :

– Arrêtez !

Il tira sur les rênes.

– Vous êtes folle ? Qu'est-ce qui vous prend ?

– Je... je viens d'apercevoir quelqu'un. Au bord du chemin.

– Je n'ai rien vu.

– Reculez.

– Vous voulez rire ?

– Bon, alors je ne sais pas : faites demi-tour !

Il s'exécuta en renâclant.

– Tenez !

Il y avait bien un homme sur le bas-côté : debout au milieu d'un sentier qui s'enfonçait sous les frondaisons, il nous dévisageait tranquillement. Je n'avais jamais vu un individu aussi étrange. Il mesurait au moins six pieds, engoncé dans un long manteau noir, et son crâne chauve ruisselait de pluie. Quant à sa main...

– Bonsoir !

Il leva une pince métallique et la fit cliqueter avec enthousiasme.

– Nous, euh, cherchons l'auberge des... comment déjà ?

– *Trois Lanternes*. Vous y êtes.

– Oh. Et vous...

– Mon nom est Lazarus Prime. Je suis le propriétaire des lieux.

Philip se pencha vers moi et fit mine de tousser. Sa voix était un murmure :

– Ce type ne me dit rien qui vaille. Fichons le camp.

Je l'ignorai, souris à notre hôte.

– Où est-ce ?

– Deux minutes à pied. Je vous conseille de descendre de votre carriole ; avec cette pluie, vous risqueriez de vous embourber.

– Pas question de laisser le fiacre sans surveillance, bougonna Philip.

– Oh, répondit le dénommé Lazarus, vous n'avez pas à vous faire de souci : il est peu probable que quelqu'un passe encore à cette heure. En outre, personne ne cherche des noises aux hôtes des *Trois Lanternes*. Vous pouvez me faire confiance.

Il m'aida à descendre.

– Allons-y, dis-je joyeusement tandis que Philip attrapait mes bagages.

L'auberge des *Trois Lanternes* se révéla aussi atypique que son propriétaire : une grande masure aux murs de pierre dressée au milieu d'un étang, et reliée à la terre ferme par un ponton de bois auquel manquait une planche sur deux. Le toit était de chaume. Trois singes de fer forgé, l'un avec les mains sur les yeux, l'autre sur la bouche et le dernier sur les oreilles, se balançaient sous l'auvent, de lourdes bougies de suif plantées dans le crâne. Ils étaient suspendus à des chaînes.

– Restons sur nos gardes, ne cessait de susurrer Philip.

Lazarus nous fit entrer. De toute évidence, nous étions les seuls clients. L'intérieur était sobre mais étonnamment propre : des tables de bois clair, quelques chaises fraîchement rempaillées, un comptoir et un vaisselier où s'alignait une impressionnante collection de bouteilles constituaient le seul mobilier.

Coincé entre deux fourneaux, un escalier de fer menait à l'étage. L'auberge possédait cinq chambres, toutes très propres et garnies d'édredons.

– Vous êtes ici chez vous, Miss... ?

– Mary. Juste Mary.

Nous redescendîmes. Dehors, le vent se déchaînait. Sa plainte effrayait jusqu'aux flammes qui palpitaient dans l'âtre. Lazarus empoigna un tisonnier et remua les braises. Puis il posa une bouteille sur notre table et disposa des gobelets.

Philip inspecta l'étiquette.

– « Secret spirit » ?

– De l'eau-de-vie de la région. Très adoucie.

– Je crains que nous n'ayons pas les moyens.

– Je vous l'offre.

Je fronçai les sourcils.

– Il n'en est pas question.

– Tss-tss. Vous êtes mes invités. Je vous ai presque forcés à vous arrêter. Disons que je vous dédommage. Au menu : ragoût de castor et patates douces. Cela vous conviendra-t-il ?

Il attrapa mon gobelet et le remplit d'eau-de-vie.

– Pas trop, s'il vous plaît ; je n'ai pas l'habitude.

– Voici.

Je le remerciai.

– J'ignorais qu'il y avait des castors dans cette forêt, dis-je.

– Il y en avait, répondit Lazarus avec un clin d'œil. Mais il n'y en a plus.

Il tira une chaise et trinqua avec nous. Philip s'adoucissait à vue d'œil. Notre hôte avait raison : l'eau-de-vie était extraordinairement douce. De nouveau, je tendis mon gobelet.

– Mademoiselle ! protesta mon cocher.

– Laissez, fit Lazarus en me resservant. Cela ne lui fera aucun mal.

Il enfonça le bouchon du plat de la main.

– Bien, parlons franchement. Qu'est-ce qu'une jeune fille à peine sortie du couvent peut bien venir chercher dans nos contrées ?

J'étais estomaquée.

– Comment savez-vous que je sors d'un couvent ?

– Vos manières. Votre maintien.

Discrètement, je caressai l'amulette que j'avais passée à mon cou. Elle me paraissait incongrue.

– Je cherche du travail.

– Mmh.

Il se leva.

– Votre repas va être prêt, annonça-t-il.

Il disparut dans les cuisines. Philip reprit la bouteille et la fit tourner pensivement. Je tapotai son épaule :

– Il ne faut jamais se fier au qu'en-dira-t-on.

Lazarus Prime réapparut quelques instants plus tard et disposa devant nous deux assiettes fumantes, ainsi que des couverts. Le ragoût avait l'air succulent.

– Donc, reprit notre hôte sans ambages, les dragons s'échappent de Gotham...

– Comment ?

– Vous venez de là-bas, non ? Cela s'entend à votre diction et, si l'on excepte celui de la Sainte-Charité, le couvent le plus proche se trouve dans le Maryland.

– Impressionnant ! siffla Philip en se resservant une rasade d'eau-de-vie. Mais, à dire vrai, nous ne savons rien à propos de cette histoire de dragons. Nous avons vu qu'un animal avait été abattu, rien de plus.

– Vu ?

– Cela s'est passé sous nos yeux, dis-je.

Lazarus sourit. D'après ce que lui avait rapporté un ami, nous raconta-t-il, l'un des « protégés » de l'Empereur, frappé de folie, s'était échappé du palais en crevant le toit de la verrière, tuant deux de ses gardiens. Ses informations étaient meilleures que les nôtres.

– Les dragons ne se sont jamais plu à Gotham, ajouta-t-il en faisant crisser sa pince. La vie en captivité ne leur convient décidément pas.

Nous nous mîmes à manger ; il n'y avait rien à ajouter.

– Votre auberge est remarquablement isolée, fis-je après une pause. Vous ne devez pas avoir beaucoup de clients.

– Des habitués, répondit Lazarus.

– Moi, ce que je dis, bredouilla Philip en considérant la bouteille d'eau-de-vie aux trois quarts vide, c'est que vous avez des choses à cacher. Dans vot' cave, par exemple.

Notre hôte éclata de rire :

– Vous m'avez percé à jour, dit-il en emportant nos assiettes. Vos chambres sont prêtes. Avec votre permission, je ne vais pas tarder à me retirer.

– Ah, bravo ! glissai-je à Philip : vous l'avez froissé.

Lazarus ne tarda pas à revenir.

– Nous partirons demain à l'aube, précisai-je. Si vous voulez que nous vous réglions la nuit maintenant, nous pouvons...

– Rien du tout. J'ai pris beaucoup de plaisir à discourir en votre compagnie, ma chère Mary. Et j'espère que vous reviendrez me voir un jour.

Après une révérence, il disparut à l'étage. Bientôt, le plancher craqua au-dessus de nos têtes. Philip avait posé sa tête entre ses bras et menaçait de s'endormir. Je le secouai.

– Si les nonnes vous voyaient, mon pauvre !

Un rot sonore s'échappa de ses lèvres.

– Les nonnes, je les... hic !

– Philip !

Je lui attrapai le bras.

– Hein ? Qu'est-ce qui se passe ?

– Le tableau. Nous l'avons laissé dans le fiacre.

– Et alors ?

– Si quelqu'un le trouvait ?

Il se redressa, fixa sa bouteille d'un air peu amène.

– Z'avez pas entendu ce qu'a dit vot' copain ? Personne ne vient jamais dans c' trou.

Je me levai.

– Je vais aller le chercher.

– Vous êtes fatigante, mademoiselle.

– Faites donc de la lumière au lieu de discuter.

Deux minutes plus tard, nous nous trouvions dehors. Philip avait déniché une lanterne et ouvrait la marche en maugréant. La pluie avait cessé mais le sol était détrempé. Nos pieds s'enfonçaient dans la boue.

– Pourquoi vous y tenez autant, à cette croûte ?

– Disons qu'elle a pour moi une valeur sentimentale.

– Parce que vous savez d'où elle vient ?

– Non.

J'enjambai une souche.

– Et qu'est-ce qu'elle représente ?

Un couple d'engoulevents s'éparpilla dans les sous-bois en piaillant.

– Scène maritime. Un navire dans la tempête.

– Quel type de navire ?
– Pirate, je crois. Pourquoi cette question ?
Il s'arrêta.
– Bon sang. Je le connais.
– Que dites-vous ?
Il me rejoignit, subitement dégrisé.
– Ce tableau. Je l'ai porté. Il y a – attendez voir – peut-être cinq ou six ans.
Il leva sa lanterne. Un crapaud s'éloigna sur le chemin par petits bonds maladroits.
– Porté ? répétai-je. Je ne comprends pas.
– C'était une commission. Les nonnes me confient parfois ce genre de travail. Cette fois, elles avaient... elles avaient reçu une lettre. Quelqu'un avait décidé d'offrir ce tableau à l'une de nos pupilles – je ne savais pas que c'était vous – et il fallait aller le chercher.
– Qui était ce quelqu'un ?
Philip parut gêné.
– C'est-à-dire...
Nous nous arrêtâmes devant le fiacre. Rien n'avait bougé.
– Vous en avez trop raconté, Philip.
Il se gratta la joue tandis que je tirais la toile.
– Si les nonnes apprennent que j'ai parlé, elles...
– Ne soyez pas ridicule ! Comment l'apprendraient-elles ?
Nous prîmes le chemin du retour. Les branches des arbres se tordaient en geignant sous les secousses du vent. Un animal disparut dans un froissement de fourrés. La forêt bruissait de mille murmures.
– Je ne sais pas grand-chose, commença Philip. L'homme qui avait écrit la lettre était un monsieur

important. Il dirigeait un établissement sur les hauteurs de Salem.

– Salem... Vous voulez dire *le* Salem ?

– Salem, Massachusetts, oui. Quand je suis arrivé, cet homme – il s'appelait Sir Robert Oxham – m'a simplement tendu un tableau enveloppé dans un linge. Ce n'était pas la première fois que quelqu'un faisait un don au couvent. Destiné à une pupille, en revanche... Enfin, je n'ai pas posé de questions. Le directeur m'a expliqué que c'était un de ses pensionnaires qui avait peint la toile. Le soir même, je l'ai regardée ; elle m'a mis mal à l'aise.

Je le tirai par la manche.

– Le directeur de quoi, Philip ? Quel était cet établissement ?

Une lueur de tristesse passa dans son regard.

– Une maison de repos un peu particulière, mademoiselle.

– Une maison...

– Un asile d'aliénés, si vous préférez.

Cette nuit-là, le dragon vint me chercher.

À peine avais-je trouvé le sommeil qu'un bruit de verre brisé me réveilla en sursaut. Je me penchai à la fenêtre. Le ciel était empli d'étoiles. Enfoncé dans l'étang jusqu'à l'encolure, un énorme reptile s'ébrouait joyeusement. Je n'étais pas surprise de sa présence. Je ne le fus pas non plus lorsqu'il passa sa tête par l'ouverture et qu'il me demanda de grimper sur son dos. Il me semblait que nous avions déjà vécu une longue histoire, lui et moi.

Un pied sur le rebord, l'autre en équilibre sur sa tête, je m'extirpai précautionneusement. Il me laissa faire avec patience. Je glissai le long de son cou et m'accrochai à ses écailles. Son corps était étonnamment chaud. Il sortit de l'étang en projetant force éclaboussures, puis prit son envol. De bonheur, je me mordis les lèvres. Nous survolions la forêt. C'était magnifique. Ses longues ailes glissaient dans la nuit tiède et nous apercevions des villages minuscules nichés au fond des vallées.

Soudain, nous descendîmes en piqué. Effrayée, je me cramponnai de toutes mes forces aux écailles. Lorsque mon compagnon ouvrit la gueule pour cracher un premier torrent de lave, je ne pus retenir un cri.

Il était en colère. Il rugissait, décrivait de longs cercles puis repartait à l'attaque, brûlant tout sur son passage. Très vite, la forêt fut en feu. Il n'avait pas plu depuis une éternité et l'incendie se propageait à une allure affolante. « Arrête ! répétai-je à l'oreille du monstre. Je t'en supplie, pourquoi fais-tu ça ? »

Il ne me répondit pas. Il attaqua, encore et encore, et je contemplais avec désespoir les immenses étendues calcinées. Bientôt, il ne resta plus rien : des souches carbonisées, une herbe noircie, des cendres et de la poussière.

Une odeur de brûlé montait jusqu'à nous. Le dragon s'en enivrait. Il était de nouveau heureux, volait comme un acrobate au-dessus des bois fumants. Je me laissai aller. J'étais triste, fâchée contre lui, mais plus fâchée encore contre ce qui avait pu le pousser à commettre une telle horreur.

Tu me manques. Où es-tu ?

Nous planâmes en longues ellipses au-dessus des terres dévastées, jusqu'à ce que mes yeux se plissent et qu'enfin je voie ce qu'il voulait me montrer.

Un frisson glacé remonta entre mes omoplates.

Te rappelles-tu ?

Là, tout seul au milieu du chaos, je le reconnaissais. Je reconnaissais cet arbre.

D'un puissant coup de reins, le dragon regagna les hauteurs. Il fonçait droit vers la lune à une vitesse délirante. Je ne parvenais plus à m'accrocher.

Il rabattit ses ailes contre son corps.

Te rappelles-tu ?

Une main lâcha. Puis l'autre.

Je tombai.

Je rejetai mon édredon. Mon dos était trempé de sueur. J'ôtai ma chemise de nuit et courus à la fenêtre. L'aube pointait à l'horizon. Le temps s'était levé. J'accueillis avec gratitude la caresse du vent sur ma peau.

Rassemblant mes affaires en hâte, je descendis dans la salle commune. Philip s'y trouvait déjà, qui savourait un bol de café. Il hocha la tête vers la porte.

– Notre ami s'en est allé.

Je me laissai tomber sur ma chaise.

– Il y a longtemps ?

– Comment le saurais-je ?

Il me tendit un morceau de pain.

– Mangez.

– Je n'ai pas faim.

– Vous avez mauvaise mine.

Du bout du doigt, je suivais les irrégularités de la table.

– Quand partons-nous, Philip ?

– Vous êtes pressée ?

– Oui.

Il engloutit ce qui restait de sa tartine et alla chercher son manteau.

– Je prendrai votre tableau, si vous voulez.

– Cela ira, merci.

Quand le soleil se hissa devant la ligne d'horizon, nous étions déjà loin.

La forêt luisait de rosée. La journée promettait d'être particulièrement agréable. Pourtant, je ne parvenais pas à me détendre. Le tableau était là, debout devant moi sur la banquette d'en face. Je brûlais d'envie de le contempler. Salem ! L'asile d'aliénés de Salem... Je me souvenais d'une gravure dans un livre d'histoire. Un homme à moitié nu assis au milieu d'une pièce vide, enroulé dans un drap, vociférant parmi ses excréments.

Qui pouvait m'avoir fait cadeau d'une toile, et pourquoi ? L'espace d'un instant, je considérai l'idée de retourner au couvent pour demander des éclaircissements à la mère supérieure. Cela eût été une folie.

Sur le coup de midi, notre attelage s'arrêta. Des hommes en armes nous barraient la route. Ils portaient l'uniforme de l'Empire et étaient armés de mousquets. Leur capitaine, un hidalgo moustachu au sourire désagréable, s'avança à notre rencontre.

– Vous ne pouvez pas continuer par ici.

– Pourquoi pas ? demanda Philip.

– Nous chassons les Indiens.

– Vous chassez ?

J'étais descendue. L'homme me détailla tranquillement en tortillant sa moustache.

– Au-delà de cette limite, nous ne pouvons plus garantir votre sécurité. Ces Iroquois sont de véritables sauvages. Il serait regrettable qu'une jolie et frêle demoiselle civilisée vienne à tomber entre leurs mains. Revenez dans quelques jours.

– Impossible, déclara Philip.

– Où allez-vous ?

– À Boston.

L'homme réfléchit.

– Il existe bien un moyen. Mais c'est beaucoup plus long.

– Dites toujours.

– Vous pouvez retourner sur vos pas et prendre la route de la côte. Celle qui passe par Providence. Le panorama est de toute beauté.

Philip se pencha vers moi.

– Qu'en pensez-vous ?

Je frémis. Un pressentiment me tenaillait.

– Je ne sais pas.

Le capitaine me gratifia d'un sourire condescendant.

– Peut-être une escorte privée vous serait-elle agréable, mademoiselle ?

– Je suis assez grande pour veiller sur moi-même.

L'homme se fendit d'un grotesque salut. Les autres soldats s'esclaffèrent. Je regagnai ma place et claquai la portière.

– Allons-y, Philip.

Nous repartîmes en sens inverse sous les railleries de la garnison. Au bout de quelques minutes, je pris le tableau et le glissai sous ma banquette.

À cet instant, naturellement, je ne savais rien des forces qui s'agitaient dans l'ombre : rien de l'Empereur, rien du monde derrière le voile (quoique j'en eusse déjà, sans le savoir, aperçu les frontières) et bien moins encore des majestueux pygargues à tête blanche qui, lâchés au-dessus des plaines, volaient maintenant, lestés de précieux messages, vers les augustes membres de la Fraternité d'York.

Des mois plus tard, je me souviendrais de cette matinée avec une émotion trouble et je pourrais, en y songeant de nouveau, reconstituer précisément le fil des événements. Oui, c'était le moment exact où Lazarus était monté sur le toit de son auberge et où ses serviteurs avaient pris leur essor vers les nuages afin de porter la nouvelle de mon arrivée à leurs mystérieux récipiendaires. Mais, pour l'heure, je demeurais ignorante de ces choses. Pour l'heure, j'étais seulement fatiguée, en colère et, dans ma confusion, je ne me rendais même pas compte qu'une caisse avait été glissée pendant la nuit sous l'autre banquette. Et je n'entendais même pas les cliquètements répétitifs qu'elle produisait à intervalles réguliers.

La journée s'écoulait paisiblement. Le capitaine avait eu au moins raison sur un point : la route que nous suivions était une splendeur. Des rochers déchiquetés plongeaient dans une mer aux reflets marine, où venait se mirer un soleil tremblant. Une végétation luxuriante s'étalait à flanc de falaise. Parfois, nous croisions un petit village, quelques maisons regroupées dans une anse avec, toujours, un clocher de temple au-dessus des toits et quelques barques écaillées se balançant au gré des flots. À d'autres moments, nous longions de vastes grèves sableuses dominées par des phares de pierre où des échassiers, graciles sur leurs longues pattes noires, venaient chercher leur pitance à coups de bec nerveux. Puis la route remontait ; Philip fouettait notre cheval fourbu, et des cumulus bourgeonnants se figeaient au-dessus des criques.

Sur notre gauche s'élevait désormais une forêt d'érables rouges, d'ormes et de chênes blancs frisés. Puis, d'un coup, la route descendit ; nous dûmes sauter du fiacre. Les toits charmants d'un nouveau village portuaire s'offraient à notre vue. Un homme nous croisa et nous salua d'un signe de tête amical. Ce devait être le pasteur. Je remontai aux côtés de Philip.

– Quel charmant endroit !

– C'est Old Haven, répondit mon cocher. Un village puritain parmi d'autres.

La route ne tarda pas à remonter. Elle s'éloignait de la côte à présent mais j'eus le temps, en me tordant le cou, d'admirer une dernière fois les reflets du crépuscule naissant sur les eaux sombres de l'Atlantique. Après quoi, comme à regret, nous passâmes à couvert.

Je rajustai mon châle.

– Sommes-nous encore loin de Boston, Philip ?

– Nous n'y arriverons pas avant demain soir.

– Et où dormons-nous cette nuit ?

– Aucune idée.

La piste montait, devenait mauvaise. La température était tombée. Ramenant mon fichu, je croisai les jambes, puis les décroisai, les recroisai encore...

– Pouvons-nous...

– Quoi ? Nous arrêter ?

Je grimaçai.

– J'ai une envie pressante.

Il gonfla ses joues, et se ravisa. Je descendis prestement.

– Merci.

Laissant mon fichu, je m'enfonçai dans les sous-bois. Un sentier serpentait entre les arbres. J'aurais pu m'arrêter derrière un buisson mais je décidai de continuer. Le chemin devenait ardu. Mon cœur cognait dans ma poitrine. Je contournai un rocher. Des ronces s'accrochaient à ma robe, insistantes. J'étais une femme drapée d'écarlate, et des papillons voletaient autour de moi, perdus comme des âmes. Un inquiétant sentiment d'allégresse s'empara de mon cœur. Je me rendis compte que je courais.

Je m'arrêtai. Où étais-je arrivée ?

Une clairière.

Un arbre immense, impressionnant dans l'obscurité, s'élevait à ciel ouvert au milieu de l'herbe fraîche. Je n'avais pas peur. Sans doute aurais-je dû. Sans doute aurais-je dû être terrifiée en m'avançant sous les branches noueuses.

Car j'avais déjà vu cet arbre, oui. J'avais caressé son écorce, j'avais étreint son tronc, je m'étais étendue à l'ombre de ses ramures épaisses. Et puis j'avais fui, j'avais couru sous les feuillages, hurlant dans une nuit d'épouvante sans fin, submergée par une armée d'émotions irréconciliables.

Lentement, je tombai à genoux. Un papillon s'était posé, à bout de forces. Je me souvenais. Comment avais-je pu oublier ?

J'étais venue dans cette clairière, des dizaines, non : des *centaines* de fois.

En rêve.

Old Haven

– Je vais rester ici.

Philip me dévisagea avec stupeur.

– Quoi ?

Je me retournai, balayai la forêt d'un geste ample.

– J'aime cet endroit.

Mon cocher se renfrogna.

– Vous n'êtes pas sérieuse ! Je suis censé vous conduire jusqu'à Boston.

– Je vous délivre de votre promesse.

– Mais les sœurs...

– Vous ne leur en parlerez pas. Vous n'en serez pas à votre première cachotterie.

La route que nous avions empruntée surplombait Old Haven et longeait la forêt. Nous contemplâmes le village au pied de la falaise. Une trentaine de masures se pressaient autour d'un temple modeste ; d'autres s'égaillaient dans les collines alentour. Plus loin, quelques frêles voiliers oscillaient devant les eaux sanglantes du port.

Au nord, massif et sévère, un promontoire rocheux dominait la crique. Un sombre manoir à pignons s'y dressait. Des pensées contradictoires se bousculaient en moi. Je voulais vivre ici, j'en étais certaine. Mais les raisons de ce désir n'étaient pas très claires. Obéissais-je à quelque instinct ?

– Bonjour !

Philip ôta son chapeau. L'homme que nous avions croisé tout à l'heure montait à notre rencontre par le petit escalier de bois, fixé à flanc de roche, qui menait de la route au village.

– Si je puis vous être utile à quoi que ce soit... Je suis le pasteur Godfrey. Tout le monde ici m'appelle Caleb. Je vois que vous avez fait halte chez nous.

C'était un homme d'une cinquantaine d'années, à en croire ses cheveux gris et son visage finement tavelé. Vêtu d'un long habit noir, il avait conservé toute sa prestance. Ses grands yeux bleus étincelaient sous des sourcils en broussaille.

Je lui tendis la main.

– Je suis Mary, euh... Mary Campbell. Et voici Philip, mon cocher. Nous cheminions vers Boston, mais nous nous sommes arrêtés pour admirer la beauté du paysage.

Sa poigne était ferme ; il regarda à son tour.

– Il faut reconnaître que le site est magnifique. Tous les voyageurs tombent sous son charme. Pardonnez mon indiscrétion, Miss Campbell, mais qu'allez-vous faire à Boston ?

Philip répondit à ma place :

– Elle cherche du travail.

– Oh.

– Je viens de quitter l'orphelinat de la Sainte-Charité, à Gotham.

– Et vous vous lancez à la conquête du monde.

Je souris.

– Je n'ai nullement cette prétention. Je veux simplement gagner ma vie, servir mon prochain et...

– Que cherchez-vous ?

Il était devenu très sérieux.

– Je vous demande pardon ?

– Je suppose que les sœurs vous ont dispensé un enseignement de qualité. Quel genre d'emploi vous siérait-il ?

– À dire vrai, reconnus-je, je n'ai encore rien décidé. Je sais coudre, broder, faire la cuisine et le ménage, je peux enseigner à des enfants, je possède des rudiments de...

– J'ai besoin d'une personne telle que vous.

Il s'avança au bord de la falaise.

– Ma servante se fait vieille. Elle n'est hélas plus bonne à grand-chose.

Visiblement mal à l'aise, Philip se trémoussait sur son siège. Le cheval piaffa ; lui aussi était impatient. Un vent léger s'était levé.

Le pasteur se racla la gorge.

– Si vous aimez tant cet endroit, Miss Campbell, pourquoi ne pas rester avec nous ? Vos émoluments seraient modestes, certes, mais la vie est douce à Old Haven, loin du fracas et des rumeurs de Boston. Si vous le désirez, je vous engage.

– Eh bien...

Je renouai mon fichu. C'était si inattendu !

– Puis-je vous poser une question ? grogna Philip dans notre dos.

Nous nous retournâmes.

– Je vous en prie.

– Pourquoi ne pas engager quelqu'un du village ?

Le pasteur haussa un sourcil.

– Pour être honnête, lâcha-t-il, je ne trouve personne.

Je toussotai. Caleb croisa les bras.

– Les nuits sont fraîches sur la côte. Si vous le désirez, je vous offre l'hospitalité pour ce soir. Vous pourrez ainsi faire connaissance avec la maison. Et vous aurez tout loisir de réfléchir à ma proposition.

– Nous trouverons une auberge, dit Philip en remettant son chapeau.

Je le fusillai du regard.

– La nuit tombe, dis-je. Nous ne connaissons pas la région. C'est bien volontiers que nous acceptons votre offre, révérend.

Le pasteur s'inclina, puis désigna la falaise et son manoir.

– C'est là-bas.

Un vol de mouettes passa dans le couchant.

– Comment y va-t-on ? grommela Philip, toujours d'aussi mauvaise humeur.

– Il faut suivre cette route. Un sentier s'en écarte, à un mile environ. Je peux vous montrer le chemin.

J'ouvris la portière ; il s'écarta pour me laisser passer.

– Je vous en prie.

Rassemblant mes jupons, je m'installai sur ma banquette. Il s'assit dans l'autre sens. Philip fit claquer son fouet. Nous étions repartis.

Lorsque notre fiacre s'arrêta devant les grilles du manoir, la nuit avait étendu son empire. D'ultimes filaments violacés s'étiraient, cotonneux, au-dessus de l'océan. Deux lanternes pendues à des branches jetaient une lueur blafarde sur le sentier gravillonné. Nous descendîmes, et le pasteur mena lui-même notre cheval aux écuries.

Philip et moi patientions sur le perron. Je levai les yeux, dénouant mon fichu. Une rafale me l'arracha des mains et je le vis s'envoler au loin, partir au-dessus des flots, sans pouvoir rien y faire.

– Drôle de présage, souffla mon cocher.

La demeure était haute de trois étages et dominait la baie telle une sombre sentinelle. Les arbres noirs vacillaient sous la brise. Le temps s'était considérablement rafraîchi.

Caleb réapparut.

– Navré de vous avoir fait attendre.

Il sortit un trousseau de clés de ses robes, et la grande porte d'entrée grinça. Nous pénétrâmes dans le hall.

– Priscilla ?

Une silhouette voûtée s'avança à notre rencontre. C'était une vieille femme au visage parcheminé. Elle leva sa lampe.

– Priscilla, reprit le pasteur, nous avons des hôtes ce soir, voici Miss Campbell, qui nous vient de Gotham, et son cocher, hum...

– Philip.

– Philip, oui. Ils passeront la nuit ici. Si vous pouviez apprêter les chambres...

La petite vieille s'en retourna sans un mot. Je fis mine de la suivre.

– Auriez-vous besoin d'aide ?

Caleb m'arrêta.

– Laissez, Mary. Il faut qu'elle se sente utile. Venez.

Nous entrâmes à sa suite dans une vaste pièce, seulement éclairée par un feu crépitant. Un vaisselier s'adossait au mur blanc et une grande table trônait au centre, garnie de quelques chaises. L'ensemble respirait l'austérité.

Le pasteur attrapa un chandelier, le posa sur la table et alluma une bougie. La petite flamme tremblota. Caleb tira des chaises.

– Installez-vous.

Il ouvrit le vaisselier et sortit trois assiettes de porcelaine.

– Je n'ai que de la viande froide à vous proposer, ainsi que du potage d'asperges et des pommes de terre nouvelles. J'espère que cela suffira.

J'acquiesçai vivement. Je n'avais rien mangé depuis ce matin, et l'air de la côte m'avait ouvert l'appétit. Philip sembla se radoucir lorsque les assiettes débordant de victuailles apparurent devant lui. Il se servit largement.

Nos ombres déformées s'allongeaient sur les murs. Le pasteur s'installa à nos côtés et poussa un broc d'eau.

– Buvez ! Elle est très pure.

Nous attrapâmes nos gobelets. Caleb nous considéra d'un air satisfait. Il recevait rarement de la visite. Il préférait se déplacer, expliqua-t-il. Bien que quelques souvenirs douloureux y fussent associés, cette maison était comme un refuge pour lui – un sanctuaire protégé du temps.

Philip, qui commençait à se dérider, lui demanda comment il était devenu pasteur. La réponse était simple, quoique énoncée d'une voix faible : le père de Caleb avait occupé cette charge avant lui, et la lui avait transmise peu de temps avant sa mort.

– Et votre mère ? poursuivit mon cocher.

Je lui lançai un regard courroucé. Les yeux du pasteur se troublèrent.

– Morte, elle aussi. Elle repose dans la lumière du Seigneur.

– Je suis désolée, dis-je.

– Ne le soyez pas. Son temps était venu.

– En somme, reprit Philip, vous vivez ici seul avec votre servante.

Caleb renifla.

– Je ne suis pas seul.

Il désigna la pièce :

– Dieu est partout, dans tout ce qui nous entoure. Ne sentez-vous pas sa présence ?

Philip esquissa un geste fataliste, comme pour signifier qu'il était inutile de chercher à le convaincre. Puis il trempa sa cuiller dans son assiette de potage et avala à petites lampées. Le pasteur regardait ailleurs. Je le sentais triste.

– Mon révérend ?

– Vous pouvez m'appeler Caleb.

– Combien... combien d'habitants compte le village ?

Il considéra sa cuiller.

– Deux cent cinquante, au dernier recensement.

Philip allait poser une autre question lorsqu'un grincement se fit entendre. C'était la servante, qui redescendait l'escalier. Bientôt, elle se posta devant nous et forma un signe compliqué avec ses mains. Caleb hocha la tête.

– Grands mercis, Priscilla. Vous pouvez disposer.

La petite vieille repartit comme elle était arrivée. Le silence retomba.

Plus tard, quand nous eûmes terminé de souper, Caleb se leva, ouvrit un tiroir du vaisselier et en sortit un nécessaire à priser. Nos regards interrogateurs l'amusèrent.

– Tabac indien, expliqua-t-il. Mon péché mignon. Souhaitez-vous y goûter ?

Philip secoua la tête. Je croisai son regard. Il avait l'air fatigué, mais la méfiance qu'il avait éprouvée au début semblait s'être évaporée. Je réalisai qu'il tenait à moi, plus sans doute qu'il ne voulait bien le montrer.

– Quelles sont les nouvelles de Gotham ? demanda le pasteur. J'avoue qu'ici, à Old Haven, nous nous tenons assez peu informés des affaires du monde.

– Oh, toujours la même chose, répondit Philip. Les taxes sur le commerce ne cessent d'augmenter, le peuple grogne et l'Empereur n'en a cure. Ah, et ses raids contre les pirates se multiplient ; c'est devenu une véritable obsession.

– Je vois, fit le pasteur. Encore cette vieille histoire du *Copernic*.

Un sourire passa sur son visage. En 1704, un navire anglais chargé de reliques achetées à prix d'or en Europe avait été attaqué par une bande de flibustiers. Le *Copernic* – c'était son nom – avait été envoyé par le fond, non sans avoir été délesté de sa précieuse cargaison. Il y avait eu des témoins : des Français, faits prisonniers et relâchés au bout de quelques semaines. Les pirates, avaient raconté ces rescapés, s'étaient odieusement pavanés, agitant ciboires et croix sacrées dans un simulacre de cérémonie catholique arrosée de rhum blanc. L'épisode avait fait grand bruit à Gotham. Le Parlement alors en place avait voté des crédits sans précédent pour la lutte contre la piraterie.

– Tout est parti de là, renchérit Philip.

Opprimés depuis des années, soumis à des conditions de vie de plus en plus rudes, les puritains s'étaient secrètement réjouis de l'incident. Mais la vague de répression qui s'était ensuivie – et qui les avait touchés eux aussi de plein fouet – avait vite douché leur enthousiasme. L'accession de l'Empereur au trône d'Amérique n'avait évidemment rien fait pour améliorer les choses : Sa Majesté était un catholique convaincu et, malgré ses déclarations apaisantes, tout le monde savait qu'il haïssait les puritains. S'il continuait à les laisser vivre, prétendaient les notables de Gotham (et ils ne plaisantaient qu'à moitié), c'est parce qu'il était trop heureux d'avoir quelqu'un sur qui rejeter tous les problèmes de l'Empire.

– Tout a commencé bien avant, rectifia le pasteur.

Je soupirai. J'avais été élevée chez les sœurs dans un esprit de fraternité et d'œcuménisme, qui leur avait d'ailleurs valu bien des problèmes. Pour moi, catholiques et puritains, malgré leurs divergences, appartenaient à une seule et même communauté. Je ne parvenais pas à comprendre par quels désastreux enchaînements de circonstances ils en étaient venus à s'entretuer et, à présent que j'y réfléchissais, la perspective de travailler pour un pasteur, et non un prêtre, me ravissait au plus haut point : dans ma naïveté, j'y voyais un clin d'œil du destin. Je croyais encore aux vertus de la paix.

La discussion se poursuivit quelque temps, mais je n'y prêtais plus attention. J'étais engourdie. Le feu dans l'âtre m'hypnotisait.

– Mary ?

Caleb m'observait.

– Vous êtes éreintée. Vous devriez aller vous coucher.

C'était une invitation que je ne pouvais qu'accepter de bonne grâce. Je me levai. Philip m'imita. Le pasteur emporta le chandelier et nous précéda dans l'escalier. Le bois craquait sous nos pas. Par endroits, les murs étaient fissurés, et il flottait dans l'air une vague odeur de moisi. Assurément, c'était une vieille maison. J'avais envie de l'aimer, mais quelque chose en elle résistait à mon amour. Étaient-ce les tableaux des aïeux de la famille Godfrey, suspendus dans l'étroit couloir, et qui paraissaient nous observer ?

Le pasteur nous laissa sur le pas de nos portes. Il nous indiqua sa chambre : elle était contiguë à celle de Philip.

– Je vous souhaite le bonsoir, déclara-t-il, une main sur sa poignée. Vous pouvez dormir tout votre content : Priscilla pourvoira à vos besoins. Si vous me cherchez, Mary, vous me trouverez au temple. Il y a un chemin qui descend directement au village – on y accède par le petit portail au fond du jardin. Si vous ne me cherchez pas, eh bien, je serai tout de même ravi de vous avoir rencontrée. Et vous aussi, maître Philip.

Mon cocher s'inclina et nous nous souhaitâmes bonne nuit. Je m'assis sur mon lit. Le pasteur Caleb avait l'air bon et serviable. Old Haven était un merveilleux petit village et je ne doutais pas que le spectacle des levers de soleil sur la baie, certains matins d'automne, étaient de ceux qui pouvaient vous réchauffer l'âme.

Malgré tout...

Je me glissai sous l'édredon, soufflai ma chandelle.

Malgré tout, il subsistait une part d'ombre chez cet homme. Certaines de ses paroles me revenaient à l'esprit. *Souvenirs douloureux*... Ne s'était-il pas montré remarquablement serein – d'une sérénité plus que religieuse – lorsque Philip avait maladroitement évoqué le souvenir de sa mère ? Pourquoi avais-je senti sa voix changer, une minute auparavant ? C'est en réfléchissant à ces questions que je finis par m'endormir, d'un sommeil sans rêves cette fois – rien, du moins, dont je puisse me souvenir.

La pluie zébrait la fenêtre. Je cachai ma tête sous mon oreiller. Il faisait jour, et je me sentais plus fatiguée encore que lorsque je m'étais endormie.

– Miss Mary ?

Philip frappait à ma porte. Je m'enroulai dans mon châle et allai ouvrir. Mon cocher était vêtu de pied en cap et mordait dans une miche de pain blanc.

– Il est près de dix heures.

Je le fixai sans réagir.

– Le pasteur est parti. Je me demandais si vous étiez morte.

Je m'ébouriffai les cheveux. Je n'étais peut-être pas morte, mais je ne valais guère mieux. Je tenais à peine sur mes jambes. Il me tendit sa miche :

– Vous en voulez ?

Je déclinai. L'idée même de manger me faisait horreur. Philip haussa les épaules et enfouit le reste de son pain dans la poche de sa veste. D'un hochement de tête, il désigna l'escalier.

– Vous devriez vous apprêter. La route est encore longue jusqu'à Boston.

Je toussai.

– Je ne vais pas à Boston.

– Quoi ?

– Vous m'avez bien entendue, Philip. Le pasteur

Caleb me propose un emploi de gouvernante. Je reste ici.

– Mais...

– Je sais ce que vous pensez : j'agis de manière impulsive. C'est vrai. Je suis une femme de sentiments, pas de réflexion. Cet endroit me plaît. Ce serait trop long à expliquer. Votre rôle était de m'accompagner jusqu'à ce que je sois en sécurité. Je le suis. Vous pourrez le dire aux sœurs.

Il se gratta la nuque avec perplexité.

– Vous êtes quelqu'un de bien, poursuivis-je. Je vous sais gré des confidences que vous m'avez faites. Mais je gage aussi que vous avez hâte de rentrer à Gotham. Ne vous inquiétez pas, je serai bien traitée ici.

Il hocha la tête. Aucun argument n'aurait pu me faire changer d'avis, et il le savait. Il proposa de monter mes bagages. Je passai une robe, et nous descendîmes ensemble.

Dans l'air froid et grisâtre, le cheval attendait en piaffant. Une brume délicate flottait sur la baie. Les maisons semblaient s'être resserrées autour du temple pour se réchauffer. Une douce mélancolie s'immisçait en mon âme.

– Pourrez-vous prendre le coffre ?

Mon cocher avait hissé la malle sur ses épaules et tenait mon tableau sous le bras. Je me baissai sous la banquette. Et plissai le front.

– Philip ?

Il se retourna au milieu de l'allée.

– Il y a une caisse sous la banquette.

– Une caisse ?

– Oui, c'est curieux. Je ne me rappelle pas l'avoir vue avant.

Il posa son chargement sur le sentier et revint

vers moi. J'avais extirpé la caisse de sa cachette. Il me la prit des mains et la secoua pour essayer d'en deviner le contenu. On entendait une sorte de cliquetis.

– Je ne comprends pas, dit-il en plissant les yeux. Il n'y a rien d'inscrit, je... j'ignore comment elle est arrivée là.

– Nous pourrions l'ouvrir, non ?

Il inspecta les environs.

– Il faudrait un outil pour faire levier.

Laissant la caisse au pied du fiacre, nous montâmes ma malle et le reste de mes affaires dans ma chambre. En repassant dans la salle à manger, Philip s'empara du tisonnier posé contre la cheminée et ressortit d'un pas rapide.

Je trottai derrière lui. Il s'agenouilla devant la caisse, introduisit le bout de son instrument dans l'interstice et appuya de tout son poids. Le couvercle céda dans un craquement. Nous nous penchâmes.

– Sainte Mère de Dieu !

Il écarta les brins de paille qui recouvraient l'objet et le sortit en pleine lumière. C'était un chat mécanique : une merveille de précision cuivrée, assis sur ses pattes arrière. L'animal cligna des yeux et tourna la tête.

– Peut-être... commença Philip en me le tendant.

Je pris l'automate dans mes bras. Il était étonnamment léger. J'avais déjà entendu parler de machines semblables. Les chats, les vrais, avaient disparu au début de ce siècle, et ceux qui n'avaient pas eu le bon goût de se volatiliser avaient été capturés et brûlés, comme les sorcières à qui on leur reprochait d'appartenir. Les chats mécaniques, eux, étaient autorisés. La production était le fait de rarissimes orfèvres exceptionnellement doués qui vendaient leurs créations à prix d'or. Seuls quelques riches négociants et une poignée de potentats locaux pouvaient se targuer de posséder pareilles beautés. Celui-ci devait valoir une fortune.

– C'est sûrement une erreur, dis-je.

À cet instant, le chat ouvrit sa petite gueule avec un léger grincement, et deux syllabes métalliques s'échappèrent de sa gorge :

– Ma-Ry.

Mon cœur se serra. Je savais que cet animal était une machine, mais il me regardait avec une telle intensité que je crus percevoir de l'amour dans ses yeux. « Mary Campbell, me sermonnai-je, tu n'es qu'une jeune idiote sentimentale. »

– Non, souffla Philip. Je crois qu'il est à vous.

Je me relevai, le chat dans mes bras. Le vent jouait dans mes cheveux. Qui avait pu m'offrir un tel présent ? J'étais certaine que cette caisse ne se trouvait pas là au départ de Gotham. Ensuite... ensuite, je n'avais plus fait attention.

Il devait s'agir du pasteur. Mais je restai sceptique. Pourquoi glisser ce cadeau sous ma banquette ? Pourquoi ne pas le poser devant ma chambre ou me le remettre en mains propres ? Regagnant le manoir, je pris la résolution de ne pas lui poser la question. S'il voulait m'en parler, eh bien, je le laisserais faire.

Dix minutes plus tard, Philip était parti. Il n'aimait pas les effusions ; moi non plus. Il me serra simplement contre lui, me recommanda de prendre soin de moi et me répéta que le couvent serait toujours là pour m'accueillir en cas de nécessité.

Je prodiguai une caresse au cheval et demeurai au milieu de l'allée tandis que l'attelage s'éloignait en brinquebalant. Les grilles étaient restées ouvertes. J'attendis que le fiacre eût disparu au coin du chemin pour m'en retourner. Puis je levai les yeux vers les combles. J'avais constamment cette sensation d'être épiée.

Mon regard s'abaissa et tomba sur Priscilla, qui m'attendait sur le porche. Je la rejoignis en enveloppant le chat mécanique dans mon châle. Une nouvelle vie commençait.

– S'il vous plaît ?

La petite servante détala à mon approche. Pourquoi me fuyait-elle ? Je la rattrapai dans l'escalier et la retins par une manche.

– Priscilla ? Je vais rester travailler ici. J'espérais... j'espérais que nous pourrions être amies.

Elle se dégagea avec force et reprit sa montée. Je n'insistai pas. Sans doute avait-elle de bonnes raisons de se méfier de moi. Elle avait vécu seule avec le pasteur ; l'arrivée d'une jeune gouvernante bouleversait son univers. Il faudrait que je lui laisse du temps.

Je me cloîtrai dans ma chambre et posai le chat mécanique sur mon lit. Il ne me quittait pas des yeux. Je m'assis à ses côtés.

– Bon, comment allons-nous t'appeler ?

La créature émit un bref ronronnement. Je me postai à la fenêtre. Dehors, un tourbillon de feuilles rousses s'avançait au-dessus du jardin, franchissait la clôture, s'éparpillait dans les airs. De lourds nuages paissaient sur la baie.

Je me retournai.

– Sun, dis-je. C'est un drôle de nom pour un chat, mais comme je ne sais pas qui tu es, nous allons nous en tenir à cela, d'accord ?

Le chat leva une patte. Je passai une main sur sa petite tête ronde.

– Sun.

Le pasteur ne rentrait pas. Pour ce que j'en savais, il pouvait très bien être parti toute la journée, et ce n'était pas auprès de Priscilla que j'allais en apprendre plus : elle était introuvable.

Le manoir était silencieux. Insensible à ses protestations, je rangeai Sun dans sa caisse et le glissai sous mon lit.

Puis je sortis.

Je n'eus aucun mal à trouver le portail dont m'avait parlé Caleb. Un chemin descendait à pic : des marches de bois branlantes au milieu d'herbes folles.

Je progressai avec lenteur ; un faux pas, et je me serais rompu les os. Plusieurs fois je m'arrêtai pour admirer le panorama. Des rayons de soleil chétifs commençaient de percer entre les brumes ; l'océan était pailleté d'or.

Dans les rues du village, j'apercevais de maigres silhouettes cheminant telles des fourmis, des carrioles et leurs chargements, toute l'agitation d'un petit monde tranquille. Calme, suave monotonie d'une existence sans heurts – il me semblait n'aspirer qu'à cela. Je me trompais, naturellement : au fond de moi, je savais que je me trompais.

Lorsque j'arrivai sur la place du village, le temple était en train de se vider. L'horloge du clocher venait de sonner les douze coups de midi. Les gens m'observaient avec curiosité. Bientôt, Caleb apparut en haut des marches. Il descendit gaiement et prit mes mains dans les siennes.

– Je reste, dis-je.

Un sourire crispé éclaira son visage.

– Je le devinais. Je suis très heureux.

– En revanche, j'ai une requête qui...

Il ne m'écoutait pas. Il me prit par le bras.

– Venez, je vais vous faire découvrir le village.

Nous nous engageâmes sur la rue principale – celle qui menait droit aux quais. Une casemate de pierre montait la garde face à la mer ; trois bateaux de pêche se balançaient au gré de la houle. Nous obliquâmes vers le centre du village et nous perdîmes dans un dédale de chemins terreux, bordés de vieilles maisons en briques grises. De nombreux habitants, m'expliqua Caleb, vivaient des produits de la pêche. Mais on trouvait aussi des artisans à Old Haven, des bûcherons et des négociants qui commençaient à établir leurs comptoirs. L'espoir, à terme, était de proposer une alternative crédible aux encombrements et à la fumée bostoniens. La tâche s'annonçait compliquée ; elle n'en était que plus passionnante, m'assura le pasteur.

De fait, il soliloquait avec un tel enthousiasme que je n'osais l'interrompre. Ses fidèles devaient former une communauté très soudée. Le village était l'un des derniers bastions assumés du puritanisme au sein de Rhode Island, mais ses habitants avaient confiance en l'avenir. Ils sortaient d'une période difficile, entachée de sombres affaires de sorcellerie et de persécutions. Caleb lui-même, tout pasteur qu'il fût, avait vécu des heures noires. Mais il avait trouvé la lumière, disait-il : une nuit dans les collines. Et cette lumière désormais le guidait sans faillir. « Quant à vous... » Il m'expliqua en quoi allait consister ma tâche : il avait besoin d'une bonne cuisinière, et d'une femme sachant s'acquitter des travaux d'une maison, couture, raccommodage, argenterie, etc. Pour ce qui était de l'entretien des chambres, je pouvais laisser cela à Priscilla ; c'était une chose qu'elle faisait encore bien, et dont il aurait été cruel de la priver.

Lorsque nous arrivâmes au pied de l'escalier qui menait au manoir, il me demanda si tout me convenait.

– Je vous remercie de vos excellentes intentions, révérend. Mais, en vérité, il est un point dont j'aimerais...

– Dites-moi.

– Je voudrais ma propre maison.

Il se figea.

– Quelle étrange requête. Je crains que cela ne soit impossible.

– Je viendrai quand vous voudrez. Avant l'aube, si cela est nécessaire. Mais j'ai besoin...

– D'être seule ?

– Je suppose.

Il parut déçu ; se gratta le crâne.

– De toute façon, je ne vois pas où vous pourriez...

– Je désirerais la faire construire.

– Comment ?

Les mots s'étaient échappés malgré moi. J'étais surprise de les avoir prononcés, surprise aussi de cette vision qui s'imposait à mon esprit : l'arbre de mes rêves.

– Je... je pense que je saurai m'y prendre. J'ai assisté un charpentier, lorsque j'enseignais au couvent. Nous avons réparé le clocher ensemble.

– Je vois.

Il se tourna vers l'océan. Un silence épais était descendu entre nous.

– Je suis consciente de ce que je demande, poursuivis-je. Mais je dispose d'un petit pécule. Cela devrait me suffire pour acheter les matières premières et employer une éventuelle main-d'œuvre. Je n'ai besoin que de peu d'espace.

Le pasteur arqua un sourcil.

– Cela ne résout pas le problème de l'emplacement.

– J'ai déjà mon idée.

– Ah ?

Je pris une profonde inspiration.

– Dans la forêt. En lisière.

Il pivota vers moi. Ses yeux brûlaient d'un feu inquiétant.

– Non.

– Je vous demande pardon ?

– Non, répéta-t-il. Ce que vous me demandez est impossible. N'y pensez plus.

Il s'engagea dans l'escalier et gravit les marches sans même se retourner. Je fermai les yeux.

Deux jours avaient passé. Ne pouvant me résoudre à quitter Old Haven, j'avais loué une chambre au *Gobelin Rouge* – la seule auberge du village.

Le soir du premier jour, j'étais montée récupérer mes effets personnels au manoir Godfrey. Caleb m'avait laissé faire sans m'adresser un mot. Son refus, je l'avais compris, ne concernait que ma maison ; mais il jetait une ombre trop large sur notre association naissante. La carriole du capitaine Solomon m'attendait devant les grilles. L'homme m'avait trouvée pleurant à chaudes larmes sur un banc de pierre face à l'océan. Je lui avais raconté mon histoire. Il n'avait pas paru surpris. « Laissez faire le temps, avait-il soufflé en jetant une couverture de laine sur mes épaules. Le temps est comme la mer : il érode les reliefs et les mauvais souvenirs. »

C'est le capitaine qui m'avait conseillé de rester quelques jours. « Êtes-vous bien sûre de vouloir ce travail ? » Mon Dieu, je l'étais. Il avait donc parlé à l'aubergiste : Carl, un Hollandais. En règle générale, le *Gobelin Rouge* n'acceptait pas de femme seule. La chose était contraire aux principes de morale qui régnaient en ses murs. Mais je sortais du couvent, je ne savais pas où aller, je voulais reparler au pasteur, et j'avais de quoi payer. C'était plus de raisons qu'il n'en fallait. Du reste, je ne me mêlais guère aux villageois ; le jour durant, je restais cloîtrée dans ma chambre, ne descendant que pour souper.

Le chat Sun était mon unique confident. J'ignore pourquoi je m'entêtais ainsi. J'ignore même ce que j'attendais d'une telle obstination. Au soir du deuxième jour, cependant, j'avais pris conscience d'une chose : ce n'était pas tant travailler pour le pasteur qui m'intéressait que vivre dans cette maison en lisière de forêt. Vivre près de l'arbre.

Chaque matin, le capitaine Solomon venait me rendre visite. C'était un homme gentil et compréhensif, deux fois veuf, marié encore, et qui se trouvait à la tête d'une vaste et joyeuse famille dont les innombrables rejetons se dispersaient dès le matin dans les ruelles. Il était affublé d'une barbe grisonnante et d'un tricorne de fortune, et son haleine sentait l'alcool, mais je le sentais animé des meilleures intentions.

Au troisième jour, je croisai le pasteur aux abords du temple. Il me salua d'un bref hochement de tête, comme s'il ne m'avait jamais vue. J'en conçus une vive amertume. Qu'avais-je donc pu dire pour mériter pareil traitement ?

Le soir même, tandis qu'il fermait sa casemate, le capitaine Solomon se laissa aller à quelques confidences. Je l'avais interrogé au sujet de la période difficile à laquelle Caleb avait fait allusion. Son visage se rembrunit. Il se redressa, massa ses hanches endolories, et m'entraîna à l'écart.

– Cela remonte aux années quatre-vingt-dix, murmura-t-il, le visage tourné vers la mer. Salem a eu son histoire de sorcières, mais nous avons connu la nôtre aussi.

– Un procès ?

– Pire que ça : un bûcher.

– Quel rapport avec le pasteur ? Avec le bois ?

Il balaya ma question d'un geste, comme on écarte une mouche importune.

– Les notables de ce village ont voulu faire plaisir aux catholiques pour éviter leurs foudres. Ils ont devancé leurs désirs. Ils ont capturé une femme qui travaillait pour le pasteur d'alors et, après une parodie de justice, ils l'ont brûlée.

Je frissonnai. Les yeux du capitaine étaient injectés de sang et ses mains tremblaient. Sortant une flasque de son manteau, il avala trois gorgées de rhum frelaté.

– Qu'est-ce qui ne va pas ?

– Rien, dis-je.

Son regard avait changé. Il respirait l'amertume et la colère, mais il y avait autre chose aussi ; je sentais une sorte de peur.

– Je vous dégoûte, cracha-t-il. Parce que je refuse de me cacher.

– Que voulez-vous dire ?

Il reboucha sa flasque et s'essuya la barbe d'un revers de manche.

– Je ne suis sans doute qu'un vieil ivrogne, mais méfiez-vous de cet endroit, ma petite Mary. Le passé n'est pas mort, il ne peut pas mourir. Il rôde encore, là ; juste sous nos pieds.

Il désignait le sol. Je secouai la tête ; je ne comprenais pas.

– J'étais un tout jeune homme, reprit Solomon, mais je sais ce que j'ai vu, et tous les vieux du village pourraient vous en parler s'ils en avaient le courage. La nuit aussi possède ses ombres.

Sur ces mots, il tourna les talons et s'éloigna en chancelant. Pensive, je retournai à l'auberge. Plus que les paroles du capitaine, sa nervosité m'avait impressionnée : cette lumière affolée qui dansait dans ses yeux.

Carl me servit une assiette de pois cassés. J'y touchai à peine et montai me coucher. Debout devant ma fenêtre, je contemplai longuement la baie, m'attendant sans y croire à voir surgir quelque chose. Mais non. Tout était calme.

Je me glissai sous mes couvertures et soufflai ma lampe. Les yeux de Sun cliquetaient dans la pénombre.

Le lendemain, je me réveillai écrasée de fatigue. Que m'arrivait-il ? Je dormais d'une traite, mais j'avais la sensation qu'une puissance nocturne me vidait de mes forces tel un vampire.

Je sortis prendre l'air. Le capitaine m'attendait

devant l'auberge. Il avait chiffonné son tricorne. Sa mine était bien meilleure que la veille.

– Je suis désolé, dit-il.

– Vous n'avez pas à l'être. J'ai réfléchi : je vais partir.

– À cause de ce que je vous ai raconté hier ? Il ne faut pas, surtout pas, je...

– Tranquillisez-vous, cela n'a rien à voir. Je suis simplement arrivée à la conclusion que la situation n'évoluerait pas. Le pasteur continue de m'ignorer. J'avais pensé qu'il reviendrait sur sa décision, mais je me suis trompée.

– Bon. Dans ce cas...

Il me tira à sa suite sur l'un des chemins qui traversaient le village. Il marchait très vite. « Hé, attendez ! » Nous nous arrêtâmes devant une longue masure à croisillons. Une enseigne de bois vernis grinçait au-dessus de nos têtes.

Maître Martin, charpentier

De l'intérieur, des coups de marteau s'échappaient. La porte était ouverte. Solomon me précéda et frappa dans ses mains. Penché sur son établi, un homme dans la force de l'âge se redressa, écartant de son front une mèche noire et mouillée de sueur. Sa musculature était impressionnante ; il dépassait le capitaine d'une bonne tête.

– Voici donc la fameuse Mary de Gotham.

Il attrapa un torchon, s'essuya vivement, et me broya la main en souriant.

– Je suis Martin, annonça-t-il, ainsi que l'indique mon enseigne. Je vous ai vue l'autre jour devant le temple, et le capitaine m'a raconté votre histoire. Je fais partie de ceux qui se réjouissent de votre venue à Old Haven.

– C'est gentil.

– Non. C'est la vérité.

Je me tortillai, mal à l'aise.

– Hum, fit le capitaine dans mon dos, dois-je aller chercher les autres ?

– Ce serait le moment, répondit Martin sans me quitter des yeux. Dans la mesure où nous sommes tous d'accord...

Le capitaine s'éclipsa. Martin attrapa une poutre posée contre un mur et la posa sur son établi. Il s'accroupit pour en observer la coupe, fit trois pas de côté, se gratta le menton et resta une minute à réfléchir. Puis il tira un tabouret.

– J'ai entendu dire que vous vouliez construire une maison.

– Les nouvelles vont vite.

– Je vous aiderai.

Il se redressa et dénoua son tablier de cuir.

– Je vous aiderai, répéta-t-il, et vous nous aiderez en retour.

– Comment pourrais-je...

– Ah ! Voici nos amis.

Je me retournai. Trois hommes encadraient le capitaine Solomon. On procéda aux présentations. Il y avait là Sir Edward, l'apothicaire du village, petit personnage moustachu aux manières délicates ; John Fitzgerald, opulent négociant en rhum, qui possédait deux navires et approvisionnait une vaste partie de la côte ; Henry Butler, enfin, le juge d'Old Haven, un homme grand et sec qui était parti étudier dix ans en Angleterre, et promenait partout un regard scrutateur.

– Messieurs...

Sir Edward s'avança et commença à parler. À ma grande surprise, lui et les autres semblaient connaître parfaitement ma situation. Et leur position était on ne peut plus claire : ils souhaitaient que je reste.

– Pour les travaux, je suis votre homme, dit Martin.

Fitzgerald approuva. Il était prêt pour sa part à financer une partie du gros œuvre. Butler, qui possédait une influence indéniable sur le pasteur, se faisait fort de raisonner ce dernier. Sir Edward hocha la tête.

– Nous tenons à ce que vous demeuriez parmi nous, m'expliqua-t-il ; ce brave Caleb a besoin de compagnie. Priscilla ne lui est plus aujourd'hui d'une grande aide, hélas – et nous nous faisons beaucoup de souci pour lui.

– Du souci ?

– Il a traversé une phase particulièrement sombre. Avant son « illumination ».

– Vous a-t-il parlé de son « illumination » ? demanda Fitzgerald. Des mois qui l'ont précédée ?

Butler le poussa du coude. Je dévisageai les quatre hommes avec effarement.

– Écoutez, fit Sir Edward après un raclement de gorge, nous sommes prêts à tout pour faciliter votre intégration au sein de notre communauté. Nous avons vérifié vos références. Personne n'a jamais eu à se plaindre de vous. D'autre part, vous n'avez pas de famille, ce qui est toujours une source d'ennuis en moins, même si nous savons, ajouta-t-il en levant les yeux au plafond, que Dieu pourvoit à toute chose et que nous pouvons nous en remettre à sa grâce en pleine confiance.

– Amen, dit Martin.

L'apothicaire lui jeta un regard noir.

– Ce que nous vous demandons, ajouta le juge Butler, c'est simplement de surveiller notre pasteur.

– Le surveiller ?

– Rien de bien compliqué, précisa Fitzgerald. Nous aimerions que vous nous signaliez tout événement sortant de l'ordinaire – tout élément qui vous paraîtrait inquiétant ou suspect.

Ils approuvèrent tous les quatre. Le capitaine Solomon, qui se tenait légèrement en retrait, surveillait la rue.

– Nous n'accordons pas notre entière confiance à Caleb, ajouta Sir Edward. Il est certes un excellent pasteur, aimé de ses ouailles ; nous ne songeons pas à nier cela. Mais nous savons aussi que sa lourde histoire familiale a laissé des traces.

– Une lourde histoire ? répétai-je. Vous ne cessez d'y faire allusion, mais...

– En fait... commença Solomon.

– Une histoire du passé, le coupa le juge Butler. Et, croyez-moi, elle ne vous concerne en rien. Nous voulons aller de l'avant, désormais. Caleb acceptera vos conditions, n'ayez aucun doute là-dessus. Pour le reste, nous vous faisons confiance.

Les autres opinèrent.

– En somme, dis-je, vous me demandez de l'espionner.

– Grand Dieu, non ! s'exclama Fitzgerald. Seulement de faire votre travail et de nous signaler tout comportement anormal.

– Et je pourrai avoir ma maison.

– Et vous pourrez avoir votre maison, conclut Butler. À présent, nous allons vous laisser réfléchir.

Faites-nous connaître votre décision au plus vite, entendu ?

Il me serra le bras sans chaleur et tourna les talons. Les autres saluèrent et lui emboîtèrent le pas. Seul restait Martin. Il empoigna une scie à bois, et poussa son tabouret à mon intention. Je me laissai tomber.

Nocturnes

Une semaine plus tard, tout était arrangé. Les événements s'étaient enchaînés avec une surprenante rapidité. Au lendemain de ma venue chez Martin, le pasteur laissa un message à l'auberge, expliquant qu'il désirait me parler. Je me rendis au temple sans tarder. Il m'attendait sur les marches.

– J'accepte vos conditions, dit-il.

Il avait l'air affreusement triste. Je le remerciai avec effusion.

– Ce n'est rien, rien du tout.

Je n'osais imaginer ce que le juge avait pu lui dire pour obtenir un revirement aussi soudain, mais une chose était certaine : il ne s'exécutait pas de gaieté de cœur.

Le soir même, je partis avec Martin et Fitzgerald repérer l'endroit où je voulais m'installer. Ma gorge se serra tandis que nous remontions le sentier. L'arbre était là, majestueux. Il m'attendait au milieu de sa clairière, avec son tronc noueux et ses branches tordues, encore plus beau que dans mon souvenir. Je posai ma main sur l'écorce.

– C'est ici.

– Ici ? répéta Martin. Juste sous l'arbre ?

J'acquiesçai. Usher s'avança. Usher était l'assistant de Martin, un Noir élancé – un ancien esclave que tout le monde à Old Haven avait adopté.

– Ça devrait être possible.

Fitzgerald passa une main dans ses cheveux gris.

– Le bois appartient à la commune, dit-il. Je vais inscrire mon nom sur les registres, ce sera plus simple. Techniquement, rien ne s'oppose à votre installation. L'endroit est isolé, mais j'ai cru comprendre que cela ne vous gênait pas.

– Au contraire, monsieur.

Il frappa dans ses mains.

– Alors c'est parfait !

J'expliquai à Martin et à Usher quel genre de demeure je désirais. Une pièce me suffisait : une pièce, avec le tronc au milieu et un trou pour le feu. Une construction rudimentaire, toute de bois sombre. L'intérieur, j'en faisais mon affaire.

Usher arpentait la clairière à grands pas. Pour commencer, il faudrait couper l'herbe et définir les fondations.

– Trois semaines. Quatre peut-être. Ce travail est trop dur pour vous, mademoiselle. Ne vous occupez de rien. Je vais construire la maison.

Je souris.

– Je ne peux pas vous laisser faire ça.

– Usher travaille pour moi, dit Martin. Ce n'est pas un problème.

Le Noir hocha la tête. Il paraissait désireux de se mettre au travail dès que possible. Le soir arrivait. Nous regagnâmes la route.

– Pour le paiement...

– Nous ferons un devis, affirma Martin. Il n'aura rien d'exorbitant.

– Je vous renouvelle ma proposition d'aide

financière, ajouta Fitzgerald. Si cela vous gêne, nous pouvons considérer qu'il s'agit d'un prêt.

Je ne disposais que de dix livres. C'était trop peu, en effet. Nous fixâmes les termes d'un accord : je rembourserais chaque mois une partie de ma dette grâce aux fruits de mon travail. J'allais gagner quatre livres par mois. La maison en coûterait probablement une trentaine. Au bout d'un an et demi tout au plus, nous serions quittes.

Nous descendîmes vers le village. Caleb sortait du temple, entouré de ses fidèles. Son visage rayonna brièvement lorsqu'il m'aperçut.

– Alors ?

– C'est arrangé, dis-je. Maître Martin et Usher commenceront les travaux dès que possible. Je voulais vous remercier une fois encore pour votre générosité, révérend.

Il me fixa droit dans les yeux. Je sentais qu'il voulait me parler, mais que quelque chose l'en empêchait. Je n'insistai pas.

Le dimanche arriva. J'avais commencé à aider le pasteur au temple. En attendant que la maison se construise, je passais mes nuits à l'auberge du *Gobelin Rouge*.

Le lundi, je montai au manoir. Caleb m'avait demandé de venir ; il avait du travail pour moi. Même s'il me témoignait à nouveau de la sympathie, je n'étais pas aveugle au point d'ignorer que son attitude à mon égard avait profondément changé.

Il se défiait de moi.

Je débutai ma journée en astiquant les cuivres : quelques casseroles et marmites pendues dans la cuisine. Le pasteur vaquait à ses occupations à l'étage ; je ne savais pas où était Priscilla – avec lui, sans doute. Pendant une heure, armée d'un chiffon et d'une bassine, je récurai avec application. Dans le salon, une fine couche de poussière s'était déposée sur le vaisselier. Je me dirigeai vers le meuble lorsqu'un raclement me fit sursauter. Je levai les yeux. Cela venait de l'étage.

Je ne parvenais pas à déterminer la provenance du bruit. On aurait dit quelque chose à l'intérieur des murs. Cela dura encore une ou deux minutes, puis s'arrêta. Tendant l'oreille, je m'engageai dans l'escalier. Cette fois, un long grincement se fit entendre. J'entendis la voix de Caleb. Visiblement, il en avait après quelqu'un et s'efforçait de ne pas crier. Bientôt, une porte s'ouvrit. Des pas traînants se rapprochèrent. Je redescendis en hâte, mon chiffon à la main, feignant de m'affairer auprès du vaisselier.

L'escalier craqua. Priscilla apparut. Elle passa devant moi sans m'adresser un regard. Quand je l'appelai, elle ne se retourna pas. Elle traversa le jardin, ouvrit le portail et descendit vers le village.

Je restai sur le perron. Entre les cyprès agités de brise marine, Old Haven se laissait deviner. Je sortis à mon tour. Derrière le manoir, une bonne partie du jardin était laissée à l'abandon. Les mauvaises herbes poussaient entre les dalles disjointes du petit chemin de pierre. Je fis quelques pas encore. Une haie de buissons mal taillés barrait la vue sur l'océan. De ma chambre – de la chambre que j'avais occupée une nuit – on apercevait la mer.

– Mary ?

Je pirouettai. Caleb arrivait à ma rencontre ; il avait enfilé un long manteau noir.

– Je venais de... terminer, dis-je.

Il huma l'air du matin.

– Vous étiez dans le cellier ?

– La cuisine, oui. La salle à manger. J'ai nettoyé...

– Parfait. (Son regard était dur, son visage fermé.) Tout se passe donc bien ?

– Oui, mon révérend.

– J'en suis ravi.

Il se frotta les mains.

– À l'avenir, Mary, j'aimerais que nous convenions d'une règle.

– Je vous écoute.

– Vous ne travaillerez au manoir que lorsque je serai là. Vous ne vous y rendrez jamais sans moi, est-ce compris ?

Je hochai la tête.

– Quand je serai au temple, eh bien, vous y travaillerez aussi. Les tâches ne manquent pas, croyez-moi. J'aurai également des courses à vous confier.

– Bien, mon révérend.

Il rajusta une mèche que le vent avait déplacée.

– J'ai besoin de pouvoir vous faire confiance, Mary. Je sais que mon attitude a pu vous paraître équivoque mais je possède beaucoup moins d'amis qu'on ne pourrait le penser. En fait, je n'ai quasiment – il baissa les yeux – personne. Alors, si vous le désirez, si vous savez voir au-delà des apparences...

Sans rien ajouter, il retourna vers le manoir.

La construction de la maison était entamée. Usher et maître Martin œuvraient d'arrache-pied. Tous les matins, le charpentier montait en carriole pour déposer les matériaux sur le bas-côté. Puis son assistant prenait le relais. Parfois, lorsque mon emploi du temps me le permettait, je venais observer l'avancement des travaux ; c'est une chose merveilleuse que de voir une maison grandir. Assise sur une souche, discrète comme une ombre, je regardais Usher abattre sa cognée. Malgré le froid du matin, malgré le brouillard humide, il travaillait torse nu et ruisselait de sueur. De temps à autre, il relevait la tête pour m'adresser un signe amical. Je lui répondais en agitant les doigts. J'étais heureuse d'avoir fait ce choix.

Lorsqu'il m'arrivait de repenser au couvent, à ce qu'avait été ma vie d'avant, c'était avec la nostalgie bienveillante qu'on réserve aux choses pâles et sans saveur. Tout avait changé. Je n'étais arrivée que depuis quelques semaines, et il me semblait déjà que j'étais devenue une personne différente.

Vers le début de la troisième semaine, et alors que la construction commençait véritablement à prendre forme (les travaux avançaient plus vite que prévu, il ne restait plus qu'à s'occuper du toit – découpé autour du tronc d'arbre), le pasteur Caleb m'annonça qu'il devait partir en voyage.

– Je serai de retour dans trois jours.

– Où allez-vous ? ne pus-je m'empêcher de lui demander.

Une lueur espiègle s'alluma dans son regard – comme s'il s'amusait de ma curiosité.

– Voir de vieux amis.

Je n'en demandai pas plus. Nous cheminions au bord des quais sous le regard du capitaine Solomon, assis face au large sur son banc de pierre grise.

– Je vous donne congé, Mary. Vous pouvez

vaquer à d'autres occupations, écrire à vos amies du couvent, que sais-je encore...

– Merci, dis-je.

Il m'étreignit brièvement l'épaule, ainsi qu'il en avait l'habitude, et prit le chemin du temple. Je me retournai. Le capitaine Solomon me fit signe d'approcher.

– Tout va bien, mademoiselle ?

– Je crois.

Je me tournai vers l'horizon. Un brave soleil d'automne dispensait ses bienfaits chatoyants sur l'océan étale. Je me sentais d'humeur légère.

– Il part encore, hein ?

– Encore ?

– Tous les six mois, maugréa le vieil homme. Vous a-t-il dit où il allait ?

– Visiter de vieux amis.

– De vieux amis, reprit le capitaine en crachant à terre.

J'attendais qu'il ajoute une parole mais il n'en fit rien. Je posai une main sur mon ventre : mon estomac commençait à crier famine. Laissant le capitaine à ses méditations, je retournai à l'auberge. Après un copieux repas de poisson arrosé de bière claire, je décidai de m'octroyer une sieste. L'occasion était rêvée. Je dormais mal, ici. J'avais des forces à reprendre.

Dans ma chambre, Sun m'attendait, fidèle au poste. Il quémanda mon affection en agitant ses petites pattes. Je le pris sur mes genoux. Chaque fois qu'il me regardait, j'avais l'impression qu'il sondait mon âme.

– Qu'est-ce que tu trouves en moi, hein ?

Je l'installai sur mon oreiller. Mes yeux se fixèrent sur le tableau que j'avais laissé contre le mur, enveloppé dans son linge. Je le posai à mes pieds et dénouai la ficelle. Ah ! je devais être folle. Il se dégageait de lui comme une présence.

Je remis le linge en place et redescendis. Debout derrière son comptoir, Carl l'aubergiste était en train de ranger des bouteilles.

– Carl, savez-vous si quelqu'un serait disposé à me conduire à Salem ?

Il pivota, surpris.

– Pourquoi diable voudriez-vous vous rendre là-bas, Miss Campbell ? Ce n'est pas un endroit pour une jeune fille.

– Appelons ça une visite privée.

Je soutins son regard. Je savais ce qu'on racontait sur Salem. En 1692, après le fameux procès des sorcières qui avait entraîné une vague de répression sans précédent à travers toute la Nouvelle-Angleterre, l'Inquisition, dûment mandatée par le Parlement, voulut faire du village un exemple. L'endroit fut vidé de ses habitants et les corps calcinés des sorcières exposés jusqu'à ce qu'ils tombent en morceaux. Une puanteur atroce tomba sur les lieux, et personne ne fit jamais rien pour la dissiper : des années plus tard, on la sentait encore au-dessus des toits en ruines.

Puis, peu à peu, des congrégations religieuses s'installèrent à proximité. On venait de loin à Salem, ville maudite, se recueillir et se confesser. Les supposées sorcières pouvaient obtenir ici le pardon de leurs fautes. Certes, elles étaient emprisonnées, ou réduites en esclavage – certains prétendaient même qu'elles étaient envoyées à Gotham dans des maisons de mauvaise vie –, mais au moins échappaient-elles au bûcher. La chose, pourtant, ne laissait pas de me surprendre. Les repenties arrivaient en masse. Quelle singulière culpabilité les tenaillait, pour qu'elles renoncent ainsi à leur liberté ?

– Alors ?

Carl se gratta l'avant-bras.

– Je suppose qu'on pourrait vous trouver quelqu'un. Gustav ? Gustav !

Gustav était le plus jeune fils de Carl. C'était un grand échalas aux cheveux gras, doté d'un rire tout aussi gras, et qui n'avait pas toute sa raison. On le disait inoffensif. Il me faisait un peu peur.

– Papa ?

Il venait d'entrer par une porte cochère. Ses vêtements étaient tachés et il dégageait une odeur nauséabonde. Carl se passa une main sur le visage.

– Gustav, je voudrais que tu prennes la charrette et que tu amènes Miss Campbell...

Le jeune homme applaudit en souriant. Il avait vingt ans mais en paraissait douze.

– Je voudrais que tu l'amènes à Salem.

Le sourire se mua en grimace. Gustav se pinça l'oreille et se pencha vers le comptoir.

– Salem, répéta Carl. As-tu bien compris ?

Le jeune homme recula d'un pas et secoua la tête.

– Gustav veut pas aller.

Carl me jeta un regard désolé, puis se tourna vers son fils avec un soupir :

– Tu n'as pas à avoir peur, mon grand. Miss Campbell ne restera pas là-bas longtemps. Il quêta mon assentiment : N'est-ce pas ?

Je secouai la tête.

– Non, bien sûr que non.

Gustav se mordilla les lèvres.

– Gustav veut pas aller.

Son père le congédia d'un geste las.

– Tu feras ce que je te dis. Maintenant, disparais. Tu as du travail, non ?

Le jeune homme s'en retourna en traînant des pieds.

– Ne vous inquiétez pas, soupira l'aubergiste une fois qu'il eut disparu. Il ne sait pas très bien ce qu'il dit. Il est allé à Salem quand il était petit et il en a gardé un fort mauvais souvenir. C'est une âme impressionnable. Il faut reconnaître, ajouta-t-il en époussetant son comptoir du plat de la main, que ce n'est pas l'endroit rêvé pour une promenade. Quand avez-vous l'intention de partir ?

Je haussai les épaules.

– Je comptais profiter du congé du pasteur...

– Mmh. Au plus tôt, alors.

– Oui.

– Demain. Demain devrait être possible. À l'aube, car le voyage est long. Soyez ici au lever du soleil ; quant à Gustav, j'en fais mon affaire.

Je posai ma main sur la sienne.

– Merci.

– De rien. J'espère que vous savez ce que vous faites.

Après un repas frugal, je m'étais couchée tôt ; je tenais à me réveiller au chant du coq. Carl avait finalement persuadé son fils de m'accompagner. J'avais croisé le jeune homme sur la première marche de l'escalier, triturant sa lèvre inférieure.

– À demain, lui avais-je glissé.

Il s'était contenté de glousser étrangement. Carl avait hoché la tête.

Je posai Sun sur le rebord de la fenêtre, où il aimait passer la nuit, puis gagnai mon lit et soufflai ma chandelle. Je m'endormis aussitôt.

Lorsque j'ouvris les yeux, il faisait nuit noire. Je me dressai sur un coude. Un silence pesant emplissait l'auberge, seulement troublé par un cliquetis répétitif. Sun faisait encore des siennes : il regardait dehors, et fermait les paupières sur un rythme rapide. À mon tour, je scrutai l'obscurité.

– Qu'est-ce que tu vois ?

Ma chambre donnait sur la baie. Au loin, par-delà la jetée noire, on distinguait les moutonnements des vagues qui brillaient sous la lune. J'enfilai ma robe et mes souliers, passai un long manteau de laine et, bougeoir à la main, descendis l'escalier. Le bois craquait sous mes pas. À tout instant, je m'attendais à voir Carl surgir, ou n'importe qui d'autre. Mais je parvins à la porte sans encombre.

Je sortis dans les ténèbres ; ma chandelle s'éteignit.

Il avait plu. Mes pas résonnaient, sinistres, sur les pavés luisants. Bientôt, j'empruntai un chemin de terre creusé de rigoles boueuses qui descendait entre deux rangées de maisons. Tout était mort et sombre. Je n'avais aucune idée de l'heure qu'il pouvait être.

Des lueurs fantomatiques palpitaient sur les murs. Droit devant, on entendait le ressac.

Au croisement, je m'arrêtai.

J'avais cru percevoir un bruit. Je m'avançai, rasant une façade. Je me souvenais des paroles du capitaine Solomon. *La nuit aussi possède ses ombres.* Parvenue au bout de la rangée de maisons, je me figeai encore, plissant les yeux. Là, sur la jetée... Trois silhouettes encapuchonnées attendaient.

Je retins mon souffle. Les silhouettes portaient de hauts chapeaux noirs et me tournaient le dos. Elles firent quelques pas, puis la plus petite s'écarta et leva les bras en V vers le ciel. Aussitôt, les deux autres l'encadrèrent et se mirent à genoux. J'écarquillai les yeux. J'avais l'impression de rêver. Face à la grève, une forme émergea des eaux. Elle se dressa, ruisselante ; elle devait atteindre sept ou huit pieds. De là où je me trouvais, je n'y voyais pas assez pour distinguer ses traits. Mais ses contours contrefaits, sa démarche curieusement élastique, la largeur de sa carrure me convainquirent immédiatement d'un fait :

Cette chose n'était pas humaine.

Lentement, je reculai. Un froid terrible était descendu sur moi. La forme s'avança ; ses bras musculeux traînaient par terre. L'une des silhouettes agenouillées se releva, brandissant un objet. La créature s'arrêta et poussa un mugissement effarant. Je sentis mes jambes flageoler. Ce n'était pas la puissance du cri qui me paralysait. C'était sa tonalité. Je n'avais jamais rien entendu de tel.

Il fallait que je parte d'ici. Je m'élançai, manquai de me tordre la cheville, me relevai sur-le-champ. La créature tourna la tête dans ma direction. Les silhouettes l'imitèrent.

Elles m'avaient vue.

Je m'apprêtais à hurler lorsqu'une forme surgie de nulle part me plaqua contre le mur et me força à reculer. Une main gantée s'était posée sur ma bouche.

Je me laissai tirer jusqu'au bout de l'allée.

Des pas approchaient.

– Ne criez pas, ne dites rien, d'accord ?

Je hochai vivement la tête. Mon mystérieux sauveur me poussa en avant et me fit traverser une petite place endormie. On nous suivait toujours.

L'enseigne du *Gobelin Rouge* se détachait dans les

brumes. Je dus attendre que nous fussions entrés pour que mon ravisseur montre enfin sa figure.

C'était le capitaine Solomon.

D'un coup d'épaule, il referma derrière nous. Puis il ôta son tricorne et se laissa glisser au sol.

– Espèce de petite idiote.

Je voulus répliquer. Il m'en dissuada.

– Pas un mot, murmura-t-il en me montrant la fenêtre. Ils sont juste là.

Le vent soufflait, sa plainte s'engouffrait dans le village. Un chuintement se fit entendre. Solomon posa un doigt sur ses lèvres. Une ombre passait.

Cela me parut durer des heures. Pour finir, le capitaine se releva et jeta un œil à l'extérieur en me tenant à l'écart.

– Elles sont parties, lâcha-t-il.

Il épousseta son manteau. Son air était grave.

– Qui...

– Je ne pense pas qu'elles vous aient vue. Et quand bien même. Tout ce qu'elles veulent, c'est qu'on les laisse tranquilles. Que personne ne les dérange. Il y a comme un pacte entre elles et ce village.

– Elles ? Mais, pour l'amour du Ciel, de qui parlez-vous ?

Le capitaine ferma les yeux.

– Soyez gentille. Apportez-moi une bière d'orge.

J'attrapai un chandelier, allumai une bougie et passai derrière le comptoir. Furieux, le vent redoublait d'efforts. Je remplis un gobelet au tonneau et le tendis à Solomon, qui le vida d'un trait.

– Je ne vous demande pas ce que vous faisiez dehors à une heure pareille, dit-il.

– Je n'en sais rien moi-même.

Il considéra le fond de son verre.

– Si je puis vous donner un conseil : ne vous mêlez pas de ça. Vous ne changerez pas l'histoire, Mary. Ne déterrez pas les secrets trop enfouis.

Je me mordis les lèvres. L'image de la créature, difforme et claudicante, refusait de quitter mon esprit. Je l'avais vue *sortir de la mer*.

– Et vous, capitaine ? Que faisiez-vous à cette heure ?

Il me fixa sans aménité.

– Affaires personnelles, dit-il. Affaires strictement personnelles.

Le lendemain matin, le ciel se para d'un bleu aveuglant. Assise sur la charrette aux côtés de Gustav, je dodelinais de la tête, épuisée par cette nuit encore plus courte que les autres. Mon jeune cocher était venu dès l'aube frapper à ma porte. Ses craintes de la veille s'étaient manifestement évanouies.

À présent, notre carriole avançait sur le chemin caillouteux, tirée par un brave cheval à robe beige, et Gustav tenait fermement les rênes. Je n'osai engager la conversation avec lui. À vrai dire, je n'étais pas certaine qu'il fût en mesure de suivre une discussion véritable, ni surtout qu'il en éprouvât l'envie. Je me trompais. À peine avions-nous laissé Old Haven derrière nous qu'il se tourna vers moi.

– Les sorcières, elles toutes mortes.

Je souris. Je ne comprenais pas où il voulait en venir.

– Les sorcières ?

– Elles toutes brûlées. Papa m'a dit. Leur esprit... s'est envolé.

Il ponctua son discours d'un claquement de doigts.

– Hum, fis-je. Oui, sans doute.

Gustav hocha la tête, apparemment satisfait. Le procès de Salem avait été pour l'Inquisition en particulier – et l'Église catholique en général – un moyen définitif d'asseoir sa domination sur ce qui n'était encore à l'époque qu'un agglomérat de provinces. De nombreux puritains avaient péri sur le bûcher, accusés de trahison, de complicité ou de parjure. Leur communauté avait subi une vague de dénigrements si violente que d'innombrables conversions furent enregistrées au cours des mois et des années qui suivirent. Les sœurs de la Sainte-Charité nous avaient dépeint cette période comme une époque de grande honte pour l'Amérique, un phénomène incompréhensible de folie collective. Désormais, cependant, cette opinion n'était plus de mise : seule la version impériale prévalait, et cette version précisait que les puritains n'avaient récolté que la monnaie de leur pièce. Quiconque prétendait le contraire pouvait être jugé pour hérésie.

Nous nous dirigions vers le nord. Gustav avait commencé à chantonner. La route que nous suivions longeait la côte, et nous traversions des paysages époustouflants – falaises noires, collines battues par le vent, sous la lumière automnale si particulière de la Nouvelle-Angleterre.

– Gustav ?

Cela faisait deux heures que nous roulions ; Salem n'était distante d'Old Haven que d'une quinzaine de miles, et mon cocher chantait de plus en plus fort, toujours le même air, toujours les mêmes paroles :

Coupables, coupables d'être des femmes,
De danser avec la tempête,
De ne jamais baisser la tête,

Philtres d'amour, potions d'oubli
Entre nos doigts maigres et tremblants,
Qu'on les brûle alors, oh ! bien vite !
Puisque personne ne sait qu'en faire.
Les sorcières sont mortes, frères,
Mais leurs âmes éparpillées
Au-dessus des noires falaises
Parfois reviennent planer,
Et vous, vous saisis de crainte,
N'y voyez qu'aigres corbeaux,
Corneilles de cendres ou bien
Nuages gris de remords.
Mais les cris, mes frères, oh, non !
Les cris ne vous quittent plus.

Je lui secouai le bras.

– Gustav, où as-tu appris cette chanson ?

Il me dévisagea, hébété.

– Ton père ?

Il secoua la tête très vite.

– Mauvaise chanson.

Il posa un doigt sur ma poitrine.

– Mary, rien dire.

– Ne t'inquiète pas. Je sais garder un secret.

Il s'esclaffa, exagérément, et entonna de nouveau sa mélopée. Chanter devait le rassurer. J'espérais qu'il s'arrêterait une fois que nous serions à Salem.

Sur les coups de midi, les premiers clochers furent en vue : nous les aperçûmes derrière la colline. Notre route louvoyait à flanc de coteau. Bientôt, nous parvînmes au sommet. La baie s'offrait soudain à nos regards.

Éparpillée face à la mer comme un jeu de construction dérangé par une main d'enfant, Salem ressemblait moins à une bourgade côtière qu'à un champ abandonné, semé d'arbres et de maisons éparses dont les cheminées noircies se dressaient tristement vers l'azur. Sur les collines, trois églises étincelantes – nous étions loin du puritanisme des villages côtiers – toisaient le site avec suffisance. Un monastère était adossé à l'une d'elles. Gustav reniflait, essuyant ses larmes avec sa manche.

De son sabot, notre cheval gratta le sol. Je pris la main de mon cocher et la caressai doucement. Il me jeta un regard de gratitude confuse, où se lisaient des souvenirs désagréables.

– Gustav ?

Il hocha le menton vers Salem.

– Village mauvais.

– Nous n'allons pas rester longtemps, je te le promets.

Il secoua la tête.

– La peau. La peau des sorcières. Toute noire. Toute craquelée. Le cri des sorcières.

– Tu veux que je prenne les rênes ?

Il refusa avec énergie. Un groupe de moines en procession arrivait derrière nous. Gustav empoigna son fouet ; notre attelage s'ébranla.

– Vite, l'exhortai-je.

La route descendait. Mon jeune cocher serrait les dents. À droite, sous les falaises, l'océan explosait en gerbes d'écume contre les rochers déchiquetés. Je plissai les yeux. Un grand bâtiment sombre, flanqué de tourelles, dominait la baie sur la colline d'en face. Ce devait être l'asile.

Les moines nous suivaient. L'entrée du village était signalée par un porche pierreux. Deux statues de bois, creusées par les éléments, tendaient vers nous leurs mains implorantes. Leurs torses étaient dénudés.

Sorcières. Pénitentes. Trois mots étaient gravés sur le fronton :

Châtiment et repentir

Je ramenai mon châle autour de mes épaules. La route principale traversait les vestiges du village. Des ronces poussaient entre les dalles disjointes. Des arbres sauvages, des buissons s'aventuraient dans les ruelles. Çà et là, des cages de fer rouillé étaient suspendues au porche des maisons en ruines. Nous longeâmes un champ planté de croix.

Plus loin, une étrange procession s'étirait : des femmes jeunes, enchaînées les unes aux autres, vêtues de chemises blanches. Leurs cheveux rasés et leur maigreur les faisaient ressembler à des squelettes. L'une d'elles croisa mon regard. Je tressaillis.

Derrière nous, les moines arrivaient. Je suivis les sorcières des yeux. Le premier moine attrapa son chapelet lorsque les deux groupes se croisèrent et mima une bénédiction.

Cet endroit était irréel.

Des piloris. Des restes de bûcher. Des troncs tordus, des stèles brisées, des épouvantails. Des inscriptions sur les portes, « À mort ! » écrit au charbon en lettres sauvages. Et là-haut, impassibles, les églises. L'endroit parfait pour installer un asile.

Je levai la tête. L'établissement nous surplombait, maintenant, avec ses encorbellements et ses toits pointus. Il donnait pour partie sur le village et pour partie sur la mer. Un sentier montait, qui longeait le mur d'enceinte. Il n'était praticable qu'à pied. Je fis signe à Gustav de s'arrêter.

– Tu vas m'attendre ici. Je n'en ai pas pour longtemps.

Il approuva avec vivacité.

Je descendis donc, et attrapai le tableau que j'avais déposé derrière, enveloppé dans son drap. Le jeune homme me suivait des yeux.

– Je reviens, dis-je.

Il ne répondit pas. Je sentais son regard, un point fixe et brûlant planté entre mes omoplates. Je m'engageai sur le sentier. Un vent faible agitait les silhouettes des arbres déjà décharnés. Tout était maigre sous le ciel pur. Un vol de corbeaux passa au-dessus des cimes.

Une haute porte de bois me faisait face ; un heurtoir cuivré en forme d'angelot y avait été fixé. Je levai les yeux. En guise de fenêtres, des œils-de-bœuf me surveillaient. Le frontispice était orné de lettres de fer.

Oxham

Je frappai le heurtoir et attendis, mal à l'aise. Un homme vint m'ouvrir. C'était un colosse enveloppé, au visage orné d'une cicatrice. Il me fixa de ses yeux vairons.

– Qu'est-ce que c'est ?

– Je souhaiterais rencontrer Sir Robert Oxham.

Le géant se racla la gorge et déglutit.

– Il est mort.

– Oh.

– P'têt que c'est son fils que vous voulez voir ?

Je me composai un sourire.

– Sans doute.

Le colosse ricana.

– Ben, son fils, il est enfermé, et bien au frais, encore.

Je dansai d'un pied sur l'autre.

– Écoutez, je voudrais simplement rencontrer le responsable de cet établissement.

Il se cura le nez.

– Vous êtes légèrement trop jolie pour ça.

– Que se passe-t-il, Bartolomé ?

Le géant recula dans l'ombre. Un homme apparut à sa place : jeune, les cheveux longs attachés, une veste noire à boutons dorés. Il me considéra avec intérêt.

– Je cherche le responsable de la Maison Oxham.

– Vous venez de le trouver.

Il me tendit la main.

– Peter Carver. J'ai pris la succession de Robert – paix à son âme – après les tristes événements de l'année dernière.

– Les événements ?

– Vous n'en avez rien su ?

– Non.

Il hocha la tête avec indulgence.

– Je ne fais pas de mystère devant nos visiteurs : la folie du comte Derleth, l'un de nos plus fameux pensionnaires, a failli causer la perte de cet établissement. Nous avons vécu des heures sombres : un début d'incendie, la mort de notre regretté Robert Oxham, et plusieurs cas de démence spontanée parmi les membres de notre personnel – notamment son propre fils. Mais assez parlé de nous. Que puis-je faire pour vous, Miss...

– Campbell, fis-je, un rien ébranlée. Mary Campbell. Je suis venue ici pour voir l'un de vos pensionnaires.

– La plupart de nos malades ne reçoivent jamais

de visites. Votre venue est un rayon de soleil. Quel est le nom de votre homme ?

Je baissai les yeux.

– En vérité, je n'en sais rien.

– Intéressant.

– Mais j'ai ici, ajoutai-je en soulevant mon tableau, un indice qui pourrait rapidement nous mener jusqu'à lui. Puis-je entrer ?

L'homme huma l'air du large puis claqua des talons.

– Bien sûr. Suivez-moi. Bartolomé, voulez-vous fermer derrière nous ?

Le géant s'exécuta, non sans me suivre des yeux. Une moue de convoitise planait sur ses lèvres. Nous le laissâmes dans l'ombre et, tandis que la lourde porte se refermait sur nous, gravîmes les marches d'un escalier de fer planté au centre du grand hall. L'endroit était sombre, sentait le renfermé. L'escalier montait en colimaçon.

Un hurlement de bête blessée déchira le silence. Je m'arrêtai. Peter Carver m'encouragea à poursuivre.

– Ne vous formalisez pas. Nos geôles sont on ne peut plus hermétiques.

Nous avançâmes le long d'une allée centrale flanquée de petites cellules aux portes de fer. Un réduit exigu trônait au milieu du passage. Nous y entrâmes. Le désordre était impressionnant. Machinalement, je levai les yeux. Un chandelier majestueux oscillait au plafond. Nous nous trouvions au premier des trois niveaux. Assis derrière une table, un grand gaillard vêtu d'une combinaison de cuir était occupé à se curer les ongles avec la pointe d'un couteau. Il se redressa à peine.

– Lucas ?

– Sir ?

– Auriez-vous l'amabilité de nous laisser seuls un instant ?

L'homme prit un masque de fer posé sur le bureau encombré d'archives et partit sans demander son reste.

– C'est un univers d'hommes, lâcha Peter Carver, exclusivement. Vous devez être impressionnée.

Un nouveau cri résonna à l'étage supérieur. On entendit un bruit de clé dans une serrure, puis des coups violents ; le cri se mua en une plainte étouffée. Le directeur s'assit derrière sa table et m'indiqua une chaise.

– Voyons cela.

Je pris mon tableau sur mes genoux et dénouai les ficelles qui retenaient le drap. Peter chaussa un lorgnon et se pencha pour regarder. Ses yeux brillaient.

– Mmh.

Mon cœur battait plus fort. Sentait-il cette présence ?

– Il m'a été livré à l'orphelinat des sœurs de la Sainte-Charité de Gotham, il y a cinq ans. Je n'ai pris connaissance de son existence que très récemment.

– Il est splendide.

– Avez-vous la moindre idée de...

– De pourquoi il vous a été envoyé ? Non. En revanche, l'identité de l'artiste ne fait aucun doute.

– Ah ?

– Isaac le Saint.

– Qui ?

– Isaac. Un ancien flibustier. Il réside dans nos murs depuis plus de quinze ans.

Je baissai les yeux vers ma toile.

– Puis-je le voir ?

Peter posa ses coudes sur la table.

– Je crains que ce ne soit inutile.

– Pourquoi ?

Il poussa un soupir.

– Parce qu'il est muet.

Je serrai mon tableau. J'avais l'impression de sentir les vagues onduler sous mes doigts, oh – c'était comme la caresse d'une brise légère...

– Racontez-moi son histoire.

Le directeur se renversa sur sa chaise.

– Il n'y a pas grand-chose à dire. Isaac a été amené ici pour tentative de meurtre sur son propre frère. Il s'était retiré sous une fausse identité à Ipswich. Son frère habitait à Boston. Il a essayé de les tuer, lui et ses quatre enfants. Il a été maîtrisé, et le frère en question s'en est tiré avec une belle estafilade, et c'est lui-même, lors du procès, qui a plaidé la cause de son aîné. Les juges ont appris qu'Isaac avait été pirate. Apparemment, il avait mis un brusque terme à sa carrière de pillages, pour des motifs non élucidés. Mais il n'avait plus sa raison : de cela au moins, on pouvait être certain. Des médecins assermentés par la Cour de justice ont conclu à la démence. Il aurait pu être pendu. Au lieu de quoi il a été envoyé à Oxham.

– A-t-il... toujours été muet ?

– À ma connaissance. Si j'en crois mon noble prédécesseur – paix à son âme, ajouta-t-il en se signant –, il n'a jamais prononcé un mot depuis qu'il se trouve entre nos murs. Ce n'est pas notre patient le plus gravement atteint, loin de là. Il est même pacifique, pour autant qu'on puisse en juger. Lorsqu'il désire communiquer, nous mettons une feuille et une plume à sa disposition ; c'est ainsi qu'il nous fait part de ses souhaits, fort modestes au demeurant. Une des premières choses qu'il a demandées en arrivant ici, ça a été quelques pinceaux et une toile de peinture. Nous pratiquons en la matière une politique que d'aucuns qualifieraient de laxiste. Nous lui avons donné ce qu'il désirait. Bien nous en a pris. Isaac a semblé trouver dans cette activité la paix de l'esprit.

De l'œil-de-bœuf situé derrière moi, un épais filet de lumière jaunâtre se déversait, chargé de poussières minuscules.

– La paix de l'esprit, répétai-je.

Peter Carver inspectait tranquillement ses ongles en attendant ma prochaine question. Son calme m'interloquait.

Je lui demandai de quoi était mort Sir Robert.

– Assassiné par un patient, me répondit-il. Mais pas par Isaac, rassurez-vous.

– Mister Carver, dis-je. Je *veux* voir Isaac. Même si cela ne sert à rien, comme vous semblez le penser. Moi, j'en ai besoin. Qui sait ? Peut-être la vision de cette toile ranimera-t-elle les reliquats de conscience qui l'habitent ?

Le directeur se leva et rajusta sa veste. Son regard s'assombrit.

– Qui ne tente rien n'a rien. Lucas !

Le gardien qui était sorti de son bureau redescendit d'un pas nonchalant. Il me toisa de manière déplaisante.

– Miss Campbell désirerait rencontrer l'un de nos malades.

– Lequel ?

– Isaac.

L'homme se passa la langue sur les lèvres.

– Il va falloir le réveiller !

– Eh bien, faites donc, répliqua Peter avec un geste d'impatience.

Puis, se tournant vers moi :

– Isaac dort pendant la journée. Un authentique oiseau de nuit.

Nous montâmes au niveau supérieur. Deux autres gardiens patrouillaient le long du corridor. Ils haussèrent les sourcils à ma vue.

– Les visiteurs sont rares, confirma Lucas en me conduisant au fond du couloir. Alors pensez, une femme ! Il me tendit son masque : tenez, mettez ceci.

Je considérai l'objet avec scepticisme. Une armature métallique, deux attaches de cuir et une visière pour les yeux. On aurait dit un trophée arraché à une armée très ancienne et mystérieuse. Il sentait la sueur. Lucas m'aida à le fixer.

– Pourquoi cette précaution ? demandai-je d'une voix assourdie tandis qu'il tirait sur les lanières.

– Inutile qu'il découvre votre visage. Vous ne connaissez pas les hommes qui sont enfermés ici.

– Et vous n'avez aucune envie de les connaître, ajouta Peter dans mon dos. Certains ne valent guère mieux que des fauves. À Oxham, nous partons d'un principe immuable : nous ignorons qui sont nos pensionnaires. Nous ignorons ce qui s'agite dans le tréfonds de leur âme, et c'est tant mieux. Il est des gouffres que nous préférons laisser inviolés.

Nous arrivâmes devant la porte du fond. Lucas sortit un trousseau et agita une clé. Il renifla sans me regarder.

– Je vais réveiller votre Isaac. Mais nous allons avec vous dans la cellule.

– Entendu.

Il ouvrit la porte. La pièce, minuscule, était emplie de pénombre. Le sol était jonché de paille pourrie, de fruits gâtés et d'excréments. Malgré mon masque, l'odeur était difficilement supportable. Recroquevillée sur elle-même, une forme chevelue ronflait bruyamment dans un coin.

Lucas passa devant moi et secoua son patient par l'épaule. L'homme sursauta, tomba à la renverse et se mit à ramper. Il était paniqué. Ses cheveux gris mêlés de crasse dissimulaient son visage. Il leva un bras pour se protéger.

– Du calme, fit Lucas en s'accroupissant. Il y a là une dame qui voudrait te parler.

Debout dans l'encadrement, Peter attendait, bras croisés. Le patient émit un vague grognement et enfouit sa tête entre ses genoux. Lucas me fit signe d'avancer.

Derrière mon masque, je me sentais de trop.

– Isaac ? commençai-je d'une voix aussi douce que possible. Isaac, je m'appelle Mary, Mary Campbell. Vous... vous m'avez envoyé un tableau, il y a quelques années.

Aucune réaction.

– Isaac ? Je suis venue vous remercier. C'est une toile magnifique, elle me plaît beaucoup. Une scène maritime. Un bateau.

Quelle idiote je faisais. J'avais laissé le tableau dans le bureau du directeur. L'homme, pourtant, releva la tête. Son front était barré de rides profondes, et sa figure mangée par de grands yeux d'un vert profond. Il me contemplait avec un mélange d'émerveillement et de terreur.

Il se redressa et fit un signe à Lucas.

– Il veut écrire, soupira ce dernier.

– Allez chercher ce qu'il faut, dit le directeur. Je reste là avec elle.

Le gardien sortit au pas de course. Lorsqu'il revint, une minute plus tard, Isaac n'avait pas bougé. Il continuait de me fixer. Il prit la feuille, la plume, et griffonna trois mots à la hâte, qu'il me tendit.

Faites-les partir

J'examinai pensivement le message, et me relevai.

– Il voudrait que nous soyons seuls.

– Impossible, fit Peter.

Je m'approchai de lui.

– Vous n'aurez qu'à rester juste derrière, dis-je à voix basse. Que craignez-vous ? Vous m'avez donné ce masque puant. Je ne crois pas qu'Isaac me fera du mal.

En vérité, j'étais certaine qu'il ne m'en ferait pas. Et pour une raison bien simple : il avait peur de moi.

– Je vous laisse cinq minutes, pas plus, lâcha le directeur. Lucas et moi nous tiendrons derrière la porte. Criez, au besoin. Si l'on se tient à son séjour ici, Isaac n'est pas un malade dangereux. Il l'a été, néanmoins, et il peut le redevenir. Ne l'oubliez pas.

Je remerciai. Ils refermèrent dans mon dos.

– Je suis là, Isaac. Je suis seule. Maintenant vous allez...

Soudain, sa main jaillit et se referma autour de mon cou. Ma surprise fut telle que je ne songeai même pas à hurler. Ses doigts ne s'étaient pas resserrés. Lentement, il me fit relever la tête.

– Qu'est-ce que...

En une fraction de seconde, il déboutonna le premier bouton de ma robe. Ses doigts coururent sur ma peau, et il extirpa l'amulette – ce bijou que m'avaient donné les sœurs et que je n'avais jamais montré à personne.

Avec de petits halètements angoissés, il examina l'objet en plissant les yeux. Puis il releva vers moi son visage ravagé, et ses lèvres s'entrouvrirent. Il chuchota :

– Mary. Mary Wickford.

– Q... quoi ?

J'étais suffoquée par la douceur de sa voix.

– C'est toi.

Comme à regret, ses doigts laissèrent échapper l'amulette. Pourquoi les larmes me montaient-elles aux yeux ?

– Je t'ai connue lorsque tu n'étais qu'une enfant.

– Vous...

– Sur le bateau que j'ai peint.

Je secouai la tête.

– Je ne comprends pas.

– Ta mère. Sarah. C'est à cause d'elle si je suis ici...

– Vous avez connu ma mère ?

De nouveau, il attrapa l'amulette.

– Ne te sépare jamais de cet objet, Mary. Il va essayer de se servir de toi. Tant que tu détiendras cet artefact, tu resteras en mesure de lui résister. Il ne faut pas qu'il...

– Il ? murmurai-je au comble de la confusion. Il ? Pour l'amour du Ciel, Isaac, expliquez-moi, de qui parlez-vous ?

L'homme ne répondit pas. Ses yeux étaient rivés au bijou.

– Je sens... je sens son pouvoir, bredouilla-t-il sans oser me regarder.

Un goutte tomba sur ma robe. Je baissai les yeux.

Du sang.

L'amulette pleurait du sang.

– C'est bien, susurra Isaac en se détournant. C'est ainsi que les choses doivent finir.

Effrayée, je voulus arracher le bijou. Mais la main du pirate se referma sur mon poignet et le serra avec force. Ses yeux jetaient des éclairs.

– Ta mère m'a chargé de te dire... que cette amulette... était ta seule chance de salut. Alors, si tu crois en elle, si tu crois en moi et en ce que j'ai vécu avec elle, suis ce conseil. C'est le seul qui te sera utile sur cette Terre.

Il replia mes doigts sur le bijou poisseux.

– Mon heure est venue.

– Quoi ?

Il grimaça un sourire.

– J'ai délivré le message. Le pays des ombres approche...

Il ouvrit les mains, me montra ses paumes et recula vers sa paillasse. Il tremblait de tous ses membres.

– Ils arrivent, commença-t-il. Ils sont là, leurs orbites noires luisent comme les feux de l'enfer, et ah ! cette puanteur, à vomir nos tripes, leurs bras squelettiques, leurs langues de vipères, ils sont là ! Ils nous abordent. Oh, Sarah, fais quelque chose, Sarah ! Sers-toi de tes pouvoirs, par tous les démons de l'enfer, POURQUOI NE FAIS-TU RIEN ?

Il hurlait à présent.

La porte s'ouvrit à la volée ; Peter et Lucas se précipitèrent à mon secours mais je n'avais rien, non – ils le comprirent en me voyant, près de la vieille carcasse d'Isaac secouée de soubresauts brusques –, je n'avais rien, seulement, je venais de glisser l'amulette sanglante sous mon corsage et je me sentais soudain arrachée à moi-même. La jeune et jolie orpheline du couvent venait de se volatiliser. J'allais devoir apprendre à vivre avec cette pensée le restant de mes jours.

Isaac crachait de la bile. Lucas le soutenait par les épaules, essayait de l'aider à respirer, mais rien n'y faisait. Les yeux exorbités, le vieux pirate chassait des ennemis invisibles de ses poings crispés. Le directeur m'emmena à l'écart :

– Ne vous avais-je pas prévenue ?

– Je ne sais pas ce qui s'est passé. Je lui parlais calmement...

– Et il s'est mis à vous parler aussi. Oui, c'est absolument incompréhensible.

Nous redescendîmes et fîmes une halte devant le bureau de Peter. L'expression de son visage s'était durcie. Il ne me faisait plus confiance.

– Vous devez nous en dire plus, Miss Campbell.

Je secouai la tête.

– Je vous assure... Je ne comprends pas.

– Allons donc. Vous saviez ce que vous veniez faire ici. Vous êtes entrée, et Isaac a prononcé ses premières paroles depuis son arrivée en nos murs. Que lui avez-vous demandé ?

Je repris mon tableau.

– Il faut que je m'en aille. Merci pour tout.

Il me retint par le bras.

– Je crois que vous ne saisissez pas la gravité de

la situation. Vous avez mis en danger la sûreté de cet établissement. Vous ne pouvez partir ainsi.

Un hurlement me fit sursauter. Peter et moi nous affrontions du regard.

– Qu'allez-vous faire ? dis-je. Me séquestrer ?

Sa main s'ouvrit. Je m'éloignai vivement, regagnai le rez-de-chaussée. Il m'emboîta le pas.

– Pas si vite ! Attendez !

À mon approche, le grand Bartolomé, adossé à un mur, se raidit et me barra le passage. Son directeur courait derrière moi.

– Attendez !

Je fis volte-face. Il reprenait son souffle.

– Dites-moi au moins où je puis vous trouver !

– J'habite Old Haven.

Le gardien hésitait à m'ouvrir. Peter hocha la tête. La porte grinça. Un flot de lumière se déversa dans le hall. Je m'élançai sur le chemin.

Ils m'observaient, j'en étais sûre. Mais qu'aurais-je pu leur dire ?

Serrant mon tableau contre moi, j'essayai de réfléchir aux troubles paroles d'Isaac.

Ma mère.

Je n'osais même plus sortir l'amulette, la regarder. Était-ce ma mère qui me l'avait donnée ? Pourquoi m'avait-elle abandonnée ? *Sarah, fais quelque chose !* Et ce nom. Wickford. Mary Wickford. Je me le répétais sans cesse.

Un couple d'étourneaux s'envola sur le bord du chemin. Les branches d'un noisetier s'agitaient au-dessus du mur. Le soleil était aveuglant mais sa chaleur ne me procurait aucun apaisement. J'avais envie de courir sans fin, de m'extirper des ténèbres.

Arrivée au bout du sentier, je cherchai la charrette du regard.

Personne.

Gustav était sans doute parti faire un tour. Je continuai ma descente. Une procession de religieuses vêtues de blanc traversait le pré tout proche. Au loin tintait un carillon. Le vent charriait des odeurs d'océan, et des cirrus d'un blanc crémeux s'effilochaient dans l'azur. Je songeais à toutes les sorcières qui étaient mortes ici. J'imaginais une nuit sans lune, des bûchers dressés sur la grand-place, le visage fermé des habitants, les capuchons de la Sainte Inquisition, les ombres. Je ne connaissais pas de sorcières, je n'en avais jamais rencontré, mais je savais ce qu'on racontait.

Hantée par mes pensées, je cheminai tête basse, croisant d'autres cortèges, des prêtres en prière, des curieux, des pénitents.

Gustav était introuvable. Je questionnai autour de moi. Les gens se détournaient, toussaient avec affectation. Personne n'avait envie de parler dans un endroit pareil. Personne n'avait envie de *nouer une conversation*. Un moine, pourtant, finit par me renseigner : il avait vu mon cocher s'en aller vers le sud et franchir à toute allure les portes de la ville. Accablée, je me laissai tomber sur un banc de pierre. Le moine me demanda si j'avais besoin de quoi que ce soit. Je secouai la tête. J'étais seule avec mon tableau. Je voulais juste rentrer à Old Haven. À pied, il y en avait sûrement pour le restant de la journée.

Pourquoi tarder ? Je me lançai à l'assaut de la colline, celle que nous avions descendue si aisément. Sur les hauteurs environnantes, une magnifique église brillait face à la mer. Un attroupement se massait sur le parvis. Des cloches se répondaient.

Au moment où je m'arrêtai pour me reposer et changer mon tableau de bras, un fiacre passa à vive allure. M'étant rangée sur le bas-côté, j'eus à peine le temps de jeter un coup d'œil aux occupants.

Mon cœur se glaça. Un homme m'avait suivie du regard puis s'était vivement détourné. J'aurais reconnu son visage entre mille.

Caleb.

Je me remis en route. Dire que j'étais troublée aurait été en deçà de la vérité. Je l'avais vu, et il m'avait vue aussi, j'en étais certaine. Que faisait-il à Salem ?

Bientôt, j'arrivai au sommet de la butte. De là, la route serpentait à flanc de falaise puis se perdait dans les sous-bois et revenait ensuite, toute d'élégance sinueuse. En plissant les yeux, je distinguai la baie d'Old Haven, petit point perdu devant la mer scintillante. J'étais morte de fatigue.

Cela devait faire plus d'une heure que je marchais quand une silhouette à cheval, arrivée dans mon dos, me dépassa puis s'arrêta au milieu du chemin pour faire demi-tour. Malgré la chaleur, le cavalier était vêtu d'un large manteau de cuir brun, et un chapeau à bord retroussé jetait une ombre sur son visage. Il semblait m'attendre.

Je n'avais pas le choix.

Lorsque j'arrivai à sa hauteur, le cavalier ôta son couvre-chef. Deux grands yeux bleus me fixaient intensément.

Une femme. Une Indienne.

– Seriez-vous perdue ?

La voix était douce. J'avais déjà vu quelques Indiens dans les rues de Gotham ou même sur des gravures, mais aucun ne possédait cette beauté. La peau de la jeune femme était brune, et ses cheveux noirs, remontés en chignon, laissaient dénudé un cou long et gracile. Ses mains fines se mouvaient avec grâce.

– J'ai une longue route à faire, dis-je.

– Old Haven ?

J'eus un geste évasif.

– Montez.

Le ton était direct, dépourvu de maniérisme.

– Vous êtes très aimable, dis-je en soulevant mon cadre, mais, comme vous le voyez, je suis chargée et je doute que...

– Nous nous en accommoderons.

Elle me tendit une main. Je lui donnai mon tableau. Pourquoi lui faisais-je confiance ? Elle cala la toile, puis me hissa en me tirant devant elle d'un coup. Rien n'aurait pu laisser deviner une telle force. Elle me rendit le cadre, et ses bras passèrent de chaque côté de mes hanches pour récupérer les rênes. D'une légère impulsion, elle fit repartir sa monture, un fier alezan aux crins rougeâtres. Je sentais son souffle sur ma nuque. Nous avancions au trot, seules sur le chemin.

– Quand êtes-vous arrivée dans la région ?

– Il y a quelques semaines.

– Et vous venez...

– De Gotham.

Imperceptiblement, notre allure accélérait.

– Comment trouvez-vous Old Haven ?

Elle parlait comme une femme du monde, sans la moindre pointe d'accent.

– Fort agréable, ma foi.

– Vous y êtes terriblement attachée.

Je ne répondis pas ; cela ne ressemblait pas à une

question. À présent, nous n'étions plus loin de galoper. À cette vitesse, nous aurions rejoint mon village dans l'heure.

Le vent me giflait le visage.

– Je vais vivre dans la forêt, dis-je soudain après un long silence. Une maisonnette, que je fais construire. Bien sûr, je continuerai de travailler pour le pasteur, mais nous sommes convenus... Seigneur, je ne sais pas pourquoi je vous raconte tout ça !

L'Indienne ne répondit pas.

Peu avant que le village fût en vue, caché par le promontoire rocheux sur lequel était perché le manoir Godfrey, elle mit sa monture au pas puis l'arrêta tout à fait.

Un sentier escarpé s'enfonçait dans la forêt.

– Nos routes se séparent ici.

Elle m'aida à descendre et ne me confia mon tableau que lorsque j'eus achevé d'arranger mon châle.

– Je ne sais comment vous remercier, dis-je.

– En acceptant ceci.

Elle me tendit un pendentif : c'était un sifflet d'os, passé à une lanière de cuir décorée de perles ocre et bleutées. Je le considérai avec hésitation.

– Si vous vous sentez en danger, dit l'Indienne, si vous pensez que nous pourrions vous aider, utilisez-le. Nous ne sommes jamais loin.

– Nous ?

Elle éperonna sa monture et s'engagea sur le sentier.

– Attendez !

Je la regardai disparaître sous les frondaisons et, de nouveau, le silence se fit. J'examinai le sifflet avec plus d'attention. De toute évidence, il s'agissait d'un objet d'artisanat indien. Je n'avais jamais vu son pareil. Je le portai à mes lèvres. J'ignorais quel son pouvait produire un tel instrument et si j'aurais un jour à m'en servir, mais, sans réfléchir, je le passai à mon cou, tout contre l'amulette.

Pénitence

Je retrouvai Gustav debout sur la jetée. À l'auberge, son père m'avait avertie de son retour. Il l'avait sermonné, m'apprit-il, et vertement. Je le priai d'oublier l'incident. Plus tard, lorsque je rejoignis son fils – nous nous tenions tous deux, pensifs, face à la mer –, il me fut impossible de lui soutirer la moindre parole. À mes questions, il répondait par de brefs ricanements amers.

Le soir même, à une table du *Gobelin Rouge*, le capitaine Solomon me rendit visite. Il était tellement ivre que je le pris immédiatement par le bras.

– Sortons.

Le village était désert. Des nuages indigo posés sur l'horizon annonçaient la nuit. Je n'avais pas la moindre intention de parler de ce qui m'était arrivé. De toute façon, le vieil homme ne m'écoutait pas. Il soliloquait avec force postillons.

– J'avais une femme, vous savez ? Une femme très belle aux hanches fertiles, une sacrée cuisinière aussi. À l'aube, je me réveillais pour la regarder dormir, elle avait de longs cils, son ventre était gonflé, la sève...

– Capitaine... vous devriez rentrer chez vous.

Il se moucha entre ses doigts.

– Hmpf. Elle est tombée malade. Sir Edward est venu la voir, il a dit qu'elle ne s'en sortirait pas. J'étais désespéré. Je pleurais toute la journée. Alors je suis allé trouver la vieille Mabel. Parce que je savais ce qu'elle trafiquait.

– Mabel ?

Il émit un rot déplaisant et s'adossa à un mur.

– Mabel ne connaît pas la mort, ma petite Mary. Mabel est au-delà de la mort. J'étais prêt à tout.

Vaincu par l'épuisement, il se laissa tomber. Je m'agenouillai à ses côtés.

– Capitaine, qui est Mabel ?

Il leva un doigt tremblant vers mon visage.

– Demandez au pasteur où il se trouvait aujourd'hui. Demandez-le-lui.

Il se retourna pour vomir ; je ne pouvais que lui caresser le dos et murmurer quelques paroles de réconfort. Bientôt, il se redressa et m'écarta avec agacement.

– Je vais bien !

Les pans de son manteau flottaient autour de lui comme des guenilles d'épouvantail. Il renifla deux fois puis disparut dans les frimas du soir.

Je rejoignis ma chambre et rangeai le tableau sous mon lit avec empressement. Je n'avais plus envie de penser au bateau. Plus envie de penser à Isaac.

Sun m'attendait. Lorsque je me dévêtis et que le sifflet apparut aux côtés de l'amulette, ses pupilles mécaniques s'écarquillèrent, et il émit un miaulement cuivré. Je le pris sur mes genoux. Son regard exprimait une adoration sans bornes.

– J'ai du mal à croire que tu ne sois pas vivant, dis-je.

Je soulevai ma couverture et soufflai la chandelle. L'obscurité m'enveloppa comme un baume. Tel un navire envoyé par le fond, je sombrai.

Le lendemain matin, je partis retrouver Caleb au manoir. Il était rentré plus tôt que prévu : c'est Carl qui me l'avait appris. J'en avais conclu que le travail reprenait.

Le temps s'était considérablement rafraîchi. Une bruine glacée flottait au-dessus du village, effleurant toits et pignons de ses doigts blêmes.

Sur le sentier, je fis une pause pour regarder la mer. Au loin, des vagues se fracassaient contre les rochers en giclées d'écume. Des cumulus brossés de suie s'amoncelaient au large. Je repris mon ascension. Lorsque j'arrivai sur le terre-plein, le manoir baignait dans un calme surnaturel. Recroquevillé sur une branche, un corbeau me considérait avec dédain. Je frappai à la porte. Caleb apparut. Ses traits étaient tirés, son col défait.

– Mary.

– Carl m'a prévenue. Suis-je venue trop tôt ?

Il se passa une main sur le front.

– Non. Non, bien sûr. Je voudrais... je voudrais que vous vous occupiez du jardin ce matin. J'ignore si cela entre dans vos attributions, j'admets que nous n'en avons jamais débattu, mais j'aimerais me débarrasser de ces mauvaises herbes une fois pour toutes, et les haies ont besoin d'être taillées. Pensez-vous...

– En être capable ? Naturellement. Je travaillais parfois au jardin du couvent. Ce genre de travaux ne m'effraie pas. Je suppose que les outils se trouvent dans la remise ?

Caleb hocha la tête. Il paraissait soulagé. Il s'apprêtait à repartir lorsque je l'arrêtai :

– Mon révérend ?

Il fit volte-face.

– Tout va bien, mon révérend ?

Il se passa une main dans les cheveux.

– Mon... entrevue avec mes amis a dû être écourtée. Rien de grave.

– Bien.

Un silence gêné s'installa entre nous. Je le rompis la première.

– J'étais à Salem hier.

– Je sais.

– Ah...

– Tout se raconte au village.

Je souris.

Il hésitait à poursuivre. Il se lança :

– Votre voyage... a-t-il été agréable ?

– Instructif.

– Mmh.

Il me fixa dans le blanc des yeux.

– Tant mieux, ma chère Mary.

Il cligna des yeux et s'éloigna à grandes enjambées.

Le reste de la matinée passa sans que je m'en aperçoive. Effectivement, il y avait beaucoup à faire au jardin, surtout vers l'arrière du manoir – la partie négligée qui donnait sur les cyprès. Les cloches sonnèrent midi ; je terminais tout juste d'arracher les pissenlits et les ronces sur les bords du sentier menant à la remise. Je me relevai, les mains sur les hanches. Aucun signe de vie au manoir.

Le cabanon qui se dressait devant les haies était encombré d'un fatras de pelles et d'objets de jardinage antiques couverts de poussière. J'avais résolu de faire un brin de ménage. La tâche se révéla plus ardue que prévu. Il me fallait déplacer de lourds seaux de fer et soulever des sacs en toile de jute remplis de gravats. Bien vite, mes mains furent couvertes d'ampoules. Le soleil déclinait déjà lorsque je terminai de débarrasser le plancher. Je m'emparai d'un balai posé dans le fond de la cahute. Habitués à la pénombre, mes yeux se plissèrent soudain. Il y avait une poignée dans le sol.

Une trappe.

Je m'approchai, circonspecte.

– Vous pouvez laisser cela, Mary.

Je sursautai. Sans un bruit, Caleb avait surgi dans mon dos.

– Je suis navrée, je ne voulais pas...

– Je ne vous avais pas demandé de ranger.

– J'ai cru bien faire.

Le pasteur était livide.

– À l'avenir, fit-il sèchement, contentez-vous de suivre mes instructions.

Il tourna les talons et traversa la pelouse à grands pas. J'étais estomaquée. Je le suivis des yeux en respirant avec force quand, à quelques pieds seulement du manoir, il s'écroula dans l'herbe et cessa de bouger.

Je courus jusqu'à lui, m'agenouillai. Sa poitrine se soulevait avec régularité. Il était simplement évanoui. Je jetai au manoir un regard impuissant. Que faire ? Je courus jusqu'à la porte ; elle était fermée. Je revins sur mes pas. Caleb se tenait assis sur son séant et semblait reprendre ses esprits. Je l'aidai à se relever. Il se dégagea, fit trois pas en avant, chancela de nouveau. Je me précipitai. Cette fois, il accepta mon aide.

– Les clés... sont... sont dans la p... poche de

mon... manteau, bredouilla-t-il d'une voix à peine audible.

Je pris le trousseau. Il se cramponna à moi tandis que j'ouvrais la porte. J'avais du mal à tenir debout. Nous chancelâmes dans le hall.

– Venez, dis-je, je vais vous mener à votre chambre.

Il secoua la tête.

– Ce... n'est pas... nécessaire.

Je l'entraînai vers l'escalier.

– Vous n'êtes guère en état de discuter, mon révérend.

Résigné, il s'accrocha à mon bras. Une main sur la rampe, je commençai à gravir les marches. À plusieurs reprises, nous faillîmes chanceler. Nous arrivâmes pourtant à l'étage. Devant sa porte, une nouvelle fois, Caleb essaya de me chasser.

– Appelez Priscilla.

– Je vais vous mettre au lit, dis-je. Ensuite, je ferai venir Sir Edward.

Il secoua fermement la tête.

– Non.

Secouant le trousseau de clés, je trouvai celle de sa chambre et poussai la porte. Nous entrâmes.

– Merci, souffla le pasteur comme je l'aidais à s'asseoir sur son lit. Cela va aller, maintenant.

Ses yeux brillaient de reconnaissance, de peur aussi. Je le débarrassai de son manteau. Sa chemise blanche était poissée de sueur.

– Je vais vous chercher de l'eau, dis-je.

Tandis que je m'apprêtais à franchir le seuil de sa chambre, il bascula sur le côté. Je me retournai.

Quelque chose n'allait pas.

Je revins sur mes pas.

Il était tout juste conscient. Son front était humide. Et son dos...

Délicatement, je soulevai la chemise. Il gémit, et mon cœur se serra. Jusqu'aux épaules, sa peau était couverte de profondes zébrures. Le sang avait maculé le tissu. D'un coup sec, je le déchirai en deux.

– Mary...

– Grand Dieu, mon révérend !

Un faible râle s'échappa de ses lèvres.

– Ce n'est... pas important...

Je passai un doigt sur une estafilade. Par endroits, le sang perlait encore. D'où venaient ces blessures ? Je descendis chercher un linge trempé d'eau fraîche. À mon retour, Caleb s'était redressé. Il m'adressa un regard suppliant.

– Ne dites rien...

– Cessez de vous agiter, fis-je. Je veux seulement vous soigner.

Il chiffonna ma jupe. La fièvre l'habitait.

– J'ai expié, Mary.

– Q... quoi ?

– Vous m'avez vu. À Salem. Je vous ai vue aussi. Je n'allais pas rendre visite à des amis.

– Mon révérend...

– Au monastère de la Grande-Pénitence. Sur la colline face à la mer.

Avec des gestes doux, je le forçai à se rallonger. Il se laissa faire mais continua de parler :

– Des coups de fouet. Dix, vingt. Cent.

– Pourquoi ?

Sa main se leva, retomba comme un oiseau blessé.

– Ma famille. Les péchés de ma famille.

Je lui épongeai le front.

– Vous avez besoin de repos, mon révérend.

Pendant quelque temps, mes paroles semblèrent le rasséréner et il s'abandonna. Couché sur le flanc, il me laissa nettoyer ses plaies. Lorsque ce fut terminé, j'étendis le linge sur sa couche et l'aidai à se recoucher.

Son bras jaillit alors, et ses mains se refermèrent sur mon tablier. J'étais paralysée. À travers l'étoffe, ses doigts avaient rencontré l'amulette.

Il cessa de respirer.

– Mary.

– Mon révérend, je vous en prie !

– Laissez-moi voir cela.

Je me détournai.

– Non.

Il parut se résigner. Puis, avec une vigueur dont je ne l'aurais pas cru capable, il se redressa, glissa trois doigts dans l'échancrure de ma robe et ressortit l'amulette. Amenant le bijou à la lumière, il le contempla avidement.

– Mon révérend...

– Qui vous a donné cela ?

– Les sœurs... Les sœurs de la Sainte-Charité...

Il fixa l'objet pendant un long moment. Puis, lâchant prise, il retomba en arrière, les bras le long du corps. Un instant, je crus qu'il était mort. Mais non : il respirait faiblement, et ses yeux roulaient sous ses paupières.

Soudain, il me tira à lui, irrésistiblement, et posa ses lèvres sur les miennes. Prise de panique, je voulus me dégager. Mais il était beaucoup plus fort que moi. Sa langue força le passage de mes lèvres.

– Mary !

Furieuse, je parvins à me défaire de son étreinte.

Je m'essuyai la bouche en le fusillant du regard.

Il était assis, me considérait, hagard. Ou plutôt, il considérait mon amulette, au bout de la chaîne. Promptement, je la fis disparaître dans mon corsage et quittai la chambre.

Caleb se leva à ma suite et me rattrapa dans le couloir. Il me retint par le bras ; je le giflai.

– Je vous aime, dit-il.

Je le contemplai, incrédule.

– Vous êtes fou.

– Oui. Je me consume pour vous.

– Vous ne me connaissez pas.

Il me plaqua contre un mur.

– Oh si, Mary. Si, je vous connais. Depuis toujours.

D'une violente secousse, je me dégageai.

– Ne posez plus jamais la main sur moi, sifflai-je.

On aurait dit qu'il ne m'entendait pas. Il me poursuivit dans l'escalier.

– Mary ! Mary, je ne veux que votre bien !

– Allez au diable.

La porte d'entrée était restée ouverte. Il me rejoignit sur le seuil.

– Épousez-moi.

– Vous êtes... vous êtes...

– Quoi ? Mary, j'ai besoin de vous. J'ai confiance en vous : vous seule pouvez me sauver, je le sais. Ne me laissez pas. Je vous en prie.

L'expression de son visage était si sincère que je ne trouvai quoi répondre.

– Une malédiction plane sur ma famille, continua le pasteur. Seul, je ne m'en sortirai pas. Mais à vos côtés... je sens une force en vous.

Il me relâcha.

Je traversai le jardin, courus jusqu'à la grille. Sa voix me suivait :

– Réfléchissez ! Vous aurez tout, Mary !

Le reste de ses paroles se perdit dans une bourrasque de vent salé.

À compter de ce jour, je cessai de travailler pour le révérend Caleb. Je pensais ma décision irrévocable ; en vérité, j'étais bouleversée. Je n'étais qu'une jeune fille, je sortais du couvent, et jamais je n'avais été confrontée à un désir d'une telle férocité, à un désespoir aussi puissant. Tout ce que je savais, pour l'heure, c'est que je ne voulais plus avoir affaire à cet homme. À aucun prix.

Trois jours encore, je restai cloîtrée à l'auberge. Les seules personnes à qui j'adressais la parole étaient Carl et Solomon mais, naturellement, je ne pouvais rien leur raconter. Au soir du troisième jour, maître Martin vint m'apprendre que la construction de ma maison était terminée. La nouvelle aurait dû me remplir de joie. Elle me plongea dans l'angoisse. Devais-je tout quitter et repartir à Gotham ?

Ce soir-là, pendant que le charpentier sirotait sa bière en m'expliquant combien Usher et lui étaient satisfaits du travail accompli, je luttais pour refouler mes larmes. Il dut se rendre compte de mon trouble, car il me considéra brièvement avec une expression de sollicitude inhabituelle.

La nuit venue, je n'arrivai pas à dormir. Seule avec Sun, je restai à la fenêtre, attendant je ne sais quoi. La baie était calme. Un vent d'automne ridait l'océan.

Au matin du quatrième jour, Usher vint me chercher pour que nous allions voir la maison ensemble. Nous passâmes par la grande route qui contournait le village. « J'ai envie d'y aller à pied », expliquai-je. Usher était sans doute la seule personne à Old Haven à qui j'aurais pu me confier, parce que lui et moi partagions une caractéristique qui nous différenciait des autres, de tous les autres : nous n'étions pas d'ici.

Pourtant, je ne lui dis rien.

Après une demi-heure de marche, nous arrivâmes dans la clairière.

Ma maison ! Le résultat dépassait mes espérances. Elle était magnifique, tout en bois foncé, avec le tronc au milieu, deux fenêtres et une petite cheminée de fer. Usher me glissa une clé et nous entrâmes. Il faisait sombre. Le sol était de terre battue. Cela me plaisait. Cela me plaisait terriblement. La clairière exhalait des odeurs humides et, tandis que les branches du grand arbre oscillaient au gré du vent, des feuilles mordorées descendaient sur nous en tourbillonnant, silencieuses comme des anges.

Je pris la main de Usher et la tins serrée contre mon cœur.

– Merci.

Il me laissa faire, gêné.

– C'est exactement ce que je voulais, dis-je. C'est stupéfiant. J'ai l'impression d'avoir toujours vécu ici.

Il s'inclina.

– Je suis heureux que cela vous plaise.

Je passai derrière la maison. Tout était lisse et parfait. D'une main, j'effleurai la façade. Usher toussota.

– Il faut que je m'en aille. Mon maître m'attend.

– Oh. Oh oui, bien sûr.

Je revins vers lui.

– Mademoiselle, ce n'est pas la peine de...

Je le pris dans mes bras et collai ma tête contre sa poitrine.

– Je ne sais comment vous témoigner ma gratitude.

Il me repoussa gentiment.

– C'est mon travail, mademoiselle.

Il s'en retourna.

On n'entendait plus que les trilles joyeux des oiseaux : un merle perché sur un pin, des passereaux lointains.

La porte de la maison était restée ouverte. De l'intérieur, elle se fermait avec une simple barre en bois. J'aurais dû me sentir seule et vulnérable. Que connaissais-je de la forêt ? En vérité, la peur m'était étrangère.

L'arbre ! La présence de l'arbre me rassurait. J'étais déjà venue ici, d'une façon ou d'une autre. J'en avais la certitude.

J'effleurai le tronc de mes doigts. Filtrant par la fenêtre, un rayon de soleil venait frapper l'écorce d'un mince rai jaunâtre. Je m'accroupis. Il y avait une inscription sur l'arbre. Gravée au couteau, et vraisemblablement très ancienne. Des initiales entourées d'un cœur.

L W
&
R V W

Émue, je portai une main à ma joue. Ma peau était étonnamment chaude. Cet endroit avait déjà vécu – longtemps, longtemps avant moi.

Je ressortis.

J'allais avoir besoin de quelques meubles. Je devais retrouver un travail.

Ce soir-là, je passai ma dernière nuit au *Gobelin Rouge*. Avec ou sans mobilier, j'avais résolu de m'installer dès le lendemain. Pour la première fois depuis des lustres, je dormis d'un sommeil réparateur, non plus lourd comme le plomb, mais simplement agréable – un esquif filant sur l'eau calme.

Le lendemain matin, Carl chargea mes effets sur la charrette familiale et me mena à ma maison. Puis maître Martin vint me retrouver. Il m'avait fait cadeau d'un lit tout simple et d'une armoire dont, m'assura-t-il, il n'avait plus l'usage. John Fitzgerald était là lui aussi, qui avait avancé les fonds. Le capitaine Solomon l'accompagnait, ainsi que Sir Edward, et tous me prodiguaient leurs encouragements.

Je passai ma première journée seule, à aménager mon petit intérieur. La journée était paisible et, entre les branches, des vols de mouettes cisaillaient le ciel bleuté. Je n'avais rien pour me faire à manger mais la faim ne me tenaillait pas. Où mettre mon tableau ? Je ne pouvais l'accrocher au mur. Une fois de plus, je défis le drap. Ce navire était tellement... J'approchai mon visage. Encore. Encore.

Mary...

Je sursautai, lâchai le cadre.

N'aie pas peur, Mary. Tu n'as rien à craindre.

Une voix. Une voix d'homme. Et qui s'adressait à moi !

Je voulais juste te dire que je suis là, à l'intérieur. Et que je veille sur toi.

Étais-je en train de rêver ? Je posai ma main sur le navire, suivis du doigt le renflement de ses voiles. J'aurais dû être terrifiée. Mais la voix m'habitait, demeurait en moi comme une certitude. Et je la savais bienveillante.

Le silence se fit.

J'enveloppai le tableau dans son drap, le glissai sous mon lit et demeurai longuement pensive.

Puis, dans les lumières du couchant, je redescendis au village pour acheter quelques provisions de bouche. Carl pouvait-il me trouver un fourneau ? L'aubergiste acquiesça. Il allait s'en occuper. J'avais calculé qu'il me restait assez d'argent pour acquérir les deux ou trois meubles qui me manquaient, ainsi que les ustensiles indispensables. Une fois cela fait, je pourrais tenir plusieurs semaines.

Je regagnai la maison juste au moment où les reflets du soleil disparaissaient de l'océan. Un ample voile sombre couvrait maintenant la baie.

Pour tout éclairage, je ne disposais que d'une lampe à pétrole et d'un stock de bougies. J'avais installé Sun sur mon lit. Je pensais au tableau. À la relation secrète, intime, qui s'était nouée entre nous. Et cette voix... Je n'avais plus besoin de le regarder, dorénavant. Le souvenir de la voix me suffisait.

Ce soir-là, je dînai de pain noir et de morue fumée. Une source claire passait derrière ma clairière, égarée entre les rochers moussus. Je sortis et m'agenouillai, les mains en coupe. La nuit veloutée m'enveloppait. J'aurais pu vivre des siècles ainsi.

Lorsque je m'allongeai sur mon lit, repue et fatiguée, un calme impressionnant tomba sur la forêt. Je sortis mon amulette pour l'observer. Les inscriptions qui couraient sur ses bords étaient rédigées dans une langue que je ne connaissais pas, que je n'avais jamais vue. L'objet n'avait rien perdu de sa force. Qui me l'avait donné ? Que signifiait-il ? Je m'endormis emplie de pensées confuses.

Racines

L'aube me tira de mon sommeil, pleine de chants d'oiseaux et de bruissements de feuillages. Un hibou m'avait réveillée plusieurs fois avant de s'envoler, sans doute, à la poursuite d'un mulot.

J'enfilai mes vêtements et poussai la porte. Quelque chose la bloquait. J'appuyai de tout mon poids. J'entendis un craquement et sortis pieds nus dans l'herbe humide. Le plus étonnant est que je ne compris pas tout de suite ce qui s'était passé. Ce n'est qu'en reculant de quelques pas que je pris la mesure du phénomène.

L'arbre !

L'arbre avait pris possession de la maison.

En une nuit, ses branches avaient poussé de façon si rapide qu'elles enserraient désormais ma demeure et formaient une sorte de cage boisée, un écrin d'ombre et de fauves ramures.

Le cœur en suspens, je m'approchai d'une branche nouvelle, l'effleurai d'un geste. Je sursautai. On pouvait presque sentir la sève couler sous l'écorce.

Quel était ce mystère ?

La lumière du soleil se répandait dans la clairière. Humide de rosée, l'herbe haute ondulait sous les murmures de la brise. Je mis une main en visière. Non, ce n'était pas un tour que me jouait mon imagination. L'arbre avait bel et bien grandi ; il paraissait plus vieux de deux siècles. Songeuse, je regagnai ma maison et inspectai le tronc. J'ignore ce que j'espérais y déceler.

Plus tard, je partis à la rivière remplir un broc d'eau. Il allait falloir que je m'organise pour la nourriture, pour ma lessive aussi. Je ne pensais plus au lendemain, ni à Caleb ou à Salem ; je vivais dans un présent éternel, constamment renouvelé.

Le ruisseau s'élançait, vivace entre les pierres vertes. Des traces dans la boue fraîche indiquaient qu'un animal était venu boire ici cette nuit – une biche, probablement. Regagnant la clairière, je me figeai. Le spectacle était étonnant. L'une des branches descendait si bas derrière la maison qu'on aurait dit qu'elle s'enfonçait en terre. Je m'approchai. Le vent arracha quelques feuilles. Ce n'était pas une vue de l'esprit : la branche plongeait *réellement* dans le sol.

Je me mis à gratter pour voir jusqu'où elle descendait. La terre était meuble et tiède. Je prenais plaisir à y enfouir mes mains. Alors que j'en avais déjà ôté de pleines poignées, je butai sur quelque chose. Une pierre ? Je creusai encore. Bientôt, je mis la chose au jour.

Ce n'était pas une pierre.

Surprise, je creusai de plus belle. Pour finir, j'exhumai une sorte de caissette. Je la posai dans l'herbe. Elle était fermée par deux rivets dorés. Les questions auraient dû m'assaillir. Mais tout ce que je ressentais, en époussetant le bois sombre, était une intense jubilation.

Je levai l'objet en pleine lumière. Un coffret

luxueux, ancien à n'en pas douter. Qui était venu l'enterrer, et quand ? Il devait se trouver ici depuis des années, des décennies. Je l'emportai dans ma maison en le serrant contre mon sein. Sun accueillit ma venue avec force grincements. Je lâchai l'objet sur ma couche. Évidemment, la serrure était scellée, et je n'avais pas la clé. J'en étais à me demander si je pourrais la briser avec une pierre ou un ustensile métallique lorsque je remarquai, au revers, un symbole érodé, que des restes de poussière dévoilaient à moitié. Je grattai ce qui restait de terre. Mon cœur s'arrêta de battre. L'amulette !

Le symbole reproduisait précisément son motif.

D'une main fébrile, je sortis le bijou de sous mon corsage, ôtai la chaîne de mon cou et gardai le coffret retourné sur mes genoux. La taille correspondait. Lentement, je plaçai l'amulette sur son support. Un cliquetis léger se fit entendre ; le coffret s'ouvrit. Je le remis à l'endroit.

Retenant mon souffle, je soulevai le couvercle. Deux cahiers épais reposaient. Je pris le premier, le feuilletai. Plus vieux que son compagnon, il était empli d'une écriture ample, un rien délavée, mais parfaitement lisible encore.

Sur la page de garde, ces mots :

Lisbeth Wickford
Livre premier
1681

Le texte proprement dit commençait derrière. Gorge nouée, je lus les premiers mots.

« Pour vivre, ne cessait-il de me répéter, pour vivre pleinement, il faut d'abord mourir. Voilà ce que signifie

le rituel. Voilà pourquoi nous sommes si peu nombreux. Rares sont les hommes prêts à faire l'expérience de leur propre trépas. »

Je relevai la tête.

Wickford. C'était le nom qu'avait prononcé Isaac dans sa cellule. *Mon* nom. Qui était cette Lisbeth ? Ma mère ? Non – non, le premier livre avait été écrit en 1681, et nous étions en 1723, quarante-deux ans avaient passé. Il ne pouvait s'agir que d'une aïeule plus lointaine, ou d'une étrangère, qui sait ? Peut-être tout cela n'était-il que le produit d'une mascarade, une machination de mauvais goût destinée à...

À quoi ?

Je pris le premier cahier, cachai le second sous mon lit dans son coffre, non loin du tableau, et retournai au ruisseau. Je m'assis sur une pierre. De là où je me trouvais, je pouvais surveiller la clairière entre les futaies sans être vue moi-même. C'était exactement ce qu'il me fallait. Sans attendre, je repris ma lecture.

La passion Lisbeth (première partie)

« Pour vivre, ne cessait-il de me répéter, pour vivre pleinement, il faut d'abord mourir. Voilà ce que signifie le rituel. Voilà pourquoi nous sommes si peu nombreux. Rares sont les hommes prêts à faire l'expérience de leur propre trépas. »

Ses doigts rejoignirent les miens. Les flammes des torches dansaient autour de la clairière, et j'observai les visages graves des membres de la Fraternité d'York en me demandant si, quand mon tour viendrait, j'aurais le courage de subir une telle épreuve.

Devant nous, torse nu à même la terre froide, un homme se contorsionnait en gémissant. De temps à autre, un spasme vif secouait son corps. Cet homme avait absorbé des drogues et des potions, et il voyageait en rêve. Il n'allait pas tarder à se réveiller.

– Que cherchez-vous ? demandai-je pendant que les membres de la Fraternité refermaient le cercle, entonnant une prière.

Rip Van Winkle me jeta un regard peu amène.

– Ce que cherchent les autres, je peux te le dire : ils sont les garants de l'équilibre spirituel de ce monde. Mais ce que je cherche moi, franchement, je ne le sais plus.

Il m'entraîna à reculons et ses lèvres trouvèrent les miennes. Ensuite, tandis que ses bras se refermaient sur moi et que nous trébuchions, fiévreux, enlacés, je constatai avec stupéfaction qu'il m'était impossible de détacher mes yeux de l'homme dénudé, l'initié ébahi qui, à présent, se relevait et secouait la tête, dévasté par la violence du choc qu'il venait de subir, essayant à grand-peine de reprendre ses esprits.

Rip Van Winkle soufflait ses mots à mon oreille :

– Je t'aime, Lisbeth. Je sais que je vais regretter ces paroles, mais tu es ce que j'ai de plus cher au monde et je réalise, maintenant que je te tiens serrée contre moi, combien le reste est vain – car, au fond, ce qui se trouve sous les étoiles ou séparé de nous par le voile des apparences, le monde physique et les choses de l'esprit, tout se résume et se retrouve en un seul de tes baisers.

Je levai les yeux vers la lune. D'épais flocons de neige commençaient de voltiger au-dessus des arbres dépenaillés. Les membres de la Fraternité avaient posé une couverture sur les épaules de leur nouvel adepte et l'année 1671 venait de s'annoncer.

Dix ans ont passé. Dix siècles ? J'écris ces lignes à la lueur tremblante d'une bougie. Mon ventre est gonflé comme une terre féconde ; le terme de ma grossesse approche. C'est une fille, oui : tu seras une fille, j'en ai la certitude. L'histoire a montré que nous autres Wickford n'étions capables de rien d'autre.

J'écris ces lignes pour toi, mon enfant, toi dont je ne connais pas encore le nom, je les écris pour toi, et ta fille, et la fille de ta fille. Afin que vous sachiez. Afin que vous vous souveniez de moi, s'il m'arrivait malheur. Ah ! Pour qui sait déchiffrer les signes, les présages sont funestes. Me voici engagée malgré moi dans une aventure tumultueuse, aux issues plus qu'incertaines. Seulement, il est un autre trait qui nous distingue, nous les Wickford, du commun des mortels : nous ne savons pas nous soustraire au destin. Nous n'en éprouvons pas le désir. Où qu'elle nous mène, nous écoutons notre voix intérieure.

Je me lève, marche à la fenêtre. La neige tombe, comme elle tombait en ce temps-là, la neige tombe à gros flocons sur le village ensommeillé, et puis la nuit s'avance, chargée de lourds secrets.

Peut-être serait-il bon de commencer par le commencement.

Je suis une sorcière. Je ne sais pas au juste ce que cela signifie, quoique Rip Van Winkle ait essayé à maintes reprises de me l'expliquer, mais cela ne change rien aux faits : je possède certains pouvoirs, comme ma mère en possédait avant moi, et sa mère avant elle, et tout laisse penser que ces pouvoirs te seront transmis un jour. Je n'ai rien décidé : les choses de l'esprit ne se commandent pas.

Depuis toujours à travers le monde, nos sœurs et nos mères sont l'objet de cruelles persécutions. Certaines inspirent la peur, la répulsion, d'autres sont l'objet de convoitises et de désirs coupables. Nous autres sorcières voyons ce que les âmes ordinaires ne soupçonnent même pas : Spiritus – le Monde Blanc. Nos yeux s'ouvrent sur l'infini.

Au cours des années passées à côtoyer les membres de la Fraternité d'York, j'ai appris à distinguer les fausses voyantes, simples devineresses ou herboristes dépourvues de dons véritables, des sorcières authentiques, « victimes » de leur prescience, affublées de pouvoirs terrifiants qu'elles n'ont jamais cherché à acquérir et que, parfois, elles choisissent de refuser.

Je ne savais rien de tout cela avant de rencontrer Rip. J'ignorais même qu'il existât un monde des esprits. Les cauchemars que je faisais, les visions qui me saisissaient parfois, je les mettais sur le compte d'une intelligence nerveuse et inquiète, en proie aux emportements et aux passions subites. Nombre de nos sœurs traversent ainsi l'existence en essayant de nier ce qu'elles sont. Cela ne suffit pas à tuer le don en elles. Mais certaines peuvent espérer mener de cette façon une existence paisible.

Ce ne fut pas mon cas.

Ma tragédie personnelle – si l'on considère que toute histoire de vie relève en définitive de cette forme – commença en l'an 1670.

Toute ma famille venait de succomber à une épidémie de choléra et, ayant quitté mon village de Concord, j'errais telle une âme en peine sur les rives du fleuve Merrimack à la recherche d'un travail, d'un espoir ou d'une épaule sur laquelle pleurer. Partout s'étendaient misère et désolation. En plus des épidémies récentes, la plupart des villages du New Hampshire avaient dû essuyer des inondations dévastatrices, et les attaques d'Indiens qui s'y étaient ajoutées avaient achevé de plonger la région dans le chaos. Rapidement, je perdis toute envie de me battre. Jour après jour, je me contentais d'errer d'un endroit à un autre, sans but, invoquant la mort, le salut ou l'oubli.

Rien de tout cela ne me fut accordé. Un soir d'automne plus lugubre encore que les autres, j'atteignis le petit village de Shallow End. Un épais brouillard planait sur les rives du Merrimack. La communauté locale était plongée dans le deuil : le matin même, à cause des pluies torrentielles qui continuaient de s'abattre dans la région, le fleuve était sorti de son lit, emportant littéralement trois fermes sur son passage. Une famille entière avait disparu corps et biens ; une autre avait échappé miraculeusement à la mort en se réfugiant sur le toit d'une grange voisine. La dernière s'était crue sauvée, elle aussi, jusqu'à ce qu'on s'aperçoive que l'un des fils du fermier, un certain John Hooke, manquait à l'appel. On le retrouva au moment même où, passant les portes de l'auberge, je quémandais une paillasse pour la nuit.

Les cris nous parvinrent du dehors. C'était la mère. Elle s'arrachait les cheveux, se frappait la poitrine, et les efforts de ses voisins et amis pour tenter de l'apaiser ne faisaient que décupler sa rage. Tout le monde était sorti. Le corps sans vie de l'enfant, enveloppé dans un drap, avait été déposé sur les marches de l'église. Je suivis la foule éplorée.

Nous traversions la partie la plus haute du village, épargnée par les eaux. En contrebas, le fleuve avait noyé les champs, et seuls quelques troncs noirs émergeaient, irréels sous les volutes du soir. Devant les portes de l'église, un jeune prêtre évoquait les mystères de la providence divine. La plupart des habitants de Shallow End l'écoutaient dans un silence respectueux. Pour la mère de l'enfant, toutefois, ses paroles ne pouvaient être d'aucun réconfort. Soutenue par deux parents, elle se laissait aller, le visage tordu par la douleur. Un filet de bave luisait sur son menton, et ses yeux étaient devenus si rouges qu'on ne distinguait plus leur couleur originelle. La litanie du prêtre se poursuivit sans trêve. À un moment, je levai les yeux au ciel. Il me sembla qu'un bref éclair venait d'illuminer la nuit. Doucement, je me frayai un chemin à travers la foule. Je ne savais pas ce que je faisais. L'espace d'une seconde, j'avais vu quelque chose.

J'arrivai au premier rang. La mère de l'enfant se tenait à mes côtés, à genoux maintenant, continuant de pleurer dans le silence du soir. Le prêtre, qui en avait terminé, la contemplait avec un mélange de pitié et d'impuissance.

Je fis un pas en avant. L'atmosphère était tellement lourde, l'assistance si hébétée que personne, sur le coup, ne songea à m'en empêcher. Délicatement, je relevai le drap. Le visage de l'enfant resplendissait encore. Je m'accroupis et attrapai sa main. Aussitôt, je me sentis projetée quelque part. Où ? Je n'aurais su le dire. Lorsque je redressai la tête, tout autour de moi était devenu noir et blanc, et l'assistance avait disparu. Dans un coin de mon esprit, je continuais de percevoir un chapelet de murmures indignés – une main posée sur mon épaule, et la voix de la mère, implorante et ferme : Seigneur, mais que faites-vous ? *Au bas des marches, un jeune garçon s'éloignait. Je l'appelai en esprit. Il se retourna.*

C'était le défunt.

Reviens, *lui dis-je, quoique je fusse parfaitement consciente qu'aucun son, à cet instant, ne sortait de ma bouche.* Reviens.

Le jeune garçon hésita. Il s'était déjà bien avancé vers le brouillard, il s'apprêtait à disparaître, mais ma voix le retenait. Reviens, *répétai-je.*

Rien de tout cela n'avait jamais eu lieu – ou seulement à l'intérieur *de moi : c'était du moins mon impression. J'aurais été incapable de dire combien de temps dura la scène. Plus tard, en entendant des gens en évoquer les détails, je compris qu'elle n'avait pas excédé quelques secondes.*

J'avais serré la main de l'enfant. Le prêtre avait voulu s'interposer mais la mère, impressionnée par le calme émanant de mes gestes, avait demandé qu'il me laisse tranquille. Dans ma rêverie, le jeune garçon était revenu.

Puis tout était devenu blanc.

Je rouvris les yeux. Mes cuisses me faisaient souffrir. Je me relevai avec peine, soutenue par un fermier, puis reculai de quelques pas.

Une exclamation de surprise jaillit de la foule. L'enfant venait de toussoter. La mère émit un glapissement inhumain et se jeta sur lui, au point qu'on dut une fois encore la retenir. L'enfant s'assit sur son séant, toussa encore et cracha de l'eau.

Il était vivant.

J'aurais voulu disparaître ; il était trop tard.

Respectueusement, et tandis que toute la famille de l'enfant, réunie autour de lui, se congratulait en pleurant de joie, la foule s'écarta sur mon passage. Gênée, je m'éloignai en hâte. Le prêtre, qui s'était élancé à mes côtés, m'observait comme une bête curieuse. Visiblement, il hésitait sur la conduite à tenir.

Je regagnai l'auberge. Une masse de curieux me suivait de loin. Je sortis ma bourse, en fis tomber quelques piécettes. Il me restait moins d'une demi-livre. À l'aubergiste qui s'approchait, je commandai un potage et une miche de pain roux. L'homme hocha la tête. Il m'écoutait à peine.

Il désigna les fenêtres.

Lentement, je me retournai. Des dizaines de visages m'observaient.

– Que s'est-il passé ? me demanda l'aubergiste.

Je lui dis que je n'en savais rien.

C'était vrai.

Il m'apporta ma soupe. J'étais seule dans la salle, et les curieux regroupés au-dehors continuaient de m'observer avec une révérence craintive. Je ne voulais pas réfléchir à ce que je venais de faire. L'enfant avait été mort, et à présent il vivait.

Finalement, la porte s'ouvrit.

C'était John Hooke, le père du jeune garçon. Il s'arrêta devant ma table.

– Vous avez sauvé mon fils, déclara-t-il. Je ne pourrai jamais assez vous remercier.

Un sourire naquit sur mes lèvres... et mourut aussi-

tôt. La figure de l'homme était lugubre. Il considéra mon assiette presque vide.

– Vous devez partir, me dit-il.

Je reposai ma cuiller.

– Quoi ?

– Vous devez partir, répéta l'homme, et sans délai. Ils vous cherchent. Ils vous attendent.

Je lui demandai de qui il parlait. Il se pencha vers moi ; ses mots s'échappèrent comme un souffle :

– Ceux de l'Inquisition.

Un frisson glacé me parcourut de la tête aux pieds. Quelques mois auparavant, un embryon de guerre civile avait menacé de mettre le pays à feu et à sang. Les habitants des colonies s'étaient révoltés contre Joshuah Dancer, gouverneur des Sept Provinces choisi et imposé par Cromwell. Sous la pression populaire, et plutôt que d'abandonner son poste, ce dernier venait de se convertir au catholicisme. Une Inquisition, conçue sur le même modèle que son ancêtre espagnole, avait été formée dans le même élan. Elle se trouvait aux mains de cardinaux impitoyables, dont la seule obsession était de « débarrasser la terre d'Amérique de ses souillures et de ses impuretés ». À croiser le regard de mon pauvre fermier, je compris que je faisais désormais partie, et à mon corps défendant, de ces souillures et de ces impuretés.

Il avait raison. Je devais m'en aller.

Dans mon malheur, songeai-je en suivant l'aubergiste aux écuries qui jouxtaient la cour intérieure, j'avais eu de la chance. J'étais tombée sur un homme bon et juste, un homme qui se souvenait que j'avais sauvé son fils, et pour lequel rien n'était plus important.

On me donna un cheval. On m'expliqua par où m'enfuir. Les hommes de l'Inquisition étaient là, déjà. Une dizaine, vêtus de longs manteaux blancs, portant des torches, des mousquets, des attirails de torture.

Il n'y avait plus une seconde à perdre.

Je savais monter à cheval. C'est sans doute ce qui me sauva la vie. Au moment de quitter la cour, je trouvai la mère sur mon chemin. Elle broya ma main dans les siennes et m'adressa un regard de pure gratitude.

Des sabots martelaient le pavé tout proche. L'aubergiste, à qui je devais aussi beaucoup, m'ouvrit le portail de derrière et me laissa filer dans les champs gorgés d'eau.

La nuit s'était abattue sur la plaine, une nuit sans lune et sans étoiles. J'appris plus tard que les hommes de l'Inquisition avaient projeté de venir me chercher à l'auberge. Un bûcher aurait été dressé. J'avais arraché un enfant à son sort. J'avais pris la place de Dieu. J'étais une sorcière et, à moins que je ne confesse mes brûlants péchés, il n'existait qu'un seul châtiment pour les femmes de mon espèce : la mort.

Visions

Un craquement me fit sursauter. J'avais été si absorbée par ma lecture que le monde extérieur s'était aboli à mes sens. Sans un bruit, je ramenai le cahier contre ma poitrine.

Une silhouette approchait.

– Mary ?

C'était la voix du pasteur. Je le vis s'arrêter, hésitant. Il regardait de tous côtés.

– Mary !

Je demeurai immobile.

La porte de ma maison était ouverte. Caleb inspecta l'arbre avec surprise, puis franchit le seuil et jeta un œil à l'intérieur. Dépité, il referma. La seconde d'après, son regard se porta dans ma direction et je crus un instant qu'il m'avait découverte. Mais les feuillages me cachaient bien et, à mon grand soulagement, il se résigna à faire demi-tour.

Il allait quitter la clairière quand quelque chose l'arrêta. Comme si un détail venait de lui revenir à l'esprit, il se retourna. Puis il tomba à genoux, se prit la tête entre les mains et commença à gémir. De plus en plus fort.

Lorsqu'il se redressa, je vis que son visage était baigné de larmes. Debout, il balaya une dernière fois les lieux du regard. Enfin, il s'éloigna. J'attendis un long moment avant de retourner chez moi. Mue par une terreur impérieuse, je m'enfermai à clé et restai de longues minutes dans la pénombre.

Plus tard, bien plus tard, j'allumai une chandelle et repris ma lecture. Dehors, le temps tournait à l'orage ; une armée de nuages sombres arrivait du large, lourde d'intentions mauvaises. Des rafales de vent faisaient cogner les branches de l'arbre à ma fenêtre. Je ramenai la couverture sur mes genoux.

Lisbeth continuait son histoire. Sa voix m'était devenue aussi familière que celle d'une vieille amie. Je la suivais des yeux, silhouette esseulée sur les chemins côtiers, fuyant les cavaliers lancés à ses trousses. J'étais assise avec elle, dans les auberges mal famées où des regards secs se posaient sur elle et que, d'un mouvement nerveux, elle ramenait son châle sur ses frêles épaules. Je l'accompagnais encore tandis qu'à un marchand ambulant croisé sur la route, elle achetait avec ses dernières économies le manteau à capuchon qui lui sauverait la vie ensuite et que, assise sur le comptoir, une fillette apeurée se bouchait les oreilles pour ne plus entendre les cloches d'un village tout proche.

Pendant plusieurs semaines, Lisbeth vécut de rapines. Elle entrait dans les fermes, volait un lapin ou une poule, repartait à l'écart. Une fois, des paysans la surprirent et lui donnèrent la chasse, armés de fourches et de mousquets. Elle se cacha au bord d'une rivière, s'enfonça dans un bosquet d'ajoncs. Sa vie était devenue une fuite. Elle ne parvenait pas à comprendre comment les choses avaient pu changer à ce point, et en si peu de temps.

Je me sentais tellement proche d'elle !

Bientôt, j'en arrivai à ce fameux passage : la taverne de *L'Ours Noir*, dans les Adirondacks, et l'intervention providentielle de ce mystérieux Rip Van Winkle, qui semblait la connaître et se révélait capable de faire *voler les chevaux*.

Je voulus continuer, mais mes yeux se fermaient tout seuls. Je rangeai le cahier sous mon lit, avec l'autre, et m'étendis en soupirant. Le récit de Lisbeth était nimbé de zones sombres. Qui était ce Rip, quels buts poursuivaient les membres de la Fraternité d'York ?

Très vite, quelques mois après leur rencontre, la jeune femme avait été soumise à un rituel d'intronisation pareil à celui auquel elle avait assisté. Nue dans la forêt, tel un animal privé de repères, elle avait vagabondé trois jours et trois nuits, à mi-chemin entre les mondes, jusqu'à ce qu'un éclair révélateur vienne la frapper et que s'ouvrent en elle les précieuses portes du monde des esprits.

Lorsqu'elle s'était réveillée, Rip avait jeté une couverture sur ses épaules. Elle avait regardé autour d'elle en tremblant ; elle avait compris. Le vrai changement était cet état dont elle faisait maintenant l'expérience. Comme celles d'un chat, ses pupilles s'étaient rétrécies. Sa peau était devenue plus froide. Elle s'était sentie vieillir : non pas de trois jours, mais de plusieurs mois, plusieurs années peut-être. Elle était devenue autre. *Tu es enfin*, lui avait soufflé Rip dans une crique frangée d'écume, *celle que tu as toujours été sans vouloir l'admettre*. Elle avait penché la tête. *Tu es une sorcière.*

Tu es une sorcière.

Les mots résonnaient encore tandis que je glissais dans un sommeil agité.

Je volais.

Je volais au-dessus de l'Amérique endormie, et mon regard se portait au loin, vers les lumières de Gotham, et je me rapprochais, et je sentais le battement d'ailes immenses, voyais leur ombre lunaire passer sur les villages et les champs.

Bientôt, les murailles de la capitale furent en vue. Je les passai sans encombre et découvris le labyrinthe de ruelles, de clochers hérissés et de maisons en grappes que je connaissais si bien. En toile de fond, la masse énorme du palais impérial et sa verrière rutilante se détachaient abruptement.

Sur une terrasse, je mis pied à terre. J'étais redevenue terrienne : une jeune fille désarmée, derrière de lourdes tentures blanches que la brise faisait frissonner.

D'une main, j'écartai les tentures.

J'entrai dans une pièce immense, blanche elle aussi, garnie de meubles en or massif. Au plafond, un lustre aux milliers de bougies jetait au sol un fracas de lumières vibrantes. Un lit massif trônait au fond de la pièce. Un homme était assis sur le bord, un homme vêtu d'une robe immaculée et qui demeurait courbé, comme abattu, ou en prière peut-être.

Il releva la tête et se tourna vers moi. Son visage était masqué par une sorte de voile blafard. Il émanait de sa personne une impression de terrifiant pouvoir, mais je sentais aussi une tristesse en lui, pareillement immense. Il me tendit la main. Je reculai. Il marcha vers moi très calmement.

– Mary ? Mary, j'ai besoin de vous.

Je voulus prendre la fuite. Je pivotai, m'élançai vers une porte. Une main m'agrippa :

– Mary.

J'ouvris les yeux.

John Fitzgerald était penché sur ma couche et retenait mon bras.

– Tout doux, ma chère.

Je me redressai vivement. Il me lâcha, tira une chaise.

– Que faites-vous chez moi ?

Il croisa les bras.

– Je suis venu voir comment se passait votre installation. Je ne comptais pas entrer, mais j'ai entendu crier, alors j'ai pensé...

J'agitai la main comme on chasse une mouche.

– Un mauvais rêve, rien de plus.

Fitzgerald se leva.

– Dans ce cas, veuillez excuser mon intrusion. Je vais prendre congé.

Je me frottai énergiquement les joues.

– Quelle heure est-il ?

– Près de quatre heures. Le temps est mauvais, il fait déjà presque nuit.

– Seigneur.

Fitzgerald sourit et se dirigea vers le seuil.

– Je reviendrai lorsque vous m'y inviterez, Miss Campbell.

Je hochai la tête.

Main sur la poignée, il se retourna.

– Oh. J'oubliais l'essentiel.

– Quoi donc ?

– Trevor Angst vient ici.

Je fronçai les sourcils. J'avais dû mal entendre.

– Trevor...

Il hocha la tête.

– Le Grand Inquisiteur. En personne.

Je ne pus m'empêcher de frémir. Trevor Angst était le successeur de l'Empereur au poste de chef des autorités religieuses. Au fil des années, il était devenu son bras droit, et jouissait à la cour d'une autorité indiscutée. On disait qu'il possédait plus de pouvoir que les six cardinaux réunis. On disait aussi que c'était un homme d'une intelligence et d'une cruauté sans pareilles, capable d'extorquer des aveux à la plus endurcie des sorcières, à l'hérétique le plus récalcitrant. Tout le monde le craignait comme la peste.

– Trevor Angst à Old Haven, reprit Fitzgerald. Des indicateurs nous ont avertis. Nous ne savons pas ce qu'il cherche, mais c'est assurément très mauvais signe.

Je déglutis. Derrière la fenêtre, la nuit gagnait du terrain.

– En avez-vous parlé au pasteur ?

– Pas encore. Mais nous pensons que le Grand Inquisiteur vient pour lui.

– Que voulez-vous dire ?

Le négociant fit la grimace.

– Si nous vous avons demandé de le surveiller, Mary, c'est que nous avons de bonnes raisons. Nous espérions que les activités auxquelles nous le pensons mêlé – contre son gré peut-être, là n'est pas la question – n'attireraient pas l'attention de Gotham. Hélas ! on dirait que le vent a tourné.

Je posai une main sur la table. La tête me tournait. Dans mon dos, Sun émit un grincement. Fitzgerald le considéra d'un œil dubitatif.

– Il faut aller le trouver, dis-je.

– Certainement pas, ma chère. C'est trop risqué. Si notre bien-aimé Caleb doit récolter ce qu'il a semé, ce n'est pas à nous de nous interposer. De toute façon, nous en serions incapables. Vous connaissez Trevor Angst, n'est-ce pas ? Ne serait-ce que de réputation. Nous allons courber l'échine pendant qu'il se livrera à ses basses besognes.

– Pourquoi venir me voir, alors ?

– Je voulais uniquement vous mettre en garde. Le Grand Inquisiteur n'a aucune raison de vous chercher des noises mais, en tout état de cause, je doute qu'il soit ravi d'apprendre qu'une jeune femme que personne ne connaît, et qui s'est trouvée au service du pasteur, vit désormais seule en lisière de forêt.

Je suffoquai.

– Vous... Vous pensez...

– Rien du tout, rétorqua-t-il avec un franc sourire. J'essaie simplement de me mettre à la place d'un chef de l'Inquisition. N'ayez crainte, du reste : tout le monde au village vous apprécie ; nos lèvres demeureront scellées.

Il ouvrit la porte et sortit dans le soir venteux. Je voulus courir après lui, le rattraper. Je n'en fis rien. N'était-il pas plus sage de ne compter que sur moi-même ?

Crwrck.

La pénombre emplissait tout. J'allumai ma lampe à pétrole. Sun me suivait des yeux. Je revins vers mon lit et repris le cahier dont j'avais abandonné la lecture. L'image de Caleb hantait mon esprit. Je le revoyais, suppliant, je revoyais ses larmes, l'expression de désespoir plaquée sur son visage. Devais-je aller le trouver ? Devais-je le prévenir ? Pourquoi avais-je l'impression que nos sorts étaient ainsi liés ? Machinalement, je sortis l'amulette enfouie dans mon corsage et, du bout des doigts, caressai sa surface dorée.

La passion Lisbeth (suite)

L'histoire, parfois, progresse par soubresauts, et se cabre telle une jument furieuse. Après de longues périodes d'accalmie où on pourrait la croire définitivement en sommeil, la voici qui rue, et hennit, et martèle le sol – la voici qui disparaît au loin dans un nuage de poussière.

J'écris ces lignes, mon enfant, parce que j'ignore sous quel jour les livres à venir présenteront cette période de troubles et de convulsions. 1670 était l'une de ces années où tout paraît possible.

[...]

Rip et moi étions en fuite. Les cavaliers de la Sainte Inquisition, lancés à nos trousses, avaient perdu notre trace dans les ténèbres pluvieuses des monts Adirondacks. Nous vivions de chasse et de cueillette, nous terrions dans des greniers abandonnés, campions aux abords des ruisseaux glacés, galopions la nuit et dormions le jour.

Je venais de vivre les mois les plus mouvementés de mon existence. J'avais absorbé les drogues à mon tour et le maître de la Fraternité d'York m'avait prise sous son aile. Il m'avait offert une troublante amulette, m'avait révélé certains secrets du Monde Blanc – le territoire des esprits – et, irrémédiablement, mon univers personnel s'en était trouvé bouleversé. Tout, cependant, me restait à apprendre.

Après la conversion au catholicisme de Joshuah Dancer, le gouverneur des provinces d'Amérique envoyé treize ans auparavant par Oliver Cromwell, la révolte de plusieurs colonies avait été matée dans le sang.

En Europe, le Premier ministre John Milton, appointé par le roi Charles II, avait été assassiné tandis qu'il remettait de l'ordre dans une version codée du Paradis perdu. Là-bas aussi, des émeutes avaient éclaté. Là-bas aussi, elles avaient été sauvagement réprimées. Partout, le catholicisme gagnait du terrain et, avec lui, la Sainte Inquisition.

Face à cette progression, face aux visées rigoristes de ces nouveaux paladins, la Fraternité d'York, la plus ancienne et la plus puissante société secrète américaine, s'attachait à préserver l'équilibre spirituel du monde. Plus que jamais, son rôle se révélait primordial.

Cinq ans.

Cinq ans d'amours et de doutes et de découvertes. J'étais devenue une sorcière. Rip m'avait présentée aux membres américains de la Fraternité. Il en existait d'autres, éparpillés aux quatre coins de la côte. Certains n'avaient pas été vus depuis plus de dix ans, d'autres ne voulaient pas montrer leurs visages – je ne citerai pas leurs noms ici, quelle importance au fond ?

Qu'il te suffise de savoir que je connus le bonheur, mon enfant : je mentirais en prétendant le contraire. Notre existence était faite de fugues, d'errances et de deuils, mais nous étions heureux, Rip et moi, parce que nous nous aimions.

Bien que mes progrès dans la maîtrise des arts magiques s'avérassent rapidement spectaculaires, les autres voyaient notre union d'un assez mauvais œil. L'amour était considéré comme un obstacle sur la voie *de la connaissance et, de fait, je suis persuadée qu'il l'était. Mais Rip restait sourd aux protestations, et les autres le respectaient trop pour contrarier les projets qu'il formait pour moi.*

[...]

Je découvris Spiritus : un monde instable et dangereux, un monde épuisant, et qui nourrissait mon âme. Avec le temps, on dit que les souvenirs qu'on garde de cet endroit s'estompent plus vite, au point qu'on en vient à douter de leur réalité. Ce n'est pas mon cas. Je sais ce que j'ai gagné dans le monde des esprits. Certaines images restent gravées dans ma mémoire. Et puis j'ai l'amulette, celle que Rip m'a offerte, et que je garde cachée chez moi tel un talisman.

[...]

L'étau de l'Inquisition se resserrait. La vie devenait de plus en plus difficile pour les puritains. Une vague de catholicisme déferlait sur l'Amérique, accompagnée de progrès technologiques sans précédent. En 1673, des puits de pétrole furent mis au jour aux environs d'Ipswich. Des cohortes d'ornithoptères, fabriquées en Europe, étaient acheminées jusqu'à Gotham sur de puissants vaisseaux anglais. Ils allaient se révéler déterminants dans la chasse aux dragons qui commençait au-dessus des Appalaches.

Je me levai. Surpris, Sun laissa échapper un miaulement courroucé. Un sentiment oppressant étreignait mon cœur. Un danger. Un danger tout proche.

Je pris mon manteau et sortis dans les ténèbres. La nuit était froide, sans étoiles. Seule entre les nuages, la lune dispersait ses relents de beauté froide. À tâtons, je sortis de la forêt. Les lumières d'Old Haven palpitaient en contrebas.

Sans hésiter, je pris le chemin du manoir Godfrey. Un vent glacé soufflait dans mes cheveux. Je n'avais pas l'intention de renouer avec Caleb, je voulais simplement lui parler. J'avais peur pour lui.

Et puis je pensais aux mots de Lisbeth. *L'amulette.* Comment ce bijou était-il arrivé jusqu'à moi ?

Cinq minutes plus tard, transie, j'arrivai devant les grilles. Une fois de plus, elles étaient ouvertes. D'un pas décidé, je me dirigeai vers le perron. Il y avait de la lumière à l'étage. Je pris une inspiration et frappai à la porte.

Un silence se fit ; les lumières s'éteignirent. J'attendis, décontenancée, et frappai de nouveau. Aucune réponse.

Je mis mes mains en porte-voix.

– Révérend, c'est moi ! C'est Mary !

Nouveau silence. Puis l'escalier grinça, et la porte s'entrouvrit. Un visage apparut dans l'interstice.

– Gustav ?

Le jeune garçon me considérait avec méfiance.

– Gustav, qu'est-ce que tu fais ici ?

Les yeux plissés, le fils de l'aubergiste scrutait mon visage comme s'il me voyait pour la première fois. Il me fit signe de reculer et referma d'un coup sec.

J'étais stupéfaite.

Bientôt, pourtant, la porte s'ouvrit encore ; un bras jaillit et me tira à l'intérieur.

– Vous !

Le pasteur Caleb me dévisageait en haletant.

– Je suis venue...

– Vous êtes en grand danger, Mary.

– Quoi ?

– La Sainte Inquisition.

– Alors, vous savez... ?

Il hocha la tête vers Gustav.

– Grâce à Dieu, j'ai mes informateurs.

– Trevor Angst, repris-je. On m'a dit qu'il arrivait à Old Haven et... j'ai voulu vous prévenir. Je crois... John Fitzgerald m'a affirmé qu'il venait pour vous.

Un pâle sourire se dessina sur ses lèvres.

– Fitzgerald, hein ? Fitzgerald ne sait rien, et le peu qu'il en dit n'est que mensonges. Croyez-moi, Mary. C'est vous et moi, désormais. Nous devons partir au plus vite.

– Nous ?

– C'est vous qu'ils veulent. Ils savent que je vous

protège. Mais ils trouveront de quoi m'accuser aussi. Je me prépare à quitter Old Haven. Je projetais d'aller vous chercher.

– Je ne vois pas en quoi je pourrais...

Il souleva la lanterne que Gustav avait laissée dans le hall et me conduisit à la salle commune. J'eus un mouvement de recul. Une vingtaine de personnes se tenaient debout dans l'ombre, timorées, attentives.

– Mes fidèles brebis, expliqua le pasteur dans mon dos. Prêtes à me suivre.

– Cela n'a aucun sens.

– Oh que si, douce Mary. Je dispose d'une goélette et d'un chargement pour deux semaines. Nous irons nous établir ailleurs – dans les Caraïbes, si Dieu le veut. Nous fonderons une nouvelle communauté.

C'était si inattendu, si insensé que je ne trouvai rien à répondre. Massés les uns contre les autres comme dans l'attente d'une sentence, les villageois me dévisageaient sans mot dire. J'avais l'impression qu'ils me craignaient.

La main de Caleb se posa sur mon épaule.

– Je vous présente mes excuses pour ce qui s'est passé hier soir. Je ne vous demande pas de comprendre, ni d'accepter ma requête séance tenante. Je veux seulement que vous veniez avec nous. Qui sait ? Le reste suivra peut-être.

Je me dégageai. Il me faisait face de toute sa hauteur, mais l'expression qui animait sa figure était celle d'un homme fatigué.

– Je ne viendrai pas, dis-je. Ma place est ici, je le sais. Vos allégations sont absurdes. Pourquoi le Grand Inquisiteur me chercherait-il ? C'est vous, sans doute, qui avez des choses à vous reprocher. Pour ma part, je n'ai jamais rien fait de mal.

Il cligna des yeux.

– Pensez-vous que cela l'intéresse ?

Je tressaillis.

– Que voulez-vous dire ?

Il m'entraîna à l'écart et murmura quelques mots à l'oreille de Gustav, qui disparut dans l'escalier.

– Mary, cet homme vous cherche. Je peux vous le certifier.

– Pourquoi ?

Il secoua la tête, désemparé.

– Je ne sais pas, pas encore. Il faudrait que je réfléchisse.

Il se massa le front du bout des doigts. Son manège m'exaspérait. Je sortis. Il me suivit.

– Où allez-vous ?

– Chez moi. Ou au village. Cela ne vous regarde pas.

Il plongea son regard dans le mien.

– Je vous supplie de me croire, Mary.

Je continuai de marcher. Il trottait à mes côtés dans l'allée.

– Mary...

Je m'arrêtai, soupirai.

– Très bien. Vous pensez que je dois vous faire confiance ?

– Évidemment !

Je rabattis les pans de mon manteau.

– Alors, que savez-vous de Lisbeth Wickford ?

Il blêmit.

– Qui...

– Vous la connaissez, n'est-ce pas ? Vous connaissez ce nom !

Il ferma les yeux. Sa voix était blanche.

– Qui vous a parlé d'elle ? Elle est morte, dit-il en se tournant vers le manoir. Une horrible tragédie.

– Une...

– Brûlée vive.

– Vous étiez *là* ?

Ses yeux brillaient dans la nuit. Il renifla.

– Je crois.

– Quand donc cesserez-vous de vous exprimer par énigmes ?

Son regard se durcit.

– Elle a péri sur le bûcher. Cela fait plus de trente ans. Mais vous, Mary ! Il me prit le bras, le serra si fort qu'il m'arracha un cri de douleur : d'où venez-vous, pour l'amour du Ciel ? N'existez-vous que pour me tourmenter ?

Il me lâcha, fit quelques pas de côté, se mit à sangloter.

– Mary, vous devez m'aider. Je ne sais plus... où j'en suis...

– J'ai trouvé les cahiers de Lisbeth.

Il releva la tête. Ses yeux étaient embués de larmes.

– Les cahiers ?

– Au pied de l'endroit où j'ai fait construire ma maison. Elle y raconte sa vie.

– Sa vie. Dieu tout-puissant. Jusqu'où avez-vous lu ?

– 1674.

Il huma la nuit glacée.

– Venez, dit-il. Je vais vous raconter, vite. Nous avons peu de temps.

Nous prîmes le chemin du retour. Mon cœur battait fort. Oui, Caleb avait connu Lisbeth. Je me trouvais au seuil d'une révélation considérable.

Nous montâmes à l'étage. Caleb me laissa un moment, le temps d'échanger quelques mots avec Gustav, posté en faction devant sa chambre. Puis nous entrâmes dans une pièce exiguë qui, m'expliqua-t-il, lui tenait lieu de secrétariat et de retraite. Au mur se dressait une étagère garnie de lourds volumes, traités religieux et philosophiques. Au centre, une table en bois de chêne, encombrée de lettres diverses, de livres de comptes, de traités de navigation. Dans un coin gisait une carte maritime à demi dépliée. Le pasteur la rangea dans un atlas à couverture de cuir et se laissa tomber sur sa chaise. Des pas résonnèrent dans l'escalier. Je tendis l'oreille.

– Ce n'est rien, dit-il.

Il déplaça quelques feuilles puis se racla la gorge.

– J'ai connu Lisbeth Wickford, lâcha-t-il. Tout le monde au village se souvient d'elle.

– Que faisait-elle... ?

– Elle habitait ici. Elle était mariée à un négociant en peaux.

– Et...

– Elle a été brûlée. Pour sorcellerie.

– ...

– Cela s'est passé en 1692. Peu de temps avant le procès de Salem.

J'avalai ma salive.

– Était-elle... une véritable sorcière ?

– Je n'en sais rien. Personne ne le sait. J'avais dix-neuf ans quand elle est morte.

Son regard se tourna vers la fenêtre. Une pluie fine zébrait les carreaux et le vent ululait dans les branchages.

– C'est mon père, lâcha-t-il, malheureux comme les pierres.

– Je vous demande pardon ?

– C'est mon père. C'est lui qui l'a fait brûler.

Je respirais à peine.

– Jeremiah Godfrey était son nom. Je ne lui ai plus jamais parlé à compter de ce jour. J'aimais beaucoup Lisbeth Wickford. C'était une femme attentionnée et douce. Je ne puis croire qu'elle ait été coupable de toutes les atrocités dont on l'accusait. L'Inquisition avait été mandée. Il existait des charges contre elle, des preuves, des témoignages. Ils l'ont brûlée dans la forêt. Ils ont érigé un bûcher dans la clairière même où vous avez fait bâtir votre maison.

Je me passai une main sur la figure.

– Est-ce pour cela que vous êtes venu rôder autour de chez moi ?

Il me dévisagea, maussade.

– Non. Je voulais seulement m'entretenir avec vous. J'ignorais tout de cette histoire de cahiers.

Je fis volte-face.

– Vous avez raison, il faut que je parte. Mais seule.

Il se leva derrière son bureau.

– Mary, non ! Où irez-vous ?

– J'ai besoin d'y voir clair, dis-je en quittant la pièce. Ce n'est pas contre vous. Cela n'a rien à voir avec vous. Si ce que vous me dites sur la mort de Lisbeth Wickford est vrai, je... je sais que vous n'y êtes pour rien, je ne vous tiens pas rigueur du passé, pourquoi le ferais-je ? Mais je dois rentrer chez moi maintenant. Réfléchir.

Il secoua la tête.

– C'est de la folie pure.

Il me raccompagna jusqu'aux grilles du manoir,

suppliant, mortifié. Avant de refermer, il prit ma main dans la sienne.

– Songez à ma proposition, Mary. La Sainte Inquisition vous veut. Elle ne reculera devant aucune extrémité pour parvenir à ses fins. Trevor Angst... Oh, Seigneur. Ne descendez pas au village.

– Ne vous inquiétez pas, dis-je.

Anéanti, il me laissa disparaître. Sur le chemin du retour, au détour d'une corniche, je m'arrêtai pour observer le hameau. Face à son anse, Old Haven scintillait de mille lumières. Un brasier avait été dressé sur la grand-place. Des flammes orange se tordaient dans la nuit, et je distinguai vaguement des silhouettes affairées.

Impossible d'y voir mieux.

Trevor Angst

Il avait connu le premier été du siècle ligoté au mât d'un navire pirate, écorché vif par le soleil ; des hommes s'étaient relayés, dix jours durant, pour jeter du sel sur ses plaies. Dans ses cauchemars, il entendait encore leurs rires. C'étaient ces rires qui lui donnaient sa force. Le souvenir cuisant, indomptable, de ces humiliations sans fin.

Parfois, des bribes de passé dansaient devant ses yeux, chantaient à ses oreilles une mélodie cacophonique. Son galion chargé d'or et d'étoffes revenant d'Espagne avait été pris en chasse par l'armada du terrible Wild Stark. En tant que membre de la Sainte Inquisition, Trevor Angst avait été épargné. En tant que membre de la Sainte Inquisition, Trevor Angst avait été longuement torturé. Les pirates avaient évidemment jubilé en comprenant à qui ils avaient affaire. Le bras armé de l'Église catholique qui les pourchassait à travers tout l'Atlantique – lançant ses goélettes dans leur sillage, dépêchant des escadrons d'ornithoptères à leurs trousses – était leur ennemi juré. Chaque fois qu'un de ses représentants tombait entre leurs mains, ils lui faisaient payer le prix fort.

Ils l'avaient laissé en vie, finalement : défiguré,

brisé, remis à un navire anglais de passage qui avait dû payer pour sa libération une rançon colossale. Il avait passé quatre jours entre la vie et la mort, bavant et délirant tandis que des médecins changeaient ses compresses et enduisaient sa peau écorchée d'onguents réparateurs. Contre toute attente, il avait survécu, avec au cœur un brûlant désir de vengeance. En quelques années, le petit fonctionnaire zélé s'était métamorphosé en un brûlant rédempteur investi d'une mission purificatrice.

Aujourd'hui encore, Trevor Angst sentait son cœur se soulever à la seule vue de l'océan. Il laissait à d'autres le soin de traquer la race maudite des chiens de la mer, comme il les appelait. Vêtu d'une longue toge de soie noire – le seul contact que sa peau supportât –, il sillonnait sans relâche les terres de l'Empire et débusquait les hérétiques, prononçant jugements et sentences d'une voix toujours ferme.

Le Grand Inquisiteur avait été envoyé à Old Haven pour y accomplir une tâche précise, définie par l'Empereur lui-même. Mais cela faisait des années qu'il rêvait de s'y rendre. Maintes fois, des rumeurs plus que déplaisantes étaient parvenues à ses oreilles. On évoquait des cérémonies séculaires et secrètes, des célébrations en des lieux souterrains, des créatures difformes issues de flots sombres. Un nom revenait souvent : les Domilites, secte constituée uniquement de femmes et qui faisait commerce avec les démons océaniques, Profonds et autres suppôts de Dagon, divinités impies dont regorgeaient nombre d'ouvrages maléfiques.

Trevor Angst s'était fait un devoir de débarrasser la région de cette engeance répugnante. Il avait son plan.

Assis dans sa chaise à porteurs tractée par deux automates, le Grand Inquisiteur dirigeait les opérations de fouille. Une dizaine de ses hommes, drapés de blanc, coiffés du tristement célèbre capuchon, frappaient aux portes des maisons puis les brisaient à coups de bélier, sans laisser à leurs occupants le temps de réagir. Hommes, femmes, vieillards et enfants étaient tirés dans la nuit froide, jetés à même la terre battue, grelottants, incapables de se défendre.

Je m'étais figée au sommet d'une ruelle. Les flammes aux langues noires se reflétaient dans les yeux des villageois transis d'appréhension. Le brasier crépitait ; des inquisiteurs y jetaient pêle-mêle livres, vêtements, nourriture et mobilier.

Un homme fut amené, qui se débattait comme un beau diable. Mon ventre se noua : j'avais reconnu le capitaine Solomon. Les mains liées derrière le dos, poussé en avant, mon vieil ami fut forcé de s'agenouiller devant la chaise à porteurs. Les villageois suivaient la scène avec angoisse. Le Grand Inquisiteur avait dû poser une question : effaré, le capitaine secoua la tête. J'aurais payé très cher pour entendre ce qu'on lui avait demandé.

Le Grand Inquisiteur parla encore. Les mains au sol, le capitaine se prosterna dans une posture d'absolue soumission. Le voile noir de la chaise à porteurs se souleva comme un songe. Une main gantée en sortit. Elle tenait un pistolet.

Je portai une main à mon amulette.

Le capitaine Solomon se mit à supplier et à se rouler par terre ; les deux inquisiteurs qui se trouvaient derrière lui le forcèrent à regarder.

Le canon du pistolet se posa sur son front. Quelqu'un hurla – une petite fille qu'on venait d'arracher à sa mère. Les flammes dansaient avec le vent, dessinant au mur des ombres déformées.

Puis une détonation ébranla l'atmosphère et le corps du capitaine bascula sur le flanc.

Des cris s'élevèrent. Je vis bondir le juge Butler. De nouveaux coups de feu retentirent. Le juge tomba à son tour. Horrifiée, je me détournai, réprimant une nausée. Je reculai, tentai de me fondre dans l'ombre. Quand je fus suffisamment loin, je fis volte-face et me mis à courir.

Ce qui se passa ensuite, je ne puis que l'imaginer : Trevor Angst attrapa l'orbe de cristal qui se trouvait à ses côtés, posa l'objet sur ses genoux, caressa sa surface polie jusqu'à ce qu'une image se matérialise : postée devant une baie immense, face à la ville gorgée de nuit, une silhouette apparut. Elle était blanche, immaculée, exactement telle qu'en mon cauchemar. Une voix monta des abîmes. *L'avez-vous retrouvée ?*

Adossée à un puits, je tentai de reprendre mon souffle. Une pierre descellée se détacha et tomba dans l'eau. Je sursautai. Mes poumons étaient en feu.

D'un revers de main, j'essuyai mon menton poissé de salive. Au bout de quelques minutes, je finis par me sentir mieux. Les inquisiteurs fouillaient les maisons du village une par une. Dans mon dos, des fenêtres s'étaient allumées. Ramenant mon châle sur mes épaules, je remontai l'escalier qui menait à la route côtière.

Old Haven bruissait d'une agitation maladive. De là où je me trouvais, je distinguais des cris, des ordres aboyés, des supplications. J'avais l'impression d'avoir déjà vécu cette scène. Les descriptions du journal de Lisbeth, le récit de sa fin racontée par Caleb, tout se mêlait dans mon cerveau enfiévré et, à chaque brindille craquant sous mes pieds, je croyais ma dernière heure arrivée, je me sentais coupable, évidemment – parce que j'étais femme, parce que j'étais seule, parce que, réalisai-je avec une sorte d'effroi nouveau, j'étais moi aussi une sorcière.

Je ne me retournai qu'une fois la route gagnée. Le village était illuminé comme pour un jour de fête. Les lueurs du brasier dressé sur la grand-place teintaient la baie de reflets purpurins, tandis que s'élevaient des volutes âcres.

Je reniflai.

Cette odeur de brûlé... Elle ne venait pas du village.

Je repris ma course. Mon amulette battait contre ma poitrine, mon cœur se déchirait. Là-bas, au-dessus des arbres, un tourbillon enflammé montait jusqu'au ciel.

Ma clairière. Ma maison !

Je trébuchai, me relevai, serrai les dents. Hors d'haleine, je m'arrêtai à la lisière des sous-bois. Des craquements sinistres déchiraient le silence. L'haleine des flammes. Ou les troncs gémissant.

Prudemment, je m'approchai, me faufilai entre les arbres. Je ne m'étais pas trompée. Ma demeure était en feu. L'arbre immense qui l'enserrait se tordait de douleur. Des flammèches crépitaient au bout de ses branches ; il ployait, brave et massif, sous l'étreinte brûlante. Aucun doute n'était permis : quelqu'un était venu allumer un incendie ici. Délibérément.

Des bouffées de fumée grise s'échappaient par

les fenêtres. Plaquant mon fichu contre mon visage, j'ouvris la porte. La poignée était brûlante. La chaleur me coupa le souffle. Je tombai à genoux, les yeux emplis de larmes, et rampai jusqu'à mon lit. Il était déjà à moitié en flammes. Sun poussait des hurlements déchirants. Je l'enveloppai dans un pan de ma robe, puis me collai au plancher. De mon tableau, il ne restait rien. Je sortis le coffre. L'un des cahiers était intact, mais l'autre tombait en morceaux. Je les pris tous les deux et ressortis à quatre pattes, lâchant Sun sur le porche. L'animal mécanique s'enfuit sans demander son reste. Les mains plantées dans l'herbe, je pleurai. Un goût de cendres avait envahi ma bouche. Un filet de bile tomba de mes lèvres. Je me traînai à l'écart au moment où un pan de la toiture s'effondra. Je rampai encore, partis m'affaler derrière un buisson. Sun vint me rejoindre. Je le touchai, retirai ma main aussitôt. La partie gauche de son corps avait à moitié fondu. Je laissai mes cahiers et l'allongeai du mieux que je pus, emmitouflé dans mon châle. « Ne t'inquiète pas », dis-je en me relevant. Je ne parvenais pas à croire ce qui m'arrivait. L'Inquisition ! L'Inquisition était venue en ce lieu, m'avait cherchée et, de rage, avait brûlé ma maison. À présent, Trevor Angst interrogeait sans doute les habitants du village dans l'espoir que l'un d'eux lui dévoilerait ma cachette.

Reprenant mes cahiers, je rejoignis le sentier. De l'autre côté de la route, non loin de l'escalier, une grosse pierre plate était posée. Je la soulevai en ahanant, y glissai mon trésor et redescendis vers Old Haven.

J'ignore ce que j'avais l'intention de faire. Peut-être, dans ma déraison, avais-je résolu de me livrer à Trevor Angst afin qu'il épargnât le village ? Sur la grand-place, une pyramide de meubles brisés et d'étoffes achevait de se consumer, mais les lieux étaient déserts. Où étaient passés les villageois ?

Retenant mon souffle, je m'avançai dans la rue principale. Devant le temple, la chaise à porteurs du Grand Inquisiteur attendait. Je m'avançai. Les deux automates ne réagirent pas. Une voix puissante s'élevait à l'intérieur de l'édifice. Hypnotisée, je montai les marches et, le plus doucement du monde, entrebâillai la porte de bois.

Tout le village se trouvait ici. Debout devant les bancs, la foule écoutait le discours du Grand Inquisiteur monté en chaire.

– ... devez prendre conscience, clamait-il en brandissant son poing ganté, que ces mesures sont prises dans votre seul intérêt. Étant donné les circonstances, j'espère que vous comprenez où se trouve votre salut. Un culte abominable se perpétue en ces terres. Je compte sur votre diligence et sur votre sens du devoir pour nous aider à vous en débarrasser. Ceux qui refuseront de coopérer seront coupables d'hérésie. Peut-être en est-il parmi vous qui croient pouvoir échapper au bras de la justice divine ?

Il promena son regard sur l'assistance :

– Eh bien, ils se trompent ! Dieu voit tout, et je suis l'instrument de Dieu, chargé de répandre sa juste parole et de la faire respecter. Comprenez-vous ce que je dis ?

Plusieurs villageois hochèrent timidement la tête. Les autres demeuraient stoïques, probablement hébétés par ce qu'ils venaient de vivre.

– En ce qui concerne cette jeune femme, je dois vous avertir : ceux qui tenteront de l'aider seront considérés comme complices et traités comme tels. Nous ne quitterons pas Old Haven avant de l'avoir trouvée. Demain, une nouvelle délégation arrivera en renfort pour m'aider à mener à bien la tâche que je me suis assignée. Vous saurez où me trouver. Vous saurez quoi me dire.

Il s'arrêta pour reprendre son souffle. Ses yeux perçants détaillaient le temple ; une expression méprisante passa sur son visage.

– Parlerez-vous ?

Affolée, je décampai sans demander mon reste. Au bas des marches, je tournai la tête vers la chaise à porteurs. Les automates regardaient droit devant eux. Une curiosité obscène me dévorait. Je m'avançai et, d'une main, soulevai les rideaux noirs. Une bourrasque me renversa. Un froissement d'ailes. Je rouvris les yeux. Une nuée de corbeaux venait de s'échapper de la cabine et s'égayait en vol dispersé au-dessus du temple. Leurs croassements se répondaient par-delà le village.

Une main m'agrippa.

– Vous ? Mais que...

Je fus entraînée au bout d'une ruelle. Une porte s'ouvrit, et se referma aussitôt.

– Où sommes-nous ?

Je n'eus pas à me le demander longtemps. Des caisses de vin et d'eau-de-vie étaient empilées dans un coin. Je venais de reconnaître l'une des officines de John Fitzgerald. Penchée sur moi, Priscilla m'examinait avec minutie, un candélabre levé.

Mes poursuivants arrivaient. La gouvernante de Caleb cacha la flamme de la bougie dans le creux de sa main et me fit signe de me baisser.

Nous demeurâmes ainsi quelques minutes, interminables – le temps pour les inquisiteurs de quadriller le secteur au pas de course. Les hommes de Trevor Angst avaient compris qu'il s'était passé quelque chose ; ils étaient persuadés de pouvoir retrouver ma trace.

À la fin, pourtant, l'écho de leurs pas s'amenuisa, et ils se dirigèrent vers une rue parallèle.

– Qu'est-ce que ça signifie ? m'enquis-je auprès de Priscilla quand je fus certaine que nous étions seules. C'est Caleb qui vous envoie ? Où se trouve-t-il ?

Pour toute réponse, la gouvernante du pasteur m'entraîna vers un escalier, et nous descendîmes à la cave. Des centaines de bouteilles étaient empilées jusqu'au plafond. Priscilla enroula une paillasse, dévoilant une trappe métallique. Elle saisit la poignée. Une volée de marches cascadait dans les ténèbres.

Me confiant le candélabre, la gouvernante me fit signe de passer devant. Hésitante, je posai le pied sur la première marche. Elle me poussa et referma la trappe derrière nous. Nos ombres couraient sur les murs lépreux.

Les profondeurs nous engloutirent.

Les voiles du *Bel-Ardent*

Nous progressions le long d'immenses corridors sableux, pataugions dans des flaques d'eau croupie. L'immensité des lieux dépassait tout ce que j'avais pu imaginer. De temps à autre, nous longions des rangées de barreaux métalliques, vestiges de geôles abandonnées. À d'autres moments, des escaliers descendaient – Dieu sait où. Portant haut mon candélabre, je les voyais se fondre dans l'obscurité.

Priscilla trottait à mes côtés. Nous évoluions dans un labyrinthe aux ramifications innombrables, mais elle paraissait sûre d'elle. Nous nous enfoncions, encore et toujours. À un embranchement, nous nous arrêtâmes. Le silence était profond comme la mer ; comme elle, il recelait des secrets, d'obscurs et dérangeants secrets. Quels étaient ces sons que je discernais au loin, que signifiaient ces grognements et ces souffles ?

Je ne savais plus rien.

Nous reprîmes notre route. Priscilla tenait le candélabre. Nous avancions courbées le long d'un interminable tunnel. Au loin, une vague lueur trouait la pénombre. C'était une ouverture à même la roche, qui donnait sur l'océan. Nous fîmes halte pour contempler le spectacle : taches de lune sur mer d'encre. Nous devions nous trouver quelque part sous le manoir Godfrey, à mi-hauteur ; je reconnaissais cette crique.

Nous repartîmes. Ce royaume souterrain... Était-ce l'endroit que cherchait Trevor Angst ? Je posai la question à Priscilla, sachant pertinemment qu'elle ne me répondrait pas. J'insistai, cependant. Ne pouvait-elle me donner un indice, ne pouvait-elle me dire où elle m'emmenait ? Pour finir, elle posa le candélabre sur le sol et traça quelques mots dans le sable.

Nous sommes
au-dessus de la ville

– La ville ? Quelle ville ?

Elle soupira, écrivit six lettres encore, se redressa :

Arkham

Je respirai avec peine.

J'avais déjà entendu parler d'Arkham, au couvent et dans les rues de Gotham, mais j'avais toujours pensé qu'il s'agissait d'une fable, un conte horrifique censé semer la crainte dans le cœur des fidèles. On évoquait une cité troglodyte vaste comme la moitié de Rhode Island, peuplée de créatures tentaculaires et d'indicibles abominations. Des centaines d'inquisiteurs, disait-on, avaient perdu la vie dans ses noirs corridors. Quel crédit apporter à de pareilles sornettes ? me souviens-je avoir pensé. Et voici qu'une vieille femme muette guettait la lumière dans mes yeux, et voici que, du bout du pied, elle effaçait ces lettres maudites, « Arkham », comme si elles n'avaient jamais existé.

– Insinueriez-vous... qu'Arkham *est réelle* ? Qu'elle se situe ici, sous nos pieds ?

Priscilla renifla, serra plus fort son candélabre.

De nouveau, nous nous perdîmes dans la pénombre. Nos ombres glissaient, démesurées, sur les murs humides et suintants. Nous arpentions désormais des espaces plus vastes, larges allées au sol glaiseux sur les bords desquelles se dressaient, çà et là, des champignons démesurés. Je voulus en toucher un. La vieille femme, qui ne me quittait pas des yeux, m'en dissuada fermement.

Nous descendîmes un escalier tordu qui débouchait sur un passage plus étroit ; en contrebas, une tranchée profonde d'au moins dix pieds grouillait de formes molles et puantes. Priscilla me fit signe de m'éloigner du bord. Une curiosité brûlante me poussait à me pencher, au contraire. Il m'avait semblé distinguer des choses hideuses, et les gloussements qui s'élevaient des abîmes ne devaient rien, j'en étais certaine, à mon imagination exaltée.

Plus loin, au détour d'un corridor, nous tombâmes nez à nez avec une statue de terre cuite montée sur un grossier piédestal. La chose m'inspira une répugnance immédiate : c'était une créature bossue, aux membres musculeux et aux pieds palmés, dont la figure se terminait par un bouquet de tentacules.

– Qui est-ce ?

Priscilla attendit que nous nous fûmes éloignées pour tracer d'autres mots dans la glaise.

Cthulhu ftagh'n

J'étais de plus en plus perplexe. Quel rôle la gouvernante de Caleb jouait-elle dans tout cela ? Nous empruntâmes un nouvel escalier, qui remontait cette fois.

Nous marchâmes pendant une dizaine de minutes encore, vers le nord, estimai-je, avant de pénétrer dans une suite de grottes majestueuses.

Priscilla leva son candélabre. Le peu de lumière dont nous disposions était suffisant pour nous faire entrevoir la grandeur de l'endroit. Un lac d'eau verte s'étirait entre des rangées de stalagmites – joyaux de métal et sentinelles glacées. Des gouffres s'offraient à nos regards. L'un d'eux avait été garni d'une échelle à barreaux. Tous ces endroits, songeai-je, avaient déjà été explorés. Tous ces endroits menaient *en bas*, vers un lieu où les lois humaines n'avaient plus cours.

Une grotte ouvrait directement sur une plage. C'est seulement en sortant que je réalisai à quel point il faisait clair dehors, malgré les nuages qui cachaient la lune.

Une langue de mer s'était invitée entre les rochers noirs. Nous dûmes nous déchausser. L'eau nous montait jusqu'à mi-cuisses. Enfin, nous pûmes prendre pied sur un amoncellement de galets. J'embrassai la crique d'un regard. Un petit groupe de silhouettes attendait au bord de l'eau. Je reconnus les fidèles de Caleb, ceux qui s'étaient trouvés au manoir quelques heures auparavant. De nouveaux visages les accompagnaient.

Sir Edward murmura un mot à l'oreille d'une grosse femme puis sortit du rang, accompagné de Usher.

– Mary...

J'étais aussi surprise que lui :

– Que faites-vous ici ?

– C'est une longue histoire. Le moment est mal choisi.

– Pourquoi... – je désignai le petit groupe – pourquoi vous êtes-vous rassemblés ici, sur cette grève ? Qu'attendez-vous ?

– Le navire.

– Le...

– Le *Bel-Ardent*. Celui qui doit nous emmener loin d'Old Haven.

Je me retournai, rajustai mes cheveux.

– Et cette cité souterraine, Arkham ? Ne me dites pas que...

– Nous ne devons pas en parler, Mary. Remuer les cendres du passé ne peut que raviver les flammes, et ces flammes-là consument tout.

Je soupirai.

– Où est Caleb ?

– Nous l'attendons d'une minute à l'autre, fit Usher. Ainsi que le navire.

Je hochai la tête. L'assistance se composait cette fois d'une trentaine de membres. La plupart m'étaient familiers. Quinze hommes au moins, deux couples, six enfants. Un vieillard. Une jeune fille, qui portait un bébé.

Le vent soufflait sur la crique. L'océan était noir. Je frissonnai.

Debout sur un rocher, Priscilla sondait l'horizon, les mains ramenées sur ses épaules. Derrière nous se dressait une falaise imposante, hérissée d'arbres faméliques. Dans le lointain, plus au sud, papillotaient les lumières d'Old Haven.

– Personne ne sait que nous nous trouvons ici, lâcha Sir Edward dans mon dos. Il nous faut partir sans tarder. L'Inquisition ne tardera pas à nous donner la chasse.

– Partir... ?

– Ils nous tueront, renchérit un homme. Ils nous haïssent, nous autres puritains. Ils détestent ce que nous représentons. Ils ont déjà tué le vieux Solomon, et le juge, et maître Martin aussi. Ils trouveront n'importe quel prétexte pour se débarrasser de nous.

Je m'accroupis, ramassai un galet.

– Et vous, reprit Sir Edward, vous entre toutes, Mary, vous avez besoin de notre aide. Vous êtes de la race des persécutées.

– Quoi ?

Je me relevai, vibrante.

– Vous êtes une sorcière, n'est-ce pas ?

– Je n'ai jamais...

– Caleb nous l'a dit. Il nous a parlé de votre amulette.

Instinctivement, je portai une main à mon corsage. Les membres du petit groupe me fixaient sans animosité. Avec effroi, je compris qu'ils me considéraient comme l'une des leurs. Cette connivence factice me choquait. Ces gens savaient ce qui se trouvait sous les grottes.

Moi pas.

Puis je songeai à ma maison. À ce que m'avait dit Isaac le Saint. Au sifflet d'os que m'avait confié l'Indienne. Je songeai à Lisbeth – mon ancêtre.

Un ululement glacé me tira de mes rêveries. Nous nous tournâmes vers la falaise et Sir Edward fit un pas en avant.

– Caleb est en danger ! Vite, deux hommes avec moi !

Je voulus le retenir :

– Attendez, qu'est-ce que cela veut dire ?

– C'est Gustav. La corne de brume. Nous étions convenus de ce signal si notre pasteur se trouvait en mauvaise posture. Nous devons lui porter secours.

Mes lèvres se pincèrent.

– Je vous accompagne.

Il me considéra avec étonnement.

– Hors de question.

– Avez-vous le temps de m'en empêcher ?

Secouant la tête, l'apothicaire s'élança sans plus me prêter attention. Usher courait à ses côtés, ainsi qu'un autre homme, un rouquin ventripotent coiffé d'un tricorne déchiré. Je leur emboîtai le pas.

Un chemin naturel grimpait à flanc de falaise. Nous l'empruntâmes, les uns derrière les autres. Très vite, l'essoufflement me gagna. Usher pivota et me tendit une main. Je la saisis avec gratitude. Il me tira en avant. Les autres étaient déjà loin.

Parvenus au sommet, nous nous accordâmes une pause derrière un bosquet. L'océan était un royaume d'ombre – des reflets de lune ourlaient ses vagues au large. Les nuages filaient, chassés par un vent glacé. J'ouvris une main sur un tronc.

– Je suis désolée, dis-je. Pour maître Martin et...

Usher se redressa. La corne de brume résonna encore – une plainte au-dessus des arbres, désespérée. Nous entendîmes des coups de feu.

– Vite !

Nous courûmes dans la forêt. Nos yeux avaient eu le temps de s'habituer à l'obscurité et la lune, clouée au milieu du ciel fuligineux, se débarrassait peu à peu de ses voiles. Au loin, des coups de feu continuaient de se répondre par-delà les cimes.

Usher essaya de déterminer la provenance de l'appel.

– Par ici...

Nous longeâmes une corniche à toute allure. Jamais je n'avais couru ainsi. Mes poumons étaient en feu. Après cinq minutes à travers les buissons et les ronces, je fus forcée de demander grâce. Usher revint vers moi.

– Je suis navrée, dis-je en me tenant une côte. J'ai cette douleur...

– Ce n'est pas grave, répondit Usher.

Il me soutenait, visage grave.

– Espérons que les autres s'en sortiront sans nous, murmura-t-il.

Je relevai les yeux. Une pensée venait de me traverser l'esprit.

– Usher...

– Mademoiselle ?

– J'ai caché quelque chose. Au bord du chemin, près de ma maison.

– Quelque chose ?

– Des cahiers. Et mon chat mécanique n'est pas loin.

Je lui expliquai où j'avais laissé Sun, puis décrivis la pierre plate. Il acquiesça placidement. Il connaissait l'endroit.

– Vous voudriez que j'aille...

– S'il vous plaît.

Je n'étais pas fière. C'était un caprice, un désir égoïste.

– Bon. Attendez-moi ici.

Usher retroussa les manches de sa chemise. Son front était couvert de sueur. Je lui pris la main, le forçai à me regarder.

– Usher...

Jamais je n'avais rencontré un homme comme lui, un homme qui ne se souciât que de moi.

Je l'attirai. Enfouis mon visage dans son cou. Muet de surprise, il se laissa faire d'abord. Puis se détacha.

– Je ne peux pas, mademoiselle.

– Quoi ?

Je lissai les pans de ma robe.

– Je suis un ancien esclave, un Noir. Et vous êtes une Blanche.

Il tourna les talons et disparut dans les sous-bois.

– Ne bougez pas d'ici ! me lança-t-il.

Je reculai, ahurie, me cognai contre un tronc, éprouvai d'un geste amical la rudesse de l'écorce. « Ne bougez pas d'ici ? » C'était impossible.

Sans y penser, je sortis le sifflet d'os qui pendait contre mon sein, et le portai à mes lèvres.

Au-dessus de la forêt, des coups de feu retentissaient encore. Je me dirigeai au jugé vers l'endroit d'où ils semblaient provenir. J'étais folle, bien sûr : plus que jamais. Aujourd'hui, pourtant, je ne puis m'empêcher de penser que si tout cela était à refaire, je ne changerais pas un détail. J'obéissais à une force dont les sœurs de la Sainte-Charité m'avaient toujours recommandé de me garder : l'instinct. Cette nuit-là, dans la forêt, il était ma seule arme.

La plus sûre.

Après dix minutes de course éperdue, seulement guidée par les détonations et les lugubres échos de la corne de brume, qui avait fini par se taire, je débouchai sur une clairière. Caleb était à genoux. Debout face à lui, son pistolet à la main, Trevor Angst le tenait en joue.

Trois inquisiteurs attendaient à ses côtés, armés

de torches et de mousquets. Dans les hautes herbes, deux corps gisaient. L'un portait une longue robe blanche tachée de sang, et son capuchon était à moitié déchiré. L'autre, comme accroupi, serrait encore les mains sur le manche d'un couteau. Je retins un cri d'horreur. Gustav ! Une terrible estafilade avait ouvert sa gorge en deux.

Trevor fit un pas :

– Et maintenant, mon révérend, vous allez nous dire tout ce que vous savez sur Arkham et sur la jeune fille ; à moins bien sûr que vous ne préfériez nous accompagner à Gotham et faire connaissance avec nos bourreaux les plus aguerris...

Caleb leva la tête. L'expression de son visage était si poignante que je ne pus m'empêcher de reculer, comme si c'était moi qu'il avait implorée. Mon pied se posa sur une branche morte et la brisa net. Tous les regards se tournèrent vers moi. La figure de Trevor Angst s'éclaira. Il était blanc comme un linge, et ses lèvres noires formaient un parfait contrepoint à ses yeux de corbeau.

– Tiens, tiens ! Quand on parle du loup...

Il braqua son pistolet sur moi.

– Approchez, ma chère... que nous puissions vous voir en pleine lumière. Par tous les saints, on dirait que vous êtes blessée !

Je baissai les yeux. Une auréole sanglante s'agrandissait sur mon corsage. En trois pas, le Grand Inquisiteur fut sur moi. Avec un sourire carnassier, il sortit l'amulette de mon corsage et la considéra avec curiosité. Puis il hurla de douleur.

Terrifié, il tomba à la renverse et recula sur l'herbe en rampant.

Le reste se passa si vite que je n'eus pas le temps

de réfléchir. Caleb bondit sur ses pieds et arracha son mousquet à l'un des inquisiteurs. Il lui asséna un coup de crosse dans le ventre et tira sur le deuxième, qui s'écroula. Le troisième homme tarda à réagir, mais fit feu à son tour et toucha le pasteur à l'épaule.

Un nuage de fumée flottait au-dessus de la prairie. Horrifié par un phénomène qu'il était visiblement le seul à apercevoir, le Grand Inquisiteur se traîna à l'écart. Je marchai sur lui, brandissant mon amulette.

– Pitié ! bredouilla-t-il.

Le troisième inquisiteur le contempla avec effarement avant de se reprendre et de tirer une nouvelle fois sur Caleb. Mais celui-ci s'était mis à couvert. La balle érafla un tronc ; aussitôt, le pasteur riposta et l'homme s'effondra, une main crispée sur le cœur.

Les torches étaient tombées ; elles grésillaient dans l'herbe. Le premier inquisiteur, celui qui n'avait reçu qu'un coup de crosse, se releva et courut vers le défunt pour lui prendre son arme.

– Attention !

Caleb lui barra le passage et tira une fois encore. Rien ne se passa. Le mousquet était enrayé, ou n'avait pas de balle. Le pasteur le lâcha dans l'herbe au moment où, armé d'un simple couteau tiré de sa ceinture, l'ennemi fondait sur lui. Les deux hommes roulèrent à terre. Un éclat métallique jaillit sous la lune. Caleb se releva. Son adversaire gagna un bosquet à quatre pattes puis s'effondra.

Je rejoignis le pasteur. Il venait d'empoigner un autre mousquet et le pointait sur le Grand Inquisiteur. Bouche ouverte, étouffant presque, ce dernier nous contemplait avec stupéfaction.

– Écoutez-moi...

L'homme qui se tenait devant nous n'avait plus rien de menaçant : c'était devenu une proie, tremblant pour sa vie.

Caleb le mit en joue et s'apprêta à tirer.

– Non !

Au dernier instant, je déviai son arme. Trevor Angst poussa un gémissement et se tassa dans l'ombre. Bien décidé à l'achever, le pasteur me repoussa en grognant. Puis des voix retentirent. Caleb me regarda. D'autres inquisiteurs arrivaient.

– Allons-nous-en, fis-je.

Il se retourna vers la forêt. Trevor Angst avait disparu à couvert. Le pasteur tira une dernière fois au hasard et me suivit à l'écart du sentier. Quelques secondes plus tard, six hommes coiffés de cagoules blanches à fente faisaient leur apparition. Caleb et moi fuyions, zigzaguant entre les troncs.

Bientôt, nous dévalâmes une pente. Derrière nous, des voix tonnaient. On nous donnait la chasse.

Le pasteur passa devant. Après cent pieds d'une descente haletante à flanc de coteau, il s'arrêta devant un chêne noueux, posa ses mains sur l'écorce et effectua un curieux mouvement de double rotation. À ma grande surprise, l'arbre s'ouvrit en deux. Caleb me poussa à l'intérieur et referma la porte sur nous. Dans le noir, je trébuchai, perdis l'équilibre. Les doigts du pasteur se refermèrent sur mon poignet.

– Il y a un escalier derrière nous, chuchota-t-il. Cinquante marches, pas une de plus.

Il m'attrapa par la main et guida ma progression. Deux minutes plus tard, nous accédions à une grotte. Les faibles lueurs de la nuit nous montraient le chemin.

Nous sortîmes dans l'air glacé. Le pasteur se tenait l'épaule.

– Simple éraflure, précisa-t-il. Et voyez, notre récompense est là.

Je clignai des yeux. Face à la baie, à environ deux cents pieds de la crique, une goélette se balançait sur les flots houleux, ses voiles blanches claquant au vent. Une chaloupe approchait. Deux hommes se tenaient à bord. Ils portaient des lanternes, mais ils se trouvaient trop loin pour qu'il nous soit possible de distinguer leur visage.

Les fidèles du pasteur, regroupés sur la grève, faisaient cercle autour de nous. On nous congratula, on nous assaillit de questions. Caleb se racla la gorge et leva une main.

Les nouvelles n'étaient pas très bonnes.

Ni Usher, ni Sir Edward, ni le troisième homme qui les accompagnait n'avaient réapparu. Gustav avait été poignardé par les hommes de l'Inquisition. Les autres avaient probablement subi le même sort.

Ballottée par les vagues, la chaloupe était sur le point d'accoster. Un homme sauta à l'eau et fendit les flots jusqu'à nous. Je reconnus Fitzgerald.

– Navré pour le retard, déclara-t-il, essoufflé. La mer n'est pas très bonne.

Il se tourna vers la chaloupe.

– Je pense que vous pouvez tous monter en une seule fois. Du reste, ce serait sans doute plus prudent. Comment les choses se présentent-elles ?

Caleb soupira.

– Trevor Angst est blessé. J'ai voulu l'occire, mais Mary m'en a empêché.

Impossible, au ton de sa voix, de déterminer s'il était déçu ou soulagé. Il jeta un œil à la falaise avant de poursuivre :

– Nous déplorons des pertes précieuses.

– Trop tard pour les regrets, dit Fitzgerald. Vous devez partir au plus vite.

Le pasteur hocha la tête.

– Êtes-vous certain de ne pas vouloir venir avec nous ?

Le négociant se composa une expression ferme.

– J'ai fait ce que je devais faire, mon révérend. En mémoire de ma femme. Mais cette aventure n'est pas la mienne. Je vous souhaite bon vent.

Les deux hommes se serrèrent la main. Puis Fitzgerald se pencha vers moi :

– Je sais que vous ne comprenez pas grand-chose, Mary. Mais je gage que le révérend vous donnera tous les éclaircissements auxquels vous avez droit.

Il s'inclina devant l'assistance.

– Mes amis, que Dieu vous ait en sa sainte garde.

De la foule, un murmure s'élevait. Puis une exclamation fusa :

– Regardez !

Sur la plage, devant la falaise, deux silhouettes se détachaient clopin-clopant. L'une soutenait l'autre. Nous nous précipitâmes à leur rencontre.

Sir Edward s'écroula dans les bras du pasteur. Usher se massait l'épaule. Il tenait mes cahiers sous le bras.

– Richard est mort, fit l'apothicaire en crachant un peu de sang. Ils... ils nous ont pris à revers. J'ai réussi à en blesser un et à m'échapper. J'ai... Mon Dieu, j'ai rampé dans les fougères. Ils essayaient de m'encercler. Ils y seraient parvenus si Usher n'était pas arrivé et... Enfin, je suppose que nous avons eu de la chance.

Il s'essuya le menton. Ses yeux brillaient. Caleb lui montra le navire qui nous attendait.

– Je ne sais comment vous remercier, Edward. Vous avez risqué votre vie pour me venir en aide. Qu'auriez-vous pu faire de plus ?

L'autre baissa la tête. Le pasteur passa un bras autour de son épaule.

– Voyez, reprit-il, nous sommes réunis, le *Bel-Ardent* est arrivé, et vous êtes sauf. C'est là l'essentiel.

La discussion se prolongea quelques minutes tandis que les premiers villageois ôtaient leurs souliers pour prendre place à bord de la chaloupe. Usher m'entraîna à l'écart et me tendit mes deux cahiers.

– Je n'ai pas trouvé le chat.

– Vous avez déjà tant fait, dis-je, le cœur serré. J'ai été une idiote de vous demander cela.

Il haussa les épaules. Je pris sa main dans la mienne et la serrai très fort. Nous contemplâmes le navire.

– Usher, quelle sorte de rêve est-ce là ?

Il baissa les yeux.

– Un rêve d'ailleurs, mademoiselle. Un rêve de recommencement.

La chaloupe s'alourdissait. Je fus l'une des dernières à monter. Jusqu'au dernier moment, je me souviens d'avoir hésité. Caleb aidait ses fidèles à embarquer, les encourageant de la voix et du geste. Il ignorait la douleur, la fatigue, la terrifiante intensité de ces dernières heures. Pouvais-je placer ma confiance en lui ?

D'un autre côté, il ne me restait guère de choix. La Sainte Inquisition était lancée à mes trousses. Ma maison avait été brûlée. Tout ce qui me restait, tout ce qui me rattachait au passé, c'étaient ces cahiers plaqués contre mon sein, cette amulette glacée sur ma peau, et peut-être aussi ce sifflet.

Je ne savais pas ce qui m'attendait sur l'océan, vers quels rivages Caleb comptait m'emmener, mais plus rien de bon ne demeurait ici pour moi.

De l'eau jusqu'aux cuisses, je me tournai une dernière fois. J'avais failli être heureuse, en cet endroit.

Je laissai mon insouciance en pâture aux flots noirs.

LIVRE II

La fugitive

Les flots noirs

Deux jours de mer ; nous voguions vers le grand Sud, l'océan des Caraïbes au soleil perpétuel, les îles enchanteresses où, affirmait Caleb, nous attendait une vie nouvelle.

Pour l'heure, un vent glacé soufflait sous les haubans. Comme un rideau de théâtre, le soir se déroulait sur la mer grise et hargneuse. Malade, agrippée au bastingage, je fixais l'horizon frangé d'énormes nuages noirs. Une pluie fine rafraîchissait mon front. Elle était mon seul réconfort.

Par mesure d'exception, on m'avait installée dans la cabine réservée au capitaine avec Rose, la sœur d'Edward. C'était la femme corpulente que j'avais aperçue à ses côtés : une compagne douce et bien intentionnée, dotée d'un solide sens pratique. Caleb l'avait probablement chargée de veiller sur moi, mais elle n'en montrait rien, et affichait une bonne humeur constante – qualité plus que bienvenue à bord, où l'atmosphère, à cause du climat sans doute, et des épreuves que nous avions traversées, se révélait particulièrement pesante.

Le capitaine Solomon était mort. Le juge Butler était mort, tout comme Martin et ce pauvre Gustav. Fitzgerald, lui, nous avait laissé son navire. De l'avis général, il était peu probable qu'il demeurât à Old Haven. Seuls restaient donc Usher, Edward et le pasteur Caleb, bien sûr, qui en cet instant précis me rejoignait sur le gaillard d'avant et posait sur mes épaules une cape de toile.

– Merci.

– Vous devriez rentrer. Un grain se prépare.

Je fermai les yeux.

– Nous verrons bientôt le soleil, reprit-il. Je vous en donne ma parole. Oh, chère Mary, que dois-je faire pour que cette ombre lugubre déserte enfin votre visage ?

– Me laisser ?

Je me retournai vers le pont où s'activaient des silhouettes encapuchonnées. Une poignée de pèlerins transis, voilà à quoi se réduisait notre communauté. Des hommes et des femmes qui, sans hésiter, avaient tout quitté pour échapper aux foudres du Grand Inquisiteur.

– Mary...

– Je crois que j'ai besoin d'être seule.

– Bien sûr.

Il s'éloigna avec une mine contrite.

Depuis notre départ, il ne ménageait pas ses efforts pour regagner ma confiance. J'aurais voulu me laisser faire. Je n'y parvenais pas.

Au matin du premier jour, alors que, accablés de tristesse et d'angoisse, nous regardions Old Haven disparaître dans les frimas de l'aube, je lui avais raconté, sans trop savoir pourquoi, que les cahiers de Lisbeth n'étaient plus en ma possession. C'était faux, bien entendu : la première chose que j'avais faite, en entrant dans ma cabine, avait été de les ranger dans le coffre du capitaine, dont je possédais maintenant la clé. Mais le pasteur avait paru si soulagé de la nouvelle que je ne pouvais que me féliciter de lui avoir menti. Ma résolution était prise désormais : ne plus parler des cahiers à quiconque – surtout pas à Rose –, et faire comme s'ils n'avaient jamais existé. La seule personne qui connaissait leur présence à bord était Usher, qui conservait toute ma confiance. Les autres...

À sept heures, la cloche du bord sonna le dîner. Je me dirigeai vers la salle commune d'un pas vacillant. Manger était bien la dernière chose qui me faisait envie.

Avec les moyens du bord, le vieux Casper, aimable pêcheur dont la masure se tenait à la sortie du village, avait confectionné une soupe de poissons. Le bouillon exhalait un fumet corsé qui me soulevait le cœur. Serrant les dents, je pris une miche de pain et mordis bravement dans la croûte. Caleb avait pris place à mes côtés. L'essentiel des fugitifs étaient présents avec nous.

Sentencieusement, le pasteur bénit la nourriture, puis évoqua l'avenir radieux qui nous attendait. J'observai les convives. Ils demeuraient tête baissée, à l'exception de Sir Edward, qui me dévisageait avec insistance.

Cette même nuit, sur les coups de deux heures, je me réveillai en sursaut. Une houle violente brinquebalait le *Bel-Ardent*. J'étais malade, de nouveau. Il fallait que je sorte.

Les frères Chilton, qui travaillaient à la commanderie du village, distribuaient les ordres aux abords du grand cabestan. Notre navire ne disposait pas d'un capitaine attitré. Bien sûr, Caleb restait le guide spirituel de notre communauté, mais ses compétences maritimes l'empêchaient d'assumer de plus amples fonctions. Les frères Chilton, eux, descendaient d'une famille de marins. Personne ne s'était opposé à ce qu'ils prennent officieusement le commandement du *Bel-Ardent*.

– Attention !

Une poigne ferme me maintint debout tandis qu'une vague glacée s'abattait sur nos têtes. Suffoquée, je contemplai mon sauveur. Sir Edward grimaçait sous son capuchon.

– Merci, dis-je, sans vous...

Il m'entraîna à l'écart et me demanda ce que je cherchais sur le pont.

– Rien, fis-je. C'est la tempête – votre sœur Rose dort à poings fermés mais moi...

Nous nous adossâmes au mât de misaine.

– J'ignore ce que vous représentez aux yeux de Caleb, commença-t-il d'une voix forte tandis que le vent hurlait. J'ignore dans quelle mesure vous pouvez être considérée comme une sorcière. Reste une évidence : notre pasteur n'était pas prêt à partir sans vous.

Je frémis. J'étais montée sur le *Bel-Ardent* pour fuir une menace. J'espérais ne pas m'être lancée dans un péril plus vaste encore.

– Tout cela aurait dû arriver il y a des années, ajouta l'apothicaire.

– Comment cela ?

– La venue de l'Inquisition. Je ne parviens pas à m'expliquer pourquoi elle a tant tardé. Les faits étaient pourtant connus.

Une bourrasque glacée fit tomber mon capuchon. Je le remis en place. Notre navire dansait entre les vagues. L'océan était démonté.

Je m'agrippais au bastingage des deux mains. Sir Edward posa la sienne dessus.

– Nous avons tous notre part de responsabilité, reprit-il. Il faut que je vous le dise, Mary. Il faut que quelqu'un vous le dise. Ce que vous avez vu dans les souterrains, au cœur de la roche : nous savions. Nous savions tous.

Je lui lançai un regard scrutateur. Il grimaça.

– Avez-vous déjà entendu parler de la secte des Domilites ?

– Une légende ?

– Pas une légende, mon enfant. La cité maudite d'Arkham s'étend sur des dizaines de lieues au-dessous des villages côtiers. Le sous-sol de la Nouvelle-Angleterre est criblé de tunnels, de passages, de cavernes. Certains sont naturels. Les autres ont été creusés il y a des centaines d'années par une peuplade impie venue de l'océan : les Profonds, mi-hommes, mi-poissons. Ces créatures répugnantes vénèrent le Grand Dagon.

– Vous prétendez...

Il me lâcha, et se signa en hâte.

– Le Grand Dagon, répéta-t-il. Celui qui sommeille au fond de la mer. Une divinité monstrueuse. Et les Domilites la vénèrent aussi. Des femmes, Mary, uniquement des femmes, détentrices d'un savoir sacrilège. Les mères de nos mères connaissaient les Domilites. D'aussi loin que je me souvienne, Old Haven a sans cesse eu maille à partir avec elles – comme, j'imagine, la plupart des villages de notre région.

– Est-ce que vous... ?

– Ma mère en faisait partie, répliqua-t-il d'un air sombre, indifférent aux éléments qui se déchaînaient autour de nous. Ma tante aussi. Les Domilites recrutaient sans distinction d'âge ou de condition. Il y avait des jeunes filles parmi elles. Des grands-mères. Une femme sur trois ou quatre, pas moins. Tout le monde en connaissait au moins une : sœur, fille, amante... mère.

– Et personne ne disait rien ?

– Personne ne *faisait* rien, nuance. Les gens parlaient, naturellement, mais en appeler à l'Inquisition était exclu. Non seulement les femmes auraient été brûlées, mais il est probable que nous aurions péri avec elles. L'existence des Domilites n'a jamais été un secret. Mais nous nous sommes comportés comme si.

– Seigneur...

– Une nuit, j'ai vu ma mère descendre dans une grotte. Je l'y ai suivie, Dieu me pardonne. Oh, quel atroce spectacle ! Je tremblais de tous mes membres. Elles étaient là, Mary, par dizaines, par centaines ! Leurs voix psalmodiaient des litanies glaçantes, échappées d'un autre monde.

Je reculai. Le beaupré du *Bel-Ardent* piquait vers les eaux tourbillonnantes. Des gerbes d'écume s'abattaient sur le gaillard d'avant. Droit comme un I, Sir Edward bravait la tempête. Une énergie désespérée l'habitait.

– Ces femmes, demandai-je, que veulent-elles ? Qu'est-ce qui peut pousser un être humain à faire commerce avec les créatures que vous décrivez ?

Ses yeux se plissèrent. L'eau ruisselait sur son visage.

– L'immortalité, lâcha-t-il. Lorsqu'une femme s'accouple avec un Profond, elle n'enfante pas, mais parfois elle devient... pareille à lui. Un soir sans lune, elle s'avance dans l'océan, jusqu'aux cuisses, jusqu'à la taille, puis... puis elle disparaît.

J'étais tétanisée. Il s'essuya le front.

– Caleb savait aussi, évidemment. Caleb protégeait la doyenne des Domilites, un personnage mystérieux seulement connu sous le nom de « Lady Mortis ».

– Lady Mortis...

– Elle était – elle est toujours – la maîtresse des Domilites, la clé de voûte de l'édifice. Une sorte de légende... Plusieurs fois, nous avons voulu monter une expédition punitive. Toujours, le pasteur nous en a empêchés. Nous en sommes venus à croire qu'il participait à ces cultes, lui aussi.

– Et...

Sir Edward eut un geste fataliste.

– Comment savoir ? La population d'Old Haven se divisait en deux camps : ceux qui appelaient le changement de leurs vœux et tenaient le pasteur pour responsable. Et ceux qui se souvenaient que leurs propres mères, amantes, filles ou sœurs étaient impliquées dans ce terrible culte. Au fond, nous étions soulagés que Caleb s'oppose à nous. Aurions-nous trouvé le courage nécessaire ? Nous craignons ce qui se trouve sous nos pieds, Mary. Nous craignons ce qui s'agite dans la pénombre. En fin de compte, tout le monde s'est rangé derrière le révérend.

– Mais vous avez continué de le surveiller.

– Nous voulions en savoir plus. Nous voulions nous assurer qu'il n'entraînerait pas le village à sa perte.

Je me penchai par-dessus bord. De violentes nausées me tordaient l'estomac. Derrière nous, les frères Chilton vociféraient des ordres dans la tempête et s'activaient le long des cordages. Les mâts du *Bel-Ardent* ployaient en grinçant. Les voiles avaient été carguées et ferlées.

– Rentrons, dit Sir Edward en m'offrant son bras.

Je me redressai.

– J'ai une dernière question à vous poser.

– Je vous écoute.

– Avez-vous connu Lisbeth Wickford ?

Une trombe d'eau s'abattit juste devant nous.

– Qui pourrait l'oublier ? cria l'apothicaire en me raccompagnant vers le gaillard d'arrière. C'est Caleb, c'est lui qui vous a parlé d'elle ?

Je lui fis signe que non. Nous nous arrêtâmes pour souffler.

– Permettez-moi un conseil, dit-il. Si c'est la paix que vous désirez, si vous voulez nous donner une chance, ne prononcez plus jamais ce nom, ni devant moi ni devant le pasteur – devant personne. J'avais cinq ans, ajouta-t-il, mais je m'en souviens comme si c'était hier, oui. Caleb n'est pour rien dans cette histoire, croyez-moi. Le seul reproche qu'on puisse lui faire, c'est de pécher parfois par excès de bonté.

– Voilà une parole bien charitable.

La silhouette du pasteur se détacha des ténèbres. Je sentis un frisson remonter le long de ma nuque.

Caleb me tendit la main.

– Il est tard, Mary. Vous devriez regagner votre cabine.

Je hochai la tête. Les deux hommes me suivaient du regard. Devant moi, la lanterne de poupe brillait entre les vagues. J'ouvris la porte de ma cabine et me laissai glisser contre la paroi. Une lampe à huile jetait des ombres infirmes sur les panneaux de bois.

Rose dormait à poings fermés. J'attendis quelques instants avant d'ôter mon manteau. Puis je le déposai, dégoulinant, au pied de mon lit, et pris la petite clé que j'avais glissée dans ma poche. Le coffre du capitaine était coincé entre nos deux couchettes. Je l'ouvris discrètement. Mes cahiers, mes trésors ! Je m'emparai du second et regagnai mes draps. Longtemps, je restai immobile, les yeux fixés au plafond, repensant aux paroles de Sir Edward. Soudain, on frappa à ma porte. Je rangeai le carnet à la va-vite et refermai le coffre. Par miracle, Rose dormait toujours. J'allai ouvrir. Le visage du pasteur apparut dans l'entrebâillement.

– Mon révérend ?

– Je désirais simplement m'assurer que tout allait bien.

Je hochai la tête.

– Merci de votre prévenance.

– Alors vous n'avez, euh, besoin de rien ?

– Non.

Son pied bloquait la porte.

– Je voulais que vous sachiez une chose, Mary. À propos de ces histoires de Domilites que vous a racontées Sir Edward. Je n'ai jamais eu qu'une préoccupation : le salut moral de mes ouailles. Longtemps, j'ai espéré. Longtemps, j'ai cru que nous parviendrions à sauver certaines de ces âmes misérables. Les desseins du Seigneur sont impénétrables. Qui étais-je pour décider ? Qui étais-je...

– Vous avez fait de votre mieux.

Je pesai sur la porte. Il me tardait d'être seule.

– Je voudrais le croire. Vous n'imaginez pas à quel point.

– Bonne nuit.

Dehors, derrière lui, le vent mugissait tel un animal blessé.

– Me faites-vous confiance, Mary ?

Il m'implorait.

– Oui.

L'espace d'un instant, il parut rasséréné.

– En un sens, ajouta-t-il, je suis heureux que ces cahiers aient disparu. Nous devons faire table rase du passé. On ne bâtit pas sur des ruines.

J'opinai.

– Bonne nuit, Mary.

Je refermai et tirai le verrou. Puis je me retournai.

– Vous vous méfiez de lui, n'est-ce pas ?

Rose se tenait sur un coude, allongée en travers de sa couche.

– Mille pardons, dis-je. Je ne voulais pas vous réveiller. J'espère que...

– Je ne dormais pas.

– Alors... vous avez tout entendu ?

Elle se renfonça sous sa couverture.

– Mon frère vous fait confiance, grommela-t-elle. Je vous fais confiance aussi.

Elle se tourna vers le mur. Le *Bel-Ardent* se débattait, chahuté par les flots.

– Vous pouvez lire, ajouta Rose. Ça ne me dérange pas.

J'hésitai. Quelle importance, tant que je gardais la clé ? J'ouvris le coffre et sortis mes cahiers. En quelques minutes, j'avais oublié ma nausée.

La passion Lisbeth (suite)

Je fuyais. Où courais-je ainsi, mon enfant ? Je ne saurais le dire. Le cœur d'une femme blessée peut lui faire perdre la raison, et je n'étais pas seulement blessée, j'étais dévastée, perdue, dévorée de l'intérieur : quelqu'un avait ouvert ma poitrine pour déposer un buisson d'épines à la place de mon cœur.

Je fuyais. Une affaire de femmes, dérisoire et tragique. Rip Van Winkle m'avait trompée. Je l'avais découvert entre les bras d'une autre, lors d'une nuit étoilée – elle, une fille de la Fraternité, ses jupons retroussés, et lui, la besognant avec hargne, contre un rocher, poussant d'affreux grognements.

J'avais porté une main à ma bouche. Ah, j'avais suivi cet homme jusqu'au bout du monde, et au-delà encore, j'avais placé toute ma confiance en lui, et voici qu'il me trahissait de la plus vile des façons !

De ma botte, j'avais fait tomber un caillou. Ils s'étaient redressés et j'avais vu le visage aimé se découper dans la clarté lunaire. Il me semble qu'il cria mon nom. Qu'importe.

Je m'en étais allée.

J'ignore si Rip me chercha. Avec les pouvoirs dont il disposait, il aurait pu me retrouver. Mais peut-être était-il meurtri par la honte. Peut-être se jugeait-il au-delà du pardon.

Sur le moment, bien sûr, ce genre de préoccupations ne me taraudait guère. Je ne cherchais qu'un endroit où panser mes plaies – un endroit qui m'offrirait l'oubli et la promesse d'une vie nouvelle.

Je longeai la côte et remontai vers le nord. On m'avait parlé de contrées sauvages battues par les vents. J'étais plus seule que jamais. J'avais vingt-quatre ans et j'avais perdu le goût du danger. De Spiritus, des mondes merveilleux que m'avaient vantés les membres de la Fraternité d'York, je ne m'approchais plus qu'avec circonspection. À l'occasion encore, je soignais un animal blessé ou parlais aux esprits de la Terre, mais les transes occasionnées me paraissaient bien pâles en comparaison de celles que j'avais connues avant.

Un matin, au détour d'un fourré, je redécouvris la mer. Cela faisait des mois que je ne l'avais pas vue. Restant longtemps ainsi, apaisée, les yeux fixés sur un bateau de pêche traçant son sillon argenté, je compris combien elle m'avait manqué. Plus tard, tandis que je descendais vers le village, un homme monta à ma rencontre à dos de mule. Comme je m'écartai pour le laisser passer, il s'arrêta.

– Je vous ai aperçue.

– Pardon ?

– Je vous ai aperçue, répéta-t-il. Sur le pont de mon navire.

Il sourit. Je venais de rencontrer Jacques Carrière, fils d'émigrants français ; un homme doté d'une vue exceptionnelle, inversement proportionnelle, apprendrais-je plus tard, à sa capacité de discernement.

– Vous brilliez sur cette corniche, par Dieu ! Si puissamment qu'on aurait cru un joyau au cœur des collines. Je n'ai rien pêché ce matin.

Il triturait sa moustache et me dévisageait sans gêne.

Voyant que je me drapais dans mon manteau, il éclata de rire. Je lui demandai ce qu'il y avait de si drôle.

– Votre pudeur, répondit-il. Comment cacher une beauté telle que la vôtre ? C'est absolument impossible.

Je me détournai et poursuivis mon chemin. L'homme sauta à bas de sa mule et s'engagea à mes côtés. Il m'assommait de questions. D'où arrivais-je ? Quel était mon nom ? Avais-je déjà visité une aussi charmante contrée ?

Lèvres pincées, je continuai ma descente. L'homme ne se décourageait pas. Mes réticences l'amusaient.

– Je m'appelle Jacques Carrière, annonça-t-il. Je suis pêcheur l'été, et vendeur de peaux à l'occasion : loutres, ratons laveurs, castors, cela dépend des saisons.

Il plissa les yeux.

– Un manteau de loutre vous irait à ravir.

Je me figeai.

– Je n'aime les animaux qu'en vie.

– Comment cela ?

Je soupirai. Inutile de lui expliquer, comment aurait-il pu comprendre ? Je discutais avec les animaux. Je ressentais ce qu'ils ressentaient. Deux jours plus tôt, j'avais délivré un renard d'un piège aux mâchoires vicieuses et il m'avait remerciée. D'un simple regard humide.

Jacques eut un geste de dépit.

– Vous savez, les animaux sont déjà morts quand j'arrive. Et, si ce n'est pas le cas, je les achève promptement, en leur rompant la nuque d'un coup (il fit le geste avec ses mains, comme on casse un bout de bois), propre et net, alors voyez-vous, Miss...

– Wickford. Lisbeth Wickford.

– Il faut tuer pour vivre. Ce n'est pas de la cruauté. C'est la loi de la nature. Ne mangez-vous pas de viande ?

– Pas avant d'avoir expliqué à l'animal pourquoi je le tue.

– Parce que vous pensez qu'il ne le sait pas ?

Il m'offrit de porter ma besace. Je refusai : elle était pleine de grimoires anciens et précieux.

– Je ne peux pas vivre sans vous, déclara-t-il soudain. Lisbeth, je n'aurai pas assez d'une vie pour vous témoigner la force de mon amour.

Je haussai un sourcil.

– Seriez-vous ivre ?

Il leva un doigt.

– Jamais le matin !

J'aurais dû me méfier, mon enfant. J'aurais dû écouter *ses paroles plutôt que de me laisser griser par la beauté de cette baie et ses scintillements gracieux. Mais tu dois me comprendre. La vie avec Rip Van Winkle n'avait jamais été simple et j'étais fatiguée de courir. Que m'importaient les énigmes de Spiritus, le visage du vrai Dieu, les abîmes et les démons, que m'importait le mystère de la vie face au parfum subtil d'une fleur, aux trilles étranglés d'un passereau ? Je regardais les mains, les mains calleuses de cet homme qui me parlait du soleil et caressait les pierres, qui m'offrait l'océan d'un geste.*

– Tenez, Lisbeth, vous méritez cette beauté.

Et il me sembla soudain que, peut-être, j'étais arrivée quelque part.

J'avais tant besoin de repos !

Jacques Carrière avait fini par prendre mon sac. Il habitait une masure à la sortie du village, au pied d'une falaise vertigineuse. L'océan venait mourir sur une plage de galets polis. Il me fit entrer chez lui et m'offrit un vin délicieux. Il me servit une tranche de son saumon. Je regardai autour de moi. Une pièce unique, une ancienne grange, une simple couche, quelques gravures sur bois. Et un carreau mal poli, au-dessus du lit. Une branche de noisetier.

Au moment de partir, sur le seuil, je me retournai vers lui. Des larmes coulaient sur ses joues burinées. Je lui demandai pourquoi il pleurait. Il prit ma main, la posa sur sa bouche, murmura une supplique :

– Restez.

Je me dégageai, fis quelques pas au-dehors. Un couple de goélands passa au-dessus du jardinet. Sans savoir pourquoi, je laissai tomber mon sac. Jacques s'approcha. Noua ses bras autour de ma taille.

– Vous êtes un roseau, dit-il. Vous êtes la vie dans tout son éclat.

Le soir même, je m'installais chez lui. Trois semaines plus tard, nous étions mariés.

Mon époux rayonnait d'une joie totale. Dès le lendemain de mon arrivée, il me présenta aux villageois. Leur réaction le déçut ; aucune exclamation d'enthousiasme ne salua ma venue. Les gens me dévisageaient avec méfiance. C'est normal, lui dis-je. Et, à part moi, je pensais : « Tu es différente, Lisbeth Wickford. Quelque chose se dégage de ta personne. »

Rip m'avait mise en garde : « Tu t'es rendue dans le monde des esprits ; les gens sentent cela, que crois-tu ? »

Il ne s'était pas trompé. Partout, je surprenais des chuchotis, des regards en coin. Des rideaux étaient tirés ; des visages reculaient dans l'ombre. Que pouvais-je y faire ? Certes, il y avait toujours ces livres, rangés dans un coffret de bois clair, il y avait ces grimoires au savoir sacré dont la lecture pouvait rendre fous les esprits les plus vulnérables. Mais je pensais avoir renoncé aux pratiques vraies de mon art.

Le soir de notre nuit de noces, pourtant, tandis que mes mains se refermaient sur le corps charnu de mon mari, je réalisai avec une terreur joyeuse que, quoi que je fasse, je resterais marquée par les voyages que j'avais entrepris.

Pour toujours.

Jacques ne me posait pas de questions ; je savais qu'il brûlait de le faire. Un soir, assise à ses côtés devant la mer, je décidai de lui ouvrir mon cœur. Il m'avait choisie sans savoir. Je lui devais la vérité.

Naturellement, je ne lui racontai pas tout. Les règles de la Fraternité étaient très strictes et, malgré la haine encore brûlante que j'éprouvais à l'égard de Rip Van Winkle, jamais je n'aurais pu envisager de trahir notre cause commune. Alors j'inventai une histoire. Ma mère avait été guérisseuse, j'avais étudié la science des plantes, je connaissais le nom de vents et le parfum des fleurs. Je savais soulager, apaiser, écouter. Quant à ces livres, je les gardais par nostalgie, en souvenir de mes origines mais, à la vérité, leur contenu m'était incompréhensible.

– Es-tu... une sorcière ? me demanda mon époux, empli d'un ravissement craintif.

Je passai une main sur sa joue.

– Je l'ai été, Jacques.

Il hocha la tête. « Ce sera notre secret », lui dis-je. Il opina encore. Cela le dépassait, mais l'amour qu'il me vouait était plus fort que ses craintes.

Nous vécûmes quelques années paisibles. Dans cet espace hors du temps, je pensais avoir trouvé mon paradis. La vie était simple. Nous vivions de maigres cultures et des pêches de Jacques. Le matin, je regardais son petit navire bondir sur les flots. Lorsque la voile disparaissait derrière la corniche, je regagnais notre maison.

Les habitants d'Old Haven se défiaient encore de moi, mais leur tempérament s'était adouci. L'un d'eux me portait un intérêt tout particulier. Il s'appelait Godfrey,

Jeremiah Godfrey, et c'était le pasteur de notre communauté – celui qui nous avait unis devant l'autel.

Jeremiah était un garçon de belle stature, à la chevelure noire et fournie et aux manières délicates, qui mettait en toutes choses une énergie inépuisable. Il était marié également, et rien ne semblait pouvoir ternir son bonheur. Sous sa férule, Old Haven s'épanouissait comme une fleur. Sous son influence, je me libérais moi aussi.

J'avais pris l'habitude de me rendre au temple. Jacques ne montrait que peu d'égards pour la religion ; j'y décelais, moi, un singulier réconfort. Peu à peu, les années que j'avais passées avec Rip disparaissaient dans la brume de mes souvenirs. Comme l'esprit est étrange ! J'avais arpenté des terres merveilleuses. J'avais croisé des créatures de magie, approché des secrets propres à ravir les âmes les plus anxieuses. Mais je trouvais aux sages sermons de Jeremiah un mystère et une beauté insondables.

L'attitude des villageois se mit à changer. On m'avait reproché mes tuniques bigarrées, mes cheveux dénoués, on avait mentionné œillades et autres déhanchements provocants. Mais je m'étais amendée. Et, peu à peu, la tendre sollicitude dont m'entourait le pasteur commençait de produire ses effets.

Mon époux n'aurait pu choisir pire moment pour retomber dans ses anciens travers. Jacques Carrière, ne tardai-je pas à apprendre, s'était débarrassé quand il m'avait rencontrée d'un fâcheux penchant pour l'alcool ; ce penchant était de retour. Ses absences répétées me valaient de la part des autres femmes une sorte de mansuétude satisfaite. Je ne pouvais que le constater : mon mari passait de longues journées en mer, des semaines parfois, et s'en allait toujours plus au nord. Dans le même temps, il pêchait de moins en moins, prétextant des échanges avec d'obscurs négociants (« des trafiquants », me confia le pasteur un jour avec un sourire désolé), échanges sur lesquels, lorsqu'il revenait et que je lui posais des questions, il demeurait obstinément évasif.

Nos relations devinrent houleuses. Je le soupçonnais de satisfaire ses appétits charnels avec des filles de joie ou des rencontres de passage. De son côté, il voulait un enfant – exigeait une descendance.

Je me refusai à lui. Il devint violent, m'accusa des pires méfaits. J'étais une sorcière, j'usais de mes charmes et de mes philtres pour rendre fous les hommes du village.

Certains soirs, l'humeur sombre, il restait à table sans rien à dire. Puis, brusquement, il m'attirait à lui et tentait de forcer mes résistances. Une nuit, je brandis un couteau sous son nez et le mis fermement en garde. Le lendemain, il disparut pour un mois. Plusieurs fois au cours de cette période, quelqu'un essaya de forcer la porte de notre maison. Prise d'une mystérieuse intuition, je changeai les grimoires de place.

La solitude me pesait, de plus en plus. Je ne trouvais mon réconfort que sur les bancs du temple ou dans la petite dépendance de Jeremiah qui jouxtait sa maison. Nos âmes se mêlaient à merveille. Le pasteur avait vingt-sept ans, et déjà sept enfants, mais il semblait curieusement seul, lui aussi, et prenait autant de plaisir que moi dans nos longues discussions. Son épouse, Mabel, était plus vieille que lui de quelques années. Suite à une dernière couche difficile, elle ne pouvait plus enfanter, et cette fatalité plongeait le pasteur dans l'affliction. Malgré sa joie naturelle, et l'enthousiasme dont il s'efforçait de faire preuve, je ne pouvais m'empêcher de penser que quelque chose en lui demeurait inaccompli.

J'avais craint que sa femme ne voie d'un mauvais œil nos relations particulières. Je me trompais : non seule-

ment elle ne me fermait pas sa porte, mais elle m'encourageait à venir. Mes visites, déclarait-elle, apportaient énormément à son époux. Et mon aide au temple était plus qu'appréciée.

Les villageois, de leur côté, m'accordaient leur pleine confiance. Du moins le croyais-je. Oh, mon enfant, quelle naïve je faisais encore !

Quelques mois plus tard – nous étions en 1680 – une expression de stupeur se peignit sur mon visage tandis que je contemplais mon reflet dans la vitre. Qui était cette femme ? Comment avait-elle pu en arriver là ?

Je m'assis. Depuis plus de quatre semaines, la nature se refusait à moi. Nulle tache ne venait plus souiller mes draps. Mes seins étaient devenus lourds, douloureux, mes cheveux tombaient par poignées, je me trouvais engourdie et malhabile.

J'étais enceinte. Jacques était parti depuis dix jours, mais je savais pertinemment qu'il n'y était pour rien. Je ne parvenais même plus à me rappeler quand il m'avait touchée pour la dernière fois.

Ce soir-là, je me décidai. Revêtant une blouse noire, je me rendis au village et frappai à la porte du pasteur. Sa femme vint ouvrir. Je devais me trouver dans tous mes états car je n'avais même pas entendu la cloche du temple sonner les six coups : l'heure du dîner.

Mabel m'invita à monter. Toute la famille était attablée dans la grande pièce commune. On me fit asseoir et on me donna une assiette de soupe. Il y avait là Nathaniel, l'aîné de sept ans. Il me dévisageait de ses yeux noirs immenses. Dans ma confusion, je craignais qu'il n'ait tout deviné. Bien entendu, il ne savait rien, comment aurait-il pu ? Mais l'attente me torturait et, dans l'angoisse où j'étais tenue, mon esprit n'avait de cesse d'échafauder les hypothèses les plus invraisemblables.

– Lisbeth ? Vous allez bien ?

Je ne pouvais cacher mon émoi. Devant l'inquiétude de Mabel, j'invoquai une nouvelle scène de Jacques. Elle me dévisagea avec commisération et posa sa main sur la mienne. Je frissonnai : je venais de croiser le regard de Jeremiah et ce que j'y décelais n'augurait rien de bon. Le dîner me parut durer un siècle ; enfin, nous quittâmes la table. Je fis signe au pasteur que je désirais lui parler seul à seul. Il prétexta quelque ciboire à lustrer, et nous nous éclipsâmes dans la nuit. Sitôt la porte du temple refermée, j'éclatai en sanglots.

Jeremiah s'avança dans l'allée. Sa voix était glacée :

– Parle.

Je balbutiai quelques mots. Il se retourna.

– Quoi ? Je ne t'entends pas.

– J'attends... j'attends un enfant.

Il marqua une pause.

– Un enfant ! répéta-t-il comme s'il avait oublié le sens de ce mot.

– Un enfant de vous, *mon révérend.*

Ses mâchoires se contractèrent.

– En es-tu sûre ?

Je voulus dire : malheureusement. Mais l'espoir palpitait encore en mon cœur, un fol espoir, évasion et vie nouvelle.

– Oui, répondis-je.

Il se laissa choir sur un banc.

– Imbécile. Sombre idiote. Ne devais-tu pas prendre tes précautions ?

– J'ai cru les prendre, répliquai-je, avant de me détourner, en larmes.

Il laissa passer un instant, puis me rejoignit à grandes enjambées et me saisit par les épaules.

– Ton mari... Prétends que c'est ton mari.

Je secouai la tête.

– Impossible, dis-je. Il sait très bien que nous n'avons...

– Il boit. Tu n'auras qu'à lui raconter des histoires.

J'implorai son regard :

– Mon révérend...

Il m'avait lâchée, fixait la porte derrière moi.

– Écoute-moi, commença-t-il d'une voix blanche, écoute-moi bien attentivement, Lisbeth Wickford. Si jamais tu parles de ceci à qui que ce soit, si ce qui s'est passé franchit un jour le seuil de cette porte, si je surprends ne serait-ce qu'un regard... je nierai en bloc, saisis-tu ? Je nierai tout et j'en appellerai à la Sainte Inquisition.

– Vous...

– Crois-tu que j'ignore tout de toi ? Ton époux parle trop. Je sais que ton passé est empli de zones troubles. Et tu connais le châtiment que l'Église réserve aux infidèles, n'est-ce pas ? Je n'hésiterai pas, Lisbeth. Tu seras brûlée vive.

J'enfouis mon visage entre mes mains.

– Seigneur...

– N'invoque pas le nom de Dieu. Sors de ce temple.

Pour la deuxième fois, j'étais anéantie. Tu peux imaginer cela, mon enfant. Tu peux imaginer ce que l'on ressent lorsque l'on contemple les débris d'un rêve. « Comment as-tu pu être aussi stupide ? » pensais-je en boitillant sur le chemin du retour, longeant les murs telle une pestiférée.

Mais bientôt, je relevai la tête. Trébuchant sur le chemin de notre maison, je posai une main sur mon ventre.

Tu étais là. Tu étais là et, quoi qu'il arrive, tu étais la vie. Mon trésor.

Je résolus de me taire. Je doutais que Jeremiah trouvât le courage de mettre ses menaces à exécution, mais je ne pouvais prendre le risque. Du reste, tous les sentiments que j'éprouvais pour lui et dont j'avais jusqu'alors tenté de me préserver avaient été réduits en cendres. Je ferais comme il m'avait demandé. Je convaincrais Jacques que mon enfant était de lui – et il feindrait de me croire.

Le lendemain, pour la première fois depuis mon arrivée au village, le pasteur Jeremiah vint frapper à ma porte. J'ouvris sans me méfier. Il me refoula à l'intérieur, ferma derrière nous et, tombant à genoux, enserra mes jupons.

Je faillis perdre l'équilibre. J'aurais aimé pleurer, moi aussi, mais quelque chose en moi s'y refusait. Jeremiah implorait mon pardon, louait ma grâce et ma bonté.

– Tout enfant est béni, disait-il, et celui-ci, celui-ci entre tous est un don de Dieu.

Il releva la tête. J'avais posé une main dans ses cheveux. Il se redressa, me dominant de sa puissante stature, et me serra contre lui à m'en broyer les côtes. Puis, brutalement, il s'écarta.

– Je suis un misérable.

Je lui proposai une chaise ; il refusa. Il regardait sans cesse par la fenêtre. Je le rassurai, lui dis que mon époux ne rentrerait pas avant une bonne semaine. Il m'affirma qu'il n'avait pas peur de lui. D'ailleurs, il n'avait peur de rien. Et il m'aimait. Mais il ne pouvait reconnaître l'enfant, oh, je devais comprendre cela, je devais le comprendre : l'opprobre et la honte auraient rejailli sur notre communauté, et je n'étais pas sans savoir que nous vivions des temps complexes, je devais...

Je l'interrompis d'un geste.

– Pourquoi souris-tu ? me demanda-t-il.

– Allez-vous-en.

– Quoi ?

– Sortez de cette maison, Jeremiah Godfrey. Je vous ai aimé et, voyez, dis-je en me caressant le ventre, à jamais, il restera une chose de cet amour. Mais c'est dans votre

souvenir que je veux vivre dorénavant, dans le souvenir du rêve que vous avez été pour moi, et non dans le triste spectacle que m'offre aujourd'hui ce que les vôtres nomment « réalité ».

Il me contemplait, interdit.

– Partez, dis-je. Vous n'avez rien à craindre de moi.

Je le sentis hésiter quelques instants. Il darda sur moi un regard qu'il voulait féroce mais je le fixai moi aussi et, bientôt, il fut forcé de baisser les yeux. Finalement, il se racla la gorge et, faisant volte-face, disparut de ma vie.

Jacques rentra dix jours plus tard. Il posa son sac sur la table et se laissa tomber sur son banc. Il puait l'alcool à cent lieues. Longtemps, je demeurai à ses côtés, debout, tandis qu'il ôtait ses bottes et sa pelisse. Enfin, ses yeux se posèrent sur moi.

– Quoi ? aboya-t-il.

Mon regard étincelait. Je ne me détournai pas.

– Il est arrivé.

– Qui donc ?

– L'enfant que tu attendais.

Il suspendit son geste et scruta mon visage.

– Que veux-tu dire ?

Je m'approchai de lui, pris sa main, la posai sur ma peau. Il la retira comme s'il avait peur de se brûler.

– Catin, maugréa-t-il.

– C'était il y a cinq semaines, dis-je d'une voix douce. Trente-sept jours exactement, par une splendide nuit piquetée d'étoiles.

– Tu te moques de moi. Je ne t'ai pas touchée depuis...

– Oh, je t'assure que si, fis-je avec une mine radieuse en m'accroupissant près de lui. Peut-être que toi, tu ne t'en souviens pas, et je ne saurais te dire à quel point j'en suis désolée, mais ni les ans ni l'alcool n'ont amoindri ta vigueur, Jacques, tu peux me croire.

Il me considéra, sceptique.

– Tu insinues... ?

– Que ton rêve s'est réalisé. Que tu vas devenir père.

Une lueur fugace passa sur son visage. Il se leva. Je crus qu'il allait me frapper. Au lieu de quoi il m'étreignit.

– Oh, ma chérie !

Des larmes tombaient sur mon épaule. Elles n'étaient pas seulement de joie ; je le savais et il le savait aussi. En vertu d'un accord tacite, toutefois, nous avions choisi ce soir-là de nous taire et de laisser faire la vie.

C'était une comédie, sans doute, une étrange et lugubre comédie, mais nous n'eûmes pas à la jouer très longtemps. Trois ans après ta naissance, Jacques Carrière disparaissait en mer.

Retour au palais

La nuit tombait sur Gotham.

Debout sur son balcon, au sommet de la tour sacrée qui dominait le palais impérial, l'Empereur regardait approcher son envoyé. Sa main flattait la tête d'un dragon de pierre, gueule grande ouverte. Il embrassait la ville, *sa* ville, celle qu'il s'était juré de purifier de toute souillure. Et il était proche du but.

Le convoi de Trevor Angst remontait Whitehall Street, précédé par une longue file de gardes en costume d'apparat. Dans sa chaise à porteurs menée par deux automates, le Grand Inquisiteur ne parvenait pas à chasser ses sombres pensées. Pour une raison inexplicable, il avait failli à sa mission. À présent, il allait devoir s'expliquer.

Devant le pont-levis de la forteresse, les automates s'immobilisèrent. Trevor Angst écarta le voile et posa un pied sur le sol dallé. Une nuée de corbeaux s'ébroua à sa suite et gicla dans la nuit bruineuse.

Sa cape claquant dans son sillage, le Grand Inquisiteur s'engagea dans l'allée principale, indifférent aux hommes prosternés sur son passage. Une crainte violente étreignait son cœur. L'Empereur méprisait l'échec. Nul n'était en mesure de prévoir ses réactions et personne, pas même Trevor Angst, ne pouvait s'estimer à l'abri de ses colères légendaires. Combien de cardinaux ou d'évêques avaient été retrouvés sans vie au lendemain d'un sermon trop critique, combien de conseillers empoisonnés pour avoir tenté de discuter ses ordres ?

Trevor Angst franchit les énormes murailles et leva les yeux. À sa droite se dressait le poste des gardes, masse grisâtre ornée de mâchicoulis massifs, abritant plus d'un millier de soldats ; à sa gauche, la fameuse salle aux trophées recelant, disait-on, plus d'or et de pierreries que l'Europe tout entière ; puis la verrière des dragons, que des ouvriers s'employaient encore à réparer. Contre les murailles : la cathédrale aux flèches gracieuses, des flambeaux brûlant à ses tours et, plus loin encore, la silhouette austère du ministère, où officiaient les six cardinaux. Face à lui, enfin, le palais lui-même, ses fiers bâtiments et son auguste tour sacrée – sa base couverte de glyphes énigmatiques, au sujet desquels d'augustes théologiens s'interrogeaient encore. La salle du trône, dans laquelle l'attendait son maître se trouvait au dernier étage.

Le Grand Inquisiteur laissa les portes de l'ascenseur mécanique se refermer sur lui. L'appareil aux parois de cuivre et de verre faisait face à l'océan. C'était l'un des fleurons de la technologie coloniale, une construction unique en son genre, avec son moteur ronronnant et ses tuyères incurvées crachant vers la baie une épaisse fumée noire. Trevor Angst ferma les yeux tandis qu'il s'élevait, et laissa échapper un soupir.

Les portes étaient ouvertes. Deux gardes impériaux l'attendaient. Ils poussèrent les énormes battants derrière lui, le laissant seul avec l'Empereur, dans le vaste hall dallé de marbre et couvert de vitraux où régnait, impassible, le silence des hauteurs.

Installée sur son trône, Sa Majesté lissait les pans de son éternel manteau blanc. Un capuchon était rabattu sur son visage, masqué par un voile tout aussi immaculé. Sa voix s'éleva, grave et mélodieuse. Tout le palais en résonnait.

– Tu as failli, m'a-t-on dit.

Le Grand Inquisiteur posa un genou à terre et courba la tête.

– Que Votre Grandeur daigne m'accorder son auguste pardon. La jeune femme avait été prévenue de notre arrivée. Nous ignorons qui est le responsable. Mais nous trouverons, que Votre Grandeur en soit assurée.

L'Empereur sourit derrière son voile. Trevor Angst, qui savait déchiffrer jusqu'au moindre frémissement de l'étoffe, sentit son cœur se serrer. Combien d'hommes, à nouveau, lui faudrait-il torturer pour obtenir les aveux, si dérisoires soient-ils, que Sa Grandeur exigerait immanquablement ?

– As-tu vu l'amulette ?

Le Grand Inquisiteur releva la tête avec surprise.

– L'as-tu vue ? répéta l'Empereur en s'inclinant légèrement.

– Oui. Son pouvoir était...

– Son pouvoir ?

– Elle m'a tenu en respect, Votre Grandeur. J'étais incapable de bouger, incapable de me défendre. Cet artefact...

– L'amulette protège celui qui la porte des forces du mal. Elle protège du diable. Il est impossible que tu aies eu à souffrir de son pouvoir.

– Pourtant, Votre Grandeur...

– SUFFIT !

L'Empereur s'était levé, vibrant d'une rage soudaine. Il descendit les marches qui le séparaient de son inquisiteur et lui décocha un coup de pied en pleine figure. Trevor Angst sentit sa tête partir en arrière ; il roula au sol avec un gémissement de douleur.

– Tu mens, fit l'Empereur en saisissant de ses doigts bagués d'or la chevelure de l'Inquisiteur. L'amulette n'a pu réagir en ta présence. Nous servons les forces du bien !

Le Grand Inquisiteur retomba. D'un revers de main, il essuya le sang sur ses lèvres et cracha ce qui devait être une dent.

– Votre Grandeur...

– Dis-moi que tu mens. Dis-moi que tu t'es trompé.

– Je... Que Votre Grandeur me pardonne. Il est possible que tout ceci n'ait été que le fruit d'une stupide hallucination. Assurément, la jeune fille était protégée par de puissants esprits. Ce seront eux, à n'en pas douter, qui m'auront induit en erreur.

L'Empereur hocha la tête.

– Je sais ce qui est juste, fit-il en regagnant son trône. Je sais où se niche le mal et, plus que toi encore, je sais le débusquer dans le cœur des hommes. C'est pour cette raison que je me trouve ici aujourd'hui : pour défendre le bien, pour glorifier le nom de Dieu, dans la bonté et l'abnégation, dans le sévère désir de justice. Saisis-tu le sens de mes paroles, Trevor Angst ?

– Je le saisis, ô Votre Grandeur.

– Je devrais te jeter aux murènes. Tu as failli, et

mon cœur saigne à cette pensée. Mais, eu égard à tes états de service passés, je t'accorderai ma grâce pour cette fois. Parce que je sais que tu ne me décevras plus.

– Que Votre Grandeur soit bénie.

– Quant à nous, ajouta l'Empereur en se tournant vers la baie, nous enverrons des navires à la recherche de cette jeune fille. Nous écumerons l'océan, goutte par goutte, et nous la retrouverons. Et nous l'amènerons ici.

– Oui, fit le Grand Inquisiteur en se relevant prestement.

– Disparais.

Trevor Angst s'inclina, claqua des talons et s'en retourna comme il était venu. Les gardes se raidirent à son approche. Il leur jeta un regard méprisant.

– Nous savons où se trouve la jeune fille, fit l'Empereur, demeuré seul. Et nous ne la laisserons pas disparaître.

Il éclata d'un rire sans joie.

Derrière les portes de la salle du trône, Trevor Angst se figea en l'entendant. D'une certaine façon, il était étonné de se trouver encore en vie. Depuis des années, il sillonnait la Nouvelle-Angleterre, placardant des édits vengeurs, arrêtant, torturant et brûlant tout ce qui pouvait ressembler de près ou de loin à un hérétique. Au sein des villages côtiers, son nom était devenu synonyme de nuit sanglante, de cauchemar et de terreur. Face à l'Empereur cependant, face à la folie de cet homme qu'il craignait plus que la mort, le Grand Inquisiteur redevenait un enfant chétif. Il y avait quelque chose d'inhumain dans ce rire.

Quelque chose d'impossible.

L'île du Cœur-Sanglant

– Mary !

Je me réveillai en sursaut. Armé d'une dague, Caleb était accroupi devant mon coffre et tentait de crocheter la serrure. Mais ce n'était pas lui qui m'avait réveillée. C'était Rose, penaude, qui se tenait devant l'encadrement de la porte.

– Mon révérend ?

Caleb se redressa. Il paraissait furieux.

– Vous m'avez menti, Mary.

Il se retourna.

– Rose m'a tout dit.

Rose joignit les mains.

– Je suis désolée, ma petite. Il est venu me trouver, il m'a tendu un piège, je ne savais pas...

– Silence ! cingla Caleb en s'acharnant sur la serrure. L'important n'est pas la façon dont je suis parvenu à connaître la vérité, l'important est que Mary m'ait *caché* cette vérité. Oh, mais ne vous tourmentez pas, ma brave Rose. Je l'ai su dès le moment où j'ai croisé son regard. Cette petite sotte ne recule devant rien pour...

– Arrêtez.

Je lui tenais le poignet. Il se dégagea avec fureur.

– Ils sont là-dedans ! Je sais qu'ils sont là-dedans. Pourquoi voulez-vous les lire, hein ? Pourquoi voulez-vous nous faire du mal ?

– *Nous ?* repris-je, éberluée. Mais, mon révérend, il n'y a que vous que le sort de ces cahiers semble intéresser ! Pour votre gouverne, votre nom n'apparaît pas en ces pages. Je vous prierai de quitter ma cabine sur-le-champ.

Il me montra sa lame.

– Écartez-vous.

Rose étouffa un petit cri. Je me sentais très calme. J'avais la certitude que le pasteur ne mettrait jamais sa menace à exécution.

La serrure du coffre allait bientôt céder. Je me précipitai sur lui. Emportée par mon élan, je le fis basculer et nous roulâmes sur le plancher. Rose restait figée dans l'entrée. Je ne pensais même pas à lui demander de l'aide. Le pasteur brandit son couteau. La lame tremblait sous mon nez.

– Je dois... ah, vous protéger, Mary. Que vous soyez d'accord ou non.

– Me protéger ? Mais de qui ?

– De vous-même, répondit-il en me maintenant avec fermeté. De ce que vous représentez. Moins vous en saurez, mieux cela vaudra. Vous devez me faire confiance.

– Vous êtes fou. Lâchez-moi ou je hurle !

– Vous ne le ferez pas. Vous savez que j'ai raison. Au fond de vous, vous...

– AAAAAH !

Il s'arrêta, pétrifié. Rose risqua quelques pas vers nous. Caleb ne cédait pas.

– Je ne quitterai pas votre cabine sans ces cahiers, Mary.

– Mon révérend !

Sir Edward cognait à la porte. D'un geste, le pasteur fit disparaître sa dague dans sa botte et se releva prestement. Il s'assit sur mon lit pour donner le change, et indiqua à Rose qu'elle pouvait ouvrir.

– Mon révérend, fit Sir Edward après un moment de surprise, on vous appelle sur le pont.

– De quoi s'agit-il ?

– Un gros grain s'annonce, mon révérend.

– J'arrive.

L'apothicaire cligna des yeux. Assise sur le sol, je brossai mes vêtements.

– Mary ? Tout va bien ?

Caleb grimaça un sourire.

– Ce n'est rien, dit-il, nous avons connu un léger différend. Nous terminerons cette discussion plus tard, n'est-ce pas ?

Il sortit sans me laisser répondre. Sir Edward me considéra un instant avec inquiétude, puis lui emboîta le pas. Je me relevai à mon tour. Tout le monde gagnait le pont. Rose clopinait à mes côtés.

– Vous ne pouvez pas savoir à quel point je regrette...

Je lui serrai le bras :

– N'y pensez plus : vous n'avez pas mal agi. Et puis, au moins, je suis prévenue.

L'aube se levait, morne et froide. Au grand complet, l'équipage était rassemblé. Le bébé pleurait. Les enfants se plaignaient, épuisés. Appuyés au grand mât, les frères Chilton se tenaient au centre du cercle. Caleb fendit la foule.

– Que se passe-t-il ?

L'un des frères avait coincé un cure-dents entre ses lèvres. Il désigna le gaillard d'avant avec morgue.

– Le beaupré est fendu. Nous n'avons sauvé le

foc qu'à grand-peine et, comme vous pouvez le voir, nous avons ferlé toutes les autres voiles.

– Une tempête va se lever dans l'heure, reprit son frère.

Il tapota une carte glissée dans sa ceinture.

– Il y a une île à dix miles d'ici. On ne la voit pas à cause du brouillard mais nous savons qu'elle est là. Il faut nous y rendre sans tarder.

– Le problème, continua l'autre, n'est pas de savoir s'il faut ou non accoster. Il est de savoir s'il faut accoster sur *cette* île.

– *Cette* île ?

– L'île du Cœur-Sanglant, mon révérend.

Le visage de Caleb se durcit.

– Ce lieu est maudit. Vous le savez comme moi.

Le premier frère ôta son cure-dents.

– Sauf votre respect, mon révérend, nous devrions passer outre.

Caleb secoua la tête.

– Non. Non, nous ne pouvons nous arrêter maintenant. Impossible – il huma l'air – : l'Inquisition est à nos trousses.

Le second frère claqua des doigts vers l'assemblée. Sir Edward sortit des rangs, un pistolet à la main. Caleb fronça les sourcils.

– Au nom du ciel, Edward...

– Navré, mon révérend, mais nous en avons longuement discuté (les deux frères acquiescèrent) et nous sommes parvenus à la même conclusion. Aussi vives vos réticences soient-elles, nous refusons de nous y plier. Alors, soit vous nous ordonnez de jeter l'ancre près de l'île, soit... nous nous dispensons de votre permission.

Caleb serra les poings.

– Vous regretterez cette démonstration de force.

Puis, comprenant que personne ne lui apporterait son soutien :

– Soit. Mouillons l'ancre.

Les Chilton hochèrent la tête et commencèrent à distribuer les ordres. Mine défaite, le pasteur monta sur le gaillard d'avant. Sir Edward glissa un mot aux deux frères en le suivant du regard. Visiblement, le pouvoir avait changé de camp. Très vite, l'équipage se dispersa. Je rattrapai Usher.

– Mademoiselle ?

– Me feriez-vous une faveur ?

Il me suivit jusqu'à ma cabine, sous la dunette. Rose était restée sur le pont. J'ouvris le coffre et pris les deux cahiers.

– Puis-je vous demander de mettre ceci à l'abri ?

– Eh bien...

– Caleb veut me les prendre. Ils ne sont pas en sécurité ici, et il n'y a qu'à vous que je puisse faire confiance.

Il opina et glissa les documents sous sa chemise.

– Entendu, mademoiselle. Soyez tranquille, je vais les mettre en lieu sûr.

Nous ressortîmes. Les hommes s'agitaient sur le pont. Là-bas, les mains crispées sur le bastingage, le pasteur Caleb fixait l'horizon.

Je partis discuter avec Sir Edward. En plus des dangers que recelaient ses récifs, l'île du Cœur-Sanglant pâtissait d'une réputation détestable. Elle avait été, disait-on, le dernier sanctuaire d'un dieu oublié. Le rocher, car ce n'était guère plus que cela, possédait vaguement la forme d'un cœur. Mais personne ne semblait se soucier de cette vieille histoire. Un péril bien plus direct nous menaçait. Le vent fraîchissait, et les manœuvres d'approche s'annonçaient extrêmement périlleuses.

Bientôt, une forme noire émergea du brouillard. La tempête se déchaîna pratiquement au même instant. Déjà, des éclairs fendaient l'horizon. Le ciel s'ouvrit en deux ; la mer était furieuse, des lames énormes s'abattaient sur notre vaisseau. Le beaupré acheva de rompre, emportant la civadière avec lui. Il fallait hisser la grand-voile, au risque de tout perdre. Juché sur la hune, Usher se débattait avec les gréements, tandis que les frères Chilton se démenaient le long du pont. Soudainement, le navire donna de la gîte, nous envoyant basculer au sol. Accroché au bastingage telle une figure de proue, le pasteur Caleb restait debout.

Les événements s'accéléraient. En quelques minutes, le ciel était devenu noir, et une pluie torrentielle criblait l'océan. J'avais résolu d'apporter mon aide sur le gaillard d'avant. Ma tête heurta le mât de misaine. Je me redressai sur un amas de cordages. Sir Edward voulut m'aider à me relever mais fut projeté à son tour. L'île se rapprochait : d'énormes rochers gris formaient comme une barrière, sur laquelle nous allions probablement nous écraser.

Combien de fois tombai-je, combien de fois me remis-je debout ? Tout se perdait dans une brume chaotique peuplée de hurlements, au milieu des voiles qui claquaient et des mâts qui grinçaient, au milieu des prières et des supplications, du vent qui mugissait et de l'eau qui s'abattait. Une main me secoua. Usher postillonnait, un cordage à la main.

– Attachez-vous !

Je m'encordai tant bien que mal au mât de misaine. Le *Bel-Ardent* plongea dans les vagues. J'étais trempée, à moitié aveugle. Les enfants hurlaient. Un homme était passé par-dessus bord. Une voile faseyait et claquait, à moitié arrachée par les rafales. Parfois, j'apercevais un rocher et je fermais les yeux, dans l'anticipation du choc fatal.

Nous étions perdus. Pour la seconde fois, je sortis le sifflet blotti contre mon sein et le portai à mes lèvres. C'était un geste dérisoire, quand bien même un son en serait-il sorti : qui aurait pu m'entendre dans ce vacarme d'enfer ? Une nouvelle lame nous coucha sur le flanc. Une douleur me cisailla le cou. Le cordon du sifflet s'était rompu et il avait disparu, emporté par une vague.

Levant les yeux, je ne pus m'empêcher de sourire... avant qu'une nouvelle trombe d'eau ne me gifle le visage. À travers les nuages violacés, un rayon de soleil perçait, tel un doigt lumineux pointé sur l'océan.

Il me semble que je m'endormis.

Plus tard – quand exactement ? – un grincement me tira de ma léthargie. Nous étions en train de mouiller l'ancre. Combien de temps étais-je restée ainsi, allongée sur le pont, retenue au mât par une simple aussière ? J'essayai de me redresser. L'île du Cœur-Sanglant se tenait devant nous, toute proche. L'un des frères Chilton passa en courant. Voyant que j'étais réveillée, il revint sur ses pas et me détacha.

– Nous ne mourrons pas cette fois, dit-il.

Je basculai en arrière. Il me souleva du sol et me porta dans ma cabine. Cette fois, je dormis pour de bon. Lorsque j'ouvris les paupières, plus rien ne bougeait.

Je descendis vers le grand mât. La tempête s'en était allée. Le soleil brillait et un arc-en-ciel enjambait l'horizon. Quelques hommes s'activaient encore sur le pont.

Je me retournai.

Notre chaloupe venait d'accoster sur l'île, avec quelques hommes à bord. Leurs silhouettes arpentaient la grève caillouteuse. Nous étions sauvés.

Une heure après, je mettais pied à terre à mon tour. L'île était un endroit sec et désolé, seulement parsemé d'herbes rudes où picoraient quelques mouettes. Notre petite communauté avait trouvé refuge dans une grotte. L'endroit était vaste, enténébré ; un abri idéal, si rassurant après le tumulte !

On avait déplié les voiles pour les mettre à sécher. Les frères Chilton, accompagnés de Sir Edward et de cinq ou six autres hommes de bonne volonté, étaient restés sur le navire et tentaient de réparer ce qui pouvait l'être encore. La tempête n'avait pas eu raison du *Bel-Ardent*, mais les dommages subis par la carène nécessitaient un examen approfondi. En tout état de cause, nous resterions ici quelques jours.

Rose vint me rejoindre. Son frère lui avait parlé. Nos provisions, lui avait-il assuré, nous permettraient de patienter en attendant de reprendre la mer. Tout le monde savait que les frères Chilton avaient pris la bonne décision. Caleb, lui, se tenait à l'écart, assis sur un rocher. Il était toujours aussi abattu.

Le reste de la journée se déroula comme un songe. Le ciel se déchirait en crevasses jaunes et bleutées, et, de temps en temps, une pluie fine grésillait sur la baie. Le soir venu, on fit venir des provisions du navire. Nous dînâmes de viande séchée et d'une bouillie de gruau arrosée de vin aigre. Nous étions tous épuisés, sous le choc. Je devinais le doute chez ces gens. Pourquoi étaient-ils partis ? Qu'est-ce qui les attendait au bout du voyage ?

Seuls Sir Edward et les frères Chilton semblaient encore posséder quelque énergie. Et puis Usher, qui était venu plusieurs fois s'assurer que je ne manquais de rien.

– Bonne nuit...

Rose s'était contentée d'effleurer mon épaule. Hochant la tête, je m'enroulai dans une couverture de laine et partis m'installer à l'entrée de la grotte, auprès des mères et de leurs enfants. Ces derniers s'écartèrent. Leur méfiance était palpable. Je me détournai, essayant de penser à autre chose. Le visage de l'Indienne flottait dans mon esprit. Elle murmurait des paroles inintelligibles. Je m'endormis.

Il devait être près de minuit lorsque je me réveillai. J'avais entendu une voix prononcer mon nom. Le cœur battant, je me dressai sur mon séant. Là-bas ! Une forme glissait lentement sur l'onde. Quelqu'un avait pris la chaloupe et se dirigeait vers le navire. Plissant les yeux, je reconnus la silhouette du pasteur. Il allait tenter de retrouver mes cahiers.

Tout le monde dormait autour de moi. Sans un bruit, je me levai. Contournant le promontoire rocheux qui abritait notre grotte, je débouchai sur une nouvelle crique, plus étroite – tout aussi désolée. Un passage naturel montait entre les pierres. Il était escarpé, mais la pleine lune éclairait le chemin. Je me hissai. Ma progression était lente. Mes mains glissaient sur les roches mouillées ; à chaque pas, je manquais de trébucher. Où allais-je ainsi ? Je n'aurais su le dire.

Je parvins à un tumulus. Je marchai encore, serpentant entre les lacs d'eau douce formés par la pluie. Seul le vent troublait le silence. Pour finir, je m'arrêtai. De là où je me trouvais, je dominais toute l'île.

Je fis un tour complet sur moi-même. Le *Bel-Ardent* mouillait paisiblement dans la nuit. Je me figeai. Là-bas, au cœur de la pénombre. Quelqu'un.

Je m'avançai.

À une cinquantaine de pieds, perchée sur un rocher, se tenait une silhouette entièrement drapée de noir. Je m'approchai le plus discrètement du monde. La silhouette était agenouillée et le drap recouvrait son visage.

Une femme.

Une femme en prière, paupières closes. Et, devant elle...

Sun. Mon chat mécanique perdu.

J'étais pétrifiée.

– Mary.

La femme venait de laisser tomber son drap. Ses cheveux blonds étaient coupés très court. Elle me montra son visage. Ses yeux luisaient dans les ténèbres. Elle était vêtue d'une simple tunique de coton ; une vingtaine de bracelets étaient passés à ses chevilles et à ses poignets. De fines chaînes en partaient, qui se perdaient dans les ténèbres.

– Qui... qui êtes-vous ?

– Constance Hopkins est mon nom. Tu m'as appelée.

Ses paroles éveillèrent un écho.

– Moi ?

– Avec ton sifflet. J'appartiens à la Fraternité d'York.

– La Fraternité...

– Nous veillons sur toi, Mary. Comme nous avons veillé sur tes ancêtres.

Je n'en croyais pas mes oreilles.

– J'ai sifflé, dis-je pour emplir le silence, mais aucun son n'est sorti. J'ai sifflé une première fois, dans les sous-bois, et...

– Nous t'avons entendue. Ton chat était perdu. Nous l'avons sauvé des flammes.

– Pourquoi ? Pourquoi moi ?

– Ta lignée. Tu es issue d'une puissante lignée de sorcières, et ton pouvoir est immense. C'est pour cette raison que nous t'avons confié ce chat.

– *Ce* chat ?

– Il t'a été donné par l'un des nôtres.

– Qu'attendez-vous de moi ?

– Nous savons que quelqu'un te convoite et convoite tes pouvoirs. Nous sommes ici pour te protéger. Voilà pourquoi nous t'avons remis ce sifflet. Tu t'en es servi, c'est bien. Tu t'en serviras sans doute encore.

– Je...

– Reprends ton chat, Mary.

Je m'exécutai. Sun émit un grincement de satisfaction.

– L'as-tu déjà regardé dans les yeux ?

– À vrai dire...

– Fais-le.

Je soulevai l'animal. Ses paupières s'ouvrirent avec un léger cliquetis et je vis ses pupilles se dilater ; elles brillaient dans l'obscurité.

Je me plongeai dans son regard. Au début, il ne se passa rien. Puis j'eus l'impression que je chutais. Je battis des mains : les perspectives se dissolvaient. Un vertige s'empara de moi. Je voulus hurler, mais ne parvins qu'à émettre un faible gémissement.

Après quoi je m'immobilisai. Peu à peu, le monde reprenait ses droits. Sauf qu'il ne s'agissait pas de notre monde. Sauf que le monde avait perdu ses couleurs et que, glissant dans un ciel de cendres, des nuages grisâtres et effilés s'évaporaient à toute allure.

Mon cœur s'emballa.

– N'aie pas peur.

Constance se tenait à mes côtés. Sa main rejoignit la mienne. Nous contemplions l'océan noir.

– Où...

– Spiritus. Le Monde Blanc. Regarde derrière toi.

Je me retournai. Deux silhouettes se découpaient, vaporeuses, diaphanes. L'une était allongée par terre, un chat mécanique transparent gisant à ses côtés.

C'était moi.

L'autre était agenouillée, les mains jointes.

– Me voici, dit Constance, telle que tu m'as trouvée. Je t'ai appelée dans ton rêve.

– Est-ce que... je suis en train de rêver ?

– Non. Tu es ici parce que tu détiens un pouvoir. Je t'ai aidée, bien sûr, je t'ai tendu la main. Sans aide, ou sans livres, tu n'arriverais à rien, et peut-être passerais-tu ta vie sur la terre ferme sans jamais venir ici autrement qu'en songe. Voici le monde d'où les sorcières tirent leur pouvoir, Mary. Le territoire de l'Esprit.

Je me tus.

J'étais emplie d'une crainte effroyable en même temps que d'une joie sans nom. J'étais... ailleurs. Un endroit niché au fond de mon cœur, un sanctuaire que j'avais toujours connu, en vérité. J'étais chez moi.

– Il faut que tu te rappelles d'où tu viens, Mary

Wickford. Lorsque tu t'enfonces en Spiritus, il faut que tu te souviennes que tu es une mortelle.

Elle serra ma main plus fort.

– Ceci n'est pas réel.

Je voulus lui poser une question, mais une brutale détonation déchira le silence. Constance eut le temps de sourire. Puis son sourire disparut comme un souffle sur une vitre, et l'image de la jeune femme s'évanouit avec lui.

Une douleur insupportable me vrilla les tympans. Je plaquai mes mains sur mes oreilles et titubai jusqu'à mon propre corps. Puis j'ouvris les yeux. Caleb se tenait devant moi, un pistolet à la main. Il contemplait le cadavre de Constance Hopkins percé d'un trou en plein cœur, et son regard était mélancolique.

– Vous !

– Navré, Mary.

Lentement, il leva la main, toujours crispée sur l'arme, à hauteur de sa tempe. Son doigt était posé sur la détente. La scène se détachait avec une clarté surnaturelle.

Je criai.

Caleb s'affaissa en avant. Une masse sombre avait surgi dans son dos et s'était abattue sur lui. Usher ! Ses bras d'acier se refermèrent sur la poitrine du pasteur, qui lâcha son arme aussitôt. Une main la ramassa. Sir Edward venait d'apparaître à son tour ; Caleb fut promptement ligoté.

– Que...

Usher m'emmena à l'écart.

– Je l'ai vu monter à bord et s'introduire dans votre cabine, expliqua-t-il en me soutenant. Il devait chercher vos cahiers. Il est ressorti, furieux, avant de redescendre dans la chaloupe. Je l'ai suivi à la nage. Ensuite, il a vu que vous n'étiez plus dans la grotte. J'ignorais moi aussi où vous vous trouviez, mais j'ai compris que vous étiez en danger. Comment vous sentez-vous ?

Je me redressai. Sir Edward nous attendait. Caleb, lui, ne semblait plus concerné par les événements. J'allais répondre, quand Usher tendit un doigt.

– Regardez !

Sir Edward reculait, décontenancé. Une nuée d'aigles blancs, nichée dans les rochers, venait de prendre son envol. Les chaînes de Constance Hopkins se tendirent. Hébétés, nous vîmes son corps inerte s'élever dans les airs. Les rapaces prirent de la hauteur dans un violent froissement d'ailes. Alanguie, comme absente au monde, Constance monta lentement au-dessus de l'île, et pour finir disparut, avalée par les nuées.

Traquée !

Nous rejoignîmes la grotte. Je tenais Sun dans mes bras et Caleb marchait devant, mains liées dans le dos, sous la menace du pistolet de Sir Edward. Nous descendions entre les rochers, morne procession d'ombres dans le froid de la nuit. Arrivés sur la baie, nous retrouvâmes les autres. Le coup de feu avait réveillé tout le monde. On lorgna mon chat d'étrange façon, mais personne ne posa de questions : nous avions un conseil de crise à tenir.

Ni Sir Edward ni les autres ne pouvaient raconter précisément ce qui s'était passé ; je ne le comprenais pas moi-même. Une chose, cependant, était sûre : Caleb représentait un danger pour les autres et pour lui-même. Il avait tué une femme et, quoique personne ne sût exactement qui elle était ni comment elle s'en était allée, les frères Chilton ne rencontrèrent aucune opposition lorsqu'ils décidèrent que notre pasteur serait mis aux fers. Avant qu'on l'emmenât, toutefois, j'obtins de lui parler seul à seul. Assis à l'entrée de la grotte, solidement attaché, il avait fermé les yeux.

– Mon révérend...

– Il est trop tard, Mary.

– Mon révérend, pourquoi avez-vous tué cette femme ?

Il me fixa douloureusement.

– Parce qu'elle voulait vous entraîner vers des contrées que vous ne devez pas connaître. Parce que vous êtes la pureté, et que le monde des esprits est impur.

– Qu'en savez-vous ?

– J'ai essayé de vous prévenir. Je voulais fuir, pour vous, pour moi, je voulais vous emmener dans les îles. Une nouvelle vie nous attendait : une saine existence, loin des tribulations et des folies du monde. À présent, tout est terminé.

Il baissa la tête. Il n'y avait plus rien à tirer de lui. Usher posa ma couverture sur mes épaules, et je m'enfonçai dans la grotte.

– Tâchez de dormir, me glissa Rose en m'accompagnant.

Je voulus suivre son conseil. Mais trouver le sommeil était impossible. L'image du corps de Constance Hopkins revenait me hanter, encore et toujours. Elle glissait vers les cieux tourmentés, et les aigles glatissaient.

– Mary...

Constance Hopkins. Soudain, je me rappelai où j'avais déjà entendu ce nom. Un passage du *Nouveau Compendium de Fulbert* me revenait en mémoire.

Une passagère du *Mayflower* !

Et elle se tenait là, entre deux mondes, et Sun émettait de légers miaulements cuivrés, et je compris que j'étais en train de rêver. J'hésitai, à l'orée du Monde Blanc ; Constance se tenait de l'autre côté et me tendait la main.

Je me réveillai en sursaut. Mon chat mécanique

cliquetait sans relâche. Un fade soleil montait dans le ciel gelé, et des hommes s'affairaient sur la grève. Je partis à leur rencontre, mon petit compagnon dans les bras. Usher roulait un tonneau d'eau douce sur les galets.

– Mademoiselle !

– Alors ? m'enquis-je.

Je désignai le *Bel-Ardent* du menton.

– Les dégâts sont moins rudes que prévus. Nous pourrions repartir dès ce soir.

– Et Caleb ?

Assis sur son rocher, le pasteur n'avait pas bougé d'un pouce depuis notre retour. Les yeux mi-clos, il semblait plongé en lui-même. Usher scruta mon visage.

– Mademoiselle, que s'est-il passé là-haut ?

– Je ne suis pas très sûre...

Il montra le chat :

– C'est celui que vous m'aviez demandé de retrouver ?

Je lui serrai le bras.

– Croyez-vous en la magie, Usher ?

Il réfléchit.

– J'ai vu des hommes pratiquer le vaudou à Boston. C'était avant – j'avais été vendu comme esclave et nous nous retrouvions entre frères. Il y avait ce vieil oncle... Il égorgeait des poulets dans un entrepôt désaffecté et aspergeait le sol de leur sang. Il disait qu'il parlait à nos ancêtres. Je l'ai vu faire, mademoiselle : ses yeux se révulsaient, exactement comme ceux de cette femme.

– NAVIRE EN VUE !

Un homme pointait son doigt vers le large. Un bâtiment de belle taille, orné de trois majestueuses voiles blanches, venait en effet d'apparaître.

Sir Edward nous avait rejoints ; il était pâle comme un linge. Une longue-vue passait de main en main. Je regardai à mon tour. Un pavillon claquait au vent : blanc, orné d'une croix rouge. La Sainte Inquisition.

Sur son rocher, Caleb écarquillait les yeux.

Les frères Chilton se mirent à hurler des ordres. De toute évidence, ce bâtiment n'était pas là par hasard. Nous devions regagner notre navire au plus vite.

Une vague de panique me submergea. Comment ces hommes avaient-ils appris que nous nous trouvions ici ? Était-il possible... qu'ils m'aient suivie à la trace ?

Sun cliquetait sans discontinuer. Je le serrai convulsivement.

– Vite, mademoiselle, vite !

Usher m'entraînait vers la grève. Déjà, le vaisseau de l'Inquisition se rapprochait.

Nous entrâmes dans l'eau en relevant nos vêtements et grimpâmes à bord de la chaloupe. Un petit garçon faillit tomber dans la bousculade. Je le rattrapai au vol et le tendis à sa mère, qui me remercia du bout des lèvres. L'instant d'après, les frères Chilton empoignaient les rames et nous bondissions sur l'écume.

Il ne nous fallut qu'une poignée de minutes pour rejoindre le *Bel-Ardent*. À bord, les hommes commençaient à hisser les voiles et se débattaient avec les gréements. L'ancre était déjà levée.

– Ils sortent les canons de bordée !

Grimpé sur la hune, l'un des frères Chilton désignait le navire ennemi de sa longue-vue. Il aboya des ordres ; notre vaisseau vira de bord.

L'Inquisition fondait sur nous. Bientôt, nous

pûmes prendre le vent. Debout sur le gaillard d'avant, Caleb, les mains toujours attachées, semblait défier nos poursuivants du regard.

À moins qu'il ne les appelât de ses vœux.

– Ils sont rapides, souffla Sir Edward à mes côtés.

– Vous croyez...

– Si nous ne tentons rien, ils nous auront rejoints d'ici dix minutes.

Nous laissions l'île du Cœur-Sanglant à tribord. Les paroles du pasteur résonnaient dans mon esprit. *Nous ne pouvons nous arrêter maintenant. L'Inquisition est à nos trousses.*

– Frégate à tribord !

Des exclamations de surprise s'élevèrent du pont. Un second navire venait d'apparaître, plus petit celui-ci, et de l'autre côté de l'île. C'était comme s'il nous avait attendus pour surgir. Il faisait voile droit sur nous.

– Que diable...

– Il bat pavillon pirate ! cria quelqu'un.

Nos yeux se plissèrent. Crâne blanc sur fond noir – Jolly Roger. Aucun doute n'était permis. Je courus vers l'autre frère Chilton.

– Qu'est-ce que cela signifie ?

– Nous n'allons pas tarder à le savoir, fit-il en mâchonnant son cure-dents.

Rapidement, la frégate vira de bord. Son intention manifeste n'était pas de nous couper la route, comme nous l'avions d'abord suspecté, mais de se glisser entre nous et notre poursuivant.

– La batterie basse est prête à tirer, murmura le frère Chilton en désignant quatre longs canons noirs. Voyez les pièces de fuite. Je me demande si...

Il n'eut pas le temps de finir.

Un coup, deux coups, quatre coups violents, quasi simultanés, tonnèrent au-dessus de l'océan : le vaisseau pirate venait de faire feu par ses canons arrière. Un panache de fumée s'élevait du navire de l'Inquisition, totalement pris de court. Sa grand-voile était en feu, ainsi que son grand hunier, et la figure de proue – un ange en plein envol – avait été à moitié emportée.

– Que je sois pendu ! grogna le frère Chilton.

– Qu'est-ce qu'ils font ?

– Ils nous sauvent la vie, mademoiselle, voilà ce qu'ils font. La pièce de chasse du navire impérial est détruite. Ils ne peuvent plus tirer vers l'avant.

Il me passa sa longue-vue. Sur le vaisseau pirate, des hommes s'agitaient et brandissaient des sabres.

– Ils mettent l'Empire hors d'état de nuire, expliqua le frère Chilton. Ensuite, ils s'occuperont de nous, vous pouvez leur faire confiance.

Une deuxième salve fut tirée, qui brisa net le mât de misaine de l'Inquisition. Le navire ennemi, lourd et maladroit, semblait complètement perdu. Virer de bord était le seul moyen de riposter. Mais c'était s'exposer plus encore au feu de l'adversaire.

– Ils ralentissent.

– Ils abandonnent, rectifia le frère Chilton.

Une rumeur de soulagement parcourut nos rangs. Il fut de courte durée : comme prévu, le vaisseau pirate nous donnait à présent la chasse. Et il comblait son retard à une allure stupéfiante.

– Vous ne devriez pas rester ici, fit Usher à mes côtés.

– Que voulez-vous que je fasse ? Que j'aille me cacher dans ma cabine ?

– S'ils nous tirent dessus...

– Ils ne le feront pas, dit le frère Chilton. Les

écoutilles ne sont pas ouvertes, leurs canons ne sont pas prêts. Ils veulent nous aborder.

– Pourquoi ?

– Quelque chose à bord les intéresse. Je ne vois que ça.

– Pensez-vous que nous devions distribuer les armes ? demanda Sir Edward en caressant la crosse de son pistolet.

Le frère Chilton fronça les sourcils.

– Si vous faites allusion aux quatre arquebuses cachées dans la soute, alors que Dieu nous vienne en aide. Ces hommes, Sir Edward – il désignait la frégate –, ces hommes sont rompus au combat en haute mer. Nous ne tiendrons pas deux minutes.

– Je connais les pirates, répliqua l'intéressé. Mon père les a combattus autrefois ; ce sont des canailles sans foi ni loi. Sitôt que nous leur aurons donné ce qu'ils veulent, ils violeront les femmes et nous abattront comme des chiens.

Le reste de l'équipage attendait, anxieux. Sir Edward se retourna.

– Holà ! cria-t-il. Hardi, vous autres ! Nous avons des sabres dans la soute ! Et aussi des arquebuses ! L'heure est venue de vendre chèrement notre peau.

Le frère Chilton tira un pistolet de sa ceinture et le pointa tranquillement sur lui.

– Si vous ne vous taisez pas, soupira-t-il, je me chargerai de vous réduire au silence.

Mais le mal était fait. Galvanisés, nos hommes s'étaient rués dans la soute. Ils en ressortirent bientôt, brandissant sabres et dagues. À mes côtés, Usher hésitait. Je me tournai vers le gaillard d'avant.

– Peut-être faudrait-il détacher le pasteur ?

– Monsieur ! Les arquebuses !

Un homme s'entretenait avec Sir Edward. Son arme était rouillée, inutilisable. Toutes les autres étaient dans le même état. Hormis quelques maigres pistolets, nous ne disposions d'aucune arme à feu.

Je rejoignis l'apothicaire.

– Sir Edward, je crois que nous devrions nous rendre.

– Auriez-vous perdu la raison ?

– Navire pirate à bâbord !

Notre poursuivant nous rattrapait sans effort. Nous le regardâmes approcher, inexorablement. Bientôt, il arriva à notre hauteur. Nous distinguions à présent les visages des pirates, massés devant le bastingage ou perchés dans les gréements.

Ils souriaient.

Je voulus y voir un signe. Ces forbans ne s'intéressaient probablement qu'à notre or ; lorsqu'ils constateraient que nos caisses étaient vides, ils nous laisseraient repartir.

Soudain, des grappins jaillirent, par dizaines. L'acier mordit le bois, et les hommes commencèrent à hurler – une plainte massive et sinistre.

Une main se referma sur mon avant-bras.

– Je ne leur laisserai pas vous faire de mal, mademoiselle.

Usher fixait l'ennemi, déterminé. Sans attendre, les pirates tirèrent sur les cordages. Les deux étraves se rapprochèrent encore, puis un choc nous ébranla : les coques s'étaient heurtées. Sabre au clair, les assaillants bondirent. Sur le pont du *Bel-Ardent*, la confusion régnait : la plupart des nôtres avaient posé genou à terre pour indiquer qu'ils se rendaient, mais d'autres semblaient décidés à vendre chèrement leur peau, et les pirates attaquaient sans distinction. Des lames s'entrechoquèrent. Très vite, je compris que nous étions perdus. L'offensive avait été préparée ; nous allions être balayés comme des fétus de paille. Plusieurs défenseurs tombèrent, les mains crispées sur leurs entrailles. Puis des coups de feu retentirent. Ils venaient de notre camp. Comme enragés, les pirates hurlèrent de plus belle et débordèrent rapidement nos tireurs. Sir Edward se tenait parmi eux. Un homme lui trancha la gorge et il s'affala sans un bruit.

Usher, lui, avait attrapé un sabre. Il hésitait à me lâcher. Il n'eut pas à réfléchir longtemps. Deux pirates nous avaient aperçus. Mon protecteur s'écarta pour les affronter. Les assaillants échangèrent un regard entendu. Leur peau était burinée, sillonnée de cicatrices, et leurs cheveux noirs luisaient de saleté, mais une flamme farouche brillait dans leurs prunelles. Ils s'élancèrent. Usher se fendit et évita une première botte. Mais l'autre pirate, agile comme un diable, se coula derrière lui et l'envoya rouler au sol d'un coup sur la nuque. Usher laissa échapper son arme. Je me précipitai pour la ramasser.

– Tss-tss.

Un homme approchait, les cheveux blonds semés de mèches noires tressées. Ses yeux bleus me considéraient avec amusement. Un anneau d'or brillait à son oreille et une chemise crasseuse, à moitié déchirée, était ouverte sur son torse. Il me pointa de son sabre.

– Je doute que cette initiative soit couronnée de succès, milady.

– Vous... vous ne me toucherez pas !

Il éclata de rire et se mit gauchement en garde. Sans réfléchir, je me lançai à l'assaut. Le pirate fit un pas de côté ; sa main jaillit et saisit mon poignet. Mes doigts s'ouvrirent, le sabre tomba. L'homme me tira à lui et me maintint serrée. Puis il adressa un signe à ses sbires. Usher fut emmené rejoindre les nôtres, alignés sur le gaillard d'avant.

– Alors, que nous vaut...

Je mordis la main qui me tenait. Mon ravisseur poussa un glapissement de douleur et me relâcha. Je plongeai pour reprendre mon sabre. Il m'attrapa par les cheveux. Je voulus me relever, mais ma tête heurta quelque chose, et je perdis connaissance.

Lorsque je revins à moi, le soleil frappait le pont et son éclat décuplait ma migraine. Je clignai des yeux. Mes pieds et mes poings étaient liés, mes genoux ramenés contre ma poitrine. Des corps ensanglantés jonchaient encore le pont. Des femmes pleuraient.

Le pirate à la chemise blanche, lui, faisait nerveusement les cent pas. Il s'était bandé la main avec un lambeau de tissu. Il s'accroupit devant moi.

– Apaisée ?

Un sourire féroce éclaira son visage.

– Vos charmants camarades de jeu n'ont pas daigné m'apprendre votre nom. Ils vous laissaient sans doute ce soin.

– Allez en enfer.

Il sortit une dague de sa ceinture et la fit glisser sur ma gorge.

– Pourriez-vous répéter ça ?

– Mary. Elle s'appelle Mary Wickford.

La voix du pasteur venait de s'élever. Il n'était

pas assis très loin – trois prisonniers nous séparaient.

Le pirate s'approcha de lui :

– Mary...

– Wickford, répéta Caleb. Et vous devez la laisser partir.

Le pirate ricana.

– Mais comment donc, mon révérend ! Et y aurait-il autre chose pour votre service ?

J'étais abasourdie.

– C'est une affaire qui vous dépasse, reprit Caleb d'une voix sourde. Cette jeune femme est recherchée par l'Empereur. Le navire qui nous poursuivait était lancé à ses trousses. À présent que nous sommes vos prisonniers, il vous incombe de la protéger.

Le pirate nous observa tour à tour.

– Intéressant... Ainsi, vous confirmez mes informations : votre Empereur est bel et bien prêt à tout pour s'emparer de cette donzelle...

Caleb le fixait.

– Qu'avez-vous en tête ?

– Oh, rien d'extraordinaire, rassurez-vous : il se trouve que l'Empire détient en ses geôles un prisonnier cher à mon cœur. Je veux cet homme. Sa Majesté désire cette femme. Je suis certain que nous allons parvenir à un arrangement mutuellement profitable.

Le pasteur se raidit. La colère empourprait son visage.

– Vous ne savez pas de quoi vous parlez ! Vous n'avez pas idée ! Si vous livrez Mary à cet homme, c'est tout notre monde qui...

– Suffit.

Le pirate pointait sa dague sur lui.

– Je vous ai assez entendu. Gentlemen, votre attention ! clama-t-il en se tournant vers les autres. Je suis le capitaine Thomas Goodwill et j'ai pris votre navire ! Vous êtes dorénavant sous mon commandement !

Il se rapprocha de Caleb.

– Oh, un détail, mon révérend : je n'ai que faire de vos préventions ou de vos craintes. J'agis comme bon me semble car l'océan est mon royaume. Les affaires de l'Empereur ne me concernent en rien ; c'est son or qui m'intéresse – ses prisonniers à l'occasion. Un mot de plus et je vous tranche la gorge.

Le pasteur serra les dents. Le pirate revint vers moi.

– Quant à vous, chère petite diablesse, je suis ravi d'apprendre que je ne me suis pas mépris sur votre compte. Mes informateurs disaient vrai : vous valez votre poids en bijoux, vous-même qui étincelez tel...

Je crachai à ses pieds ; lentement, il se baissa à ma hauteur, chuchotant :

– Nous avons du mal à nous entendre, n'est-ce pas ? J'aurais pu vous tuer, vous et votre équipage de pacotille. J'aurais pu vous livrer à mes hommes.

Il les désigna de sa lame.

– Certains n'ont pas connu de femmes depuis six mois, comprenez-vous ce que je dis ? Seulement, je n'en ai rien fait, parce que je suis Thomas Goodwill et que j'ai une réputation à défendre.

J'émis un ricanement amer. Le pirate ne se démonta pas.

– Vous ne connaissez rien aux usages de la mer, Miss Wickford. Je le devine à vos manières. Croyez-le, je suis navré de devoir vous utiliser ainsi. Mais les affaires sont les affaires. Je vais vous emmener à Gotham et vous livrer à l'Empereur en échange d'un prisonnier. Vous pouvez voyager dans ma cabine, ou à fond de cale. À vous de décider.

– Vous n'obtiendrez rien de moi.

– Non ?

Il se releva, passa devant les autres passagers.

– Combien êtes-vous, vous autres ? Vingt ? Vingt-cinq ? Oh, mais je vois des enfants parmi vous. Et je vois des jeunes femmes, un vieillard. Et je lis la peur dans vos yeux. Terreur et affliction. Un pirate ! – il cracha ce mot avec colère – un homme au cœur de pierre, un frère de la côte ! Doux Jésus ! Il va nous égorger, nous dépecer, nous jeter aux requins !

Il pivota d'un coup vers moi :

– Le sort de ces gens dépend de vous, milady. Si vous me promettez de vous tenir tranquille et de coopérer jusqu'au terme de notre voyage, je les laisserai repartir chez eux. Je leur abandonnerai même ce navire.

Je déglutis.

– Sinon ?

– Sinon, je les passerai par le fer. À vrai dire, leur sort m'importe peu.

– Vous êtes un être méprisable.

– Merci, fit-il en s'inclinant. Puis-je connaître votre décision ?

Je pris une brève inspiration. Les habitants d'Old Haven attendaient eux aussi.

– Que croyez-vous ? lâchai-je après un long silence. Je ferai ce que vous dites.

– Magnifique ! clama Thomas Goodwill en applaudissant. Très généreux de votre part ! Je n'en espérais pas moins d'une jeune fille de bonne famille.

– Je suis orpheline.

Il arqua un sourcil.

– Ah oui ? Vous dites cela pour m'attendrir.

Puis, s'adressant à ses hommes :

– Prenez ce que vous trouverez. Or, bijoux, broderies. Et emmenez cette jeune personne à bord, ajouta-t-il en me désignant. Bienvenue sur le *Rédempteur*, Mary !

Une passerelle branlante avait été jetée entre les deux ponts. On me fit passer la première. À mi-chemin, je me retournai. J'aurais pu sauter à l'eau, échapper à mon destin. Mais quelque chose me donnait la force d'avancer. Dans le regard de Usher...

– Toi aussi, allez !

À ma grande surprise, et à la sienne, on fit monter mon ami à son tour. Puis Caleb. Eux ! Pourquoi eux ? Je bouillais littéralement de rage.

– Vous avez menti, dis-je à Thomas Goodwill lorsqu'il me rejoignit.

Il prit un air offusqué.

– Moi ?

– Vous aviez dit que vous permettriez à mes gens de repartir chez eux.

Il inspecta ses ongles d'un air ennuyé.

– Exact, ma chère. Mais je n'ai pas précisé quand. Pour tout vous dire, je les laisserai en paix lorsque je serai sûr que vous vous serez acquittée de votre tâche.

– Vous êtes...

– Un monstre ? Un traître ? Un homme ?

Je me détournai. Goodwill poussa Usher devant lui.

– J'ai cru comprendre que celui-ci était un esclave dévoué.

Je le foudroyai du regard.

– C'est un homme libre.

– Les bourgeois de Gotham se battraient pour me l'acheter.

– Vous soutenez l'esclavage ? Vous, un soi-disant pirate ?

Les yeux réduits à deux fentes, il attrapa mon menton entre ses doigts.

– Écoutez-moi bien, gentille péronnelle. Votre teint est blanc, votre complexion fragile, et vous n'êtes apparemment jamais sortie de la ville. Votre babillage insensé commence à m'incommoder. Voyez-vous ces gaillards ? (Il me montrait ses hommes.) Noirs, Espagnols, Chinois... J'ai arraché la plupart d'entre eux à des sorts funestes. Croyez-vous que je me sois soucié de leur couleur de peau ? Je ne soutiens qu'une chose, Mary : mes propres intérêts. Et si je ne propose pas à votre colosse de rejoindre immédiatement nos rangs, fit-il en désignant Usher, c'est parce que je suis à peu près certain de sa réponse. Suis-je dans le vrai, mon ami ?

L'intéressé dressa fièrement le menton.

– Vous voyez ? s'exclama Goodwill, triomphant. Il préfère son honneur à sa liberté. Je déteste forcer les gens. Si vous voulez bien vous donner la peine...

Sous le regard de ses hommes, il me mena à la dunette. Désespérée, je jetai un dernier coup d'œil à notre navire. Déjà, le *Bel-Ardent* s'éloignait.

Usher et Caleb furent envoyés à fond de cale. Ils ne se débattirent pas.

Le capitaine, qui me précédait, ouvrit sa cabine

et s'inclina pour me laisser passer. Je descendis les trois marches.

– Mon antre, susurra Goodwill en allumant une lampe à huile.

J'ouvris de grands yeux. Je n'avais jamais rien vu de semblable : des cartes aux murs, une mâchoire de requin suspendue, des affiches de mise à prix intactes et des tableaux magnifiques, sertis de cadres dorés. Posés çà et là, une sagaie, des céramiques multicolores, un masque africain. Ailleurs, debout sur un tapis persan authentique, une statue élancée de dragon oriental. Le capitaine tira le drap de l'une des deux couchettes ; Sun m'attendait, caché en dessous. Je souris malgré moi.

– Voici mon jardin secret, dit Goodwill. Mon sanctuaire. Il y a bien longtemps que je n'y ai pas accueilli de femme.

– Pourquoi ne suis-je pas étonnée ?

Il se laissa tomber sur l'autre couchette.

– Mary, soupira-t-il, nous allons être amenés à voyager ensemble. Ne voulez-vous pas essayer de vous montrer agréable ?

Je contemplai les murs. J'étais particulièrement attirée par un portrait de la Vierge en supplication, vêtue d'une robe bleu profond.

– Ces tableaux...

– Des œuvres de maître uniquement. Provenant de pillages divers. Celui-ci est un Véronèse. L'art est fait pour voyager, non ? Croyez-vous que cette toile aurait eu sa place dans le tréfonds obscur de quelque chapelle bostonienne ?

Je lui rendis son regard.

– Croyez-vous qu'elle ait sa place ici ?

Il ôta ses souliers et s'allongea de tout son long.

– L'art n'appartient à personne. Autant le laisser à ceux qui sont capables de l'apprécier.

Je demeurai interdite. D'autres merveilles luisaient dans la pénombre : un dirigeable au-dessus de Venise ; un jeune dragon et des enfants sur une pelouse des Tuileries ; des anges armés de glaives flamboyants.

– Michel-Ange, fit Thomas Goodwill en suivant mon regard. C'est également mon préféré. Je vous en aurais bien fait cadeau, mais je n'ai nulle envie qu'il retombe entre les mains de l'Empereur. Vous devriez dormir. La route est encore longue jusqu'à Gotham.

– Si vous pensez que je vais me coucher ici, à vos côtés...

Il se releva d'un bond.

– Un examen attentif de ma cabine vous apprendra que nos couchettes sont séparées, milady. Et je ne suis pas le rustre que vous voulez voir en moi. Vous êtes libre d'aller et venir sur le pont. Pour le reste, blâmez plutôt l'Empereur. Si ce monde était juste, je ne serais pas pirate.

– Je ne suis pas une milady. Et, est-ce le monde qui vous force à tuer ?

Il s'arrêta sur le seuil.

– Question d'équilibre, ma chère. Je serais ravi de parler théologie avec vous mais mes hommes attendent des ordres. À tout à l'heure.

Il s'inclina et referma derrière lui. Je me jetai sur mon lit et me mis à pleurer. Une minute plus tard, la porte s'ouvrit de nouveau. Je me dressai, le visage en larmes. Thomas Goodwill me considéra d'un air étonné.

– Vous ne devriez pas vous apitoyer ainsi sur vous-même.

– Vous ne savez rien !

– Je sais que vous êtes en vie.

Il jeta deux cahiers sur le tapis persan.

– Votre ami futur esclave avait gardé cela sur lui. Je me suis laissé dire qu'ils vous appartenaient. Si ma conversation vous ennuie, vous pourrez toujours les relire.

La passion Lisbeth (fin)

Loin d'apaiser mon époux, la perspective de ta naissance le plongeait dans les affres de l'angoisse. Il buvait de plus en plus, s'absentait de plus en plus longuement. Mon état lui inspirait une terreur respectueuse ; à mesure que mon ventre enflait, je le sentais s'éloigner, rapetisser à l'horizon. Il n'avait jamais vraiment compris qui j'étais mais, à présent, sa perplexité était totale.

Le jour de ta naissance, il me fit évidemment défaut. Il se trouvait en mer ou dans quelque lointaine province nordique, et j'accouchai seule, avec l'aide d'une voisine. Je revois les mains trop blanches de la vieille femme tordre le linge au-dessus de la bassine en cuivre. Je revois les branches de notre noisetier battre au carreau. Je te revois, toi, petite créature rougeaude et gémissante posée sur mon ventre, cherchant mon sein de ta minuscule bouche avide.

Je t'appelai Sarah. J'aurais pu me consumer d'amour pour toi. Tu étais ma lumière et ma consolation, mon espoir et ma raison de vivre. Notre voisine s'éclipsa sur la pointe des pieds, me laissant à mon douloureux bonheur. Tu t'endormis sur ma peau moite. Je ne me rappelle pas avoir crié.

Une semaine plus tard, Jacques Carrière rentrait à la maison. Tu dormais dans un berceau de bois offert par le charpentier du village. J'étais encore trop faible pour sortir et nous passions l'essentiel de nos journées sur le porche, toi somnolant, perdue dans tes songes nouveaux, moi guettant l'embrasement du ciel, ou que sais-je encore. Jacques t'accorda à peine un regard. Il s'installa à table et se servit un plein gobelet de rhum, qu'il vida d'un trait. Puis il rota si fort qu'il te réveilla. Je me souviens m'être levée d'un bond et t'avoir prise dans mes bras.

– Ta fille, dis-je en te montrant à lui.

Tu hurlais. Jacques soupira et se resservit à boire.

– Ma fille, peuh !

– Elle s'appelle Sarah.

– Je n'aime pas ce fichu nom.

– Tu n'avais qu'à être ici quand elle est arrivée.

Il me dévisagea avec férocité ; sa lèvre inférieure tremblait. Il aurait aimé me frapper, je le sentais. Mais il y avait longtemps que tout courage l'avait abandonné.

Le temps passa. Jacques traînait son désespoir autour de la maison, partait s'aviner dans les tavernes des villages alentour et revenait bien après le coucher du soleil. Une fois la porte fermée, il s'écroulait comme une masse, non sans avoir proféré quelque malédiction inaudible. La nuit venue, tu te réveillais sans pleurer et gobais mon sein en frémissant, les yeux ouverts sur les ténèbres. Tu te rendormais dans un souffle.

À Old Haven, personne ne te connaissait. Jeremiah ne se montrait plus, et j'avais cessé de fréquenter le temple. La vie avait changé. Parfois, je ressortais mes grimoires, époussetais leur couverture craquelée, ouvrais une page au hasard. Des parfums antiques, interdits, chatouillaient mes narines. Lorsque je rêvais, je me réveillais en pleurant. J'avais le mal d'un pays qui n'était pas le mien.

Un jour, tu eus un an. J'avais posé ton berceau au

milieu des herbes hautes, face à la mer, et je regardais les vagues se briser sur les récifs. Agenouillée à tes côtés, je te laissais jouer avec mes cheveux, tes petits doigts boudinés tirant sur mes boucles folles, et je me demandais à quoi ressemblerait ta vie, et ce que je te dirais de la mienne. Un goût douceâtre flottait sur mes lèvres. Je n'avais jamais ressenti une telle solitude. J'aurais dû partir, retrouver Rip et les autres, flotter comme une ombre au-dessus des paysages sans couleur. J'étais prête à le faire, sans doute. Mais il y avait toi.

Jacques Carrière n'était plus qu'un fantôme. Il entassait des carcasses de loutres et de ratons laveurs au fond du jardin. Un jour, Jeremiah vint lui rendre visite – sans m'accorder un regard. J'ignore ce qu'ils se dirent cet après-midi-là. Mais le soir même, pour la première et la dernière fois de sa vie, mon mari tenta d'abuser de moi.

Peu avant tes deux ans, je sortis en pleine nuit, te serrant entre mes bras. Une scène terrible avait éclaté entre Jacques et moi, et j'avais résolu de quitter le village. Parvenue au seuil d'Old Haven, je me rendis compte que je n'avais nulle part où aller. C'est alors que je vis les formes : courbées – une procession lente, descendant une ruelle. Je m'approchai, à pas de loup ; tu dormais à poings fermés. Bruits spongieux, démarches traînantes, reniflements. Je m'approchai encore, fascinée. Une... créature – comment le dire autrement ? – se figea brusquement et tourna vers moi ce qui devait être un museau. C'était une chose oblongue, Sarah, qui tenait tout autant du poisson que du chien. Il me sembla voir vibrer des antennes. J'étais prête à hurler. Une main se plaqua sur ma bouche. C'était celle de Mabel.

– Que se passe-t-il, ma fille ?

– Madame...

– Ce n'est pas une heure pour sortir un enfant.

Je me retournai. Les silhouettes avaient disparu. La femme de Jeremiah renifla.

– Que cherches-tu ?

– R... rien.

Elle me caressa la joue. Sa figure était creusée, le bas de ses jupons tout crotté, et il émanait d'elle une tenace odeur de pourriture.

– C'est bien, murmura-t-elle, c'est très bien. Parce que je sais qui tu es, Lisbeth Wickford. Et je sais ce que tu as fait. Et je ne crois pas que tu sois en mesure de te plaindre de quoi que ce soit à quiconque.

– Je ne me plains pas.

– Tu n'as rien vu dans les ténèbres, n'est-ce pas ?

– Rien.

Un sourire mauvais illumina son visage.

– Tu es une fille intelligente, Lisbeth. Un peu trop téméraire, mais intelligente tout de même. Fais confiance à ta raison plutôt qu'à ton cœur, et tu resteras en vie.

Muette de stupeur, je la regardai s'éloigner. Elle disparut au détour d'une ruelle et je retins un sanglot. Tout. Elle savait tout.

La vie avait changé encore. Le souvenir de cette nuit refusait de me quitter, à présent. Je revoyais ces créatures monstrueuses, je sentais leur puanteur.

Un soir, alors que Jacques avait une nouvelle fois disparu, et depuis près d'un mois, on frappa à notre porte. Tu venais d'avoir trois ans. J'étais en train de confectionner de petits personnages de paille et de tissu. Je suspendis mon geste.

– Qui est-ce ?

– Capitaine Grant Willard. J'ai des nouvelles d'importance.

J'ouvris ; un homme entra dans la pièce. De grande taille (six pieds, peut-être), il arborait une barbe blanche à tresses et une figure crevassée. Ses yeux bleus étaient injectés de sang. Il tira une chaise et se laissa tomber.

– Je prendrais bien un remontant, Lisbeth.

– Vous connaissez mon nom ?

– Je suis un ami de votre mari. Une connaissance, disons.

– Où est-il ?

Il attendit que je lui serve une eau-de-vie.

– Il est mort.

Je restai sans voix. Tu relevas la tête.

– Qui est mort ? demandas-tu de ta petite voix de crécelle.

– Ton père, répondit le capitaine en vidant son verre.

Puis, revenant à moi :

– Nous nous trouvions à bord d'une frégate. Un grain s'est levé. Jacques était ivre, comme d'habitude. Il se trouvait sur le pont quand c'est arrivé. Une lame de fond, énorme. Rarement vu son égale. Il est passé par-dessus bord.

M'asseyant à mon tour, je me mordillai les lèvres. Il baissa les yeux sur toi.

– Cette enfant est la vôtre. Sarah, c'est ça ?

Je hochai la tête.

– Jacques me parlait souvent de vous ; de votre beauté. Je constate qu'il n'a pas menti, pour une fois.

Je cachai mon visage entre mes bras croisés.

– Allons, dit le capitaine, vous êtes triste, mais vous savez bien que votre mari n'était plus qu'une ruine et qu'une telle chose devait finir par arriver. Je suis là pour vous écouter, si vous le désirez.

Je relevai la tête, en larmes. Je n'avais aucune envie de dire quoi que ce soit. Le capitaine Willard rajusta ma coiffure.

– C'est moi qui vais parler, alors.

Et il parla, Sarah. Il parla, toute la nuit, de trésors et de rapines, de cadavres et de conquêtes, de dragons et de spectres, il parla jusqu'au lever du jour, comme Jacques ne m'avait jamais parlé. Il parla et nous bûmes, lui et moi dans le même verre, et lorsqu'il s'arrêta de parler j'étais nue, allongée près de lui dans le grand lit de la salle commune et, pour la première fois depuis des années, je ne sentais plus le froid.

Oh.

Le temps presse, mon enfant.

J'aurais tant aimé t'écrire encore, te conter par le menu toutes les années heureuses que je passai aux côtés de cet homme ! Mais c'est de toi qu'il est question.

Voici donc l'essentiel : le capitaine Willard acheta une maison dans les hauteurs, une modeste cahute entourée de forêt, et s'établit à Old Haven. Le temps de la retraite était arrivé, disait-il. La mort de Jacques avait scellé la fin de ses aventures maritimes. Nous vécûmes chacun chez nous, dans le bonheur des retrouvailles et des rencontres perpétuelles. Il était plus qu'un amant ; il était un frère, un confident, un protecteur. Il me rappelait Rip : un homme de mystère, dévoré par le savoir. Mais un homme bon, aussi, ferme comme un chêne, et les deux pieds solidement plantés dans le sol. Nous étions ses anges, disait-il. Car il t'adorait, Sarah, il aimait tout de toi, il t'appelait « ma petite sorcière », et je me fâchais. « Même pour plaisanter, disais-je, tu ne peux prononcer ce mot, tu ignores ce que c'est, que d'être ce que nous sommes. »

Oui : je savais, mon enfant.

Je l'ai su à la seconde où j'ai posé les yeux sur toi.

Ma grand-mère possédait ce don. Ma mère aussi, bien qu'elle en ait à peine pris conscience. Je possède ce don pareillement, et ta fille, si tu en as une, le recevra à son tour, c'est une certitude. Il ne s'agit pas d'un talent unique dont la nature nous aurait seules pourvues : seu-

lement d'une extrême aisance pour les choses de l'esprit. Certains doivent travailler des mois, des années même, avant d'apercevoir Spiritus. Nous n'avons, quant à nous, besoin que de quelques minutes.

J'avais repris ma liaison avec Jeremiah Godfrey. Ne me juge pas, Sarah ! Cet homme était le diable, il exerçait sur moi une attraction irrésistible et, du jour où il posa de nouveau ses mains sur mes hanches, je compris que toute résistance était vaine. J'ignore si le capitaine comprenait lui aussi. Il appartenait à cette race très rare – celle des hommes qui ont tant souffert et tant vécu que plus rien ne les étonne ni ne les blesse.

Je ne voyais le pasteur qu'au matin. Nous étions convenus d'un rituel, avions mis au point des codes raffinés, un appareillage complexe de leurres et de parades. Mabel était dans la confidence, j'en avais la certitude. Elle se tenait là, menaçante. Et ses paroles ne me quittaient pas : « Je sais qui tu es, Lisbeth Wickford. » *Une fois encore, je changeai mes grimoires de place. Je songeai à les brûler, à les confier à Willard. Je ne pus m'y résoudre.*

Tu grandissais.

Un jour, tu eus cinq ans. Puis six.

Lorsque je partais rejoindre le pasteur, prétextant un besoin de prière ou quelque service à rendre au temple, je t'emmenais avec moi et te confiais à Nathaniel, l'aîné des Godfrey. Il était hors de question que je te laisse à Willard.

Nathaniel était un enfant singulier. Les mauvaises langues le prétendaient atteint de démence. À tout le moins, c'était un caractère fantasque. Ses colères impressionnaient, tout comme ses manifestations d'affection. Pour une raison que je ne m'expliquais pas, il me vouait une haine farouche. Toi, en revanche, il t'ado-

rait, te couvrait de mille attentions. Dès le début, il évoqua vos épousailles lointaines. Je m'efforçais d'en rire.

À quinze ans, il était devenu un solide gaillard. Dorénavant, je répugnais à t'abandonner à lui, mais ma chair était si faible ! Un pacte secret s'était noué entre nous, hélas : il me laissait voir son père, et je lui confiais ma fille. Je voulais croire que rien de tout cela ne portait à conséquence. Je me mentais avec l'aplomb du désespoir.

Parfois, Nathaniel t'emmenait jouer chez lui. J'ignore ce qui se tramait lors de ces heures entre les murs de la maison Godfrey, je frémis à la pensée que la vieille Mabel ait pu poser la main sur toi – puis je tente de me raisonner. On ne pouvait que t'aimer.

Aux abords de l'année 1690, la situation commença à se détériorer. Tu avais neuf ans, Nathaniel seize, et votre relation s'était muée en une amitié secrète. Tu ne me parlais jamais de lui, mais ne cessais de m'interroger sur son père. Pour moi, la vie ne menait plus nulle part. Le capitaine Willard m'entourait toujours de sa sollicitude, mais je sentais bien que je l'avais déçu malgré tout. Et tes questions me mettaient si mal à l'aise ! Tout le monde savait qu'il existait un lien entre le pasteur Godfrey et moi. Mais comment aurais-tu pu comprendre ce que j'étais moi-même incapable d'expliquer ? Mes rapports avec Jeremiah devenaient de plus en plus tendus. Nous nous disputions sans arrêt. Cent fois, nous nous jurâmes de mettre un terme à notre histoire ; nous ne tînmes jamais parole.

La vie aurait peut-être pu continuer éternellement ainsi. Nous aurions pu nous obstiner à mentir, tous, pour préserver le fragile équilibre. Mais, il y a dix jours, en rentrant chez nous, j'ai trouvé la porte de notre maison fracassée. Dehors, la cloche du temple égrenait ses notes de bronze. Je me suis précipitée vers le cellier, j'ai soulevé la dalle de pierre sous laquelle je dissimulais mes grimoires et je me suis relevée en vacillant. Le coffre avait disparu !

La suite, tu la connais comme moi. J'avais peur. Je ne savais plus vers qui me tourner. On avait pris mes livres ! On pouvait m'accuser de sorcellerie et me mener au bûcher.

Tu as tenté de me rassurer.

– Qui pourrait penser que tu es une sorcière ? m'as-tu demandé.

Ma réponse ne s'est pas fait attendre :

– Jeremiah.

Parce que nous nous étions déchirés une fois de plus. Parce que son épouse exerçait sur lui une surveillance désormais constante. Parce que je savais que ce qu'il y avait entre nous était tout sauf de l'amour.

J'ai quitté notre maison en trombe. Je t'ai interdit de me suivre. Arrivée devant le manoir Godfrey, j'ai retrouvé mes esprits. Qui me disait qu'on ne m'attendait pas à l'intérieur, que l'Inquisition n'avait pas déjà été alertée ?

Je me revoyais, plus de vingt ans en arrière, au cœur des monts Adirondacks. Mes vieux démons étaient de retour. Alors je suis allée marcher dans la forêt. Une clairière lumineuse, apaisée – un endroit que j'étais seule à connaître. Pour la première fois depuis des années, j'ai parlé à la Terre. Je lui ai dit que je lui remettais mon âme. Je lui ai dit que ma mort lui appartenait ; que, si je devais mourir, elle pouvait me garder auprès d'elle. Je voulais dormir ici jusqu'à ce que justice soit rendue.

Après quoi, j'ai gravé un symbole dans l'air. Une chose idiote, invisible, une chose des temps anciens. Une marque d'amour.

Je suis redescendue vers le village. Déchirée, aux abois, j'ai attendu que la nuit tombe, rongeant mon frein jusqu'à ce que Jeremiah se montre enfin.

Je l'ai suivi dans la rue. J'ai vu la procession. J'ai vu les créatures. Tu le sais. Je t'ai raconté tout cela.

Enfin, j'ai croisé Nathaniel.

Il m'a dit :

– Vous allez rôtir.

Il m'a dit :

– Je suis bien content.

Il m'a dit :

– Fuyez. Ne restez pas ici une seconde de plus.

Lis ceci attentivement, mon enfant. Il ne m'appartient pas de juger la nature des liens qui t'unissent à ce garçon. Je t'ai suffisamment mise en garde contre lui au cours des derniers mois. Je sais de source sûre qu'il ne jouit pas de toutes ses facultés mentales, tout le monde *le sait. Ton ami (le terme convient-il ?) est affligé d'une forme grave de mélancolie, une forme incurable. Un jour il est lui-même ; le lendemain, c'est comme si un autre avait pris sa place.*

Garde-toi de lui, mon enfant. Garde-toi de lui et de la famille Godfrey. Sans doute, tu penseras que je suis bien mal placée pour te donner pareils conseils, mais c'est l'amour d'une mère qui parle ici.

J'ignore où tu seras quand tu liras ces lignes ; en vérité, j'espère que tu ne les liras jamais. Si cela devait arriver, je veux croire que tu trouveras réconfort et sécurité auprès du capitaine Willard. C'est à lui, et à lui seul, que je vais confier ton avenir. Accorde-lui ta confiance, Sarah. Tu sais qu'il a toujours été bon pour nous.

Ne cherche pas à me venger. Si tu ne me vois plus, sache que je suis là, malgré tout, à veiller sur toi.

Je vais aller trouver Willard tout à l'heure, et lui remettre cette confession, ainsi que le premier cahier écrit pour toi, avec ordre de ne te les transmettre que si par malheur je n'étais plus.

Il me demandera probablement de partir avec lui. Et je

répondrai non. Je répondrai non, parce que je m'en suis chaque fois tirée seule et parce que je ne veux pas fuir comme une réprouvée. Pour mes sœurs mortes sur le bûcher, je me dois de rester et de clamer la vérité. Ils ne pourront pas me faire de mal, Sarah. Je suis persuadée qu'une ère nouvelle approche et que nous, les Wickford, pourrons bientôt vivre en paix, non plus malgré ce que nous sommes, mais avec, *dans le bonheur et la fierté.*

Peut-être ces lignes m'étaient-elles exclusivement destinées, après tout. Peut-être d'autres yeux que les tiens les parcourront-ils un jour. Dois-je m'en sortir mortifiée ? À toi mon enfant, je ne voulais dire au fond qu'une chose : je t'aime, et le sang qui coule dans tes veines, celui qui coulera dans les veines de ta fille et de toutes celles qui viendront après elle ; ce sang-là est une bénédiction.

Secrets d'alcôve

Je refermai le cahier. Je repensai au tableau, soudain. *Je voulais juste te dire que je suis là, à l'intérieur. Et que je veille sur toi.* Mes yeux étaient embués de larmes. Bien sûr, j'étais bouleversée parce que je savais de quelle façon Lisbeth était morte, même si j'ignorais combien de temps s'était écoulé entre la fin de son journal et sa propre disparition. Mais ce qui ajoutait à mon trouble, et de façon considérable, c'est que j'avais enfin compris qui j'étais. Isaac ! Isaac le peintre dément avait parlé d'une Sarah. Il m'avait dit que Sarah était ma mère. Sarah : la fille de Lisbeth.

Mabel et Lisbeth étaient mes grand-mères, et Nathaniel – tout comme Caleb... mon demi-oncle ?

Je rangeai les cahiers sous ma couche, me promettant de les détruire à la première occasion. Au-delà des révélations que renfermaient les confessions de mon aïeule, ce détail continuait de me perturber : Lisbeth parlait sans cesse de Nathaniel mais ne faisait aucune mention de Caleb. Pourtant, le pasteur m'avait bien dit l'avoir connue, et l'avait même dépeinte en termes flatteurs, « une femme attentionnée et douce ». Le père de Caleb était bien Jeremiah Godfrey. Ces mots qu'il avait prononcés :

« J'aimais beaucoup Lisbeth Wickford. » Pourquoi n'avait-elle jamais parlé de lui ?

Mais, après tout, songeai-je en ramenant mes jambes contre ma poitrine, Lisbeth n'avait évoqué aucun autre membre de la fratrie Godfrey. Il était tout à fait possible que Caleb n'ait produit sur elle qu'une impression des plus secondaires.

Je pris Sun dans mes bras et caressai son petit museau cuivré. Il ronronna avec entrain. L'avenir était sombre.

Quelques minutes plus tard, Thomas Goodwill fit de nouveau irruption dans la cabine. Un foulard noir était noué autour de son cou.

– Vous ne lisez plus ?

– Non.

Il se laissa tomber sur sa couchette.

– Vous m'en voulez.

Je haussai les épaules.

– Vous êtes un pirate. Je n'ai rien à attendre de vous.

– Faux, répliqua-t-il en s'allongeant, les mains derrière la tête. Connaissez-vous Edmund Dorchester ?

Je réfléchis. Le nom ne m'était pas inconnu. Il évoquait un savant, un excentrique aux idées saugrenues que les sœurs, me souvenait-il, présentaient avec un mépris voilé.

– Comme tout le monde, fis-je.

– Astronome. Biologiste. Théologien. L'un des plus grands savants de notre époque.

– Si vous le dites.

Il se rassit ; son regard étincelait.

– Edmund Dorchester a travaillé pendant près de vingt ans sur le même sujet.

– Et qui est ?

– Une forme particulière de zoologie. *Extrêmement* particulière. Les autorités ne voyaient pas ses activités d'un très bon œil. Mais quand l'Empereur est monté sur le trône, il a dû passer dans la clandestinité. Il possédait un laboratoire secret, dans les sous-sols d'une maison de Boston.

– Pourquoi me racontez-vous cela ?

Il chuchotait :

– Au terme des études réalisées dans le secret de son officine, Edmund Dorchester est parvenu à une conclusion pour le moins inattendue. Voulez-vous la connaître ?

– Voulez-vous me la dire ?

– Dieu n'existe pas.

Je ris. Il s'esclaffa à son tour. S'arrêta net.

– Dieu n'existe pas au sens où nous l'enseigne l'Église, Mary. Dieu est une idée beaucoup trop belle et grande et sérieuse pour être laissée aux catholiques. La Bible nous enseigne qu'il a créé le monde en sept jours et qu'il l'a peuplé de sa création. Dorchester a découvert qu'il n'en était rien.

Je me tus. J'avais passé dix-sept ans chez les sœurs, élevée dans le respect de Dieu et des textes sacrés. Je croyais, de toute mon âme. Mais l'idée d'un personnage omnipotent, modelant la Terre telle une boule de glaise et y plaçant soigneusement ses petites créatures, m'avait toujours paru saugrenue. Je me rappelais que certaines sœurs, parmi les plus éclairées, laissaient planer des doutes sur la véracité historique de la Bible. Certains passages, estimaient-elles, relevaient plus de la métaphore que d'une histoire à prendre au pied de la lettre. Jamais, naturellement, elles n'affirmaient cela à haute voix. Je m'en ouvris à Goodwill. Il eut une moue de dépit.

– La religion est forte lorsqu'elle ne s'attache qu'à Dieu. Quand elle devient un outil de pouvoir et de domination, je la rejette sans remords.

– Où voulez-vous en venir ?

– L'Empereur défend l'idée d'un Dieu unique et omnipotent, d'un paradis et d'un enfer. Il prétend que c'est de lui qu'il tient son pouvoir ; quiconque n'adhère pas à sa vision des choses est impitoyablement châtié par la Sainte Inquisition.

– Et Dorchester...

– Edmund Dorchester a été mon maître pendant trois longues années. Il m'a pour ainsi dire sauvé la vie. Surtout, il m'a ouvert à la connaissance. Mon regard sur le monde a changé grâce à lui.

– Et aujourd'hui, vous êtes un pirate.

– Vous êtes prompte à juger, Mary Wickford, et je doute de trouver jamais grâce à vos yeux. Mais écoutez ceci : Edmund Dorchester était plus qu'un ami ou un mentor. Il était un père pour moi. La Sainte Inquisition – maudite soit son œuvre – l'a capturé il y a plus de quatre ans. Il est détenu dans les geôles secrètes de l'Empire où de zélés tortionnaires s'emploient à lui faire abjurer sa foi. Comprenez-vous ce que cela signifie ?

– Je suis désolée...

– Non, vous ne l'êtes pas. Chaque jour, la porte du cachot s'ouvre en grinçant. Chaque jour, un bourreau soulève Edmund de terre, l'arrache à sa paille moisie et l'amène dans une nouvelle salle, devant de nouveaux juges. Chaque jour, on lui montre des cordes, des fers, des tenailles. « Abjureras-tu tes croyances impies, chien d'hérétique ? » On brandit les livres qu'il a écrits. On exhibe des pamphlets signés de sa main. On exige une rétractation immédiate et complète. Mais Edmund ne répond pas ; ses lèvres restent scellées ; sa volonté est intacte. Encore et encore, on essaie de la briser.

Il s'arrêta, pensif. Puis reprit :

– Je veux libérer Edmund, Mary. Je veux rendre au monde le flambeau qui le sortira des ténèbres.

– Et je suis votre monnaie d'échange.

Il affronta mon regard.

– Exact. Des informateurs locaux ont attiré mon attention sur vous. Mais je ne vous connais pas. Je ne sais même pas pourquoi l'Empereur désire vous capturer.

– Moi non plus.

– Cela me facilite la tâche.

Un silence pesant s'installa entre nous.

– Terre ! cria une voix au-dehors.

Thomas Goodwill se leva d'un coup et tapa dans ses mains. Puis, sans un mot, il quitta la cabine... et revint avec une corde de chanvre.

– Tendez-moi vos poignets.

– Quoi ?

– Je ne veux pas vous jeter à fond de cale avec les autres. Mais je ne veux pas non plus que vous voyiez où nous sommes. Tendez-moi vos poignets, je vais vous attacher.

Je m'exécutai.

Il confectionna un nœud compliqué, me fit passer les mains dans le dos, les lia à mes chevilles puis tira son foulard noir et le posa sur mes yeux.

– Navré.

– Arrêtez de dire ça.

Il noua le foulard et m'aida à m'allonger sur ma couche.

– Nous ne mouillons l'ancre qu'un bref instant. Dès que nous serons suffisamment loin, je reviendrai vous détacher.

La porte se referma ; j'étais seule. J'essayai de dormir, mais ma position était trop inconfortable et je ne parvenais pas à chasser les pensées qui s'agitaient sous mon crâne. Je n'avais jamais pratiqué quelque magie que ce soit. Potions et sortilèges m'étaient parfaitement étrangers. Que me reprochait l'Empereur, au juste ? Pourquoi lançait-il des navires à mes trousses ? Comment avait-il su que je me trouvais sur le *Bel-Ardent* ?

Des cris sur le pont me tirèrent de mes réflexions. Je venais d'entendre une plainte rauque, puis des exclamations d'enthousiasme. Nous étions à l'arrêt.

Puis il y eut un souffle – je sentis comme une ombre au-dessus de nos têtes.

Pendant un moment, je frottai mes poignets l'un contre l'autre. La corde donnait du mou. Petit à petit, je parvins à la distendre. Dehors, les pirates hurlaient de plus en plus fort. Ils paraissaient joyeux.

Bientôt, je passai une main. Puis l'autre. J'arrachai mon bandeau et m'attaquai au nœud de mes chevilles. J'eus tôt fait de m'en débarrasser.

J'étais libre.

Je courus à la porte. Verrouillée, comme de juste. Je tirai un tabouret et grimpai dessus, me hissai jusqu'à la croisée. Sun cliquetait frénétiquement.

Une île. Nous faisions face à une île tapissée d'une végétation luxuriante, ouverte sur une baie argentée. Deux sommets. Face au sable blanc de la plage, des cordages étaient tendus, et je distinguais des ponts et des plates-formes. Plus loin se dessinait la carcasse d'un navire, échouée sur une dune. Des hommes se tenaient sur le pont et semblaient nous observer. Soudain, une forme énorme passa en trombe au-dessus de la baie.

Un dragon !

Quelques secondes après, la bête repiqua telle une flèche devant mon poste d'observation, et je pus la contempler à loisir. C'était un animal fantastique, à la peau rouge écailleuse et au corps annelé, aussi long qu'un navire de pêche. Il cracha un jet de flammes vers le ciel et les pirates crièrent encore. Ils l'acclamaient.

Le spectacle, hypnotisant, se poursuivit pendant une dizaine de minutes. L'animal traçait des arabesques dans le ciel. Il était libre. Heureux.

Je pensais à mon rêve : mon rêve de dragon. Une joie inconnue et cruelle tressaillait au fond de mon être.

Plus tard, un petit groupe de pirates descendit d'un tumulus et prit place dans la chaloupe qui attendait, tirée sur la grève. Thomas Goodwill était avec eux.

Je rangeai le tabouret et regagnai ma couche, m'efforçant de renouer mes liens. Puis je m'arrêtai, riant de ma bêtise. C'était impossible, évidemment. Alors, je repliai le foulard, repris mes cahiers, les jetai par la croisée, et m'assis en tailleur.

Nous levâmes l'ancre un quart d'heure plus tard. Lorsqu'il dut juger le moment propice, Thomas Goodwill vint de nouveau me rendre visite. Il me considéra, interloqué.

– Vous les avez vus.

– J'en ai vu un.

– Je vous remercie de ne pas essayer de mentir.

Il reprit son foulard.

– Vous désiriez que je les voie, fis-je ; sans quoi

vous m'auriez attachée avec plus d'application. Un pirate tel que vous...

Une expression indéchiffrable passa sur son visage.

– Aimez-vous les dragons, Mary ?

– À vrai dire...

– Dorchester les adorait, lui ; il leur vouait une véritable passion. C'est lui qui a fait de cette île ce qu'elle est devenue. Il disait qu'il leur devait bien ça. Qu'ils causeraient un jour la chute de l'Empire.

– Ce sont eux qu'il étudiait...

Thomas ne répondit pas tout de suite. Une lueur brillait dans son regard.

– Le feu de la vérité, lâcha-t-il enfin. En règle générale, nous tuons tous ceux qui contemplent cette île. Nous ne pouvons courir le risque que son emplacement soit découvert. Deux autres vaisseaux attendent, qui sont prêts à donner la chasse aux importuns, et plusieurs batteries de canons à longue portée ont été disposées aux endroits stratégiques. Je devrais vous passer par-dessus bord. Mais je crois que vous êtes une personne juste. Je crois que vous ne direz rien à l'Empereur. Qui plus est, je gage que vos connaissances en termes de navigation maritime sont absolument dérisoires. Ah, vous voyez ! J'arrive enfin à vous faire sourire.

Il me tendit la main.

– Sortons, voulez-vous ?

Il ouvrit la porte, et je passai devant lui, Sun avec moi, enveloppé dans une couverture. L'air du large me fouetta le visage. Je l'accueillis avec gratitude.

Nous montâmes sur le gaillard d'arrière. La journée était bien avancée. Des nuages porteurs de nuit paissaient dans le ciel grisâtre.

Thomas Goodwill pivota sur les marches. Ses

hommes s'étaient figés dans leurs tâches ; ils ne me quittaient pas des yeux. Dos à la mer, je m'accoudai au bastingage et laissai le vent jouer dans mes cheveux. Le chef des pirates se gratta la nuque. Je lui souris :

– Savent-ils ce que vous allez faire de moi ?

Il acquiesça.

– Et qu'en pensent-ils ?

– Rien. Ils disent que je suis fou, comme d'habitude.

– Capitaine !

Un homme grimpait à notre rencontre. Son crâne rasé était orné d'une crête de cheveux noirs, et une large balafre barrait sa figure.

– Voici Joe Crackston, fit Thomas : mon second. Qu'y a-t-il, Joe ?

– C'est ce pasteur, capitaine. Il a encore essayé de se tuer – c'est l'autre qui nous a prévenus, le Noir. Il se cognait la tête contre la coque et...

– Je descends.

L'homme claqua des talons et s'en retourna. Je scrutai le visage de Thomas.

– Ai-je bien entendu ?

– Oui. C'est la troisième fois depuis ce midi que votre ami tente de mettre fin à ses jours.

Je fermai les yeux.

– Il dit que c'est sa faute, reprit le capitaine. Il dit qu'il vous met en danger, qu'il ne peut pas faire autrement. Il prétend que c'est pour cela qu'il doit mourir.

– Il faut que je le voie.

– Impossible.

– Vous refusez ?

– Je déteste les complications. Bob-Tooley ?

Il claqua les doigts en direction d'un jeune métis

efflanqué, pourvu d'un œil de verre, qui inspectait les haubans.

– Capitaine ?

Le garçon portait un mainate sur son épaule. Il ne devait pas avoir plus de treize ans. Thomas lui ordonna de veiller sur moi et descendit à la cale. J'attendis qu'il ait disparu pour m'adresser à mon gardien :

– Première traversée ?

– Nan.

– Depuis combien de temps sers-tu sur le *Rédempteur,* Bob-Tooley ?

– J'en sais rien.

– Toujourrrs ! ajouta le mainate.

– Es-tu heureux ici ?

– J' crois pas que je suis censé vous causer, fit le jeune pirate en regardant devant lui. Heureux, je sais pas ce que c'est. Mais libre, ça, c'est sûr.

Il se détourna ; la conversation était terminée. Je me remémorai mes livres de classe. On nous avait toujours dépeint les pirates comme des êtres sans morale, assoiffés d'or et de sang. La vérité semblait bien différente.

– Vaisseaux à tribord !

La sentence était tombée du grand mât. Thomas Goodwill remonta précipitamment et tira la longue-vue qu'on lui tendait.

– Trois navires, siffla-t-il. Croix rouge sur fond blanc : le pavillon de l'Empire. Damnation ! Comment nous ont-ils retrouvés ?

Il se retourna vers son second :

– Bordez les voiles, Crackston. Le vent nous est contraire, nous devons prendre le large.

– Ils se déploient, mon capitaine. Ils vont essayer de nous barrer la route.

– Je sais.

Des ordres fusèrent. Les pirates s'activaient en silence. Les voiles se gonflèrent. Tels des prédateurs, les trois navires de l'Empire se déployaient. Leur échapper allait être difficile. Thomas se pinçait les lèvres.

– Ils ne devraient pas se trouver ici. Pas tous les trois. Quelqu'un leur a communiqué notre position, j'ignore comment mais...

– Capitaine Goodwill !

Nous pivotâmes. Caleb se tenait sur le pont, voûté. Un pirate surgit à ses côtés, affolé, un pistolet en mains.

– Tokanga ! cria Thomas.

Le mulâtre était blessé à l'aine. Il cligna des yeux.

– C'est ma faute, capitaine. Il a sectionné ses liens quand nous l'avons déplacé tout à l'heure. Dois-je... dois-je tirer ?

– Non.

– Capitaine, reprit Caleb, je ne vous veux aucun mal. C'est à cause de moi que les navires de l'Empire nous suivent à la trace. Tant que je serai en vie, auprès d'elle, ajouta-t-il en pointant le bras sur moi, je la mettrai en danger, et vous avec.

Thomas tira son sabre et s'avança. Le pasteur ricana tristement :

– Voilà ce que j'attendais, capitaine !

– Ne bougez pas, je...

Caleb ne le laissa pas terminer. Il s'élança vers lui ; le chef des pirates voulut écarter sa lame : le pasteur trébucha et la reçut en plein abdomen, l'accompagnant dans sa percée. Il s'affala en poussant un râle. Serrant Sun de toutes mes forces, je descendis. La scène s'était déroulée si vite que personne n'avait eu le temps d'intervenir.

Choqué, Thomas recula. Des pirates accouraient. On roula le pasteur sur le flanc. Sa blessure était profonde – une flaque de sang s'élargissait sur le pont. Quelqu'un arracha sa robe. Caleb gémit et se tourna vers moi.

– P... pardonnez-moi.

Je ne savais que dire. J'étais bouleversée.

Le capitaine examina son sabre et ordonna qu'on transporte le blessé dans sa cabine. Deux de ses hommes le soulevèrent.

À présent, tout le monde était rassemblé sur le pont. Et les trois navires de l'Empire étaient sur le point de nous encercler.

– Hissez le pavillon blanc, dit Thomas.

Je m'approchai.

– Auriez-vous l'intention de parlementer ?

Il me tira à lui. Sa lame était rouge encore du sang de Caleb. Nous nous dirigeâmes vers le gaillard d'avant.

Notre pavillon flottait dans le vent pâle. Les trois navires hésitaient. Le plus proche s'était arrêté à une centaine de pieds. Thomas me poussa en avant.

– Que faites-vous ?

Son second déposa un porte-voix entre ses mains.

– Un faux pas, déclara tranquillement le chef des pirates, et je vous tranche la gorge.

Sur le vaisseau qui nous faisait face, des dignitaires de l'Empire se tenaient à la fenêtre de poupe. Ils nous observaient au moyen de longues-vues et discutaient avec animation. L'angoisse me broya le cœur.

Ils savaient qui j'étais.

– Messieurs ! commença Thomas Goodwill en levant le porte-voix à ses lèvres, celle que vous cherchez est aujourd'hui ma prisonnière. Son nom est Mary Wickford.

Les hommes se figèrent.

– Sauf votre respect, murmura Crackston à nos côtés, vous avez perdu la raison.

Son capitaine l'ignora :

– Je suis venu parlementer avec votre Empereur, reprit-il, lui proposer un marché. Je sais qu'il recherche activement cette jeune femme. Je suis prêt à la lui livrer en échange d'un prisonnier retenu par lui. Laissez-moi lui parler.

– Pourquoi feraient-ils une chose pareille ? grogna son second en se pinçant l'arête du nez. Palsambleu ! Nous allons au-devant de graves ennuis.

– Si vous refusez, ajouta Thomas comme en réponse, je serai obligé de la tuer. Joignant le geste à la parole, il me pressa contre lui et exhiba son sabre :

– Demandez-vous ce qu'en penserait votre Empereur avant de prendre votre décision !

Il me tenait fermement.

– Soyez maudit ! crachai-je.

– Du calme.

Le cœur battant, nous continuions d'observer le premier vaisseau. Les autres bâtiments, eux, se tenaient à distance respectable. S'ils décidaient d'attaquer, le *Rédempteur* n'avait aucune chance. Une éternité s'écoula.

Soudain, le navire qui nous faisait face s'ébranla de nouveau. Les pirates coururent à leur poste.

– Ne tirez pas avant que je vous en donne l'ordre ! siffla Thomas Goodwill.

Mais l'ordre ne vint pas. Le vaisseau ennemi vira

lentement de bord, et son capitaine hissa pavillon blanc à son tour, sous les vivats des pirates. Une chaloupe fut mise à la mer. Thomas me relâcha en souriant.

– Je bluffais. Jamais je ne vous aurais fait de mal.

Je descendis sur le tillac. La colère me suffoquait. À quoi aurais-je pu m'attendre ? Un crépuscule violacé envahissait le ciel.

– Mademoiselle !

Le jeune Bob-Tooley accourut vers moi.

– Qu'y a-t-il ?

– C'est le pasteur, mademoiselle. Il vous demande.

Je suivis le mousse et jetai un regard à la cale, où devait toujours moisir Usher. Le jeune garçon s'arrêta sur le seuil.

– Je crois que je ne devrais pas vous dire ça, mademoiselle, mais je pense qu'il n'en a plus pour très longtemps.

Tenant Sun contre moi, je baissai la tête et m'enfonçai dans l'obscurité. Le visage de Caleb n'était éclairé que par la flamme d'une bougie. On me permit de refermer la porte.

– Mon révérend...

– Le monde... le monde est vaste, Mary, et nous ne pouvons pas tout savoir.

Il me fit signe d'approcher.

– Je n'ai plus... beaucoup de temps.

Son souffle était rauque. Dehors, les pirates parlaient fort. Le pasteur tendit une main vers mon corsage.

– Là...

Je suivis son regard.

– L'amulette ?

– Ne... la quittez... pas.

Je hochai la tête. Il prit ma main dans la sienne et la serra très fort.

– Tant que vous la garderez avec... vous, elle... elle vous protégera. C'est un... artefact d'une puissance... considérable.

– Mon révérend, comment l'Empereur m'a-t-il trouvée ? Que me veut-il ?

Un pauvre sourire passa sur ses lèvres :

– Du mal... Mary. Il vous veut... du mal. Mais il... il a... besoin de vous.

– Pourquoi ?

Il secoua la tête.

– Je n'ai plus... la force. Avez-vous... terminé le journal de Lisbeth ?

– Oui.

– Alors, vous... avez fait la connaissance... de Nathaniel.

Je hochai la tête.

– Il était votre frère aîné, n'est-ce pas ?

Ses pupilles s'agrandirent ; chaque parole lui coûtait, terriblement.

– N... non ! Il était... il était nous.

– Que dites-vous ?

Une peur glacée coula en moi. Caleb essaya de se redresser en s'agrippant à ma chemise :

– Prenez garde, Mary. Toute médaille... a son... revers... J'étais... je voulais être... le bon côté... et l'Empereur... Ah, Mary ! Gardez-vous...

– De qui ? *De qui ?*

– Ce que... nous sommes... L'Empereur... Il est seul désormais et... quelqu'un... quelqu'un doit le tuer... Mary, alors... pourquoi pas... pourquoi pas vous ?

Il rejeta la tête en arrière. Je le soutins. Ses yeux me fixaient encore, apeurés, suppliants ; doucement, je desserrai ses doigts.

Il était mort.

Retour à Gotham

Dans les brumes du lointain, l'horloge de la cathédrale laissa tomber ses douze coups. Minuit sur Gotham. Debout au centre du tillac, entourée de tous les pirates, je regardais la ville sortir de l'ombre. Une bonne âme avait jeté une couverture de laine sur mes épaules ; je tremblais pourtant. Je n'avais quitté la capitale que depuis peu de temps, mais j'avais l'impression que cela faisait des années.

– Vous avez peur ?

Thomas Goodwill se tenait à mes côtés, bras croisés, vêtu d'un manteau de cuir noir. Un pistolet à double canon était glissé à sa ceinture.

– Je ne sais pas.

Jamais je n'étais arrivée à Gotham par la mer. À présent, je me rendais compte de ce que l'orgueilleuse cité pouvait avoir d'impressionnant pour un visiteur venu du large. Ses phares jumeaux perçaient le grésil, pareils à des totems tendus vers le ciel, et des feux rougeoyaient sur la muraille ceignant le port.

Le palais impérial dominait le panorama. Les flèches de sa cathédrale, sombres comme la mort, rivalisaient d'audace avec la tour sacrée. Dans la nuit totale de l'océan, on distinguait les arabesques des ponts, les passerelles de fer forgé, les flambeaux reflétés sur la verrière. Le reste de la ville palpitait de lueurs fragiles. Je devinais les collines d'Eden Park et, quelque part au centre de la fourmilière, le clocher de mon couvent.

Nous mîmes le cap sur la jetée.

Les pirates étaient silencieux. Je n'étais pas retournée dans ma cabine. Les hommes du capitaine avaient emporté le corps du pasteur, l'avaient enveloppé dans un linge et l'avaient rendu à l'océan. Ensuite, j'avais demandé à voir Usher. Permission refusée. Alors, solitaire, je m'étais assise contre le bastingage du gaillard d'arrière, et m'étais murée dans le mutisme. Ce n'est que lorsque les feux de Gotham avaient troué les ténèbres que je m'étais levée enfin, pareille à une somnambule, pour rejoindre le reste de l'équipage.

– Vous n'avez pas à avoir peur.

Je l'écoutais, hagarde. Un engourdissement progressif s'était emparé de mon corps. Seul Sun, cliquetant dans mes bras, me rappelait au monde.

Nous avancions avec lenteur. Derrière nous, les trois navires de l'Empire bifurquaient vers les quais de l'arsenal. À terre, devant les riches demeures de Pearl Street, une délégation d'officiels nous attendait déjà.

Les pirates entamèrent les manœuvres d'accostage. Thomas ne disait rien. Son second promenait sur la ville un regard méprisant.

– Croyez-moi, capitaine, vous regretterez cette décision.

– Il suffit, Joe.

– Je vous ai toujours suivi, le ciel m'est témoin. Mais, cette fois, vous allez trop loin. Votre ami...

– Dorchester.

– Oui, eh bien... il est probablement déjà mort.

– Mes indicateurs disent que non.

– Vos indicateurs ne savaient rien au sujet des navires qui nous ont retrouvés. Et ce pasteur qui s'est tué à bord – un homme de foi, mon capitaine ! C'est mauvais présage.

– Vous êtes trop superstitieux.

Joe Crackston se retourna vers le groupe.

– Les hommes sont inquiets. J'ai dû leur parler.

– C'est votre rôle.

Le second plissa les paupières.

– Vous ne comprenez pas : certains voulaient se mutiner.

Goodwill ignora l'avertissement et reporta son attention sur le port. Jamais je n'avais vu homme à ce point hanté par une idée fixe.

Nous jetâmes les amarres. Une pluie fine tombait sur les pavés. Les soldats que nous voyions appartenaient à la garde personnelle de l'Empereur ; ils étaient vêtus de costumes blancs et armés de mousquets. On lança une passerelle. Le capitaine se tenait derrière moi, son pistolet braqué sur ma nuque. Je m'engageai.

– Je ne vais pas essayer de m'enfuir, dis-je en commençant à descendre.

– Je sais.

Sitôt que j'eus mis pied à terre, un homme s'avança vers moi en rajustant ses gants.

– Permettez-moi de me présenter, mademoiselle : je suis Fulgence Dermott, premier secrétaire de son éminence Lucius Paulus, cardinal des Affaires intérieures. L'Empereur a appris récemment votre venue, ainsi que celle de Mister Goodwill. Je suis chargé de vous conduire jusqu'à lui. Si vous voulez bien vous donner la peine...

Trois chevaux piaffaient derrière lui. Thomas se tenait prêt. Fulgence Dermott l'observa avec dédain et jeta un œil à Sun, emmitouflé dans sa couverture.

– Nous ne désirons personne d'autre à terre. Et votre arme est inutile, monsieur. Si nous voulions vous abattre, nous l'aurions fait depuis longtemps.

Il nous invita à lever les yeux. Plusieurs dizaines de soldats, postés aux fenêtres ou sur les toits, nous tenaient en joue. Thomas sourit.

– Je vous remercie de votre prévenance, secrétaire. Mais je préfère garder ce pistolet. Un geste de trop, et j'envoie notre chère captive *ad patres*.

– Vous vous méprenez sur les intentions de Sa Majesté, fit Dermott.

– J'espère bien. Mais, à toutes fins utiles, mes hommes ont reçu des ordres. S'il m'arrivait malheur...

Le conseiller l'arrêta d'un geste, indiquant que ces menaces étaient superflues. Il paraissait fatigué. Nous fîmes halte devant les chevaux : trois superbes étalons blancs. Thomas m'aida à me jucher sur la selle tout en me tenant en joue.

– Je monte avec elle.

Fulgence Dermott ne répondit pas.

Le chef des pirates se hissa derrière moi et attrapa les rênes. Notre monture s'ébroua. Nous soufflions de petits nuages de vapeur.

Le conseiller Dermott avait pris la tête du cortège. Nous nous engageâmes dans Bridge Street, laissant le pont Mayflower derrière nous. Le trot de nos montures faisait un contrepoint au pas de la garde impériale, qui nous encadrait solennellement. Les hautes maisons se penchaient sur nous avec sévérité. Je ne les reconnaissais plus.

– Pas trop froid ?

Thomas Goodwill tentait de dissimuler sa nervosité. Ses poings étaient crispés sur les rênes et il jetait des coups d'œil furtifs aux alentours.

Je ne pus m'empêcher de sourire.

– Vous regrettez.

– Quoi ?

– De vous être lancé dans cette aventure. Vous vous dites que c'est trop risqué, que le jeu n'en vaut pas la chandelle.

– Je suis ici pour Dorchester. Je ne repartirai pas sans lui.

– Vous ferez ce qu'ils ont décidé.

Devant nous, le conseiller Dermott avançait paisiblement, droit sur sa monture.

– Que voulez-vous insinuer ?

– Nous sommes cernés. Ils ont des soldats sur les toits. Le conseiller l'a dit. Ils pourraient vous tuer.

– L'Empereur tiendra sa promesse.

– Oh.

– Vous le savez comme moi. Il est obsédé par le bien. Par la justice. Jamais il ne trahirait son engagement.

– Quel engagement ?

Le capitaine enfonça le canon de son pistolet dans mes reins. Je levai les yeux en grimaçant. Bridge Street donnait directement sur Whitehall Street, et la masse énorme du palais émergeait des ténèbres. De chaque côté de l'avenue, des gardes en armes nous surveillaient. Tel un étau, la procession se refermait derrière nous.

– Je voulais vous dire... commença Thomas.

– Quoi donc ?

– Vous avez fait une captive exemplaire.

– Dois-je prendre cela comme un compliment ?

– Disons un hommage. La plupart des femmes qui croisent ma route sont soit mes amantes, soit mes ennemies, et souvent les deux. Je trouve votre compagnie reposante.

– Nous ne nous reverrons plus, capitaine.

– Qui sait ?

Nous fîmes halte sur Bowling Green. La place du palais était éclairée par d'immenses braseros. Montée sur son socle de pierre, la statue de l'Empereur à cheval nous dominait, sabots dressés. Les gardes faisaient cercle. Bientôt, le pont-levis s'abaissa. Un grand silence se fit. Le conseiller s'engagea.

Comme la plupart des habitants de Gotham, je n'étais jamais entrée dans le palais. L'accès en était strictement réglementé.

Avançant au pas, nous longeâmes la salle des trophées et le poste de garde. Un jardin baroque, labyrinthique, brillait sous les torchères. Des lambeaux de brume s'enroulaient autour des flèches de la cathédrale. Une herse se leva. Nous passâmes une première porte, débouchâmes sur une cour, et descendîmes de cheval. Seule une poignée de gardes nous accompagnaient encore. Dermott ôta ses gants et confia nos montures à un laquais. Puis il glissa un mot à l'oreille des soldats en faction devant la seconde porte. Un grincement se fit entendre.

Nous gravîmes les marches, longeâmes un couloir à peine éclairé qui donnait sur un jardin intérieur, et nous arrêtâmes devant une nouvelle porte.

– Salle d'état-major. Sa Majesté vous attend.

– Et Dorchester ?

– Il ne tardera pas, soyez sans crainte. Oh, Mister Goodwill ?

– Oui ?

– Sa Majesté accepte vos conditions ; vous devrez tenir compte des siennes.

Le chef des pirates acquiesça. Frappant trois coups, le conseiller s'écarta. Nous franchîmes le porche.

Le sort en était jeté.

Thomas Goodwill me poussa du bout de son arme. Nous découvrions une pièce de belles dimensions, flanquée d'armures rutilantes et éclairée par une multitude de chandeliers suspendus. Des cartes d'état-major étaient fixées au mur. Pour l'heure, une foule de dignitaires, coiffés de perruques, se pressaient autour d'une table où reposait une maquette de la côte. Des dizaines de navires miniatures, fidèlement reproduits, étaient disposés sur l'océan de velours.

Un homme releva la tête. Il était vêtu d'un ample manteau blanc et, sous son capuchon, un voile immaculé dissimulait son visage. Les autres s'écartèrent.

Le conseiller nous fit signe de nous incliner, mais Thomas ne bougea pas. Des gardes voulurent intervenir. L'Empereur les arrêta.

– Laissez ! Notre hôte ne semble pas au fait des usages de la cour.

– Votre Majesté se trompe.

Thomas se tenait légèrement en retrait. L'Empereur contourna la grande table et marcha jusqu'à moi.

– Ainsi donc, vous voici.

Je baissai la tête.

– Je vous ai tant cherchée, Mary Wickford.

– J'ignore ce que j'ai fait pour mériter l'attention de Votre Majesté.

– Je suis certain que ceci est inexact. Mais nous aurons tout le loisir d'en reparler.

Il approcha une main vers Sun, qui s'était à moitié caché, puis se ravisa. Subitement, il pivota vers Thomas Goodwill.

– Où avez-vous trouvé cette jeune femme ?

– Sur un navire : le *Bel-Ardent*. Où est Edmund Dorchester ?

– Qui ?

Il se tourna vers ses hommes.

– Oh, vous faites allusion à ce vieillard obstiné qui empeste mes geôles ? Je vous le rends volontiers, Mister...

– Goodwill. Thomas Goodwill.

L'Empereur resta immobile, comme si le nom éveillait quelque souvenir ; puis il adressa un signe à un garde, qui s'éclipsa aussitôt. Après quoi il revint à sa table et saisit entre ses doigts un navire miniature. Il montra l'océan miniature :

– Voyez-vous ceci, Mister Goodwill ?

Thomas ne répondit pas. Le canon de son arme était toujours coincé contre ma hanche.

– Nous avons décidé d'en finir avec ceux de votre espèce.

– Je vous rappelle que j'ai pouvoir de vie ou de mort sur mon otage.

L'Empereur reposa le navire.

– Vous ne manquez pas de bravoure, mon garçon. Vous marchandez avec moi. Vous bafouez le protocole.

– Je suis un homme des mers, répliqua le pirate. Je ne connais pas de protocole. Rendez-moi Dorchester. Honorez votre part du marché.

– Un marché ?

L'Empereur se tourna vers ses hommes.

– C'est curieux, je ne me souviens pas d'avoir conclu de marché.

Il revint à nous :

– Vous n'êtes pas sans savoir quel sort notre Empire réserve aux flibustiers et autres maraudeurs des mers ?

– Je vous ai amené Mary.

L'homme émit un petit rire déplaisant.

– C'est fort aimable à vous. Mais pensez-vous réellement que je ne l'aurais jamais retrouvée sans votre aide, Mister Goodwill ? Les trois vaisseaux qui ont croisé votre route faisaient partie d'une vaste armada. Vous n'avez pas la moindre idée de ce que cette jeune fille représente pour l'Empire. Mais tuez-la, si vous y tenez. J'imagine que vous aurez le cran de le faire. Prendre la vie est si *simple* pour vous...

Thomas allait répondre lorsque les portes s'ouvrirent de nouveau, livrant passage à un vieillard en guenilles, hirsute. Poignets enchaînés, l'homme détailla l'assemblée. Une faible lueur s'alluma dans son regard quand il reconnut son jeune élève.

– Toi...

Le chef des pirates se précipita vers lui et posa un genou à terre.

– Maître. Mon maître !

Il prit la main ridée et la baisa avec respect. Edmund le laissa faire. Il inspectait la salle comme un animal traqué, trop longtemps privé de lumière. Radieux, le chef des pirates se releva et le serra dans ses bras, son arme toujours en main. Les os du vieillard saillaient sous ses hardes crasseuses.

– Thomas, tu n'aurais pas dû.

L'Empereur s'avança, capuchon relevé. Les pans

de son manteau traînaient dans son sillage. Il applaudit :

– Très émouvant.

Le chef des pirates le foudroya du regard.

– Nous allons repartir.

L'Empereur se tenait devant eux. Dorchester et lui étaient sensiblement de la même taille, mais ce dernier refusait de le regarder.

– En préambule, murmura l'Empereur, laissez-moi faire mes adieux à votre vieil ami.

Il s'avança d'un pas. Une lame brilla à sa main. Un geste foudroyant.

Je vis Edmund Dorchester porter une main à son cou. Je vis le sang s'échapper à gros bouillons. Livide, le vieil homme s'effondra. D'une simple poussée du pied, l'Empereur le fit rouler à terre.

Thomas braqua son pistolet. Ce fut la dernière chose qu'il eut le temps de faire : une détonation emplit la salle et il tomba à son tour.

Je suffoquai.

Dorchester tressaillait encore, dans les affres de l'agonie. Le capitaine, lui, se tordait de douleur. Il était touché à la cuisse.

Il tâtonna à la recherche de son arme ; elle était hors de portée. Un garde l'attrapa par les cheveux et le força à se relever. L'Empereur se présenta devant lui.

– La partie est terminée, Mister Goodwill.

– Traître ! Vous aviez promis !

– J'avais promis de vous rendre votre ami, et c'est ce que j'ai fait. Je n'ai jamais promis de vous le rendre vivant.

Thomas Goodwill avala sa salive.

– Vous êtes...

Il croisa mon regard. Il haletait – sa cuisse était poissée de sang. L'Empereur l'attrapa par le collet.

– Vous allez faire connaissance avec notre prison, mon cher. En attendant un jugement évidemment équitable.

Il claqua des doigts.

– Gardes, emmenez-le !

Les soldats se saisirent de lui. Il tenta de se débattre mais ploya vite sous le nombre. On lui passa des chaînes et on l'entraîna vers la sortie. J'étais incapable de réagir. Thomas vociférait, jurait, suppliait enfin. L'Empereur soupira.

– Votre *Rédempteur* a été réquisitionné, Goodwill, et vos hommes arrêtés. Ils seront jugés aussi.

Les gardes s'étaient arrêtés sur le pas de la porte. Le chef des pirates suffoquait. L'Empereur revint vers lui et le toisa en souriant.

– Tu renieras ton passé. Tu renieras ton équipage et tout ce en quoi tu as cru. Après quoi nous te tuerons.

Il détourna la tête et claqua des doigts. Les gardes secouèrent leur prisonnier. Cette fois, il n'opposa aucune résistance.

Une fois les portes fermées, l'Empereur soupira, s'agenouilla auprès d'Edmund Dorchester et souleva son poignet, inerte. Puis il se tourna vers moi. Sa voix était douce comme du miel :

– Je sais ce que vous pensez. Je présume que Mister Goodwill vous aura charmée avec ses récits d'utopie et d'aventures ?

– Non... non, Votre Majesté.

– Vous me surprenez. Quoi qu'il en soit, nous devons nous montrer sans pitié avec ceux de son espèce. Cet homme – il hocha le menton vers le cadavre d'Edmund Dorchester – ne nous était plus utile depuis bien longtemps, s'il le fut jamais. Il y a huit ans, je lui ai proposé une amnistie totale et une chaire à notre Académie des sciences s'il consentait à abandonner ses stupides chimères. Mister Goodwill a-t-il mentionné ce détail ? Non, bien sûr. Il est toujours plus aisé de ne voir en moi qu'un despote assoiffé de pouvoir. Que dites-vous ?

– Je vous écoute, Votre Majesté.

Il retourna à sa table.

– C'est parfait, Mary, absolument parfait. Maintenant que vous êtes là, poursuivit-il en me tournant le dos, tout va changer ; nous allons gagner un temps précieux. Mes gardes vont vous conduire à vos appartements. La nuit est encore longue, et je gage que vous avez besoin de repos. Y a-t-il autre chose que je puisse faire ?

Je pris mon courage à deux mains.

– Un homme a été capturé avec moi, Votre Majesté, quand je me trouvais sur le *Bel-Ardent*. Il s'appelle Usher. C'est un Noir.

– Et vous voudriez... ?

– Que liberté lui soit rendue, Votre Majesté.

Il parut réfléchir :

– Ce que vous me demandez est impossible. C'est un nègre, et les nègres ne sont pas faits pour vivre libres – ils ne sauraient que faire de leur liberté. Toutefois, je vous ai entendue. Je veillerai à ce qu'il ne soit pas emprisonné et exécuté comme les autres.

– Que... que deviendra-t-il ?

– Ce qu'il a toujours été, mon enfant. Un esclave.

Ne réponds pas, chuchotait une petite voix dans ma tête, *gagne du temps et ne fais rien qui puisse te nuire : cet homme possède droit de vie et de mort sur tous ses sujets.*

Bientôt, on m'escorta hors de la salle d'état-major. L'Empereur se racla la gorge.

– J'ai fait mettre la plus belle chambre du palais à votre disposition, mon enfant. Dormez tout votre soûl : de grandes choses nous attendent.

La mort dans l'âme, je me laissai guider. Je n'avais plus personne. Les sœurs de la Sainte-Charité. Anna, mon amie. Philip. Lazarus Prime. Usher. Le capitaine Solomon. Peter Carver. L'Indienne. Constance. Même Caleb. Tous disparus, évanouis. Je tendais la main, et ils m'échappaient.

J'avais perdu mon sifflet. Je n'avais plus mon tableau. L'espoir m'avait abandonnée.

Les yeux ouverts dans une pénombre trouée de torches souffreteuses, Sun regardait nos ombres s'agrandir sur les murs tandis que des gardes nous menaient aux étages supérieurs. En somme, il ne me restait plus que lui.

L'escalier en colimaçon n'en finissait pas. Nous passâmes cinq portes. La pierre était froide, mon pas était lourd et les soldats muets.

Enfin, nous atteignîmes un palier. Longeant un nouveau couloir percé de vitraux, nous nous arrêtâmes devant une porte de bois sombre. Un garde sortit un trousseau de clés et ouvrit.

La pièce était vaste, éclairée de bougies. Les gardes s'inclinèrent et m'abandonnèrent à mon sort, non sans avoir verrouillé la porte. La cheminée de pierre abritait un feu crépitant. Je regardai mon lit, surmonté d'un lourd édredon. Je fis quelques pas. Une fenêtre en ogive, protégée par un rideau de velours, donnait sur la baie illuminée et, plus loin, sur l'océan enténébré. J'ouvris l'armoire ; elle était garnie de robes à ma taille, toutes plus somptueuses les unes que les autres. Sur la commode, un appareil à la structure alambiquée avait été installé ; il consistait en un bac rempli d'eau, pourvu d'un couvercle de métal et d'une série de conduits cuivrés évasés aux extrémités. Je m'accroupis. De minuscules formes scintillantes s'agitaient dans l'eau. Queues de poisson, corps de femme. Je tournai lentement la molette ; le bac s'illumina. Aussitôt, les petites créatures s'agitèrent, comme frappées de frénésie, et les conduits émirent une série de couinements aigus. Des notes ! La danse des sirènes produisait une musique. Un parchemin roulé avait été laissé près de l'appareil. Je le décachetai.

Chère Mary,

Cet appareil, inspiré d'un artefact conçu par le grand Léonard de Vinci, n'existe qu'en quatre exemplaires en ce monde.

Celui-ci est pour vous ; acceptez-le en gage de mon amitié.

Sa Majesté des Amériques.

De nouveau, je regardai l'appareil. Les sirènes s'agitaient. Souffraient-elles ? Avaient-elles peur ? Je tournai la molette dans l'autre sens. Le ballet cessa, la musique aussi. Je soufflai les bougies, pris une chemise de nuit dans le placard et me dévêtis.

Je baissai les yeux.

L'amulette battait contre ma poitrine. Je la pris dans mes mains et la serrai. Le contact du métal me procurait un singulier réconfort. Rangeant le bijou, je me lavai les mains dans le récipient de cuivre prévu pour mes ablutions, puis enfilai une chemise de nuit.

Une bougie brûlait encore. Plus pour très longtemps. Je revoyais Isaac. Je revoyais sa main couverte de sang, et le visage de Caleb quand il avait aperçu le bijou pour la première fois.

Ma tête me faisait mal. Je serrai Sun contre mon sein, repensai à mon tableau, à cette voix, chaude et protectrice. Dehors, la cité noire chatoyait. Il me semblait que je ne m'endormirais jamais.

Umbra

T*rouve-moi, Mary.*

Une forme immense était roulée en boule au fond de la caverne. J'entendais son ronflement, sentais la chaleur de sa respiration.

Je m'approchai sans crainte.

Mary.

À présent, je discernais son corps. Ses écailles argentées, comme une armure rutilante. Son museau profilé, orné de fines moustaches noires. Ses yeux brillants, pareils à des diamants aquatiques. L'intelligence de son regard.

Il se redressa sur ses pattes antérieures. Il mesurait plus de vingt pieds. Il poussa un rugissement à fissurer les murs. Je ne bronchai pas.

La voix reprit :

Ce que je peux faire, je ne peux pas le faire sans toi.

Je caressai son encolure.

– Que peux-tu faire ? demandai-je. Tu es, oh... tu es si merveilleux...

Il me fixa de son regard triste. Je sentis une grande douceur m'envelopper. Un sentiment d'invincibilité.

Je suis la destruction. Je suis la libération. Mes frères...

– Les autres dragons ?

Il hocha la tête.

Tu dois me trouver, Mary. Je t'attends. Je t'attends depuis toujours...

J'avançai une main, et pris immédiatement conscience de mon erreur.

La forme s'était évanouie.

À sa place...

– Bonjour.

Je me redressai, cœur battant. L'Empereur était assis à côté de mon lit. Il avait tiré un tabouret et son visage voilé me faisait face.

– Que me vaut l'honneur...

Le soleil filtrait sous les rideaux tirés.

– Je suis venu m'assurer que vous alliez bien, répondit le monarque de sa voix suave. Cela fait deux nuits et un jour que vous reposez...

Instinctivement, je me couvris la poitrine. Précaution inutile : ma chemise de nuit était soigneusement boutonnée. Je sentis la forme de l'amulette sous mes doigts. L'Empereur ne bougeait pas. Un gros livre noir à fermoir, dont il dissimulait le titre de sa main, était posé sur ses genoux.

Soudain, le souffle me manqua.

– Sun !

L'Empereur n'esquissa pas un geste.

– Sun, répétai-je, balayant la pièce du regard. Il était là...

– Qui est Sun ?

– Mon chat mécanique. Un cadeau.

– Oh. Cadeau d'un être cher, je suppose.

– Je dormais avec. Il était serré contre moi.

Il s'inclina légèrement :

– Peut-être ce petit animal est-il doué de raison ? Alors, il reviendra.

Je me levai.

– Vous me l'avez pris.

– Non.

– Sun !

Je venais de crier. L'Empereur me considérait avec calme. Je soulevai un coussin. Tirai les rideaux. Un matin bleu planait sur la baie. L'océan brillait à l'infini.

– Mary...

Je me retournai.

– Mary, j'ai besoin de votre attention.

Je me rassis, nullement rassérénée. Il fit jouer les fermoirs de son livre.

– Qu'attendez-vous de moi ?

– Ceci, répondit-il en tournant la première page, ceci est l'ouvrage d'un presque saint, qui s'est brûlé les ailes à la lumière de la vérité.

Il referma brutalement le grimoire afin que je puisse lire le titre.

Necronomicon

De nouveau, il fit tourner les pages.

– Certains prétendent que ce livre est maudit, lâcha-t-il. Si par « maudit » ils entendent « qui a privé son auteur de raison », alors nous devons en convenir. Laissez-moi vous parler du comte Derleth.

Derleth. Le comte Derleth. L'homme qui avait failli brûler Oxham !

– C'était un ami fidèle, poursuivit l'Empereur. Il se définissait comme un arpenteur, infatigable voyageur du monde des esprits. C'était un des plus grands magiciens que notre époque ait connu. Malheureusement...

– Il est...

– Disons que ses équipées sauvages de l'autre côté du voile ont fini par le précipiter dans la folie. J'avais placé ma confiance en lui, mais il faut croire qu'il n'était pas encore assez puissant pour mener à bien la tâche que je lui avais assignée. J'ai été forcé de me séparer de lui. Je l'ai confié aux bons soins de l'asile de Salem et il semble que les choses... que les choses se soient mal terminées pour lui.

Je me tus. Je ne voulais pas donner l'impression d'en savoir trop.

– J'ai cru en lui, mon enfant. Plusieurs fois, j'ai pensé qu'il réussirait. Mais, lorsque l'on m'a annoncé sa mort, j'ai dû me rendre à l'évidence ; personne ne serait capable de cartographier l'*axis mundi*. Personne à part vous.

Feuilletant rapidement les pages, il s'arrêta sur une double planche colorée – une enluminure aux perspectives saisissantes ; puis il tourna le grimoire vers moi.

Une tour.

Une tour colossale qui montait jusqu'au ciel.

De tous côtés, un paysage désolé, uniquement destiné à donner une idée des proportions de l'édifice. Des lieues de hauteur. Un diamètre supérieur à celui de n'importe quelle cité – de Gotham même ! Des étages par centaines.

– Seigneur...

– Les Anciens la connaissaient sous le nom de Babel. On en retrouve des traces irréfutables au cours des âges, des plaines de la Mésopotamie aux places fortes anglaises d'il y a huit siècles. Hieronymus Bosch et Bruegel l'Ancien, initiés parmi les initiés, nous en ont livré des tableaux inoubliables. Ils demeuraient pourtant en deçà de la vérité. Cette tour est le secret du monde, mon enfant. Je suis certain que vous la connaissez déjà.

– N... non.

– Allons. Tous ceux qui ont pénétré un jour sur la terre des esprits ont vu cette tour.

– Je ne suis jamais...

– En ce sommet, dans la dernière salle de l'étage le plus haut – c'est là qu'Il attend.

– Il ?

Il se courba :

– Dieu, mon enfant.

Je me tus. Des ondes de folie parcouraient la pièce.

– L'*axis mundi*, reprit l'Empereur, le « centre du monde », unique et absolu. Combien de sorciers, combien de magiciens ont péri dans les profondeurs labyrinthiques de cette tour ? Des centaines, des milliers peut-être ! Tous, ils cherchaient le même secret. Tous, ils voulaient voir le visage de Dieu, connaître le secret brûlant. Et j'y suis quasi parvenu, Mary ! Vingt ans à me perdre dans les entrailles de l'édifice ! Vingt ans à surmonter les épreuves qu'il avait placées sur ma route. À terrasser les démons. À résister aux pièges et aux charmes insensés.

Sa voix se fit plus mélodieuse encore.

– Le chemin jusqu'à Dieu se mérite. L'homme qui parviendra au sommet, l'homme qui triomphera des épreuves, celui-là sera l'égal de Dieu sur Terre. En lui, Dieu aura trouvé son second messager. Et je vous le dis, mon enfant, voici la vérité suprême : cet homme, Dieu s'incarnera en lui.

Le souverain se leva, les mains derrière le dos. Je restai assise.

– Vous savez ce que pensaient nos ancêtres en

arrivant ici, soupira-t-il en se postant à la fenêtre pour contempler la baie. La Terre promise. Le lieu où la parole de Dieu devient chair. Les hommes ont besoin de sacré, mon enfant. Les hommes ont besoin de voir. Les pensées qui m'animaient au temps où mes ennemis m'appelaient l'Obscur ne m'ont plus quitté depuis. Je dois laisser venir Dieu en moi. Je dois gagner le sommet de l'*axis mundi* et ramener sa parole.

– Votre Majesté, je ne suis qu'une humble...

Il pivota soudain.

– Vous êtes issue de la plus puissante lignée de sorcières qui ait jamais vu le jour en ce monde. J'ai connu votre mère, mon enfant. J'ai connu Sarah Wickford – une femme d'immense pouvoir – et je lui ai proposé une alliance. Elle l'a refusée ; la terre, alors, s'est dérobée sous mes pieds : je savais que je ne réussirais pas sans son aide. Aussi, quand j'ai appris votre existence, un fol espoir a germé de nouveau en mon cœur. J'ai tout mis en œuvre pour vous retrouver, Mary.

Il s'approcha de moi, posa un genou à terre, prit mes mains dans les siennes :

– Je suis trop vieux, ah ! Croyez-vous que je trouverai le temps de mener ce voyage à bien sans votre concours ? Je sens le pouvoir qui trépide en vous, mon enfant. Dieu sur cette Terre, et vous régneriez à mes côtés, comprenez-vous ce que cela signifie ? L'immortalité, Mary ! Le pouvoir éternel. Le pouvoir éternel !

J'aurais dû me lever. J'aurais dû me détourner et m'enfuir.

– Votre Majesté...

Il se tut.

– Votre Majesté, je ne suis pas celle que vous

voyez en moi, je n'ai jamais arpenté le monde des esprits comme vous dites, j'ignore même ce que...

– Laissez-moi vous montrer.

Se redressant, il sortit une lame de sous son manteau et s'entailla le doigt. Le sang goutta à terre. Il s'accroupit et traça une figure sur le sol.

J'ouvris la bouche. Un pentacle ! Une étoile à cinq branches, un signe maudit.

Il me tendit la main.

– Venez.

Je n'avais d'autre choix qu'obéir. Ses doigts se refermèrent sur les miens et il se mit à psalmodier :

– *E'arch morodaï ano'rgh ereaï... Iahee markath gar'adonaï...*

Le monde bascula ; mes perspectives se disloquèrent dans un vertige irrésistible. Les contours de ma chambre ondulèrent puis disparurent dans la brume.

Un sifflement déchira le silence.

Je hurlai.

Quand les fumées se dissipèrent, nous nous tenions, l'Empereur et moi, au centre d'une plaine vaste et aride, semée d'ajoncs et de rocailles, battue par les vents mauvais. Marais. Forêts calcinées. Déserts boueux, à perte de vue.

Sa Majesté se tourna vers moi.

Nous y sommes.

Il n'avait pas parlé. Sa voix s'était frayé un chemin jusqu'à mon esprit.

Nous y sommes.

Mais où ?

Je tremblais de froid. L'Empereur me prit par les épaules et me fit tourner sur moi-même. Devant nous se dressait un mur d'enceinte, qui protégeait, sans doute, une ville.

Sa Majesté leva la tête. Je l'imitai.

La tour.

La tour immense, monumentale !

Son sommet disparaissait dans les nuages.

Jamais de toute ma vie je n'avais vu une chose aussi titanesque.

Ce que j'avais pris pour une ville n'était en réalité qu'un maigre avant-poste, une partie infime de l'édifice. L'*axis mundi*. Terreur, émerveillement.

Là-haut, murmura la voix de l'Empereur dans ma tête. *Tout là-haut, Il attend, Il attend que nous le rejoignions.*

Ma main était toujours nichée dans la sienne. Il fit un pas en avant.

Je résistai.

Il se retourna.

Mary. Mary. Allons !

Mais quelque chose au fond de moi refusait de bouger. Une peur irraisonnée. Ma fascination se muait en répulsion.

Je me tordis le cou. Essayai de deviner le sommet. J'étais éblouie, écœurée, au supplice. Ces couleurs ! La suie des brumes tourbillonnantes ! Ces ailes noires, planant dans les hauteurs ! Et les flammes, Seigneur ! Les silhouettes accrochées aux façades. Les cris, le... le mugissement du vent. La tour était vivante.

Je fis volte-face. Les marais s'étendaient à l'infini.

Mary.

Une certitude – oh, à présent, les choses sont plus claires, mais c'était la première fois, alors, et, de sorcière, je n'avais que le nom –, une certitude inexplicable s'ancra en moi. Je sentais :

Que cet Endroit.

Était le Mal.

Mary !

Saisi de colère, l'Empereur m'entraîna en avant.

Je me dégageai, le défiant du regard.

Ne faites pas l'idiote !

Sa voix tonnait en moi. Je sortis l'amulette cachée sous ma chemise. Aussitôt, il se figea.

Rangez ! Rangez cette chose.

Je braquai l'amulette face à son visage. Il porta une main à sa gorge. Commença à étouffer.

Derrière nous, à quelques pieds à peine de l'endroit où nous nous trouvions, nos deux corps gisaient à même le sol. Je reculai, reculai encore, je voulais fuir, retrouver le monde. L'Empereur tendit un bras vers moi – *Non, non !* – et me supplia de revenir, de le suivre là-haut, maintenant.

Je ne l'écoutais plus. Mon amulette serrée entre mes doigts, je me laissai choir à côté de mon corps.

Je savais comment faire désormais. Il suffisait de fermer les yeux et de se laisser aspirer.

Je pris une brève inspiration.

Il y eut un éclair.

...

Je secouai la tête, aveuglée.

J'étais dans ma chambre. Prise de suffocations, je me traînai jusqu'à mon lit et enfouis mon visage dans l'édredon.

Je pleurai.

Relevai la tête.

J'étais en vie, du moins. Chacun de mes os, de mes muscles, de mes articulations était devenu source de souffrance. Je ne connaissais rien du monde des esprits, mais le souvenir des quelques secondes passées en Spiritus avec Constance Hopkins était encore très vif dans ma mémoire, et l'absolue conviction que le monde que j'avais vu alors n'était pas celui de la tour.

Une légère explosion me fit sursauter. Un nuage de fumée âcre se dissipait au milieu de ma chambre. L'Empereur se tenait recroquevillé au centre du pentacle.

Il se mit debout et porta une main à son cœur.

– Mary !

Je reculai sur mon lit.

– Mary, je suis désolé. Vous n'avez rien à craindre de moi.

– N'approchez pas !

Je tenais mon amulette en évidence.

– Mon enfant ! J'ai surestimé votre degré de préparation. J'ai mis votre parole en doute. Je ne pensais pas... que vous n'aviez jamais...

Il se figea.

– Cette amulette, poursuivit-il d'une voix triste, vous ne connaissez rien de son pouvoir, n'est-ce pas ? Laissez-moi l'examiner...

– Restez où vous êtes.

Il s'immobilisa. Sa voix était un souffle – son voile, impénétrable.

– Je ne vous veux aucun mal, Mary. J'ai besoin de vous à mes côtés, car vous seule pouvez me conduire au sommet de la tour, vous seule possédez l'endurance et la science nécessaires. J'ai voué ma vie à cette quête : l'avènement du divin sur Terre. Une ère de prospérité et de lumière s'ouvrira sur le monde. Vous n'aurez d'autre choix que de vous ranger à mes côtés.

– Vous vous trompez.

– Pour l'amour du Ciel, mon enfant, nous appartenons au même camp, nous appartenons au camp du bien ! Peut-être vous êtes-vous laissé abuser par de seyantes paroles ; nous aurons le loisir d'en reparler. Vous avez besoin de repos encore. Plus tard, je reviendrai. Et je suis certain que nous scellerons un accord. Il ne peut en être autrement.

Il s'éclipsa, referma derrière lui.

Sur le sol, les lignes du pentacle s'étaient effacées d'elles-mêmes. Sa Majesté avait raison au moins sur un point : j'étais épuisée. Mais dormir était impossible. Il fallait que je sorte d'ici. À tout prix.

Je me levai, ouvris ma fenêtre. Dehors, sur les quais, une foule bigarrée commençait à s'agiter. Les cloches de la cathédrale sonnaient dans le lointain. Je me penchai. Ma chambre était bien trop haute pour que je tente quoi que ce soit.

Je revins à la porte. Solide. Verrouillée. J'imaginais les cohortes de gardes en armes patrouillant dans le palais.

Retournant sur mon lit, je demeurai un long moment prostrée, à réfléchir, à repasser dans mon esprit la scène que j'avais vécue.

Dieu.

Dieu au sommet de la tour.

J'éclatai de rire. J'étais en train de devenir folle.

Je contemplai mon amulette. Comme Caleb, l'Empereur avait paru craindre son pouvoir. Isaac n'avait pas menti. *Il va essayer de se servir de toi. Tant que tu détiendras cet artefact, tu resteras en mesure de lui résister.*

Mais les choses étaient-elles aussi simples ? L'Empereur avait connu ma mère. Lui, l'Obscur. Lui, l'inquisiteur le plus féroce que l'Amérique ait jamais connu. Il m'appelait « mon enfant ».

Il avait besoin de moi.

Convictions

Le soir même, alors que je venais de me réveiller (vaincue par l'épuisement, j'avais sombré encore, assise sur un tabouret, sans même m'en rendre compte – et lorsque j'avais ouvert les yeux, la baie scintillait sous les ors du couchant), l'Empereur entra de nouveau dans ma chambre. Il ne fit aucune allusion à ce qui s'était passé le matin, ne me demanda pas si j'avais réfléchi ou si j'étais prête à repartir. Il déclara simplement qu'il avait quelque chose à me montrer. Deux gardes l'accompagnaient, armés de hallebardes et coiffés de larges casques.

Nous sortîmes du palais. Nous marchions côte à côte. Je gardai mes interrogations pour moi.

Un vent glacé soufflait sur les toits. Devant le grand bâtiment noir de la prison, nous fîmes halte. Je levai les yeux. Un toit à auvent couvrait l'édifice. Nous nous trouvions face à l'entrée principale, flanquée de deux statues allégoriques, une femme portant une balance et un homme flanqué d'un hibou : Justice et Sagesse.

L'Empereur me fit signe de le suivre. Nous parcourûmes un long couloir puis descendîmes. Un escalier se perdait dans les entrailles de la Terre. Des soldats se redressaient, au garde-à-vous. Nous débouchâmes sur un nouveau corridor au sol de terre battue. De minces filets de lumière se croisaient dans les hauteurs. De part et d'autre s'alignaient des cellules, éclairées elles aussi par des puits donnant sur le ciel.

Des détenus s'agitèrent à notre approche. Des mains se tendirent entre les barreaux. Je tâchai de regarder devant moi.

Devant l'une des geôles, l'Empereur s'arrêta. Une forme gisait sur la paille, dans un coin de pénombre. Les deux gardes qui nous suivaient se postèrent de chaque côté de la porte. Sa Majesté introduisit une clé et me fit signe d'avancer. La silhouette leva un bras devant son visage. Son torse nu était strié d'estafilades sanglantes.

– Montre-toi en pleine lumière.

L'homme, dont les chevilles et les poignets étaient enferrés et rivés au mur par une chaîne, leva ses poings fermés et les porta à sa figure. L'Empereur s'approcha et le força à les écarter. C'est alors, seulement, que je reconnus le détenu.

Thomas.

– Pourquoi m'amenez-vous ici ? demandai-je.

L'Empereur ignora ma question.

– Mister Goodwill, voici Mary Wickford. Avez-vous quelque chose à lui dire ?

Le capitaine me regarda en reniflant.

– Je suis...

– PLUS FORT ! fit l'Empereur.

– Je suis dé... désolé.

Je m'accroupis à ses côtés. Il se détourna, en larmes.

– N'approchez pas.

– Pourquoi ?

– J'ai tué.

J'avançai une main vers sa figure.

– Tous les pirates...

– Non, Mary. J'ai tué celui qui...

– Qui quoi ?

– J'ai tué votre père.

Je me relevai, abasourdie.

– Que dites-vous ?

Sa tête retomba. Je me tournai vers l'Empereur. Impassible, le monarque me fixait.

– Notre cher ami, dit-il, s'est rendu coupable d'un grand nombre de forfaits au cours de ses sanglantes aventures. Je gage qu'il en est un qu'il aurait préféré oublier...

– Je ne savais pas ! éructa soudain Thomas en me fixant, les yeux exorbités. Mary, je vous le jure, je ne savais pas qu'il s'agissait de votre père !

– Venez, fit l'Empereur en m'entraînant au-dehors. Inutile de nous attarder davantage. Je voulais juste que vous l'entendiez de sa bouche.

– Monstre !

Thomas tirait sur ses chaînes avec fureur. Sa Majesté fit volte-face.

– La douleur vous égare, Mister Goodwill. N'ayez crainte. Je puis vous assurer que vos tourments s'achèveront bientôt.

– Attendez, dis-je d'une voix blanche. Je veux lui parler. Je veux savoir...

– Vous saurez, fit l'Empereur en refermant la grille. Très prochainement – vous avez ma parole.

– CHIEN DE L'ENFER !

Thomas s'était redressé, fou de rage. Il vociférait :

– Mary, reprit-il, ne l'écoutez pas, je vous en conjure, je peux... je peux expliquer. Vous n'êtes pas comme lui, vous ne devez rien à cet homme, ne le laissez pas faire, Mary !

Un garde entra dans la cellule et le fit taire à coups de poing. Je m'éloignai, chancelante. Mon père ?

Des faisceaux de poussière dorée tombaient sur le corridor. Nous nous éloignâmes. Derrière, Thomas hurlait, menaçait, répétait mon nom, implorait mon pardon. Nous regagnâmes l'air libre. J'avais du mal à respirer.

– Ce gredin a avoué sans peine, souffla l'Empereur tandis que nous sortions dans le crépuscule. Nous savions qu'il était coupable de ce crime.

– Votre Majesté, *qui* est mon père ?

Il s'arrêta.

– Quelle importance ? C'est une bien vieille histoire.

– Mais vous la connaissez...

– Je connais tout de vous, Mary, et de votre famille. Je sais que vous avez été orpheline, que les sœurs de la Sainte-Charité ont veillé sur votre enfance. Que vous n'ayez pas connu votre père ne m'étonne pas – que son nom même soit resté un mystère.

– Qui était-il ?

Nous regardâmes le pont-levis se baisser.

– Bientôt, fit l'Empereur, je vous dirai tout. Croyez-moi, je vous aiderai du mieux que je pourrai. Et j'ose espérer que vous m'aiderez en retour.

On me reconduisit à ma chambre. Un souper m'attendait – ragoût d'agneau aux herbes, patates douces et lentilles, accompagnés de vin et d'eau fraîche. Mon estomac était serré mais je me forçai à manger.

L'horloge de la cathédrale venait de sonner dix

heures lorsqu'on vint de nouveau me chercher. Sa Majesté m'attendait dans la salle du trône, au sommet de la tour sacrée. Une fois encore, je traversai un complexe écheveau d'enfilades et de couloirs. Les torches grésillaient, mes pas résonnaient sur le marbre. J'avais froid.

Dans l'ascenseur qui nous menait au sommet de la tour, je laissai ma tête reposer contre la paroi de verre. Gotham. Gotham aux mains d'un fou. Gotham qui, telle une femme écrasée de douleur, ne m'avait jamais paru aussi désespérément belle.

Les portes s'ouvrirent ; on me laissa seule.

L'Empereur me tournait le dos.

– Approchez.

Il pivota.

– Paix et justice, mon enfant. La paix... Songez à ce que deviendrait un Empire gouverné par Dieu ! Songez à ce que nous pourrions faire. L'avènement sur Terre du Royaume éternel. Qu'importerait la mort ?

– Je veux savoir.

– Je vous dois des excuses.

Il retroussa une manche de son manteau. Je le fixai, horrifiée. Une partie de son bras était noircie, boursouflée. Des lambeaux de chair nécrosée pendaient et une odeur douceâtre se répandait dans l'air.

– Vous...

– Je suis malade, Mary. Je n'en ai plus pour très longtemps. Je voulais vous le cacher, mais c'est votre confiance qui m'importe avant tout. Voyez quel mal étrange me ronge. Mon sort dépend de vous : si vous trouvez le chemin du sommet – ah, regardez cette tour, fit-il en balayant la pièce où nous nous trouvions, voyez mon obsession pour les hauteurs ! –, si par bonheur j'atteins mon but grâce à vous, alors je serai immortel, et cette maladie n'aura plus d'importance. Si j'échoue, si *nous* échouons, un homme me succédera, évidemment, l'un de mes cardinaux sans doute, mais tout sera à recommencer, et l'humanité reculera dans les ténèbres. J'ai le savoir, vous possédez le don. À nous deux, nous pouvons réussir. C'est l'avenir du monde terrestre qui se joue ici. Dieu m'a parlé, Mary, j'ai entendu sa voix se déployer sur la plaine. Dieu attend que je vienne jusqu'à lui.

Il rabattit sa manche.

– Je sais combien tout cela peut vous paraître insensé. C'est pourquoi j'ai demandé à quelqu'un de vous parler. Une manière d'intercession, en somme.

Il frappa dans ses mains. Les portes de la salle s'ouvrirent avec solennité, et une silhouette s'avança. Je la reconnus immédiatement.

C'était la mère supérieure.

– Ma mère !

L'Empereur me rejoignit et posa une main sur mon épaule.

– Je suppose, ma sœur, que vous ne vous attendiez pas à retrouver si vite votre pupille la plus chère.

La nonne secoua la tête.

– Les circonstances peuvent changer, proféra le souverain, mais la vérité demeure. Mary, je crois que votre tutrice a quelque chose à vous dire.

Il me lâcha et passa les portes.

Nous étions seules. La mère supérieure esquissa un sourire. N'y tenant plus, je me jetai dans ses bras. Elle recula, surprise, et me caressa les cheveux en attendant que mes sanglots s'apaisent.

– Mon enfant...

Puis elle me prit par le bras et m'entraîna vers les vitraux circulaires qui donnaient sur la baie. L'un d'eux était ouvert. Nous dominions la ville étincelante.

– Ma mère, dis-je, il faut que vous m'aidiez. Je suis prisonnière ici.

– Vous n'êtes pas prisonnière.

– Comment ?

Elle me lâcha gentiment.

– Vous pouvez quitter ces lieux si vous le désirez.

– Je... je ne vous suis pas.

– L'Empereur ne sait comment vous convaincre. Il est maladroit. Il a tellement peur que vous refusiez de l'aider.

– Il est *fou*, ma mère !

Elle se figea, fronça les sourcils.

– Mary ! Est-ce ainsi que nous vous avons élevée ?

– Oh, pour l'amour du Ciel ! Il prétend que Dieu l'appelle, il pratique une magie...

– Vous ne comprenez pas. Vous êtes bien trop jeune.

– Comprendre quoi ?

Elle me fixa avec intensité.

– C'est un saint, Mary.

– Un...

– Il est touché par la grâce divine. Nous devons l'admettre.

Je demeurai la bouche ouverte.

– Croyez-moi, poursuivit la nonne, j'ai été la première surprise quand j'ai réalisé il y a quelques années quelle force habitait notre monarque. C'est un sujet que nous autres, hommes et femmes d'Église, répugnons à aborder, tant nous nous défions des rapports fâcheux et illusoires que peuvent nouer politique et religion. Les faits sont là, pourtant. L'Empereur est dans le vrai. Son ambition peut vous paraître folle, Mary, mais elle est légitime. Songez ! Les royaumes élyséens...

– Je pensais...

– Aidez-le, ma fille. Vous possédez d'immenses pouvoirs, même si vous l'ignorez encore. Nous nous tenons à l'aube d'une ère nouvelle. La Bible évoque cet avènement. La seconde Venue. L'incarnation de Dieu. Aidez l'Empereur, fit-elle à voix plus basse, le sort du monde repose entre vos mains...

Ce disant, elle pressa mes doigts avec ferveur et replia mon poing. Je la dévisageai, surprise. Elle venait de glisser quelque chose dans ma paume.

– Comprenez-vous, cette fois ?

Elle s'écarta. Je hochai la tête, gardant mon poing serré.

– Soumettez-vous à la volonté de l'Empereur. C'est la voix de Dieu qui parle par sa bouche.

Elle apposa le signe de croix sur mon front puis tourna les talons et s'éloigna à grands pas.

Silence. Les lampes à huile, disposées circulairement, jetaient des halos clairs sur le sol.

– Mary...

L'Empereur se tenait sur le seuil.

– Viendrez-vous à mes côtés, mon enfant ? M'aiderez-vous ?

Je détournai les yeux. Des larmes perlaient au coin de mes paupières. Il s'avança. Sa voix chuchotait :

– Le temps presse. N'êtes-vous pas impatiente de découvrir les pouvoirs qui sommeillent en votre âme ?

Il fit coulisser un vitrail. Un corridor apparut, menant au chemin de ronde qui enserrait la tour. Je sortis à mon tour. L'Empereur avait posé ses mains sur la rambarde.

– Gouverner est une malédiction, commença-t-il. Gouverner un Empire que la peur de Dieu a déserté, telle est la tâche qui m'a été confiée. J'ai pris les rênes de la Sainte Inquisition, espérant lui restituer son lustre d'antan ; je veux croire que mes efforts ont porté leurs fruits. En définitive, je ne suis monté sur le trône que pour parachever mon œuvre. Mes navires sillonnent l'océan pour le débarrasser des canailles qui l'infestent. Mes inquisiteurs sillonnent les Sept Provinces pour éradiquer les cultes impies qui bourgeonnent dans leurs profondeurs. Je présume que vous avez déjà entendu parler des Domilites ?

J'acquiesçai.

– Ces femmes ne sont plus des femmes. Ce sont des succubes, des créatures animales qui font commerce de chair avec les abominations tapies au fond de l'océan. Leur maître se nomme Cthulhu ou Dagon. La Chèvre aux Mille Chevreaux attend leurs sacrifices. Elles se prosternent devant des êtres insectoïdes et des horreurs tentaculaires. J'ai fait vœu de les annihiler, Mary. Et lorsque Dieu lui-même marchera à mes côtés, sa lumière impitoyable jettera un éclat de feu sur les souterrains tapissés de pourriture qui bordent leur sanctuaire, et réduira leur royaume en cendres !

Il brandit un poing vers le ciel. Puis, revenant à moi :

– Je ne peux plus attendre, Mary.

– Votre Maj...

– Demain à minuit.

De profundis

Priscilla hésita devant le tapis, puis leva une main vers l'une des bouteilles poussiéreuses de Caleb. Elle devait l'accepter : le pasteur ne reviendrait plus. Elle le revoyait, franchissant les grilles de son pas alerte, lui confiant son manteau dégoulinant de pluie. Elle le revoyait, attablé et heureux, lui racontant sa journée sans la regarder, comme d'habitude – et elle, furetant partout, empressée, satisfaite.

C'était fini.

Ses sœurs l'avaient dit, en bas.

Elle roula le tapis et dévoila la trappe. Inutile de se cacher. Old Haven était mort. Hier, aux portes du soir, le *Bel-Ardent* était réapparu dans la baie, et tous les villageois qui avaient décidé de rester s'étaient signés en apercevant ses voiles. Ils avaient couru ensuite. S'étaient massés sur la grève. Une chaloupe à la mer ! Des hommes et des femmes épuisés en étaient descendus. On leur avait donné du rhum, des couvertures. On s'était rassemblé dans la taverne de Carl pour écouter leur histoire. Debout dans l'embrasure, Priscilla avait tout entendu. L'attaque des pirates. La jeune Mary enlevée. Le pasteur.

Ensuite ?

Ensuite, plus rien. Priscilla était rentrée chez elle. Elle avait gravi le sentier semé d'herbes folles. Puis elle s'était retournée pour contempler le village, *son* village, et une douleur intolérable s'était réveillée en elle.

Lady Mortis...

À présent, elle descendait les marches de l'escalier de pierre, une lampe à la main. Elle n'était qu'une vieille femme. Elle n'était pas immortelle.

Parvenue dans une salle octogonale, entourée de statues représentant des créatures prosternées, Priscilla baissa un levier de fer. Des poulies grincèrent. Des pistons se mirent à haleter. Un mécanisme ancien et compliqué se réveillait. À ses côtés, quelque part au centre de la Terre, la chambre mortuaire de Lady Mortis – cette pièce mobile où elle avait aussi donné vie à ses sept enfants – descendait d'un bloc vers les profondeurs. La vieille femme s'arrêta pour reprendre son souffle. Plusieurs fois, Mary l'avait interrogée sur les bruits dans les murs. Priscilla s'était contentée de hausser les épaules. Elle aurait préféré mourir que de révéler les secrets des Domilites. Elle avait appris les réponses : « Le passé est enterré », ou « Vous avez dû rêver », ou « Tout ce qu'on vous a raconté sur ces créatures qui sortent de l'eau est une légende ».

Elle poursuivit sa progression. Les Profonds. Les Choses Venues des Précipices. Elle s'était laissé toucher par elles, une fois, il y a longtemps. Une créature l'avait humée longuement, tel un mets de choix, tandis qu'au loin montaient les tambours. Priscilla avait fermé les yeux. Sa robe était tombée à ses pieds et elle avait attendu, nue, que le monstre la prenne. Au dernier moment, elle s'était ravisée. Non. Non, elle était trop vieille, trop fatiguée, elle ne désirait pas vivre « pour toujours », et toujours, qu'est-ce que c'était ? Elle préférait continuer de servir ses sœurs en assurant le relais avec la surface. Elle préférait s'occuper de Caleb – jusqu'à sa mort. Hélas ! C'était lui qui était mort désormais, et la Terre était dépeuplée, et les cris de rage, les hurlements de Lady Mortis se frayaient un chemin à travers les abysses.

Priscilla descendait, fredonnant une mélopée qui, en d'autres lieux, lui aurait valu le bûcher, et elle se préparait, elle fermait son esprit aux choses terrestres, elle savait que la guerre était proche et qu'elle signifierait la fin de tout.

Douze heures !

Douze heures pour accomplir le voyage dans les gouffres, sa lampe à la main. Douze heures dans les corridors et les labyrinthes, douze heures dans les wagonnets des vieilles mines, dans les grottes, douze heures à arpenter des escaliers de gypse, devant les silhouettes contrefaites des créatures minérales, inhumaines, et les inscriptions sur les murs, les incantations prisonnières, « Gloire éternelle au Grand Dagon », « *Iä Iä Nyarlathotep, Iä Shubb-Niggurath !* », « *Cthulhu, Cthulhu Ftagh'n !* ».

La rumeur.

Elle entendait la rumeur montant des abîmes.

Elle empruntait un chemin circulaire planté de stalagmites. Elle croisait des sœurs vêtues comme elle de manteaux à capuchon, des sœurs tirant de jeunes vierges, parfois, dans des robes diaphanes, ou apportant des nourrissons gémissants.

Elle se pencha, balaya du regard la salle immense ; plus qu'une salle, un désert de soufre, une grotte monumentale où pendaient des stalactites longues comme des mâts de misaine. Plus loin brûlaient des lueurs, perdues dans les anfractuosités et les demeures secrètes. C'était une explosion figée, une antichambre de l'enfer, une cité troglodyte plus vaste que toutes les cités du dessus, c'était Arkham la Maudite, et des milliers de femmes se tenaient là, silencieuses – ses sœurs les Domilites –, et au-dessus, les villages de Nouvelle-Angleterre bruissaient d'occupations ignorantes et futiles.

Priscilla hâta le pas. Elle se heurta à des femmes, des femmes au visage arraché, des femmes dont les bras avaient été remplacés par des tentacules visqueux, des femmes à la poitrine mutilée, ou portant dans leurs bras des rejetons ovoïdes dépourvus de membres, ou des enfants araignées, ou des paniers d'embryons impossibles, des démons, le croisement improbable entre une petite fille et un crabe, des monstruosités à faire s'évanouir le plus aguerri des inquisiteurs.

Le temps n'avait plus d'importance. Tant que ses jambes la soutiendraient, elle garderait la tête haute. Elle comprenait ces femmes. Certains prétendaient que les créatures d'Arkham ne possédaient plus rien d'humain. Certains disaient que cette vie n'était pas la vie, mais un substrat démoniaque et sacrilège. « Peut-être, lui avait dit un jour une sœur en triturant les branchies qui s'étaient creusées dans sa poitrine ; mais celui qui n'a jamais connu les profondeurs de l'océan, celui qui n'a jamais nagé vers le noir d'encre des grottes immergées, qui ne s'est jamais abandonné au festin sombre des remous et n'a jamais nagé en arabesques fiévreuses autour d'une masse informe et spongieuse plus vaste qu'une cathédrale, celui-là ne connaît rien du monde. »

Elle attendit une heure. Elle attendit un jour. Les

sœurs se pressaient, de plus en plus nombreuses. Vingt mille ? Trente mille ? Venues des cavernes lointaines, de Rhode Island, du Massachusetts, de tous les gouffres et de toutes les tanières des Sept Provinces, ayant abandonné leurs fils, leurs époux et leurs frères, elles se tenaient là, répondant, plus encore qu'aux messages secrets passés sous le manteau, plus encore qu'aux chuchotis apeurés, aux lettres de sang et de cendres, à l'appel intime qu'elles avaient senti résonner en elles.

Puis Lady Mortis parut.

Une herse s'éleva d'abord, dans un grincement assourdissant, et un murmure parcourut la foule, la souleva comme une houle. Une créature énorme s'avança, retenue par des chaînes. Priscilla plissa les paupières. Haut comme une maison de trois étages, le monstre rosâtre ressemblait à un sac de jute monumental percé de dizaines d'ouvertures, qui étaient soit des bouches, soit des yeux, et parfois les deux. Au sommet de ce qui lui tenait lieu de crâne, des buissons de tentacules s'agitaient mollement, tandis que deux trompes interminables humaient l'air vicié au-dessus de la foule. Ta'kh'olmak – Celui Qui Offre l'Oubli – dispersait au-dessus de l'assemblée des nuages de spores bleutés, et les femmes en extase abaissaient leurs capuchons pour humer cette semence volatile.

Lady Mortis se tenait droite, vêtue d'une robe noire en lambeaux à la traîne interminable. Elle agitait ses mains osseuses en une parodie de bénédiction. Nouée autour de son cou, une vipère se contorsionnait. Son visage était une caverne dévastée où brillaient deux billes opaques.

Elle attendit un long moment, puis leva les bras.

Le silence se fit.

Priscilla se figea. Elle avait toujours servi la famille de Mabel. Elle avait vu naître ses sept enfants. Elle avait partagé ses secrets. Elle savait ce qui s'était passé un soir, sur la colline – elle était l'une des seules. Elle comprenait, de manière intime et aiguë, ce que voulait dire le mot « souffrance ». Ce qui s'échappait des lèvres de Lady Mortis ressemblait plus à une mélopée hallucinée qu'à un discours, et Priscilla ne comprenait pas assez bien l'énochéen ni l'atlante pour en saisir précisément les détails, mais cette nuit ne revêtait pour elle aucun mystère. Caleb était mort. L'Empereur – maudit soit son nom ! –, l'Empereur qui les haïssait plus que tout au monde et avait consacré une immense partie de son énergie à les persécuter, elles, les filles et les femmes d'Arkham, l'Empereur avait retrouvé la jeune fille qu'il convoitait ardemment et depuis si longtemps. Il fourbissait ses armes : s'il réussissait à la convaincre de l'aider, l'équilibre même du monde serait menacé. Et les Domilites étaient la part sombre du monde. Elles prenaient les cauchemars des vivants, les angoisses de ceux d'en haut, et elles en faisaient leur vie.

Elles ne pouvaient disparaître.

– Si l'Empereur parvient à ses fins, clama Lady Mortis d'une voix étranglée, sa puissance deviendra démesurée, et il pourra nous vaincre, alors ! Il enverra ses armées sous terre, et nous devrons livrer une guerre perdue d'avance, et l'enfer s'ouvrira sous nos pieds, et nous périrons toutes, toutes !

Elle reprit son souffle.

Les sœurs attendaient, le cœur battant, regardant Ta'kh'olmak s'agiter.

– Cette jeune fille, reprit la grande prêtresse,

cette jeune fille à laquelle il tient tant, je la connais, j'ai connu sa grand-mère, et je sais quel sang puissant et mystérieux coule dans ses veines. Cette jeune fille, il ne faut pas qu'elle vive !

Les Domilites s'étaient figées. Une créature puante se tourna vers Priscilla, dévoilant un profil ravagé où grouillaient des asticots blanchâtres. Ce qui restait de ses lèvres se retroussa en un rictus d'excitation. « La chasse ! »

– La chasse ! reprit Lady Mortis comme si elle l'avait entendue, frémissante au bord du gouffre. La grande chasse noire ! Cette nuit, nous déclarons la guerre à l'impudente Gotham, cette nuit, nous déferlons comme une mer cadavérique, cette nuit, nous sommes la peste et la malédiction du monde. Il retient la jeune fille, mes sœurs ! Quelque part en son palais, et nous le savons ! Nous voulons la jeune fille, Mary est son nom ! Nous la désirons, nous désirons la ramener ici et l'offrir au grand Ta'kh'olmak ! Nous la lui offrons, et nous défions l'Empereur. Que son pouvoir se désagrège !

Une clameur assourdissante s'éleva de trente mille bouches. Les parois de la grotte en tressautaient littéralement. Priscilla cria aussi, de toutes ses forces. La guerre était déclarée. Après des années, des décennies de persécutions, de morts et de tortures, la guerre tant attendue arrivait enfin, et peu importait son issue.

Le monde allait savoir.

– Répandez-vous, gronda Lady Mortis. Oh, griffez donc, possédez, massacrez ceux qui s'opposent à notre déluge triomphal ! Que la nuit se gorge des supplications de nos ennemis !

Elle s'arrêta, à bout de forces. Une frénésie incontrôlable s'était emparée de la foule. Les Domilites sentaient le goût du sang et de la vengeance.

Et, dans ce déchaînement insensé, mélange frénétique de terreur et d'espoir, la vieille femme se tenait immobile, les yeux fixés sur Lady Mortis, et elle savait ce qui traversait son esprit, elle savait ce qu'il lui en coûtait de déclarer cette guerre : car cette chose que la prêtresse des Domilites souhaitait plus que tout au monde était précisément ce qui causerait sa perte. La mort de l'Empereur, oui : la mort de l'Empereur signifiait la mort de Lady Mortis, et personne ne le savait, personne sauf elle, antique Priscilla, ultime témoin d'une époque désormais révolue.

L'invasion

Dans le calme de ma chambre, je dépliai fébrilement le message :

Mary,

Ne croyez pas un mot de ce que j'ai pu vous dire. Je suis surveillée impitoyablement. Les projets que l'Empereur nourrit à votre endroit sont d'une essence monstrueuse. Ne lui obéissez en aucun cas. Cette amulette que vous détenez, celle que je vous ai remise : elle peut vous être d'un grand secours. De notre côté, hélas ! nous sommes impuissantes. Sachez que nous prions pour vous chaque soir. À jamais je reste

Votre dévouée mère supérieure.

À peine eus-je le temps de parcourir la dernière ligne que mes rideaux s'agitèrent et qu'un homme s'en extirpa, qui portait l'uniforme de la garde impériale. Il tendit la main :

– Donnez-moi ça.

Je reculai. L'Empereur s'était méfié. Il avait eu raison.

– Sortez de ma chambre ou je hurle.

Le garde sourit et dégaina une dague d'apparat. Il fit un pas en avant.

– Personne ne viendra. Sa Majesté a donné des ordres.

Je roulai le message en boule et l'enfournai dans ma bouche. Le garde jura et se précipita. Nous roulâmes sur le parquet. Des deux mains, il écarta ma mâchoire et récupéra le papier enduit de salive. Je me débattis de toutes mes forces mais c'était peine perdue ; il était bien plus vigoureux que moi. J'essayai de le griffer.

– Ah, diablesse !

D'un coup de poing, il m'étendit à terre. Ma tête heurta le sol. Je sentis le goût du sang. Le garde déchira ma chemise de nuit. Un sein en jaillit. Il le considéra un instant, puis attrapa le cordon de mon amulette. Ses mains se refermèrent sur le bijou. Il plongea son regard dans le mien, puis laissa tomber sa lame et se mit à hurler.

De douleur.

Je me redressai, hors d'haleine. Le bijou luisait de sang frais, un sang qui n'était ni le mien ni le sien. L'homme me dévisagea comme si j'étais le diable en personne et se releva en se tenant l'épaule.

– Quelle est cette sorcellerie ?

– Sortez de ma chambre. Je ne vous veux aucun mal.

De nouveau, il fondit sur moi. Ma main tâtonna et se referma sur la dague. Le garde arracha le reste de ma chemise de nuit.

– Tu vas payer...

J'enfonçai la dague dans son abdomen. Il se raidit, écarquilla les yeux. Tant bien que mal, je me dégageai. Il s'affala dans une mare de sang.

J'essuyai la lame contre sa tunique et m'écartai, respirant entre mes dents serrées. À genoux, j'entrepris de le fouiller. Un trousseau de clés était passé à sa ceinture, glissé contre sa peau. Lui aussi était maculé de sang. Je le détachai en me détournant puis ramassai le papier, me levai et titubai jusqu'à la porte.

Mon Dieu.

Je pris mon manteau et introduisis la clé la plus grande. Par chance, personne ne montait la garde de l'autre côté. Je verrouillai derrière moi puis, glissant la dague dans ma poche, m'engageai dans le couloir.

Sortir.

Je devais quitter les lieux au plus vite, quitter ma chère Gotham et fuir, n'importe où, dans les montagnes comme ma grand-mère, en Europe peut-être ou...

Je m'immobilisai.

Des bruits de pas. Quelqu'un montait à ma rencontre. J'avisai une porte. Essayai une clé, sans succès. Je me détournai. Courir dans l'autre sens était voué à l'échec. Je n'avais plus le choix. Baissant la tête, je poursuivis ma route.

Un homme surgit au sommet de l'escalier. Dos voûté, je priai silencieusement pour qu'il ne me voie pas, ne me pose pas de questions.

– Mademoiselle.

Il s'était retourné. Je hâtai le pas.

– Mademoiselle !

Je m'élançai dans l'escalier. Il me suivit aussitôt. Je dévalai les marches aussi vite que possible. Onze heures, sonnaient les cloches de la cathédrale. Dehors, la nuit profonde, impénétrable. Derrière moi, mises en garde, sommations. Le garde gagnait du terrain.

Je passai un étage : le deuxième. Les clés

m'échappèrent, tintèrent sur les marches. L'homme était sur moi.

Je me retournai, prête à me défendre. Au dernier moment, mon agresseur trébucha. Manquant de se rompre les os, il dévala l'escalier tête la première. J'eus à peine le temps de me plaquer contre un mur ; quand il se redressa, j'étais sur lui, ma lame à la main. Je pointai la dague sur sa gorge. Il cligna des yeux.

– Vous...

– Je veux seulement quitter cet endroit.

– Ne me tuez pas.

Il était si jeune ! J'hésitai, perdant de précieuses secondes.

– Vous allez donner l'alarme.

– Je vous jure que non. Ce sera comme si je ne vous avais jamais vue !

– Quel est votre nom ?

– Théodore.

– Théodore. Si vous me trahissez, je vous retrouverai. Je le jure devant Dieu. Je vous retrouverai, et je vous rendrai la monnaie de votre pièce. M'entendez-vous ?

– O... oui.

Je poursuivis ma descente. Rangeai ma dague. Deux gardes flanquaient la porte d'airain qui donnait sur le jardin de la cour intérieure. Ils portaient des casques de fer et étaient équipés de mousquets. Impossible de les contourner.

Je tentai crânement ma chance :

– Où est Sa Majesté ?

L'un des gardes me considéra avec scepticisme.

– Dans la tour sacrée. Mais...

– Je dois la retrouver.

Je passai devant eux, feignant une froide détermination. Le jardin, éclairé de flambeaux, n'était plus qu'à quelques pas. Le garde à qui j'avais parlé quitta son poste et cria :

– Attendez !

Une nouvelle fois, je bondis en avant. Un labyrinthe de bosquets et de sapins m'attendait. Les sœurs m'avaient appris comment sortir de semblables guets-apens lorsque nous avions étudié la botanique et la science des parcs : choisir un côté de haie et le longer systématiquement. Mais cette solution valait pour les visiteurs patients, et je n'avais pas le temps de l'appliquer ici. Je choisis un chemin au hasard. Au bout d'une minute, levant les yeux au ciel, je m'arrêtai pour écouter. Le garde avait bifurqué. Se rendant compte de son erreur, il devait être en train de rebrousser chemin. Je m'accroupis ; il se trouvait juste de l'autre côté. Dès qu'il eut disparu, je me frayai un chemin à travers le buisson. Je sortis couverte d'épines. Arrachant un flambeau à son support de fer, je l'approchai des feuillages.

Le feu ne prenait pas.

Le garde se rapprochait. Je m'étendis de tout mon long et résolus d'attendre. L'homme arriva en courant, ralentit, se pencha sur moi. J'étais sans vie. Il se releva, interloqué. D'un bond, je me dressai et lui plantai ma dague dans le pied.

La douleur parut le stupéfier ; il lâcha son mousquet. Je le ramassai et le pointai sur lui.

– Comment sort-on d'ici ?

Il souffrait le martyre. Il m'indiqua le chemin entre deux grognements.

– Merci.

Son acolyte s'étant élancé à son tour, je l'abandonnai à son calvaire. Je ne pouvais prendre aucun risque. Étonnamment, les instructions qu'il m'avait données se révélèrent exactes. En trois tournants, je trouvai la sortie.

La grande cathédrale se dressait devant moi, plus impressionnante dans la pénombre, plus magistrale encore que sous les flamboyances du jour. Quelques flocons de neige voltigeaient, épars.

Je repris mon souffle contre un mur. Comme j'avais aimé cette église, comme j'avais admiré ses flèches ! Je me passai une main sur le visage. On donnait une messe à l'intérieur. Les portes étaient grandes ouvertes.

Je décidai d'entrer.

Il se nommait Dillington, Jasper Dillington, mais personne ne l'appelait par son prénom, excepté sa femme, et sa femme avait disparu huit ans auparavant.

Il était pêcheur, l'un des plus réputés de la baie. Il possédait son propre navire, acquis au prix d'un labeur acharné. Ménager ses efforts relevait pour lui de l'absurdité. Il voulait se noyer dans le travail. La nuit venue, on le retrouvait affairé, arpentant fougueusement les pontons. Il n'était jamais tranquille quand il restait à quai. Il ne souhaitait pas réfléchir. Sa fille, sa femme, il priait pour elles tous les jours. Il priait pour qu'elles fussent mortes, qu'elles ne se trouvassent pas *sous terre,* avec les autres – ces folles maudites que la Sainte Inquisition pourchassait sans répit. Eussent-elles été encore en vie qu'il les aurait tuées lui-même – voilà ce qu'il pensait en cet instant, debout dans sa barque, un pinceau enduit de colle à la main, et c'était encore trop penser. Il s'essuya la main à sa veste de toile. La lune s'effaçait derrière les nuages. Il s'arrêta pour la regarder.

Puis un remous déséquilibra sa barque et il tomba en jurant. Il voulut se relever. Une créature avait pris possession de son embarcation. Cette créature n'avait pas de visage. Elle possédait quatre tentacules, qui l'enserrèrent sans tarder. Jasper Dillington voulut hurler. Il n'en eut pas l'occasion. Avec un bruit de succion, il fut aspiré vers les profondeurs et disparut corps et biens. Une fois sous l'eau, il continua de se débattre. Mais c'était sans espoir. Tout était noir et glacé. Les sons assourdis. La douleur même, tel un rêve.

D'un coup, sa cage thoracique se brisa.

Le rêve avait cessé.

Dans la salle du chapitre, les sœurs se pressaient autour de la mère supérieure et l'assaillaient de questions – des vagues tombant sur un rempart. La vieille femme gardait son calme. Tout s'était passé comme prévu. Elle avait vu Mary, oui. Et Mary allait bien, aussi bien que possible. Elle lui avait parlé, lui avait dit exactement ce que l'Empereur voulait entendre, car il avait certainement tout écouté, mais elle lui avait glissé le mot aussi, le message si important, et à présent, avec un peu de chance, Mary allait partir.

Elle frappa dans ses mains.

– Que chacun retourne à ses occupations, dit-elle. Cette affaire ne nous concerne plus.

Elle remonta, s'assit à son bureau devant son éternelle croix de bois, et essaya de repenser aux événements de ces derniers jours. Cet homme, d'abord, qui était venu de Salem pour lui parler. Elle l'avait reçu ici même, comme elle avait reçu

Mary, comme elle recevait toutes celles qui allaient partir. Il lui avait dit son nom : Peter Carver, directeur de l'asile d'Oxham, sis à Salem. Il avait rencontré Mary. Elle s'était présentée, avait-il expliqué, munie d'un tableau étrange, et elle avait tenu à rencontrer l'un de ses pensionnaires. Celui-ci avait réagi de façon violente et, pour tout dire, totalement imprévue. Au lendemain de sa venue, il était mort. Peter avait fouillé les archives de l'asile et avait trouvé la trace d'un don confirmant l'histoire de la jeune femme. Profitant d'un voyage d'affaires, il s'était décidé à visiter l'orphelinat de la Sainte-Charité pour raconter sa mésaventure. Peut-être les sœurs pouvaient-elles lui indiquer comment retrouver cette Mary ? À Old Haven, où elle lui avait dit habiter, il n'avait trouvé que des regards menaçants, des bouches obstinément muettes.

La mère supérieure avait secoué la tête. Non, elle ne pouvait pas aider Mister Carver. En revanche, elle était inquiète, terriblement inquiète pour sa jeune pupille.

Le directeur était reparti.

Puis, il y a deux soirs, un mystérieux personnage était venu lui rendre visite à son tour. Un géant au crâne chauve, dissimulant une pince mécanique dans un manteau aux manches démesurées.

Lazarus Prime était son nom.

Il s'était présenté à elle comme un membre d'une ancienne et puissante Fraternité dont les origines, prétendait-il, se confondaient avec celles de l'Amérique. La mère supérieure avait écouté son discours.

Vous devez lui porter secours, avait chuchoté Lazarus. *Nos conceptions du divin divergent sans doute sur bien des points – les nôtres, si j'ose dire, se nourrissent d'une expérience directe – mais nous possédons au moins un intérêt commun, et c'est la sauvegarde de Mary. Vous devez garder ceci à l'esprit. Cette jeune fille est innocente. Le sang qui coule en ses veines est source d'un pouvoir immense dont elle est désormais, et contre son gré, l'unique récipiendaire. Ne la jugez pas. Conservez-lui votre estime et aidez-la, dans la mesure de vos moyens. L'Empereur convoite ses pouvoirs.*

La mère supérieure avait passé toute la nuit à réfléchir à ses paroles. Elle avait relu la Bible et les livres sacrés, relu le dernier Évangile, écrit en latin de la main même de l'Empereur. Le lendemain, le cardinal en personne était venu la trouver, donnant soudain corps aux prédictions de son mystérieux visiteur. Par la suite, elle s'était rendue au pied de la tour sacrée pour observer encore une fois les glyphes du cardinal Jacob, tracés en état de transe mystique, disait-on, au retour de ce qui devait se révéler son ultime « voyage intérieur ». Et elle avait décidé de croire Lazarus. Elle se rappelait ses phrases. Les adages de cette Fraternité d'York. *Dieu vit dans le cœur des hommes. Dieu ne se montre à personne. Celui qui prétend avoir vu Dieu, celui-ci est perdu pour lui-même. Le but du voyage est le voyage lui-même.* En un sens, elle s'accommodait de ce genre de vérités simples. Bien plus que des folies de l'Empereur.

La vieille femme se leva, fatiguée. Elle jeta un œil au-dehors. Des soldats à cheval battaient le pavé. Des hommes patrouillaient, nerveux. Ils s'étaient arrêtés devant l'entrée principale. Sentant un tressaillement lui nouer les entrailles, la vieille femme descendit, écartant les sœurs affolées. Un tumulte montait du hall ; un homme fendait la foule. Elle le reconnut immédiatement.

Trevor Angst.

– Votre Excellence ! Que nous vaut...

Il la plaqua contre un mur, sa main gantée refermée sur sa gorge. Des sœurs hurlèrent. Les gardes impériaux s'agitaient, leurs hallebardes scintillant dans la nuit.

– Tu l'as prévenue.

– N... non, bredouilla la mère supérieure, qui pouvait à peine respirer.

– Où est-elle ?

Il la relâcha ; elle glissa au sol, prostrée.

– Qui ?

Il lui décocha un coup de pied dans le ventre.

– Je suis revenu aux affaires, vieille folle. Tu sais parfaitement de qui je parle. Tu es venue la mettre en garde, tu l'as prévenue contre l'Empereur, j'ignore de quelle façon, et maintenant elle a disparu.

La mère supérieure se tenait l'abdomen. La douleur était sidérante.

– Je... je ne sais rien.

Trevor Angst observa les alentours en soupirant, puis avisa ses gardes.

– Fouillez tout, ordonna-t-il. Et brûlez si le cœur vous en dit. Il y a bien trop longtemps que cet endroit existe. Entends-tu, femme ?

Il l'attrapa par les épaules et la força à se redresser :

– Votre temps est révolu. Vous ne nous êtes plus d'aucune utilité. Brûlez ! répéta-t-il à la cantonade. Et toi, je te conseille de parler !

La mère supérieure le dévisagea en frissonnant.

– Dieu...

Excédé, le Grand Inquisiteur tira un pistolet de sa ceinture et posa son canon sur le front de la vieille femme. Des sanglots apeurés s'élevèrent dans son dos. Il s'en moquait. Dès que la disparition de Mary Wickford avait été signalée, et alors même que l'Empereur demeurait introuvable, il avait décidé de prendre les choses en mains. Les cardinaux pouvaient bien protester : en l'absence de Sa Majesté, il était le chef de la garde.

– Pour la dernière fois. Où. Est. Elle ?

– Je vous jure que je ne sais p...

Trevor Angst pressa la détente. Le coup partit, emportant la moitié du crâne. Les sanglots se muèrent en hurlements. Pensif, le Grand Inquisiteur contempla la tache de sang et de cervelle que son tir avait laissée sur le mur. Puis il repoussa le cadavre de la vieille femme du bout de sa botte. Oh, il allait retrouver Mary Wickford et la jeter aux pieds de l'Empereur. Il s'en faisait le serment.

J'ouvris les yeux. Où étais-je ? Un silence cotonneux m'enveloppait. J'étais blottie, tel un enfant dans le ventre de sa mère. Je remuai un orteil. Obscurité, chaleur. Je me redressai, ankylosée. Cela me revenait. Je m'étais endormie ici, dans le confessionnal. J'étais entrée dans la cathédrale par une entrée latérale. Des prêtres officiaient. Leurs chants mélancoliques emplissaient la voûte. La nef était pleine. Fidèles tête baissée, par centaines. J'avais longé le mur. J'étais restée à observer l'office. Je savais que mon poursuivant n'aurait pas le cran d'interrompre une cérémonie pour me retrouver – en admettant qu'il sache où je me trouvais. Je me mettais à sa place. *Elle nous a tiré dessus, Votre Majesté !* ou n'importe quelle autre fadaise. Puis tout le monde s'était levé, et j'avais profité du brouhaha pour me glisser dans une loge. J'avais collé ma tête contre la paroi grillagée. Personne de l'autre côté. J'avais attendu que la cérémonie se termine. Que les gens s'en aillent, en processions lentes et songeuses. Mais les prêtres étaient restés une heure encore avec les enfants de chœur.

J'avais patienté. J'avais déjà assisté à de telles célébrations pendant mon enfance. Les sœurs de l'orphelinat tenaient à ce que nous disposions de ce qu'elles appelaient une « vision d'ensemble ».

Je m'étais assoupie.

À présent, un silence spectral régnait dans la nef, et chaque pas que je faisais était comme un blasphème. Je marchais entre les travées. Je ne savais pas par où sortir.

J'en étais encore à me le demander lorsque la porte principale grinça à l'autre bout. Je m'accroupis.

Des pas.

Je ne le voyais pas encore, mais c'était lui.

L'Empereur.

L'Empereur, qui venait de passer plusieurs heures en transe dans la moiteur de son antre. L'Empereur et ses éternelles équipées nocturnes.

Une fois de plus, il s'était rendu dans l'*axis mundi*. Périls et démence ! Une fois de plus, il avait arpenté ses corridors enténébrés, progressant à tâtons, empruntant des escaliers monumentaux, silhouette minuscule dans l'immensité de pierre ; une fois de plus, il s'était perdu et s'était arrêté pour embrasser la plaine ravagée. Puis quand il s'était retourné, et alors qu'il s'était enfin décidé à repartir, un être ailé avait fondu sur lui, une créature à la peau rouge, un démon, tentateur. L'Empereur avait reculé. Il s'était élancé dans une colossale antichambre mais la chose avait claqué des ailes et s'était lancée à sa poursuite. Il avait fait face, alors. Il avait attendu, son épée à la main. Oh, la concentration, les grimoires compulsés, la sapience qu'il lui avait fallu absorber pour être capable ne serait-ce que de cela : saisir une épée ! Saisir un objet dans le monde des esprits !

Mais mourir ici, c'était disparaître, sans aucun espoir de retour. Et Dieu, Dieu attendait là-haut, attendait qu'un homme arrive jusqu'à lui.

C'est pourquoi il avait vaincu le démon. La bête l'avait blessé, mais il l'avait terrassée pour finir, son épée s'était enflammée et il l'avait abattue en la fixant droit dans les yeux. Après quoi il s'était ramassé en lui-même. Un sorcier d'exception.

Lorsqu'il était revenu à lui, il avait eu de la peine à se relever. Sa cuisse était entaillée. Il avait appelé ses médecins. On avait bandé sa jambe, on lui avait conseillé de garder le lit. Il avait dispersé les oiseaux de mauvais augure. Il lui restait une chose à faire, toujours la même. Et il se tenait là, dans l'entrée, un fouet à la main, de ses yeux embués contemplant le Christ en croix, et moi, moi qui ne savais rien de ce qu'il venait de vivre, je demeurais prostrée, accroupie derrière un siège, et je le regardais avancer dans l'allée centrale, et je savais que c'était lui.

– Seigneur !

Sa voix montait, amplifiée par l'écho.

– Seigneur, je ne suis pas digne de te recevoir, mais dis seulement une parole et je serai guéri. Vois, mon Dieu. Je marche vers toi. J'implore ta lumière.

Il s'avança. Lentement, un pas après l'autre. Il

marmonnait. Les lanières de cuir de son fouet traînaient sur le sol de pierre. J'étais paralysée. Il lui aurait suffi de tourner la tête. Il lui aurait suffi...

Il passa à quelques pieds de moi. S'il avait découvert ma présence, il n'en montrait rien. Il s'agenouilla devant l'autel.

– Mon Dieu ! Je ne suis que ton humble serviteur, et je te cherche dans la pénombre. Mon Dieu, pourquoi te caches-tu de moi, combien d'épreuves encore ?

Il défit les attaches de son manteau et le laissa tomber à terre. Lentement, il tira sur les cordons de sa tunique. Dévoila son dos. Commença à le fouetter. Une fois. Deux fois. Des « schlack » solitaires, ponctués de faibles gémissements. Je me redressai. Des stries apparaissaient sur sa peau. Une carte complexe. Je songeai à Caleb.

– Aaah.

C'était le moment. Courbée en deux, je me relevai et me glissai derrière un pilier. Je longeai les chapelles latérales, hâtant le pas. La voie était libre. Bientôt...

– Mary.

Je me figeai. Je n'osais pas me retourner.

– Mary !

Il s'avançait vers moi à grandes enjambées. Je n'avais même plus la force de fuir. Et sa voix me suppliait, comme celle d'un enfant :

– Mary, je vous en conjure, ne partez pas. J'ai besoin de vous !

Il était torse nu. Ahanait derrière son voile. À quelques pas de moi, il s'arrêta.

– Vous devez nous donner une chance.

– Votre Majesté...

Je ne savais plus ce que je disais. Il approchait, main tendue.

– Je vous aime, Mary.

Un frisson glacé me saisit.

– Je vous aime, répéta l'Empereur. Je vous connais depuis la nuit des temps.

Caleb.

Les paroles exactes de Caleb.

Il tomba à genoux, s'accrocha à mes robes.

– Votre Majesté...

Il se redressa, sanglotant, ses mains crispées sur l'étoffe de mon manteau – il ressemblait à un naufragé et quelque chose en moi s'émiettait, tombait en ruines.

Il leva une main. Saisit mon amulette, hurla, mais ne lâcha pas. Je reculai, trébuchai. Il tomba avec moi. Il tenait toujours l'amulette serrée, et une odeur de chair brûlée s'élevait dans les airs.

– Le feu ! gémit-il. Ô Seigneur, vois, j'accepte cette épreuve, le feu purificateur. Mary, je suis à vous ! J'endure pour vous les tourments de l'enfer !

Cette fois, je me dégageai avec force. Un temps, je reculai en rampant. Puis je me relevai et m'élançai sans me retourner.

Je courus vers les portes. MARY ! L'Empereur m'implorait, mais rien ne pouvait m'arrêter, rien qui...

Je me figeai. Deux ombres cauchemardesques s'étiraient sur le seuil. Des créatures vaguement humanoïdes sortirent de la pénombre. Elles devaient m'avoir *sentie*.

Je rebroussai chemin. À genoux dans l'allée, l'Empereur tourna la tête. Il les avait vues lui aussi. Il recula jusqu'à l'autel tandis qu'elles galopaient dans sa direction. Puis il fit volte-face. Une sphère de feu bleutée flottait devant lui. Les créatures s'arrêtèrent net.

Je repris ma course.

Une porte ouverte – un escalier.

Je grimpai sans réfléchir. Ces choses ! Je me rappelai Old Haven. J'avisai une fenêtre ; elle était coincée. Je l'enfonçai d'un coup de coude, passai la tête au-dehors, me faufilai dans l'ouverture. Une dizaine de pieds me séparaient du sol. Derrière moi, le tumulte, le feu, les grognements de douleur.

Je me retins par les mains jusqu'au dernier moment et me laissai tomber sur l'herbe. Un cri de douleur s'échappa de mes lèvres. Je m'étais tordu la cheville. Je la massai en scrutant les ténèbres. Des bruits lointains montaient de derrière les murailles. Où aller maintenant ? J'avais beau réfléchir, je ne voyais qu'une issue.

Le couvent.

Son éminence Lucius Paulus, cardinal des Affaires intérieures, referma la porte de la maison en surveillant les alentours et descendit promptement les marches du perron.

Il leva les yeux. Une lueur brûlait encore à l'étage. Avec un sourire satisfait, il enfila ses gants. La femme qu'il venait de quitter était l'une des courtisanes les plus fortunées de Hoogh Street, mais pour lui, et depuis des années, elle travaillait gratuitement. L'un et l'autre savaient trop ce qu'ils avaient à gagner à un tel arrangement. Rabattant sa cape, Paulus s'éloigna en hâte. Ses lèvres brûlaient encore de baisers avides. Il ne parvenait pas à se lasser de ce corps, de ces formes délicates et souples. Et ce parfum, ce parfum capiteux ! Tout son être en était imprégné. Quant à ce que Dieu pouvait en penser, ma foi ! se promit-il avec un soupir désabusé, il irait se confesser demain dès l'aube, comme il ne manquait jamais de le faire.

Tout homme possède ses faiblesses, tout homme est soumis à la tentation, songea-t-il en hâtant l'allure, et sa position de cardinal ne le mettait certes pas à l'abri. Mais ne se murmurait-il pas, dans les boudoirs et les antichambres, que Sa Majesté elle-même...

Il se figea.

Il avait entendu un bruit dans son dos.

Calmement, il se retourna. Il espérait que personne ne l'avait vu sortir.

Il fit quelques pas. Le bruit reprit. C'était comme un grincement. Un raclement métallique. Seuls quelques becs de gaz éclairaient l'avenue.

Lucius Paulus était seul ; ses bottes martelaient le pavé. À présent, il se sentait vulnérable. Le bruit avait cessé. Devant une ruelle, il hésita. Une ombre se découpait sur le mur. Il porta une main à sa ceinture, avant de se souvenir qu'il n'était pas armé. Le quartier était devenu très sûr depuis quelques années, c'était même pour cette raison qu'il l'avait choisi. Sa Majesté s'était efforcée de repousser la misère et son cortège de violences et de déviances vers le nord, au-delà des murailles, et, de toute évidence, elle y était parvenue. Alors quoi ? se demanda-t-il en voyant approcher les trois silhouettes, qu'est-ce que...

Soudain, il tourna les talons et se mit à courir.

Trop tard.

Les trois créatures avaient surgi de l'ombre à la vitesse de l'éclair et elles fondaient sur lui. Il fit quelques pas, trébucha, voulut repartir.

Une masse s'abattit sur son dos. Des griffes s'enfoncèrent dans sa chair. Il sentit un souffle sur sa nuque : pestilentiel. Il s'arc-bouta. La chose qui s'agrippait à lui ne devait pas mesurer plus de trois pieds – une fillette, se dit-il, mais une fillette défigurée, une fillette à la figure de murène et aux dents terriblement acérées.

Une abomination.

Le cardinal Lucius Paulus vociféra. Des incisives venaient de déchiqueter son épaule, et une deuxième créature s'attaquait à ses mollets. Dans un effort désespéré pour échapper à ses agresseurs, il tendit une main. Ses ongles crissèrent contre la pierre. « Les rues... les rues de Gotham sont si calmes en temps normal », songea-t-il avant qu'un terrifiant voile ne lui obscurcisse l'esprit.

Le sang gicla.

De nouveau le cardinal hurla et, partout dans la ville, des centaines, des milliers de hurlements lui répondirent. Mais il n'eut pas le temps de les entendre : avant que la troisième créature ne lui ouvre le ventre d'un formidable coup de griffe et que ses deux congénères ne se précipitent pour lui dévorer les entrailles, il était déjà mort.

Brutale et mortelle : telle une marée de ténèbres, l'armée des Domilites se brisa sur Gotham. Il en venait de partout. De l'océan. Des profondeurs.

Sur le port, les rats fuyaient. Des créatures tentaculaires se hissaient ruisselantes sur la pierre. Des marins ahuris tentaient de se défendre. Ils étaient submergés. Certains se jetaient à la mer ; ils regrettaient instantanément leur choix. Des mares de sang noir s'étendaient à la surface.

Dans les rues de la ville, Browers Street, Broadway, Whitehall, derrière les grilles d'Eden Park ou de Trinity Place, et au cœur des faubourgs, parmi la multitude effarée, hommes et femmes avaient pris les armes. Les Domilites surgissaient en tous sens, défonçaient les portes, sautaient des toits, déchiquetaient leurs ennemis dans une frénésie sanglante.

Le chaos s'étendait.

Des bataillons de soldats chargeaient de front. Pour chaque créature touchée, deux autres jaillissaient. Elles venaient des égouts. Elles arrivaient des cimetières et des cryptes. Elles sortaient des eaux sombres, grimpaient sur les façades, prenaient possession des canaux et des ponts. Elles étaient pseudopodes, serres sanglantes, peau huileuse et gueules garnies de crocs. Certaines pouvaient passer pour humaines. D'autres n'étaient plus que des monstres aquatiques impitoyablement déformés, qui retourneraient à l'océan – la Cité sous la Mer – une fois leur tâche achevée.

Et il y avait les Anciens. Celui que l'on nommait Ta'kh'olmak. Les rejetons de Dagon. La multitude grouillante de Magoth.

Pris à revers, les soldats isolés étaient encerclés sans délai, et dévorés. Ils apprirent à rester groupés. À minuit, les premiers coups de canon furent tirés. La ville tout entière s'enfonçait dans le cauchemar.

Des membres arrachés. Des coups de feu. Des hurlements de douleur. Des ombres tordues. Des jeunes filles arrachées à leurs songes. Des mâchoires ruisselantes de sang. Des pères de famille mourant l'arme à la main. Des gardes éperdus, fuyant dans les rues grouillantes. Une rumeur sourde venue des tréfonds. Tambourins, litanies – scènes de panique sans nom.

Sous leur verrière, les protégés de l'Empereur étaient pris de folie. Une frayeur mortelle brillait dans leurs pupilles. Ils finirent par arracher leurs chaînes.

Le verre vola en éclats.

Des doigts montrèrent la nuit. Un dragon ! Un dragon s'échappait !

Décrivant une courbe sous les cumulus gorgés de lune, la bête piqua vers la ville, crachant un jet de flammes sur Eden Park. Les Domilites refluèrent, paniquées. En un clin d'œil, les soldats se retrouvèrent seuls.

– Le feu ! cria quelqu'un. Elles craignent le feu, faites passer le mot !

Le mot passa.

Depuis les murailles du palais impérial, aux immenses portes de fer closes, l'armée faisait donner le canon à l'aveugle et des torrents d'huile enflammée se déversaient sur les assaillants. Retranché dans sa tour sacrée, l'Empereur avait ordonné qu'on disposât des fagots de bois tout autour de la base et qu'on y jette des torches. C'était désormais chose faite. Debout devant sa ville en proie à l'incendie, Sa Majesté indifférente contemplait sur sa paume brûlée la marque précise de l'amulette, et de ses lèvres s'échappaient des prières douceâtres.

Il aurait dû baisser les yeux. Il aurait dû saisir sa longue-vue et regarder cette femme, agenouillée sur la pelouse de Bowling Green jonchée de cadavres démembrés. Il l'aurait reconnue, sans doute.

Lady Mortis.

Lady Mortis, les bras levés au ciel, implorant les Grands Anciens.

Lady Mortis, prosternée, l'écume aux lèvres, priant pour que la jeune fille lui fût ramenée.

Je remontais Prince Street. Mon amulette battait contre ma poitrine. Du sang, encore. Du sang dans les rainures et sur chaque motif sculpté. Je remontais vers le couvent. « La fin du monde, pensai-je. Le Jugement dernier. »

Tenant son nourrisson contre elle, une femme mortellement blessée tendit une main suppliante. Je m'arrêtai, sanglotante, hors d'haleine. « Je ne peux pas », disait mon visage. Une forme tomba du toit. La femme et l'enfant disparurent.

Partout des hurlements, partout des corps, la mort, la mort et la désolation. J'avais ramassé un mousquet sur un garde blessé, ainsi qu'une boîte de balles. Plusieurs fois, je tirai. Des créatures visqueuses tombèrent face contre terre. Je bénis le jour où le jeune jardinier du couvent m'avait montré ce pistolet, dans la remise et m'avait appris à m'en servir. La mère supérieure m'avait infligé trois jours de pénitence. Où était le jeune jardinier maintenant ? Où étaient les sœurs, la mère supérieure, où étaient Philip, Anna et tous les autres ? Des flammes furieuses s'échappaient du couvent. Les cloches sonnaient à la volée : symphonie cacophonique. Devant l'entrée, je repris mon souffle. J'enjambai les corps. Une fumée noire s'échappait par volutes. Butant contre un obstacle, je baissai les yeux. Tombai à terre. Mon cœur manqua un battement. Je ramassai cette main noircie. Contemplai les restes de cette figure. La mère supérieure... Adossée au mur, je reconnus, inerte contre la fontaine, un corps dont la poitrine avait été ouverte. Je me traînai jusqu'à lui. Une pince luisante de sang, posée sur le marbre. Un crâne chauve, un dernier sourire grotesque. Lazarus Prime ! L'auberge des *Trois Lanternes* ! Je ne pouvais plus que marmonner. Quelqu'un me releva, il me semble. Une sœur.

– Oh, ma mère, je...

Elle ne paraissait pas émue de me voir. Elle ne paraissait plus rien. Elle me poussa vivement au-dehors.

– L'orphelinat va s'écrouler, l'entendis-je souffler. Tout le monde est mort ici. Fuyez. Fuyez !

Je trébuchai sur les marches. La gueule maculée de viscères, une créature se dirigea vers moi en faisant crisser ses crocs. Sur son dos, une nageoire effilée. Je fis feu. Son corps partit en arrière, s'effondra.

La détonation alerta les autres. Des têtes se tournèrent. Je voulus courir mais une masse énorme se dressa devant moi. Puanteur !

Je tombai. On m'arracha le mousquet des mains. Un visage atrocement défiguré me faisait face. Des yeux globuleux. Une peau écailleuse. Un murmure : « Mary. »

L'horizon vacilla. Mes pieds ne touchaient plus le sol. J'étais portée à bout de bras, soulevée de terre, mon corps passait de mains en mains et mon nom revenait, scandé comme un sortilège : *Mary*.

Mais quelque part, au-delà du bouillonnement, une autre voix m'appelait. Une voix humaine, celle-ci. Une voix que je connaissais.

Un coup de feu fut tiré. Les mains qui me portaient me lâchèrent. Les créatures se dispersèrent. Un homme courait dans ma direction. Je redressai la tête.

– Mademoiselle !

C'était Usher. Usher, Seigneur...

Je nouai mes bras autour de son cou. Mes larmes coulaient, bienfaisantes. J'aurais voulu me fondre en lui.

– Com...

– Ne dites rien, mademoiselle. C'est le chef des pirates qui a ouvert ma cellule. Nous sommes remontés avec les autres. On se battait partout, c'était...

– Où est-il ?

– Je ne sais pas. Nous nous sommes séparés.

– Usher, je...

Il regarda de chaque côté de la rue.

– Ne parlez pas. Vous parlerez quand nous serons loin. Si vous saviez comme je vous ai cherchée ! Les gardes disaient...

– Quoi ?

– Il faut que nous trouvions un cheval. Ou une voiture à vapeur. Vous savez conduire ces engins ? J'en ai vu sur Broadway, les gens fuyaient vers le nord.

– Usher...

Il vit mes yeux écarquillés. Recula d'un pas. Une créature nous barrait la route. Rugissante, monumentale. Des tentacules s'agitaient au sommet de son crâne. L'un d'eux gicla, attrapa Usher et le jeta au loin. Je voulais fuir mais j'étais pétrifiée. Une vieille femme venait de paraître aux côtés du monstre. Elle était bien moins difforme que la plupart de ses congénères. Elle me fixait avec une grande attention.

– Te voici enfin !

Je pivotai, courus à toutes jambes.

– Mademoiselle !

La voix de Usher accompagnait ma fuite. Je me sentais légère. « La Terre, songeai-je en sautant par-dessus un couple enlacé, figé dans une sorte de glaise cendreuse, la Terre m'a peut-être oubliée. »

Ta'kh'olmak ! Iä elkemat'h ! Shargûn elz'emeth !

Je titubai. Une chose froide et gluante s'était enroulée autour de ma jambe. Je me retournai. Le monstre s'était emparé de moi. Il me tirait à lui.

Je criai, me débattis comme une diablesse. Usher criait aussi, plus loin. Il se trouvait aux prises avec trois monstruosités et faisait siffler un sabre. Il pointa sa lame vers moi.

– Tenez bon, mademoiselle !

Mais c'était impossible. Mes mains glissaient sur les dalles, mes ongles saignaient, j'étais tractée, irrésistiblement. Pour finir, je cessai de lutter. Une résignation glacée s'était emparée de mon âme. Le tentacule se détendit, puis me lâcha. J'étais allongée au bord d'un trou. Une grille de fer gisait sur le côté. Une botte apparut.

– Mary...

La vieille femme se pencha. Sa bouche se tordait en un rictus de triomphe. Du fond du trou me parvenaient des chuintements inhumains, des glapissements d'anticipation joyeuse. Je me dressai sur un coude. Usher avait disparu.

– Qui... êtes-vous ?

J'avais chuchoté ces mots. Sans me répondre, la vieille femme s'agenouilla. Ses doigts attrapèrent une boucle de mes cheveux et jouèrent un instant avec. Derrière elle, le monstre ne bougeait pas. Il masquait l'horizon.

– Quelle pureté ! susurra ma ravisseuse.

Elle voulut me pousser vers le trou. Ma main jaillit, mes doigts se refermèrent sur sa robe. Je me retenais : à elle, au monde, à la lumière.

– Ah, tu es bien comme ta mère ! grogna encore

la vieille femme. Ta curiosité est insatiable. Mais tu es un danger pour le monde, Mary Wickford. Pour le monde et pour toi-même. C'est pourquoi je t'offre l'oubli. Disparais !

La bouche d'égout m'attendait. Le système d'évacuation mis au point par l'Empereur était l'un des plus modernes et l'un des plus sûrs du monde : voilà ce que j'avais appris au couvent. Les ordures devenaient invisibles. Quelqu'un ou quelque chose se chargeait d'elles et les offrait aux abîmes.

La vieille détacha soigneusement chacun de mes doigts. Sous mes pieds, les jappements redoublaient de vigueur.

Disparaître, oui.

Sans un bruit, je sombrai dans les ténèbres.

Livre III

La sorcière

Arkham

Où me trouvais-je ? Nous descendions, voilà tout ce dont j'étais certaine. Nous nous enfoncions dans les béances de la Terre, et mes yeux avaient du mal à s'habituer à la pénombre. Qu'allait-on faire de moi ?

Les Domilites m'avaient enfermée dans une cage bombée, pourvue de barreaux courbes. J'étais brinquebalée sans ménagement, portée par des bras solides, et les torches flambaient, et les ombres des créatures se reflétaient sur les murs pierreux. Cela dura trois heures, quatre peut-être. Du sang poissait mes cheveux. Je m'étais fait mal en tombant. Terrifiée, je serrai mon amulette. Elle était tout ce qui me restait.

Bientôt, on ouvrit ma cage. Nous nous trouvions dans une grotte faiblement éclairée. Des femmes à tête de poisson me saisirent par les épaules et me firent gravir un escalier tortueux montant à flanc de falaise. De là partait un rail de fer suspendu. Un wagonnet de mine nous attendait. Nous prîmes place – moi, les mains liées, bâillonnée. Deux créatures m'encadraient. L'une tira un levier. Nous nous ébranlâmes. Notre wagonnet crachait de petits jets de vapeur. Une ancienne mine ? Le plafond, vertigineux, était couvert de fresques effrayantes représentant des monstres cyclopéens léchés par des flammes. Une tour dessinée s'étirait sur un mur. Son sommet disparaissait dans les nuages.

Je sursautai.

La créature qui se tenait à l'avant du wagon venait d'émettre un couinement étranglé à l'adresse de sa congénère. Il me sembla qu'elles me regardaient en riant. L'une d'elles s'approcha. Je réprimai une grimace de dégoût. Son visage était écailleux, anormalement allongé, et sa bouche ne possédait plus de dents.

Pour finir, nous nous arrêtâmes au cœur d'une nouvelle grotte. Une statue de pierre, colossale, figurait une entité tentaculaire. On me fit descendre. Plusieurs dizaines de Domilites attendaient notre arrivée. La vieille femme du dehors se tenait au milieu d'elles, appuyée sur un bâton à pommeau métallique. Un puits trônait au centre de la salle. On dénoua mes liens et on m'ôta l'ignoble foulard qu'on avait noué sur ma bouche.

– Approche.

L'une des créatures me poussa en avant. La vieille femme prit mon menton entre ses doigts et m'examina attentivement.

– Tu as connu Caleb Godfrey.

Elle se détourna.

– Tu l'as connu, reprit-elle. Tu l'as trouvé, et il t'a retrouvée.

Ses lèvres se retroussèrent sur un rictus de haine :

– Est-ce toi qui l'as tué ?

– Non.

– Je l'aurais parié.

Elle éclata d'un rire sans joie et ses créatures

coassèrent avec elle. Puis elle saisit mon bras et m'entraîna au bord du puits. Elle me força à me pencher. Au fond, un brasier jetait des étincelles. Je sentais sa chaleur.

– Je présume qu'il ne t'a jamais parlé de moi.

– Je...

– Lady Mortis est le nom que l'on me donne ici. Mais j'en portais un autre, avant.

– Avant ?

– Lorsque j'étais mortelle.

Une lueur de folie brûlait dans son regard.

– Pourquoi suis-je ici ?

Elle arracha les lambeaux de vêtements qui me restaient. Je croisai mes mains sur mon intimité. Le cercle des Domilites se referma. Les créatures observaient mon amulette avec grand intérêt, et je tremblais. De froid. De peur.

– Nous allons te livrer à Magoth, fit la vieille femme en désignant le puits. Sa bouche de feu est ouverte sur le vide. Il réclame à manger.

– Je vous en supplie ! dis-je. Je ferai tout ce que vous voudrez.

La vieille se tordit les mains, les yeux rivés sur mon amulette. Elle se figea :

– Pourquoi es-tu revenue, Mary Wickford, fille de sorcière ? À croire qu'une force irrésistible t'a ramenée à Old Haven.

Un éclair passa devant mes yeux. Je me revis, agenouillée devant l'arbre, enserrant son tronc de mes bras. Comme si elle lisait dans mes pensées, Lady Mortis plongea son regard dans le mien.

– J'étais là quand ta grand-mère a brûlé. C'est moi qui ai demandé au pasteur de la mener au bûcher.

Mes pensées s'affolaient.

– Elle m'avait pris mon époux. Je lui avais pris ses livres. Je voulais qu'elle disparaisse. Elle m'inspirait une haine instinctive. Je crois que nous étions trop proches, Lisbeth et moi. Ou peut-être, fit-elle en chuchotant, pressentais-je ce qui allait se passer ensuite... Toi et mon fils. Toi et le fruit de mes entrailles.

– Vous êtes...

– *J'étais* Mabel. J'étais la mère de Caleb.

Je me mordis les lèvres.

– Un bon garçon, poursuivit-elle. Serviable et dévoué. Il voulait me sauver, disait-il. Lui qui avait tant échoué à se sauver lui-même.

J'étais abasourdie :

– Est-ce pour cela que vous voulez me tuer ? À cause de Lisbeth... de ma grand-mère ? Mais je ne connais rien d'elle ! Jusqu'à ces dernières semaines j'ignorais même...

Ses doigts serrèrent mon poignet.

– Peut-être ignores-tu qui tu es. Peut-être n'as-tu pas compris non plus qui était Caleb ni qui était l'Empereur. Je suis *aussi* ta grand-mère, Mary, mais, à dire vrai, cela importe peu. Tu dois mourir, Mary. L'amour impie que mon fils te porte est le reflet de celui que mon époux vouait à Lisbeth Wickford : un reflet double, impossible, définitivement maudit. Cet amour signifierait la perte du monde, c'est ainsi. Et je ne puis prendre un tel risque. Si l'Empereur te retrouve, il saura te forcer à lui obéir.

– Je résisterai !

J'avais crié, le visage baigné de larmes. Elle me caressa la joue et, du bout de l'ongle, traça un sillon sanglant à la commissure de mes lèvres.

– Tu ne sais rien.

Un murmure d'assentiment s'éleva parmi les Domilites. Lady Mortis claqua des mains en se retournant vers elles.

– Offrez-la à Magoth.

Une explosion de joie salua la sentence. Je tressaillis. Des mains poisseuses et palmées, des griffes crasseuses, des tentacules se posèrent et glissèrent sur ma peau.

Du fond du puits, les flammes jaillissaient.

Ma-goth. Ma-goth.

Le nom du monstre revenait en litanie tandis qu'on me tirait en avant. J'étais hébétée. Les paroles de Mabel se perdaient dans mon esprit, encore et encore. *Peut-être n'as-tu pas compris non plus qui était Caleb ni qui était l'Empereur.*

Des mains me hissèrent sur la margelle. J'en mordis une au hasard. Un hurlement retentit. Enfin, je me défendais. C'était trop tard, évidemment, mais il n'y avait plus rien d'autre à faire. Se battre. Se battre jusqu'à la mort.

J'en étais à ruminer ces pensées désastreuses lorsqu'une déflagration retentit, suivie d'un nuage de fumée. Aussitôt, un mouvement de panique se répandit dans les rangs des Domilites, qui s'écartèrent. Coups de feu ! Une créature s'écroula, puis une deuxième. Plus personne ne s'occupait de moi. Je pris la fuite.

– Mademoiselle !

Là-haut, dans les rochers. Usher ! Ivre d'espoir, je courus dans sa direction. Lady Mortis cria des ordres. Passé la surprise, des Domilites se lancèrent à ma poursuite. Usher descendait vers moi. Il tira encore, deux fois, trois fois.

– Vite !

Une main griffue se referma sur mon épaule. Je

tentai de me dégager. Usher était là. D'un coup de crosse, il assomma mon assaillante.

– Par ici.

Nous grimpâmes dans les rochers. Mes pieds étaient en sang, mais que m'importait ? Les Domilites, elles, avaient recouvré tous leurs esprits. Des sifflements de rage montaient dans notre sillage.

Usher progressait avec agilité. Plusieurs fois, il se retourna pour faire feu et des formes chancelèrent, ce qui ne fit que décupler la rage de nos poursuivantes. Soudain, je trébuchai, tombant sur une créature, qui s'écarta avec un râle de surprise. Je me raccrochai à sa jambe. Usher se pencha et tira. L'impact fit voler un éclat de roche. À grands coups de pied, la créature tentait de me faire lâcher prise. Touchée au menton, je partis en arrière et me raccrochai *in extremis* à une pierre. Une énième détonation couvrit les cris des Domilites. La chose au-dessus de moi s'immobilisa. Cette fois, je saisis son mollet et lui fit perdre l'équilibre. Usher me hissa tant que bien que mal.

Pour finir, nous parvînmes à une anfractuosité ténébreuse. Usher ne possédait ni lampe ni torche – seulement un briquet d'amadou.

Il m'entraîna.

– Vous êtes sûr de ce que vous faites ?

Les Domilites arrivaient. Nous courûmes de plus belle. La petite flamme faiblissait. Usher me regarda droit dans les yeux et la fit disparaître.

– Usher ?

– Je connais le chemin, dit-il. Tendez votre main pour ne pas vous faire mal et laissez-vous mener.

Nous repartîmes. Mon orteil buta contre une pierre. Usher me guidait fermement. Derrière nous, les souffles rauques de nos poursuivantes ne faiblissaient pas.

– Elles sont là ! dis-je.

Usher s'arrêta et tira en aveugle. L'écho de la détonation me déchira les tympans. Les Domilites vagissaient. Elles devaient flairer notre trace. À chaque instant, je m'attendais à les sentir sur moi.

– Voilà.

Je fus soulevée de terre, puis mes pieds rencontrèrent une surface de métal. Usher retomba à mes côtés, fit feu une dernière fois – il était désormais à court de munitions – et nous partîmes en avant dans un puissant grincement.

Une flamme. Le briquet.

J'écarquillais les yeux. Nous nous trouvions dans un wagonnet de mine. Et nous prenions de la vitesse.

– Où allons-nous ?

– Cessez de poser des questions embarrassantes, mademoiselle, fit Usher en éteignant la flamme.

Il ôta son manteau de cuir et le posa sur mes épaules.

– Merci, dis-je en regardant les Domilites prendre place dans le wagonnet suivant. Et promis : je ne vous demanderai pas où vous avez trouvé cette défroque.

Il jeta son mousquet par-dessus bord. Les rails descendaient, soutenus par une armature en bois qui ne m'inspirait guère confiance. Nous filions maintenant à vive allure.

– C'est une ancienne mine de fer, située juste sous Gotham, expliqua Usher. Mais les Domilites ont considérablement amélioré le réseau.

Le wagonnet de nos poursuivantes nous rattrapait dans un jaillissement d'étincelles. Cinq créatures avaient pris place à bord. Elles étaient plus lourdes. Plus rapides. La voie remonta. Portés par notre élan, nous arrivâmes au sommet d'une montée. Puis redescendîmes.

– Baissez-vous, fit Usher.

– Qu'est-ce que vous allez faire ?

Il posa une main sur ma tête et me força à obéir. Au creux de la descente, le wagonnet des Domilites nous heurta. Usher se dressa. Je l'entendis pester. Il se battait. N'y tenant plus, je me relevai. Il tentait de déséquilibrer le wagonnet de nos ennemies, mais une créature était en train de le mordre. J'enfonçai mes doigts dans ce qui devait être ses yeux ; elle lâcha prise.

Nous prîmes un virage serré. Usher s'arc-bouta et, bandant ses muscles, poussa sur l'autre wagonnet. Deux roues quittèrent les rails. Les Domilites se précipitèrent dans l'autre sens pour faire contrepoids. Je m'efforçai d'aider Usher, de pousser moi aussi. Nous ahanions. À l'endroit où la voie redevenait rectiligne, le wagonnet bascula enfin. Propulsé contre une paroi rocheuse, il se désintégra. Épuisés, nous nous laissâmes glisser.

Des torches éparses flambaient sur notre passage. Nous roulions vite, trop vite. Usher se redressa pour actionner les freins. Son bras gauche était en sang – une vilaine blessure.

– Laissez-moi vous aider.

De tout mon poids, j'appuyai avec lui. Notre allure s'apaisa. La portion de rails suivante ne subissait qu'une déclinaison douce. Je repris mon souffle. Usher examina son bras.

– Je vous soignerai, dis-je.

Il sourit.

– Nous nous en sommes sortis, mademoiselle. Je ne sais pas comment.

– Vous m'avez sauvée.

– J'ai sauté à votre suite. Cette femme...

– Lady Mortis.

– Oui. Elle est descendue après vous. J'ai déplacé la plaque. Une échelle à degrés descendait. Je les ai suivies de loin, elle et ses... choses.

Je refermai les pans de son manteau et pris sa main dans la mienne.

– Usher, au nom du ciel ! Que s'est-il passé ce soir ?

Il secoua la tête.

– Je n'ai jamais rien vu de tel.

– Les Domilites...

– Elles ont toujours été là. Chacun le savait à Old Haven. Mais personne ne soupçonnait qu'elles étaient si nombreuses.

– Personne ne soupçonnait qu'elles oseraient s'attaquer à Gotham.

Au sommet d'une côte, notre wagon s'immobilisa. J'avais actionné le frein pour nous empêcher de redescendre en arrière. Usher sauta sur les rails et commença à nous pousser vers l'autre versant. Son bras saignait abondamment.

– Vous ne devriez pas...

Il secoua la tête. Nous continuâmes un moment ainsi, lui suant et grognant, moi le regard fixé sur la suite. Enfin, la voie redescendit et Usher sauta à bord.

Je déchirai un pan de sa chemise et lui confectionnai un bandage de fortune. Il se laissa faire. Les torches avaient disparu, nous plongeant dans la nuit. De sa main libre, Usher actionna son briquet. Nos regards se croisèrent.

– Je n'oublierai jamais ce que vous avez fait, dis-je.

– N'y pensez plus.

Combien de miles parcourûmes-nous ainsi sous terre ? Nous avions perdu la notion du temps. Lorsque les rails descendaient en pente douce, nous soufflions la flamme et nous laissions aller. À d'autres moments, nous poussions tous les deux.

Pour finir, le briquet s'éteignit.

La peur s'empara de nous. Quelques minutes auparavant, nous avions longé une grotte colossale éclairée de flambeaux par milliers, et nous nous étions tapis dans notre wagonnet en apercevant des silhouettes postées sur les corniches.

– Arkham, avait soufflé Usher. Le cœur du royaume.

– Comment le savez-vous ?

– La femme de Carl : il m'en parlait parfois. Tant qu'elles reviennent, me disait-il, tant qu'elles remontent à la surface, elles peuvent encore passer pour humaines. Et puis une nuit, elles disparaissent. Mais ça ne veut pas dire qu'elles sont mortes. Depuis plus d'un siècle, Mary. Depuis que les premiers colons sont arrivés ici.

Les Domilites.

L'armée des profondeurs.

Nous filions dans les ténèbres glacées, et Usher marmonnait des suites de phrases sans queue ni tête. La fièvre le gagnait. Pour qu'il ne s'endorme pas, je lui parlais sans trêve. Je me sentais de plus en plus seule.

– Nous devrions... ralentir.

Usher remua au fond du wagonnet. Le frein ne répondait plus très bien ; il était usé. Nous prenions en effet beaucoup trop de vitesse.

Soudain, un choc inouï nous déséquilibra.

– Mon Dieu !

Nous venions de fracasser une porte de bois et nous poursuivions notre course. Une lumière apparaissait à l'horizon. Une lumière naturelle. Usher se releva et pesa sur le frein. C'était inutile.

Une ouverture était creusée dans la roche.

Un carré de ciel gris.

– Il faut sauter ! dis-je à Usher.

Il répondit par un grommellement. Je le saisis par le poignet.

– Allez !

Je passai une jambe par-dessus bord. Une cinquantaine de pieds nous séparaient du vide. À cheval sur la rambarde, je me raccrochais à Usher. Il hésitait encore.

– Vite ! Sautez !

Un éclair de compréhension passa dans son regard. N'y tenant plus, je le tirai à moi. La chute fut brutale. Ma tête heurta une pierre. Choquée, je me redressai pourtant. Parvenu au terme de sa course, le wagonnet quitta les rails et jaillit dans les airs tel un boulet de canon. Puis il disparut à notre vue.

À quatre pattes, je me traînai jusqu'à Usher. Il était contusionné : livide mais conscient. Je l'aidai à se relever. Nous avançâmes en titubant sur la voie. À bout de forces, Usher se laissa tomber. Je marchai jusqu'à l'extrémité des rails. À flanc de falaise, nous dominions un paysage escarpé de collines et de cascades. Un précipice ! Me retenant à la paroi, je me penchai. Les eaux grises d'un lac brillaient deux cents pieds en contrebas. Au-dessus de nous, la falaise s'élevait encore. Impossible de descendre. Impossible de monter.

Je revins vers Usher.

– A... alors ?

– Sans issue, dis-je.

Il se releva en marmottant et s'avança à son tour. Nous nous tenions tous deux au bord du vide. Clignant des yeux, Usher montra le lac.

– Il faut sauter encore.

Je laissai échapper un rire nerveux.

– Si nous... faisons marche arrière, poursuivit-il, sans lumière, nous nous perdrons, ou les Domilites nous trouveront. Si nous restons ici, nous mourrons de faim. Si nous essayons de grimper, nous nous fracasserons sur les rochers. Sauter est notre seule chance.

– Vous ne croyez tout de même pas...

Sans ménagement, il me tira par le bras.

– Usher !

Il ricana. Il était à peine conscient.

– Pas d'autre solution.

Et il sauta.

Et je sautai avec lui.

L'espace d'une demi-seconde, je pensai au journal de ma grand-mère.

Puis je me vis suspendue au-dessus du monde... et je chutai comme une pierre, ma main serrée dans la sienne, aspirée par le vide.

Le lac approchait à toute allure. Je ne respirais plus. Seuls demeuraient le vent et la vitesse.

Une déflagration liquide nous accueillit. Mes pieds crevèrent la surface et je disparus, lâchant la main de Usher.

Je n'étais pas morte.

L'eau était glacée, et j'avais l'impression que mon corps ne me répondait plus. Il réagit néanmoins et, d'un vigoureux coup de talon, je regagnai l'air libre. Affolée, je battis des bras. Mon manteau de cuir flottait autour de moi comme une corolle. Crachant de l'eau, je me traînai tant bien que mal jusqu'à une grève bordée d'ajoncs. Puis je me retournai et balayai les environs du regard.

Usher ne se trouvait nulle part. Je voulus me lever, faire quelques pas. Au pied d'un sapin, vaincue par l'épuisement, je m'effondrai.

Le soir tombait ; un vent glacé faisait ployer les cimes et ridait la surface du lac. Je ne bougeais plus. Plus tard, un remous se fit entendre et Usher émergea, se hissant à mes côtés. À son tour, il tomba face contre terre.

Pluie sur les collines

Une main contre ma joue. Motifs sophistiqués – entrelacs sur peau mate. Une voix inconnue résonnait à mes oreilles.

Dents serrées, je me redressai. Un homme était assis face à moi en tailleur. Son torse nu, musculeux, était couvert de tatouages, et une tresse de cheveux noirs tombait sur sa nuque. Ses yeux bleu sombre me fixaient avec intérêt.

Il prononça quelques paroles ; je lui fis signe que je ne comprenais pas.

– Qui être toi ?

Un vol de corneilles passa au-dessus de la clairière. Le vent jouait dans les herbes hautes et un ruisseau clapotait derrière les sapins.

– Je m'appelle Mary, articulai-je en détachant soigneusement chaque syllabe. Et toi ?

– Je être Aigle-d'Argent. Mon clan : clan des Cimes.

– Es-tu... iroquois ?

Il secoua vivement la tête.

– Algonkin.

– Oh.

Plaçant ses mains devant sa bouche, il émit un ululement. Trois de ses congénères le rejoignirent, et discutèrent avec lui dans une langue gutturale.

L'un d'eux portait un manteau de peaux et une coiffe de plumes. Les autres avaient le crâne rasé et leurs corps arboraient des peintures compliquées. Des carquois étaient passés sur leur épaule, des bracelets brillaient à leurs poignets. Celui qui portait des plumes, le plus âgé, s'accroupit devant moi.

– Ma... ry ?

– Oui, dis-je en me retournant vers la falaise qui se dessinait entre les branchages. Je viens de Gotham. Je suis tombée de là-haut.

– Quel est ton nom de clan ?

– Mon nom de clan ?

– Ta famille.

– Oh. Euh, Wickford, répondis-je, comme si cela n'avait aucune importance.

Le chef des Algonkins se releva et échangea avec ses hommes des propos animés. Tous trois m'observaient avec grande attention. Revenant vers moi, Aigle-d'Argent inspecta mes mains en fronçant les sourcils.

– Toi... sorcière ?

– Ma grand-mère était sorcière, mais...

Nouveaux palabres passionnés. Le chef croisa les bras et prononça une sentence. Les deux autres repartirent comme ils étaient venus. Aigle-d'Argent m'aida à me mettre debout. Nous quittâmes la clairière, louvoyant entre les pins.

– J'avais un ami...

– Lui malade, fit l'Indien. Nous soigner lui.

Bordé d'énormes rochers, un sentier ondulait à flanc de colline. Nous l'empruntâmes. Mes pieds étaient chaussés de mocassins soyeux et on m'avait passé une tunique brodée.

– Où allons-nous ?

Le sentier s'évasait. Nous débouchâmes sur une nouvelle clairière, au pied d'une falaise – de l'autre côté du lac où Usher et moi avions plongé. Une dizaine de tipis y étaient adossés.

– Village nous.

Toute une tribu s'était installée ici. Suspendant leurs activités, hommes et femmes me dévisagèrent avec curiosité ; ils semblaient pacifiques. Des enfants de tous âges accoururent à notre rencontre. Ils me touchèrent en riant.

Un peu à l'écart, les deux jeunes gens qui nous avaient rejoints s'activaient autour d'un feu. L'un d'eux attendait, une couverture à la main. Le chef alla leur parler.

– Que font-ils ?

– Eux prévenir amis de toi.

– Mes amis ? Quels... Je n'ai pas d'amis.

Aigle-d'Argent ne répondit pas. Il me conduisit à un tipi et s'adressa à la jeune femme qui en gardait l'entrée. Celle-ci souleva un coin de toile et m'invita à entrer.

Dans la pénombre, Usher était allongé. Il dormait. Des cataplasmes de feuilles étaient appliqués sur sa blessure. Je touchai son front. La fièvre avait baissé.

– Merci, dis-je à la jeune femme.

Elle s'inclina.

Je ressortis de la tente. Aigle-d'Argent contemplait l'horizon.

– Que va-t-il se passer maintenant ?

– Vous regarder.

Les jeunes Indiens s'activaient auprès du feu. Des nuages de fumée s'élevaient au-dessus de la forêt. Un message ! J'inspectai les manches de ma tunique. Elles étaient impeccablement brodées.

Dans les livres d'histoire de l'orphelinat, les Indiens étaient souvent présentés comme des êtres frustes et imprévisibles, des sauvages qu'il s'agissait de civiliser. Le peuple que je découvrais était bien différent.

Le soir arrivait, bordé d'or et de safran.

J'étais épuisée. On m'installa dans un tipi gardé par un couple de petites filles, et je m'assoupis, bercée par leurs rires et le chant des oiseaux.

Lorsque je me réveillai, il faisait nuit. Je rejoignis le reste de la tribu autour d'un grand brasier. Usher se tenait là, genoux repliés, enveloppé dans une couverture. Je m'installai à ses côtés.

– Lui mari toi ? demanda une jeune fille en me tendant un morceau de poisson grillé disposé sur une branche de pin. Lui veiller sur rêves de toi ?

Je ne répondis pas.

– Navré, fit Usher, elles me demandaient...

Je le fis taire d'un baiser sur la joue. Il recula, surpris.

– Mademoiselle, je...

– Tu connais mon nom, fis-je en l'embrassant encore, cette fois plus près des lèvres. Alors dis-le.

– Mary.

Il m'étreignit, comme une évidence. Les Indiens se poussaient du coude en gloussant.

– Si tu le désires, dis-je, nous ne nous quitterons plus.

Il hocha la tête. Je désignai son bras :

– Ils t'ont soigné.

– Ils ont fait des miracles. Leur potion était infecte, mais je dois reconnaître qu'elle m'a sauvé la vie.

– Ils disent qu'ils vont prévenir mes amis. Je me demande de qui ils parlent.

On me tendit un assortiment de baies ; elles étaient délicieuses, juteuses et sucrées. Des gourdes de peau passèrent de main en main. Aigle-d'Argent nous présenta le reste de la tribu. Il y avait là le chef, Rocher-Qui-Garde-La-Montagne, les guerriers, Éclair-Dans-La-Vallée, Ours-Aux-Griffes-De-Fer, les enfants, Ruisseau-Bondissant et Petit-Nuage-Agile – je ne parvenais pas à retenir tous les noms mais ils me les faisaient répéter et je les répétais, enchantée, et ils battaient des mains et psalmodiaient sous les étoiles.

Je découvris le chaman, Ours-Très-Sage, un vieillard à la peau si ridée que son visage ressemblait à une carte, avec ses creux et ses renflements. Ours-Très-Sage ouvrait rarement la bouche. À la fin de la soirée, toutefois, il me confia un petit sachet d'herbes et me recommanda, dans un anglais presque parfait, d'en prendre le plus grand soin.

Au moment où nous nous levions pour aller nous coucher, deux nouveaux Indiens se joignirent à nous. Ceux-ci étaient des Iroquois. La peau peinturlurée de rouge, le crâne luisant, orné d'une crête, ils s'entretenaient avec Rocher-Qui-Garde-La-Montagne. Deux frères, m'expliqua Aigle-d'Argent. Ils avaient reçu les signaux. Dès demain, ils allaient nous conduire à mes amis.

Je hochai la tête. Les femmes de la tribu nous menèrent à un autre tipi, spécialement dressé à notre intention. Usher hésita, gêné.

– Viens, dis-je en le prenant par la main.

Je m'allongeai sur la natte tressée et soulevai la couverture.

– Viens, répétai-je.

Il s'installa à mes côtés, le souffle court.

– Tu peux...

Il opina. Il avait conservé ses culottes de cuir et enfilé une veste indienne. Il fit passer la veste pardessus ses épaules. Un bandage de tissu était noué autour de son bras. Je pris son visage entre mes mains et l'attirai vers le mien.

– Usher...

Nous fermâmes les yeux. Une main glissa sur mon corps tiède.

– Serre-moi.

Il se pressa contre moi.

– Jamais je n'aurais cru... commença-t-il.

Je m'endormis, bercée par ses paroles.

Je n'étais plus seule.

Le lendemain matin, nous nous réveillâmes à l'aube et déjeunâmes de fruits frais. Aigle-d'Argent nous attendait. Les deux Iroquois bavardaient plus loin en aiguisant les pointes de leurs flèches. Ils émirent un bref commentaire en nous voyant arriver. Le chef du village apparut à son tour. Je m'inclinai.

– Je ne sais comment vous remercier.

Les Iroquois avaient apporté deux chevaux pour nous ; ils m'aidèrent à me hisser. Ni rênes ni selle – j'étais décontenancée – mais ma monture trottina d'elle-même. Visiblement, elle connaissait le chemin. Usher m'adressa un signe d'encouragement et nous partîmes sur le sentier. La plupart des membres du clan des Cimes étaient sortis pour nous dire au revoir.

Les Iroquois ne se retournèrent pas.

Usher et moi chevauchions côte à côte. Nous ne savions pas très bien où nous nous trouvions, quelque part dans les Adirondacks, supposionsnous – ces monts que ma grand-mère avait arpentés en son temps.

Les Iroquois ne faisaient pas grand cas de nos personnes. Ils trottaient loin devant, nous ouvrant simplement la marche. Ils discutaient, eux aussi.

Il pleuvait. Parfois, nous avancions à couvert sous les cimes des pins. À d'autres moments nous sortions, longions une crête, découvrions une cascade. Toujours, notre route était frappée de solitude. Aucune habitation dans ces contrées sauvages. La plainte lancinante d'un coucou dans les arbres. Les restes d'une ferme calcinée.

Un vent glacé pénétrait sous nos vêtements. Je me demandais comment les Indiens faisaient pour résister à un tel froid.

– Ils se disputent, me glissa Usher.

En effet, les deux Indiens ne cessaient de s'invectiver, de se détourner, de montrer le poing. Au début, cela nous avait amusés, et nous avions pensé qu'il s'agissait d'un jeu. Manifestement, ce n'était pas le cas. L'un des Iroquois, le plus jeune, se retournait vers nous, nous désignant ostensiblement. Notre présence ne le réjouissait pas.

À midi, nous nous arrêtâmes pour déjeuner. Les Indiens avaient abattu un lièvre ; une flèche leur avait suffi. Nous dépeçâmes la bête et, Dieu sait comment, la fîmes rôtir. Plusieurs fois, je tentai d'établir un contact avec l'Iroquois le plus âgé. En vain : il ne comprenait pas un mot d'anglais, et mes efforts l'ennuyaient plus qu'autre chose.

Nous repartîmes.

Nous traversions désormais une forêt humide, pleine de souches moussues ; des arbres décharnés côtoyaient les sapins. Nos montures ne donnaient pas le moindre signe de fatigue. Les Iroquois, eux, continuaient de se chamailler. Soudain, le ton se mit à monter. Le plus jeune avait mis pied à terre ; il refusait de continuer. Élevant la voix, il me montra du doigt. L'autre soupira et descendit à son tour. Un coup de poing l'accueillit. Les deux hommes roulèrent à terre. Usher et moi étions ébahis.

– Ha ! ha !

Nous reculâmes, tétanisés ; les deux Iroquois suspendirent immédiatement leur querelle. Une chose venait de sauter d'un arbre et s'avançait vers nous, un sabre dans chaque main. Elle était vêtue de noir. Une longue cape se déployait dans son sillage, mais ce n'était pas cela qui nous alarmait. C'était sa tête.

Une citrouille.

– Jack O'Grady, pour vous servir, déclara la créature, qui s'était arrêtée. Le monde m'appelle Jack O'Lantern, et vous pouvez préférer Jack. Ne me cachez rien. C'est mon visage qui vous intrigue ?

J'étais stupéfaite. Il s'exprimait dans un anglais parfait mais cette tête... cette tête n'était pas un masque : elle faisait partie de lui.

– Une malédiction aux lointaines origines, expliqua-t-il en se tapotant le crâne. Les gens salivent en me regardant. Les relations sociales sont devenues difficiles.

Il rengaina ses lames et se campa devant les Indiens.

– Vous êtes deux fieffés imbéciles. Vous ne comprenez pas ce que je dis, mais moi, je sais ce qui vous tracasse. Une Blanche, hein ? Qu'est-ce qu'une Blanche pourrait amener de bon en ces contrées ?

Il se tourna vers moi :

– Bienvenue sur mes terres, Mary Wickford. Et mille pardons pour la rudesse de cet accueil.

Il emmena les deux Iroquois à l'écart pour s'entretenir avec eux. Quand il eut terminé, le plus jeune revint vers moi, posa un genou à terre et s'inclina. Je le laissai faire, stupéfaite. Il se releva promptement puis rejoignit son compagnon. Le duo remonta à cheval et disparut dans la forêt.

Jack O'Lantern croisa les bras.

– Il ne faut pas leur en vouloir. Ils ont eu maille à partir avec les armées de l'Empereur récemment et ils se méfient encore plus des Blancs qu'avant, si c'est possible. Voulez-vous me suivre ? Nous ne sommes plus très loin.

– Plus très loin de quoi ? demanda Usher tandis que l'étrange personnage s'éloignait.

– Du Grand Arbre. Ma modeste demeure.

Usher et moi échangeâmes un regard fataliste.

– Je sais que les questions se bousculent, chère Mary, mais croyez bien que votre lanterne sera bientôt éclairée, comme la mienne en son temps, ha ! ha !

Il fit un léger saut de côté et revint vers nous. Je le vis glisser quelques mots à l'oreille de mon cheval. Celui-ci redressa la tête et se mit à trotter de façon particulièrement distinguée, en relevant les pâturons.

– Que...

– Je lui ai appris qui j'étais, oui.

Il montra un sentier qui s'enfonçait à couvert.

– Par ici, mes amis. Je dois vous dire notre bonheur, Mary. Après les événements de Gotham et la mort de Lazarus Prime, nos espoirs de vous trouver vivante s'étaient réduits comme peau de chagrin.

– Lazarus ? Vous le connaissiez ?

Usher me jeta un coup d'œil.

– Eh bien, il faisait partie de la famille.

– La famille...

Jack se retourna.

– Vous ne savez pas grand-chose, n'est-ce pas ?

Je secouai la tête.

– J'ignore de quelle famille vous parlez, et je ne vois pas précisément quel rapport peut exister entre Lazarus Prime et, sauf votre respect, vous...

Il balaya l'objection d'un revers de main.

– Nous ne tenons pas à ce que le monde entier nous connaisse, ma chère. Notre société œuvre dans l'ombre.

Nous cheminâmes une heure encore. Nous avions hâte d'en savoir plus et Jack O'Lantern semblait s'amuser de notre impatience. « Plus que cinq minutes », répétait-il à l'envi. La présence de Usher ne paraissait pas l'étonner. Il ne lui demanda même pas qui il était. En revanche, il était avide de savoir comment nous avions quitté Gotham.

Nous évoquâmes les Domilites. Un frisson rétrospectif me parcourut. J'avais l'impression d'être sortie de l'enfer.

– Oui, oui, fit Jack comme s'il lisait dans mes pensées, mais dorénavant, vous êtes en, hum, parfaite sécurité. Je m'en porte garant, ajouta-t-il en faisant siffler ses sabres à toute allure, hop !

Je finis par tout lui raconter. Notre départ d'Old Haven. Notre arrivée à Gotham. Ce qui s'était passé ensuite.

Usher me dévisageait avec scepticisme.

– Pourquoi lui faites-vous confiance ? me chuchota-t-il une fois que notre guide s'était lancé en avant, sautillant et décrivant de puissants moulinets.

– Je l'ignore, reconnus-je.

Jack pirouetta et revint vers nous en quatre bonds nerveux. Il pointa une lame sur moi :

– J'ai très bien connu votre grand-mère. Une femme charmante, bien qu'impulsive. J'adorais jouer aux dés avec elle.

Il pencha son énorme tête. J'étais fascinée par son sourire cicatriciel, et par le feu constant qui brillait au fond de ses yeux – de simples cavités creusées dans la chair.

Il attrapa mon amulette. Me dévisagea.

– Youpi ! dit-il. Cette breloque ne réagit pas en ma présence. Personne ne vous a jamais expliqué ses particularités ?

Je secouai la tête, interdite.

– Elle repousse les gens qui sont animés de mauvaises intentions à votre égard : ils ne peuvent tout simplement pas vous faire de mal. En contrepartie, si son possesseur tue (il se gratta la tête) – il me semble que c'est trois fois –, si son possesseur tue trois fois, un être humain s'entend, alors elle perd immédiatement son pouvoir. Dis-moi, Mary, as-tu déjà tué ?

Le ton était devenu familier. J'étais décontenancée.

– Une fois, je... je crois. Mais comment savez-vous cela ?

Il relâcha l'amulette.

– J'étais là quand ta grand-mère a reçu ce bijou. C'est un artefact très puissant, dont le secret se perd dans la mémoire des siècles. Oh ! Et il existe un second pouvoir, si ma mémoire est bonne.

– Lequel ?

– Chaque fois qu'un autre que toi touche cette amulette, elle est susceptible de saigner.

Je triturai le bijou.

– Elle n'a pas saigné pour vous.

– C'est normal. Si elle saigne abondamment, si le sang est vif... alors la mort de la personne est proche.

Je repensai à Isaac.

– Pour moi, tu l'as dit, elle n'a pas saigné du tout. Je t'invite à en tirer les conclusions qui s'imposent.

– Êtes-vous...

Usher leva les yeux au ciel. La pluie ruisselait sur son front.

– Disons, fit Jack en repartant de l'avant, que j'ai trouvé un arrangement à long terme avec la camarde.

Un arrangement... Et Caleb ? Quelle sorte d'arrangement avait-il trouvé pour que le bijou reste intact ? Je ne posai pas la question.

Nous arrivions en lisière de forêt, à l'extrémité d'un vaste plateau rocheux. Agité de remous, un fleuve argenté s'écoulait en contrebas.

– Ça, alors...

Usher en demeurait bouche bée. Un arbre énorme dépassait ses voisins d'une bonne dizaine de pieds. Autour de son tronc, un escalier à degrés s'enroulait et trois plates-formes couvertes d'auvents prenaient place entre ses branches. Des cordages pendaient ; un assemblage complexe de treuils et de poulies permettait de faire descendre corbeilles et paniers. Au gré de la bise, des lampions se balançaient.

– Ma maison, annonça Jack. Montons.

Nous descendîmes de cheval et le suivîmes, émerveillés. Le tronc était orné de symboles magiques et de peintures indiennes. Des grigris nous chatouillaient le visage, des tubes métalliques tintaient à notre approche. Nous arrivâmes au premier étage. Au milieu d'un fatras de cages ouvertes et d'ustensiles de cuisine, Jack O'Lantern nous attendait, avachi dans un fauteuil à bascule ; un ours brun de bonne taille était assis à ses côtés, adossé à un fourneau.

– Et voici Billy. Dis bonjour, Billy.

L'ours leva une patte.

– Est-il...

– Sociable ? Amical ? Joueur ? Tout cela à la fois. Il ne lui manque que la parole, et encore : je suis en passe de lui apprendre l'alphabet. Première lettre, Billy ?

L'ours émit un grognement qui pouvait ressembler à un « a ». Jack se releva comme un ressort et bondit vers l'étage supérieur. La deuxième plateforme abritait un salon. Deux fauteuils de cuir lourdement rembourrés se faisaient face. Des étagères montaient jusqu'à l'auvent ; elles accueillaient un improbable assortiment de fioles, de flacons et de boîtes en fer savamment étiquetés. Plus loin, des squelettes de petites créatures baignaient dans des bocaux emplis d'un liquide jaunâtre, et des crânes apparemment humains étaient rangés par taille croissante. Dans un coffre compartimenté, des rouleaux de parchemin avaient été classés avec soin. Je m'arrêtai devant la bibliothèque. Homère, Ovide et Platon côtoyaient des ouvrages aux tranches gravées de symboles cabalistiques, écrits dans des langues mystérieuses. Partout, des médaillons, des colliers, des masques indiens, des griffes d'ours, des queues de castor – porte-bonheur et autres talismans. Jack nous suivait et observait nos réactions.

– Alors ?

– C'est – je reniflai – très étonnant.

– Ce n'est pas tout.

Il me tendit la main. Nous gagnâmes la troisième plate-forme : une chambre à coucher cloisonnée de bois. Un authentique lit à baldaquin trônait en son centre. Un harmonium lui faisait face. Je m'approchai. Une partition était ouverte.

– Bach, commenta Jack dans mon dos. Rien de tel pour les longues soirées d'hiver. Je vous jouerai une sonate, si vous voulez.

Ailleurs, deux hamacs attendaient. Un énorme aquarium était calé sur le balcon. Un poulpe agitait mollement ses tentacules.

– Voici Daphné. Très intelligente. Elle apprécie l'eau de pluie.

Je m'inclinai, mains jointes. Usher nous avait rejoints.

– Et maintenant ?

– Maintenant, vous êtes mes invités. En attendant celui qui doit venir et – il consulta une pendule, perchée sur un coffre – ne devrait plus tarder.

Il se pencha au balcon. Juché sur une branche, un pygargue à tête blanche clignait des yeux sous l'averse.

– Notre principal moyen de communication, dit Jack. Celui-ci est revenu tout à l'heure, juste avant que je parte à votre rencontre.

– Et qui attendons-nous ?

L'homme à tête de citrouille se laissa tomber sur son lit.

– Surprise, dit-il.

Nous dînâmes de bonne heure. En plus d'un hôte charmant, Jack O'Lantern était un excellent cuisinier. Il nous régala d'un ragoût de cochon sauvage aux herbes, accompagné de patates douces et de fruits des bois, et arrosé d'une bière corsée. Produits naturels, s'était-il vanté. Nous avions visité son potager, non loin du pied de l'arbre.

La nuit était tombée sur la forêt. Un océan de ténèbres. Les cimes des sapins ondoyaient sous la pluie. Illuminé de lampes et de lampions, notre grand arbre devait ressembler à un phare pour les voyageurs égarés. Jack nous confia que ces derniers étaient rares. À part les Indiens et quelques trappeurs saisonniers, personne ne s'aventurait au cœur des Adirondacks.

Je jetai un coup d'œil aux alentours. J'étais nerveuse. Notre hôte s'en aperçut.

– L'appréhension, n'est-ce pas ? s'exclama-t-il en inspectant son verre. Je me mets à votre place. Trop d'événements rapprochés. Vous avez besoin de calme. De réflexion.

L'eau crépitait sur notre toit de planches. Jack avait sorti un manteau à mon intention, et un poêle garni de braises diffusait sa chaleur dans le salon où nous avions pris place. Le tuyau longeait le tronc et réchauffait aussi la chambre.

Usher s'essuya le coin de la bouche.

– Pardonnez-moi, dit-il, mais... est-ce là votre vraie tête ?

Je posai une main sur son bras.

– Affirmatif, fit Jack.

– Comment respirez-vous ?

Jack montra deux trous dans la citrouille. Il souriait.

– Par ici.

– Mais vos yeux ? Vos dents ?

Notre hôte ouvrit la bouche, dévoilant une rangée de parfaites incisives.

– J'ai du mal à m'en servir ; c'est pourquoi je ne mange que peu de viande : chaque mastication me coûte des efforts disproportionnés.

– Incroyable.

– Scandaleux, vous voulez dire. Il faudrait que je vous parle de ceux qui m'ont lancé cette malédiction, il y a deux cents ans. Satanés Irlandais, pouah !

Il cracha un pépin au-dessus du balcon.

– Ne vous inquiétez pas, ajouta-t-il en caressant sa peau orangée. Cette tête fonctionne aussi bien que n'importe quelle autre ; elle possède une langue, comme vous vous en êtes vite rendu compte, et un gosier, des oreilles – même un cerveau.

– Sur ce dernier point, je ne m'avancerais pas.

Nous nous retournâmes. Un vieil homme nous faisait face, appuyé sur un long bâton sculpté. Il ôta son chapeau. Son visage ridé était mangé par une fine et interminable barbe blanche. Ses yeux verts nous détaillaient tour à tour. Jack porta un toast.

– Content de te voir !

Le vieil homme s'avança vers moi.

– Alors, c'est toi, la petite Mary... Eh bien ! Impossible de s'y tromper...

Il souleva ma main, déposa un baiser et se tourna vers Usher.

– Qui es-tu ?

– C'est Usher, fit Jack en piquant une pomme de terre du bout de sa fourchette. D'après ce que j'ai compris, il a sauvé la vie de notre jeune amie.

– Oh ! fit le vieil homme. Alors tu es des nôtres.

Il emplissait la pièce de sa présence. Il avisa un tabouret et se joignit à nous.

– Que lui as-tu dit ? demanda-t-il à Jack.

– Rien.

– Sur moi ?

– Non plus. Je ne me mêle pas de ça, fit notre hôte en croisant les jambes.

Le vieil homme toussota. Ses paupières se plissèrent.

– Sais-tu qui je suis, Mary ?

Je secouai la tête. J'avais mon idée, mais...

– Le nom de Rip Van Winkle te serait-il familier ?

– J'ai lu les cahiers de ma grand-mère.

– Mmh, fit-il en tirant de sa veste une longue pipe recourbée. J'ignorais que Lisbeth écrivait. Je suppose qu'elle ne parle pas de moi en termes très flatteurs.

Je posai mes mains à plat.

– Vous l'avez trompée, à ce qu'il semblerait.

Il toussa à nouveau, déplia sur la table un menu sachet d'herbes.

– La vérité est légèrement plus complexe, ma chère. Mais je ne suis pas certain qu'il nous faille discuter de tout cela aujourd'hui. Des questions plus essentielles nous attendent. Alors, dis-moi : que connais-tu de la Fraternité d'York ?

– Ma grand-mère...

– Ta grand-mère en faisait partie, dit Rip, ainsi que notre bon Lazarus Prime, et notre chère Constance Hopkins. Tout comme Jack et moi.

– Constance... ?

– Les oiseaux l'ont ramenée. *Ses* oiseaux. C'est une lourde perte pour nous. Mais tu n'y peux rien.

Il poursuivit. La Fraternité, nous révéla-t-il, comptait dans ses rangs plusieurs personnages de marque. La princesse Nicketti Powhatan, par exemple, fille de Pocahontas. Ou Gerardus Stuyvesant, dont le père avait fondé Manhattan. Sans oublier Jonathan Swift, écrivain et pamphlétaire, observateur aux multiples talents.

Ils n'étaient pas nombreux. Une trentaine. Il cita d'autres noms, qui ne m'évoquaient rien. La plupart des membres de la Fraternité, ajouta-t-il, figuraient parmi les sorciers les plus compétents de leur époque. Pour autant, ils étaient inconnus du commun des mortels.

Je vidai mon verre.

– Vous m'avez fait venir ici. Vous m'attendiez ; vous avez donné des consignes aux Indiens pour qu'ils me mènent à vous. Qu'attendez-vous de moi ?

Il bourra sa pipe de son mélange herbeux.

– Avant de te répondre, je me dois de préciser certains points.

– Je vous écoute.

– D'abord, te voici seule. Et nous le regrettons. Nous le regrettons amèrement. Mais ton couvent n'est plus que cendres. Nous avons tenté d'éviter cela, évidemment. Quand nous avons appris que tu étais prisonnière de l'Empereur, nous avons tout mis en œuvre pour te libérer. Lazarus est allé parler aux sœurs à plusieurs reprises. Nous étions prêts à te sortir de tes geôles. Nous avons été pris de court.

– Comment pouvez-vous...

– Le chat.

– Le chat ?

– Le chat mécanique que Lazarus a glissé sous ta banquette et qui était chargé de te surveiller. Je voyais par ses yeux, Mary. Oh, rassure-toi : je ne passais pas mon temps à t'épier. Mais je savais où tu te trouvais. Il s'agissait de vérifier que tu étais en sécurité.

Je me tournai vers Usher. Rip poursuivit.

– Une première fois, tu l'as perdu. Tu as eu la présence d'esprit de te servir du sifflet que t'avait remis Nicketti. Ainsi, nous avons pu intervenir. Ensuite, lorsque tu es tombée entre les griffes de l'Empereur, ce dernier a compris le danger que représentait l'animal.

Jack remplit nos verres. Rip tira sur sa pipe.

– À l'exception de ce bon Usher, toutes les personnes que tu connaissais et qui pouvaient t'aider sont mortes, Mary. Nous avons appris la disparition de Peter Carver, qui était venu rendre visite aux sœurs de ton orphelinat.

Je me serrai contre Usher.

– Bien que nous insistions avec fermeté pour que ce que nous allons te révéler ce soir reste entre nous, nous ne te forcerons jamais à rien.

– Que voulez-vous dire ?

– Nous te suivons depuis ta naissance. L'amulette que tu portes, et que j'avais offerte à ta grand-mère, nous a aidés à suivre ta trace depuis l'orphelinat. La garnison qui t'a dirigée vers Old Haven, par exemple, n'était pas une véritable garnison. Quant à Philip, le brave et innocent Philip, il était payé par nos soins pour te mener à Lazarus. Et je dois reconnaître qu'il a joué son rôle à la perfection.

– Mais... il voulait que je le suive à Boston !

– Penses-tu ! Il bluffait, de bout en bout. Depuis le début, nous avons choisi de te laisser suivre ta voie. Tu t'es arrêtée à Old Haven parce que l'esprit de ta grand-mère, qui s'est réfugié dans un arbre, t'a attirée là-bas. C'était une étape nécessaire. Nous ne pensions prendre contact avec toi que beaucoup plus tard. À vrai dire, nous étions loin de nous douter que l'Empereur te traquerait ainsi. Ou plutôt, nous soupçonnions que cela arriverait un jour ou l'autre. Mais pas si vite. Nous ignorons comment Sa Majesté a retrouvé ta trace. Mes espions à la cour de Gotham avaient signalé une activité inhabituelle. Pressentant qu'il allait se passer quelque chose, j'ai chargé Nicketti de te remettre le sifflet.

– Vous saviez tout et...

– Nous n'avons rien fait. Telle est la philosophie de la Fraternité d'York : ne jamais altérer le cours du destin. Nous t'avons suivie. Nous t'avons montré des choses, nous avons aplani des obstacles. Nous t'avons protégée, également. Parce que tel est notre devoir. Ta mère était une sorcière, la mère de ta mère aussi, et sa mère avant elle, depuis des siècles et des siècles. Montre-moi cette main, veux-tu ?

Je lui tendis ma paume. Du bout de son ongle, il suivit les veines de mon poignet.

– Ici coule un sang inaltérable. Contrairement à tous les autres, aux sorciers, aux magiciens, contrairement à nous, même, de la Fraternité, tu peux te rendre dans le monde des esprits sans en subir les effets secondaires.

– Qui sont ? demanda Usher.

– Épuisement. Épuisement et vieillissement accéléré.

Je retirai ma main.

– Tu sais pourquoi l'Empereur te convoite. Il convoitait déjà ta mère. Il veut atteindre le sommet de l'*axis mundi*, comme il l'appelle, pour « trouver » celui qu'il croit être Dieu et le forcer à s'incarner en lui. Il a besoin de tes pouvoirs. Bien sûr, il te faudrait plusieurs mois, plusieurs années peut-être pour atteindre le sommet de la tour, moyennant un entraînement et des artefacts appropriés. Mais tu pourrais réussir, oui. Tu pourrais trouver celui qui se niche au sommet et montrer le chemin à l'Empereur. Et ce serait une catastrophe d'une ampleur inédite.

Je tressaillis.

– Pourquoi ?

– Parce que cette tour n'est pas l'axe du monde, Mary. Parce que cette tour est la tour du Néant, la capitale du royaume des ombres. Et que celui qui trône à son sommet n'a rien à voir avec Dieu. Son nom...

Il se pencha.

– Son seul nom peut faire mourir celui qui le prononce. L'Innommé, c'est ainsi que nous le connaissons. Il est le démon le plus puissant qui existe de l'autre côté du voile.

Je l'écoutais, estomaquée. Il souffla un nuage de fumée au plafond.

– Vous pensez...

– L'Empereur ne cessera de te traquer. Il te

retrouvera et, quand il t'aura retrouvée, il te forcera à lui obéir. Nous ne le connaissons que trop bien : du temps où il se faisait appeler l'Obscur, du temps où il chevauchait à la tête de la Sainte Inquisition. Nous ne te forcerons à rien, répéta-t-il. Tu peux continuer à fuir jusqu'aux confins du monde et prier pour qu'il ne te prenne pas vivante.

Je ne savais que répondre. Rip caressa sa barbe.

– L'attaque des Domilites a été noyée dans le sang, au cas où vous vous poseriez la question. L'Empereur a décrété un couvre-feu permanent et a renforcé les mesures répressives à l'égard des sorcières, des pirates et de tout ce qui grouille sous le sol de notre bonne vieille Amérique. Ses cardinaux, qui ne pesaient déjà pas lourd, ont été contraints de lui céder les pleins pouvoirs. Dieu sait de quelle façon il compte en disposer. Où en étais-je ? Ah, oui : tu peux nous suivre, en revanche, et accepter de nous faire confiance.

– Mary n'a rien demandé, dit Usher avec colère.

– Je sais. C'est le propre des héros, et celui des martyrs.

– Des martyrs ? fis-je en me raidissant.

Rip esquissa un sourire.

– Je n'irai pas par quatre chemins. Il faut que tu détruises l'Empereur.

– Quelle histoire me racontez-vous là ?

– Je suis ravi que tu parles d'histoire, Mary, parce que c'est exactement ce en quoi nous croyons : que les histoires sont faites pour être vécues. Que les destins sont faits pour être assumés. Personne ne peut affronter l'Empereur aujourd'hui. Sa garde impériale veille jalousement sur lui. Payer des assassins ? D'autres y ont songé : ils croupissent à présent dans les salles de torture du palais impérial. Par ailleurs, affronter l'Empereur dans le monde des esprits est quasi impossible sans quoi tu penses bien que nous l'aurions déjà fait. Quand tu auras arpenté ces contrées suffisamment longtemps – si toutefois tu y consens –, tu comprendras que les mages et les sorciers ne s'y affrontent qu'exceptionnellement. Il faudrait se trouver au même endroit que ton ennemi, au même moment... Et puis la fuite serait trop aisée. Non, non, c'est sur Terre qu'il faut fondre sur lui.

– Fondre ? répéta Usher. Mais elle n'est qu'une jeune fille !

Rip lui tapota malicieusement la main.

– Je comprends vos craintes, Usher. C'est pourquoi je vous le redis : Mary est libre de son choix. Mais vous devez vous faire à l'idée qu'elle ne sera jamais plus en sécurité. Combattre l'Empereur, en somme, ne serait que prendre le taureau par les cornes. Quant au moyen de le vaincre... Nous avons déjà réfléchi à la question ; il semble même que nous ayons trouvé une idée. Il serait cependant prématuré de vous l'exposer. Nous allons laisser à votre amie le temps de réfléchir.

Je posai mes lèvres sur le rebord de mon verre. La tête me tournait, mais ce n'était pas à cause de la bière.

– Nous te dispenserons l'enseignement nécessaire, précisa Rip Van Winkle. Nous y passerons le temps qu'il faudra. Nous t'épargnerons le rituel d'ordinaire réservé aux novices. Tu connaîtras de grandes souffrances, et des bienfaits plus grands encore. Je repars demain à l'aube. Tu peux rester ici autant de temps que tu le désires.

Jack hocha son énorme tête.

– Si tu acceptes de nous aider, reprit le vieil

homme, notre ami ici présent enverra son aigle. Dans le cas contraire, nous n'en parlerons plus. Te contraindre, pensons-nous, ne pourrait conduire qu'à un désastre. Quelle que soit ta décision, nous serons toujours à tes côtés.

Il vida son verre, tira une dernière fois sur sa pipe et se leva.

– Adieu.

Je le suivis sur le seuil.

– Adieu ? C'est tout ?

Il descendit l'escalier en s'appuyant sur son bâton. C'était tout, en effet. Usher me rejoignit.

– Ne me demande pas ce que je vais faire, soufflai-je.

Jack nous offrit son lit. Lui-même occuperait un hamac, m'assura-t-il. De toute façon, il ne dormait que rarement.

– Et Rip ?

– Oh, lui, c'est encore pire. Il reste dans la forêt. Tu le trouveras non loin d'ici, immobile sous la pluie, car c'est ainsi qu'il prend son repos. Demain, aux aurores, il aura disparu.

Il sortit l'un de ses sabres et en examina pensivement le tranchant. Je pris congé et gagnai notre chambre. Usher attendait, assis sur le rebord du lit.

– Tranquillise-toi, dis-je. Jamais je ne partirai sans toi.

– Je ne veux pas être un obstacle, mademoiselle.

Je tirai les couvertures.

– Tu es l'exact contraire d'un obstacle. Tu es ce qui donne la force de tout surmonter.

Il prit mon visage entre ses mains.

– Je vous aime, Mary. Ce que vous avez fait, ce que vous avez bravé... Je suis un Noir, un ancien esclave et je ne voudrais pas que votre bonté prenne le pas sur... Je veux dire, il faut que vous soyez sûre que vous voulez de moi.

Je posai mes lèvres sur les siennes.

– Ahem.

Nous sursautâmes ; Jack se tenait dans l'encadrement.

– Désolé. Je tenais seulement à vous prévenir : il arrive que Billy (l'ours venait de le rejoindre dans l'escalier), il arrive que ce gredin ait besoin de compagnie et la sollicite de façon inattendue. En d'autres termes, il pourrait lui prendre l'envie de sauter dans votre lit.

Nous hochâmes la tête en souriant. Jack O'Lantern nous souhaita bonne nuit et redescendit. Je me glissai sous les draps et serrai le bras de Usher contre ma poitrine.

J'aimais sa présence.

Lorsque je me réveillai, la nuit était pleine encore et la forêt bruissait de mille murmures. Je me postai au balcon. La plupart des lampions avaient été éteints. Le monde rêvait.

Je me retournai. Bouche entrouverte, Usher ronflait paisiblement.

Je descendis discrètement et m'arrêtai au salon. Billy était là, assis sur le fauteuil à bascule. Il sauta à terre et vint me saluer avec force coups de langue. Je le laissai faire, puis pris la place qu'il venait d'abandonner. Une heure durant, je restai ainsi, les yeux ouverts dans le noir, un essaim de pensées tournoyant sous mon crâne.

Puis je partis retrouver Rip.

Mes pieds nus s'enfonçaient dans l'humus. L'air

était glacé, et une pluie fine transperçait mes vêtements. Ma lanterne ouvrait le chemin.

Entre les arbres, mon ombre dansait. Je cherchai longtemps. Jack manquait à l'appel lui aussi et, l'espace d'un instant, je craignis que les deux hommes nous aient abandonnés. Puis mes craintes se dissipèrent. Debout au sommet de la colline, adossé à un sapin, le vieux maître de la Fraternité fumait sa pipe en contemplant la vallée.

– Vous y voyez quelque chose ?

Il souffla un jet de fumée.

– Tu n'arrives pas à dormir.

– Non, reconnus-je. Je me pose trop de questions.

– Je ne détiens pas toutes les réponses. Mais tu peux essayer.

Des ramures du sapin, d'énormes gouttes tombaient devant nous et s'écrasaient sur la terre.

– Vous dites que vous avez trouvé un moyen de vaincre l'Empereur.

– J'ai dit : « Il semble que nous ayons trouvé une idée. »

– Ce moyen... implique-t-il des dragons ?

Sage et altier, son profil se découpait sur l'encre de la nuit.

– Aurais-tu fait un rêve ?

Je me contentai d'opiner.

– Désires-tu m'en parler ?

Un éclat de lune parut entre deux nuages.

– Je vois un dragon. Je vole sur son dos. Ou bien il m'appelle.

– Il t'appelle.

– Par mon nom, oui.

– Intéressant. Quoi d'autre ?

– Il me dit qu'il est la destruction. La libération. Il me parle de ses frères.

Rip Van Winkle cessa de tirer sur sa pipe.

– Tu inventes ?

Je posai une main sur mon cœur.

– Je vous jure que non.

– C'est... – il aspira une nouvelle bouffée – c'est un songe immensément révélateur, Mary.

– Révélateur ?

Il se tourna vers moi.

– Mon « plan » implique bien des dragons. Un en particulier. Le tien.

– Je ne comprends pas.

– Je sais.

De nouveau, il scrutait la nuit. Dépitée, je le quittai sans bruit, zigzaguant entre les arbres. Puis je m'arrêtai. Fis demi-tour. Il n'avait pas bougé.

– Je viens, dis-je d'une voix ferme.

Un petit nuage de fumée s'étiola entre les frondaisons.

– Dans ce cas, répondit le vieil homme, sois prête. Nous partons dans deux heures.

La Fraternité d'York

Je réveillai Usher.

– Debout. L'aube arrive.

Dehors, la nuit se retirait lentement. Assis au bas de l'arbre, sur la dernière marche de son escalier, Jack O'Lantern se poussa pour nous laisser passer. Il était en train de lancer des bâtons à son ours, qui les rapportait docilement.

– Alors, vous partez ?

– Nous partons.

Il se leva pour me serrer dans ses bras. Il dégageait une odeur sucrée.

– Nous nous reverrons, Mary Wickford. Et j'en suis heureux.

– À bientôt, alors.

– Vos montures attendent là-haut, ajouta-t-il en désignant un amas de rochers.

Usher lui serra la main. L'ours Billy vint me donner l'accolade. Nous nous éloignâmes, nous nous retournâmes plusieurs fois. Jack sautait sur place en agitant la main.

– C'est drôle, dis-je à Usher.

– Qu'est-ce qui est drôle ?

– J'ai l'impression de connaître ces gens depuis toujours.

Nous retrouvâmes nos chevaux. Cette fois, je m'installai sans l'aide de personne.

Nous gravîmes la colline au trot. Installé sur un magnifique pur-sang noir, Rip Van Winkle vérifiait le contenu de ses sacoches. Il désigna nos montures :

– Cadeau des Indiens, hein ? Je ne sais pas comment vous faites sans selle.

Des lambeaux de brume flottaient sur la vallée. Le jour, peu à peu, se déployait entre les arbres.

– Où allons-nous ?

– À Red Cove. Nous arriverons ce soir.

Une piste descendait entre les collines. Nous forçâmes l'allure et, pendant quelques heures, chevauchâmes sans bruit. Sous la pluie, le paysage était magnifique. Forêts de sapins, torrents, défilés escarpés. À midi, Rip nous distribua des miches de pain garnies de fromage, sorties de ses besaces. Nous étanchâmes notre soif à une source gracieuse. Un castor s'ébattait devant nous.

Usher était toujours renfermé. Je m'approchai.

– Ça va ?

Il se gratta la nuque.

– J'ignore ce que je vais faire là-bas.

– Nous trouverons.

Il hocha la tête vers Rip.

– Cet homme ne m'inspire pas confiance.

– Je sais.

– J'ai peur pour vous.

De nouveau, je l'embrassai. Bien que je répugnasse à me l'avouer, ses paroles de la veille avaient jeté le trouble en moi. Nous repartîmes. La pluie avait cessé et le chemin se perdait dans les montagnes. Je rejoignis le vieil homme, laissant Usher à la traîne.

– Ma grand-mère...

Il sourit :

– Quel genre de femme était-ce ? Prompte à la colère.

– Et vous l'avez trahie.

– En un sens.

– Pourquoi ?

– Est-ce qu'on sait ces choses-là ? soupira-t-il. J'ai parcouru des plaines, Mary. J'ai vu le Mal, j'ai souffert mille morts et connu l'âcre bonheur de la résurrection. Devant toi cependant, je suis forcé de le reconnaître : je ne comprends rien à l'amour.

Je baissai la tête pour éviter une branche.

– Elle a renoncé à la magie.

– Je ne crois pas en être responsable. Il me semble qu'elle aspirait à une existence simple. Contrairement à ta mère.

– Sarah...

– Un sacré tempérament que cette Sarah Wickford. Je ne l'ai guère côtoyée, hélas ! C'était une pirate. Elle écumait l'océan. Elle combattait l'Inquisition, avec l'ardeur d'une guerrière authentique. Je suppose qu'elle entendait venger ta grand-mère.

– Comment est-elle morte ?

Il regarda ailleurs.

– Assassinée.

– Par qui ?

– Ce fut un tragique épisode.

J'insistai :

– Qui l'a tuée ?

– Ta mère a commis une faute. Une faute gravissime, Mary. Elle a invoqué des démons. Un homme l'a sauvée, il a réclamé son aide en échange et... elle a refusé. Cela te rappelle peut-être quelque chose ?

– L'Empereur...

– Oh, il n'était pas encore empereur, à l'époque, même s'il faisait tout pour le devenir. Il se faisait appeler l'« Obscur ».

– Je connais cette période, dis-je. J'ai lu des livres.

Rip se retourna pour vérifier que Usher nous suivait toujours. Il reprit :

– Sarah possédait l'amulette. Elle se croyait protégée. Elle ne l'était plus. Elle et l'Obscur se sont affrontés. Et elle a perdu.

– Comment...

– Je ne sais pas. Je ne me trouvais pas sur son navire. Mais nous l'avons pleurée, Mary. Nous l'avons pleurée, et nous avons pleuré aussi celui qui l'aimait.

– Avait-elle... un amant ?

– Elle en avait des dizaines. Un seul était cher à son cœur.

– Qui était-il ?

– Wild Stark.

Je restai stupéfaite. Wild Stark : l'un des plus terribles pirates que l'océan ait jamais connus ! Les livres d'histoire étaient emplis de ses méfaits.

– Était-il... était-il votre ami ?

– Il était l'un des nôtres. Voilà sans doute ce que tes livres ne disent pas.

Le silence se fit. Je laissai Rip me distancer. J'imaginais ma mère. J'imaginais l'Obscur.

– Mademoiselle ?

Usher m'avait rejointe.

– Je vais bien.

– Votre visage ! Vous semblez bouleversée.

– Je vais bien, répétai-je, comme pour m'en persuader.

Plus tard, alors que la piste descendait vers un

vallon profondément encaissé et que les masses grises des montagnes nous dominaient de leur hauteur, je revins vers le vieil homme.

– Vous n'avez pas inventé tout cela pour me pousser à affronter l'Empereur, n'est-ce pas ?

Il m'adressa un regard désolé.

– Pourquoi imaginer des histoires ? Le monde en est plein.

– J'ai encore une question.

– Je t'écoute.

– Qui est mon père ?

Il tira sur ses rênes. Le sentier devenait dangereusement escarpé.

– Mauvaise question.

– Vous voulez dire...

– Celle qui le savait est morte. Aurait-elle voulu que tu saches ? Ce n'est pas à moi de répondre je le crains !

Nous nous arrêtâmes au bord d'un fleuve tranquille. Rip descendit de cheval et nous invita à en faire autant. Après quoi, il nous mena à une petite crique où deux pirogues étaient amarrées. Détachant sa selle et ses sacoches, il les jeta dans la première embarcation.

– Red Cove se trouve là-bas, fit-il en désignant une falaise rouge, masquée en partie par les feuillages. Inaccessible par voie de terre. Laissez vos montures ici. Elles retrouveront leur chemin toutes seules.

Son pur-sang hennit et s'éloigna en trottinant. Les deux autres le suivirent. Rip posa un pied dans la première pirogue et me tendit la main. Je sautai à bord. Usher nous rejoignit et empoigna la rame. L'eau arborait un vert glauque. Du bout des doigts, le vieil homme suivait le fil de l'onde.

– Des chambres vous attendent, dit-il. Usher, je suis désolé, mais Mary devra dormir seule, du moins les premières semaines. Vous comprendrez vite pourquoi.

Nous remontions le fleuve. Un pâle soleil se levait sur la forêt. Soudain, le cours d'eau s'élargit et laissa place à un lac miroitant d'or. Une falaise ocre tombait à pic dans les flots calmes. Elle était coiffée d'une forêt de pins hauts et de buissons vivaces qui dévalaient les pentes et s'accrochaient aux anfractuosités. Plus loin brillait une minuscule plage de galets. L'émotion m'étreignit. C'était un endroit apaisant, hors du temps. Usher s'arrêta de ramer.

– Qu'est-ce que ceci ?

Il désignait une large construction de bois rouge percée de nombreuses fenêtres, suspendue à la falaise. La maison, puisque c'en était une, s'imbriquait si bien dans le paysage qu'elle se confondait presque avec lui. Des degrés de fer, incrustés dans la roche, permettaient de rejoindre le lac. Sur le côté jaillissait une étroite cascade. Une silhouette parut à la fenêtre et agita la main. Rip lui rendit son salut.

– Bienvenue à Red Cove, dit-il. Notre repaire depuis un siècle.

– Lisbeth...

– ... a connu cet endroit, naturellement. Usher, si vous voulez bien me passer la rame... Notre approche requiert une manœuvre particulière.

Usher s'exécuta. Rip se leva à l'avant de la pirogue et nous dirigea vers la cascade. Éblouie, je balayai le lac du regard.

– Personne n'arrive ici par hasard, dit notre hôte. Vous aimez l'eau ?

– L'eau ?

– La cascade se rapproche, fit Usher d'une voix blanche.

– D'où ma question.

Avant que nous ayons eu le temps de répondre, Rip donna un vigoureux coup de rame et nous propulsa en avant. L'espace d'une seconde, des trombes glacées s'abattirent sur nos têtes. Puis nous ressortîmes de l'autre côté, trempés jusqu'aux os.

Nous nous trouvions dans une grotte exiguë, éclairée par des orbes de lumière bleutée flottant à six pieds du sol.

– Magie, commenta Rip en surprenant mon air intrigué. Et il claqua des doigts à trois reprises.

Je fermai les yeux. Un souffle brûlant était passé sur nous. Notre pirogue s'arrêta le long d'un quai naturel formé dans la roche. D'autres embarcations étaient alignées. Le vieil homme sauta à terre et m'aida à descendre.

– C'est incroyable, dis-je. Je me sens...

– Sèche ? Oh, je n'allais pas vous laisser tremper nos tapis.

Nous longeâmes les parois humides et découvrîmes un escalier en spirale taillé dans la pierre. Rip avait pris de l'avance. J'étais épuisée. Usher me tira en avant. Je comptai soixante marches. Nous ignorâmes une première porte de bois ferré, puis notre guide tira une clé de sa poche, et ouvrit la seconde qui se présentait.

Nous pénétrâmes dans un hall dallé. Un magnifique tableau nous faisait face, représentant la baie de Gotham. Des souvenirs se réveillaient...

– L'œuvre d'un ami, fit Rip en ôtant sa veste. Du temps où il avait toute sa raison.

Un jeune homme s'avança à notre rencontre en

triturant sa barbiche. Ses yeux bleus pétillaient d'intelligence.

– Vous êtes Mary ?

– Oui.

– Miracle, fit-il en soulevant ma main pour y poser ses lèvres. Je suis Gerardus Stuyvesant, votre serviteur à partir de maintenant.

Je souris. Rip hocha le menton vers notre gauche.

– Par ici, les cuisines, et la salle à manger commune. À droite, le salon, la bibliothèque et la salle d'études. Les laboratoires se trouvent en bas, les chambres en haut. Je vous conduirai. Pour l'heure, nous allons rejoindre les autres et procéder aux présentations.

Nous fîmes notre entrée dans une vaste pièce, confortablement aménagée (meubles cossus, fauteuils tendus de velours) et pourvue de minces fenêtres qui donnaient sur le lac. Les murs du fond, comme partout ailleurs, étaient en pierre. Un feu crépitait dans la cheminée, et je remarquai qu'un mince tuyau de cuivre courant au plafond s'enfonçait dans la roche.

– Système de chauffage individuel, lâcha une voix dans un fauteuil.

L'homme se leva, un livre à la main. Il devait avoir une cinquantaine d'années ; chaussé de souliers vernis, il portait une perruque à la mode ancienne. Sa veste était cousue d'or. Il s'inclina :

– Jonathan Swift, pour vous servir.

– Jonathan est notre inventeur préféré, expliqua Rip, et par ailleurs le seul dont nous disposions. Il écrit à ses heures perdues. Où est passée Nicketti ?

Swift indiqua la fenêtre et se renfonça dans son fauteuil. Rip ouvrit les vantaux ; nous nous penchâmes au-dehors. Une silhouette fendait les eaux vertes.

– Elle... se baigne ?

– Moui, fit Rip. Et quand il y a de la glace, elle fait un trou.

Il referma et nous invita à le suivre.

– J'ai l'impression que nous en avons fini avec le protocole. Pour information, nous ne disposons pas de serviteurs : seulement quelques agents, des sympathisants, disséminés à la surface du globe, hors de nos Maisons. Il vous arrivera peut-être de croiser des automates. Inutile d'espérer d'engager la conversation : ils font assez bien le ménage, et c'est tout. Par ailleurs, Jonathan rédige une Constitution pour défendre leurs droits. Tenez, voici notre bibliothèque.

J'ouvris de grands yeux. Des rayonnages de bois carmin montaient jusqu'au plafond. On accédait aux hauteurs par une échelle de cuivre coulissante. Je m'approchai. Les grimoires étaient classés. « Histoire », « Enluminures », « Lettres anciennes », « Théologie » et plus loin, me montra Rip, « Géographie lunaire », « Signes et symboles », « Zoologie », « Cartes et atlas ».

– Combien ?

– Environ vingt mille volumes, murmura Rip en cherchant un livre du bout des doigts. Je vous conseille de regarder derrière vous.

Nous pivotâmes.

– Merci beaucoup, déclara notre hôte.

Il n'y avait rien derrière nous. Lorsque nous revînmes à lui, le vieil homme avait fait coulisser un panneau de la bibliothèque, dévoilant une nouvelle rangée de grimoires.

– Désolé pour ce piteux artifice. Tous les livres

que vous venez de voir sont à votre libre disposition mais l'accès à ceux-ci est sévèrement réglementé, et je suis le bibliothécaire en chef. Nous disions donc : « Nécromancie », « Démonologie », « Divination », hum, « Philtres et potions », « Sortilèges », les « Secrets de Spiritus »... Ah, en voici un que je cherchais – ne vous impatientez pas.

En quelques secondes, il avait empilé huit volumes. D'une poussée, il referma le panneau et me confia son butin.

Je tirai la langue, surprise par le poids.

– Voici : le *Codex arcanae,* volumes I et II, le *Livre d'Onyx,* les trois premiers tomes du *Compendium maleficarum,* le *De Spiritus* et le *Liber mundi secundus.* Je suppose que les nonnes t'ont enseigné le latin, Mary ?

– Oui.

– Excellente chose. Usher ?

– Je... je ne sais pas lire, monsieur.

– Qu'à cela ne tienne. Nous vous apprendrons. À propos – la transition vous paraîtra audacieuse, mais il me semble que j'ai oublié de vous préciser un point d'importance. Si nous apprenons incidemment que l'un d'entre nous a parlé de Red Cove, ou de quoi que ce soit d'autre concernant la Fraternité, sans en avoir au préalable averti les autres membres, nous le prenons en chasse.

– Et ?

– Nous le tuons.

Usher se tourna vers les fenêtres.

– Est-ce que cela s'applique à moi en particulier ?

– Cela s'applique à tout le monde, dit Rip, sans exception. J'aurais dû vous en parler avant, et je vous prie de m'en excuser. Cela étant, il est encore temps de repartir. Vous ne savez pas où nous nous trouvons, si je ne m'abuse.

– Je me porte garante de Usher, dis-je avec fermeté. Vous pouvez être tranquille.

Mon ami approuva. Nous passâmes dans la salle d'études. Quatre tables circulaires étaient disposées çà et là. Là aussi, des bûches craquaient dans la cheminée. Au mur, une tapisserie médiévale figurait un troupeau de licornes.

– Une des toutes premières représentations du monde des esprits, fit Rip en notant notre intérêt.

De l'autre côté, une carte des terres connues, immense, percée de fines dagues. Je plissai les yeux.

– Nos amis, expliqua notre hôte. Nous avons une Maison à Boston, une autre à Paris, et une quatrième à Londres : celle des Golden Men.

– Vous voulez dire...

– Les Golden Men sont l'autre nom donné aux inventeurs de la Fraternité. Notre organisation a été fondée il y a quatre siècles, si c'est ce que vous voulez savoir. Je possède officieusement le titre de Grand Maître, autorité suprême en ce qui concerne les Amériques. Nous en avons un autre en Europe.

– Et nous sommes vingt-sept membres en tout, dit Gerardus en installant un plateau sur la table la plus proche. Cela évite les dispersions. Chocolat ?

Six tasses nous attendaient, accompagnées de coupelles et de cuillers argentées.

– Je n'ai jamais...

– C'est une boisson indienne, fit Gerardus. Délicieux. Nicketti est la seule parmi nous à ne pas le goûter, en vertu de son légendaire esprit de contradiction.

Nous tirâmes des chaises et trempâmes nos

lèvres. Le breuvage était brûlant, corsé, étonnamment onctueux. Gerardus nous confia qu'il ajoutait beaucoup de sucre : un jour, il en avait fait tomber par hasard dans une tasse et depuis...

– N'écoutez pas ses balivernes, fit Jonathan en se joignant à nous. Si vous aimez les contes invraisemblables, lisez mes livres. Personne n'en veut.

Il pointa sa cuiller sur moi.

– Nous sommes très heureux de vous avoir parmi nous, Mary. À titre personnel, je suis certain que j'arriverai à tirer un roman de votre histoire. Pourvu que vous en viviez une.

Pendant quelques minutes, nous sirotâmes nos chocolats, bercés par la danse des flammes. Puis Rip se leva et me prit par le bras.

– Montons. Je vais te montrer ta chambre.

Nous regagnâmes le hall et, après quelques marches, ouvrîmes une nouvelle porte. Un couloir partait sur la droite.

– Cinq cellules par ici, dit le vieil homme. Gerardus et Jonathan en occupent une chacun, Jack possède la sienne aussi, et nous en donnerons une à Usher.

Nous partîmes dans l'autre sens. Deux portes attendaient dans un renfoncement. Une troisième s'ouvrait sur le côté.

– Et voici mon repaire. C'est la pièce la plus vaste, parce que j'ai parfois besoin de place pour étendre mes jambes. Satanés rhumatismes, me confia-t-il avec un clin d'œil. Celle-ci est la tienne, ajouta-t-il en tapotant la porte de droite. Tu remarqueras que nous n'utilisons pas de clé à l'intérieur. Nous vivons en confiance, et il n'y a rien ici à convoiter.

– À part les livres.

– À part certains incunables, oui. Mais tous nos membres connaissent le mécanisme qui permet de faire coulisser le rayonnage. C'est juste une astuce destinée à impressionner les visiteurs.

– Et vous en avez beaucoup ?

– Des astuces ?

– Des visiteurs.

Il fouilla dans sa barbe.

– Sept ou huit par siècle. Nous apprécions le calme.

Nous entrâmes. Rip ouvrit la fenêtre. Un lit en bois était disposé contre le mur gauche. En face, une table toute simple et une chaise. Seule touche de fantaisie : une gravure accrochée – portrait de femme finement ciselé.

– C'était la chambre de Constance. Cette femme était sa mère, et portait le même nom qu'elle : c'était l'une des passagères du *Mayflower*. Grande perte pour nous que celle de sa fille.

– Je suis désolée, dis-je. C'est à cause de moi...

Rip sourit.

– Elle t'adorait sans te connaître. Il était prévu qu'elle prenne en charge la majeure partie de ton enseignement. Tu n'as strictement rien à te reprocher.

Je devins songeuse. Nous ressortîmes.

– Et Nicketti ? Elle n'a pas de chambre ?

– Théoriquement si. Mais elle n'y dort jamais. Comme moi, elle préfère la vie au grand air. Nous nous laissons parfois aller à d'interminables conversations nocturnes, au clair de lune ou sous les pluies d'automne. Chacun ici possède ses habitudes et ses manies. Nous essayons de les respecter. Tu te feras vite aux usages.

– J'en suis sûre.

Nous rejoignîmes l'étage inférieur.

– Voilà, soupira mon hôte. Il me reste à te montrer le laboratoire, mais je doute que tu en fasses grand usage pour l'instant. Enfin... Te voici chez toi, Mary, libre d'aller et venir comme bon te semble. Le déjeuner est servi à onze heures, le souper à six, et nous n'aimons pas les retardataires. Tu peux aussi choisir de jeûner.

– Qui prépare à manger ?

– Moi.

– Je vous aiderai si vous voulez.

– J'ignore ce que tu essaies d'insinuer, mais je gage qu'une petite touche féminine ne sera pas malvenue.

Dans le hall, il s'appuya sur mon épaule.

– Je suis heureux que tu sois venue, Mary Wickford. Les temps qui nous attendent seront durs mais nous suivrons avec ardeur la route que nous nous sommes tracée.

Il m'entraîna vers la cuisine. De belles casseroles de cuivre et autres robustes ustensiles surmontaient un fourneau en fonte, où attendaient déjà plusieurs récipients. Dans notre dos étaient disposées des dizaines de bocaux à épices. Rip ouvrit le cellier. Des sacs à patates y étaient entassés, ainsi que des caisses de légumes frais. D'énormes jambons étaient suspendus au-dessus de nos têtes.

– Le saint des saints, précisa mon guide avec une mine gourmande. Nous entretenons un potager dans la forêt. Je crois que Nicketti nous a apporté des poissons. Tiens, les voici ! dit-il en soulevant un couvercle. Et si nous nous mettions à l'ouvrage ?

J'acceptai avec enthousiasme.
Rip me passa les truites ; j'attrapai un couteau.
– Quand commence mon apprentissage ?
– Demain.

Premier jour

Deux mois. Il m'avait fallu deux mois pour comprendre qui j'étais. Par la suite, Rip me confia qu'il avait tablé sur trois ans. Une éternité ! Mais je m'étais révélée, disait-il, une élève exceptionnellement douée. Plus que ma grand-mère. Plus, sans doute, que ma propre mère. « À dire vrai, m'avait-il confié ce soir-là, tandis que les reflets du soir enflammaient littéralement le lac, je n'ai pas souvenir d'avoir jamais été confronté à pareil talent. »

J'avais esquissé un sourire : le premier depuis longtemps.

Au matin du deuxième jour, ainsi que nous en étions convenus, je rejoignis mon maître dans la bibliothèque. Je le trouvai accoudé à la fenêtre. Il me montra une silhouette agenouillée sur la grève. Usher...

– Je suis inquiète, dis-je.

– Pour lui ? Tu ne devrais pas. Nous allons lui trouver du travail. Regarde.

Nicketti Powhatan, à laquelle je n'avais toujours pas été présentée, sortit au même moment des sous-bois et jeta une poignée de flèches sur les cailloux. Usher releva lentement la tête. L'Indienne était entièrement nue.

– Excuse-moi de me montrer indiscret, fit Rip. Mais quelle est la nature exacte de vos relations, à cet homme et à toi ?

– Nous nous aimons.

– Vraiment ?

Je haussai un sourcil.

– Pourquoi cette question ?

Il sourit.

– Pour rien.

Il referma la fenêtre.

– Usher va apprendre à chasser, dit-il. Et, d'après ce que j'ai compris, il s'est proposé pour perfectionner notre système de chute d'eau et de hangar à pirogues.

– Que va-t-il...

– Ah, ne me demande pas. Nous choisissons la confiance, fit-il en se laissant tomber dans un fauteuil. Alors, as-tu eu le temps de jeter un œil à tes livres ?

– Un peu.

– Bien. Avant toute chose, j'aimerais te brosser un tableau d'ensemble.

Il commença à parler.

Il parla une heure, deux heures, dix heures. Nous ne déjeunâmes pas ce jour-là. Je n'y pensai pas du tout.

J'étais...

Il n'y a pas de mot pour dire ce que j'étais. Impressionnée, évidemment. Captivée. Effrayée ? C'était comme si je m'étais appuyée contre les murs de la bibliothèque et que je les avais repoussés, à l'infini. *Le monde est vaste, Mary, et nous ne pouvons pas tout savoir.*

Tant de choses à connaître.

– Commençons par le commencement. Que connais-tu des sorcières, Mary ?

Rien. Je ne connaissais rien ou presque. Depuis ma sortie de l'orphelinat, j'avais simplement compris que les sorcières n'étaient pas les créatures diaboliques que l'Inquisition se plaisait à dépeindre. Pour le reste...

– Il existe deux sortes de personnes, dit Rip Van Winkle. Celles qui savent et celles qui ne savent pas. Considère une sorcière de campagne. Il se murmure qu'elle a un don. Elle lit dans les cartes. Elle inspecte les lignes de la main. Elle sait le nom des planètes, des étoiles et des constellations. Ce qu'elle connaît surtout, c'est le cœur des hommes. Elle agrémente ses prédictions de citations latines ou de formules alambiquées. De sa vieille tante, elle a hérité l'art des tisanes qui guérissent. Donne-lui une pincée de poudre à canon, elle l'éparpillera à la surface de ta table et te dira que tu attends deux filles. Ce sera peut-être vrai, peut-être faux. Si c'est faux, elle prétendra que c'est ta faute ; que tu n'as pas assez cru en ses charmes.

– Où voulez-vous en venir ?

– Imagine toujours. Les villageois se méfient de cette femme ; on raconte tellement de choses au sujet des sorcières ! Un homme est jaloux, ou mécontent. Il la dénonce aux prélats de Gotham. La Sainte Inquisition entre en scène. Elle entre chez la sorcière, confisque ses poudres et ses herbes, ses fioles et ses cornues, puis la soumet à la question. Fais-tu commerce avec le diable ? Pratiques-tu le sabbat ? Enfourches-tu un balai, voles-tu au-dessus des campagnes ? T'accouples-tu avec des incubes ? À chaque « non », le bourreau approche un fer chauffé à blanc. On menace la femme de lui brûler les yeux, de lui arracher les membres, de la plonger dans un bain d'huile bouillante. Bientôt, elle répond « oui » – on lui promet que sa franchise la sauvera du bûcher – elle répond « oui », et confesse même ce qu'on ne lui demande pas : que Sa Majesté le roi Satan dort dans son lit ; qu'elle égorge des poulets, des porcs, des chats noirs ; qu'elle danse nue sur la colline avec ses sœurs lorsque la lune est pleine. L'inquisiteur est satisfait. La sorcière sera brûlée. Les villageois dormiront mieux.

– En vérité...

– En vérité, cette sorcière-là ne *sait* pas, et ne saura jamais. Ta grand-mère, elle, est certes montée sur le bûcher. Mais elle a été brûlée pour de mauvaises raisons, si j'ose dire. Les inquisiteurs qui se sont chargés d'elle ne soupçonnaient rien de ses pouvoirs. C'est là l'effroyable paradoxe : l'Inquisition est persuadée de l'innocence de ceux qu'elle envoie sur le bûcher. Elle les nomme sorciers ou sorcières parce qu'elle a besoin de boucs émissaires. En définitive, son objectif est double : faire régner la terreur, car celui qui est craint est aussi respecté ; et décourager les « honnêtes gens » de s'intéresser à la connaissance véritable.

– Je comprends.

– Maintenant, imagine un évêque de Gotham ou un noble à la cour, initié par une société secrète. Mieux : imagine l'Empereur lui-même. Ces gens *savent*. Ces gens possèdent des connaissances magiques véritables. Ils disposent, ou ont disposé, des deux éléments nécessaires à l'acquisition des compétences secrètes – le temps et l'argent. Je vais te confier un secret, Mary, le grand secret qui ensanglante le monde : la religion est l'autre face de la magie. Toutes deux visent le même but : la compréhension de l'univers. Toutes deux tournent autour du même Graal : l'immortalité. En progressant dans l'étude des traditions ésotériques, de la Cabale des Juifs, des textes de sagesse orientaux ou des écrits sacrés des grands alchimistes du Moyen Âge, les hommes de religion, qui vivaient jusqu'alors dans la crainte de Dieu, comprennent qu'il existe un monde au-delà des apparences. L'idée qu'ils se faisaient du Créateur, réalisent-ils, est globalement erronée. Ils découvrent que leurs croyances ne peuvent s'articuler qu'au sein d'un système particulièrement élaboré, et que ce système est celui des sorcières et des magiciens qu'ils craignent tant.

– Vous insinuez...

– Je n'insinue rien, et surtout rien qui concerne Dieu. Le but de notre Fraternité n'est pas l'immortalité, en aucun cas, même si nous usons à l'occasion de charmes et de philtres propres à enrayer les effets de l'âge. Nous ne visons que la connaissance. Mais, comme nous avons peu d'argent, nous avons besoin de temps, en proportions colossales. Celui qui cherche la vérité et l'amour – tu peux l'appeler prêtre, pasteur, sorcier ou thaumaturge –, celui-là est un homme de Dieu.

– C'est...

– Beaucoup pour une première fois, fit Rip en se levant. Je te laisse méditer là-dessus.

Liber mundi secundus – *Introduction*

Approche, lecteur téméraire, approche, et puisse le savoir contenu en ces pages illuminer ton chemin jusqu'aux suprêmes révélations. Qu'importent ta confession ou tes croyances : tu trouveras ici de quoi étancher ta soif.

Le roi ôte sa couronne. Le mendiant rajuste ses guenilles. Devant le mystère de Celui qui ne connaît pas le temps, devant l'infinie profondeur de sa sapience, le sage, comme le fou, courbe l'échine et s'abandonne. Souviens-toi des trois règles, ô pèlerin :

L'incrédule périra dans le feu ardent de la vérité.

L'inconstant connaîtra les tourments de l'errance et de la folie.

Celui qui vient en ce lieu pour trouver la vie éternelle ne connaîtra que la souffrance.

Troisième jour

Je dormais peu ; je rêvais de nouveau. Je comprenais pourquoi on m'avait recommandé de rester seule. La nuit, me disait Rip, je poussais des cris. Plus je progresserais dans mon apprentissage, m'avait-il prévenu, plus cela empirerait.

Le matin, à l'aube, je descendais vers le lac pour procéder à mes ablutions. Au soir du deuxième jour, Nicketti Powhatan vint me trouver près de la cascade. J'étais installée dans un canoë. Elle fendait à la nage les eaux criblées de pluie.

– Comme on se retrouve !

– Bonjour, dis-je.

– J'ai beaucoup discuté avec ton ami, Usher. Il m'a dit tout ce que je voulais savoir de toi.

– Ah.

– Et Rip m'a recommandé de t'enseigner la science des plantes. Lui, le grand théoricien ! Je parie qu'il t'a déjà abreuvée de ses déclarations grandiloquentes selon lesquelles le monde se diviserait en deux camps irréconciliables ? En vérité, je crois qu'il se trompe. Les sorcières des villages, comme les vieux chamans de ce qui était autrefois ma tribu, ne font que retrouver sans s'en rendre compte des bribes de savoir pur. Ils savent sans comprendre. Les étoiles, les plantes et les animaux, tout ce qui est vivant parle du monde des esprits. Encore faut-il pouvoir déchiffrer les signes. Allez, rejoins-moi, fillette. Nous allons saluer les algues.

Sans crier gare, elle me fit basculer par-dessus bord. Glapissant au contact de l'eau glacée, je battis des bras, affolée. Nicketti me soutint par les aisselles.

– Du calme. Je suis là.

– Je... je ne sais pas nager !

– Bien sûr que si. Seulement, tu ne t'en souviens pas.

Je lisais le *Liber mundi secundus*.

– Tant que tu n'auras pas terminé celui-ci, nous ne nous attaquerons pas au reste, disait Rip. La connaissance des architectures et des systèmes est absolument essentielle.

– Bien.

– Bien. Qu'as-tu compris aujourd'hui ?

– Le sage distingue trois mondes.

– Continue.

– Le monde physique, celui que nous appelons Terre, a toujours existé. Le Monde Noir, également appelé Umbra, et le Monde Blanc, que certains nomment Spiritus, ne formaient autrefois qu'un territoire unique, superposé au nôtre, et qui était le monde des esprits.

– Mais la convoitise des hommes a coupé le monde des esprits en deux, poursuivit Rip, et l'a séparé de notre Terre. À présent nous errons, quêtant les vestiges d'une sagesse perdue. Question : peut-on se rendre du Monde Blanc vers le Monde Noir, et inversement ?

– Je crois que c'est possible.

– Explique-moi.

– Umbra et Spiritus ne sont séparés que par une mince frontière. On peut passer de l'un à l'autre par les lacs et par les miroirs, ou au prix d'un intense effort de concentration, ou si l'on possède l'objet magique approprié.

– Quelle est la principale propriété d'un objet magique ?

– Il existe dans le monde des esprits et dans notre monde à nous.

– Parfait. Il existe un autre moyen de voyager d'un monde à l'autre, même s'il ne s'agit pas d'un déplacement volontaire : celui qui reste trop longtemps concentré sur sa propre personne peut perdre le contact avec Spiritus et sombrer dans Umbra sans même s'en rendre compte. C'est sans doute ce qui est arrivé à l'Empereur ; nous le conjecturons en tout cas. En règle générale, la plupart de ceux qui s'aventurent dans le Monde Blanc connaissent ce piège et savent l'éviter. Tu dois rester humble. L'humilité est la clé dans le monde des esprits. Qu'y a-t-il ?

– J'ai faim. Je n'ai rien mangé depuis hier soir.

Rip sourit.

– Allons quérir un jambonneau.

Nous partîmes vers la cuisine. Gerardus s'y trouvait déjà, attablé devant une assiette de bouillie grumeleuse. Notre arrivée ne suscita aucune réaction de sa part. Les yeux perdus dans le vague, il plongeait sa cuiller au hasard.

– Que lui arrive-t-il ? demandai-je une fois que nous fûmes repartis. Lui si jovial d'habitude !

Rip se posta à la fenêtre.

– Les vieilles rancœurs. Les querelles insolvables. Je ne sais pas au juste. Parfois, il devient... différent. Nous devons veiller sur lui. Nous devons veiller les uns sur les autres, toujours. Partir de l'autre côté du voile, c'est comme plonger dans un lac noir. Si personne ne sait que tu t'en es allée, personne ne donnera l'alerte en cas d'absence prolongée. Le corps physique se dessèche. Le péril est réel.

– Cela signifie-t-il qu'on ne peut jamais effectuer de longs déplacements dans le monde des esprits ?

– En principe. Cependant, certains sorciers parmi les plus puissants parviennent à pallier cet inconvénient. Ils se déplacent en pensée.

– Comment ?

– Ils visualisent un lieu qu'ils connaissent à l'*intérieur* du monde. Ils le recréent mentalement.

– M'apprendrez-vous ?

– Certainement. Mais c'est une chose, comme toutes les actions menées de l'autre côté du voile, que tu ne pourras entreprendre que seule.

– Je vois.

– D'autre part, fit-il en m'indiquant nonchalamment comment faire coulisser le panneau menant aux livres de magie, tu ne dois pas perdre de vue l'intérêt premier des voyages en Spiritus : l'accumulation d'énergie magique.

Il empila quatre grimoires et me les tendit :

– Il y a ceux, dit-il, qui, comme l'Empereur, et comme nous parfois, hélas, ne voient en ce monde des esprits qu'un territoire vierge attendant d'être exploré. Ils espèrent y trouver la sagesse. Ils n'ont de cesse d'en découvrir les secrets. Ils sont prêts à tout sacrifier pour cela : leur jeunesse, leur vie. Et puis il y a les magiciens authentiques. Ceux qui veulent agir dans *notre* monde. Ceux qu'aucune quête n'obsède. Ceux-là restent toujours au même endroit, et attendent. Moins tu te déplaces, moins tu dépenses d'énergie, plus ton esprit se gorge de ce que d'aucuns appellent « fluide », et d'autres « mana ». Le fluide est nécessaire à la confection des charmes et des sortilèges. Il est nécessaire à l'enchantement des objets et des artefacts. Il est nécessaire pour qui veut soigner ou lire l'avenir. Il est notre matière première.

Je feuilletai les grimoires. *Manuel unique de magie offensive. Contre-sorts. Mille et Un Charmes. Eau et feu – une introduction.*

– Les sorts qui sont répertoriés dans ces pages, tu peux les retrouver par toi-même. Ils ont été compilés avec un soin maniaque, et certains auteurs pédants prétendent à l'exhaustivité. Mais la vérité, c'est qu'il existe une infinité de formules, qu'il s'en invente sans cesse, et dans toutes les langues, et dans toutes les cultures.

Il tourna la première page de *Mille et Un Charmes* et la tapota de son index replié :

– « Pour rider la surface de l'eau », lus-je à voix haute. Je relevai la tête : Quel intérêt ?

– Pratiquement aucun. Les sortilèges de ce grimoire sont classés par ordre d'énergie croissante. Plus tu avances dans ta lecture, plus ils deviennent difficiles. La plupart des formules sont rédigées en énochéen. Et c'est ici que les choses deviennent palpitantes. Attends une seconde, veux-tu ?

Il disparut dans la cuisine, et revint avec un verre d'eau. Penché sur mon épaule, il suivit du doigt l'unique ligne du sortilège.

– Prononce ces mots, Mary.

– *Eloch ordaï. Meloch zadir. Zadir ordaïnem.*

Nous fixâmes le verre d'eau. Il ne se passa rien.

– *Eloch ordaï. Meloch zadir. Zadir ordaïnem,* répéta Rip très vite.

La surface de l'eau se flétrit légèrement. Je me grattai une joue.

– Pourquoi ?

– Parce que j'ai lu la suite, fit Rip.

Je me penchai à nouveau. Un long paragraphe expliquait le sens de chaque mot et proposait des images à visualiser. Cela me paraissait horriblement compliqué.

– Une nouvelle langue, murmura mon maître. Ni plus ni moins. T'es-tu jamais émerveillée du pouvoir des mots, Mary ? Lorsque, nourrisson, tu désirais du lait, tu criais, et les nonnes te comprenaient. Retiens bien ceci : la magie est l'art de faire coïncider la réalité avec tes désirs.

– Mes désirs...

– Et, pour cela, quel meilleur moyen que les mots ? Les mots ont un sens. Il faut le connaître, précisément. Si tu te contentes d'épeler ces mots, *eloch ordaï,* sans avoir la moindre idée de ce qu'ils signifient, le sort ne fonctionnera pas. Je pourrais te révéler une formule capable de faire bouillir notre lac ou de mettre le feu à la forêt ; je sais les paroles qu'il faut proférer. Mais si tu te bornais, toi, à les répéter bêtement, je puis t'assurer qu'il ne se passerait rien. Il faut *visualiser* les mots. Telle est la particularité de l'énochéen. L'image mentale. Comme si, en disant « pain », tu voyais une miche moelleuse apparaître.

Je refermai le livre, désespérée.

– Cela va me prendre des années, soupirai-je. Des dizaines d'années.

– Certes.

– À quoi bon ?

Rip tira un fauteuil et alluma sa pipe.

– Il y a ceux qui passent leur vie à apprendre des sorts. Constance en avait mémorisé plus de trois mille, et elle était probablement la plus assidue d'entre nous. Mais ce que tu dois comprendre, fit-il en agitant son sachet d'herbes dans ma direction, c'est que ces livres de formules ne sont là que pour t'aider à gagner du temps. L'énochéen n'est qu'une façon de parvenir à tes fins. Il en existe d'autres. Tu peux inventer ta propre langue. Les mots servent à emprisonner l'énergie magique et à la modeler selon un schéma de pensée ; il est possible de s'en passer.

– Développez.

Il souffla un rond de fumée au plafond.

– Imagine. Tu te trouves face à un ennemi. Cet ennemi est armé, et tu ne l'es pas. Tu veux ériger un mur de flammes entre toi et lui. Tu dois agir vite, car il se rapproche. De deux choses l'une. Soit tu connais le sort qui permet de créer un mur de feu. Tu as appris la formule. Tu prononces les mots, et les flammes apparaissent.

– Soit...

– Soit tu as décidé de ne pas t'embarrasser de formules et de grimoires. Tu ne connais pas le sortilège dont tu as besoin. Qu'à cela ne tienne. Tu vas le créer.

Il avait posé son verre d'eau sur un rayonnage.

– Prends-le.

Je saisis le verre.

– Constance t'a emmené en Spiritus, n'est-ce pas ? Et l'Empereur dans Umbra. Tu disposes donc d'une certaine réserve d'énergie magique inutilisée, réserve dans laquelle, selon toute vraisemblance, tu n'as pas encore puisé. Cette réserve te sera largement suffisante pour faire apparaître des rides à la surface de cette eau. Te souviens-tu de la formule ?

– *Eloch ordaï. Meloch adonem...*

– Tu as oublié, fit Rip avec un large sourire. Ferme les yeux. Pense à de l'eau. Visualise ce qu'*est* l'eau. Pas un lac ou une fontaine. Juste le sens. Tu y es ?

Je hochai la tête.

– L'eau est le principe sur lequel tu veux agir. L'élément.

– Oui.

– À présent, représente-toi l'action. Représente-toi, non pas une ride à la surface de l'eau, mais *l'action* de faire apparaître cette ride. Imagine que tu es le vent. La fonction du vent est de rider l'eau. Il y en a d'autres, bien sûr, mais concentre-toi sur celle-ci. Imagine que tu es ce vent-là.

– Je...

– Ne dis rien ; concentre-toi. Visualise-toi dans cette pièce, ton verre d'eau à la main. Essaie de te voir. Tu te vois ?

– Je me vois.

– Une dernière chose. Applique le principe de rider l'eau à ta situation. Essaie de transférer ce pouvoir *a priori* à ta position actuelle.

– C'est difficile.

– Oui. Tu es le vent. Tu es l'eau ridée par le vent. Tu es cette action. Tu sais que cette action peut s'exercer partout, en tout lieu. Tu te vois. Tu te vois dans cette pièce, et tu sens ce pouvoir qui permet de rider l'eau et tu... Attends. Ouvre les yeux.

J'obéis.

Rip montrait mon verre. Une fine nervure oscillait à sa surface. Je laissai échapper un rire.

– Je...

– Et voilà ! Tu es magicienne.

Il se leva, me reprit le verre des mains et le vida d'un trait.

– Désormais, fit-il, à toi de décider exactement quel genre de sorcière tu veux être. Celle qui veut tout savoir, ou celle qui prend des risques.

J'acquiesçai, songeuse.

– Une seconde : qu'étais-tu en train de te dire, en cet instant précis ?

– Je repensais à ma grand-mère.

– Oh.

Son front s'était plissé.

– Elle a sauvé la vie d'un enfant, un jour.

– Mmh.

– C'était avant de vous connaître.

– Oui. Elle m'a parlé de ça.

– Je crois...

– ... qu'elle s'est rendue dans le Monde Blanc sans le savoir, exact. Elle avait accumulé assez d'énergie pour ce sortilège. Elle a trouvé la formule d'instinct.

Je reniflai. J'avais encore des milliers de questions en tête. Comment, par exemple, ma grand-mère avait-elle pu stocker assez d'énergie pour lancer un sort aussi puissant ?

– Lorsque tu rêves, dit Rip, tu emmagasines du fluide. Tu ne le sais pas, évidemment. Mais si tu rêves toutes les nuits et que tu te souviens de tes rêves, l'énergie reste en toi. Et, quand tu la libères d'un coup, tu deviens capable de grandes choses. C'est ainsi que se produisent ce que les prêtres et les cardinaux appellent les « miracles ». Quelqu'un veut guérir, ou quelqu'un veut que quelqu'un d'autre guérisse. Et la volonté est si forte que la guérison advient.

– Et pour pénétrer dans le Monde Blanc ?

– L'entraînement, dit Rip. Après un certain temps, cela devient comme une seconde nature. Autre solution : les objets magiques. Comme le chat que t'avait donné Lazarus, et qui remplissait plusieurs fonctions. Et je ne parle pas ici des moyens dits « naturels ».

– Les rêves.

– Les rêves, et la mort.

– La mort ?

– Cela ne nous concerne pas. La supériorité intrinsèque du sorcier sur le rêveur ou le défunt, c'est que le sorcier contrôle et décide ; ne perds jamais cela de vue.

– Et le sorcier qui rêve ?

– Le sorcier qui rêve apprend à contrôler ses rêves et à s'incarner en eux. Le rêveur innocent reste à la surface des choses. Il voit le monde, mais il ne s'y trouve pas. Si *toi* tu rêves, en revanche, tu peux choisir d'être « présente ». Alors, ton rêve se poursuit, acquiert peu à peu les caractères de la normalité, et tu ne te réveilles que lorsque tu l'auras décrété. Le sorcier qui meurt, lui, ne réintégre pas le monde physique. Il peut décider de rester dans le monde des esprits, et c'est ce que font la plupart des défunts. Mais cela dure rarement très longtemps.

– Pourquoi ?

– Réfléchis : nous avons vu que ceux qui passent de l'autre côté du voile poursuivent deux sortes d'objectifs : la quête spirituelle ou l'accumulation de fluide. Or, quand tu es mort, le fluide ne te sert plus à rien. Reste donc la quête. Les sorciers finissent toujours par entreprendre une quête : et c'est la dernière. Ils s'en vont, voilà. Ils se laissent avaler par les brumes venues du bord du monde – et ils disparaissent.

– Le bord du monde ?

Rip s'étira joyeusement et tira une dernière fois sur sa pipe.

– Assez. Plus qu'assez pour aujourd'hui.

Le soir, dans cette même bibliothèque, je retrouvai Gerardus. Il paraissait aller mieux. Il me confia qu'il était sujet à des crises. Des problèmes personnels, marmonna-t-il sur un ton énigmatique. Puis il attrapa un atlas de Gotham dans un rayonnage et, l'ouvrant en grand sur une table, m'invita à le rejoindre.

Cette nuit-là, il me parla de ma ville comme personne ne m'en avait jamais parlé. Les souterrains. Les sociétés secrètes. Les corporations. Les traités, les pactes, les alliances. Les Domilites, aussi. Il m'expliqua qu'elles pratiquaient une forme de magie archaïque qui n'avait rien à voir avec la nôtre : elles commerçaient avec les démons qui vivaient sous la mer. Si elles possédaient des pouvoirs, c'étaient ceux que leur avaient légués ces redoutables créatures.

La discussion se poursuivit jusqu'à une heure avancée de la nuit.

Les jours suivants, je découvris que chaque membre de la Fraternité avait été chargé par Rip de m'apporter des connaissances spécifiques.

Gerardus savait tout de la ville ; son père avait presque fondé Gotham. C'était un livre d'histoire vivant. Rien de ce qui était humain n'avait de secret pour lui.

Nicketti aimait les plantes et les étoiles ; Jack, qui nous rendait visite au moins une fois par semaine, parlait aux animaux. Jonathan Swift s'occupait des machines et des objets magiques. Rip Van Winkle m'enseignait tout le reste.

Ils n'étaient pas obligés de faire cela ; je n'étais pas obligée d'apprendre. J'avais accepté de suivre l'enseignement de Rip Van Winkle parce qu'il était établi que je devais affronter l'Empereur. Mais les automates ? Mais la science des plantes ? Rip affirmait que ces disciplines formaient un tout. Qu'être capable d'identifier les herbes qui soignent les rhumatismes, que pouvoir réparer un chat mécanique était aussi important que d'arpenter le monde des esprits. Que le savoir ainsi formé délimitait les contours d'un espace au sein duquel mon esprit pouvait s'épanouir *en confiance*. J'avais tendance à le croire. Et je prenais plaisir à ces leçons de choses. J'aimais voguer sur le lac avec Nicketti, identifier les constellations. J'appréciais les attentions de Jonathan Swift : je suivais avec plaisir les circonvolutions de son esprit acéré et ses interminables tirades sur les droits et les devoirs comparés des domestiques humains et des valets mécaniques. Jack marchait avec moi dans les sous-bois, sautillait dans les hautes herbes : j'avais appris à apaiser les chevaux d'une caresse. Gerardus compulsait à mes côtés les lourds atlas historiques de Gotham et des colonies : soudain, les premiers immigrants surgissaient du passé, pataugeant dans les marais, et je croisais le regard des Indiens immobiles sur la berge.

Liber mundi secundus – *chapitre V (extrait)*

Il n'existe que trois façons d'accéder à Spiritus : les rêves, la mort ou la sorcellerie. Certains prétendent que l'amour charnel ou une forte fièvre constituent d'autres moyens mais, dans ce cas, l'incursion est si brève qu'elle ne laisse aucun souvenir.

Par sorcellerie, on entend : transe mystique, absorption de philtres, extase hypnotique, portails magiques – toutes méthodes détaillées dans le chapitre VI.

Quiconque s'aventure dans le Monde Blanc est endormi sur notre Terre et n'exerce plus aucun contrôle sur son enveloppe physique. Pour cette raison, la plupart de ceux qui s'y rendent de leur plein gré préfèrent opérer d'un endroit isolé, ou accompagnés d'une personne de confiance qui puisse surveiller leur corps terrestre.

Cinquième jour

Rip avait abandonné sa pipe. Les bûches flambaient dans la cheminée, une neige lourde tombait au-dehors, et le vieil homme avait remonté une couverture de laine sur ses genoux. Il s'inquiétait de mes nuits. Je lui dis qu'elles étaient bonnes, mais que mes rêves étaient de plus en plus vivaces. Il m'encouragea à les noter. Je le faisais déjà.

– Et Usher ?

– Usher ?

Il hocha la tête vers la fenêtre. Vêtu d'une tunique indienne que je ne lui connaissais pas, mon ami discutait avec Nicketti, juste à l'orée du bois.

– Il s'adapte, dis-je. Nos rapports sont devenus... compliqués.

– L'hiver arrive ; il risque d'être long.

Je me rassis. Je ne me sentais pas triste ; tout juste morose. Les pierres et les arbres étaient recouverts d'un glacis étincelant.

Ce matin, j'étais descendue au lac et j'avais puisé un bol d'eau, que j'étais parvenue à réchauffer par la simple force de ma pensée. J'étais remontée vers Rip pour le lui montrer. Il avait jaugé le résultat de mes exploits avec scepticisme. « Étonne-moi », avait-il maugréé.

À présent, nous évoquions les questions de religions et de croyances. Nous en étions toujours à la théorie.

– Lorsque notre monde se sépara de celui des Esprits, m'expliquait le vieil homme, cela ne changea rien pour le commun des mortels, qui *ne voyait pas* de toute façon. Mais pour les créatures qui vivaient sur les deux plans en même temps, la situation s'avéra tragique. La plupart de ces êtres, que les hommes appelaient « dieux », choisirent le monde des esprits et disparurent à notre vue. Certains décidèrent de rester. Las ! Leur pensée n'était plus habitée que par des considérations d'ordre terrestre, tels le pouvoir ou l'adoration, et ceux qui n'étaient pas assez puissants pour résister à ces tentations se transformèrent en démons. Lorsqu'ils voulurent réintégrer leurs terres, il était trop tard. Les hommes les avaient pris à leur propre piège et s'étaient attaché leurs services. Cette situation perdure de nos jours. C'est ainsi que le monde regorge de démons : ces dieux qui n'ont pas su faire le bon choix.

Je soupirai.

– Parlez-moi de Jésus, dis-je.

– Jésus ? Rip leva les yeux au ciel. Jésus était un initié. Pas un magicien : un mystique. Il voyait Dieu en toute chose. Il voyait la trace, l'empreinte laissée par Dieu. Il estimait que cela devait suffire, il nommait cela la « foi ». Il était porteur de miracles. Lui aussi sentait que le monde des esprits se séparait du nôtre. Mais il avait ses propres idées sur la question. Au soir de sa vie, le doute s'est immiscé en lui. « Mon Père, mon Père, pourquoi m'as-tu abandonné ? » a-t-il prononcé en mourant sur la croix. Alors, il s'est probablement décidé à entrer en Spiritus. Et il en est revenu : une fois.

– La résurrection ? Une simple histoire de spectre ?

– C'est mon avis. Jésus a sans doute jugé qu'il ne pouvait laisser les siens sans réponses. Ce fut une erreur, car cette simple apparition est devenue une religion, avec son cortège de guerres et de semi-vérités, alors que le message de Jésus était avant tout un message d'amour. Considère ceci : je te parle de Jésus parce que tu me le demandes, mais l'existence du Christ soulève des questions extraordinairement compliquées auxquelles je ne puis te répondre en quelques mots. Elle présuppose l'existence d'un autre plan, qui serait celui de Dieu lui-même, et que nous appelons « gouffre » ou « absence ». Elle présuppose également que des hommes aient accès à ce plan. Une tradition ésotérique considère d'ailleurs Jésus non pas seulement à travers le prisme de la foi chrétienne mais à travers celui de la magie. Nous en reparlerons en temps voulu.

Ou peut-être jamais.

Septième jour

– Au septième jour, dit Rip Van Winkle tandis que le soir s'écroulait sur la forêt enneigée, et que Nicketti passait sur sa pirogue, Dieu se reposa et contempla son œuvre. Nous appelons cela une faute d'attention. Donne-moi la main.

Le vieil homme ferma les yeux et leva un pied en avant.

– On peut entrer en le décidant, quand on possède la pratique. On peut entrer par une porte, un portail magique ou un artefact, comme les yeux enchantés du chat que nous t'avions offert. On peut entrer en absorbant des potions ou en fumant le calumet, comme le font les Indiens. On peut entrer en rêvant ou en mourant, mais que décide-t-on alors ? Et puis on peut serrer fort la main d'un ami initié – un guide. Regarde ! J'ai fait installer ce tapis parce que nous allons tomber dans quelques secondes. Les autres sont prévenus. Nous ne partons pas longtemps. Voici. J'oublie mon corps. Je ne suis que pensée, et cette pensée se concentre sur l'absence de temps, sur la réalité d'un monde que je peux presque toucher mais qui me demeure étranger encore. Ce monde est là, juste derrière. J'en perçois l'essence. Je suis déjà ailleurs. Mon corps n'est plus le même. Du bout des doigts, je soulève le voile. Ferme les yeux, Mary Wickford.

Le pied de Rip retomba. Un violent vertige me saisit et je sentis sa main se serrer sur la mienne. Mon corps glissait. Les perspectives, les couleurs, les sons et les odeurs – tout s'effritait. J'étais tirée en avant. Aspirée.

– Le processus est très simple. Bientôt, tu le trouveras naturel. La plupart des novices doivent attendre des années avant de pénétrer en Spiritus, mais tu n'es pas « la plupart ». Et le sang qui coule dans tes veines n'est pas n'importe quel sang.

J'ouvris les yeux. Je me trouvais toujours dans la bibliothèque, mais les couleurs avaient disparu et la pièce baignait dans une brume légère et froide. L'air préoccupé, Rip Van Winkle contemplait notre lac. Je m'approchai à mon tour. Tout était devenu gris.

– Nous y sommes, dit le vieil homme.

– Je ne ressens rien.

– Tu ne crois pas si bien dire. Pas de douleur ici. Tu n'es qu'un esprit, il faut constamment t'en souvenir. Regarde tes mains.

J'obtempérai.

– Elles ne sont pas réelles, fit Rip. Il me pinça le poignet. Tu vois ? Je ne te fais pas mal. Mais ton corps, lui, absorbe ce qui se passe. Ce que tu vois quand tu regardes tes mains, ce que tu es ici, le véhicule de ton esprit : voilà ce qu'on appelle le corps spirituel. Une simple enveloppe, reliée à ton corps physique. Si tu es blessée en ce lieu, tu seras blessée sur Terre. Et, à ton réveil, tu souffriras comme il se doit. Ici, tu te rendras vite compte que seuls les apprentis magiciens se font mal. Les autres apprennent à considérer le monde qui les entoure non comme une réalité physique, mais comme une création de l'esprit. Lorsqu'ils tombent, ce n'est plus le sol qu'ils heurtent ; c'est l'idée du sol. À ceci près que les dommages sont réels.

Il me mena au balcon de la salle d'études et ouvrit la fenêtre. La neige voltigeait follement mais les arbres avaient gardé leurs feuilles.

– Tu as froid ?

– Non.

– Observe le paysage. Il figure l'âme des choses. Si un arbre est coupé dans notre monde, il persiste ici un certain temps jusqu'à ce que son âme s'étiole.

Il passa une jambe par-dessus la rambarde.

– Viens.

Épouvantée, je vis son corps basculer dans le vide. Je me précipitai : il flottait en contrebas, à une dizaine de pieds au-dessus de la surface. Tel un oiseau, il agitait les bras.

– Je t'apprendrai !

Il remonta vers moi comme une flèche.

– Tu ne dois pas te laisser surprendre. Oublie tout ce qu'on t'a enseigné.

– Et les autres ? fis-je. Les vivants, nous ne les voyons pas ?

– Nous les voyons si nous voulons les voir ou s'ils désirent se montrer à nous. Si nous pensons à eux, dit le vieil homme en revenant sur le balcon, ils se matérialisent. Tu peux essayer.

Je me concentrai sur l'image de Usher.

Rien.

– Si tu ignores où il se trouve, cela ne sert à rien.

Nous le cherchâmes dans sa chambre. Dans la cuisine. Dans la bibliothèque. De temps à autre, Rip murmurait à mon oreille :

– Tu ne penses plus à lui. Tu te déconcentres.

Pour finir, nous le dénichâmes dans le laboratoire, en grande conversation avec quelqu'un que nous ne voyions pas. Il était diaphane, sans consistance, et nous n'entendions rien des mots qu'il prononçait. Je passai une main à travers son corps. Pour finir, la silhouette de Jonathan Swift se matérialisa en face de lui.

– Nous y voilà, marmonna Rip. J'ai essayé d'autres personnes avant, mais cela ne fonctionnait pas. C'est l'une des clés de Spiritus ; rien ne survient par hasard.

La Terre ferme, la Terre solide et odorante. Nous avions regagné notre monde, et nos corps gisaient sur le tapis : nous nous étions concentrés sur eux pour les voir ainsi, endormis, abandonnés. Je m'étais contemplée avec effroi. J'avais eu l'impression d'être morte : une petite chose fragile et inanimée, privée d'esprit, à la merci des autres.

Nous avions rejoint le salon, et Rip continuait de parler. Plusieurs fois, je posai une main sur mon accoudoir, caressai le velours comme pour m'assurer de son existence physique. Je voulais me sentir en vie. J'avais peur, et c'était normal. Jonathan Swift m'apporta un verre de vin.

– Récapitulons. Physiquement, Spiritus ressemble à notre Terre, mais sans couleurs : tout y est noir, blanc ou teinté de gris. Une heure peut durer une semaine, et une semaine un an. Ce phénomène ne concerne pas les dormeurs – seulement les sorciers, chamans et autres magiciens ; il échappe à notre compréhension. Certains explorateurs trop avides ou zélés sont morts de vieillesse à trente ans pour s'être laissé griser. Le Monde Blanc prélève toujours un tribut.

– Je croyais...

– D'accord, pas *toujours* : tu es l'exception qui confirme la règle. Disons qu'en général celui qui arpente ces immenses contrées revient épuisé et vieilli ; même celui qui rêve et s'en rappelle se réveille plus fatigué. Par ailleurs, des séjours prolongés peuvent altérer l'esprit. Aux yeux de ses frères, le sorcier apparaît étrange, différent, menaçant, qui sait ? C'est pourquoi tout voyage dans le Monde Blanc, aussi gratifiant soit-il, doit répondre à un besoin *réel* et n'être entrepris qu'avec prudence. Les simples rêveurs, eux, ne risquent rien de leur périple en Spiritus mais n'en retirent pareillement aucun bénéfice. Parfois, ils éprouvent terreur ou ravissement, parfois ils se sentent sages ou perdus. La vérité, c'est qu'ils demeurent à la surface des choses. Nous, au contraire, prenons des risques. Et espérons des récompenses en retour.

Quinzième jour

Je lançai mon premier sort. Une colonne d'eau sortit du lac, parfaite, haute de trente pieds. Le fluide coulait dans mes veines.

Je tendis la main.

La colonne perdurait, droite et rayonnante. Je ressentais une joie immense. L'exercice ne me coûtait aucun effort.

Ma porte s'ouvrit à la volée. La colonne s'effondra aussitôt. Rip Van Winkle se tenait dans l'encadrement, essoufflé.

– Toi !

Je m'assis sur mon lit.

– As-tu... as-tu appris une formule ?

Je secouai la tête.

– L'as-tu... inventée ?

– Je crois.

Il cligna des yeux.

– Extraordinaire, dit-il.

Et il repartit comme il était venu. Le soir même, à table, il raconta à tout le monde ce qui s'était passé ; les convives me jetèrent des regards incrédules.

– Mary, déclara le maître de la Fraternité tandis que la main de Usher rejoignait la mienne sous la table, tu réalises des progrès exceptionnels. Tu dois continuer. Tu *vas* continuer. Demain, je te dirai quels sorts apprendre. Je sais que l'énochéen est une langue horriblement compliquée et que tu préfères inventer la tienne, mais il est certaines formules que tu dois absolument connaître et maîtriser. Que te dire, en outre ? Nous sommes très fiers de t'avoir parmi nous.

Je baissai les yeux, flattée.

Nicketti et Jonathan me regardaient avec affection.

Soudain, Gerardus jeta sa serviette et, se levant précipitamment, quitta le salon. Nous entendîmes une porte claquer. Rip se rassit.

– Ce n'est rien, soupira-t-il.

Vingt et unième jour

Trois semaines. Gerardus ne me parlait plus de Gotham : il me fuyait ouvertement. Jonathan tenta de me rassurer. Cela ne durerait pas. Nicketti, qui passait par là, laissa échapper un ricanement de mépris.

– Tu es une rareté, mon cher John. Tu ne prends pas ombrage de celles qui t'égalent et te dépassent. De celles qui sont différentes.

– Ne dis pas de bêtises.

J'étais interloquée.

– De quoi parles-tu, Nicketti ?

– De rien. Gerardus m'a toujours voué une haine assez franche. Je suppose que c'est parce que je suis une femme, indienne qui plus est.

Jonathan soupira. À présent que j'y réfléchissais, je n'avais jamais vu Gerardus et Nicketti se parler, ni même échanger un regard.

– Maintenant, c'est ton tour, lâcha l'Indienne en s'éloignant.

Rip arriva peu de temps après. Depuis quelques jours, nous évoquions Umbra, les moyens de s'y rendre, les innombrables dangers que recelait ce monde. Il y avait les démons, bien sûr : des créatures d'une puissance effroyable. C'était pour eux, dans leur immense majorité, que les sorciers s'aventuraient dans le Monde Noir. La tâche était démesurée. S'enfoncer dans les terres sombres, avec la tour du Néant pour immuable horizon. Retrouver la trace de ces créatures. Les identifier, les dompter. Les attacher à un lieu, à un objet, à une formule.

Je pensais à l'Empereur.

Liber mundi secundus – *chapitre VI*
(extraits)

Le Monde Noir (enfer, Umbra) est pareillement superposé au nôtre, mais lui ressemble moins que le Monde Blanc. C'est la terre des cauchemars, modelée par la folie et la convoitise des hommes. Son apparence est changeante et dépend de celui qui le visite. Au centre d'Umbra s'élève une tour de dimensions colossales, un univers à elle seule. C'est un édifice de cent lieues de haut, pourvu d'innombrables étages, chacun recelant ses démons, ses pièces vivantes, ses pièges et ses fresques horrifiques. Pour certains, la tour se dresse au-dessus d'une mer de lave. Pour d'autres, c'est un désert de glace qu'elle surplombe. À l'intérieur palpitent des villes entières, ignorant le ciel, reliées par des passerelles gigantesques.

Une araignée géante traverse une pièce noire. Elle est la gardienne du maître des lieux, la projection de son esprit. Au sommet de la tour se tient l'Innommé, drapé de nuit et pourvu d'un œil unique, qui attend en rêvant sur son trône.

Comme son reflet, le Monde Noir est accessible depuis notre Terre par les rêves, la mort ou la sorcellerie. Certains prétendent que la souffrance physique, subie ou infligée, constitue un autre moyen d'y pénétrer mais, dans ce cas, l'incursion est si brève qu'elle ne laisse aucun souvenir. Umbra, disent les sages, se trouve à la fois nulle part et partout.

Vingt-deuxième jour

Cette nuit-là, alors que des nuages argentés filaient dans l'air humide, je m'aventurai seule dans les domaines sombres.

Umbra.

J'avais appris à passer de l'autre côté en une poignée de secondes. « Ferme les yeux ». Une fois de plus, Rip Van Winkle se montrait stupéfait de la rapidité de mes progrès. Certes, il s'était efforcé de me fournir les explications les plus claires possible et de m'accompagner à chaque pas de ma progression. « Mais, entre la théorie et la pratique, disait-il, un gouffre se creuse, et tu es en passe de combler ce gouffre à une vitesse inédite. »

Cette nuit-là, je soulevai le voile. Je contemplai l'horizon. Un halo cendré de particules en suspension tourbillonnait autour de moi : ma porte d'entrée, mon point d'ancrage. J'avais l'impression d'avoir traversé une succession de toiles d'araignée gluantes et un froid mordant me glaçait les os – la seule sensation physique que l'on puisse éprouver dans le monde des esprits, m'avait glissé Rip, et qui ne reposait sur aucune réalité objective.

La tour du Néant se dressait dans les brumes du lointain. Toujours ce paysage désolé de marais et de fondrières. Des tumulus hérissés d'herbes sales.

Des lacs de boue grumeleuse, bordés de roselières grisâtres.

Je m'avançai. Désolation, solitude. La tour scintillait de mille flambeaux ; à travers le crachin, elle ressemblait à un phare menaçant. Sursaut – une forme noire passa en voletant au-dessus de la plaine. Instinctivement, je m'aplatis. J'imaginais un démon, une créature des abysses rejoignant son maître, obéissant à quelque injonction stridente.

Je me relevai. Je voulais voir la tour de près. Je me représentai sa base, les fondations dont j'avais eu un aperçu lorsque l'Empereur m'avait emmenée de force.

Bientôt, mes pieds quittèrent le sol.

J'avalais l'espace. À toute vitesse, les plaines défilaient sous mes yeux. Rip m'avait expliqué que le mouvement, comme le temps, s'inscrivait dans le monde des esprits comme une notion relative. Il dépendait de nous, des interactions subtiles entre les gens et les choses. « Certain » et « définitif » étaient des mots à bannir.

J'arrivai au pied de la tour. Il me sembla que quelques secondes seulement s'étaient écoulées. Sur Terre, l'aube était peut-être déjà là. Ici, nul jour, nulle nuit, et le Soleil ne brillait pas, ni la Lune, et tout luisait d'une clarté morne et uniforme. Je levai les yeux. L'édifice était si énorme qu'il évoquait une muraille sans fin. Plus loin, une porte de bronze à double battant, haute comme une basilique, demeurait ouverte sur le vide.

Comment se faisait-il, avais-je demandé, que ce monde parût si uniforme – de la taille d'un pays –, comment se faisait-il que l'on aperçût la tour de quelque lieu qu'on se trouvât ? Umbra n'était-elle pas superposée à notre Terre ? Elle l'est, avait répondu mon maître. Mais c'est sa particularité, c'est sa nature de demeurer identique par quelque angle qu'on l'aborde. L'axe permanent du Mal.

Quelques silhouettes se dessinaient dans les hauteurs. Des créatures des plans inférieurs, n'appartenant à personne ; elles étaient légion, m'avait révélé Rip, des poussières de dieux, des souvenirs de grandeur.

Je me sentais étrangement heureuse. J'étais venue ici seule, sur ces terres explorées par mes ancêtres avant moi. Je m'étais élevée au-dessus de la plaine infinie. J'avais traversé Umbra. J'étais une sorcière.

Soudain, une colonne de créatures ailées, plus massives, plus impressionnantes encore que celles que j'avais aperçues dans la plaine, approcha en tournoyant au-dessus des portes. Je craignais qu'elles ne me vissent. Prudemment, je m'éloignai.

Il était temps de rentrer.

Au jugé, les bras le long du corps et tournant sur moi-même, je survolai la plaine, plus légère que le vent.

Un point aveuglant parut sur la ligne d'horizon. Mon halo. J'avais appris à me concentrer sur lui : dans Umbra, ce tourbillon de lumière était le seul repère auquel on pût véritablement se fier. Les particules cendrées m'environnaient, semblables à des lucioles. Je me laissai envelopper en fermant les yeux. Abandon.

J'ouvris les yeux ; j'étais allongée sur mon lit, membres engourdis. Il fallait toujours quelques secondes au voyageur pour reprendre pleinement le contrôle de son corps. Je me redressai, ouvris ma fenêtre. Le lac se parait de reflets chatoyants. L'aurore aux doigts de fée, l'aurore au souffle glacé s'alanguissait dans ma chambre.

L'écho de coups répétés se répercutait au-dessus de la forêt. Depuis quelques jours, Usher abattait des arbres. Nicketti lui indiquait ceux qu'il avait le droit de toucher, ceux, disait-elle, « qui avaient fait leur temps ». Il se jetait à corps perdu dans le travail. Il projetait de fabriquer des meubles, me révélait Jonathan, de nouvelles chaises pour la bibliothèque, des commodes pour les chambres. Il avait l'air heureux. Je me rendis compte que nous n'avions pas échangé un mot depuis la veille au matin. Que se passait-il ? J'étais debout devant la glace de ma chambre. Du bout des doigts, j'effleurai mon reflet. J'avais vécu ces trois dernières semaines comme un songe. Je m'éloignai du monde. Je ne le voulais pas, mais c'est pourtant ce qui arrivait. Ce même matin, j'allai m'en ouvrir à Rip. Il hocha la tête.

– Tu es partie dans Umbra.

– Co... comment...

– Je sens ces choses-là. Comment était-ce ?

Je reniflai.

– Vaste.

– *Très* vaste.

– Effrayant, aussi.

Il opina gravement.

– Ce qui est effrayant, c'est d'agir sans but. Tu voulais voir ? Tu as vu. Qu'attendais-tu de plus ? Des hommes ont sacrifié leur existence pour savoir ce qui se trouvait au sommet de cette tour. As-tu l'intention de suivre le même chemin ?

Je souris.

– Jamais de la vie.

– À la bonne heure. Il serait peut-être temps,

alors, que tu accomplisses ce pourquoi tu es ici. Te sens-tu prête ?

– Non.

– Tu *es* prête, fit-il en allumant son mélange d'herbes. Tu es la plus douée d'entre toutes. Tu es une sorcière, héritière d'une riche lignée, et tes capacités dépassent de loin ce que nous avions subodoré. Combien de formules as-tu mémorisées ?

Je baissai la tête.

– Je n'ai pas tenu le compte. Une vingtaine.

– C'est peu. Bien trop peu. Tu sais tout le reste, Mary. Tu sais entrer dans le monde des esprits, tu sais t'y déplacer. Le moment de te préparer à l'affrontement approche. Mais tu dois régler tes comptes avec ton passé.

– Mes comptes ?

Il me congédia d'un air fatigué. On aurait dit que je l'ennuyais.

Vingt-huitième jour

Six jours – c'est le temps qu'il m'avait fallu pour comprendre ce que mon maître attendait de moi. Sans relâche, j'avais compulsé mes livres de magie, mémorisé mes formules, et je m'étais entraînée au lancement des sortilèges. Mais rien n'était advenu, aucune lumière ne s'était allumée dans la nuit. Alors j'avais attendu. Et réfléchi. J'étais demeurée, comme Rip me l'avait conseillé, dans un état de complète ouverture.

Un matin, alors qu'une nouvelle fois je m'enfonçais dans le monde des esprits, quelque chose enfin se passa.

J'étais partie à l'aube, confiante dans le fait que ces équipées solitaires non seulement ne me fatiguaient pas, mais m'emplissaient d'une vibrante énergie dont je trouverais sûrement bientôt l'usage. « Quelle quantité de fluide peut-on emmagasiner ? » avais-je demandé à Rip, occupé à ranger les rayons de la bibliothèque. À sa connaissance, il n'existait pas de limite.

Une fois de plus, j'étais passée au-dessus des montagnes et des vallées. Gagnant la côte, lentement, j'étais arrivée par-delà les falaises. Et j'avais vu l'océan – noir comme la nuit, et démonté.

Alors j'étais partie vers le large. « Que cherches-tu, Mary ? » J'aurais été bien en peine de le dire. Je volais sans y penser, rasant parfois de mes mains la surface immatérielle et ne ressentant rien d'autre qu'un vague trop-plein de moi-même. J'étais un navire sans gouvernail.

Au loin dansaient des brumes voluptueuses. Un frisson me traversa. Je me retournai. La côte avait disparu. Légèrement effrayée, je décidai de faire demi-tour. Rip m'avait mise en garde : à force de dériver sans but, on pouvait basculer dans Umbra sans même s'en rendre compte.

Il fallait penser à l'Empereur. L'Empereur était persuadé que la tour du Néant, son *axis mundi*, appartenait au Monde Blanc, et que le Monde Noir était un leurre. De fait, le seul ouvrage à mentionner explicitement l'existence des deux royaumes restait le *Liber mundi secundus*. Pour certains sorciers, et Sa Majesté faisait partie du nombre, cet ouvrage dont personne ne connaissait l'auteur propageait une dangereuse hérésie. Le Monde Noir n'existait pas, ou bien... ou bien il se trouvait en chacun de nous. *À l'intérieur* de l'autre.

J'en étais à considérer ces paroles, j'en étais à les retourner dans mon esprit avec une perplexité croissante, quand les rivages de la Nouvelle-Angleterre réapparurent enfin.

Je hâtai l'allure. Stupéfaite, je regardais la côte approcher. Je la survolais, à présent. Ce port, cette falaise, les courbes douces de cette forêt...

Sans m'en rendre compte, j'étais revenue à Old Haven.

L'émotion me submergea. Brusquement, les perspectives se disloquèrent ; le paysage s'effrita, tomba en lambeaux. Paniquée, je tombai comme une pierre. Tendis un bras au hasard.

Ma main rencontra quelque chose. Une tuile d'ardoise. Provisoirement apaisée, je me retrouvai debout devant le toit du temple.

Je descendis en me laissant flotter. Le village se trouvait tel qu'en mon souvenir, figé dans une quiétude immaculée.

J'examinai les environs.

Laissant mes pas me mener dans le dédale des rues tortueuses qui descendaient vers le port, je levai les yeux vers le manoir Godfrey. Il était bien là, au-dessus de la mer sombre, suspendu au sommet de la falaise. Je remontai le chemin jusqu'à lui.

Parvenue à une bifurcation, je fis une pause.

Mary.

Une voix murmurait mon nom. Une voix que je n'avais jamais entendue, et qui résonnait néanmoins de façon familière.

Mary.

Je ne ressentais aucune crainte.

Qui êtes-vous ?

Viens près du grand arbre, Mary. Là où tu as vécu.

Je montai vers la forêt. J'avais grimpé vers le manoir sans même y penser. « J'aurais fini par venir ici, me dis-je. D'une manière ou d'une autre. »

Je ne volais pas. Je n'étais pas pressée. La voix me berçait telle une brise.

Mary.

J'ignorais qui m'appelait ainsi. Peut-être ne voulais-je pas encore me l'avouer, tandis que mes pieds se posaient sur les vieilles marches de l'escalier – peut-être refusais-je d'y croire, en traversant le chemin qui longeait cette forêt si chère à mon cœur. Mais, lorsque je m'enfonçai entre les troncs gris nimbés d'une féerique brume neigeuse, le doute ne me fut plus permis.

Elle était là.

Elle était là, assise au pied du chêne immense.

Elle était là et, à la seconde où je la vis, je sus qu'elle m'attendait depuis toujours.

Je m'accroupis. Elle se tenait repliée sur elle-même, me guettant comme un oiseau apeuré. Son visage était calciné, sa peau était pâle, d'une pâleur extrême, presque transparente – elle ressemblait à une ombre.

Te voici enfin, ma petite-fille.

Je pleurai. Les larmes ne coulaient pas, mais je savais que je pleurais.

Grand-mère...

Je passai une main sur ce qui restait de ses cheveux. Je ne sentais rien, mais elle se laissait faire, tel un animal craintif que l'on essaie d'apprivoiser.

J'ai lu ton histoire, grand-mère.

Je sais.

Je suis... tellement...

Elle secoua longuement la tête. Sa figure exprimait une tristesse incommensurable.

Le moment est venu, sorcière !

Je me retournai, effrayée. Elle m'apaisa d'un geste. Deux hommes arrivèrent, qui ne paraissaient pas me voir.

L'un d'eux portait un habit de pasteur. L'autre la longue robe à capuchon de la Sainte Inquisition. Ils la soulevèrent sans ménagement. Je criai, mais aucun son ne sortit de ma gorge.

Regarde, Mary. Regarde ce qu'ils m'ont fait.

Bientôt, d'autres visages apparurent dans les sous-bois. Des hommes et des femmes émergeaient de l'ombre. Ils portaient des torches et des fourches. Leurs traits déformés exprimaient une convoitise bestiale.

Laisse-les, Mary.

Les deux hommes jetèrent ma grand-mère dans les bras de la foule, qui la dévêtit en un clin d'œil avec force vociférations. *Sorcière, sorcière !* hurlaient-ils, et je me bouchai les oreilles, comprenant, le cœur déchiré, que je n'allais pas pouvoir intervenir, que j'étais condamnée à assister à une pièce déjà jouée – que je devais passer cette épreuve pour elle.

L'inquisiteur prit ma grand-mère par le bras. Elle était jeune, encore, et une lueur de violent désespoir palpitait dans ses yeux blancs tandis qu'elle se retournait vers le pasteur, debout devant la foule.

Jeremiah !

Je la suivis des yeux. Un bûcher avait été dressé. Le grand chêne avait disparu. On ligota ma grand-mère à un poteau grossièrement taillé, au-dessus d'un tas de fagots, et les villageois s'avancèrent. La jeune femme – comme elle me ressemblait, en cet instant ! –, la jeune femme continuait de crier, d'implorer la pitié de celui qui disait l'avoir aimée et la vouait maintenant à une mort atroce. Mais l'homme se détourna. Et, lorsque les premières torches furent lancées et que les flammes s'élevèrent, il fendit la foule et repartit vers le chemin.

J'enfouis mon visage entre mes mains. Au premier rang, un jeune garçon d'une vingtaine d'années observait la scène avec une attention muette. Je m'approchai, observai son visage. Il m'était familier lui aussi.

Brûle, catin !

Les torches volaient, décrivaient des courbes douloureuses et retombaient, embrasant immédiatement leur cible. Dans sa tunique blanche, ma grand-mère se contorsionnait avec l'énergie du désespoir. Les flammes léchaient ses pieds. Elle ouvrit les yeux et me fixa avec une acuité insupportable tandis que le tissu commençait à prendre feu.

Je voulus monter vers elle, mais rien n'était matériel, rien n'existait sinon le regard de Lisbeth Wickford noyé de larmes, et sa bouche, ses dents plantées dans sa lèvre inférieure – elle s'empêchait de crier désormais, elle voulait retenir ce cri. Et soudain sa tunique se consuma dans un souffle brutal, et du sang coula sur son menton, elle baissa les paupières, sa tête retomba sur le côté et enfin, enfin...

AH !

Elle suppliait.

Je tombai à genoux. Un silence de mort s'était abattu sur la scène. Je rouvris les yeux. Le corps de Lisbeth avait disparu ; ne restait du bûcher qu'un amas de cendres et de braises éparpillées sur le sol de la clairière tandis qu'une pluie fine commençait à crépiter. Ma grand-mère flottait, diaphane, à quelques pieds du sol. Soudain, une lumière divine tomba sur la forêt. Le temps s'accéléra.

Les cendres disparaissaient, absorbées par la terre. Des feuilles tombaient, virevoltantes. Une fine tige lumineuse sortit du sol et commença à pousser. Une plante. Un arbuste, un arbre – un chêne majestueux – et je compris, en le voyant peu à peu se superposer au fantôme de ma grand-mère, que celle-ci s'était incarnée en lui.

Mary ?

La scène s'était dissipée. Je pris la main de la jeune femme.

Grand-mère. Tu es restée ici tout ce temps !

Elle hocha la tête.

Entends ma parole, Mary. Cette présence me coûte, de plus en plus. Je souffre, parce que je suis condamnée à demeurer en ce lieu. J'en ai fait le serment au moment de mourir – j'ai fait le vœu d'être vengée. Ce cri que tu as entendu, c'est celui que je n'ai jamais poussé, le cri qui m'aurait libérée. Mais je voulais rester, tu m'entends ? Je le voulais. Oh, je pensais, j'étais sûre que ma fille laverait l'affront, ma douce Sarah. Mais Sarah est partie sur les mers. Et j'ai sombré dans le désespoir. Une éternité, prisonnière de cet arbre – j'aimais tant cet endroit, Mary, cette clairière aux ombres douces. Deux jours avant que l'Inquisition ne vienne m'arrêter, le capitaine Willard a enterré mes cahiers ici même, dans un coffre à la serrure par lui-même conçue.

Jeremiah connaissait aussi les sentiments qui m'attachaient à ce lieu. Il a choisi de m'y faire mourir. Willard a emporté mon amulette après ma mort – il savait où je la cachais. Et l'arbre a poussé.

De nouveau, elle avait baissé la tête.

Quel soulagement quand je t'ai vue. Quelle grâce. C'est moi, évidemment, c'est moi qui t'ai guidée jusqu'au coffre.

Je pressai ses doigts – je croyais les presser.

Grand-mère, que veux-tu que je fasse ?

Elle releva vers moi son beau visage ravagé.

Délivre-moi de cet endroit.

Je plissai le front.

Est-ce que... est-ce que Jeremiah est toujours en vie ?

Elle eut un geste évasif.

Je ne peux rien te dire. Je ne suis qu'un fantôme, et seul mon sort me préoccupe, hélas. Tout ce que je sais, c'est que la malédiction que je me suis infligée n'a pas été levée.

Elle devenait littéralement translucide.

Je suis tellement heureuse que tu sois venue jusqu'à moi, Mary. Tu es une grande sorcière. J'ai traversé ces terres un temps. Je ne me doutais pas, alors, qu'elles deviendraient mon sanctuaire éternel.

Je me levai.

Cela n'arrivera pas. Quand pourrai-je te revoir ?

Des larmes coulaient sur son visage.

Pas avant très longtemps, ma petite fille. Je te vois, moi, je t'ai vue, et cela me suffit à reprendre espoir. Mais le mal qui pèse sur notre lignée n'a pas été vaincu – je sens cela dans chaque fibre de ma chair en feu. L'homme qui m'a tuée vit toujours, quelque part. Je sens son esprit peser sur moi. Ôte-lui la vie, Mary. Ôte-lui la vie.

Je voulais lui parler encore, la prendre dans mes bras, même sans rien sentir.

Mais cela ne m'était pas permis.

Mary !

Telle une brume trop légère pour ce monde, elle disparut à mes yeux.

Vingt-neuvième jour

Jonathan Swift me tendit un mouchoir de soie brodée à ses initiales. Depuis la veille, il m'arrivait fréquemment de pleurer sans raison. Je le remerciai, ravalant mes sanglots. J'étais assise dans le salon, devant la fenêtre ouverte, et je regardais la neige tomber. Certaines portions du lac avaient gelé. Usher et Nicketti étaient partis chasser en forêt.

Je reniflai.

– Vous avez froid ?

– Non, dis-je. Je ne sens plus le froid. Je ne sens plus rien.

Jonathan jeta quelques bûches dans l'âtre et se massa les reins avec une grimace d'inconfort. Puis, tirant une chaise, il s'installa à mes côtés.

– Je présume que parler ne vous soulagera pas.

Je secouai la tête. Je pensais à cette inscription gravée sur le tronc du chêne. Je pensais à ce signe tracé dans les airs, et qui était venu saigner l'écorce.

– Jonathan...

– Oui ?

– Sait-on réellement qui est l'Empereur ?

Il me considéra avec surprise.

– Que voulez-vous dire ?

– Il occupait les fonctions de Grand Inquisiteur, il se faisait surnommer l'Obscur : ce sont là des faits irréfutables. Mais cet Obscur, qui était-il ? Connaît-on ses origines ? Sa ville natale ? A-t-il gardé des parents, une famille ?

Jonathan se gratta le nez.

– Le mystère reste entier, reconnut-il. Certains points demeurent incompréhensibles. Qui l'a initié à la sorcellerie, par exemple ? D'où lui vient cette foi obstinée ?

– C'est un catholique.

– Un catholique d'une piété anormale.

Je refermai la fenêtre.

– J'ignore ce que je suis censée faire, dis-je. Le fantôme de ma grand-mère est persuadé que l'esprit du pasteur Jeremiah est encore présent quelque part. Et on me demande de tuer l'Empereur.

Jonathan sourit et rajusta sa perruque.

– J'ai l'impression, dis-je, suivant le fil de ma pensée, que tout cela ne forme qu'une seule et même histoire.

Quarante-sixième jour

Un soir, je partis si loin sur l'océan – à me perdre moi-même, à ne plus savoir où je me trouvais –, je partis si loin que j'arrivai au bord d'une falaise titanesque qui tombait à pic vers nulle part. C'était le spectacle le plus grandiose auquel il m'avait jamais été donné d'assister. Dans un silence total, la mer se déversait sur toute sa longueur vers les abîmes frangés de brume. L'écume jaillissait avec une puissance colossale. La falaise courait des deux côtés, à perte de vue. Le bout du monde. Je me sentais émue, à en mourir. Devant moi, une surface étale de nuages blancs s'étendait comme un ciel et rejoignait l'horizon. « Ici, sentais-je, il n'y a plus rien. Si je poursuis ma route, je cesserai d'exister. »

Et je demeurai là, suspendue entre ciel et mer, contemplant l'infini au milieu des milliards de gouttelettes d'eau qui m'enveloppaient comme un halo. Et cela dura des jours, des jours et des nuits entières, et le temps s'écoulait dans toutes les directions, et j'attendais au milieu du temps, sentant le fluide littéralement m'envahir, luttant sans cesse contre cette envie folle : faire un pas en avant et me laisser tomber, rejoindre l'absolu d'un élan salvateur.

Lorsque je retrouvai mes esprits, mourant de soif, je fus incapable de dire si j'étais vraiment partie ou si tout cela n'avait été qu'un rêve. Assis à mon chevet, Rip Van Winkle m'apprit d'une voix douce que j'avais dormi dix jours et dix nuits. Pendant ce temps, ajouta-t-il, je n'avais cessé de hurler, telle une démente, au point que les membres de la Fraternité, n'osant me réveiller, avaient fini par s'exiler dans la forêt, près de l'arbre de Jack. Seul Rip était resté à mes côtés pour s'assurer que je ne manquais de rien, versant de temps à autre quelques gouttes d'eau pure entre mes lèvres craquelées.

Il me demanda ce que j'avais vu ; je lui décrivis l'endroit le plus fidèlement possible.

– Le bout du monde, murmura-t-il avec effarement. Cela signifie que Spiritus n'a plus de secrets pour toi. Cela signifie que ton esprit se sent prêt.

Il posa une main sur mon front. J'étais brûlante.

– Le bout du monde ?

– L'endroit où Spiritus et Umbra se séparent. La fracture. Le néant où Dieu lui-même s'est réfugié, ou dissous.

– Et ces nuages ?

– Quiconque descend le long de cette falaise part pour un voyage sans retour ; c'est tout ce que nous pouvons affirmer. Certains d'entre nous, comme Gerardus, ne croient même pas à l'existence du bout du monde. Parce qu'ils ne l'ont jamais atteint. Le voir est un don, qui n'est donné qu'une fois.

– Vous a-t-il été donné ?

– Oui. Je l'ai contemplé, comme toi. Et j'ai senti, comme toi, à quel point le fluide était concentré en ce lieu, à quel point j'étais empli de puissance.

– Quand était-ce ?

– Il y a une trentaine d'années. Nicketti l'a vu, elle aussi. Et Jack. Et Constance. Tous une fois. Toujours une fois.

Quarante-neuvième jour

Retourner au bout du monde, comme pour me prouver à moi-même, comme pour montrer aux autres que revoir la falaise était possible, permis, comme pour être sûre qu'il ne s'agissait pas d'un rêve.

À table, tous me fixaient avec stupéfaction. Je demandai le pain trois fois. Ce soir-là, Gerardus sortit de table et s'écroula dans le couloir, saisi de convulsions. Nous nous précipitâmes. Lorsque je voulus le toucher, il s'écarta brusquement. Usher me jeta un regard noir. Étais-je responsable de ce qui arrivait ?

Nicketti me ramena dans ma chambre et essaya de me rassurer. Personne, m'assurait-elle, n'avait encore rencontré quelqu'un qui me ressemblât. On pouvait tenter d'expliquer, on pouvait même essayer d'en rire, le fait demeurait : j'étais la magicienne la plus puissante que la terre d'Amérique eût jamais portée.

Cinquante-deuxième jour

L'après-midi s'étirait et je cheminais en compagnie de Usher sur les rives du lac cerné de neige fondue. Je l'écoutais parler, m'expliquer à quel point nos routes semblaient s'être séparées malgré l'amour indéfectible qu'il me portait – mais avais-je besoin de son amour ? –, quand soudain un vol d'ornithoptères passa dans le ciel. Sans attendre, nous courûmes nous mettre à couvert. Mon cœur se serra.

– Qu'est-ce que cela signifie ?

– Aucune idée, admit Usher en fronçant les sourcils. Mais certainement rien de bon.

Plus tard dans la soirée, les appareils de l'armée impériale jaillirent de nouveau, vrombissant dans l'air bleu nuit, et, cette fois, penchés à la fenêtre, nous eûmes le loisir de les compter. Ils étaient onze – douze selon les versions.

Dévoré d'inquiétude, Rip nous ordonna de rentrer.

Cinquante-quatrième jour

Le chant des oiseaux bourdonnait dans les branchages. Jack et Gerardus marchaient cette fois à mes côtés. Jack me montrait les terriers d'animaux. Il chuchotait des noms dans la pénombre. Un peu plus tôt, nous avions surpris un blaireau. Cette fois-ci, c'était une loutre. Encore luisant d'humidité, l'animal était venu se lover contre nos jambes. Jack caressait sa fourrure lisse. Gerardus regardait ailleurs.

– Que se passe-t-il ?

Il secoua la tête, une fois de plus. Les feux du soleil laissaient des traces rosâtres dans l'azur. Nous décidâmes de rentrer par un sentier escarpé qui longeait la falaise. La loutre disparut entre les fourrés. Jack nous arrêta.

– Écoutez.

Des voix. Des voix humaines.

– Qui...

Il posa un index sur sa bouche de citrouille et nous fit signe de nous baisser. Trois hommes arrivaient. Trois hommes à cheval, sur notre chemin, armés de mousquets et revêtus des uniformes de l'armée impériale. Gerardus se rongeait un ongle.

– Ils vont nous voir.

Effectivement, il était difficile d'imaginer que les

trois cavaliers ne nous remarqueraient pas une fois qu'ils seraient à notre hauteur. Notre jeune ami serrait la crosse nacrée d'un pistolet à six coups. Jack avait tiré ses sabres.

– Mary, souffla-t-il, allez vous mettre à l'abri.

– Je ne peux pas...

– Faites ce que je vous dis. Je ne suis pas sûr qu'ils viennent pour vous ni même pour nous. Cependant, nous ne pouvons prendre de risque.

Il me fit signe de disparaître. Mais, au moment où je commençai à reculer, toujours accroupie, Gerardus se leva d'un bond et ouvrit le feu : un coup, deux – un troisième.

Un homme tomba de cheval. Jack poussa un cri rauque et bondit sur le sentier. Les deux cavaliers saisirent leurs rênes et tirèrent à leur tour. Un impact léger fit jaillir un éclat de roche. Puis Gerardus s'écroula, touché à la poitrine. Me lançant en avant, je saisis son arme et fis feu sur les soldats. L'un d'eux, occupé à épauler, bascula. Jack hésitait. Le troisième cavalier aussi. Le doigt crispé sur la gâchette, je visai encore.

BLAM.

BLAM.

Ma cible tomba de son cheval et roula dans la poussière. Se ruant vers le premier cavalier, qui tentait de se relever, Jack lui enfonça son sabre en plein cœur. Avec un rictus incrédule, l'homme leva une main et tomba face contre terre.

Les deux autres ne bougeaient plus. Tandis que Jack clopinait vers eux, je me précipitai vers Gerardus, et déchirai sa chemise. Il gémissait, se débattait mollement. La balle n'avait touché que l'épaule.

– Laissez-moi. Ne me touchez pas.

Je n'en croyais pas mes oreilles. Serrant les dents,

j'appliquai ma main sur la plaie béante. Le jeune Stuyvesant commença à se débattre.

– Pour l'amour du Ciel, dis-je, tenez-vous tranquille !

– Je peux me soigner seul.

– Mais que vous ai-je donc fait ?

Il se dégagea et me repoussa avec férocité. Sa plaie s'était déjà à moitié refermée. Je levai les yeux vers Jack. Il revenait sans se presser.

– Alors ?

– Morts.

– Tous les trois ?

Il hocha la tête. Posa une main sur mon épaule.

– Mary...

Je me relevai, ébranlée.

– J'ai tué.

– Mary. C'était eux ou nous.

– Vous ne comprenez pas, dis-je. L'amulette a perdu son pouvoir. J'ai tué trois fois.

Jack ôta sa main. Gerardus boitillait derrière les buissons.

– Vous avez ça dans le sang, cracha-t-il.

L'homme-citrouille le foudroya du regard.

– Imbécile. Elle nous a sauvé la vie.

D'un geste sec, j'arrachai l'amulette qui pendait à mon cou.

– Mary, dit Jack dans mon dos, ne faites pas ça, vous ne pouviez pas...

Sans réfléchir, je lançai le bijou par-dessus les taillis, vers le lac. « À présent, réalisai-je avec stupeur, à présent plus rien ne me protège. »

Cinquante-cinquième jour

Tout le monde, Jack compris, et Usher aussi, et Gerardus, l'épaule bandée, l'air absent, tout le monde m'attendait dans la salle d'études – ils étaient là, méditatifs, et la mine si grave que mes jambes flageolèrent lorsque la porte se referma sur moi.

Rip désigna un siège. Je m'assis, raide comme un piquet. La figure sombre, notre chef allumait sa pipe en balayant sa petite assemblée du regard.

– Nous avons des nouvelles de Gotham.

– Pas très bonnes ?

– L'Empereur sait que tu es en vie.

– Comment...

– Il a capturé des Domilites. Il les a fait parler. Il a appris qu'elles t'avaient capturée et que tu leur avais échappé. Qui plus est, et quoique nous ne puissions l'affirmer, il est tout à fait possible que ses pouvoirs de sorcier lui aient permis de sentir ta présence.

– Non...

– Mais il y a plus grave. Beaucoup plus grave.

Autour de moi, les murs vacillaient ; un goût de sel envahit ma bouche. J'avais tué deux hommes. Je ne parvenais pas à chasser cette idée de mon esprit.

– Les cavaliers qui nous ont rendu visite hier ne

se trouvaient pas là par hasard. Ils nous cherchaient, et je dois répéter, Mary, que tu as bien agi en les abattant.

– À croire qu'elle aime ça, fit Gerardus.

Rip pointa un doigt accusateur.

– Nous parlerons de ton cas une autre fois, jeune Stuyvesant. Des problèmes plus graves nous occupent. Un de nos espions à la Cour a été arrêté et torturé. Ils ont tenté de le faire parler, lui aussi. Et, malgré le courage exceptionnel que nous lui connaissons, notre ami a parlé. Il leur a révélé dans quelle région se trouvait notre repaire. Nos frères de Boston ont déjà changé de demeure.

– À ce propos... commença Jonathan.

– Plus tard ! Nos autres agents s'apprêtent à quitter Gotham. Leur position devient intenable. À ce sujet, des informations ont pu nous être communiquées.

Un silence pesant accueillit cette déclaration. Dehors, la neige s'était remise à tomber.

– Comme vous le savez, reprit Rip, l'attaque des Domilites, aussi soudaine et meurtrière fût-elle, s'est vue contenue, puis réprimée dans le sang.

– On parle de cinq mille morts, fit Jack.

– Oui. Et d'une vague de répression à côté de laquelle les exactions passées de la Sainte Inquisition feront désormais figure d'aimable plaisanterie.

– Ce qui veut dire ? siffla Gerardus.

– L'Empereur a haussé le ton. Nous avons parlé des morts, mais des milliers de personnes ont par ailleurs été emprisonnées. Les armées de l'Inquisition ont été dépêchées dans les villages des Sept Provinces pour procéder à des arrestations massives. On a assisté à des exécutions sommaires. Des bûchers ont été dressés comme aux heures les plus noires. Il semble que Sa Majesté se soit laissé aller à des accès de folie meurtrière. Deux cardinaux ont été mis au repos. Deux autres ont prêté allégeance totale à Sa Majesté – autant dire qu'ils lui ont abandonné leurs pouvoirs. Un état de siège permanent a été décrété. Les soldats de l'Empire ont dorénavant le droit d'abattre sans sommation tout individu suspect d'hérésie, et cela sans en référer à une quelconque hiérarchie.

– Et les deux autres ? demanda Nicketti.

– Quels deux autres ?

– Les cardinaux.

– L'un d'eux a été retrouvé noyé dans son bain. L'autre est mort d'une maladie du sang, aussi subite qu'inconnue.

– Mon Dieu, murmurai-je.

– Mary, poursuivit Rip en me désignant de sa pipe éteinte, des avis de recherche ont été placardés sur les murs de toutes les villes et de tous les villages de l'Empire. Cent mille livres de récompense à qui te retrouvera. Et mort par pendaison à qui touchera un seul de tes cheveux. L'Empereur te veut vivante. L'armée est à ta recherche. Tout le monde est à ta recherche.

– Il faut fuir, décréta Nicketti.

– Cela ne suffira pas.

– Pourquoi ?

– En ce qui concerne les événements d'hier, je ne suis pas excessivement inquiet. Les révélations de notre agent n'étaient pas assez précises, sans quoi l'armée aurait déjà donné l'assaut. Ces soldats se trouvaient ici par hasard. Notre vallée est encaissée, notre lac difficilement accessible et nos amis indiens (à ces mots, Gerardus toussa méchamment) sont là pour nous prévenir de toute intrusion suspecte. Malheureusement, l'Empereur semble l'avoir compris. Il vient de changer de méthode.

– Comment cela ?

Rip ralluma sa pipe et prit une inspiration.

– J'ai longtemps hésité avant de savoir si je devais ou non te tenir informée, Mary. Et puis j'ai pensé que tu m'en voudrais si je me taisais. Tu aurais fini par l'apprendre un jour ou l'autre, par la volonté de l'Empereur.

Mon cœur se mit à battre plus fort. Je me passai une main dans les cheveux.

– Parlez.

– Ils torturent les nonnes.

– *Que dites-vous ?*

– Les sœurs et les pensionnaires de l'orphelinat de la Sainte-Charité. Elles ont toutes été incarcérées, toutes celles qui avaient survécu à l'incendie. Les fillettes aussi. Le jardinier. Ton amie Anna. Et Philip.

– Vous voulez dire...

– Chaque jour, ils en choisissent une, au hasard. Puis ils la torturent. Et ils la tuent.

– Non !

– Je suis tellement navré, Mary. Mais l'Empereur a promis d'exterminer toutes ces femmes et ces filles, ainsi que les hommes qui les servaient. Il a promis de les tuer jusqu'à la dernière. Une par jour. À moins que tu ne te livres à lui.

Je plaquai mes mains sur ma bouche.

– Je... je crois que je vais me sentir mal.

– Nous sommes avec toi. Ces exactions sont monstrueuses, mais nous sommes avec toi.

Je me levai.

– Je dois y aller. Tout de suite.

– Assieds-toi, ordonna Rip d'une voix ferme. Maintenant plus que jamais, tu as besoin de toute ta raison. Écoute-moi. L'Empereur est décidé à plonger l'Amérique dans un bain de sang pour te retrouver. Une fois qu'il sera parvenu à ses fins, il te demandera de le conduire au sommet de la tour – et tu sais pourquoi. L'Innommé : c'est lui qu'il veut et qu'il convoite, et il a besoin de toi pour cela. Imagine. Une fois que tu seras à lui.

Je secouai la tête, les yeux embués de larmes.

– Les sœurs...

– Je comprends ce que tu ressens. Toutefois, songe à ceci : crois-tu qu'il les relâchera une fois que tu seras revenue ? Comment penses-tu qu'il te forcera à obéir ? Ces femmes ne représentent rien pour lui. Il les tuera de toute façon.

– Qu'essayez-vous de me dire ?

Il darda sur moi un regard impitoyable.

– Aujourd'hui, il en meurt une par jour. Ce n'est qu'en détruisant l'Empereur que tu mettras fin au carnage. Si tu choisis de lui obéir, tes amies périront toutes.

– Alors je dois le tuer sans tarder.

– Alors tu dois le tuer sans tarder.

– Quand ? dis-je en me postant à la fenêtre. Je suis prête.

– Tu ne l'es pas.

Je me retournai, furieuse.

– Pensez-vous que je vais attendre ici que mon enseignement se termine ?

– C'est une décision cruelle, mais c'est la seule à prendre.

– Vous rêvez.

Il secoua sa pipe. Je détestais le calme qui émanait de ses gestes.

– Nous étions sur le point de passer à la dernière phase de ton apprentissage. Les choses, Dieu merci, se sont déroulées bien plus vite que prévu. Mais je te l'affirme, Mary. Si tu pars, si tu tentes de l'affronter aujourd'hui, et quelle que soit la confiance que tu puisses avoir en tes moyens, tu échoueras.

– Quand, alors ?

– Nous parlions des dragons ; nous parlions de *ton* dragon.

– Mon rêve...

– C'est la dernière étape, Mary. Au terme de cet apprentissage, et si tout se passe comme nous l'espérons, tu détiendras une puissance inégalée.

– Que m'importe...

– C'est la *seule* solution, m'interrompit le vieil homme, il n'en existe pas d'autre. Tu dois trouver ton dragon et le dompter. Tu dois devenir l'esprit de ta monture. C'est un processus complexe et dangereux, et le temps nous est compté. Pour le reste, tu le sais, nous avons un plan, que nous mûrissons depuis des semaines. Mais, sans toi, sans ton dragon, nous n'avons aucune chance de réussir.

Je fermai les yeux.

– Dans combien de semaines serai-je prête ? Où trouverai-je le dragon ?

– Cela dépend de toi, Mary.

– Qui m'apprendra ?

– Un chaman.

– Quoi ?

– Ours-Très-Sage. Du clan des Cimes.

– Je... le connais.

– Oui. Ce matin, à l'aube, Jack a dépêché l'un de ses messagers ailés, et la réponse nous est déjà parvenue. Ours-Très-Sage t'enseignera tout ce que tu as besoin de savoir. Il sera ici dans quatre jours.

– Quatre jours ? Pourquoi attendre si longtemps ?

Rip sortit sa pipe de ses lèvres.

– Ours-Très-Sage revient d'une longue excursion dans le monde des esprits. Il est éreinté. Il dort. Il nous faut patienter.

Je me tordais les mains.

– Pourquoi...

– Pourquoi lui ? Parce que c'est le meilleur chaman que nous connaissions.

– Non, je voulais dire : pourquoi un Indien ?

Rip plissa les yeux.

– Cela aussi, nous devions te le dire. Tu vas partir en Spiritus avec Ours-Très-Sage pour trouver le corps résiduel de ton dragon. Il s'agit d'un animal dompté en son temps par une de tes lointaines ancêtres. Tout cela te sera expliqué.

– Et...

– Et il se trouve que le dragon ne répond qu'à celui qui porte le sang du dompteur.

Il fit une pause. Souffla un jet de fumée par les narines.

– Tes ancêtres – je parle des femmes –, tes ancêtres appartenaient au grand peuple des Indiens, Mary. J'ai parlé avec Lisbeth. Sa grand-mère était cherokee. Elle a épousé un Blanc, et l'héritage s'est dilué. Mais cette vérité demeure et...

– En voilà assez.

Gerardus s'était levé. Il posa sur moi un regard de haine pure et tourna brusquement les talons. Une porte claqua.

– Que se passe-t-il ? demandai-je.

Rip laissa sa pipe de côté.

– Une histoire bien malheureuse – je te l'ai dit. Elle concerne Peter Stuyvesant, le père de Gerardus, et la façon dont il est mort. Disons qu'il a du mal à accepter le fait que du sang indien coule dans tes veines, justement. Il l'ignorait quand tu es arrivée.

– Pour moi, c'est une fausse excuse, fit Nicketti en inspectant le dos de ses mains. Tu peux choisir d'aller te justifier auprès de lui, ou le laisser à son ignorance de mâle stupide.

– Nicketti... soupira Rip.

– Désolée. Je dis ce que je pense.

Notre maître se leva.

– Gerardus est des nôtres. Plus que jamais, mes amis, nous avons besoin de rester solidaires. Jack, Nicketti, Usher, Jonathan, vous pouvez disposer et vaquer à vos occupations. Mary, je ne saurais que trop t'encourager à poursuivre tes efforts : tiens-toi prête pour l'arrivée d'Ours-Très-Sage et tâche de prendre des forces. Notre réunion est terminée.

– Rip ?

Jonathan s'était rapproché de lui tandis que les autres quittaient leurs chaises.

– Mon ami ?

– Puis-je te parler seul à seul ?

– Évidemment.

Nous quittâmes la salle d'études et laissâmes les deux hommes à leur conciliabule. Je me sentais faible, à bout de souffle. Usher me prit le bras.

– Avez-vous besoin de quelque chose ?

Je souris tristement.

– Merci.

Je me dégageai et montai vers ma chambre. Il me rattrapa dans l'escalier.

– Mary !

Je le regardai, frémissante. Sa bouche se posa sur la mienne ; ses bras puissants m'enserrèrent comme des lianes.

– Mary...

Je me dégageai. Il s'obstina.

– Laissez-vous faire, pour une fois. Ne comprenez-vous pas ?

Je lui saisis le poignet.

– Arrête.

Il me considéra d'un air de stupeur blessée.

– Vous ne m'aimez pas, dit-il.

– Cela n'a rien à voir. Strictement rien.

– Vous vous refusez à moi. Depuis le commencement.

– J'ai besoin d'être seule. Cette charge qui pèse sur mes épaules...

Il s'écarta.

– Je sais. Rien d'autre ne compte.

– Usher... Essaie de comprendre, je t'en prie.

– Oh, mais je comprends, mademoiselle. Tout est extrêmement clair.

– Usher...

Il s'arrêta sur la première marche.

– Dites que vous m'aimez.

– Quoi ?

– Prononcez simplement ces mots, en me regardant. Dites : « Je t'aime. »

Je secouai la tête.

– C'est ridicule.

Une ombre de désespoir passa sur son visage.

– Moi je peux vous l'affirmer, mademoiselle. Je vous aime. Je vous aime et j'en souffre.

Il s'éloigna, voûté.

Pourquoi ne faisais-je rien pour le retenir ?

Une demi-heure plus tard, tandis que je somnolais, allongée sur mon lit, on frappa à ma porte.

– Entrez.

La figure de Jonathan apparut.

– Puis-je ?

Je m'étais redressée. Je lui indiquai un tabouret ; il déclina l'offre.

– Je viens de discuter avec Rip.

– Oui ?

– J'ai un ami, un vieil ami. Un pirate. Qui désire vous parler.

– À moi ?

– À vous personnellement.

– C'est absurde. Comment me connaît-il ?

– Il ne vous connaît pas. Mais il a connu votre mère.

Je demeurai sans voix.

– Son nom est Iron Moses. J'ai... j'ai travaillé pour lui, par le passé.

– Un pirate, dites-vous ?

– Il existe deux sortes de pirates. Ceux qui ne songent qu'à s'enrichir, à festoyer ou à mener grand train, si vous me passez l'expression. Et ceux qui défendent une cause. Ceux-ci – ils se font de plus en plus rares –, ceux-ci comptent naturellement au nombre de nos amis. Ils se battent contre l'Inquisition. J'imagine qu'Iron Moses se fera un plaisir de vous narrer ses aventures. C'est un vieil homme, désormais. Il est parti pour les Caraïbes et ne revient qu'occasionnellement sur nos terres, pour des séjours de quelques mois. Il a appris, *je* lui ai appris, que vous vous trouviez ici avec nous. Il séjourne à Boston sous une fausse identité. Il insiste pour que je vous présente à lui. Rip est d'accord – et comme il nous reste quatre jours...

– Était-ce un ami de Rip aussi ?

– En un sens.

Je hochai la tête, déterminée.

– Allons-y, dis-je. Cette inaction forcée me pèse déjà.

– À la bonne heure ! s'exclama Jonathan en se frottant les mains. Nous partirons demain dès l'aube.

Cette nuit-là, pour la première fois depuis longtemps, je ne rêvai pas. Mon sommeil était un champ battu par la tempête. Blottie sous ma couverture, je me tournai et me retournai sans répit. Mes ancêtres. Des Indiennes ! J'imaginais une vieille femme au visage creusé de sillons. J'imaginais un dragon posé à ses côtés, assoupi dans l'herbe. *Mon* dragon, et sa respiration paisible. Ses écailles d'argent.

Cinquante-sixième jour

Nous partîmes à l'aurore. Des chevaux nous attendaient, dûment sellés cette fois, et nous emportions des victuailles. Une pluie mêlée de neige tombait sur le chemin. Giflés par le vent, les sapins se prosternaient sur notre route en pleurant. Nous ruisselions.

Après dix heures de pénible progression, nous sortîmes enfin de la forêt et rejoignîmes une route pavée qui se perdait entre les collines.

– Nous serons à Boston ce soir, dit Jonathan en guise d'encouragement.

Le crépuscule naissant chassait maintenant la pluie de son souffle fade. Nous traversions notre énième village lorsque mon sang se figea.

– Jonathan...

Une bannière de l'Inquisition venait d'apparaître à la sortie du hameau.

– Gardez votre calme. Baissez la tête.

Les mains crispées sur mes rênes, j'obéis sans discuter. Les inquisiteurs approchaient. J'avais rabattu mon capuchon : ma seule protection contre leurs regards.

– Surtout, laissez-moi faire, murmura Jonathan.

Le chef du convoi portait fièrement son étendard. Une dizaine de cavaliers se suivaient, avançant à une allure tranquille. Ils n'étaient plus séparés de nous que par une trentaine de pieds lorsque mon ami commença de m'invectiver.

– Tu es un incapable, Francis ! Crois-tu que je vais supporter encore longtemps le poids de ton incompétence ? Voilà trois ans que tu es entré à mon service et tu n'es toujours pas fichu d'établir une facture en bonne et due forme. Je devrais...

Je hochai la tête. Les inquisiteurs passaient devant nous en rajustant leurs cagoules. Lorsque le dernier eut disparu, je me redressai légèrement.

– Hé ! vous !

Nous arrêtâmes nos montures et fîmes volte-face.

– Approchez.

Jonathan s'avança en premier ; j'étais contrainte de le suivre. L'inquisiteur avait ôté sa cagoule et respirait avec force.

– Qui êtes-vous ?

Jonathan s'inclina respectueusement.

– J'ai pour nom Stephen Bradford, monseigneur. Et je suis voyageur de commerce.

Il se tourna vers moi. Jonathan poursuivit :

– Voici Francis, mon commis ; un authentique bon à rien, monseigneur – sauf votre respect.

– Commerce, hein ! Et que vends-tu donc ?

– Des étoffes, monseigneur.

– Mmh.

L'inquisiteur me fixait avec insistance. Sa monture donnait des signes d'impatience. D'un geste, il ordonna aux autres de rester où ils étaient et trotta vers moi. Je fermai les yeux.

– J'aimerais voir ton visage. Hé ! je te parle !

En une fraction de seconde, tout défila devant moi. Mon enfance. Old Haven. Ma fuite. Mon initiation. Et ma grand-mère ! Ma grand-mère dans les montagnes.

– Par tous les diables, vas-tu...

Je baissai mon capuchon. Stupéfait, l'inquisiteur me dévisagea bouche bée. Je levai une main vers lui, paume dressée.

– Laissez-nous.

L'homme se retourna vers les siens.

– Saisissez-vous d'elle !

Ce furent les derniers mots qu'il prononça. L'instant d'après, un éclair de lumière bleutée jaillissait de mes doigts et l'atteignait en pleine poitrine. L'homme s'effondra sans un mot. Une grimace incrédule se peignait sur son visage.

Médusés, les autres cavaliers nous observaient sans réagir.

– Partez, dis-je. Je ne vous veux aucun mal.

Ils hésitèrent, puis l'un d'eux tira une arme de sa ceinture, et les autres l'imitèrent. Sans sommation, j'écartai les mains. Avant que nos ennemis aient pu tenter quoi que ce soit, une muraille de feu jaillit de terre et commença de les encercler. Les chevaux paniquèrent. Mes bras étaient tendus. Je les sentais vibrer : le feu consumait mes forces, mais je tenais bon. Bientôt, les inquisiteurs se mirent à crier, à tirer au hasard. Les flammes se contorsionnaient puis montaient vers le ciel. Le cercle se referma. Épuisée, je baissai les mains. Jonathan m'entraîna à sa suite.

– Vite !

Nos montures s'éloignèrent au triple galop. Chevauchant comme des damnés, nous ne nous retournâmes que lorsque les clochers de Boston furent en vue.

Par bonheur, les gardes qui flanquaient l'accès à

la porte sud ne contrôlaient pas les nouveaux arrivants. La nuit était tombée depuis longtemps, et des flambeaux de fer ouvragé transperçaient les ténèbres. Jonathan me conduisit à travers un dédale compliqué de ruelles boueuses, de moins en moins éclairées. Nous nous rapprochions des quais. Enfin, nous nous arrêtâmes. Une enseigne de bois figurant une chope renversée venait d'apparaître entre deux torches. *Le Sans-Retour*, proclamaient des lettres peintes. Nous attachâmes nos chevaux et Jonathan me prit par le bras. Rarement je m'étais sentie aussi éreintée.

– Mary...

Jonathan scrutait mon visage à la lumière des torches.

– Vous nous avez sauvés.

– Je... je n'ai pas réfléchi.

– Vous avez fait usage de la magie, poursuivit-il. Et d'une façon extraordinaire. Rip avait raison : vous touchez au but ! Venez, allons nous réchauffer.

Il poussa la porte grinçante. Tous les regards se tournèrent vers nous, y compris celui du tavernier, un petit gaillard tout sec qui essuyait sa vaisselle en chiquant. La taverne du *Sans-Retour* était un endroit exigu et enfumé, peuplé d'une faune patibulaire. La plupart des clients étaient des marins, m'avait expliqué Jonathan, et il était préférable de ne pas chercher à en savoir plus.

Mon capuchon était baissé. Un homme à la figure couturée émit un sifflement déplaisant et souleva ma cape quand je passai près de lui.

– Alors, ma mignonne ? Qu'est-ce qu'un joli petit bout comme toi...

– Suffit, le Balafré.

L'interpellé se retourna. L'homme qui venait de prononcer ces paroles se tenait à une table à l'écart, et sa figure demeurait dans l'ombre.

– De quoi je me mêle ? demanda l'autre.

– La jeune demoiselle vient pour moi, répliqua l'homme. Horace, ressers donc une tournée de ton vénérable tord-boyaux à notre chaleureuse assistance, et recommande aux récalcitrants potentiels de nous laisser en paix. Nous sommes ici pour affaires, ajouta-t-il en exhibant un bras métallique doré qui se terminait par un canon, et je n'ai pas très envie de me servir de ce machin ce soir. Compris, tout le monde ?

Les habitués acquiescèrent. Jonathan me prit la main. L'homme trempa ses lèvres dans sa chopine et me détailla de la tête aux pieds.

– Prenez des tabourets, dit-il.

Jonathan en attrapa deux ; nous nous assîmes.

– Iron... commença-t-il.

– T'en fais, une tête ! En tout cas, tu as reçu ma lettre, hein ? Je suis surpris. Agréablement, s'entend : je ne pensais pas que tu viendrais. Et ton double menton te sied à merveille. Tu nous présentes ?

Jonathan commanda deux bières et défit sa cape. Je gardai la mienne.

– Mary, voici Iron Moses. Le vieux compagnon dont je te parlais. Je l'ai suivi deux ans en mer pour écrire les chroniques de ses... exploits. Après quoi, hélas, nos chemins se sont séparés.

L'homme sourit. Le bleu de ses yeux tirait vers le noir. Ses cheveux coupés ras, son nez cassé, sa peau tannée par le soleil évoquaient une vie d'aventures mouvementées.

– Jonathan oublie de dire que c'est lui qui m'a

équipé de cet engin, fit-il en posant son bras doré sur la table. Une véritable mécanique d'orfèvre.

L'intéressé toussota nerveusement.

– Ah ! Tu as toujours eu peur de moi, Jonathan, malgré ta magie et tes connaissances, parce que je possède quelque chose que tu n'as pas.

– Et qui est ?

– L'indifférence à la mort. C'est ainsi qu'on devient pirate.

On nous apporta nos bières. Immédiatement, je plongeai le nez dans la mienne.

– Mary, fit Iron Moses, Mary Wickford, hein ? Que connais-tu des Caraïbes ?

Je secouai la tête.

– Des plages jonchées de noix de coco, commença le pirate. Le sel et les embruns. Le soleil et les tempêtes. Les flots verts. Le rhum, et plus de belles filles que je n'en ai jamais rêvé... Mais aucune n'a ta croupe, ma jolie. Aucune ta petite bouche insolente...

– Iron... fit Jonathan.

– Du calme, grinça le pirate. Je plaisantais.

– Tu voulais nous voir.

– Je voulais la voir, *elle*, précisa Iron. Une petite discussion...

– Eh bien, nous voici, dit Jonathan, et si...

– J'ai dit « elle », le coupa l'homme en braquant le canon doré de son bras sur lui. Je te suis très reconnaissant d'avoir accédé à ma demande, Jonathan Swift. Si cette pouliche est bien la fille de Sarah, je ne lui ferai aucun mal.

– Ce n'est pas ce dont nous étions convenus.

– Tiens donc. Eh bien, les termes de notre accord ont changé.

Jonathan grimaça :

– Je t'en prie, ne me force pas à...

Iron Moses claqua des doigts et tous les convives, cessant leurs activités, rapprochèrent leurs tabourets. Des pistolets et des couteaux brillaient dans la pénombre.

– À quoi exactement, vieux frère ?

– Que voulez-vous ?

Je le fixai sans ciller.

– Oh ! Belle assurance, mademoiselle ! Je vais te dire ce que je veux. Primo, m'assurer que tu es bien celle que tu prétends être. Secundo, et si la première condition est satisfaite, te révéler deux ou trois choses qu'un ami à moi tenait à ce que tu saches.

– Quel ami ?

– Je crains que nous n'allions trop vite en besogne.

– Iron, reprit Jonathan, pourquoi ne pas discuter en personnes civilisées ?

Tirant la gâchette de son bras, le pirate posa le canon sur le front de Jonathan. Autour de nous, le cercle des convives s'était considérablement resserré.

– Je n'ai rien d'une personne civilisée, l'ami. Il serait temps de l'admettre.

– Que...

– Je veux que tu t'en ailles, Swift. Au plus vite.

Mon ami se racla la gorge comme s'il n'avait rien entendu.

– Nous avons fait une longue route pour te voir, Iron. Tu n'as pas idée des dangers que nous avons bravés. L'Inquisition est à nos trousses, et l'Empereur a enlevé Mary il y a deux mois. Penses-tu qu'il se donnerait autant de mal si elle n'était pas la fille de Sarah ?

– Je ne crois que ce que je vois, répliqua Iron en baissant son bras. J'ai donné ma parole à un ami il y a longtemps, et il n'existe qu'une seule personne à qui je puisse accorder ma pleine confiance.

– Toi ?

– Gagné.

Je me tournai vers Jonathan :

– Allez-y, dis-je. Je me débrouillerai seule.

– Voilà qui est parler ! s'exclama Iron en faisant signe à ses comparses de s'écarter.

– Mary...

– Ne vous inquiétez pas. Retournez à Red Cove. S'il ne s'agit que de prouver que je suis la fille de ma mère, je ne risque rien. En revanche, fis-je en plantant mon regard dans celui du pirate, ne vous avisez plus de me traiter ne serait-ce qu'une fois comme vous venez de le faire. Je ne suis ni votre « pouliche », ni votre « jolie », ou je ne sais quoi encore. J'ai tué deux hommes avant-hier. Et sans doute d'autres il y a quatre heures. Je crains que l'image que vous vous faites de moi ne soit partiellement erronée, Mister Moses.

Le pirate s'étira joyeusement :

– Si je devais m'en tenir à ton seul caractère, dit-il, je ne craindrais pas d'affirmer que tu es bien la fille de Sarah.

Il se leva.

– Jonathan, quelque chose à ajouter ?

Swift me saisit le poignet.

– Êtes-vous sûre de ce que vous faites ?

J'opinai.

– Nous avons besoin de vous, Mary.

– Ne vous tourmentez pas. Je m'en sortirai.

Quelques minutes plus tard, le pirate et moi nous enfoncions dans les brumes de Boston, laissant Jonathan derrière nous avec les deux chevaux.

J'avançais, enveloppée dans ma cape, et Iron ouvrait la marche en frôlant les murs, les poings serrés dans les poches d'un manteau de cuir trop grand pour lui. J'étais surprise par sa petite taille – il m'avait donné l'impression d'un géant, juché qu'il était sur son tabouret – mais il émanait de lui une sensation de puissance qui compensait largement sa stature.

Nous faisions route vers les quais. Lorsque nous arrivâmes en vue des vaisseaux amarrés, leurs voilures claquant au vent, Iron Moses s'arrêta simplement.

– La voie est libre, dit-il. Allons-y.

Nous longeâmes trois lourds galions frappés aux armes de l'Empire avant de bifurquer vers un chenal étroit bordé de navires de pêche. Un ponton disparaissait vers les eaux noires. Le pirate me fit passer devant.

Nos pas claquaient sur le bois mouillé. Arrivé au bout de la plate-forme, Iron fixa l'océan puis se tourna vers une masse sombre qui gisait en contrebas. Cela ressemblait à une coque renversée : une coque de cuivre, affleurant à peine.

Iron sauta dessus et, en équilibre précaire, ouvrit une trappe. Il me tendit la main.

– Vous voulez...

– Dépêche. Je n'ai pas l'intention de moisir ici.

Je bondis à mon tour. Il me rattrapa *in extremis* et s'engouffra dans l'ouverture. Je n'avais d'autre choix que de le suivre.

Un étroit conduit menait à une cabine plus étroite encore, encombrée de tuyaux cuivrés, de compas suspendus, de consoles bombées et autres appareils de navigation.

– Où sommes-nous ?

Un tuyau de fer traversait la coque et se terminait par une lentille. Le pirate le rajusta et ferma l'habitacle. Une paire de lampes encastrées diffusaient une fine lumière orangée. Je m'approchai. Deux créatures minuscules gisaient recroquevillées sous une cloche de verre, leur peau couverte de flammes.

– Élémentaires de feu, commenta Iron en actionnant un levier, personnifications de l'élément originel. Ils brûlent sans discontinuer depuis une vingtaine d'années.

– Seigneur !

– Plaît-il ?

– Nous coulons. Iron, nous coulons !

– Exact.

– Arrêtez tout, vous êtes fou !

– Du calme. L'habitacle est parfaitement étanche.

Nous descendions toujours. Je tentai de reprendre mes esprits.

– Quel... quel type de machine est-ce là ?

– Un sous-marinier.

– Du diable si j'ai jamais...

– Il n'en existe que quatre exemplaires dans le monde, et deux d'entre eux ont été envoyés par le fond. Connais-tu les Golden Men ?

– Oui...

– Eh bien, ce sont eux qui les ont conçus. Sur des plans de Léonard de Vinci.

Je me collai au hublot. On ne voyait rien. Iron enfonça un piston, et un faisceau de lumière jaillit dans l'obscurité. Un ronronnement continu s'élevait de l'arrière. Notre appareil s'ébranla et se mit à fendre les flots.

– Les années, dit le pirate, m'ont enseigné les vertus de la discrétion. Cet engin se déplace sous les mers ; il est invisible. Regarde, ajouta-t-il en désignant de grosses bonbonnes dorées. Voici nos réserves d'air. Nous pouvons rester quatre heures en apnée. Ensuite, il faut remonter. Reprendre notre souffle.

– Vous avez traversé l'Atlantique...

– Depuis les Caraïbes, exact. Je louvoie entre les vaisseaux de l'Empire. Je frôle leurs carènes arrogantes et ils ne savent rien de moi. Je les observe avec mon périscope, ajouta-t-il en tapotant le tuyau et sa lentille, je me délecte de leur suffisance. Et quand bien même détecteraient-ils ma présence : que voudrais-tu qu'ils fassent ?

Nous délaissions la côte, découvrant les fonds impénétrables. Je tremblais de tous mes membres. J'avais l'impression de me trouver dans un cercueil.

– La plupart de mes passagers commencent par s'évanouir quand ils réalisent où ils se trouvent, lâcha Iron.

– Je n'en suis pas loin. Jusqu'où descendons-nous ?

– J'ai l'habitude de naviguer une centaine de pieds sous la surface. On fait d'étranges rencontres à ces profondeurs, ajouta-t-il en désignant un banc de poissons affolés. Mais les baleines se sont habituées à moi.

Il baissa un autre levier et se renversa sur son fauteuil. Assise à même le sol, les genoux remontés contre ma poitrine, je ne pouvais qu'admirer le spectacle à travers les hublots.

– C'est...

– Je sais. Tu es une privilégiée, t'en rends-tu compte ? Rares sont les êtres humains pouvant se vanter d'avoir visité le ventre de cet appareil.

– Je suppose que je dois vous remercier.

– N'allons pas trop vite en besogne. S'il est clairement prouvé que tu n'es pas Mary Wickford, je disposerai de toi à ma convenance.

– C'est-à-dire ?

– Un trou dans le cœur, ou autre. Dans cet habitacle, fit-il en exhibant son bras doré, tu auras du mal à m'échapper.

– Finissons-en. Que voulez-vous savoir ?

Il croisa les bras.

– Le matin où j'ai conduit Mary Wickford à l'orphelinat, dit-il, conformément aux instructions que j'avais reçues, j'ai déposé une amulette sur son berceau. Un bijou que détenait Sarah, et sa mère avant elle, et qui était censé ouvrir un coffre.

Je demeurai sans voix.

– J'aimerais voir cette amulette, ajouta-t-il.

– Je ne l'ai pas.

– Voilà qui est instructif.

Je déglutis.

– Je m'en suis séparée il y a deux jours ; je l'ai jetée.

– Triste coïncidence.

– Jack O'Lantern et Gerardus Stuyvesant peuvent en attester.

– Ce bon vieux Jack, fit Iron Moses, songeur. Puis, se reprenant : je n'ai que faire de la parole des autres. C'est la tienne qui m'intéresse.

– Je peux décrire ce bijou.

– Et alors ? On a pu le décrire pour toi.

– Je connais ses pouvoirs.

– Même remarque.

Je soupirai :

– L'amulette protège son possesseur de toutes les intentions mauvaises, n'est-ce pas ?

– C'est ce qui se dit.

– À moins que ce dernier ne tue à trois reprises.

– Ah ?

– Ce que j'ai fait.

– Allons donc. Tu n'as jamais tué personne.

– Je suis une sorcière, dis-je en remuant mes doigts. De ces mains peuvent jaillir la foudre. Désirez-vous une démonstration ?

Il sourit.

– Une sorcière, hein ? Alors tu peux contempler le monde des esprits.

– Oui.

– Tu peux contempler le passé.

– Je crois que cela ne dépend pas de moi. Mais oui.

– Nous allons voir, dit-il en se concentrant sur ses appareils. Nous allons bien voir.

Cinquante-huitième jour

Lorsque nous remontâmes à la surface, le soleil se délitait sur l'océan en taches d'or liquide. Notre appareil se stabilisa à proximité d'un amas de rochers où jaillissait l'écume. Iron Moses sauta à terre et me tendit la main. Je levai les yeux. Le jour était là, bleu vierge, et une bise salée me giflait le visage. Devant nous, une muraille s'élevait.

– Fort Alerton, m'apprit Iron Moses en m'entraînant sur un chemin boueux bordé d'herbes hautes. Une ancienne garnison, aujourd'hui abandonnée.

– Abandonnée ?

– On la dit hantée, sourit-il.

De la grande porte de fer, il ne restait que des fragments. Nous pénétrâmes dans le fort. La végétation avait repris ses droits depuis longtemps.

– Ne lambine pas ! me lança le pirate en s'engageant sur un escalier de pierre qui montait vers le chemin de ronde.

Je le suivis. Le vent soufflait entre les murs, s'engouffrait comme un voleur. Entre les pierres disjointes, des ronces s'agrippaient.

Iron courait sur le chemin de ronde. Nous gravîmes une nouvelle volée de marches et gagnâmes ce qui avait dû être une tour d'angle. Une partie de la muraille s'était effondrée sur elle-même. En contrebas, les vagues se fracassaient au pied de la forteresse. Le pirate se pencha en ricanant.

– Imagine ce que ce devait être de tomber d'ici.

J'avais une boule dans la gorge. Il embrassa l'enceinte d'un geste large.

– Fort Alerton a été un haut lieu de la lutte entre les pirates et ce qui allait devenir l'Empire. Tu vois cette chapelle ? dit-il, pointant le doigt sur un amas de ruines et de poutres calcinées. Détruite, emportée par un coup de canon. Oh, mais tu dois sentir tout ça, non ? Tu es une grande sorcière...

Je haussai les épaules. Il me prit par le bras et m'installa au centre de la tour.

– Vas-y, dit-il.

– Quoi ?

– Rentre dans le monde des esprits ; dis-moi ce que tu vois.

– C'est ridicule.

Il tira la manche de sa veste et exhiba son bras d'or.

– Fais-le, et dis-moi ce que tu vois. Ou je te jure que tu ne verras plus jamais rien.

Je fermai les yeux, lèvres pincées.

– Écartez-vous.

– Tu vas...

– Plus loin. J'ai besoin de calme.

Il obéit. Je laissai le vide m'envahir. Les conditions n'étaient guère propices, mais je savais désormais que je pouvais gagner Spiritus en n'importe quelles circonstances.

Je fermai les yeux, les rouvris.

Tout avait changé.

La forteresse se trouvait en parfait état. Je marchai jusqu'au muret. Fière et altière, la chapelle se dressait sous les vents gris. Mes entrailles étaient nouées.

Je pivotai.

Là.

Là, juste devant moi, au bord de la muraille. Suspendue dans le vide.

Une potence.

Deux cordes se balançaient. Sectionnées.

Je m'approchai encore.

Des hommes avaient été pendus à ces cordes. Des hommes étaient morts ici et, quand ils avaient exhalé leur dernier souffle, on les avait rendus à la mer.

Je fis un dernier pas. Posai une main sur la poutre. La retirai aussitôt.

Je m'étais... je m'étais brûlée.

Impossible.

On ne ressentait rien dans le monde des esprits !

On ne ressentait rien, et pourtant. Une tristesse incommensurable s'était levée sur la scène. Une voix geignait, pas une voix, non – une plainte, un soupir venteux dont nul autre que moi, pressentais-je, ne pouvait saisir le sens.

On m'appelait.

Quelqu'un m'appelait, quelqu'un disait mon nom, quelqu'un que j'aimais, une personne à laquelle j'étais désespérément, viscéralement attachée.

Une personne qui allait mourir.

Je me concentrai, de toutes mes forces.

Ici, des hommes promis à la mort avaient prononcé leurs dernières paroles. Des condamnés à la pendaison, de pauvres bougres sans espoir, avec l'océan pour ultime horizon. Et parmi eux...

Il me semble que je hoquetai.

Je me courbai au-dessus du muret. Contemplai le pied de la falaise.

Quelqu'un avait essayé, quelqu'un avait tenté de laisser sa trace dans ce monde, et c'était... comme si on l'en avait *empêché*.

Et son cri planait au-dessus de la mer.

Un cri inarticulé.

Une supplique.

Mary.

Une traînée lumineuse jaillit vers l'horizon. Mon cœur était sur le point d'exploser. Je tombai à genoux, me traînai jusqu'à mon corps physique, inanimé sur la pierre.

Mary.

Je ne voulais plus.

Je ne voulais plus entendre cette voix.

Mary.

Ma petite fille.

J'ouvris les yeux. Iron Moses me soutenait, ahuri. J'étais en larmes.

– Je suis désolé, dit-il.

Et encore :

– Il faut te mettre à ma place, si tu peux.

Nous étions assis sur le muret, et nos jambes pendaient dans le vide. Sous nos pieds, la mer se jetait à l'assaut de la forteresse. Depuis des années, ses efforts meublaient le silence. Eux et le vent. Fort Alerton était devenu une citadelle fantôme.

– Racontez, dis-je. Je crois que je suis prête.

Iron Moses frappa dans ses mains.

– Il m'avait dit : « Iron, tu seras incapable de t'occuper d'elle. Confie-la à quelqu'un qui saura. Et retrouve-la ensuite. Un jour, je veux que tu lui expliques qui j'étais. Je veux que tu lui dises tout. » Alors, tu comprends, je voulais être certain...

– Racontez.

Il prit une brève inspiration.

– Je ne sais pas par où commencer.

– Son nom ?

– Wild Stark. Ton père s'appelait Wild Stark, Mary.

Je relevai la tête. Entre les nuages, un faisceau de rayons solaires frappait l'océan.

– Wild Stark. Le plus célèbre des forbans de la côte. L'homme qui ne posait jamais pied à terre, celui qui avait capturé et torturé Trevor Angst. Des légendes insensées couraient sur son compte. Il avait coulé deux cents navires au bas mot. Avait amassé suffisamment de richesses pour se faire construire un palais en or massif. Ses maîtresses étaient plus nombreuses que les grains de sable d'une plage. Il avait visité la mythique île aux dragons de Dorchester et s'était lié d'amitié avec lui. Tout était vrai... et rien ne l'était. Ce qui était vrai, et c'est ainsi que j'en suis venu à connaître Jonathan et les autres – mais Jonathan était un godelureau à cette époque –, c'est que Wild Stark appartenait à la Fraternité d'York.

– On m'a dit cela. Était-il...

– Magicien ? J'avoue que j'ai du mal à en être certain. Je crois qu'il possédait des capacités, qu'il disposait du savoir nécessaire – mais je pense aussi qu'il préférait naviguer, batailler, vivre ! comme il le répétait sans cesse.

Iron Moses se passa une main sur le crâne. Un éclair de nostalgie illumina son regard.

– À cette époque, je servais sur le *Black Raven*, le navire du capitaine Willard.

– Willard...

– Tu le connais aussi ?

– J'ai lu son nom dans le journal de ma grand-mère.

– Dans ce cas, les choses vont être plus simples. À quel moment s'arrête le récit de ton ancêtre ?

– Quelques jours avant sa mort.

Il opina.

– Le capitaine Willard a emmené Sarah avec lui lorsqu'il a décidé de reprendre la mer. Ses exploits passés lui avaient permis d'amasser une somme plus que rondelette : il a engagé un nouvel équipage et a racheté le navire qui avait fait sa gloire des années auparavant. Wild Stark était l'un de ses anciens amis. Il prétendait que Willard lui avait tout appris ; il l'appelait son « mentor ». Mais, à cette époque déjà, et je parle de 1692, soit juste après les tristes événements de Salem, Stark commençait à être plus connu que son maître. Willard avait laissé la mer trop longtemps. Il avait pensé trouver le repos à Old Haven. Quand il est revenu aux affaires, il s'est rendu compte que les temps avaient changé.

– Qu'est-il arrivé ?

– Sarah a pris les choses en main.

– Sarah ?

– Elle avait douze ans quand elle est montée à bord du *Black Raven*, et c'était déjà presque une femme. Willard prétendait la protéger. Elle détestait cela. Elle vouait une haine farouche à l'Inquisition – à l'ordre établi en général – et désirait devenir une pirate à part entière. À quinze ans, elle commandait littéralement le navire.

– Comment était-elle ?

Wild Moses passa sa langue sur ses lèvres. Ses yeux se rétrécirent.

– Ta mère, dit-il, était une femme extraordinaire. Elle était habitée d'une énergie inépuisable. Elle était très belle, rousse comme toi, mais le soleil avait blondi ses cheveux, qu'elle maintenait noués avec un bandeau rouge. Je n'ai jamais vu quelqu'un d'aussi volontaire. Nous la respections – tout le monde : forbans, flibustiers, canailles et repris de justice, nous qui avions l'habitude de ne considérer les membres du sexe prétendu faible que comme des proies ou des récompenses –, nous la respections plus qu'un homme. Tout le monde était prêt à la suivre, à bord du *Black Raven*. C'était une meneuse née. Elle possédait un sens inné de la navigation.

– Et Wild...

– J'y viens. Nous sommes en 1697. Sarah a dix-sept ans. Nous faisons voile aux côtés du *Vermillon*, le vaisseau du capitaine Stark, dont la réputation ne cesse de croître. Nous recherchons sa compagnie pour des raisons d'aisance et de diplomatie, explique Willard. En vérité, nos rapines sont trop maigres : Wild Stark a pris le contrôle de la côte et nous avons tout à gagner à travailler avec lui, même s'il ne nous reste que les miettes.

– Et Sarah rencontre Wild.

– Wild est un bel homme, les tempes déjà argentées, un sourire de prédateur et des manières de gentleman. Ses succès ne se comptent plus. Il vient de mettre trois des limiers de l'Inquisition en échec, les tavernes de l'Amérique entière bruissent de ses exploits, et il cherche désespérément un adversaire à sa mesure. Entre lui et Sarah, la tension est explosive. Ta mère me confie qu'elle le déteste. Wild laisse courir le bruit qu'il a été son amant et qu'il s'est aussitôt lassé d'elle.

Je souris.

– De 1697 à 1705, poursuivit le pirate, ces deux-là règnent sur l'Atlantique. Ils attaquent les navires espagnols et français qui font commerce avec les colonies. Ils descendent dans les Caraïbes, s'y installent provisoirement, se mettent en ménage, repartent. Le capitaine Willard est malade. Cloîtré dans sa cabine, il délègue ses pouvoirs. Sarah a pris le contrôle du *Black Raven*. Nous servons sous ses ordres. Ce sont des années fastes. Le *Black Raven* et le *Vermillon* naviguent côte à côte, et d'autres vaisseaux sont enrôlés dans ce qui devient une véritable armada. De temps à autre, Stark rejoint Dorchester sur l'île aux dragons. Il s'en va toujours seul. Il revient différent. En 1704, nous prenons le *Copernic*, pourtant protégé par dix bâtiments de guerre, et nous nous emparons de ses reliques sacrées. Le retentissement de notre exploit est immense. En décembre 1704, notre flotte – puisque c'est bien de cela qu'il s'agit – accueille son trentième navire. Tout ce que l'océan américain compte d'hommes de valeur, de rebelles obstinés, de frondeurs magnifiques, tout ce que la mer cache de fous et de sauvages nous a rejoints. Le couple ne se connaît qu'un ennemi : l'Obscur, le maître incontesté de la Sainte Inquisition, qui a juré sa perte. Les sentiments du peuple à notre égard, eux, sont partagés. Les citoyens des colonies sont censés nous haïr : nous représentons une menace pour la paix, entravons la bonne marche du commerce. Mais je les soupçonne de nous vouer une admiration secrète. Autant que possible, Wild Stark et Sarah ne tuent pas de civils.

– Êtes-vous resté fidèle à ma mère ?

Il se frotta une paupière.

– Oui et non. Aux aurores de l'année 1705, le *Black Raven* fut coulé dans la première des sanglantes confrontations qui devaient nous opposer à l'Obscur. Le capitaine Willard perdit la vie. Les rescapés rejoignirent l'équipage du *Vermillon*. Nous n'étions qu'une demi-douzaine. Sarah, bien sûr, Sir Alfredo, One Eye Priest, Isaac le Saint...

– Isaac. Je connais cet Isaac.

– Vraiment ?

– Je l'ai vu. À l'asile de Salem.

Il renifla.

– C'est possible. Isaac était un peintre extrêmement doué et il te vouait une affection singulière. Il avait commencé un tableau pour toi – une toile qu'après ta naissance, ton père se mit en tête d'enchanter – mais il ne l'a jamais terminé. La peinture requérait...

– Si.

– Comment ?

– Si, dis-je, il a terminé son tableau.

Intérieurement, je souris. La toile enchantée. Je comprenais, à présent. La voix à l'intérieur du tableau ! Un message de mon père à moi seule destiné...

– Eh bien...

– Poursuivez. Vous en étiez au *Vermillon*. Vous montez à bord.

– Nous montons à bord, oui. Cette partie de l'histoire est moins plaisante à entendre. Wild Stark et ta mère ont beaucoup de mal à s'accorder désormais. Séparés, ils jouissent du moment des retrouvailles, se perdent avec délices, se retrouvent avec angoisse. Réunis sur le tillac, ils ne cessent de se disputer, et leurs querelles sont violentes. Ces deux-là ne sont pas faits pour régner sous le même ciel. L'ambiance à bord se détériore. La mutinerie couve. Wild propose à Sarah de la débarquer dans les îles du Sud. Elle accepte.

– Elle accepte ?

– Comme Willard avant elle, elle comprend qu'il est temps de tourner la page. Les pirates ne vivent pas vieux. Sa tête est mise à prix dans tous les ports. Elle est fatiguée, et Wild a promis de la rejoindre ensuite, quand les choses se seront apaisées. Nous faisons voile vers les Caraïbes.

– En quelle année ?

– Automne 1705. La mer est mauvaise. Un soir...

Il me contempla, ému.

– ... un soir, nous apprenons que tu arrives.

– Que je...

– Sarah caresse son joli ventre. Elle nous dit qu'elle attend un enfant de Stark. Elle déclare que c'est une fille, qu'elle en est certaine. Elle et Stark se réconcilient. Wild ne veut plus laisser la mère de son enfant dans les îles du Sud. Nous repartons vers le Canada, où nous passons l'hiver. Nous vivons sur nos réserves. Plus question de piller. Quelques pirates s'en vont. Dans notre grande majorité, nous restons. Nous avons foi en l'avenir.

– Je suis née en 1706.

– Au printemps, oui. Nos cœurs se fendillent. Tu es minuscule, si vulnérable. Nous poursuivons notre route vers les Caraïbes. Cette fois, c'est décidé, Sarah et Wild Stark vont mettre un terme à leurs aventures.

Je me mordis les lèvres. Je pressentais la suite.

– Nous ne ralliâmes jamais les îles du soleil. L'Obscur nous intercepta. Comment nous avait-il retrouvés ? Un espion, probablement, un pirate déçu. Il avait douze navires avec lui, et nos renforts n'arrivaient pas. La confrontation tourna au carnage. À genoux sur le gaillard d'avant, Sarah invoqua des créatures des plans inférieurs.

– Des...

– Nous la vîmes tous faire, Mary. Et Wild le premier. Sa mère – ta grand-mère – lui avait enseigné des rudiments de sorcellerie, et elle avait poursuivi son apprentissage avec lui. Ensuite, elle avait fermé ses livres. Mais, ce soir-là, tandis que les grappins de l'Inquisition mordaient la coque du *Vermillon*, elle revint, si je puis dire, à ses anciens démons. La suite fut confuse. L'Obscur mit ses attaques en échec et s'empara de notre navire. D'une certaine façon, il semble qu'il ait sauvé Sarah de ses propres invocations. Wild et les autres, les derniers fidèles, nous parvînmes à nous enfuir, en prenant à notre tour le contrôle d'un des vaisseaux ennemis. La mort dans l'âme, nous disparûmes au large.

– C'est terrible.

– Ça le fut, oui. Pendant quelques heures, Wild sombra dans un mutisme total. Il dictait ses ordres par gestes. Mais l'histoire ne s'arrête pas là. Nos renforts arrivèrent. Nous revînmes sur nos traces. Nous attaquâmes le *Vermillon*, qu'avait déserté l'Obscur, et prîmes plusieurs otages. Nous retrouvâmes le bébé – toi – et la mère. Mais la mère... la mère était morte.

Mes yeux s'embuèrent.

– Comment ?

– Gorge tranchée. Grâce à l'un de nos otages, un petit mousse terrifié qui avait servi dans la cabine du capitaine, nous apprîmes ce qui s'était passé. L'Obscur avait proposé un pacte à Sarah. Il avait voulu l'enrôler à ses côtés. Rêves de puissance... Sarah avait refusé évidemment. Elle avait brandi cette amulette que nous retrouvâmes sur elle ensuite, cette amulette dont elle aurait dû se servir un jour pour ouvrir le coffre de sa mère, et qui te fut finalement rendue sur ordre de ton père...

Ton père. Mon cœur se serra.

– ... mais l'amulette ne put rien faire pour la protéger. Ta mère sans vie, nous rendîmes son corps à l'océan. Et te prîmes à bord du *Vermillon*.

Le vent jouait dans mes cheveux. Je ramenai une mèche en arrière.

– Wild... je veux dire, mon père, comment était-il ? Avec moi ?

Iron marqua une pause.

– Il ne t'a pas connue bien longtemps. Mais il t'adorait. Quand il posait les yeux sur toi, un silence sacré semblait couler sur lui. Plus rien n'existait à ses yeux.

– Et il est mort.

– Il est mort à son tour, soupira le pirate en se retournant. Sur cette tour. Une potence idiote, un matin grisâtre. Il est tombé dans un piège. Nous avions un jeune garçon à bord, un va-nu-pieds que nous appelions Petit Tom, le fils d'un frère mort au combat, recueilli par Stark lui-même. Pauvre gamin... Wild l'avait envoyé faire une course : un homme de l'Inquisition a dû repérer son manège. Ils l'ont capturé, et ils se sont servis de lui pour faire descendre Stark à terre, lui promettant sans doute qu'il ne lui serait fait aucun mal – pas plus qu'à son capitaine. Stark est arrivé avec l'un de ses aides. L'Inquisition les a interceptés. Après un jugement sommaire, ton père et son homme de main ont été pendus tous les deux. Petit Tom a été épargné. Je crois qu'ils l'ont jeté en prison et qu'il a fini par s'échapper.

Je sursautai.

Petit Tom ! me répétais-je.

Tom. Thomas. Thomas Goodwill. *J'ai tué ton père.*

– Les deux corps se balançaient, poursuivit Iron, nous les voyions de notre pont. C'était... c'était affreux. Nous nous sentions tellement impuissants ! Ils ont coupé les cordes, ensuite. Conformément à la tradition. La nuit suivante, nous avons mouillé une chaloupe. Certains d'entre nous ont plongé – deux d'entre eux ne sont jamais remontés. Nous voulions retrouver les dépouilles. Nous avons échoué.

Comme si cela avait pu le débarrasser de ses souvenirs, Iron secoua la tête un moment.

– Et moi ?

Il ferma les yeux.

– Wild Stark a dû avoir un pressentiment. Quelques jours avant sa mort, il m'avait fait jurer de prendre soin de toi. Il m'avait remis l'amulette de Sarah et m'avait indiqué l'orphelinat des sœurs de la Sainte-Charité. Il ne faisait confiance à aucun de nous pour s'occuper de toi, et il avait raison : nous n'aurions su que faire d'une enfant. Mais il voulait que je revienne te voir, ensuite. Pour te raconter cette histoire. Il voulait que j'aille te retrouver à la sortie de l'orphelinat pour tes dix-sept ans, et que je te dise qui tu étais, et que je te dise qu'il t'aimait. Alors voilà. Je t'ai manquée de quelques mois, Mary ; je m'étais retiré dans les îles du Sud, le temps passait comme une brise et j'essayais de chasser ces années tumultueuses de mon esprit. Je n'ai pas été exact au rendez-vous. Pour autant, je n'ai pas oublié. Il ne faut jamais croire un pirate, conclut-il avec une grimace piteuse, mais tu vois : nous n'avons pas si mauvais fond.

Cinquante-neuvième jour

Je m'extirpai de l'habitacle ; j'avais dormi d'un sommeil de plomb, épuisée par les révélations de la veille. Thomas, lui aussi, avait connu mon père. Aujourd'hui, il était mort.

Rien n'était résolu. Des vaguelettes grises ridaient l'océan, et le petit sous-marinier d'Iron Moses attendait sagement, à l'ancre, affleurant entre les rochers.

J'avais assuré le premier tour de garde. À présent, je me sentais reposée. Enroulé dans une couverture de laine noire, assis en tailleur, le pirate fixait le large. Nous avions vogué tout l'après-midi, errant dans les eaux troubles, et n'avions refait surface qu'au coucher du soleil, devant une crique oubliée du monde. Iron savait que ma tête était mise à prix ; la sienne ne devait guère valoir moins cher.

– Et maintenant ? avait lâché le pirate hier soir tandis que nous nous réchauffions devant un feu fragile.

Je lui avais raconté mon histoire sans omettre grand-chose. Il avait écouté patiemment, s'abstenant de tout commentaire.

– Maintenant ?

– Tu vas partir avec le chaman ?

– Je... je crois.

– Le temps presse. Tu dois rejoindre les autres.

Je m'avançai sur la grève. Ramassai un galet.

Chaque jour, une pensionnaire de l'orphelinat de la Sainte-Charité était torturée et mourait dans d'atroces souffrances. À cause de moi. Et je ne pouvais rien faire.

Je lançai mon galet vers le large ; il disparut avec un petit « ploc ». Je serrai les dents. Il ne fallait pas que je pense au couvent. Rip avait été clair. L'Empereur n'attendait que cela.

Accroupie sur le rivage, je laissai l'eau glacée lécher mes doigts engourdis. Le vent séchait mes larmes, les dispersait au loin.

L'Inquisition avait tué mon père. L'Inquisition avait tué ma mère.

– Bien dormi ? demanda Iron.

– J'en avais besoin.

Je me relevai. Le pirate s'avançait en lissant son bras d'or, comme s'il s'était agi d'un membre naturel. Il désigna le sous-marinier ballotté par la houle.

– Je vais le laisser sur cette crique. À l'abri entre deux rochers. Personne ne vient jamais ici de toute façon.

Il tapota une bourse fixée à sa ceinture.

– Partons ; il faut que nous trouvions des chevaux.

Rejoignant un hameau à l'intérieur des terres, nous achetâmes deux vieilles carnes – nous ne pouvions guère nous offrir plus. Nous chevauchâmes toute la journée. Moses me guida d'abord ; il savait où se trouvait la forêt de Red Cove, dans quel massif forestier, après quel village. Mais ensuite, me glissa-t-il, ensuite, il s'en retournerait, quand je le souhaiterais. Il ne savait pas au juste où se trouvait notre repaire – Jonathan avait gardé le secret.

La route que nous empruntions n'était pas celle que j'avais prise à l'aller. Ce chemin-ci était plus étroit. Il montait à travers champs, et nous ne croisions personne. J'en étais soulagée. De loin en loin, au creux d'un vallon, quelques masures apparaissaient, massées autour d'un clocher. Puis la forêt se dévoila : collines, montagnes au loin.

La toile du ciel ressemblait à un océan. Une main nerveuse avait brossé des cirrus filandreux, effilochés dans les hauteurs. Regroupés en V, des oiseaux s'enfuyaient.

– Tu reconnais ?

– Je crois.

– Tu veux que je parte ?

– Pas encore.

Je m'étais faite à la présence du pirate. Depuis qu'il savait qui j'étais, il me couvait d'une attention inquiète.

La route devint un sentier. Nos montures renâclaient dans l'air vif. Le soleil avait atteint son zénith. Des rayons franchissaient le treillis des branchages ; à notre approche, un écureuil grimpa sur un tronc. Nous étions à couvert.

Plus tard, nous nous arrêtâmes pour manger un morceau. Au bord d'une maigre prairie, trois corbeaux picoraient. Iron Moses me tendit une miche de pain garnie de fromage et une outre de peau. Il s'installa sur un rocher.

– Ce dragon...

– Je ne peux rien vous révéler sur les dragons, le coupai-je. Je ne les connais pas.

– Celui que tu vois en rêve...

– Je ne sais pas qui il est. Je veux dire, je suppose qu'il existe, que mes ancêtres l'ont connu, je suppose que ces songes ont une signification. Mais j'ignore tout de lui.

– Ton père aimait les dragons.

Je lui tendis la gourde.

– Il rêvait de les monter, reprit le pirate. Il en parlait souvent. Il aurait aimé finir ainsi – dompteur.

Je me relevai, allai caresser mon cheval.

– Il y avait cette île, dit-il.

Je m'arrêtai.

– Je présume que tu en as entendu parler. Tout le monde pense qu'il s'agit d'une légende. Elle ne figure sur aucune carte parce que les dragons ont le pouvoir de la rendre invisible. En tout cas, c'est ce qui se raconte. Mais moi, je l'ai vue de mes yeux.

– Je vous crois.

– À l'époque, elle était déserte. À part les dragons. Ton père espérait s'y établir. Il avait lu des livres entiers sur le sujet.

Une fois rassasiés, nous nous remîmes en selle et reprîmes la route.

J'étais pensive. Quatre heures avaient sonné dans le lointain : un clocher au fond de la vallée, et nous avions atteint les premiers contreforts. Le paysage devenait de plus en plus familier. Des lambeaux de brume flottaient au-dessus des cimes.

– Fin de la route, dit Iron.

Sans me l'avouer, je retardais le moment de me séparer de lui. Une sourde appréhension pesait sur ma poitrine. Le bleu du ciel avait viré au gris, et nos montures donnaient des signes de nervosité.

– Mary ?

Le pirate avait arrêté son cheval.

– Je ne souhaite pas aller plus loin. Certains secrets doivent demeurer ce qu'ils sont, et je ne voudrais pas que...

Il s'arrêta – surprit mon regard.

– Mary ?

Je tendis le bras vers la forêt.

– Mon Dieu... Qu'est-ce que c'est, à votre avis ?

Au pied du vallon, à l'endroit précis où devait se trouver le lac de Red Cove, une colonne de fumée noire montait de la forêt.

Iron saisit les rênes de sa monture et serra les dents.

– Suis-moi.

Nous reprîmes notre progression. Le sentier s'enfonçait dans une forêt de pins. Une rivière brillait en contrebas, prisonnière d'un ravin. Nous forçâmes l'allure.

– Ces hommes de l'Inquisition... Es-tu certaine qu'il n'y en avait pas d'autres ?

Les larmes me montaient aux yeux. Nous venions d'accéder au plateau qui surplombait Red Cove. Iron descendit de cheval et s'avança au bord du ravin.

– Alors ?

Il se retourna, visage fermé.

– Eh bien...

Je sautai à mon tour et courus le rejoindre. Il voulut m'arrêter ; il ne put que me retenir. J'ouvris la bouche. Notre falaise ! C'était de là que venait la fumée. Toute la paroi était noircie. Des vestiges de rideaux pendaient aux fenêtres, d'où s'échappaient encore quelques panaches grisâtres.

– Vous croyez...

– Ils s'en sont sortis, murmura le pirate à mes

côtés. Je les connais, jamais ils ne se seraient laissé surprendre. Ils s'en sont sortis.

– Je veux aller voir.

Il rejoignit nos montures d'un pas traînant.

– C'est hors de question.

– Quoi ?

– Je ne te laisserai pas retourner là-bas, lâcha-t-il sans se retourner. Qui sait si des soldats de l'Empereur ne s'y trouvent pas encore ?

– Vous n'avez aucun ordre à me donner, Iron Moses.

Comme à regret, il se retourna et me montra son bras métallique.

– Ne m'oblige pas à te menacer.

Je fermai les yeux.

– Ne m'obligez pas à vous tuer.

Je passai devant lui. Il me suivit en soupirant.

– Par les démons des sept mers, Mary, c'est insensé ! Tu ne trouveras rien, là-bas.

J'attrapai la bride de mon cheval et repartis vers le sentier. Le pirate pesta, tapa du poing sur un tronc d'arbre puis partit chercher sa propre monture.

– Qu'est-ce que tu vas faire, hein ? Qu'espères-tu dénicher ? Ils sont partis, Mary.

Au fond de moi, je savais qu'il avait raison. Mais j'avais besoin de voir. J'avais vécu ici deux mois ; j'avais cru en cet endroit.

Nous contournions le lac en silence, retenant notre souffle. Le sentier rejoignait un chemin plus large. Je le reconnus : c'était celui qui menait aux entrées secrètes de notre repaire, dissimulées sous des tapis de mousse et de feuilles mortes.

Le sol avait été labouré. On s'était battu ici. Une pesante odeur de brûlé dansait dans l'air froid. Je m'agenouillai près d'une trappe fracassée. Iron se tenait derrière moi et dansait d'un pied sur l'autre :

– Mary, je t'en prie. Il ne reste rien ici ! Quittons cet endroit avant que...

– Avant que quoi ?

Nous pivotâmes. Trois hommes sortaient de l'ombre. Le premier portait un manteau frappé aux armes de l'Inquisition. Les deux autres étaient des soldats et braquaient leurs mousquets sur nous. Il n'y avait aucune échappatoire.

– Qui êtes-vous ? reprit l'inquisiteur. Il fronça les sourcils. Oh, mais je te connais.

Je grimaçai un sourire.

– Nous ne sommes que d'humbles voyageurs et...

Il secoua la tête.

– Me prends-tu pour un imbécile ? Tu es Mary Wickford. Mon maître Trevor Angst a offert mille livres pour ta capture.

Les deux soldats se congratulèrent et s'avancèrent d'un même élan, sans cesser de nous tenir en respect. Ils n'osaient croire en leur chance.

– Vous faites erreur, commença Iron, nous ne sommes pas...

– Toi, la ferme. Au moindre geste, je te fais abattre comme un lapin.

Puis, s'adressant à ses compagnons :

– Emparez-vous d'eux !

Je reculai. Les deux soldats avaient armé leurs mousquets. Ils étaient prêts à tirer.

– Allez ! s'impatienta l'inquisiteur.

Il fit un pas en avant ; un sifflement traversa le silence, et sa figure se décomposa subitement. Il s'agenouilla, tendit vers moi des doigts tremblants, puis s'abattit comme une masse, face contre terre : une flèche était plantée dans sa nuque.

Affolés, ses deux sbires scrutaient les sous-bois dos à dos. Iron et moi étions pétrifiés. Un nouveau trait fendit l'air. Un soldat porta une main à son cœur et toussa. Un filet de sang coula sur son menton. Il tomba à son tour.

L'autre lâcha son arme et tenta de prendre la fuite. Il n'alla pas loin : trois flèches se plantèrent dans son dos. Griffant l'air de ses bras, il tournoya sur lui-même et mourut.

Nous attendîmes. Iron pointait son bras d'or dans toutes les directions, mais personne ne se montrait. Un froissement de branchages nous fit sursauter.

– Vous, seuls ?

– Oui ! criai-je en inspectant les cimes. Où... où êtes-vous ?

Un bruit sourd nous répondit. Une silhouette sauta d'un arbre et s'avança, arc en main.

– Aigle-d'Argent !

Iron considéra l'Indien avec stupéfaction. Je me précipitai à sa rencontre.

– Autres en sécurité maintenant. Nous prévenir eux avant attaque. Eux fuir, alors. Eux chercher vous, beaucoup. Qui être ?

Il désignait le pirate de son arc.

– Un ami. Un ami de la Fraternité. Iron, voici Aigle-d'Argent, du clan des Cimes. C'est un Algonkin : je vous en ai parlé, je crois. Aigle-d'Argent, voici Iron. Un ennemi de l'Empire.

L'Indien ne cilla pas. Il hocha la tête vers le sentier.

– Nous rejoindre autres.

– Sont-ils loin ?

Il désigna un point, derrière les collines.

– Que s'est-il passé ? demanda Iron Moses tandis que nous redescendions vers le vallon. Pouvez-vous nous raconter ?

– Inquisition arriver. Attaquer camp nous. Mais nous fuir dans forêt. Nous comprendre, envoyer messagers, prévenir Jack très vite. Et Jack prévenir autres, ici. Quand Inquisition arriver, plus personne à Red Cove.

– Et ta famille, Aigle-d'Argent ? Les tiens – êtes-vous parvenus...

– Beaucoup braves rejoindre territoires de chasse éternels. (Il caressa un tronc d'arbre, montra un ruisseau, un vol de corneilles entre les frondaisons.) Eux partout. Eux partout, et ici, fit-il en se frappant le cœur.

Je lui pris le bras.

– Je suis profondément désolée.

Il regarda ailleurs.

– Empire homme blanc croire détruire choses. Mais beaucoup choses jamais disparaître. Seulement changer.

Pensive, je me concentrai sur mes pas. La voix d'Aigle-d'Argent me tira de mes rêveries :

– Nous dépêcher.

Nous étions remontés à cheval. L'Indien courait à nos côtés. Le vallon s'évasait, s'offrait à nous – ses bourgeons, ses odeurs. Les nuages avaient envahi le ciel du soir et je commençais à avoir froid, mais c'était peut-être la tristesse, simplement.

Simplement la tristesse.

Soixantième jour

– Mary, enfin !

Rip Van Winkle m'ouvrit ses bras ; je vins m'y blottir. Nous nous trouvions en lisière d'un vaste champ de blé qui jouxtait la forêt, et le reste de la troupe m'entourait. Usher était là, bien sûr – nous avions hésité à nous embrasser –, Nicketti me pressait l'épaule, Jack souriait, et Jonathan avec lui ; en somme, seul Gerardus se tenait à l'écart mais, pour l'heure, cela m'était complètement égal, j'étais trop heureuse de les revoir tous en vie.

La Fraternité avait établi son camp à l'abri d'une futaie. Deux carrioles bâchées attendaient dans la pénombre, et les chevaux piaffaient à l'écart.

– Nous ne sommes parvenus à sauver que les livres, déplora Rip en baissant la tête. Hélas, tout s'est passé si vite !

Légèrement mal à l'aise, Iron Moses feignait de contempler le champ noyé de lune. Nicketti hocha le menton vers lui.

– Ce butor t'a-t-il bien traitée ?

L'intéressé renifla bruyamment.

– Il a connu mon père, dis-je.

– Ton père ?

En quelques mots, j'expliquai ce que j'avais

appris. Tout le monde – à part Rip – parut abasourdi.

– Wild Stark, murmura Jack. Je comprends mieux.

– Que comprenez-vous ?

– Eh bien, ta puissance. Ton talent. Avec un homme tel que lui. Et ta mère ! Deux magiciens pour parents...

– Wild ne se voyait pas comme un magicien.

Rip prit la parole :

– Cela n'empêche qu'il possédait des dons, Mary, pas aussi grands que ceux de tes aïeules, évidemment, mais son esprit était *ouvert*. Viens par ici. Tu dois mourir de faim, non ?

Il m'entraîna vers les carrioles. Nicketti m'apporta du pain garni de fromage.

– Nous ne faisons pas de feu, expliqua-t-elle. Trop dangereux.

– Pourquoi restez-vous en bordure de forêt ?

– Pour observer. Nous aimerions rejoindre nos frères de Boston, mais les routes sont infestées de patrouilles. Nous guettons le moment propice.

– Boston...

Rip alluma sa pipe.

– C'est la dernière alternative qui s'offre à nous. Nous ne pouvons rester ici sans rien faire. Nous avons un plan d'attaque à élaborer.

Je m'assis sur un marchepied. J'étais fourbue.

– En quoi... consiste ce plan ?

– Nous allons soulever Gotham. Mener une attaque conjointe. Bien entendu, tu joueras un rôle primordial.

– Nos agents sont prêts, fit Jonathan en s'installant à mes côtés. Les gens là-bas n'attendent que ça. L'Empereur, dit-on, éprouve dorénavant les pires difficultés à faire régner l'ordre au sein de sa capitale. Depuis l'attaque des Domilites, le peuple est constamment au bord de l'insurrection. Les rumeurs se répandent comme des traînées de poudre.

– Les rumeurs ?

Ses yeux se rétrécirent.

– L'Empereur vit en parfait reclus. On prétend que son apparence a changé. Et puis il y a les exécutions.

Mon cœur se serra.

– Elles se poursuivent, n'est-ce pas ?

Rip soupira.

– Elles ne s'arrêteront plus.

– Les sœurs de la Sainte-Charité étaient aimées des habitants de Gotham, dit Nicketti. Les gens savent ce qui se trame dans les profondeurs du palais et ils ne comprennent pas pourquoi ces femmes doivent mourir. L'Empereur est devenu leur ennemi.

– Le temps presse, souffla Rip.

Je mordis dans ma miche de pain. Jack nous rejoignit, accompagné de Moses.

– Je viens avec vous, annonça le pirate.

Rip leva un sourcil.

– Je dois rejoindre Boston, poursuivit l'autre, en passant par, hum, une petite crique de ma connaissance. Je saurai vous être utile. Ce sous-marinier que je possède : parfait pour échapper aux patrouilles terrestres. Je pourrais emmener deux passagers.

Le maître de la Fraternité se leva.

– Moi qui croyais que tu ne voulais plus entendre parler de nous.

– Un moment de fatigue. J'en avais assez de cette vie.

– Tu en avais assez de te battre.

Les deux hommes se défièrent du regard.

– Je ne voulais pas mourir pour rien, répliqua Iron.

– Aurais-tu changé d'avis ?

Le pirate se racla la gorge, puis désigna le champ de blé, les lueurs d'un village au loin. La campagne palpitait sous les étoiles.

– C'est la fin du monde, lâcha-t-il. La fin de *ce* monde. Je suis né ici. Je m'en souviens, voilà tout. Je ne peux pas rester les bras ballants.

Rip tira sur sa pipe.

– Je ne t'ai jamais porté dans mon cœur, Iron Moses. Toi et ta clique de forbans, vous profitiez de la situation, vous ne rêviez que de richesses et de vie facile.

– Stark semblait d'un autre avis.

– Stark était un pur.

– Ça suffit ! dis-je en me levant à mon tour. Iron a déposé mon berceau sur les marches de l'orphelinat de Gotham. Sa tête était mise à prix à cette époque.

Le maître de la Fraternité opina.

– Tu t'es acquitté de la tâche que Starck t'avait confiée, Iron. Mais nous en resterons là. Jonathan m'a livré le récit de tes exactions et...

– Moi, je suis partant.

Gerardus tenait une branche entre ses mains ; il la rompit.

– Toi ?

– Pourquoi pas ? fit le jeune homme avec hauteur. Il n'est pas utile que nous restions éternellement groupés. Et je vivais très bien sans la compagnie de ces deux-là, fit-il en nous désignant, Nicketti et moi.

Rip hocha la tête.

– Bah, pourquoi pas ? Nous nous rejoindrons à Boston, en ce cas. Mary y sera. Tu auras peut-être le temps de réfléchir encore à ce qu'elle représente pour nous.

Le jeune homme émit un ricanement déplaisant et disparut dans les sous-bois. Rip tapota sa pipe et se tourna vers moi.

– Nous allons gagner Boston dès que possible. Tu ne nous accompagneras pas. Il faut que tu partes à la recherche de ton dragon.

– Mais comment... comment saurai-je où il se trouve ?

Il désigna la seconde carriole.

– Lui te le dira.

Deux yeux brillaient dans la pénombre. L'intérieur était tendu de peaux et une odeur de renfermé assaillit mes narines. Une main parcheminée sortit à ma rencontre.

– Ours-Très-Sage !

– Grâce au ciel, dit Rip dans mon dos, les siens ont réussi à le sauver. Il n'est réveillé que depuis quelques heures. Il t'attendait.

Je montai à l'intérieur ; le bout rougeoyant d'un long calumet trouait l'obscurité. Rip m'observait en tenant la bâche.

– Je vous laisse.

La bâche retomba. La respiration du vieil Indien était rauque.

– Es-tu prête ? demanda-t-il après un silence.

– Non.

– Bonne réponse.

– Je ne sais même pas ce que nous sommes censés faire.

Il posa une main sur mon avant-bras et je sentis une chaleur subtile envahir mon corps. Sa voix se détachait avec netteté.

– Ton maître m'a affirmé que le monde des esprits t'était familier. Il m'a dit aussi ce que tu cherchais. Je suis là pour t'aider. Je suis là pour te guider car je connais l'endroit.

– L'endroit ?

– Là où ils viennent se réfugier.

Quelque chose brilla dans la pénombre. L'Indien toussa.

– Ouvre la main.

Je lui tendis ma paume, hésitante.

– Dites-moi ce que vous allez... Aïe !

Je me retirai vivement. Il m'avait entaillé un doigt ; je distinguais la lame du coutelas.

– J'ai besoin de sang.

– Vous êtes fou ? Pour quoi faire ?

– Je vais t'expliquer.

Il pressa mon majeur. La coupure était profonde. Le précieux liquide gouttait dans un flacon qu'il tenait ouvert au-dessous. Je me détournai.

– Le sang de tes ancêtres, commença Ours-Très-Sage. Dans tes veines coule un fluide, et en ce fluide réside un principe que ta mère a porté avant toi, et la mère de ta mère, et ainsi de suite depuis la nuit des temps. Les dragons reconnaissent ce principe.

Il referma le flacon avec précaution.

Je suçai mon doigt en regardant l'Indien méchamment. Un manteau de peau sale était posé sur ses épaules. Il tirait sur son calumet par bouffées légères.

– Les dragons n'obéissent pas aux lois de cette Terre. Ils sont la colère et l'ivresse, la joie et la sagesse – la liberté avant tout. Nos ancêtres acceptaient leur présence. Jadis, les dragons survolaient ce que les tiens appellent Amérique. Ils déposaient leurs œufs au creux des montagnes et ne se connaissaient nul ennemi. C'était avant que l'homme blanc n'arrive. Avant que le monde des esprits ne se scinde définitivement. Porte ceci à ta bouche.

Il me tendit son calumet. Je le considérai avec suspicion.

– Je n'ai jamais...

– Je sais.

Je posai l'embout sur mes lèvres.

– Aspire à fond, me conseilla le chaman.

Je fis comme il disait. Une fumée tiède me chatouilla la langue, se déroulant en volutes au fond de ma gorge. Mes yeux se mouillèrent de larmes.

– Aspire !

Je pris une profonde inspiration ; une toux me secoua. Je voulus rendre l'objet. Ours-Très-Sage refusa fermement.

– Encore. Tu dois laisser la fumée descendre dans tes poumons. Tu dois la laisser ne faire qu'un avec toi, comme plus tard tu ne feras qu'un avec le dragon.

J'obéis à contrecœur. Dehors, la forêt paraissait calme et résignée. L'image de Usher me traversa l'esprit. La fumée descendait dans mes bronches, se nichait au creux de mes alvéoles. Je ne ressentais strictement rien.

– Nous y voilà.

Le chaman reprit le calumet de mes mains.

– Les créatures que nous cherchons sont invisibles, dit-il, même dans le monde des esprits. C'est pour cela que je t'ai donné cette herbe à fumer. On l'appelle *songoya*, l'« herbe à rêves » ; elle te place dans la disposition d'esprit nécessaire. Les dragons en sont friands.

Il posa ma main dans la sienne.

– Partons-nous ?

– Oui, fit l'Indien d'une voix douce. Oui, nous partons.

Une caverne, m'avait prévenu Ours-Très-Sage, une grotte infinie, un monde !

Il ne m'avait pas lâchée. Nous étions passés au-dessus de la forêt. Il m'avait montré une montagne au firmament et avait dit – sa voix dans mon esprit : *Voilà, c'est là que nous allons*. Et nous avions volé, et volé encore, l'immense forêt noire et blanche défilant sous nos pieds, nous avions volé dans le ciel vide d'étoiles, avides et emplis de silence, étourdis par la pureté de notre course.

Désormais, nous nous tenions devant l'entrée du royaume : un simple boyau dissimulé par une végétation luxuriante, rameaux et feuilles grises aux éclats argentés.

Ours-Très-Sage partit en avant.

– Il existe d'autres endroits, bien sûr. Mais nous venons ici depuis des siècles et il est douteux que ton dragon ait trouvé refuge ailleurs. C'est sous cette voûte, en ce sanctuaire, que tes ancêtres l'ont rencontré pour la première fois.

– Est-ce que... est-ce que cet endroit existe dans le monde réel ?

Il se retourna, le visage grave.

– Le monde dont tu parles ne m'évoque rien.

– Je veux dire, sur Terre.

– L'endroit existe, oui. Mais les vrais dragons ne s'y trouvent plus. Seulement ceux qui sont malades, ou trop vieux pour voler.

Nous nous enfonçâmes dans l'obscurité. Un halo lumineux nous enveloppait. Je savais quel genre de sortilèges pouvait produire cette lueur, mais je préférais laisser à Ours-Très-Sage le soin d'éclairer notre route.

– Les dragons ont pris l'habitude de se rendre sur Terre après que la scission entre les mondes s'est opérée. Cependant, ils ne peuvent emmener leur âme avec eux. L'âme reste ici. Ainsi, les créatures qui peuplent la Terre ne sont pas des dragons complets. Il faut les voir comme des reflets ; il leur manque quelque chose.

– L'intelligence ?

– Appelle cela comme tu veux.

Jusqu'où s'étendaient les parois de cette grotte ? Nous nous étions enfoncés dans les profondeurs de la Terre et je ne leur voyais pas de fin. Nous descendions un interminable escalier creusé à même la roche.

– Tes ancêtres ont dompté un dragon. Elles ont marqué son âme à jamais. Mais, si l'animal a rejoint notre Terre, il a tout oublié. Tu n'as aucune chance de chevaucher *en unité* si ta monture ne se souvient pas de toi, de ton sang, précisa-t-il en exhibant le flacon qui pendait autour de son cou.

– Qu'est-ce que « chevaucher en unité » ?

– Tu comprendras.

Nous poursuivîmes notre descente. Des abysses s'ouvraient sur nos flancs. Je n'osais pas regarder. Démesurées, nos ombres nous suivaient sur la pierre.

Une heure ? Une journée ? Nous avions fini par

quitter les marches et nous étions engagés dans un long et étroit corridor. Le terme du voyage approchait. Nous débouchâmes sur une salle hors de toutes proportions. Je levai les yeux. Grossièrement circulaire, le puits géant était percé d'alcôves innombrables.

Je discernai des formes.

Des *présences*.

Ours-Très-Sage reprit ma main, et nos pieds quittèrent le sol. Nous nous élevâmes jusqu'à une première anfractuosité. Une forme reposait, ample, quasi transparente. Son corps annelé se perdait dans les ténèbres.

Un dragon.

Le chaman me tendit le flacon ouvert.

– Tiens.

– Que suis-je supposée faire ?

– C'est lui qui fera quelque chose s'il te reconnaît.

Je m'avançai, tremblante. Le corps de la bête s'étirait sur près de trente pieds. Les ailes repliées, elle dormait ; son museau était posé sur la roche. J'approchai le flacon. Les narines frémirent.

Et ce fut tout.

– Alors ? fis-je, revenant vers le chaman.

Nous levâmes les yeux. Je comptai une centaine de niches au moins.

– Alors, dit Ours-Très-Sage, tu sais ce qui te reste à faire.

Mes épaules se voûtèrent. Des dizaines et des dizaines de dragons endormis ! Et je devais les réveiller, un par un, jusqu'à ce que...

Jusqu'à ce que quoi ?

Le chaman redescendit lentement et m'indiqua la cavité suivante.

Je m'exécutai. Me glissant avec précaution dans la deuxième cache de pierre, je m'avançai jusqu'à la gueule et agitai mon flacon.

Je ressortis.

C'était une quête sans fin, harassante et incertaine – mais je n'avais pas le choix.

Je choisis une nouvelle cache.

Ce dragon-ci était plus grand que les deux autres, plus élancé aussi. Tous arboraient la même apparence translucide, fantomatique, et la même couleur noirâtre, mais tous aussi étaient différents. Certains étaient à peine plus grands qu'un homme. D'autres atteignaient cinquante pieds. La forme de leurs gueules variait également. Les pattes étaient plus ou moins arquées, robustes et courtes, petites et griffues. Les ailes portaient de fines membranes ou bien étaient cartilagineuses. Les queues étaient fourchues, divisées, ressemblant à des serpents. Les épines dorsales : couvertes de piquants ou lisses comme du marbre.

Tous uniques.

Tous magnifiques, endormis, irréels.

Le temps passait. Le temps ne passait pas. Je frôlais les carcasses alanguies. Aurais-je avancé la main que je n'aurais rien ressenti. Ces bêtes étaient des fantômes, des songes superbes – songes de guerre et de voyages sans fin, mais des songes tout de même.

Et puis...

Ce museau. Ces moustaches fines. Ce corps replié, ces pattes.

Je frémis.

Celui-ci avait les yeux entrouverts. Il semblait... Non, c'était absurde.

Il semblait sourire.

J'approchai mon flacon. Ce devait être le trentième, dans l'une des alcôves les plus élevées de la salle. Je ressentis un vertige inhabituel.

Je serrai le flacon plus fort. Un muscle se contracta. Puis rien. Je considérai l'animal, déçue. Je m'étais trompée. Pourtant...

Je me retournai. Cette fois, il me fixait de ses yeux grands ouverts. Une intelligence phénoménale brillait dans son regard métallique.

– B... bonjour.

D'un coup, le monstre se dressa sur ses pattes antérieures. Paniquée, je battis en retraite. Il s'avança, gueule béante. Je voyais ses dents. J'avais beau le savoir immatériel, j'étais terrifiée.

Derrière moi, le vide. Le dragon fit un dernier pas dans ma direction. Je me laissai tomber, les bras le long du corps.

Aussi légère qu'une plume, je me posai sur le sol. Et levai les yeux.

L'animal était sorti de sa cachette. Sous les hauteurs, il effectuait une danse compliquée, décrivant de savantes circonvolutions, rabattant ses ailes pour virer brutalement.

– Que fait-il ?

Ours-Très-Sage demeurait impassible. Le dragon poursuivait son ballet. Il était superbe, joyeux. Ses ondoiements scélérats, la perfection de ses formes effilées ! Je percevais une sagesse étrangère dans cette chorégraphie subtile.

– Appelle-le.

Je fis volte-face. Ours-Très-Sage désignait l'animal.

– Quoi ?

– Tu connais son nom.

Je secouai la tête.

– Comment le connaîtrais-je ?

– Souviens-toi.

C'était absurde. Le dragon continuait de voler, rasant les murs, longeant les alcôves de ses congénères endormis, en proie à une joie frénétique.

Je restai un long moment à l'observer. Puis un mot franchit mes lèvres.

– A... A'slaan.

Je n'avais aucune idée de ce que je venais de dire. Là-haut, le dragon s'était immobilisé, cinglant l'air de ses longues ailes.

Et soudain...

Soudain, il fondit sur moi. Je me mis à hurler.

– Regarde-le ! fit la voix du chaman à la périphérie de ma conscience.

Le regarder ?

J'étais totalement perdue.

J'étais...

Je relevai le visage. Une confiance innée coula en moi comme une grâce. Je hurlais toujours, mais en le regardant. En le regardant venir.

Quelque chose me disait que j'avais le droit d'avoir peur. Que cela faisait partie du pacte.

J'étais debout, les yeux levés vers lui, et il fonçait sur moi à la verticale. Il allait me percuter de plein fouet. Il allait m'écraser et il ne resterait plus rien de ma petite personne.

Je fermai les paupières. Il était proche, si proche ! Il était là.

– Mary ?

Agenouillée au sol, les mains à plat sur la pierre, je toussais avec force. Où était passé le dragon ? Où était passé A'slaan ? Ours-Très-Sage m'aida à me relever. Je parcourus la salle des yeux. Ses hauteurs titanesques.

– Je...

– Tu as prononcé son nom.

Il me soutint, m'aida à regagner le boyau qui s'enfonçait dans la terre.

– Où est-il ?

Il m'entraîna dans les ténèbres. Le cœur serré, je me retournai. J'avais adoré voir voler le dragon. J'aurais pu passer ma vie à le regarder planer, décrire ses longs cercles, revenir sur lui-même, sa queue battant l'air tel un balancier. Un chant. Il était comme un chant.

– Je ne veux pas partir !

Je résistai : affaiblie, désespérée.

– Calme-toi, fit le chaman en me tirant par la main.

– Où est-il ?

– Essaye de comprendre.

Nous remontions l'interminable escalier de pierre. Les abîmes criaient mon nom. Je les regardais avec envie.

– Je... je ne veux pas le laisser.

– Tu ne le laisses pas.

Nous montions toujours. J'étais redevenue une enfant. Lorsque je fermais les yeux, je le voyais ; ses formes souples s'extrayaient de l'ombre alors, se mouvaient et se déployaient en un ballet féerique.

Je m'arrêtai pour reprendre mon souffle. Je perdais ma concentration. Je sentais la fatigue, la douleur, comme dans le monde physique. Le vieil Indien me sonda sans émotion.

– Reprends-toi. Respire.

Je fis comme il disait.

J'avalais l'air. J'essayai de ne penser à rien.

Peu à peu, une quiétude étrange m'envahit. Nous poursuivions notre progression lente, et la caverne me paraissait plus vaste que jamais.

Pour finir, une lumière apparut au bout de la grotte et nous guida jusqu'au dehors. Ours-Très-Sage fit quelques pas dans l'herbe blanche. Je respirais mieux.

Un océan de sapins descendait des montagnes. Au loin, dans les brumes scintillantes, reposaient les collines et les vallons que nous avions quittés. C'était l'autre Amérique. Celle que personne ne voyait, celle que les hommes avaient oubliée. Oh, comme j'aurais voulu que le monde entier puisse contempler ce que je contemplais !

Je reniflai.

– Je le sens, dis-je.

Le chaman se contenta de sourire.

Je passai une main sur ma gorge. Une présence. Une sensation de plénitude.

– Je le sens, dis-je encore.

Et, tandis que ses doigts se refermaient sur mon poignet et que, lentement, une nouvelle fois, nos pieds abandonnaient le sol, tandis que, pareils à des anges, nous nous élevions au-dessus de la forêt blanche et noire, je sentis l'âme d'A'slaan tressaillir au fond de mon être, tel un frisson déchirant, et je compris soudain ce que mon esprit avait jusqu'alors refusé d'admettre.

J'avais avalé le dragon.

Soixante et unième jour

– Sans doute, répliqua Rip Van Winkle en refermant le livre, mais ceux de la verrière sont des spécimens de seconde génération. Ils se sont reproduits en captivité. Ils ne possèdent pas l'intelligence de leurs congénères. Non, non, les dragons de première génération ne se trouvent que sur l'île qui porte leur nom. C'est là qu'il faut amener Mary.

Il me tendit le grimoire. Inscrit en lettres d'or sur la couverture de cuir noir, le titre – *De chimaris et draconibus* – ne laissait planer aucun doute. Depuis notre retour, pourtant, à l'aube du jour d'après (les esprits des dragons endormis brouillaient considérablement la perception des arpenteurs, m'avait expliqué Jack), Rip et les autres se disputaient pour savoir où je devais commencer ma chasse. Car une tâche redoutable m'incombait désormais : trouver mon véritable dragon, celui qui était parti sur Terre et que je devais dompter, et personne ne pouvait être certain de l'endroit où il se trouvait.

– L'île aux dragons, renchérit Jonathan Swift. Les géographes ignorent son existence, mais nous savons qu'elle existe. Edmund Dorchester l'a fait sortir des flots.

– Foutaises, grogna Gerardus. Un conte pour bonnes femmes.

– Mary l'a vue. Iron l'a vue aussi. Wild Stark y a mouillé l'ancre à plusieurs reprises, bon sang ! Il parlait même de s'y installer. Et il existe des cartes. Je suis certain qu'en cherchant dans nos grimoires...

– Nos grimoires ont brûlé, fit Rip et l'île est terriblement protégée.

– Thomas Goodwill me l'a montrée, dis-je. C'est lui qui en gardait l'accès, après l'arrestation de Dorchester.

– J'ai entendu cette histoire, reprit Jonathan. Mais Thomas Goodwill est mort. Et Dorchester aussi. Voilà qui devrait grandement nous faciliter la tâche.

Du bout de sa botte, Gerardus dessinait un cercle dans la terre.

– Même si vous disiez vrai, lâcha-t-il, même si le dragon se trouvait sur cette île : pourquoi croyez-vous qu'on nous laisserait y accoster ? Un nouveau propriétaire a dû s'y installer, depuis le temps.

Rip sourit.

– Dresseur de dragons n'est pas un métier très couru de nos jours. Il y a un secret. Wild Stark parlait d'un secret jalousement conservé.

Je partis à l'écart. Depuis mon retour du Monde Blanc, je me sentais différente, désincarnée. Ours-Très-Sage avait eu beau m'assurer qu'il s'agissait d'un phénomène naturel, je n'étais guère rassurée. Et lui était reparti vers les siens.

– Fais ce que te dicte ton cœur.

Pensive, j'effleurai une branche de sapin. Nicketti se tenait dans mon dos.

– Ils ont toujours des avis. Ils adorent élaborer

des plans et se disputer à propos de stratégies et de décisions à prendre. La vérité, c'est que c'est toi qui détiens le pouvoir. C'est toi qui crées l'histoire, Mary.

Je me retournai.

– Je ne me sens pas très éclairée, dis-je.

– C'est pour cela que tu l'es.

Je soupirai.

– Pourquoi Gerardus s'acharne-t-il ainsi, Nicketti ? Il veut me croire coupable d'un crime que je n'ai pas commis. Dieu sait que je n'ai pas besoin de cela.

Elle posa une main sur mon épaule.

– Oublie Gerardus. Il passe son temps dans le passé, et le passé est rarement bon conseiller. Nous ne le changerons pas.

Elle s'éloigna. Je demeurai pensive. Chaque jour, l'Empereur torturait une sœur, une confidente, une amie. Chaque jour, des tisons marquaient des chairs tendres, des pinces déchiquetaient, des crochets déchiraient – et les cachots de Gotham s'emplissaient de hurlements abominables.

Je revoyais A'slaan. J'imaginais A'slaan au-dessus de la ville. Je fermai les yeux, me frottai vigoureusement les joues et partis retrouver les autres.

– Je vais me rendre sur cette île, dis-je.

Nous arrivions sur la côte, tête baissée contre le vent. À Jonathan et à Rip, à Nicketti et à Jack, j'avais fait mes adieux. Ils m'avaient serrée contre leur cœur. Les mots étaient inutiles. Nous nous reverrions. Nous nous reverrions à Boston pour évoquer le plan.

Usher allait m'accompagner sur l'île aux dragons. Lui seul savait naviguer – et les autres étaient plus utiles ailleurs. Un aigle était juché sur son épaule : un magnifique animal, appelé par Rip Van Winkle, et qui connaissait chaque membre de la communauté. Une fois ma tâche achevée, nous étions supposés le relâcher pour prévenir nos amis de notre arrivée. Il était notre dernier lien avec la Fraternité d'York.

– Nous y voilà, dit Usher, tirant sur les rênes.

Derrière nous, Iron Moses et Gerardus Stuyvesant palabraient avec vigueur. (Ils allaient prendre la voie des profondeurs.) Le village de Peabody Bay, où nous avions choisi d'embarquer, se cachait entre deux collines : il se résumait à quelques maisons, un clocher et une petite flotte de navires de pêche. Usher possédait une bourse, ainsi qu'une carte, trouvée dans un vieux livre qui avait échappé à l'incendie. Nous disposions d'un compas et d'une boussole. Usher avait pêché avec Martin autrefois ; je lui donnai ma confiance.

Nous mîmes pied à terre, l'aigle dans nos bras. Iron et Gerardus n'étaient pas descendus de cheval. Le pirate hocha la tête vers la baie.

– Es-tu sûre de ce que tu t'apprêtes à faire ?

– Oui.

– Eh bien, je ne sais que dire, Mary. Que les vents vous soient favorables. Nous nous retrouverons à Boston, si Dieu le veut.

Gerardus étouffa un bâillement.

– Je doute que Dieu ait quoi que ce soit à voir là-dedans.

Je souris.

– Adieu, Iron. Adieu, Gerardus.

Nous les regardâmes descendre la colline vers la route qui longeait la côte et restâmes immobiles jusqu'à ce qu'ils eussent disparu. Usher prit ma main.

– C'est nous deux, maintenant.

Et nous repartîmes vers Peabody Bay.

À cette heure du soir, alors que la cloche du temple sonnait ses derniers coups et que les volets déjà se fermaient, notre arrivée n'avait aucune chance de passer inaperçue. J'avais choisi de ne plus me cacher et Usher marchait tête haute, mais les regards méfiants des villageois nous suivaient, assortis de mines hostiles, tandis que nous arpentions la rue principale en tenant notre cheval par la bride.

Nous arrivâmes sur le port. Quelques pêcheurs se hâtaient de carguer leurs voiles ou de décharger leurs caisses. Nous avançâmes sur le ponton. Un petit homme râblé, au front couvert de sueur, s'essuya le visage d'un revers de chemise.

– Qu'est-ce que vous voulez ?

– Nous cherchons une embarcation, dis-je.

Il nous observa avec morgue. L'aigle se dandinait à nos côtés.

– Un nègre et une drôlesse, hein ? Et ce volatile ? J'ai rien pour vous.

– Nous avons de l'argent, dis-je.

– Et alors ?

Il s'approcha de nous. Usher le dépassait d'une bonne tête, mais l'homme ne paraissait pas le craindre. Il le poussa même légèrement.

– C'est un village tranquille, ici. T'as été affranchi, le nègre ?

– Ne dites pas ça ! m'exclamai-je.

Le pêcheur revint vers moi en se curant une dent.

– Sinon quoi, petite demoiselle ?

Je me courbai pour l'apaiser. L'aigle poussa un cri perçant.

– Oh, oh ! siffla l'homme, touchant spectacle, du diable si je... Hé, attendez une minute !

Il se retourna vers une cahute qui devait servir d'entrepôt. Mon sang se glaça. Une affiche avait été placardée. On y voyait mon portrait, surmonté d'un avis et d'une promesse de récompense. Vingt mille livres. Une somme colossale.

Il plissa les yeux.

– Combien ?

Un deuxième gaillard s'approchait en claudiquant, appuyé sur une béquille. L'une de ses jambes était de bois.

– Joseph ! fit le premier pêcheur, regarde, c'est la fille, c'est elle !

L'interpellé jeta un coup d'œil méprisant à l'affiche et reporta son attention sur nous.

– Combien ? répéta-t-il.

– Nous voudrions... commença Usher.

– Vous voudriez acheter un bateau, j'ai compris. Vous avez de l'argent ?

– Joseph... gémit l'autre, franchement, tu ne devrais pas...

– La ferme ! De combien disposez-vous ?

– Cent livres, dis-je.

– Quoi ? protesta Usher, mais c'est tout ce que...

Je l'arrêtai d'un geste. Une lueur d'intérêt passa dans les yeux du dénommé Joseph.

– Cent... cent livres ? répéta le premier pêcheur, hagard.

– C'est bien ce que j'ai dit.

Usher se rembrunit. Joseph désigna un petit voilier qui attendait à quai, devant nous. Il avait l'air en bon état.

– Bon Dieu, fit son comparse, ne sois pas stupide ! Il y a vingt mille livres pour nous si...

– Je ne traite pas avec l'Empire, cingla l'autre. Tu devrais t'en souvenir. Tu devrais te souvenir de ça, ajouta-t-il en frappant le ponton de sa jambe de bois. Et puis quoi ? Tu crois qu'ils te la fileraient, la récompense ? Non, non, cent livres pour ce bateau, c'est honnête, c'est presque honnête.

Il s'avança encore :

– Cent cinquante.

J'ouvris les mains en signe d'impuissance.

– Cent livres, dis-je. C'est tout ce que nous avons.

– Mmh.

– Alors ?

– Je pourrais vous livrer aux autorités, dit Joseph en se caressant le menton.

– Voilà ! s'écria son comparse. Voilà ce qu'il faut faire...

– Seulement, vous avez peur, répliquai-je. Vous ne comprenez pas par quel miracle une jeune femme telle que moi peut valoir vingt mille livres.

– Montre la bourse.

Je tendis la main. Dépité, Usher me remit l'argent. Les yeux de Joseph s'agrandirent. Méfiante, je reculai.

– Je veux voir le navire avant.

L'homme haussa les épaules, puis passa devant nous et nous mena à son embarcation. Le premier pêcheur nous suivait en continuant de maugréer. Joseph l'entraîna à l'écart tandis que nous inspections le voilier. La coque semblait solide. Usher contempla l'horizon et flatta la tête de l'aigle, qui sautillait à nos pieds. Le crépuscule envahissait la baie.

– Ils sont en train de nous voler, murmura-t-il sans me regarder. Cent livres ! Ce rafiot en vaut à peine la moitié.

– Je sais, dis-je, mais nous ne sommes pas en position de discuter. Qui plus est, j'ai gardé un peu d'argent pour nous dans une bourse à part. De toute façon, si nous ne trouvons rien sur cette île...

– Quelle île ?

Joseph venait de nous rejoindre.

– Alors, répondis-je innocemment, avez-vous fait votre choix ?

Le pêcheur opina.

– Cent livres, marché conclu.

Son comparse émit une plainte rauque et se frappa la poitrine du poing :

– Joseph, tu... tu...

Nous commençâmes à compter l'argent. Les pièces tombaient, lourdes et dorées. Joseph paraissait satisfait.

– Je suis pauvre, commença-t-il. Je n'ai aucune sympathie pour vous, je ne vous connais pas. Mais je hais l'Empereur, et c'est pour cette raison que je veux vous aider.

Un petit groupe de villageois se pressait sur le quai. Le premier pêcheur courut vers eux et les exhorta à grands cris. Les hommes l'écoutèrent un instant et montèrent sur le ponton.

– Je vous suggère d'y aller, dit Joseph en se grattant la nuque.

Il n'y avait pas à hésiter. Usher sauta à bord du voilier en tenant l'aigle dans ses bras, puis me tendit la main tandis qu'on dénouait nos amarres. D'une poussée vigoureuse, Joseph éloigna notre embarcation du quai.

Les villageois couraient, maintenant. L'autre

pêcheur à leur tête, les invectivait avec fougue. Bras croisés, Joseph regarda notre embarcation s'éloigner. Puis il fit volte-face pour accueillir la meute vociférante, et ses paroles se perdirent dans le tumulte. Les villageois semblaient furieux. Je me demandai ce que nous représentions pour eux. Une simple récompense, sans doute. Avaient-ils seulement conscience de ce qui se tramait à quelques dizaines de lieues d'ici ?

Debout à l'arrière, je regardais Peabody Bay s'éloigner. Massés sur le quai, les habitants nous haranguaient, pleins de colère. Le dénommé Joseph nous avait probablement sauvé la vie. En nous volant au passage.

– J'espère, grogna Usher en prenant la barre, que cette coquille de noix ne sombrera pas à mi-course.

L'aigle agita ses ailes et trompeta vers le couchant. Assise au fond de la coque, je dépliai la carte que Jonathan nous avait dénichée. C'était la seule, parmi toutes celles que la Fraternité possédait, qui indiquât précisément l'emplacement de l'île. Personne ne savait où elle avait été achetée. Usher me tendit la boussole.

– Je vous laisse le soin de nous conduire, mademoiselle.

– Maintiens le cap sur le sud-est. Et, une fois pour toutes, cesse de m'appeler « mademoiselle ».

La nuit pailletée d'étoiles nous enveloppait comme un drap déposé par une mère aimante. Une lune féconde se reflétait sur les vagues noires.

Usher s'était posté à l'avant.

À un moment, alors que nous n'avions plus échangé un mot depuis au moins deux heures, je vins le rejoindre et posai une main sur son épaule.

Il tressaillit.

– Je suis désolée, dis-je.

– Vous n'avez pas à l'être.

Je clignai des yeux.

– Tout en moi te promettait quelque chose. Mais je ne t'ai rien donné. J'ai cru... Je ne me suis occupée que de moi.

– Vous avez fait ce qui était juste. Votre cause – notre cause est ce qui importe.

– Notre cause n'est pas tout.

Je le forçai à me regarder. Ses grands yeux brillaient dans la pénombre. Prenant son visage entre mes mains, je l'embrassai avec douceur. J'avais l'impression de lui devoir cette faveur. Bientôt, je guidai ses gestes. Il défit ma cape et glissa ses doigts sous ma tunique. Je frémis. Son souffle était court ; il se débarrassa de sa chemise. Embrassant son torse, je le laissai me dévêtir à son tour.

Il remonta ma tunique autour de mes hanches et, de sa main libre, entreprit d'ôter ses culottes. Je l'attendais. Il susurra mon nom et glissa une main entre mes genoux. Je battis des paupières. J'aurais voulu...

– Non.

Il continua pourtant. Il était là, brûlant, je sentais son désir et il mordillait ma nuque, tentait d'entrouvrir mes cuisses. Mais je me débattis.

– Non !

Il recula, incrédule.

– Je... je ne comprends pas.

J'éclatai de rire. Nous étions nus l'un et l'autre, seuls sur l'océan et, brusquement, je ne voulais plus, brusquement, je comprenais que je n'avais jamais voulu.

Je redevins mortellement sérieuse.

– Tu dois me haïr.

– Quoi ? (Il me montra ses mains.) Je pensais que vous...

– Tu as le droit de me haïr.

– Ce n'est pas grave.

– Si, ça l'est.

– Vous ne m'aimez pas, c'est tout. Vous avez aimé l'idée de prendre soin de moi. Un Noir et une Blanche. Faire fi de la morale et des interdits.

Je me tus. Il avait raison : au fond de moi, je savais qu'il avait raison. Je rajustai ma tunique. Ma peau était tiède encore des baisers de cet homme, et je voulais être seule, et c'était impossible.

– Je suis désolée, répétai-je. Usher ? Tu es l'être le plus profondément bon que j'aie jamais rencontré.

Il secoua la tête.

– Non. Je vous aime, c'est tout.

Il reprit la barre et se concentra sur notre course. Il n'y avait rien à ajouter.

J'ouvris le compartiment qui se trouvait à l'avant du bateau et dénichai une couverture de laine. Souhaitait-il que je le relaie ? Il répondit que non. À la lumière d'une lampe à huile, nous étudiâmes la carte. D'après ses calculs, nous arriverions en vue de l'île demain, quand le soleil culminerait. Je pouvais dormir en attendant.

Renfoncée à l'arrière de l'embarcation, je me pelotonnais. Longtemps, je fixai l'océan anthracite et le ciel grandiose, les étoiles en pointillé. La côte avait disparu. Nous avancions, dérisoires au milieu du néant, et je ne ressentais plus rien, rien qu'un engourdissement croissant, et je songeai : « Tu as un dragon en toi, Mary. »

Sur cette pensée, je finis par m'endormir.

Soixante-deuxième jour

Je me réveillai après l'aube, sursautant comme au sortir d'un mauvais rêve. Mais si j'avais rêvé, je ne me souvenais de rien. Et Usher était là, fidèle à son poste. Sa présence me rassurait.

Je m'étirai. Mes membres étaient tout engourdis.

– Pourquoi m'avoir laissée dormir ?

– Je n'avais pas sommeil, fit Usher en consultant la boussole.

Je me rapprochai de lui.

– J'ai soif.

– Je sais, dit-il en me tendant sa gourde, il ne reste plus que quelques gouttes.

– Elles sont pour toi.

– Non merci.

Il scrutait l'horizon, obstinément. Je bus le reste de l'eau. Un sentiment de solitude me serrait le cœur. L'océan était calme, le ciel dégagé. Seuls quelques nuages passaient au loin, oubliés, en lambeaux.

Le soleil était monté au zénith. Toujours enroulée dans ma couverture, je tenais la barre à mon tour. Usher s'était retranché au bout de notre barque et faisait de petits bruits dans son sommeil.

Je rêvassais en regardant le large. Le monde, les gens, tout ce que je venais de vivre – le passé même – m'apparaissaient comme une chose irréelle et lointaine.

Mais soudain...

– Usher ? Usher, réveille-toi !

Il se dressa sur un coude.

– Que...

– J'ai vu l'île.

– L'île ?

Je pointai l'horizon.

– Je ne vois rien, dit Usher.

– Là. Juste devant nous.

– Je...

– Mais enfin, tu ne peux pas ne pas la voir !

– Mary. Il n'y a rien.

Il me toucha le bras. Je reculai, effrayée. Étais-je victime d'une hallucination ? L'île aux dragons était là telle qu'en mon souvenir, posée sur la mer, avec ses deux sommets parés de verdure, ses récifs et les filets de brume accrochés à ses sommets.

– Mary, répétait Usher, il n'y a rien, rien du tout.

Tenant toujours la barre, je me penchai à l'avant. Usher saisit la carte, prit le compas et la boussole, et procéda à des calculs en remuant les lèvres.

L'île se rapprochait. Je voyais maintenant le navire échoué sur son banc de sable, les ponts de corde entre les branchages, la forêt luxuriante à l'assaut des montagnes. Nul dragon ne volait dans le ciel. Mais c'était bien elle. C'était bien cette île.

– Je ne comprends pas, fit Usher, désolé. D'après mes calculs, nous ne devrions pas nous trouver loin.

Je le pris par l'épaule.

– Ne me dis pas que tu ne la vois pas.

Il plissa les yeux, se concentra.

– Eh bien, je...

Sa phrase resta en suspens.

– Qu'y a-t-il ?

– Je crois que je l'ai vue. L'espace d'un instant, il m'a semblé...

– La vois-tu, oui ou non ?

– Elle a disparu, lâcha-t-il en désespoir de cause.

Cramponnée à la barre, je maintenais le cap sur le rivage sablonneux. Personne ne se montrait. Le navire échoué était désert – aucune silhouette n'apparaissait sur la plage.

– Dieu ! souffla Usher.

Il la voyait, à présent. Debout dans le bateau, il la voyait, et il en restait confondu. Nous ne nous trouvions plus qu'à quelques encablures de la baie.

– Quelle beauté ! Et cette végétation ! Comment... comment un tel endroit peut-il demeurer invisible... ? Je veux dire, elle se tenait là, juste devant et...

Longtemps, il demeura debout, frémissant d'une excitation juvénile. Puis, n'y tenant plus, il sauta par-dessus bord et tira notre embarcation sur le sable. Je descendis à mon tour. Rapidement, nous inspectâmes les environs.

Quoique échoué, le navire qui se dressait devant nous – un trois-mâts muni de canons – était en parfait état et ne ressemblait en rien à une épave. Nous décidâmes de monter à bord par un double cordage pendu à l'échelle de coupée. « Il y a quelqu'un, me dis-je en grimpant à la suite de Usher. Nous ne pouvons pas être seuls ici. »

Circonspects, nous arpentâmes le gaillard d'arrière et ouvrîmes la porte de la cabine.

– Bonjour.

Un homme nous faisait face, les mains posées sur les accoudoirs de son fauteuil. Il portait une barbe tressée et un tricorne de pirate. Son regard noir ne cillait pas.

– Je vous attendais.

– Qui êtes-vous ? demanda Usher.

L'intérieur de la cabine était meublé avec un goût exquis. De lourdes tentures de velours bleuté masquaient les vitraux. Un tableau de maître figurant la Cène était suspendu au-dessus du lit. Notre hôte prit une profonde inspiration.

– Vous êtes chez moi. Vous devez le savoir.

– Nous... à vrai dire, nous ignorions que cette île était habitée, bredouillai-je.

L'homme se leva et rajusta son gilet de cuir noir, porté sur une chemise blanche à manches bouffantes.

– Mon nom est David Hawkes, fit-il sans nous tendre la main. Certains m'appellent le Maître des Dragons, et cette île est mon domaine. À qui ai-je l'honneur ?

– Voici Usher, répondis-je. Et je suis Mary Wickford. Je suis venue en quête d'un dragon.

Flegmatique, l'homme ouvrit un buffet et sortit une bouteille.

– J'ai déjà entendu cette histoire.

– Je suis très sérieuse.

Il se retourna, un verre à la main, sa bouteille dans l'autre.

– Rhum ?

– Non, merci.

Il se rassit et se versa une franche rasade.

– Sa Majesté l'Empereur des Amériques cherche cette île depuis des années. Elle ne l'a jamais trouvée, naturellement. Et c'est uniquement parce que vous semblez l'avoir... vue – il n'y a pas d'autre terme – que je ne vous ai pas envoyé un boulet de canon en guise de bienvenue.

– Je ne saisis pas.

Il ponctua sa dernière rasade d'un claquement de langue.

– Cette île est invisible. Elle ne se révèle qu'à ceux qui sont dignes de la voir. Qui êtes-vous exactement ? Une espèce de magicienne ?

– C'est ce que prétendent certains.

– Certains ?

– Mon maître. Rip Van Winkle.

– Mary !

Usher me regardait, indigné. David Hawkes ricana :

– Votre ami n'a pas l'air satisfait de vous voir déballer ainsi vos petits secrets.

– Je sais.

Notre hôte reposa son verre sur une tablette de noyer.

– Poursuivez.

– Je cherche un dragon. Je sais parfaitement à quoi il ressemble.

– Intéressant.

– J'ai traqué son âme dans le monde des esprits.

– Et vous pensez que votre animal se trouverait sur cette île. Qu'est-ce qui vous le fait croire ?

– Je sais que la plupart des dragons qui vivent sur Terre – les dragons de première génération – je sais que ces animaux se réunissent ici.

– Possible.

– Je vous demande la permission de...

– Accordée.

Je plissai le front.

– Pardon ?

– Je vous donne les pleins pouvoirs en la matière, milady.

– Milady ?

– Oui, hum. Vous êtes venue jusqu'ici, l'île s'est dévoilée à vous, c'est donc qu'il doit y avoir un fond de vérité dans votre jolie fable. Vous êtes libre de « chercher votre dragon », comme vous dites. Et de rester ici aussi longtemps qu'il vous plaira, en compagnie de votre... – il hocha le menton vers Usher – époux ?

– Disons « ami ».

– Comme vous préférez. Donc, vous pouvez demeurer ici le temps que vous voudrez. Je vous dois néanmoins une précision d'importance : je ne suis absolument pas en mesure de garantir votre sécurité.

– Ce qui signifie ?

– J'ignore ce que vous connaissez des dragons, Miss Wickford. Mais ce sont des créatures hautement imprévisibles, qui peuvent vous réduire en cendres d'un souffle ou vous décapiter d'un coup de queue. Savez-vous combien de dompteurs sont morts dans les montagnes pour capturer quelques malheureux spécimens et les ramener à Gotham ?

Je secouai la tête. Il se leva et ôta son tricorne.

– Beaucoup. Mais ceux qui meurent le méritent. Ceux qui considèrent ces créatures incomparables comme de vulgaires bêtes de somme ne récoltent que ce qu'ils ont semé. Leur mort est un détail. La vôtre en sera un à mes yeux si vous péchez par imprudence.

J'acquiesçai.

– Je ne vous aiderai pas, mais je mettrai avec plaisir deux hamacs à votre disposition.

Il sortit, nous précédant sur le tillac où nous attendait notre aigle.

– Dans la journée, déclara Hawkes en claquant des doigts vers l'animal, vous serez libres d'aller et venir à votre guise. Mais vous devrez vous trouver ici avant le coucher du soleil. Si vous contrevenez à cette règle, je vous ferai donner la chasse. Et aucune dérogation ne sera accordée.

– La chasse ? répéta Usher.

Hawkes sourit.

– Vous constitueriez un gibier de choix pour les habitants de cette île.

Il ouvrit une trappe ; nous descendîmes à sa suite les marches d'un escalier de bois. L'endroit était lugubre mais à peu près sec. David Hawkes nous montra nos hamacs, suspendus entre deux poutres, puis hocha le menton vers une pile de couvertures.

– En ce qui concerne le dîner, vous êtes mes hôtes jusqu'à nouvel ordre. Vous pouvez entamer votre exploration dès maintenant si le cœur vous en dit.

Nous remontâmes sur le pont.

– Les dragons sont libres, Miss Wickford. Gardez cela à l'esprit. Vous ne les contraindrez à rien.

– Je sais ce que j'ai à faire.

Il me toisa en tortillant une des tresses de sa barbe.

– Nous serons vite fixés.

Soixante-troisième jour

Le lendemain matin, je me mis en route. L'aigle était resté à bord. Usher, lui, avait choisi de m'accompagner malgré mes recommandations.

– S'il vous arrive quoi que ce soit...

– Eh bien, que feras-tu ? Tu monteras à l'assaut ?

– Je serai là, dit-il, serrant les poings.

Nous avions passé une nuit réparatrice dans le silence du navire. David Hawkes nous avait régalés d'un dîner somptueux, à base de poisson et de fruits de mer, préparé par deux hommes de main qui nous avaient rejoints en soirée. Pirates eux aussi, les nouveaux venus n'avaient même pas pris la peine de se présenter, ce qui ne les avait pas empêchés de me dévisager avec insistance pendant une bonne partie du repas. L'un des visages m'était familier, mais je ne parvenais pas à me souvenir où je l'avais déjà vu.

Lorsque j'avais fait allusion à Thomas Goodwill, David avait reposé sa fourchette. Nous n'avions échangé que quelques paroles jusqu'alors.

– Vous le connaissiez ?

– Oui, dis-je.

– Une crapule, avait lâché le maître des lieux en se resservant du vin. Un forban de la pire espèce, braillard et fabulateur en chef. J'espère que ce n'était pas un... ami, lui aussi.

– Pas au sens strict.

J'avais baissé le nez vers mon assiette. Un bref mais violent sentiment de tristesse était remonté en moi tel un relent d'acidité.

– Mary ?

Usher avait caressé ma main.

– Sa mort, avait poursuivi Hawkes, n'est une mauvaise nouvelle pour personne. Quand on pense qu'il se prétendait maître de cette île, peuh ! Quelle fanfaronnade !

J'avais porté mon verre à mes lèvres – sans boire.

Sortis du mince anneau de forêt qui enserrait la montagne, nous progressions dans les herbes hautes vers l'endroit que nous avait indiqué le pirate. Des heures durant, nous avançâmes sans parler. Nos souffles courts rythmaient le silence. À plusieurs reprises, je me retournai pour contempler l'océan diamantin. Nous dominions toute l'île, désormais, et le temps était radieux.

Une heure plus tard, nous gagnions le sommet de la première montagne. J'étais passée devant ; Usher peinait à me suivre.

– Que...

Je m'étais laissée tomber à genoux. Il me rejoignit.

Là, en contrebas dans la plaine, au-dessus de cette vaste prairie enchâssée entre les deux montagnes, une douzaine de dragons de toutes les couleurs passaient et repassaient en décrivant de délicates arabesques.

– Dieu...

Il y en avait des jaunes et des argentés, des verts

et des noirs, un couple de rouges aussi, ainsi qu'un doré et un bleu magnifique. Certains dormaient, une bonne moitié, mais les autres, les autres ! Ils étaient libres, superbes, foudroyants dans l'air vif, et leurs ombres véloces glissant sur l'herbe tendre composaient une féerie d'une beauté indescriptible.

Combien de temps restâmes-nous à les observer ainsi, à admirer leurs vols espiègles, leurs acrobaties de dentelle ?

– Allez-vous... les approcher ?

J'approuvai.

– Peut-être pas aujourd'hui, dis-je. Mais demain. Demain, je partirai aux aurores.

– Je viendrai avec vous.

Nous redescendîmes, éberlués. Un vent léger faisait onduler les roseaux. Cette végétation luxuriante, ce bateau à l'abandon, cette île...

On aurait dit un rêve.

Je m'arrêtai pour respirer à pleins poumons. Usher s'était allongé dans l'herbe, bras écartés, visage tourné vers le soleil. Je dressai l'oreille.

– Tu as entendu ?

– Quoi ?

– Un genre de sifflement.

– Non. Seulement...

Je le plaquai au sol. Une ombre énorme venait d'apparaître au sommet de la montagne, et elle fondait sur nous.

– Mary !

– Laisse-moi faire.

Le monstre cracha un jet de lave sur la colline, à cent pieds à peine de notre position. Puis, d'un puissant battement d'ailes, il se propulsa vers le zénith.

– Mary !

Je me redressai. Vert, avais-je eu le temps de noter, vert émeraude, et le soleil se reflétait sur ses écailles en reflets de cuivre.

Usher et moi roulâmes sur le côté. Le dragon revenait. Frôlant la colline, il cracha un nouveau jet de lave. Enfin, survolant la bande de forêt, il regagna les hauteurs. Un feu violent embrasa la prairie. « Pourquoi ne profite-t-il pas de son avantage ? me demandai-je tandis que Usher refermait ses bras sur moi. Pourquoi ne vient-il pas nous achever ? » Mais le monstre avait disparu.

Me dégageant, je rampai jusqu'à la coulée de lave. Des flammèches achevaient de consumer les herbes hautes mais, à cause de l'humidité, l'incendie ne risquait pas de se propager. Le feu des dragons, avais-je appris, était le fruit d'une lente et complexe fermentation. Leur estomac était tapissé d'une couche de peau métallique qui se contractait lorsqu'ils crachaient leur venin incandescent. Cela devait les faire horriblement souffrir – un dragon n'attaquait jamais sans raison. Le nôtre avait semblé vouloir nous tuer, puis s'était ravisé.

Hébétés, nous regagnâmes la baie.

Le soir venu, Usher ne se montra pas au dîner. Il s'emmurait dans un mutisme morose, et mes paroles, loin de l'apaiser, paraissaient l'angoisser plus encore.

David Hawkes me considéra avec bonhomie.

– Alors ? Cette première journée ?

– Je les ai vus, dis-je.

– Un bon début.

Je passai sous silence ce qui nous était arrivé. Le maître des lieux piqua de son couteau un morceau de viande juteuse et le porta à sa bouche. C'était du mouton – un troupeau paissait non loin de la plage. Je repoussai mon assiette.

– Vous ne mangez pas ?

– Je n'ai pas faim.

Haussant les épaules, mon hôte considéra pensivement la baie, s'étira longuement et me proposa de prendre un petit cordial sur le gaillard d'avant. Je me surpris à accepter.

– Vous voyez ce soleil ?

Les derniers feux du couchant se mouraient à l'horizon en une flaque d'or liquide. Un vol de mouettes cisaillait la voûte marine.

– Parfois, ses reflets ressemblent à du sang. Parfois, c'est du vrai sang qui coule.

– Que voulez-vous dire ?

Il huma l'air.

– Il existe une île, pas très loin d'ici. Un lieu maudit, oublié des hommes.

– L'île du Cœur-Sanglant.

– Oh. Cet endroit vous est-il familier ?

– Ce serait beaucoup dire.

Un sourire passa sur son visage.

– Les hommes croient qu'il s'agit d'une légende. Ce cœur qui saigne. Mais c'est tout ce qu'il y a de plus réel.

– De quoi parlez-vous ?

Il renifla.

– Il y a des siècles de cela. Une chose est sortie de la forêt. Une chose gigantesque. Les Indiens l'appelaient le « Grand Esprit ». Vous pouvez préférer « Dieu ».

– Êtes-vous... sérieux ?

– Elle était si grande qu'elle pouvait traverser

l'océan à pied. Elle est venue de la côte et elle s'est avancée, encore, et encore. Des jours durant.

– ...

– C'est sur cette île qu'elle s'est arrêtée. Sur ce rocher sans âme. Et ses larmes ont coulé, oui. Des larmes de sang. Les larmes de son cœur. Ensuite, elle a repris sa route. Vers le couchant. Vers l'éternité.

– Et le monde...

– Et le monde a sombré dans le chaos.

Les mouettes revinrent, crièrent au-dessus de la crique, disparurent.

– C'est une belle histoire.

– Je ne sais pas, fit Hawkes en se détachant du bastingage. Je ne sais pas si c'est une histoire. Quand je vois le soleil finir sa course derrière les montagnes, quand je vois tant de beauté et de tristesse mêlées, je me dis que cette chose que nous appelons « Dieu » est bel et bien partie, et qu'elle nous a laissé ceci – ajouta-t-il en balayant l'horizon d'un geste – qu'elle nous a laissé ceci en souvenir.

Il s'éloigna à pas lents. Je le rattrapai.

– David...

Il se retourna d'un bloc.

– Pensez-vous devoir changer l'ordre des choses, Miss Wickford ?

– Je ne comprends pas votre question.

Il montra l'île.

– Vous êtes au paradis, ici. Si vous perturbez le subtil ordonnancement qui règne en ces lieux, ce doit être pour une cause supérieure.

Je déglutis.

– C'est le cas, dis-je. Je crois que c'est le cas.

Soixante-quatrième jour

Je partis à l'aube. David m'avait expressément interdit de quitter le navire avant le lever du soleil, mais j'avais bravé ses ordres.

L'air était glacé. J'arpentais la montagne seule, sans Usher, sans personne. Je m'aidais d'un bâton. J'ahanais, et de courts nuages de vapeur se mêlaient aux relents de la brume. La prairie fraîche brillait sous les frimas du levant.

Tout en grimpant, je me remémorais la fin de ma discussion avec Hawkes. Il avait parlé. Nous aurions dû nous quitter, mais il m'avait retenue devant la cabine. Peut-être mes paroles l'avaient-elles impressionné ?

Ma détermination ?

L'herbe à rêves, avait-il commencé, le secret : *Songoya*. Elle poussait librement sur cette île. Les dragons en consommaient de larges quantités. Quand ils dormaient, quand ils rêvaient (généralement le jour), la puissance de leurs songes était telle qu'elle faisait disparaître l'île aux yeux des hommes.

Il avait évoqué l'histoire de l'île. Plusieurs maîtres des dragons s'étaient succédé à cet endroit. Les premiers étaient des jumeaux, les frères

Pyncheon, qui avaient fini par s'entredéchirer. Avaient-ils introduit l'herbe à rêves ici ou l'avaient-ils seulement découverte ? En tout cas, ils avaient régné ensemble sur l'île jusqu'à ce que Nicholas, l'aîné, décide par vengeance de révéler son existence au monde et ne se mette à en dresser des cartes. C'était l'une de ces cartes que Jonathan avait découverte dans ce vieux grimoire, je le comprenais désormais – une carte ayant échappé à la destruction.

De nouveau, j'arrivai au sommet. Le soleil se levait. La plaine bruissait follement. Il n'y avait plus de dragons endormis maintenant ; tous volaient, tous s'ébattaient dans l'air encore sombre et, au milieu d'eux...

Je plissai les paupières.

Un homme.

J'étais stupéfaite.

Un homme, coiffé d'un capuchon. Il avançait parmi les monstres, sans les craindre, ils le frôlaient de leurs ailes et il ne tremblait pas – il était l'un des leurs.

Je descendis.

Je dévalai la montagne. J'avais ôté mes mocassins. Je courais pieds nus dans l'herbe, et les dragons dansaient sous la voûte du ciel. Je touchais à peine le sol.

Enfin, l'homme me vit. Je sentis qu'il se figeait ; cela ne dura pas. L'instant d'après, il s'agenouilla auprès d'un dragon avachi. Armé d'un long instrument crénelé, il lui limait une griffe. Je m'arrêtai. L'animal se laissait faire.

– Bonjour.

L'homme ne daigna pas relever la tête.

– Je suis Mary et...

Il se releva en se tenant les hanches. Il portait une chemise noire savamment lacée, et son visage était dissimulé sous un effrayant capuchon de cuir percé de deux trous.

J'avais déjà vu un capuchon semblable à Gotham.

Sur un bourreau.

– David Hawkes m'a dit que je pouvais venir ici.

– Vous êtes folle.

– Quoi ?

Il avait chuchoté. Je me rapprochai.

– Ces animaux sont très dangereux, dit-il en montrant le spécimen à la peau bleu métal étendu devant nous. Ils ne savent pas qui vous êtes.

– Pourquoi parlez-vous à voix si basse ?

– Je n'aime pas parler.

Il contourna la gueule de la bête et jeta sa lime dans l'herbe. Je le suivis.

– Puis-je savoir à qui j'ai l'honneur ?

Il secoua la tête.

– Je suis Mary Wick...

Il me fit signe de me taire. S'agenouilla dans l'herbe.

– Je sais cela.

– Vraiment ?

– Vous cherchez un dragon.

– Oui.

– À quoi ressemble-t-il ?

– Ce n'est pas lui, fis-je en montrant la bête endormie devant nous.

L'homme embrassa la montagne d'un regard. Plusieurs animaux s'ébattaient au-dessus de la prairie. D'autres tournoyaient autour du second sommet.

– Le mien est argenté, ajoutai-je.

– Le vôtre ?

– Oh, par pitié, ne pouvez-vous pas parler plus fort ?

Soixante-septième jour

Chaque matin, je partais retrouver mon étrange dompteur dans les collines, et je laissais Usher. Il en avait pris son parti. Le soir, assis sur la plage, il m'attendait, mâchoires crispées.

– Les jours s'écoulent, disait-il.

– Eh bien, quoi ? Crois-tu que je m'amuse ?

Nous avions de plus en plus de mal à discuter. Avec le dompteur, les choses étaient plus simples. Il ne parlait que lorsque je lui posais une question, et j'avais cessé de le faire.

Nous cherchions « mon » dragon. Le dompteur ricanait toujours lorsque je disais « mon ». « Un dragon n'appartient à personne, répétait-il. Quand vous l'aurez trouvé, il vous déchiquettera, selon toute vraisemblance. »

Mon dragon était gris argenté, j'en avais la conviction. Le dompteur ne me questionnait pas sur ce point. Une centaine d'animaux vivaient sur cette île, cachés de l'autre côté, dormant dans la forêt enroulés sur eux-mêmes, ou bien blottis dans des cavernes. Tous mangeaient de l'herbe à rêves. Tous passaient le plus clair de leur temps à dormir.

Je garde un souvenir flou de cette période. Je me revois, assise dans les herbes hautes, laissant le vent cajoler mon visage. Je me revois, accroupie auprès d'une bête énorme, flattant son armure d'écailles dorées, le cœur au bord des lèvres. Je nous revois, le dompteur et moi, avançant dans la prairie, les hautes herbes frémissant tel un océan, je nous revois, suivant du doigt les animaux enivrés de soleil. Je me rappelle un dragon énorme, un monstre à la peau jaunâtre, lâchant ses déjections en plein vol, et le bruit qu'elles faisaient lorsqu'elles s'écrasaient au sol. Je me rappelle avoir ri aux éclats en voyant le dompteur se précipiter. « Les dragons mangent rarement, m'avait-il expliqué alors, et j'avais cessé de rire. Mais, lorsqu'ils défèquent ainsi, je m'empresse de recueillir le fruit de leur digestion – quelques grammes de cette substance forment le meilleur des engrais qu'on puisse imaginer. Comment crois-tu que cette forêt a poussé ? »

Je me souviens de discussions passionnées où il m'expliquait l'art du domptage. Je me souviens de mes questions, auxquelles il se contentait de répondre par « oui » ou par « non », et de la façon dont mes connaissances s'imbriquaient. Les dragons venus du monde des esprits (il n'accordait que peu d'importance à cet aspect de la question, à cet eldorado nimbé de brumes, mais il était forcé de reconnaître que, contrairement à ceux de la verrière, ses protégés en étaient originaires et que, probablement, ils avaient laissé là-bas une part importante de leur *essence*) et qui vivaient à présent sur Terre ne possédaient qu'une intelligence rudimentaire à laquelle, à force de patience et de travail, il espérait substituer la sienne.

Et puis un soir...

Un soir, tandis que nous redescendions de la seconde montagne, le dompteur leva les yeux et m'indiqua un dragon qui procédait par cercles autour de nous en crachant vers le ciel de longs jets de flammes rouges.

Nous échangeâmes un regard. Jamais, en présence du dompteur, les habitants de cette île ne s'étaient montrés directement agressifs. Celui-ci semblait faire exception. Il descendait lentement vers nous, comme un prédateur hésitant à frapper. Nous forçâmes l'allure. Nous n'avions nulle part où nous cacher.

La bête poursuivit son manège pendant quelques minutes, puis descendit brusquement vers nous. « Ne bougez pas. » Le dragon s'était posé dans l'herbe, à une trentaine de pieds de nous. Le dompteur s'avança seul et tendit la main vers la bête.

Je le rejoignis, lentement. Mon cœur battait plus fort. Cet animal... Ces écailles, ce museau, ce regard...

– Là... Tout doux...

Pour la première fois, le dompteur avait parlé à voix haute. Il fit un pas de côté. Le dragon feignit de se détourner puis, d'un coup rageur, envoya l'homme rouler à terre. Je me précipitai, mais le dragon rugit. Effrayée, je me figeai. Le monstre s'approcha. Vingt pieds de longueur. Des moustaches. Des écailles argentées. Il m'observait, la tête penchée sur le côté. Plus loin, le dompteur gisait dans l'herbe.

Je voulus courir.

En trois bonds, la bête fut sur moi. Je me laissai tomber. C'en était fini. Lentement, le dragon ouvrit son énorme gueule, juste devant moi. Mes paupières tressautaient. Ses yeux me fixaient avec grand intérêt. Sans réfléchir, je posai une main sur son museau, près de ses naseaux fumants. Une chanson s'éleva de ma gorge.

À jamais
Nous étions perdus,
Nos larmes séchées par le froid de nos cœurs séparés.
Je souffrais, et tu souffrais, et je suis descendue vers toi.
Le manque était comme un gouffre,
Nos voix avaient tant résonné –
Et, de nouveau, tu m'as accueillie. Et tu m'as reconnue.
Les âges sans fin nous avaient vus courir et voler ensemble,
Moi sur toi, toi impassible et fier.
Dessinant sur l'azur une parfaite unité,
Oh, la légèreté de notre vol impérial, un vol sans nuages,
Et nous nous retrouvons enfin, oh !

La chanson devenait une brume. Je la voyais tourbillonner devant moi, comme si mes mots avaient pris corps. Et elle s'immisçait dans la gueule de la bête.

Elle rentrait à l'intérieur de lui.

J'avais tout oublié. Usher, le dompteur, ma mission. J'étais hypnotisée par cette vapeur fugace, cet enchantement aérien, les yeux du dragon rivés sur moi.

Je pensai :

« Je te rends ton âme. »

Et la brume n'en finissait plus de tourbillonner. Jusqu'à ce qu'enfin la gueule du dragon se refermât et qu'il reculât de quelques pieds, me considérant avec un regard empli d'une soudaine bienveillance, et jusqu'à ce que, je le jure sur mon âme, ce simple mot s'échappât d'entre ses mâchoires et frappât mes oreilles :

Merci.

Je me relevai. Le dragon se tenait devant moi, magistral et tranquille. Je voyais ses flancs se gonfler à chaque inspiration.

Comment t'appelles-tu ?

– Mary.

Il parlait à mon esprit. Sa voix était une chose rassurante et sucrée. Une vibration.

– Nous nous connaissons, n'est-ce pas ?

Il me considéra sans répondre.

– Je t'ai vu, dis-je. C'est toi que je voyais dans mes rêves.

Je me tournais vers le dompteur, allongé dans l'herbe.

Je suis désolé, murmura le dragon en faisant quelques pas de côté.

Il était immense, mais son corps massif se mouvait avec une étonnante fluidité.

Je ne me rends pas compte ; mon corps ne sait rien.

Lui aussi avait tourné la tête vers l'homme inanimé.

– Ne bouge pas, dis-je. Je vais regarder.

Le dragon obéit.

Mon nom. Dis mon nom.

Devant le dompteur, je posai genou à terre.

– A'slaan.

J'avais prononcé les deux syllabes sans même y penser. Sa queue battant l'air, le dragon leva la tête vers le ciel. Puis il se coucha dans l'herbe à mes côtés.

A'slaan. C'est cela.

Je pris le poignet du dompteur. Son corps ne portait aucune blessure apparente mais son pouls était faible. Je posai une oreille sur sa poitrine. Doux battement. Le vent soufflait sur la prairie. Relevant sa tête le plus délicatement possible, j'ôtai son capuchon.

Son visage me laissa sans voix.

Thomas Goodwill.

Je contemplai mon dragon. Il s'était approché, et considérait l'homme avec un mélange de curiosité et de tristesse.

Tu le connais.

Ce n'était pas une question. Le visage était creusé, une barbe fine couvrait ses joues mais c'était bien lui, aucun doute. Mes tapes légères restaient sans effet.

– Thomas ? Thomas !

Il ne bougeait pas. Je me penchai sur lui, soufflai son nom devant ses lèvres.

– Thomas...

Pour finir, il ouvrit les yeux.

– Je suis...

Il était perdu.

– Vous êtes en vie ; sur l'île aux dragons.

Il s'efforça de se redresser.

– Chuuut, dis-je en posant une main sur sa poitrine, restez calme.

Un sourire famélique se dessina sur ses lèvres.

– M'aviez-vous reconnu ?

– Non, dis-je.

– C'était un beau mensonge. Je vous ai blessée.

– Non. Oui.

Il porta une main à sa figure.

– Dieu. Ma tête. Que s'est-il passé ?

Je désignai A'slaan.

– Le dragon. Vous vous êtes trop approché de lui.

– Les dragons ne m'attaquent jamais.

– Celui-ci l'a fait.

– Et vous l'avez... calmé ?

– C'est mon dragon, dis-je. Celui de mes rêves. Je lui ai rendu son âme ; désormais, nous sommes liés.

Il serra les dents et parvint à se rasseoir. A'slaan l'épiait avec attention.

Dis-lui que je suis désolé.

– Il est désolé pour ce qu'il vous a fait.

– Comment le savez-vous ?

– Il me parle. J'entends sa voix.

– Oh.

Thomas se releva avec peine. Je fis de mon mieux pour le soutenir.

– Doucement...

– Ça va, dit-il en m'écartant.

Il fit quelques pas parmi les hautes herbes ; il chancelait.

– Vous devriez...

Il se retourna d'un bloc.

– Laissez-moi. Épargnez-moi votre compassion.

– Quoi ?

– J'ai tué votre père.

Je me tus. Il écarta les bras.

– Eh bien, quoi ? s'exclama-t-il avec une sorte de désespoir joyeux. Rien n'a changé : c'est moi, moi, l'assassin de Wild Stark ! Lorsque j'ai aperçu votre navire, lorsque j'ai aperçu votre visage au loin à travers ma longue-vue, j'ai compris que vous veniez pour moi. J'ai compris que, d'une façon ou d'une autre, vous saviez que j'avais survécu. Et que vous veniez pour me le dire.

– Je ne savais rien, fis-je. Quant à mon père, on m'a déjà raconté l'histoire.

Il ricana.

– Alors tout est dit.

– Et l'Empereur savait aussi.

– L'Empereur savait, parce qu'un autre pirate emprisonné lui a raconté l'histoire en pensant que cela le sauverait. Ce qui n'a pas été le cas, évidemment. Mais je n'ai pas cherché à nier. Je n'ai pas cherché à sauver le passé. Est-ce que cela vous importe, Mary ? Lorsque les Domilites sont arrivées dans les souterrains du palais, j'ai profité de la confusion pour tuer un garde et lui prendre ses clés. J'ai délivré quelques détenus...

– Dont Usher.

– Dont votre amant, oui, et...

– Ce n'est pas mon amant.

Il soupira.

– Que m'importe ? Je suis remonté à l'air libre, et les gardes de l'Empereur m'ont traqué. Des jours durant, je me suis caché, guettant l'occasion qui me permettrait de sortir de Gotham. Cette occasion a fini par se présenter.

Il ramassa son capuchon.

– Je ne suis plus l'homme que vous avez connu. L'ancien Thomas Goodwill est mort. J'ai accompli une quête et je suis revenu ici pour achever ma vie loin des hommes. Les dragons ne jugent pas, eux. Ils ignorent le passé et se moquent de l'avenir.

– Vous n'êtes...

– Quoi ? Pas coupable ? Par trois fois, Mary, par trois fois j'ai failli. J'ai trahi mon équipage : vous étiez là, vous avez assisté à ma débâcle. La plupart de mes pirates ont été torturés et exécutés. Avant cela, j'avais tué Wild Stark – l'homme à qui je devais tout. C'est lui qui m'avait fait connaître Edmond, savez-vous ? C'est lui qui m'avait montré cette île et présenté celui qui allait devenir mon maître. Pour finir, j'ai voulu sauver ce même maître, Dorchester. Et mon désir de vengeance lui a coûté la vie.

Il se laissa tomber dans la prairie.

– Thomas ?

Il leva les yeux vers moi.

– Je suis mort, en vérité. Je suis mort à moi-même. J'ai rencontré l'ancien Thomas, et il n'en reste rien.

– Je ne comprends pas.

– Et vous êtes là, à présent. Comme le souvenir de mon ancien moi, comme le feu de ma conscience passée, vous êtes là, Mary. Et vous me torturez.

– Je sais que vous n'avez pas tué mon père. L'Inquisition s'est servie de vous. Vous n'étiez qu'un enfant.

Je m'assis à ses côtés.

– Vous pouvez raconter ce que bon vous semble, lâcha-t-il. Je reste responsable de sa disparition. À jamais je porte cette faute.

Les mains posées dans l'herbe, je m'abandonnai au vent et à la tristesse.

– Pourquoi êtes-vous revenu sur cette île ?

– Pour me préparer. Pour purifier mon esprit, faire disparaître jusqu'à la dernière trace de l'ancien Thomas Goodwill. Car mon âme est tendue vers un but unique.

– Un but ?

– Je veux occire l'Empereur.

Un couple de dragons mordorés s'ébattait gaiement dans les airs, se poursuivant, crachant des flammes.

– Thomas ? Que s'est-il passé pendant ces deux mois ?

Il grimaça.

– Je suis parti vers les îles du Sud. J'avais laissé un vieil ami là-bas. Un homme possédant quelque chose qui m'intéressait.

– Et quelle était cette chose ?

Il détourna la tête.

J'étais revenue vers A'slaan, seule. Nous avions parlé encore. Nous nous étions éloignés pour admirer ses congénères. « Je vais avoir besoin de toi », lui avais-je révélé.

Il avait hoché sa tête énorme.

Je suis là.

Et je savais qu'il était là. Je savais, dorénavant, que nous serions là l'un pour l'autre, jusqu'à ce que soit accompli ce qui devait l'être.

« J'ai un allié, songeai-je en regardant Thomas, tête nue face au vent, j'ai un allié et nous nous sommes retrouvés, nous *devions* nous retrouver. »

– Viendrez-vous ?

– Où donc ? répliqua-t-il. Et pour quoi faire ? J'ai l'habitude de dormir et de vivre ici. J'ai construit une cabane, de l'autre côté de l'île. Au creux d'une crique.

– J'ai besoin de parler encore. Je vais aller trouver David. Pour lui dire que je sais. Que vous n'avez plus besoin de vous cacher et de mentir.

Thomas opina.

Pour finir, il se décida à m'accompagner. La première montagne se dressait devant nous, intimidante. Les jambes lourdes, nous nous mîmes en route.

– Ce David Hawkes... commençai-je.

– Il travaille pour moi. Nous étions convenus qu'il jouerait ce rôle. Que l'ancien Thomas avait définitivement disparu, et qu'à ce titre il ne pouvait plus assurer le gouvernement de cette île. Vous êtes la seule, avec lui, à savoir qui je suis.

Je hochai la tête. Il me prit par le bras.

– Mary...

Je le considérai, surprise.

– Mary, je voudrais n'avoir jamais rencontré votre père. Je voudrais que ce gouffre n'existe pas entre nous.

– Il n'y a pas de gouffre. Nous poursuivons le même but.

Nous reprîmes notre ascension. Thomas s'était abstenu de répondre. Une ride de perplexité barrait son front haut. Le soleil chutait derrière la montagne.

– Vous ne me posez pas de questions ? dis-je, étonnée. Vous ne cherchez pas à savoir pourquoi j'ai cherché ce dragon ?

– David m'a expliqué que votre tête était mise à prix.

– Ce n'est qu'une partie du problème. L'Empereur veut me capturer vivante.

Nous étions arrivés au sommet de la montagne. Cet homme était un ennemi intime de l'Empereur. Il voulait sa mort. Pourquoi ne pas lui dire ?

Nous commencions à dévaler la pente lorsque je me décidai à lui conter mon histoire. Il était stupéfait. Je ne m'arrêtais plus. Deux mois, une éternité ! Les scènes se succédaient. Mon séjour à Gotham, ma fuite éperdue, tout ce qui s'était passé ensuite.

– Je...

– Vous désirez tuer l'Empereur. Moi, je *dois* le détruire. Chaque jour que Dieu fait, l'une de mes sœurs est châtiée, torturée ou pire encore. Le sang qui coule dans mes veines est un don, autant qu'une malédiction. Je suis liée à ce dragon, dis-je en montrant la montagne que nous venions de quitter et le point minuscule qui filait au-dessous des nuées, comme mes ancêtres étaient liées à lui. Je suppose que cela est écrit.

– Vous n'y arriverez pas.

– Comment ?

Les feux du crépuscule délaissaient l'océan. Au-delà de la forêt, on apercevait la silhouette du navire échoué.

– L'Empereur. Il est indestructible.

– Personne ne l'est.

– Je sais de quoi je parle, Mary. Que vous ont dit les hommes de la Fraternité ?

– Que mon dragon... était le seul moyen...

– De vaincre ?

– Je ne suis plus sûre, finis-je par reconnaître. Je ne me rappelle plus les mots exacts de Rip. Il était question d'un plan.

Thomas se racla la gorge. Son regard était vague.

– À quoi pensez-vous ?

– Je crois que vos amis ne vous ont pas tout révélé. Ou qu'ils ne savent pas.

– Pourquoi ça ?

– Avez-vous déjà entendu parler de Nyarlathotep ?

Je secouai la tête.

– C'est un démon. Un démon d'une extrême puissance, une créature des plans inférieurs – Umbra, comme l'appellent les vôtres. L'Empereur est capable de le libérer. C'est ce qui se murmure.

– Pourquoi le ferait-il ?

– Pour se défendre contre vous. Il pourrait menacer de relâcher cette chose si vous ne l'aidez pas.

Un sentier taillé à la machette traversait la forêt ; il flottait dans l'air des odeurs de nuit fraîche. *Nyarlathotep*. La sonorité même du nom me faisait frémir.

Nous nous faufilions entre les arbres aux écorces lisses et aux feuilles oblongues. Des fruits pendaient aux branches, lourds, orangés. Thomas en détacha un et me le tendit. Je mordis à pleines dents. Un jus sucré coula sur mon menton. La chair était douce, légèrement croquante.

– Délicieux, dis-je.

– On appelle ça une mangue. Il en pousse dans les mers du Sud.

Je me tournai vers lui.

– Avez-vous trouvé la paix, Thomas Goodwill ?

– J'ai tué...

Je posai un doigt sur sa bouche.

– Ce remords est sans objet, monsieur le pirate. Ne comprenez-vous pas ? Nous voulons la même chose. Nous voulons trouver l'oubli, et l'oubli ne viendra qu'avec la mort de cet homme, la mort de l'Empereur.

– Peut-être.

– Vous dites que je n'y arriverai pas seule. J'ai A'slaan avec moi. Mon dragon. Et vous semblez animé d'une volonté farouche. Vous pourriez unir vos forces aux miennes.

Nous sortîmes sur la plage. Usher se précipita vers nous et s'arrêta, interloqué. David Hawkes arriva à son tour, et ses deux hommes de main. Thomas les rassura d'un geste.

– Tout va bien.

Puis il me prit par le bras, tandis que nous regagnions le navire.

– Venez. J'ai quelque chose à vous montrer.

– En somme, je lui dois d'être ici.

Thomas reposa sa cuiller et s'essuya la bouche du coin de sa serviette. Nous venions de dîner d'un potage de tortue.

Usher m'adressa un regard noir où perçait de la tristesse. Le pirate venait de raconter comment je lui avais sauvé la vie, et si les autres avaient souri à l'évocation de cet épisode volontairement romancé, lui s'était contenté de fixer Thomas avec une morgue froide. Il n'avait pas touché à sa soupe.

– Tu ne manges pas ?

Il me fixa durement.

– Je n'ai pas faim. Je préfère aller me coucher.

Je ne tentai pas de le retenir. Une demi-heure plus tard, tout le monde quitta la table et se posta au bastingage. David et ses deux hommes s'entretinrent un instant avec Thomas, puis ce dernier me rejoignit.

– Que leur avez-vous dit ?

– Que je dormirais dans ma cabine ce soir. Que j'avais une chose à vous expliquer.

Je souris.

– Et cette vie au grand air ?

– J'y retournerai demain. Venez-vous ?

Je le suivis jusqu'à la dunette. Il ouvrit, s'effaça pour me laisser entrer et referma prestement derrière nous. Dans un tiroir du secrétaire, à côté de sa couchette, il saisit une boîte d'ivoire décorée d'une serrure dorée. Il introduisit une clé ; un déclic se fit entendre. Je m'approchai.

Une balle. Une balle de pistolet sur un lit de feutrine rouge.

– Qu'a-t-elle de si extraordinaire ?

Il prit l'objet entre ses doigts et la leva devant nos yeux.

– Quel métal voyez-vous ?

– De l'argent ?

– Non.

– Je ne suis pas spécialiste de la question...

– De l'eerium.

– Ce nom me dit quelque chose.

– Possible. Si vous avez passé votre temps à compulser des grimoires d'alchimie.

– Éclairez-moi.

– L'eerium est un métal inconnu sur cette Terre. Il ne se trouve que dans le monde des esprits. Au creux des falaises qui forment le bord du monde.

– Seigneur...

– Vous n'imaginez pas ce que représente cette balle unique. Elle ignore la magie. Elle est plus forte que la magie. Tirez sur l'Empereur avec une arme conventionnelle, un mousquet, un pistolet – même un boulet de canon ! Il saura l'arrêter. Mais ceci, fit-il en retournant l'objet entre ses doigts, ceci est capable de perforer le plus résistant des boucliers magiques.

– Vous voulez dire...

– C'est l'arme absolue, Mary.

Il referma le coffret et verrouilla la serrure.

– Pouvez-vous imaginer ce que – Ah, quel maladroit !

Il avait laissé tomber la clé. Je me courbai. Il se baissa au même moment et nos mains se touchèrent. Je me relevai. Je tenais la clé dans mon poing serré.

– Venez avec moi.

– Quoi ? Rendez-moi cette clé.

– Venez avec moi, dis-je encore, moi et mon dragon, vous et votre... arme absolue.

– Vous êtes sérieuse ? demanda-t-il, avant de se raviser. Oui, vous l'êtes.

Il voulut ouvrir mes doigts. Je résistai. Il mima l'étonnement :

– Que faites-vous ?

– Je ne vous rendrai pas la clé.

Nous nous touchions presque. Il émit un rire nerveux.

– Faut-il que je vous implore ?

– Je veux que vous veniez avec moi, Thomas. Je veux vous montrer aux membres de la Fraternité. Je veux qu'ils sachent que vous êtes avec nous et que j'ai confiance en vous même si je ne sais pas pourquoi, parce que...

Du bout des doigts, il frôlait mon poignet.

– Vous tairez-vous ?

– Escomptez-vous me faire taire ?

Il sourit et approcha son visage. Ses lèvres se posèrent sur les miennes – suave caresse. Je fermai les yeux. Nos langues se mêlèrent, lentement. Puis, peu à peu, ses mains descendirent sur mes hanches. Il m'attira à lui... et me rejeta aussitôt.

– Je suis... désolé.

– Je ne vous crois pas, dis-je en rajustant mes cheveux. Faites-le encore.

– Quoi donc ?

– Ça, chuchotai-je en l'embrassant de nouveau, me serrant contre lui comme si ma vie en dépendait.

– Mary...

Nous basculâmes sur sa couchette. Il remonta ses mains sur mes côtes, couvrant mon cou de baisers, ma gorge, ma figure...

J'oubliai tout.

Je tombai à la renverse, et lui sur moi, et mes doigts délacèrent les cordons de sa chemise, et mes lèvres se posèrent sur son torse.

C'était...

Un torrent m'emportait. Un torrent coulait en moi, et plus rien n'existait que sa peau, l'odeur de sa peau, le contact fragile de ses paumes.

Je me débarrassai de mes jupons. Il se releva, le souffle court, me considéra en écarquillant les yeux. J'étais nue, et mon cœur battait un rythme sourd. Je l'attirai.

– Viens !

Il se coucha sur moi.

– Mary...

– Viens, dis-je encore.

Combien de temps dura ce rêve ? Aujourd'hui encore, je serais incapable de le dire. Au cœur de la nuit, des mots se détachaient, miraculeux dans les ténèbres, des ondes de plaisir arquaient nos corps ruisselants et Thomas criait, le visage enfoui au creux de mon épaule, Thomas m'étreignait à m'en briser les os, et cela recommençait, comme une vague déferle, cela recommençait sans trêve, doigts crispés et lèvres incandescentes, jusqu'à ce qu'enfin l'extase nous transperce, emporte nos corps soudés l'un à l'autre, pour nous rejeter ensuite, hors d'haleine, sur les rives de l'aube, moi sur lui et lui en moi, éperdus, murmurant incrédules les mots qui restent lorsque les gestes ont tout dit.

– Viens avec moi, répétai-je.

– Quoi ?

– Ne me quitte plus. Tu es celui... tu es celui que j'ai choisi.

Je l'embrassais de nouveau, mordillant ses lèvres, suivant de l'index le contour de sa bouche, et nous pleurions, et il léchait mes larmes.

– Tu es si belle. Tu es un rêve.

Mes cheveux tombaient sur son visage. Il ferma les yeux.

– Mary...

Il chuchotait mon nom, encore et encore.

Pour finir, je m'endormis contre sa poitrine. Sa main était posée sur ma nuque, il me parlait des îles lointaines où il m'emmènerait un jour – là-bas, disait-il, nous roulerons dans d'étranges véhicules à vapeur, et les perroquets auront les couleurs de l'arc-en-ciel, nous nous baignerons dans des lagons émeraude, dînerons en compagnie de squelettes, et la mort n'aura plus aucune espèce d'importance, la mort se terminera en un grand éclat de rire.

Soixante-huitième jour

Une lumière douce filtrait par le vitrail et jouait sur mon visage en taches dorées. Je m'étirai comme un chat. Thomas somnolait. Je déposai un baiser sur son menton, puis sur son front, sur son cou – et il me tira à lui.

– Ma sorcière.

Je happai sa langue, passai une main sur sa joue. Puis je m'arrachai à son étreinte et enfilai mes vêtements dispersés. Il était étonné.

– Où vas-tu ?

– Voir A'slaan.

– Ton dragon.

– Mon dragon, oui. Je vais tout lui raconter.

Il sourit.

– Il va vouloir me tuer.

– J'essaierai de le raisonner, répondis-je avec une moue malicieuse.

Mes mocassins chaussés, je m'arrêtai sur le pas de la porte.

– Je ne peux pas...

– Tu ne peux pas quoi ? demanda-t-il en s'asseyant pour attraper sa chemise.

– Me passer de toi, fis-je en retournant l'embrasser.

Il me serra contre lui, posa ma tête contre sa poitrine et caressa ma chevelure.

– Allons à Gotham, dis-je, le regard fixe.

– C'est une folie.

– C'est la nôtre. Le prix de notre liberté.

De nouveau, nous basculâmes sur sa couche. Cette fois, pourtant, nous demeurâmes immobiles, collés l'un à l'autre, épuisés et pensifs.

Plus tard, bien plus tard, je me relevai. Thomas s'était endormi. M'éloignant sur la pointe des pieds, j'ouvris la porte avec précaution.

– Bien le bonjour, Mary.

Usher se tenait devant moi.

– Tu...

– Je suis resté ici une partie de la nuit.

Ses traits étaient tirés ; une lueur apeurée grandissait dans ses yeux.

– Mary, qu'avez-vous fait ?

– Je suis... je suis désolée, Usher. Il semble que les choses ont changé. Tu restes mon ami, tu restes l'ami que j'ai toujours...

Il m'attrapa le poignet.

– Croyez-vous franchement que je veuille devenir votre ami ?

– Tu me fais mal.

– Vous et moi... je pensais...

– Je le pensais aussi. Il faut me croire.

Il me lâcha, fit un pas en arrière.

– Et lui ! cracha-t-il en désignant la cabine dans mon dos. Lui ! Savez-vous qui il est ?

– Je...

– Il a tué votre père, Mary ! Il l'a dit ! Il l'a avoué à l'Empereur, avant que vous ne le voyiez, que vous ne baissiez les yeux sur lui. Et il riait, Mary, il riait, il se délectait d'avoir trahi celui que...

– Mary...

Je pivotai sur mes talons. Thomas se tenait devant moi, livide. Il refermait sa chemise.

– Il a raison.

– Thomas, ne...

– J'ai tué ton père, Mary, et je l'ai dit à l'Empereur. Et je n'ai éprouvé aucun remords. Car c'est que j'étais : un pirate. Un homme sans honneur.

– C'est faux, et tu le sais !

– Excuse-moi.

Il voulut m'écarter.

– Oh, mais tu n'iras nulle part, Thomas Goodwill !

Il émit un rire amer.

– Pour la dernière fois, Mary. Ce nom n'éveille plus rien en moi. Je suis devenu un autre, mais personne ne le sait.

– Tu...

– Laisse-moi.

Je m'accrochai à lui ; il me repoussa violemment, traversa le pont et descendit du navire par l'échelle de coupée. Je me penchai sur le bastingage. D'un pas décidé, il traversait la plage, se dirigeait vers la forêt. Mes tripes se nouèrent :

– Thomas !

Il ne se retourna pas. Disparut à couvert.

Lentement, je glissai au sol.

– Mary...

Usher s'avançait. Je le foudroyai du regard.

– Ce n'est pas ce que je voulais.

– Disparais.

– Je ne pouvais pas me taire. Devais-je me taire ? J'ai tout entendu, est-ce ma faute ? Il riait quand il parlait de Wild Stark, on l'aurait cru frappé de démence. « Si c'était à refaire, disait-il, je le referais, et pour moins encore ! »

– Il t'a délivré.

– Il a ouvert la plupart des cellules. Mon sort lui était indifférent.

– Tu ne crois pas ce que tu dis.

– Le moment est venu de regarder la vérité en face. Il a obtenu ce qu'il désirait : vous. Pensez-vous être la première ?

Je plaquai mes mains sur mes oreilles. Des images me traversaient l'esprit. Son regard. L'éclat de son regard, une mer sans fond où j'avais trouvé refuge.

– Mary ?

– Fiche le camp, Usher. Je veux être seule.

Il m'aida à me relever.

– Vous pleurez. Ne pleurez pas sur son sort.

Ses mots. « Oh, tes mots, Thomas, tes gestes, cette douceur... Pouvait-on feindre cette douceur ? Pouvait-on prononcer les paroles que tu avais prononcées, et ne rien en penser ? »

Je secouai la tête.

– Vous devriez vous reposer. Je suis là si vous...

Je me dégageai. Je l'avais blessé, mais je m'en moquais. Allant chercher l'aigle qui attendait sur son perchoir, je descendis à mon tour du navire.

David courut à ma poursuite.

– Attendez !

Il me rattrapa sur la grève.

– Que... que s'est-il passé ?

– Je ne veux pas en parler. Je ne veux plus parler de rien.

Il tritura l'une de ses tresses.

– Thomas Goodwill est un homme fortement impulsif. Laissez-lui le temps...

– Impulsif ? Combien de donzelles a-t-il impunément troussées en les berçant de douces paroles ? Bah, je perds mon temps. Si vous voulez bien m'excuser...

Il me lâcha, impuissant. Sur le gaillard d'avant, bras croisés, Usher me suivait des yeux.

Je disparus à couvert. L'aigle était perché sur mon épaule. À mi-parcours, je m'arrêtai, et me laissai tomber au pied d'un énorme tronc. L'oiseau m'examina avec circonspection. Mes mains reposaient ouvertes sur le feuillage sombre. Je n'avais plus la force de pleurer. Une vision dansait dans mon esprit : la tour sacrée de Gotham. Par instants, le visage de Thomas venait s'y superposer. Je repensais à ses paroles. Seule, je n'avais aucune chance. Mais qu'importait, au fond ?

Je me remis debout. L'aigle volait en avant. J'avais besoin d'A'slaan, besoin de sa sagesse, besoin de retrouver le parfum de ses rêves. D'un pas rapide, je gagnai l'immense plaine herbeuse.

Descendre la montagne. Ne songer à rien.

Chevaucher le dragon, fondre sur la ville – venger, hurler, mourir.

Parvenue au sommet, je respirai à pleins poumons. Une autre journée de splendeur m'attendait – féerie de scintillements sur l'océan émeraude, ciel impavide et colonies d'oiseaux, forêt douce et plages d'argent.

J'aurais pu rester ici pour toujours, essayer de tout oublier. Mais c'était impossible. J'entendais mes sœurs hurler, je les voyais sur le bûcher, leurs longues tuniques blanches léchées par les flammes. Et cette odeur !

L'aigle me suivait de loin. Je descendis dans la vallée. A'slaan se trouvait là, en compagnie d'une douzaine d'autres dragons. Il redressa la tête. Je le vis courir sur l'herbe, son poids énorme martelant la terre, je vis ses ailes battre de plus en plus vite et il s'envola, vibrant d'une grâce sauvage. Pendant une seconde, je crus qu'il allait rejoindre le soleil et se fondre dans les ors du ciel. Au lieu de quoi il fit lentement volte-face et se dirigea vers moi, qui l'attendais, minuscule, au milieu de la prairie.

Il se posa à mes côtés. L'air qui l'accompagnait était doté d'une qualité indéfinissable. Il dégageait une odeur métallique.

Mary.

– Bonjour, A'slaan.

Tu respires la tristesse.

– Peut-être que j'ai compris ce qui nous attendait. Ce que j'allais te demander.

Il se tourna vers ses congénères.

As-tu peur de la mort ?

– Je ne sais pas.

Tu n'as pas à craindre ce qui n'existe pas. La tristesse est pour ceux qui restent. Voler vers son destin, c'est l'accepter, c'est l'embrasser dans la joie.

– Je ne veux pas... que tu meures.

Je suis lié à ta lignée depuis la nuit des temps. Certes, ta mère n'a pas fait appel à moi, ni la mère de ta mère – mais il y a longtemps, très longtemps, j'ai bravé de terrifiants périls en compagnie de tes ancêtres, et n'ai jamais pensé à ce qui pouvait nous arriver, ni à elles ni à moi.

– Pourquoi ?

La mort gît au-delà de notre compréhension.

J'avançai ma main vers son encolure. Il se baissa afin que je puisse toucher sa tête. Je percevais les battements de son cœur.

Je suis là.

J'écoutai mieux. Ce n'étaient pas ses battements. C'étaient les miens.

– Nous allons à Gotham, dis-je. C'est ce que je dois faire. J'ai des amies là-bas, des gens que j'aime et... et l'Empereur est en train de les tuer, un par un.

Je suis prêt.

– Je sais, A'slaan. Je te crois. Mais moi, je suis perdue, j'ignore même comment nous sommes censés... voler, toi et moi.

Le dompteur.

– Thomas ?

Il sait comment nous monter. Va vers son refuge, de l'autre côté de la montagne. Là-bas, tu trouveras ce qui te fait défaut.

J'acquiesçai.

– De toute façon, dis-je, j'ai à parler à cet homme. Attends-moi, A'slaan. Je reviens.

Il hocha la tête et reprit son envol, montant à la rencontre de mon aigle, qui poussait des cris perçants. Un instant, son ombre majestueuse s'étendit sur les hautes herbes et une masse d'air tiède me fouetta le visage. Puis, étourdie, je le regardai foncer vers l'horizon, tourbillonnant et pirouettant comme s'il venait de naître.

Une plage de sable blanc, parfaite. Accroupie, éblouie par le soleil, je laissai les vaguelettes liserées d'écume s'enrouler autour de mes chevilles. Ainsi donc, c'était ici qu'il vivait. Qu'il cultivait sa solitude.

L'aigle sautilla jusqu'à moi. Je me relevai. Adossée à un rocher, une cahute en bois surmontée d'un toit de feuillages était fermée par un drap noir qu'une brise légère agitait. Je soulevai le voile.

Un coffre, quelques tableaux, une natte tressée, une table semée d'effets personnels. Dans un coin, deux énormes selles de cuir, garnies de lanières compliquées qui faisaient comme un harnais. Je me laissai choir sur la chaise. Je sentais son odeur. Il était venu ici et il était parti. Qui sait ce qu'il pensait. Peut-être se cachait-il à présent, peut-être était-il tapi, au sommet de la falaise, à m'observer, à regretter.

Toute colère m'avait quittée. Je ne ressentais qu'un vide immense. Une certitude s'était ancrée en moi. Je l'aimais, éperdument. Il n'y avait aucune explication à cela mais, tandis que je me revoyais, traversant le pont du *Rédempteur*, tandis que je baissais les yeux sur une toile bleutée – les canaux de Venise et l'ombre pachydermique d'un gigantesque dirigeable flottant au-dessus de la basilique Saint-Marc – mon assurance se mua en douleur pure et je ressortis, souffle coupé, comme s'il avait dû se trouver là, derrière le voile, comme si sa présence, nécessairement, eût dû répondre dans l'instant à l'envie que j'avais de lui, au manque atroce qui se creusait en mon âme.

Je revins à la table. Un vieux plan de la côte était punaisé au mur. Je l'arrachai sans soin et trempai la plume dans l'encrier. La pointe crissait sur le papier. Je ne savais pas ce que j'écrivais. Je lui disais tout. L'amour qu'il m'inspirait. Le désespoir dans lequel me plongeait son absence. La confiance – l'absolue confiance que je plaçais en lui. Parce que, oui, il avait tué mon père. Mais qu'il n'était qu'un enfant. Mais qu'il avait payé. Et qu'il ignorait tout de moi quand il m'avait capturée.

Le soleil grimpait à l'assaut du ciel, jetait ses feux safran sur la mer soumise, dispersait ses trésors pailletés entre les branches oscillantes.

J'attendis.

Une heure, deux peut-être.

L'aigle dessinait des cercles dans le ciel azur, puis venait se poser près de moi et me suivait jusqu'à ce que je le chasse. Thomas ne se montrait pas. Je crois que je criai son nom. Dieu sait ce que la brise en fit.

En désespoir de cause, j'appelai le rapace à moi, et le jetai vers le ciel. Il revint aussitôt.

– Pars ! dis-je. Envole-toi, va dire aux autres que j'arrive !

Cette fois, il parut comprendre. Je restai debout, les bras le long du corps, regardant le point blanc se fondre dans l'horizon.

Dorénavant, je ne pouvais plus reculer.

Je repartis vers la montagne, traînant une selle derrière moi.

Une heure plus tard, j'arrivai dans la prairie ; des dragons rampaient parmi les herbes ou se roulaient au sol, poussant des rugissements à faire trembler les montagnes. A'slaan se trouvait plus haut, en compagnie de deux couples. Je me baissai, cueillis une fleur blanche aux longs pétales effilés.

Songoya.

Je tressaillis. Une détonation venait de retentir au-dessus de la plaine. Usher était apparu au sommet. Je me mis à courir. Un nouveau coup de feu, et les dragons s'envolèrent. A'slaan se trouvait parmi eux ; c'était sur lui que Usher était en train de tirer.

Je hurlai. J'ignore s'il m'entendit. Les dragons ne paraissaient pas affolés. A'slaan avait gagné des hauteurs hors d'atteinte et se contentait de décrire de grands cercles tranquilles. Mais deux autres dragons, deux monstres puissants à la peau rouge cuivrée, faisaient montre d'une inquiétante agressivité.

Je criai à Usher d'arrêter. Il tira une troisième fois, une quatrième. J'étais loin, beaucoup trop loin de lui, et le vent qui soufflait maintenant en rafales semblait jouer contre moi. Abattue, je m'arrêtai. Usher descendait la colline, son pistolet levé. Les dragons rouges procédaient par virages rapides, leur queue giflant l'air – ils faisaient claquer leurs mâchoires énormes, attendant le moment propice pour attaquer.

Je repris ma course. Je n'étais plus qu'à cinq cents, trois cents pieds peut-être de Usher, mais la pente était raide, et je savais que je n'arriverais pas à temps si jamais...

Un dragon cracha.

Cela dura si longtemps que je crus perdre la raison : un long jet enflammé, continu, s'échappa de sa gueule, tandis qu'il battait des ailes pour rester sur place.

Le monde s'était figé. Usher avait sauté de côté, mais le dragon le suivait et, bientôt, je vis le corps de mon ami prendre feu. Je courais à m'en déchirer les poumons. Usher se releva, retomba, roula sur lui-même.

Le dragon s'en était retourné. Une travée enflammée scindait la pelouse en deux. Usher brûlait, sans un bruit, titubait au-dessus de la colline.

Quand je le rejoignis, il avait presque cessé de bouger. Je jetai la selle sur lui dans l'espoir d'éteindre le feu. « Ta magie, me répétai-je, utilise ta magie. » Mais les flammes mouraient d'elles-mêmes.

Et Usher mourait aussi.

Son corps était couvert d'un enduit noir et sanglant. Son visage s'était réduit à un amas de cloques et de suie. Trop tard pour un sort. Mon ami respirait avec peine. Il attrapa mon bras.

– Usher, Usher, au nom du ciel !

– Mary...

Je me penchai. Il voulait me dire quelque chose mais il n'en trouvait plus la force.

– Pourquoi ? Pourquoi, Usher ?

– Je... ne voulais pas...

Je pleurais. Il lâcha mon bras.

– Je... ne voulais pas... que le dragon vous emmène et...

– Je sais. Ne dis rien.

– Je ne vois pas... l'avenir, Mary. Le monde... le monde est en feu et je crois... que ce n'est pas très grave... de partir.

– Usher !

Il ferma les yeux, les rouvrit.

– Je vais enfin... connaître aussi... ce fameux... monde... des esprits où... vous...

Dans un ultime soubresaut, son corps se tendit, et se relâcha d'un coup.

Il était mort.

Nous partons.

Ce n'était pas une question. Mon dragon s'était baissé à mon niveau pour que je puisse attacher sa selle. C'était une tâche longue et complexe. Deux sangles parallèles descendaient sous son corps ; il s'agissait notamment d'ajuster les étriers. Le pommeau métallique comportait une paire de poignées auxquelles, je le comprenais, il me faudrait solidement m'arrimer une fois dans les airs. Deux autres sangles me retenaient à la structure, passées par-dessus mes épaules.

A'slaan, qui avait déjà porté une selle similaire, me guidait dans mes gestes. Il me parlait du passé, ce continent nébuleux dont les souvenirs émergeaient comme des montagnes. Le dompteur avait volé sur son dos, mais cela, A'slaan ne se le rappelait pas. Ce dont il se souvenait, c'était de mes ancêtres. De fières Indiennes aux yeux bleu glacier, aux mains douces comme de la soie, qui le chevauchaient avec fougue, avant que sa force ne le quitte, avant qu'il ne devienne semblable à ses congénères – de simples animaux, certes superbes, certes dotés d'une force et d'une habileté sans égales, mais pareillement dénués d'âme.

– Nous partons, oui.

Ton ami...

Je me tournai vers le cadavre de Usher ; son visage rougi défiait le ciel. Je n'avais pas la force de le ramener au navire. Je me sentais faible, désemparée. Des mouches commençaient à bourdonner.

– Tu n'y es pour rien.

Il voulait me tuer.

– Il pensait que c'était toi qui allais m'arracher à lui. Il ne savait pas...

Que nous ne faisons qu'un.

Je fermai les yeux. J'avais glissé mes pieds dans les étriers ; mes mains étaient serrées sur les poignées, de toutes leurs forces – les articulations étaient blanchies.

A'slaan émit un grognement, et ses pattes postérieures raclèrent le sol. Il était pressé de s'envoler.

Je souris.

Pas de rênes. Pas de licou, aucun lien avec lui.

Je ne savais pas comment nous allions faire. J'étais folle, probablement.

Je suis prêt.

Je me redressai, les cheveux au vent.

– Alors, vas-y.

Et il s'élança telle une comète.

Je me courbai. Mes oreilles sifflaient, un frisson glacé descendait le long de ma colonne vertébrale. Je ne respirais plus. A'slaan quitta le sol.

Nous volions.

Je voulus crier mais je n'en eus pas le courage. La sensation de vertige était telle que je n'osais pas ouvrir les yeux. J'allais tomber.

– Où allons-nous ?

Quelqu'un nous appelle. Une voix.

Je regardai. Nous venions de quitter l'île, déjà, et nous planions au-dessus de l'océan. Chaque battement d'ailes nous propulsait vers le firmament.

J'avais une folle envie de rire.

– Une voix ? m'époumonai-je, mais il ne pouvait pas entendre. Alors je rentrai à l'intérieur de moi-même et me concentrai sur cette pensée : « Quelle voix ? »

Je l'ignore, fit A'slaan en continuant sa route.

Au bout de quelques minutes, je me redressai. Il était très difficile de respirer, la sensation de vertige était toujours aussi paralysante, mais je me sentais légèrement mieux. Je pouvais regarder. Je pouvais embrasser l'océan du regard et voir notre ombre noire, profilée, glisser sur les flots comme un rêve.

« Descends. »

J'avais pensé cela. A'slaan obéit immédiatement. Je l'avais pensé, mais à peine. En vérité, penser n'était pas nécessaire. Sentir suffisait. Vouloir était assez.

Je voulais qu'il descende.

A'slaan ralentit et piqua vers les flots. C'était extraordinaire. Nous ne faisions qu'un, et je commençais à comprendre ce que cela voulait dire. Nous ne faisions qu'un, et ma volonté se transmuait instantanément en action. Mon âme et la sienne. Je pensais pour lui. *J'étais* lui.

Une joie sans nom se répandit en moi. Voler était une extase indéfinissable. Je me sentais dragon. Cette liberté était la mienne.

Où était le rivage ?

Nous suivons le soleil, Mary. Quelqu'un t'appelle. Ne l'entends-tu pas ?

Partir vers l'ouest sans fin. Jouir de cette grâce légère, me perdre dans la sensation.

Puis je retrouvai mes esprits. Cramponnée à ma selle, je me souvins de l'aigle. À cette heure, il devait avoir rejoint les membres de la Fraternité. Sans doute, Rip et les autres m'attendaient maintenant. Leur plan devait être achevé. Je devais jouer mon rôle.

Bientôt, la côte fut en vue. Derrière nous, le crépuscule se déployait telle une créature aux humeurs flamboyantes.

Nous volions vite, incroyablement. Mes mains tenaient les poignées, je respirais par à-coups, mais je n'avais plus peur de tomber. Le harnais me maintenait solidement, et A'slaan savait que j'étais là. Jamais il n'aurait mis ma vie en danger.

J'avais voulu rejoindre Boston. J'avais voulu filer vers le nord jusqu'à ce que la cité soit en vue, et gagner une forêt ensuite pour y cacher A'slaan.

Après quoi, j'aurais gagné la ville à pied en espérant ne pas croiser de patrouilles.

Je ne savais pas où était sise la nouvelle maison de la Fraternité d'York, mais Rip m'avait rassurée sur ce point. Une fois prévenus de mon arrivée, lui et les autres sauraient m'accueillir. Ils avaient de nombreux amis à Boston.

Cependant, A'slaan avait raison. Une voix résonnait en moi. Une voix si faible que je ne l'avais pas perçue jusqu'alors. Mais, à présent, je l'entendais.

Grâce à lui.

« Longeons le littoral. »

A'slaan vira lentement de bord. Nous suivions des falaises crayeuses et de longues grèves semées de galets noirs. Des petits villages se dévoilaient, cachés au creux des vallons. Au loin, le soleil sombrait sous la ligne des collines boisées. « Le printemps arrive », pensai-je en suivant un vol de canards sauvages étiré vers le couchant.

Nous nous trouvions très bas.

Comme une ombre, nous survolions les champs et les futaies. Des clochers se dressaient dans l'air du soir.

Parfois, un paysan levait la tête vers nous. Je l'imaginais, les yeux écarquillés, rentrant chez lui en courant pour raconter à sa femme et à ses enfants ce qu'il avait vu.

Personne ne le croirait.

Je savais – et A'slaan me l'avait confirmé – que les dragons ne se montraient aux hommes, ne survolaient ces contrées hostiles que lorsqu'ils y étaient absolument obligés. Nous avions évoqué ce spécimen, mort à quelques miles de Gotham, pourchassé par les ornithoptères de l'Empire. L'homme savait désormais comment s'y prendre.

– Là-bas !

J'avais crié, cette fois, incapable de me retenir, et mon doigt était pointé sur un estuaire envahi par la nuit et piqueté de lueurs frêles – Old Haven ! – et les souvenirs affluaient comme des rivières affolées.

Nous survolâmes le village. Je me retournai sur ma selle.

– C'est ici !

Nouvelle exclamation passionnée. A'slaan bifurqua vers la forêt.

Oui. La voix est très proche.

« Tu vois cette falaise ? Ce manoir et ce jardin en friche ? C'est ici que... c'est ici que vivait un homme qui... »

Je vais essayer de me poser.

« Oh, A'slaan. »

Mon âme était emplie de sentiments contradictoires. Mes amis m'attendaient à Boston, des innocents mouraient à Gotham, le monde était en feu mais je devais, je *devais* répondre à cet appel, parce que, je le savais, je le sentais, une énigme fondamentale allait trouver ici sa résolution définitive.

Je vais essayer, répéta le dragon.

Et, donnant un vigoureux coup d'ailes, il nous fit faire demi-tour pour plonger en rase-mottes vers cette forêt si chère à mon cœur...

Je mis pied à terre et tombai à quatre pattes. Il me fallut quelques minutes avant de recouvrer mon équilibre. Nous nous étions posés dans le jardin du manoir Godfrey, et je venais de réaliser quelle folie nous avions commise.

Qui habitait ici aujourd'hui ? Bah, qui que ce fût,

me dis-je en me frictionnant, A'slaan se trouvait à mes côtés – il saurait me protéger.

Je marchai vers le manoir.

Je montai les marches. La porte était close. Je frappai trois coups, attendis. Rien. A'slaan me suivait de près, son souffle chaud courant sur ma nuque.

Veux-tu... ?

Je hochai la tête.

D'un coup de museau, il fracassa la porte.

Je m'avançai dans le hall. Cela sentait le renfermé, la tristesse.

– Il y a quelqu'un ?

Personne ne répondit. Je me tournai vers A'slaan.

– Attends-moi ici, veux-tu ?

Je m'engageai dans la pièce commune. Une fine couche de poussière s'était déposée sur la table. Dans une coupelle, une pomme squelettique achevait de se décomposer, couverte de fourmis. Je tirai une chaise.

Le silence ; le silence obsédant.

Je montai à l'étage, m'arrêtai devant sa chambre. Tout était resté comme avant. Deux mois : une éternité. J'en étais suffoquée.

J'ouvris l'armoire de Caleb. Quelques robes noires et des chemises, une paire de chaussures, un manteau élimé, trois jarretières. Je me baissai. Un petit coffre scellé était posé dans un coin. Je m'assis sur le lit et le pris sur mes genoux. La serrure était complexe. Je promenai mon regard sur le reste de la chambre : rien qui pût me permettre de la forcer. Dépitée, je lâchai mon butin sur le parquet. Le bois vola en éclats, et des éclats de verre brisé jaillirent. Je me baissai. Des portraits. Des peintures, des gravures, des portraits de l'Empereur, mis sous verre et... et maculés de sang.

Qu'est-ce que...

Je m'immobilisai. Je connaissais ce grincement. Une plainte longue et métallique. Je n'avais nulle part où aller. Sous le lit, peut-être ?

Des pas.

Des pas approchaient.

Je me cachai derrière la porte. Quelqu'un s'arrêta sur le seuil.

Et entra.

– Priscilla ?

La vieille femme pivota vers moi. Elle ne paraissait pas surprise de me voir.

– Mon Dieu...

Son visage était horriblement couturé. Elle exhiba son bras gauche. Il se terminait par un moignon.

– Mademoiselle.

– C'est vous qui m'avez appelée ?

Elle opina.

– Mon dragon vous a entendue et – par tous les saints, mais vous parlez ?

Elle se posta à la fenêtre.

– Je ne parle que lorsque c'est nécessaire. Et je crois que ça l'est en cette heure. J'ai lancé ce sortilège, enseigné par une Domilite, dans l'espoir que ma voix vous parviendrait.

Je n'osai bouger.

– Priscilla, votre figure... Que vous est-il arrivé ?

– Les hommes de l'Empereur m'ont torturée.

– Et relâchée ?

– Oui. À leurs yeux, je n'étais qu'une vieille femme inutile. Ils voulaient faire un exemple. Et puis l'Empereur m'a reconnue. C'est lui qui a décidé de me libérer.

– Il vous a... reconnue ?

Elle toussota.

– Vous ne savez rien, n'est-ce pas ?

– Je sais que les Domilites...

– Vous ne savez rien.

Elle quitta son poste d'observation. Elle se tenait devant la fenêtre, spectre maussade découpé dans la clarté lunaire.

– Ainsi, vous avez trouvé les portraits...

– Oui. L'Empereur...

– L'Empereur ensanglanté, fit-elle en jetant un œil aux cadres. Le sang n'en finit plus de couler.

Sa voix était un filet de rocailles. Je reculai d'un pas.

– Lady Mortis voulait vous tuer, croassa-t-elle, mais elle a changé d'avis. Vous savez qu'elle était la mère de Caleb, mais vous ignorez le reste, n'est-ce pas ?

– Dans le journal de ma grand-mère...

– Oh, cette pauvre Lisbeth n'a jamais connu cette histoire.

– Quelle histoire ? Priscilla, quelle histoire ?

La vieille femme rentra les épaules et retourna dans le couloir. Je la suivis, affolée. Elle descendait l'escalier.

– Voulez-vous l'entendre ?

– Priscilla...

– Alors, suivez-moi.

Une fois encore, nous descendîmes au cellier. Une fois encore, elle dévoila la trappe, et nous nous enfonçâmes dans les ténèbres. La vieille femme respirait avec difficulté. Ses pas étaient lents et traînants, et nous nous mouvions avec précaution dans ce dédale aux relents de mort. La lampe à huile, portée bien haut, étirait nos ombres.

Au bout d'une dizaine de minutes, nous fîmes halte. Une statue nous toisait, juchée sur son piédestal. Elle représentait une sorte de prêtre égyptien au teint bistre et au regard terrifiant. Le sculpteur avait parfaitement réussi son œuvre : l'ensemble m'inspirait un profond malaise.

– Le Pharaon Noir, murmura Priscilla de sa voix éraillée. Le connaissez-vous ?

Je fis non de la tête. J'étais tétanisée.

– Je présume que le nom de Nyarlathotep n'évoque rien non plus.

– Si. Oh, Jésus...

Elle parut surprise, mais poursuivit :

– Nyarlathotep est une divinité incroyablement ancienne et puissante. Elle vient d'Umbra, mais elle a élu domicile au cœur de notre monde. Et elle était à nous.

– À vous ?

– Nous l'avions... Mabel l'avait invoquée.

– ...

– Elle avait surgi, montant des profondeurs indicibles. Elle s'était matérialisée devant Mabel, et celle-ci, qui disposait d'un arsenal de sortilèges extrêmement puissants, était parvenue à la capturer.

– Elle est...

– Elle gisait dans une caverne. La grotte la plus profonde d'Arkham, dont la plupart des Domilites ignoraient jusqu'à l'existence. Elle était prisonnière d'un réceptacle magique. Et ce réceptacle nous a été volé. L'Empereur... Nous ne pouvions être sûres que c'était lui. Mais Mabel l'a su. Il s'en est vanté devant des prisonnières, et Mabel l'a appris. Elle est entrée dans une rage folle.

– Pourquoi...

– Nyarlathotep n'est pas un être malfaisant ; il est plus que cela, dit la vieille femme en me fixant droit dans les yeux. Il n'appartient pas à ce monde. Mabel pensait pouvoir le forcer à obéir, mais elle s'est rapidement rendu compte qu'elle ne pourrait, au mieux, que le contenir. Une nuit, Arkham tout entière a retenti de ses hurlements. Le réceptacle avait disparu.

– Vous pensez que l'Empereur...

– L'Empereur est dorénavant en mesure de libérer Nyarlathotep à tout moment, au mépris des conséquences les plus funestes. Il convoite toujours l'Innommé, il a toujours besoin de vous. Mais cette fois, il détient un atout majeur.

– Et Lady Mortis ?

– Mabel pense que vous êtes la seule à pouvoir affronter l'Empereur et sa créature.

– Qu'en sait-elle ?

Nous quittâmes la salle à la statue et nous engageâmes dans un long boyau si étroit que nous dûmes nous courber pour avancer. Pour finir, la lumière de la nuit palpita dans le lointain, et nous débouchâmes sur un balcon naturel, creusé à même la pierre. Devant nos yeux, l'océan sombre déroulait ses vagues.

L'air vif me rasséréna.

– Imaginez, chuchota Priscilla.

– Imaginez ?

– Nous sommes en 1696, et la nuit vient de tomber, une nuit venteuse et braillarde.

– Priscilla ?

– Fermez les yeux.

Malédiction

La porte claque. Le jeune Nathaniel tape ses pieds sur le perron de la grande demeure familiale. Une fois de plus, il a passé la journée sur ce rocher : à regarder l'océan.

Quand on lui demande à quoi il pense, Nathaniel ne répond pas. Mais tout le monde à Old Haven sait ce qui occupe son esprit.

Sarah.

Sarah Wickford, partie il y a quatre ans, après la mort de sa mère sur le bûcher.

Sarah Wickford, qu'il ne veut pas seulement aimer, et chérir, et vénérer jusqu'à la fin de ses jours, mais qu'il veut posséder aussi, car elle est la lumière qui manque à son âme, lui qui est fait de tant d'ombres et de remous.

Sarah.

Il se souvient, debout devant le bûcher, avec tous les autres, ceux qui hurlaient, ceux qui serraient le poing. Il se souvient à quel point il n'a rien ressenti, même lorsque les flammes ont commencé à monter.

Elle, cette Lisbeth, elle n'était qu'un obstacle. Mais il ne voulait pas qu'elle meure. À force de persévérance, à force de courage, il aurait fini par gagner le cœur de sa fille. C'est son père, c'est le pasteur Jeremiah qui a tout gâché. Et maintenant, Nathaniel est seul, il souffre d'une solitude intolérable, noire comme un puits, et il a l'impression qu'il ne verra plus jamais la lumière, et ce sentiment qui l'oppresse devient chaque jour plus prégnant.

Il est à bout.

Ce matin, sur son rocher, il a mordu son poing jusqu'au sang, et a plissé ses yeux aussi fort que possible pour essayer de discerner quelque chose sur la ligne d'horizon, une voile blanche, une coque, n'importe quoi. Car il sait que Sarah est là-bas. Et il sait que, sans elle, la vie est impossible.

Sa mère l'arrête.

– D'où viens-tu encore, bon à rien ?

Il hausse les épaules. Monte à l'étage, là où se trouve la bibliothèque. Là où travaille son père. Mabel est sur ses talons. Elle crie :

– Ne le dérange pas !

Mais Nathaniel n'écoute pas. Son âme est en grand désordre. Et moi, Priscilla, moi la frêle servante, je monte à sa suite, me tordant les mains.

– N'y allez pas, jeune maître. Votre mère a raison : monsieur a demandé qu'on ne le...

Jeremiah lève les yeux, fait disparaître précipitamment le volume qu'il tenait entre ses mains. Il est assis sur une chaise, devant la cheminée qui crépite. Nathaniel s'avance.

– Qu'y a-t-il, mon garçon ?

Nathaniel reste muet.

– Allons, fait le pasteur en se levant, tu connais la règle à appliquer quand je me trouve dans cette pièce. Priscilla, n'ai-je pas demandé...

– Je sais, dis-je en me tordant les mains, mais le jeune maître...

– Cessez de l'appeler ainsi. Il a beau être mon aîné, il n'a rien d'un jeune maître, comme vous dites. Relève la tête, mon garçon. Regarde-toi. Tu passes tes journées à errer telle une âme en peine sur le port du village et...

– Où est Sarah ?

– Sarah ?

Nathaniel contemple le feu. Les flammes se tordent dans son regard.

– Vous savez bien. Sarah Wickford.

– Sarah... Sarah était la fille d'une sorcière, mon garçon, et un sang maudit coulait dans ses veines. Je prie pour elle chaque soir, pour le salut de son âme pécheresse.

– Où est-elle ?

L'expression du pasteur se durcit.

– Comment veux-tu que je le sache ? Dans les bras du diable, sans doute.

Le père et le fils se défient du regard. Nathaniel vient de fêter ses vingt-trois ans. C'est un robuste gaillard, légèrement plus grand que le pasteur lui-même.

– Soyez damné, père.

– *Quoi ?*

– Soyez mille fois damné pour ce que vous avez fait.

– Oh ! répond le pasteur, un sourire mauvais sur le visage. Et peux-tu me dire...

– Des années durant, vous avez trempé votre trique, vous avez trompé ma mère, vous avez, pouah ! – il crache au sol – fricoté avec cette sorcière pour finalement l'envoyer au bûcher et, à présent, que croyez-vous ? Je vois ce livre que vous tenez sous votre veste. Je sais exactement de quel genre d'ouvrage il s'agit ! Maudit... maudit hérétique !

– Nathaniel !

Mabel m'a écartée ; elle se tient dans l'encadrement de la porte et fixe son époux avec dureté.

– Eh bien, quoi ! rétorque ce dernier. Pourquoi me dévisagez-vous de la sorte ? Dites-lui, ma chère, ma tendre épouse ! Racontez-lui à quoi vous passez vos nuits, expliquez-lui depuis combien de temps je vous protège, décrivez-lui les formes troubles que vous allez rejoindre lorsque la lune paraît et que... Nathaniel ?

Le pasteur ouvre de grands yeux. Son fils vient de saisir le tisonnier qui reposait devant la cheminée.

– Nathaniel, repose immédiatement ceci.

Le fils n'écoute pas. Le fils s'avance, bouillant de rage, et l'extrémité du tisonnier a la couleur du soleil. Le pasteur recule, trébuche, tombe à terre.

Je suis sur le point de hurler, mais Mabel m'attrape le poignet et le serre si fort que j'en reste sans voix.

Jeremiah lève un bras pour se protéger. Il appelle au secours. Mabel me fait passer derrière elle, si bien que je ne vois pas ce qui se passe. Au cri que j'entends, cependant, je peux aisément deviner : un hurlement de bête blessée. Nathaniel ne prononce pas un mot. Son bras s'abat, encore et encore. Pour finir, on perçoit un chuintement, suivi d'un écœurant gargouillis. Nathaniel recule, très calme. Je me précipite. Le pasteur gît dans son sang. Une odeur de chair brûlée monte de son corps. Son flanc gauche n'est plus qu'une plaie béante, qui dévoile une côte. Jeremiah ne parle plus. Il hoquette. Mabel ne fait rien pour retenir son fils. Elle s'accroupit devant son époux et l'examine, comme on examine au bord du sentier un animal mourant qu'on ne pourra pas sauver.

Ensuite... ensuite, il me semble que je m'évanouis.

Lorsque je reprends mes esprits, la nuit est tombée sur le village et je suis assise sur une chaise, à côté de Mabel, et nous nous trouvons dans la chambre du pasteur.

Jeremiah est allongé. Son flanc est bandé. Son visage est livide. Il geint comme un nouveau-né. Nous restons un long moment ainsi, à le regarder souffrir. Devant l'entrée, un médecin range son attirail. Le pasteur, dit-il, ne verra pas l'aube.

Désormais, les enfants se pressent. Leurs yeux sont secs. L'un après l'autre, leur père les fait entrer et leur donne sa bénédiction. Seul Nathaniel manque à l'appel. Bientôt, de nouveau, le calme envahit la chambre.

Une cloche sonne onze heures. Me voici seule avec Jeremiah. De temps à autre, il m'adresse un regard vitreux ou me demande à boire. Je me précipite.

– Je n'en ai plus pour très longtemps. Est-il minuit ?

À trois reprises, il me repose la question. La dernière fois, un « oui » s'échappe de mes lèvres. Jeremiah tente de se redresser. Je lui recommande de ne pas bouger. Il m'écarte avec colère.

– Amenez-moi Nathaniel.

Nathaniel se tient en bas, devant la porte ouverte, vêtu d'un long manteau noir. Il refuse de monter. Je lui dis que son père va mourir. Il secoue la tête. Mabel s'approche. Elle lui chuchote un mot à l'oreille ; le jeune homme s'exécute.

Je monte sur ses talons.

Nous entrons. Le pasteur me fait signe de rester dans le couloir. Son regard est vide. Je referme la porte. Je colle mon oreille contre le bois. J'entends un murmure, comme un ruisseau. Puis le ruisseau se transforme en torrent. Et la voix s'élève, et dit des mots que je ne comprends pas. Et le torrent se met à mugir. Et je suis terrifiée.

Soudain, la porte s'ouvre à la volée.

Nathaniel me repousse contre le mur. Il pleure des larmes – des larmes de sang ! Il titube dans le couloir, tombe à terre. Sa mère monte à sa rencontre. Il se relève, la bouscule elle aussi, descend.

Le pasteur gémit. Je ne sais plus quoi faire. Il m'appelle. J'accours dans la chambre. Il me tend un livre, enveloppé dans un linge.

– Brûlez ceci.

– Mon révérend...

– Ne discutez pas ! Brûlez-le !

Je sors de la chambre. Me heurte à Mabel. Elle essaie de me prendre le livre des mains. Le linge tombe. Je lis le titre du grimoire, celui que le pasteur cherchait tout à l'heure :

Le Livre d'Eibon

Une crainte sacrée me saisit. Dehors, des gens hurlent. Je laisse le livre aux mains de Mabel et je me précipite dans la rue.

Les cloches ont cessé de sonner. Nathaniel a pris la fuite. Je me lance à sa poursuite, l'appelle.

Il emprunte le sentier qui monte vers la colline, au sud. Je m'empêtre dans mes jupons. Je revois son visage. Les larmes de sang.

Le tonnerre gronde, il me semble que le tonnerre

gronde, mais peut-être est-ce mon imagination ? Non, oh non, je ne crois pas.

Nathaniel s'enfonce dans la forêt. Son manteau claque derrière lui telles les ailes d'un oiseau de malheur. Je le suis toujours. Il titube, il a arraché sa chemise, il mugit comme son père avant lui, trébuche au sol, les mains dans la terre. Une pluie violente s'abat sur nous. Au loin, le tonnerre résonne au-dessus de la mer.

Je m'approche.

Il se redresse. Son visage est effrayant, effrayant !

Il me fait signe de rester où je suis. « C'est terrible, dit-il, je suis en train de mourir, je disparais, je disparais, ô Seigneur ! Venez-moi en aide, ne me laissez pas ! »

Je pleure.

La pluie avale mes sanglots.

Je reste là, impuissante, à le regarder, et il n'y a que nous deux.

Il se relève.

L'orage arrive.

Nathaniel risque quelques pas vers la falaise ; il est à découvert, maintenant. Moi, je me tiens là, en lisière de forêt. Et l'orage est sur nous.

Des éclairs déchirent le ciel. Je hurle à Nathaniel de revenir ; il se penche sur l'océan, j'ai si peur qu'il tombe, qu'il se jette dans le vide, mais non : c'est comme si quelque chose le retenait.

Il hurle, vocifère tel un dément, s'arrache les cheveux – il s'agenouille, relève la tête, transfiguré et, l'espace d'une seconde, je croise un regard que je ne reverrai jamais plus.

Puis un éclair transperce la nuit et la foudre tombe sur lui.

Je me détourne. Mes tympans sont déchirés. La

terre a tremblé. La violence du choc m'a projetée au loin.

Suis-je devenue aveugle ?

Non.

Je me relève en me frottant les yeux. Je n'arrive pas à croire ce que je vois.

Nathaniel...

Nathaniel n'est plus là.

À sa place se tiennent deux hommes.

Le premier est à terre ; le premier gémit, poings serrés, recroquevillé en position fœtale. Ses vêtements sont brûlés mais il semble indemne.

Le second est debout. Ses yeux rayonnent d'une lueur mauvaise. Il m'a vue. Il fait un pas vers moi. Je recule, balbutie une supplique. Je me trouve au-delà de la peur, dans une contrée où nul cœur ne bat plus, où nul souffle ne se fait plus entendre, et il n'y a plus rien, plus rien que le regard de cet homme qui, lentement, se drape dans le long manteau noir de Nathaniel et me fixe sans rien dire, et considère avec mépris la forme repliée à ses pieds.

Je me signe, plusieurs fois.

– Qui... êtes-vous ?

Brutalement, l'homme éclate de rire et disparaît dans la forêt.

Je rejoins l'autre. À cet instant, je crois – je suis sûre qu'il s'agit encore de Nathaniel. Mais, lorsque je le ramasse, lorsque je le prends dans mes bras et que nos regards se croisent, quelque chose en moi comprend que ce n'est plus lui.

– Nathaniel ?

Il secoue la tête, incapable d'articuler un mot.

– Nathaniel... Cet homme...

Il s'accroche à moi. Vomit abondamment dans l'herbe. J'envisage l'océan.

– Mon jeune maître...

À cette époque, j'ai quarante ans déjà, et je me sens comme la mère de cet enfant : je l'ai toujours connu. Un sentiment de désespoir tressaille en moi tandis que j'inspecte sa figure. Ce n'est plus lui. C'est lui, mais d'une façon différente.

Je me signe encore.

– Nathaniel, que vous est-il arrivé ?

Il se raidit, marmonne quelques paroles inaudibles.

– Comment ?

– Mon nom n'est pas Nathaniel, crache-t-il comme si cela lui coûtait.

– Quel... quel est-il, alors ?

Le jeune homme se relève, à bout de forces.

– Je ne sais pas.

Il reste sur la falaise, les yeux perdus dans le noir de la nuit, et je rassemble les restes de ses vêtements. Je n'ose plus lui parler.

Il pivote.

– Caleb.

J'esquisse un sourire.

– Caleb, oui – c'est le nom de votre grand-père.

– Non. C'est le mien désormais.

– Vous vous appelez...

– Caleb.

Des larmes me viennent, et je ne sais pas pourquoi. Le jeune homme écarte de son front des mèches de cheveux humides et ferme les paupières pour sentir la pluie.

C'est alors que je me rends compte qu'il est nu – intensément vulnérable.

C'est alors que je me rends compte que je ne le quitterai plus.

Soixante-neuvième jour

– Minuit, susurre Priscilla en se frottant les épaules. Vous entendez les cloches ?

J'opine rêveusement.

– Et Nathaniel...

– Nathaniel n'était plus, à compter de ce jour.

Je pose mes mains sur le muret de pierre.

– Que s'est-il passé ensuite ?

– Jeremiah est mort. Il était mort quand l'éclair est tombé.

– Un sortilège.

– Un sortilège du *Livre d'Eibon*. Une malédiction qui scinde l'âme en deux parts égales mais pour toujours incomplètes. Nathaniel a cessé d'exister. Il a laissé place à Caleb. Au village, évidemment, personne n'a vu grande différence. On pensait que Nathaniel était devenu temporairement fou, qu'il voulait se débarrasser d'un souvenir trop affreux : celui de la mort de son père.

– Il n'a pas été condamné ?

– Par qui ? Il n'y avait aucun témoin, à part Mabel et moi. Et ni elle ni moi n'avons parlé. Caleb répétait que Nathaniel était mort. Qu'il était quelqu'un d'autre, lui, et qu'il fallait l'appeler par son nom : Caleb.

– Et il est resté à Old Haven.

– Et il est devenu un excellent pasteur. Deux de ses frères sont morts, nous n'avons jamais trop su comment. Ses sœurs sont parties à Boston. Un jour, Mabel a disparu. Elle s'était longuement entretenue avec lui avant son départ, et avec moi aussi. Nous savions qu'elle allait rejoindre les profondeurs. Ce n'était pas une sorcière très puissante, mais elle possédait les livres de votre mère, des incunables redoutables et potentiellement destructeurs. *Le Livre d'Eibon* était l'un de ces grimoires. Jeremiah en a fait très mauvais usage.

– Caleb avait-il conscience de ce qui lui était arrivé ?

– Nous n'en parlions jamais. Mais je savais qu'il savait. La scène de la falaise était gravée dans notre mémoire.

– Vous parliez de Mabel...

– Lorsqu'elle est partie, nous avons vendu la maison et nous avons acheté ce manoir que vous avez connu. Mabel s'est muée en Lady Mortis. J'ai continué à la servir. Et je suis devenue... l'une des leurs. Caleb avait compris, mais fermait les yeux. Nous possédions chacun notre secret.

Je me mordis les lèvres.

– Et l'autre moitié...

– L'autre moitié s'est enfuie dans les bois.

– Et vous n'avez plus entendu parler d'elle, de cet homme ?

– Vous plaisantez ?

Je secouai la tête, très pâle.

– Vous voulez dire, poursuivit Priscilla, que vous ne savez pas qui est le double maléfique de Caleb ?

– N... non.

Elle partit d'un rire de crécelle. S'arrêta net.

– Si. Si, vous le savez.

J'avalai ma salive.

– Est-ce quelqu'un que je connais ?

– N'avez-vous rien retenu ? Ne vous rappelez-vous pas les paroles de Mabel ? « Un reflet double, impossible, définitivement maudit. » Qui vous aime, Mary ? Qui se damnerait pour vous, qui remuerait ciel et terre ?

– N... non.

– Vous le savez. Vous savez qui est la face sombre du pasteur.

Je portai mes doigts à mes lèvres.

– Personne ne connaît son nom, reprit la vieille femme, parce qu'il n'en possède pas. Parce que son vrai nom est mort un soir d'hiver sur les falaises d'Old Haven. Il se faisait appeler l'Obscur.

– Ce qui veut dire...

– Évidemment, lâcha la vieille femme. L'Empereur et Caleb ne sont qu'une seule et même personne.

Je chevauchais A'slaan vers la nuit sans fin du nord, laissant derrière moi Old Haven et ses secrets, Old Haven où, tandis que Priscilla et moi ressortions du manoir, les armées de l'Inquisition, menées par Trevor Angst en personne (je reconnus sa chaise à porteurs, rendis sa longue-vue à la vieille femme, pris une inspiration) venaient de déferler, alertées par les récits des paysans des villages voisins, et se mettaient maintenant en quête de ce dragon qui avait été aperçu rasant les falaises de Providence.

Je fuyais.

Priscilla m'avait demandé ce que j'allais faire et

je n'avais pas répondu. « Vous n'avez aucune chance, avait-elle lâché, mais vous devez essayer quand même. »

Cette fois, je comprenais tout.

L'Empereur et son corps pourrissant. Depuis la mort de Caleb, une partie de lui s'en allait en lambeaux. Sa Majesté n'avait plus de temps à perdre. Dieu savait ce qu'elle allait tenter, à présent que ses jours étaient comptés. Dieu savait dans quel bain de feu et de sang, dans quelle apocalypse tumultueuse elle allait plonger la ville.

Je chevauchais, et je songeais à Caleb, à ma mère, à mes sœurs – à tous ceux et celles que j'avais perdus. Mon esprit guidait A'slaan : « File ! lui disais-je. File plus vite que le vent ! »

Au cœur de la nuit, alors que, dans le lointain, les lumières de Boston miroitaient faiblement, nous aperçûmes deux cavaliers, capuchons rabattus. Nous volions bas, au-dessus d'une route rectiligne. Les hommes levèrent la tête et s'arrêtèrent. « Pose-toi, dis-je à A'slaan. Pose-toi sur cette route. »

As-tu perdu la raison ?

C'était la première fois qu'il protestait.

« Fais ce que je te dis. Pour l'amour du ciel. »

Il obéit. Les chevaux ruaient tandis que nous virions de bord, frôlant un champ de maïs. Nous atterrîmes sur la route, dans un énorme nuage de poussière. Je défis mon harnais et sautai à bas de mon dragon.

Les deux hommes descendirent eux aussi. Je courus vers eux. Je les avais reconnus. Le premier me serra contre son sein.

C'était Iron.

– Mary. Mary !

Il répétait mon nom en me caressant les cheveux.

Gerardus s'avança à son tour. Il considérait ma monture avec effarement.

– Vous avez réussi.

Je ris. Puis me mis à pleurer.

– Je crois, dis-je. Oh, je suis si heureuse de vous voir !

– Ton aigle est arrivé jusqu'à nous, dit Iron.

J'essuyai mes larmes.

– Allons, ne faites donc pas cette tête ! Nous sommes à nouveau réunis et...

Ils affichaient des mines lugubres. Quelque chose n'allait pas. Quelque chose n'allait pas du tout.

– Où sont les autres ?

Gerardus baissa la tête.

– Iron ?

Le pirate regarda ailleurs.

– Capturés, Mary.

– Quoi ?

– Capturés par l'Inquisition. C'est tout ce que nous savons.

– Ils seront brûlés demain.

– Q... Quoi ?

– Ils vont dresser un bûcher à Gotham. Ils ont placardé des affiches partout. Jack, Nicketti, Jonathan, Rip et les autres. Ils vont les brûler. Tous ensemble. Et les sœurs aussi.

Je m'effondrai. Gerardus se précipita pour me soutenir.

– Je suis désolé.

Entre ses bras, je n'étais plus qu'une chiffe molle.

– C'est fini, dis-je, fini.

– Non, répliqua Iron d'une voix ferme. Non, nous allons les délivrer.

Je souris entre mes larmes.

– Tu es fou.

– En effet, répondit le pirate. Mais la folie est tout ce qui nous reste. Nous avions laissé des instructions pour toi à Boston et nous chevauchions vers Gotham. Il nous reste quelques amis là-bas.

– Gerardus ?

– Il dit vrai, Mary. La révolte gronde. Nous devons profiter de cet élan, soulever le peuple, tenter l'impossible... sans quoi le vent dispersera les cendres de la Fraternité d'York, et tout cela n'aura été qu'un rêve.

– Vous avez besoin de moi.

– Certes, soupira Iron. Mais tu ne viendras pas. Parce que c'est ce qu'il veut. Parce qu'il fait tout cela pour toi, Mary. Pour que tu le rejoignes à Gotham.

Je jetai un coup d'œil à A'slaan.

– Regardez-moi bien, Iron Moses. Voulez-vous que je reste ici ? Voulez-vous que je passe le restant de mes jours avec le souvenir des miens, brûlés, torturés et massacrés par ce monstre ? Je vivrai. Je vivrai pour voir la défaite de l'Empereur, ou je mourrai avec vous.

Gerardus releva la tête.

– Avons-nous... quoi que ce soit qui ressemble à un plan ?

– Je croyais que cela était le rôle de la Fraternité.

– À quelques appuis bostoniens près, voici ce qui reste de la Fraternité, fit Iron en désignant son acolyte, tandis que la lune disparaissait derrière les nuages. J'ai hâte de connaître la façon dont nous allons tuer l'Empereur.

Il remonta en selle en riant. Jamais, de toute ma vie, je n'avais entendu un rire aussi sinistre.

Avant le crépuscule

Debout devant un long miroir cerné d'or, Sa Majesté l'Empereur Premier des Amériques fit tomber le long manteau blanc qui le cachait au monde puis avança une main vers son reflet. « Moi, songea-t-il. Moi. »

Toute la partie gauche de son corps était gangrenée, nécrosée, réduite à un agglomérat de chairs putrescentes ; il exhalait une puanteur insoutenable.

« Moi. »

Il se revoyait, des années auparavant, courant dans la forêt au-dessus d'Old Haven, sentant Dieu, sentant la colère de Dieu dans chaque chose, le frissonnement d'une branche, le couinement d'un rongeur sous une souche, l'éclat morose du soir dévoré par un nuage. Il s'était arrêté face à la mer. Il avait laissé tomber son manteau, la large défroque noire de Nathaniel.

Et il s'était senti purifié au-delà des mots.

À présent, il contemplait son image, comme déchirée en deux, et il ne respirait plus que par à-coups, parce qu'il était revenu à son point de départ et qu'il se sentait mourir.

Il fallait qu'elle vienne.

Il fallait que Mary Wickford arrive maintenant,

quoi qu'il en coûte, il fallait qu'elle le mène au sommet de cette tour et qu'elle parle à Dieu pour lui.

Il se retourna et gagna pieds nus les baies vitrées de la salle du trône. Le soleil régnait déjà sur la ville. Le peuple feignait de vaquer à ses occupations mais une étrange vibration travaillait Gotham.

On murmurait, on échangeait des regards inquiets.

Au milieu du parc Élyséen, une palissade de bois gigantesque avait été dressée sur la pelouse, et des charrettes à vapeur s'arrêtaient pour déverser des monceaux de branches mortes. Des hommes gantés de noir hissaient des poteaux.

Un bûcher ?

L'Empereur toucha son épaule. Un morceau de chair noircie roula entre ses doigts. Depuis plus de deux mois, il se transformait, et rien n'apaisait plus ses souffrances : ni les gémissements des nonnes longuement torturées, ni les rapports exaltés de Trevor Angst – qui éprouvait dorénavant un plaisir sadique à accomplir sa mission et convoyait chaque jour de nouveaux cortèges d'hérétiques, hommes et femmes aux visages bandés et aux corps zébrés de stries fraîches, les mains liées à les en faire saigner.

Sa Majesté frappa un vitrail du poing. Les médecins qui se pressaient à son chevet repartaient avec des mines contrites ; leurs appareils de mesure cuivrés émettaient des piaillements de mauvais augure. Ils essayaient de sourire, bien sûr. Mais, lorsqu'ils disparaissaient à pas feutrés, leurs sourires se craquelaient et ils s'enfermaient derechef dans leurs laboratoires souterrains, compulsant leurs grimoires avec fièvre.

Tel un vieillard, l'Empereur se baissa pour ramasser son manteau. Seul un voile de soie immaculé, ceint à son serre-tête d'or, dissimulait son visage.

Il savait ce qu'il lui restait à faire.

Il n'hésiterait pas.

« Viens, Mary Wickford. Viens, et contemple le rayonnement de ma puissance. Pleine lune ce soir, sabbat des sorcières ! Et pour moi – pour nous –, consécration suprême, noces de lave et sang noir ! »

C'était un manoir de Pearl Street adossé aux docks, pourvu d'une façade lépreuse aux anciens ornements de jaspe et d'or. La maison tombait en ruines. Les nouveaux venus poussaient la grille avec circonspection, rabattant leur cape, traversaient la cour en surveillant leurs arrières. Il y avait là des hommes dans la force de l'âge, quelques femmes aussi, des vieillards fumant la pipe et une dizaine de jeunes gens aux poings serrés.

Sur le mur, clouée à la hâte, une carte de Gotham s'étalait. L'assistance se pressait avec appréhension. Gerardus Stuyvesant avait pris place sur l'estrade.

– Nous savons ce qui se trame, disait le jeune homme : un holocauste brûlant. C'est pourquoi nous avons besoin de vous. Et de façon considérable.

Des voix s'élevaient :

– Que pouvons-nous faire ? Nous ne sommes qu'une centaine ! C'est sans espoir, Gerardus, vous savez bien que...

L'homme imposa les mains ; ses yeux jetaient des éclairs.

– Je ne sais rien !

Il se retourna, sortit une dague de sa ceinture et désigna un point sur la carte.

– Si nous postons un détachement aux grilles du parc et que nous déclenchons une émeute au moment propice – entendez-moi bien, je ne parle pas d'une simple échauffourée, mais d'un véritable soulèvement –, si nous y parvenons, alors, nos hommes postés ici et à cet autre endroit pourront se lancer à l'attaque. Je vous mènerai à la cave tout à l'heure, ainsi que je vous l'ai promis, et tous ceux qui ne sont pas encore équipés en armes recevront leur dû. Mais je vous en conjure, mes amis, silence jusqu'à cette heure !

Il s'essuya la bouche.

– Le règne de l'infamie touche à sa fin. Nous avons trop subi.

Adossé au mur et bras croisés, Iron Moses considérait la foule avec scepticisme. Tout s'était passé si vite ! Leur arrivée dans la nuit, cachés sous un chargement de bois, grâce à un cocher largement soudoyé ; les coups frappés aux portes ; les anciens amis ensommeillés ; l'inquiétude, l'incompréhension. Certes, la Fraternité comptait encore quelque soutien au sein de la capitale, mais ses fondations avaient été sérieusement ébranlées. Des assassinats nocturnes avaient été perpétrés. Des hommes avaient été emprisonnés, ou trahis.

Une chose était certaine : l'Empereur avait sombré dans une folie meurtrière. Tout le monde attendait avec angoisse un nouveau coup d'éclat. Un calme inhumain régnait sur la ville.

Et on dressait un bûcher.

– Nous sommes... – Gerardus s'arrêta, à bout de souffle – nous sommes la Fraternité d'York. Nous travaillons au bonheur de l'homme, à sa libération. Nous ne nous prosternons devant aucun Dieu, sinon *l'idée* de Dieu, sinon le souvenir de Dieu qui gît dans les abysses et nous laisse disposer de sa création. Chaque jour apporte son lot d'hérésies masquées, de sacrilèges et d'abjurations. Il nous revient de briser les chaînes de cette ville. Nous avons le pouvoir de...

L'assistance s'anima. Les citadins discutaient avec animation. Pourquoi prendre de tels risques ? Les allégations du jeune homme, aussi sincères soient-elles, n'allaient mener qu'à l'affrontement. Ne pouvait-on imaginer quelque compromis ?

– Silence !

Gerardus avait crié. L'assistance se tut.

– Au nom du ciel, avez-vous oublié d'où vous venez ? Mon père, Peter Stuyvesant, a fondé cette ville !

– Peter ne peut pas être ton père ! objecta quelqu'un.

Gerardus sourit faiblement.

– Désires-tu des détails, vieil homme ? Faut-il que je fasse devant vous la preuve de ce que j'avance ? M'obligeras-tu à exhiber les signes d'une probité que...

– L'Inquisition !

Posté à la fenêtre, un jeune garçon laissa retomber un rideau.

– Fuyez ! Vite !

Tout de suite après, des coups sourds ébranlèrent la maison. Gerardus sauta de son estrade et montra la porte du fond.

– Par ici !

La foule se précipita ; les gens hurlaient, se piétinaient. Une femme tomba. Iron Moses se rua en avant pour la relever.

Le portail d'entrée vola en éclats.

Sans hésiter, le pirate dévoila son bras en or et se mit à tirer. Les impacts criblèrent le mur blanchi à la chaux tandis que les inquisiteurs ouvraient le feu à leur tour.

Gerardus avait disparu ; il aidait les autres à s'enfuir.

Iron recula.

Une balle l'atteignit au cou, une autre en pleine poitrine. Il s'effondra – au moment où, juste au-dessus de sa tête, un tir fracassait un vase de porcelaine.

Les amis de la Fraternité se précipitèrent dans le jardin semé de ronces. Il leur fallait escalader un mur. Ils s'y employèrent avec hargne. Certains réussirent.

Les autres furent abattus.

Un par un.

À califourchon, Gerardus Stuyvesant embrassait la scène. Des corps sanglants s'étaient effondrés parmi les herbes. Un homme au dos criblé de balles remuait encore les bras. Une jeune femme au ventre ouvert tomba à genoux entre deux arbres. Au milieu du jardin, Trevor Angst en personne, armé d'un sabre d'apparat, rajusta sa perruque, avant de sortir son arme à son tour.

– Gerardus Stuyvesant !

Il tira, mais manqua sa cible. Le jeune homme retomba de l'autre côté du muret et s'élança aux côtés des rescapés. Il s'engouffra dans une ruelle, bouscula un vendeur à la sauvette, enjamba un ruisseau sale et se cacha dans un renfoncement. Incrédules, des habitants l'observaient.

Gerardus leur sourit.

« C'est terminé, songea-t-il, alors qu'une petite fille s'avançait vers lui, intriguée. C'est la fin, tout est perdu... »

À quelques dizaines de pieds de là, Iron Moses faisait tomber du coude les derniers débris de la porte. Il avait boitillé à travers tout le vestibule, et une longue traînée de sang marquait son passage. Soudain, il porta une main à sa gorge. La mort...

La mort s'engouffrait en lui.

Une dernière fois, il se redressa et contempla la ville. Puis ses yeux se voilèrent et sa main, posée sur le mur blanc, glissa lentement en laissant une trace rouge vif.

– Elle sait.

– Que dis-tu ?

– Elle sait, Mabel.

Assise sur son trône, Lady Mortis considérait les restes de son royaume avec affliction. Sa fidèle servante, agenouillée sur la dernière marche, venait de tout lui révéler.

– Tu peux disposer, Priscilla.

La vieille femme arrangea maladroitement sa coiffe.

– Qu'allez-vous faire ?

Lady Mortis restait plongée dans ses pensées.

– Vous devez lui porter secours, renchérit la servante. Peut-être pourrions-nous exhumer des sortilèges assez puissants pour l'aider à... repousser cette chose.

Lady Mortis ricana.

– Penses-tu que Nyarlathotep puisse être défait ?

La vieille femme secoua la tête.

– Non, milady. Mais le renvoyer aux ténèbres dont il est issu... Nous devons essayer. Votre fils est mort, et il ne vous reste que le mauvais. La part d'ombre.

– Mon fils...

– Personne ne peut sauver l'Empereur. Vous le savez.

Lady Mortis ferma les yeux. Elle se rappelait, des années auparavant – des décennies, des siècles ! Elle revoyait l'enfant sortir de son ventre, le visage rouge de colère. Lorsqu'on l'avait posé sur son sein, il avait happé le téton et l'avait mordu.

Elle avait crié.

On lui avait enlevé le nourrisson pour constater cet inquiétant prodige : Nathaniel avait des dents ! Plus tard, il s'avéra qu'il détestait le lait. Plus jamais Mabel ne le prit sur son ventre. Plus jamais il ne sentit la peau de sa mère contre la sienne.

Et désormais... désormais Caleb n'était plus.

Elle se leva.

– Milady ! murmura Priscilla.

– Accompagne-moi dehors.

– Dehors ?

– À Gotham.

– Milady, vous n'espérez tout de même pas...

Lady Mortis descendait les marches en regardant droit devant elle.

– L'Empereur est mon enfant, Priscilla. Il est tout ce qui me reste. Je sais le mal qui l'habite. Je sais aussi à quelles extrémités peut mener le manque d'amour... Il faut que je lui parle, quoi qu'il m'en coûte.

C'était un artefact singulier, tissé de fils d'or et de métaux rares, une dentelle légère radiant de pulsations mauvaises, de sorts interdits. Assis dans une sombre cellule, la plus ancienne et la plus secrète des pièces du palais – le premier cachot de Gotham –, l'Empereur contemplait son trésor. Prisonnière d'un globe de cristal, une créature minuscule s'ébattait dans une solution saline, légèrement éblouie par la lumière des torches qui crépitaient aux murs. Dotée de bras, de lèvres, de muscles spongieux, la chose s'agitait en tous sens. Bientôt, une plainte suraiguë s'échappa de ce qui ressemblait à des doigts. Sa Majesté frissonna. Elle avait lu *Le Livre d'Eibon*. Elle avait lu le *Necronomicon* et *Le Culte des goules*. Elle savait combien cette créature était une chose abominable – une menace mortelle pour le monde. Perdue en des méditations cendreuses, elle avait passé l'essentiel de ces dernières semaines dans le monde des esprits, un domaine de glace sans fin au milieu duquel s'élevait l'*axis mundi*.

Où était Dieu ?

Pas dans cette sphère, en tout cas.

Dieu était assis au sommet de sa tour, une main posée sur le front, et il attendait, il attendait qu'un homme digne de lui monte à sa rencontre et incarne le Verbe.

Pour accéder à cette grâce, tous les sacrifices se valaient. Et l'Empereur connaissait parfaitement le sens du mot « sacrifice ».

Il contempla sa main pourrissante. Il avait tué sans relâche. Il s'était souillé, avait pourchassé les démons, s'était soumis aux tentations les plus viles, avait plongé dans la fange. Il était descendu au plus profond de lui-même.

Mary Wickford était une sainte. Une vierge – oh, il la posséderait dans un tourbillon d'extase ! Elle était celle dont jaillirait la lumière, celle qui ferait pleuvoir sur lui, en nuées étoilées, la grâce et la lueur divine, et lui montrerait le chemin.

Une dernière fois, il devait s'avilir. Pour qu'elle comprenne qui il était. Pour qu'elle sache ce qu'il était prêt à faire pour elle.

Personne ne lisait en lui, personne sauf, peut-être, cette créature emprisonnée qui se contorsionnait avec vigueur à l'intérieur de sa boule et dont les pattes griffues, des dizaines de petites pattes noires et chitineuses, crissaient contre le verre.

L'Empereur se redressa. Des pas résonnaient dans le long corridor. Une voix :

– Votre Majesté ?

Il grimaça.

– Votre Majesté, quelqu'un demande à vous parler.

– Je vous ai dit que je ne souhaitais voir personne, lâcha-t-il d'une voix éteinte.

– Mille pardons, Votre Majesté, mais cette femme, nous avons pensé...

– Quelle femme ?

– Elle dit qu'elle est votre mère.

Lady Mortis prit la main de l'Empereur dans la sienne.

– Ce qu'il est advenu de toi...

– Ce qu'il est advenu de *nous*, mère.

Sur le port, les feux du couchant scintillaient encore et la mer se parait de joyaux. Au loin, des flamboyances pourprées s'accrochaient aux derniers cumulus.

Dans la grande salle de bal, l'Empereur et sa mère dansaient au son d'une musique plaintive, dispensée par des sirènes endolories, vestiges du cadeau fou offert en son temps à Mary, et que celle-ci avait refusé.

– Tu aimes cette femme, n'est-ce pas ?

– « Aimer », répéta l'Empereur, entraînant sa mère dans une valse à contretemps, quelle sorte de mot est-ce là ? Mon amour est infini, il s'étend à l'humanité entière. Je veux aider Mary à comprendre qu'elle a besoin de moi, tout comme j'ai besoin d'elle. Que vous dire ? Je dors avec son chat mécanique, dont j'ai arraché le mécanisme pour qu'il cesse de miauler son nom. Je respire l'odeur des vêtements qu'elle a portés. Je prie chaque jour, évoquant le souvenir de son visage.

– Mon fils...

Elle se serra contre lui. Elle réalisait à quel point elle le haïssait, et à quel point elle se haïssait elle-même.

Cette danse était une farce grotesque. Leurs deux corps tressaillaient. Elle, vieille et fripée, tenant à peine sur ses jambes, et lui, lui et son odeur, cette puanteur pestilentielle, exsudant une folie méprisante par tous les pores de sa peau gangrenée – il la tenait serrée comme une antique poupée de chiffons, mais qu'était-elle d'autre ?

– Elle n'a plus son amulette.

– Oh.

– Mais elle sera juchée sur un dragon. C'est Priscilla qui me l'a dit.

– Priscilla, fit l'Empereur, songeur. Ce nom m'évoque vaguement quelque chose...

– Nos souvenirs nous échappent.

L'Empereur exécuta un entrechat compliqué ; sa mère faillit perdre l'équilibre.

– Je suis si heureuse de t'avoir retrouvé, souffla-t-elle.

Elle s'amusait du son de sa propre voix. D'une façon ou d'une autre, elle pressentait que l'histoire allait prendre fin, avec lui et en lui. Mais, pour quelques minutes encore, le temps d'une ritournelle plaintive, il était son enfant, son Nathaniel, et les jours anciens refleurissaient sous la caresse de la mémoire.

– Elle est en chemin, mon fils. Je puis te le certifier.

La musique s'arrêta brusquement. Épuisées, les minuscules sirènes coulèrent comme des feuilles mortes au fond de leur bassin. L'Empereur serrait toujours sa mère.

– Tu – elle sourit – tu me fais mal.

Il ne la lâchait pas.

– Mère, pourquoi es-tu venue me voir ? Pourquoi me reconnais-tu aujourd'hui ?

– Parce que... parce que je me suis souvenue...

Soudainement, il la jeta au sol. Enveloppé dans son grand manteau blanc, les bras cachés, il la toisait.

– Mon... fils ?

– Je ne pense pas être ton fils, vieille femme. Je crois qu'un malentendu s'est glissé entre nous. Tu es ma mère, cela ne fait aucun doute – si tu savais les nuits sans fin où j'ai psalmodié ton nom, baignant mon oreiller de larmes ! Mais il me semble que tu t'es fourvoyée. Il me semble qu'un certain petit pasteur d'Old Haven a volé l'affection que tu me devais. C'est *lui* que tu as pris pour fils.

– Que veux-tu dire... ?

Il s'avança vers elle, silencieux comme la mort.

– Je te remercie de tes douces attentions, mère, et je suis ravi d'avoir pu, le temps d'une valse heureuse, retrouver un peu de la saveur ancienne dont sont tissés les songes d'enfance. Mais je suis forcé de reconnaître que ce songe-là a pris fin il y a bien longtemps.

– Mon fils...

– Tais-toi ! siffla-t-il en s'accroupissant devant elle. Ne sais-tu pas qu'on se tait en présence de l'Empereur ? Tu m'as détesté, mère. Tu as détesté ma pureté et ma quête d'idéal, préférant te vautrer dans les marais du stupre et des maléfices impies. Tu as trahi l'esprit de mon père. Tu es devenue une créature des bas-fonds, une... malédiction rampante. Et, à présent, tu viens implorer mon pardon ?

– Non, je...

Mabel poussa un cri d'horreur. L'Empereur avait soulevé le voile qui masquait son visage. Il baissa la tête. Lorsqu'il la releva, une dague brillait à son poing.

Une fois, son bras se leva.

Deux fois.

Une troisième.

Le sang giclait sur le marbre. Mabel n'avait pas crié. Elle rendit l'âme sans un mot. L'Empereur essuya son pied taché sur sa robe noire déchirée.

Puis il s'assit et ferma les yeux.

Apocalypse et lumière

J'étais prête. Allongée auprès d'A'slaan, après une nuit passée dans la forêt, je m'étais pelotonnée contre son ventre de métal, essayant de dormir, n'y parvenant pas, discutant, parlant toute seule peut-être – mes paroles en volutes sous les feuillages givrés.

Il parla, lui aussi.

Nous n'avions plus le temps. Le temps n'était plus cette matière que l'on pouvait déformer, imaginer, habiter. L'urgence nous poussait en avant.

Je me trouvais au faîte de ma puissance, si cela signifiait quelque chose. A'slaan et moi combattrions ensemble ou séparément – cela ne changerait rien. J'étais lui, il était moi. Ce lien ne pouvait être rompu.

Il parla, encore et encore mais, à la fin, je ne l'écoutais plus : parce qu'un visage se dessinait devant mes yeux, un visage aimé, oh, comme j'en prenais conscience en cette seconde !

Thomas.

Où était-il ? Pensait-il seulement à moi ?

Au petit matin je m'éveillai, chatouillée par les rayons de soleil qui jouaient à travers les branchages, doigts engourdis et cheveux en bataille.

Sans même m'en rendre compte, aux franges de l'aurore, je m'étais assoupie.

A'slaan se leva à son tour, dépliant son immense carcasse. Il fit quelques pas. Les troncs des chênes vibraient sur son passage. Encore et toujours, je ne pouvais m'empêcher d'admirer la perfection de sa silhouette altière.

Nous nous abreuvâmes à une source. Chaque geste, désormais, revêtait une qualité particulière. Le moindre frémissement se parait de sens. Je lavai ma figure à grandes eaux – ultime rituel. J'avais le sentiment de m'envoler vers la mort, mais une profonde sérénité m'habitait. Les paroles de mes amis s'étaient frayé un chemin en mon cœur. Qu'importait le trépas ? J'avais vu le bout du monde. De mes doigts tremblants, j'avais touché l'éternité.

Peu avant midi, je harnachai A'slaan. Une heure de vol nous séparait de Gotham, mais je savais que les prisonniers ne seraient pas conduits au bûcher avant le crépuscule, et Gerardus m'avait recommandé de ne pas agir précipitamment. Nous avions discuté, la veille au soir, nous avions palabré jusque tard dans la nuit, examinant la carte, discutant stratégies, positions et attaques. Pour finir, le jeune homme m'avait confié l'un des sabres de Jack O'Lantern, abandonné dans les broussailles. « C'est ce qu'il aurait aimé, je pense. » Fixant le fourreau à la selle d'A'slaan, je m'étais inclinée.

Le premier objectif qui m'avait été assigné était le dépôt de munitions du palais impérial. A'slaan et moi devions nous trouver au-dessus à sept heures précises. Il s'agissait de le faire exploser, avant de libérer les dragons qui se trouvaient dans la verrière.

Cette diversion était absolument nécessaire ; au même moment, le Grand Inquisiteur en personne s'avancerait vers le bûcher pour allumer le brasier et précipiter nos amis vers un abîme de souffrances.

Il ne fallait pas que je songe à cela. Secouant la tête, je tentai de me concentrer sur ma mission. En pensée, je préparais mon vol. Chaque piqué. Chaque assaut.

Gerardus avait conservé quelques appuis en ville. Les émeutes étaient proches, nous assurait-il. L'insupportable joug que faisait peser l'Empereur sur ses sujets allait avoir raison de leur passivité résignée. Le temps de la révolte avait sonné.

Je savais, moi, ce qui me resterait à faire.

Une balle ?

Une balle magique ?

Oh, non, non. Dussé-je mourir aussi, j'allais tuer l'Empereur de mes mains. Réduire ses rêves en fumée.

Je me baissai, flattai l'encolure d'A'slaan. « Partons. » D'un bond, il s'élança sur une longue bande de terre meuble, et ses ailes se déployèrent comme des voiles.

Nous quittâmes le sol.

C'était toujours le même plaisir de voler, la même joie folle mais, cette fois, une émotion nouvelle s'ajoutait à ma jubilation : j'étais la conscience du dragon. Il m'obéirait en tout, parce qu'il aimait passionnément ce monde et que j'étais celle qui lui permettait d'en jouir.

Des heures durant, par circonvolutions rêveuses, nous survolâmes la mer, les flots verts du Pacifique, brillant au loin sous les nuées. Ma mémoire soufflait à mon esprit des histoires mélancoliques tandis que nous frôlions les vagues gorgées d'écume, que nous survolions les bancs de poissons argentés, que la cime des arbres, là-bas sur les collines, frétillait dans l'impatience du printemps.

Je faisais cela pour Rip.

Je faisais cela pour ma mère et pour la mère de ma mère, et pour la première femme qui, un jour, avant que le monde des esprits ne se sépare du nôtre, avait approché la main de ce dragon et lui avait murmuré des paroles d'amour.

À six heures, alors que nous tournoyions autour du clocher d'un village – les habitants étaient sortis sur la place pour nous admirer, et que se disaient-ils alors ? je ne le saurai jamais, je veux croire qu'ils comprirent plus tard ce qui s'était préparé au-dessus de leur tête –, à six heures, des notes d'airain se répondirent sur la plaine et, sans même que je lui en donne l'ordre, A'slaan braqua subitement vers le sud.

Notre élan, la froide détermination de notre vol, les lueurs sacrées qui flambaient dans nos yeux, tout cela parlait pour nous et, plus encore, annonçait le feu du ciel.

Peu avant sept heures, les clochers de Gotham furent en vue. De loin, la cité évoquait une fourmilière. Comme elle était vaste ! Un vertige s'empara de mon âme. Se pouvait-il qu'un tel endroit fût réellement menacé ? J'admirais les toits d'ardoise et de tuiles, les jardins rutilants, les eaux calmes du port, et je pensais : « Non, rien n'arrivera jamais ici. Oh, Mary, quelles chimères combats-tu ? »

Mes mouvements étaient raides. Je doutais de

moi, de mon habileté, de la sûreté de mes gestes. A'slaan devait ressentir mon angoisse.

Il prit l'initiative.

D'un puissant battement d'ailes, il nous propulsa vers le palais impérial. Je savais parfaitement où se trouvait le dépôt de munitions. J'avais visualisé cette scène plus de fois que nécessaire. La soudaineté de notre attaque en était la clé.

Très vite, des ornithoptères prirent leur envol. Courbée sur ma selle, je réprimai un relent aigre : quelqu'un avait prévenu l'ennemi de notre arrivée. Sans crier gare – était-ce moi qui l'y avait encouragé ? – A'slaan monta jusqu'au ciel comme une flèche... et redescendit en piqué.

De toutes mes forces, je me cramponnai. Je ne pouvais même pas hurler.

Sur nos côtés, les ornithoptères passèrent en taches sombres. A'slaan ouvrit la gueule et cracha un jet de lave sur le toit du dépôt. Celui-ci s'enflamma. Nous redressâmes aussitôt notre course et remontâmes vers les nuées.

Je me retournai.

Dans la cour, des soldats s'agitaient en tous sens, pareils à des fourmis.

Nous devions avoir atteint une altitude de trois cents pieds lorsque A'slaan ralentit et commença à décrire un long cercle autour du palais.

Il y eut une première explosion, une formidable clameur de bois et de verre brisé, puis un autre pan de toit s'écroula sur lui-même et, cette fois, un choc sourd ébranla le palais tout entier. Une gerbe sanglante monta jusqu'aux nuées. Je sentis sa chaleur.

Prudents, les ornithoptères s'étaient écartés de la scène. Autour de nous, le crépuscule flambait, et il semblait que les langues de feu qui s'échappaient des ruines, que les volutes de fumée âcre entortillées au-dessus des flèches et des tuiles lançaient un écho à ses splendeurs dévastées.

Nous suivîmes une ellipse sous les relents de nuages. Le palais lui-même n'avait pas été touché, mais l'incendie s'étendait à d'autres bâtiments et une partie du mur d'enceinte était déjà noircie par les flammes. Des gardes se précipitaient, éperdus.

Par l'une de ces contorsions dont il avait le secret, A'slaan fit volte-face et descendit sur la verrière. De nouveau, il cracha. Les yeux écarquillés, je vis le verre fondre et se gondoler – avant d'exploser à son tour. Affolés, les dragons s'étaient mis à mugir, essayant de s'écarter. Puis ils avaient levé leurs cous graciles vers les cieux enténébrés, et leurs rugissements s'étaient déployés en constellations furieuses. Le moment était venu de découvrir la liberté.

Des détonations commencèrent à retentir. Coups de feu, coups de canon ? Je fis comprendre à A'slaan que nous devions nous diriger vers le parc Élyséen au plus vite. La première partie de notre mission s'était soldée par une réussite. « Simple, songeai-je en me cramponnant au pommeau de ma selle, beaucoup trop simple. »

Une véritable cohue s'était formée autour des palissades. La plupart des habitants de Gotham ignoraient tout de la Fraternité d'York, mais l'arrivée des soldats menés par le Grand Inquisiteur en personne les avait jetés dans une perplexité anxieuse. Bien sûr, il se racontait que les condamnés étaient des hérétiques de la pire espèce, des ennemis de l'Empire qui avaient comploté à sa perte. Toutefois, depuis la nuit sanglante des Domilites et la vague de répression qui s'était ensuivie, plus personne à Gotham ne se sentait à l'abri, et la notion d'hérésie s'était largement vidée de sens.

Dès les premiers instants, alors qu'on avait vu, sursautant au son des trompettes et des tambours, les habitants de la ville quitter leurs tièdes demeures et diriger leurs pas vers le parc, une rumeur insistante avait parcouru les rangs de la foule. Et, à présent que l'heure fatidique approchait et que ceux qui ne les avaient pas encore vus contemplaient les poteaux de bois plantés au-dessus de l'énorme tumulus, à présent que les prisonniers, yeux bandés, acheminés dans des charrettes, défilaient sur la grande allée bordée d'aulnes, l'inquiétude se mêlait d'effroi, et des mains se rejoignaient dans l'ombre.

Enfin, la procession fit son entrée. Un silence de mort planait sur le parc, seulement troublé par quelques toux nerveuses. Les gardes étaient des centaines. On fit descendre les prisonniers et on les mena l'un après l'autre sur la plate-forme de bois qui surmontait l'amoncellement de branches et de rondins. Ils avançaient, front haut mais regard vague, comme s'ils avaient été incapables d'expliquer ce qu'on leur reprochait et pourquoi ils se trouvaient ici. Puis, sur un ordre cinglant, des hommes sortirent du rang et les lièrent aux poteaux, avant de les débarrasser de leurs bandeaux.

Une expression de stupeur s'éleva de la foule. L'un des condamnés portait une citrouille en guise de tête, et il était impossible de dire s'il s'agissait ou non d'un déguisement. Résignée, comme absente, la créature promenait un regard triste sur la vaste assemblée.

Parmi les autres prisonniers se trouvait une femme, une Indienne d'une beauté sidérante. Les hommes la contemplaient ; ils regardaient aussi ce vieillard impassible aux moignons sanglants, et la rangée de soldats, coiffés de casques en fer et armés de mousquets, qui tenaient les détenus en joue.

Trevor Angst s'avança. Un sourire de triomphe planait sur son visage. Pour lui, ces hommes étaient des mages de la pire espèce, des aberrations – et ils représentaient le plus grand des dangers : celui de l'inconnu. Le Grand Inquisiteur se souvenait des traitements que lui avait fait subir le pirate Wild Stark et des sombres années qui avaient suivi ; il lui semblait dorénavant que tous les fils d'un écheveau mortel se dénouaient d'un coup : sa vengeance était à portée de flammes.

Angst avait bien fait les choses. Ses hommes avaient surgi comme des diables, assommant les victimes, les traînant dans de longs sacs de jute avant de lui laisser à lui, Grand Inquisiteur, le soin de neutraliser leurs pouvoirs par un tatouage de contre-magie apposé au fer rouge. Pour plus de sûreté, le chef de l'Inquisition avait ordonné que l'on tranchât les mains du vieil homme qui se disait leur maître. Il avait glissé quelques mots au bourreau chargé de la besogne : « Ne l'épargne pas. » À sa grande déception, le dénommé Van Winkle n'avait pas bronché. Mais, bah ! Il périrait comme les autres.

Le Grand Inquisiteur balaya le bûcher du regard. La Fraternité d'York, Seigneur ! Et où était leur magie, désormais, qu'étaient devenus leurs fabuleux pouvoirs et leur suave arrogance ? Ils se laissaient faire, tels des pantins : à la moindre incartade, les avait-on prévenus, une centaine d'innocents choisis au hasard dans la foule seraient immédiatement soumis à la torture et exécutés. C'est le meilleur moyen, songeait Trevor avec satisfaction, une méthode qui commençait à faire ses preuves, car ces gens n'avaient peur au fond que d'une chose : que l'on fît souffrir leurs semblables, ou qu'une prétendue injustice fût perpétrée en leur nom.

En somme, décida le Grand Inquisiteur en prenant place derrière son pupitre, ces sorciers étaient des lâches. Jamais ils n'avaient affronté la vraie solitude.

Trevor Angst s'éclaircit la voix.

Il n'avait pas besoin de dérouler un parchemin. Il savait ce qu'il avait à dire.

– Ces êtres, cracha-t-il avec mépris en désignant les condamnés, ces êtres immondes appartiennent au rebut de l'humanité. Ils se croient supérieurs ; ils ne sont que des monstres. L'homme est-il fait pour percer les mystères qui se tiennent derrière le voile ? L'homme est-il fait pour défier la mort et ses énigmes ? Quelle est cette hérésie ? demanda-t-il encore en hochant le menton vers la créature à tête de citrouille, est-ce Dieu qui a voulu cela ? Non, non, je vous l'affirme, citoyens de Gotham ! Ces individus ont conclu le plus affreux de tous les pactes, ils ont scellé avec le diable une alliance mortifère. Lucifer a juré de porter la lumière dans le cœur des hommes, mais c'est d'une lumière aveuglante qu'il s'agit, d'une lumière qui prive l'humain de sens et le détourne de Dieu. L'humain doit s'en remettre à la puissance divine en toute confiance. Car il est dit dans le Dernier Évangile, dicté à Sa Majesté bien-aimée par les anges eux-mêmes : « Tu ne chercheras point à connaître les desseins de Dieu. » Ainsi, peuple de Gotham, purifions-nous par le feu la souillure répandue à la surface et dans les profondeurs de notre Empire sacré. Ainsi répondons-nous à la lumière trompeuse par les flammes salvatrices !

Trevor Angst descendit de son estrade.

Un homme lui tendit une torche. Il la saisit de sa main gantée et la porta bien haut, afin que tout le monde la vît.

Il allait la jeter sur le bûcher lorsque des exclamations stupéfaites parcoururent l'assemblée. Des bras se tendaient, montraient quelque chose au loin, par-delà les arbres.

Une fumée.

Une explosion assourdissante venait de retentir au-dessus des cimes et des toits ; une fumée noire s'envolait en volutes, tourbillonnant sous le crépuscule.

Ce n'était pas un coup de tonnerre : la voûte du soir était quasi vierge. Mais cette forme, là-haut, cette forme qui se contorsionnait et crachait des flammes avec fureur ! Il ne pouvait s'agir que d'une chose.

– Un dragon !

Un cri d'effroi monta de la foule. Trevor Angst demeura figé, essaya d'imposer le calme. Mais un vent de panique soufflait sur l'assemblée, et d'autres dragons apparaissaient maintenant – dont un spécimen argenté fondant droit sur le parc.

Torche en main, Angst s'avança vers le bûcher. Sans attendre, Gerardus se précipita. Cette fois, il s'était préparé : un subtil halo bleuté l'accompagnait dans sa course.

Les rangs de la foule s'ouvrirent comme les pinces d'une tenaille. Aussitôt, des gardes pivotèrent et des balles fusèrent. Elles rebondirent sur la bulle translucide qui l'entourait – un sort de protection concocté à la hâte. Gerardus hurlait.

Trevor Angst ne mit pas longtemps à comprendre.

D'un geste vif, il lança sa torche ; le bûcher s'embrasa d'une bouffée.

Gerardus sauta sur le tas de bois. Avant que les gardes aient pu le rejoindre, il avait dénoué les liens de Nicketti, de Jack et de Jonathan, et il allait s'attaquer à ceux de Rip Van Winkle (derrière lui, mais il s'en moquait, les gens fuyaient dans toutes les directions – au-dessus du parc, un dragon venait d'apparaître), quand son halo de protection, privé d'énergie magique, se dissipa d'un coup. Avec une grimace de surprise, le jeune homme glissa à terre. En quelques secondes, il avait été touché à l'épaule, à la cuisse et à l'aine. Un filet de sang parut à la commissure de ses lèvres.

Rampant au pied du bûcher, il tenta de se mettre à l'abri. Les sous-bois offraient un couvert appréciable. Il courut vers eux en zigzaguant. Les balles sifflaient.

Tout venait de basculer.

– Vite !

Je m'étais courbée sur l'encolure d'A'slaan. Au-dessus de la scène, le dragon décrivait des cercles de plus en plus étroits.

Le bûcher se consumait avec ardeur. Pour ce que je pouvais en voir, Nicketti, Jack et Jonathan avaient disparu. Gerardus gisait près d'un rocher, en lisière de forêt. En proie à l'épouvante, la foule tentait de se dissiper. Les hommes de l'Inquisition, qui faisaient feu de toute part, touchaient des spectateurs au hasard.

Parmi ceux que nous avions libérés (certains étaient tombés sous les balles de la garde impériale, d'autres s'étaient blessé les ailes en essayant de se frayer un chemin entre les pans brisés de la verrière), quelques dragons nous suivaient. Leur fureur dépassait nos prédictions et commençait à nous emplir de crainte. Bientôt, réalisais-je, nous ne pourrions plus les contenir, et la ville tout entière disparaîtrait sous les flammes.

Une bête cracha un torrent de lave sur le bûcher, qui s'effondra dans une explosion de fumée. Des hurlements s'élevèrent. Mon cœur se serra à s'en pétrifier. J'avais eu le temps de voir Rip, son regard lumineux – et je savais qu'il n'avait pu s'enfuir.

Je passai une main sur les écailles d'A'slaan.

D'un souffle puissant, il volatilisa ce qui restait du bûcher. Jack et les autres avaient peut-être eu le temps de s'enfuir, mais qu'en savais-je ?

Ailleurs, derrière nous, les ornithoptères donnaient la chasse aux retardataires, et les cloches de la ville sonnaient à tout rompre.

Le ciel était lardé d'éclairs. Des explosions de feu surgissaient en sphères folles.

Nous reprîmes de la hauteur.

Gotham était plongée dans un chaos indescriptible. Le soir s'écroulait sur la ville. Des hommes, des femmes, des enfants – un monde entier courait. Des maisons se disloquaient. Des palais s'effondraient sur eux-mêmes. La lave avait remplacé l'eau des fleuves. Au beau milieu d'une avenue, des ornithoptères s'étaient écrasés, presque sur nous. Ils explosèrent. Je voyais les gens supplier et mourir ; la camarde se répandait au-dessus des toits. Brisant les clochers, les tourelles et les flèches, répandant une destruction aveugle, les dragons attaquaient notre cité et leur souffle même était létal : je vis des hommes s'affaler, visage en sang, poumons crevés, et j'entendis des bêtes mugir de plaisir. Ce n'était pas leur faute : elles étaient devenues folles.

Nous devions retourner vers le palais. Le moment pour lequel nous étions venus était enfin arrivé.

L'Empereur descendait les marches en tenant son globe précieux serré contre lui. Tout s'était passé comme prévu. Je volais au-dessus de la ville, emplie d'un courroux sans limites, contre lui et contre moi-même. Comment décrire ce qui échappe à la raison ? Comment échapper, une fois encore, à la colère et à l'horreur ?

Les nuages de suie, les tourbillons, le verre brisé, la pierre fracassée, les poutres agonisantes, les avenues jonchées de débris, les pleurs et les supplications, les crépitements furieux, les panaches de fumée, les habitants sautant par les fenêtres, la fuite, le désespoir, cette femme portant le corps sans vie de son enfant, ces hommes titubant au milieu d'un champ de cadavres, les cloches fondues – reliques, vestiges, arbres couchés, et tous ces cadavres, ces membres arrachés, ces entrailles répandues, le sang en flaques épaisses...

Je n'y voyais plus rien. Toute idée de prudence et de mesure m'avait quittée. Je voulais en finir avec l'Empereur. Je voulais foncer vers son palais et l'ensevelir sous un déluge de flammes. Ma décision était...

Non, dit A'slaan.

Mais je ne l'entendais pas.

Je ne voulais rien entendre. Je voulais oublier ce que je voyais, ne plus me soucier du destin de Gotham, regarder le corps de l'Empereur se racornir dans les flammes.

Mary ?

Une masse sombre chuta droit devant nous en produisant un horrible sifflement. Un instant, je crus qu'il s'agissait d'une pierre tombée du ciel.

Je levai les yeux. Ce n'était pas une pierre.

C'était un corps.

Je me retournai sur ma selle.

D'autres corps pleuvaient, venus des nuées.

Je retins un cri. C'était inimaginable. Il en venait de partout.

Sans que je lui dise rien, A'slaan ralentit l'allure et commença à décrire de longs ovales au-dessus de la baie. Par centaines, les corps s'écrasaient comme des blettes. C'était un spectacle atroce, totalement irréel. D'où venaient-ils ? D'où venaient tous ces morts ?

Je plissai les yeux. Des femmes ! C'étaient des corps de femmes. Et ils étaient tous identiques.

Mary...

Je sursautai. L'un des cadavres venait de s'accrocher à la queue d'A'slaan ; et – non, non ! – il rampait jusqu'à nous.

Une femme aux cheveux embroussaillés. Un regard fou, animé par la fièvre. Au comble de la confusion, mon dragon filait droit vers le large, la nuit de l'océan.

Avec effort, la femme se releva.

– Mary, dit-elle. Ma fille...

Son visage était couvert de sang. Le vent la giflait, mais elle m'offrit une grimace d'affection pathétique.

– Tu n'es pas réelle, dis-je, agitant une main devant mes yeux, tu n'es qu'un fantôme.

La femme se dressa de toute sa hauteur et partit d'un affreux éclat de rire. Ses paroles se détachaient, mêlées aux bourrasques.

– Oh, tu as peut-être raison. Mais que sont les fantômes, Mary, sinon l'expression des remords qui taraudent notre âme ? Viens, mon enfant (et sa voix muait à présent, sa voix se fondait en un murmure empli de gravité, et je reconnaissais avec effroi le timbre de l'Empereur), viens à moi, et je te délivrerai du mal...

Je fermai les paupières.

Quand je les rouvris, l'apparition s'était dissipée, et plus aucun corps ne tombait du ciel. A'slaan frémissait en regagnant la baie. Ses larges ailes claquaient au vent. Une fois de plus, nous nous étions compris.

L'Empereur disait vrai, d'une certaine façon.

Je devais en finir avec les spectres du passé. Les affronter une fois pour toutes.

Longtemps, le souverain attendit sans bouger. Puis, lorsque mon dragon se posa délicatement dans la cour pavée et qu'il me vit baisser la tête et, d'un bond, mettre pied à terre (il avait donné des ordres à sa garde, à l'armée tout entière, pour que personne ne touche ne serait-ce qu'un seul de mes cheveux), il crut comprendre qu'il ne s'était pas trompé sur mon compte et que, sans doute, l'orgueil démesuré qui avait enflé en mon sein au cours des deux derniers mois se révélerait pour moi un ennemi invincible.

Il me regarda approcher. Je devais être fière, à ses yeux, fière et inconsciente, les mains croisées dans le dos, vêtue d'une tunique indienne, mes cheveux roux flamboyant telle une couronne.

Oh, j'étais la terreur et la grâce, je pouvais le croire, je pouvais même me penser investie d'une mission sacrée. Mais, contre *ceci*, contre ce qu'il tenait maintenant entre ses mains, je ne pesais rien, et il me le faisait sentir.

À distance respectable, je m'arrêtai.

– Te voici enfin, mon enfant.

– Je ne suis ici que pour une seule raison, Votre Majesté. Et vous savez laquelle.

Il devait sourire derrière son masque.

– Je suppose que cette – il décrivit l'horizon d'un geste, l'entrepôt flambé, les dragons qui s'extirpaient encore de la verrière –, que cette petite démonstration de force était censée me donner un avant-goût de ton talent unique ?

Je ne répondis pas.

– Des pouvoirs qui t'habitent et te hantent, je n'ai jamais douté, continua l'Empereur d'une voix douce. Tu ressembles à ta mère, en plus arrogante encore.

– Vous ne connaissez rien de ma mère.

– Ah ! Force m'est de reconnaître que ce Van Winkle et sa clique ont produit un travail remarquable. Je présume qu'ils t'ont expliqué quel monstre ils voyaient en moi. Mais qui est le monstre, Mary ? Celui qui attend ici, envers et contre tout ? Celui qui espère toujours ton aide pour libérer le monde – et songe, je t'en conjure, à ce que sera cette Terre quand nous régnerons sur elle ! –, celui qui tue et torture pour servir les intérêts de son peuple et de son histoire, quoi que cela lui en coûte ? Ou celui, ajouta-t-il en soulevant le globe, qui t'envoie ici en te faisant croire que tu pourras vaincre cette... chose ?

– Rip ne savait rien de cet artefact, fis-je d'une voix blanche.

– Rip, comme tu l'appelles, ignorait beaucoup de choses. Mais cela, il le savait. Il me l'a confirmé hier, pendant que les tisons fouillaient sa chair offerte.

– Vous êtes...

– Je suis celui que tu vas servir, Mary Wickford. Le mépris que tu me voues ne peut rien contre l'amour que je te porte depuis toujours.

– Vous ne ferez rien.

L'Empereur descendit une marche.

– Tu as aimé Caleb, n'est-ce pas ? Tu as aimé mon double maudit. Alors pourquoi ne m'aimerais-tu pas, moi ? Pourquoi me refuserais-tu ton aide ?

– J'éprouvais de l'amitié pour le pasteur, oui. Mais, comme lui, vous êtes le demi-frère de ma mère, et cela fait de vous mon oncle par moitié. Ne voyez-vous pas ce que vos sentiments recèlent de sacrilège ? Quant à ce que vous espérez pour ce monde, Votre Majesté, vos fantasmes de pureté et de grandeur, moi, je les nomme chimères. Et je préférerais mourir que vous servir.

– Oh, c'est ce qui arrivera, crois-moi ! C'est ce qui arrivera si tu te refuses à moi. Seulement, tu entraîneras cette ville dans ta chute, Mary. Des milliers de morts sur ta conscience ! Es-tu préparée à supporter ce poids ?

– Donnez-moi ce globe.

– Tends-moi la main, Mary. Viens avec moi de l'autre côté du voile. Montons ensemble jusqu'au sommet du monde.

Sans un mot, je sortis un sabre de derrière mon dos. L'Empereur leva le globe plus haut encore. Une folie joyeuse dansait dans son regard.

– N'approche pas !

– Vous ne le ferez pas ; vous n'êtes pas assez fou.

J'avançai vers lui, bras tendu. J'étais sûre de mon fait.

– Une dernière fois, Mary. Je t'en adjure.

– Je vous le répète, Votre Majesté : je ne vous servirai jamais. Et vous savez, au plus profond de vous, que vous ne pouvez livrer cette ville à la mort.

À cet instant, l'Empereur parut hésiter. Les vestiges d'une sagesse ancienne brillaient dans son regard. Renoncer à l'immortalité ? Il me fixa – ses lèvres frémirent. Puis, comme dans un mauvais rêve, il remonta quelques marches, baissa les paupières...

– NON !

... et fracassa le globe au sol.

Anéantie, je restai quelques secondes à contempler les débris de la sphère, incapable de croire à ce qui venait de se passer. L'Empereur lui-même ne bougeait plus. Il paraissait surpris. Puis, la chose qui s'était répandue à terre se mit à enfler.

Et Sa Majesté fit volte-face.

Contournant le monstre qui grossissait à vue d'œil, je m'élançai à sa poursuite. Un rugissement m'arrêta en pleine course. Je me retournai. Seul dans la cour, A'slaan était encerclé par une armée de spadassins. Essayant de reculer, il émettait des grognements rauques. Je voulus revenir vers lui mais sa voix tonna dans mon esprit.

Non !

Les spadassins se rapprochaient. Ils étaient prêts à le tailler en pièces. Une détermination farouche brillait dans son regard.

Non, répéta sa voix. *Aide-moi autrement.*

Les larmes aux yeux, je pointai ma lame dans sa direction, comme un adieu, puis tournai les talons.

L'Empereur avait déjà disparu. Au sommet de l'escalier, des membres de sa garde m'attendaient. Prenant une courte inspiration, je montai à leur rencontre.

Le premier leva son arme et tira.

La balle retomba à ses pieds. Il la considéra avec surprise. Mon sabre s'était mué en une lame bleu nuit. Je traçai une courbe dans l'air froid. L'homme s'écroula, mortellement blessé.

L'autre tira sa propre épée. Nos aciers s'entrechoquèrent. Coupé net, son acier tinta sur le marbre en fragments.

Tombant à genoux, il implora ma clémence. Je me détournai.

D'un couloir voisin, d'autres soldats venaient de surgir. Des balles furent tirées encore, toutes aussi inutiles ; elles ricochaient sur le marbre. Très vite, les gardes comprirent qu'ils ne pouvaient rien contre moi. En apparence, j'étais invincible.

L'Empereur, je le sentais, se dirigeait vers la tour sacrée. Je parcourus le grand hall comme une flèche, indifférente aux détonations lointaines.

J'avais traversé la cour intérieure et je gravissais

déjà les marches lorsqu'un monstrueux tremblement me fit perdre l'équilibre.

Je me relevai, hébétée. Des statues avaient basculé de leurs socles. Des murs s'étaient fissurés. La bouche ouverte, deux gardes baissèrent les mousquets qu'ils avaient pointés dans ma direction. Ils fixaient un point derrière moi, et leur visage exprimait une frayeur si intense que je dus me retourner à mon tour pour regarder par une meurtrière.

Mon sang se glaça.

C'était...

Je ne pouvais croire ce que j'étais en train de voir.

Il n'existe aucun mot pour décrire ce que c'était, mais si je devais encore une fois fouiller ce recoin maudit de ma mémoire, je parlerais...

Je parlerais d'une chose aussi grande et massive qu'une cathédrale.

Je parlerais d'une chose aux cent, aux mille tentacules, d'un amas pyramidal de pseudopodes et d'yeux perçants aussi gros que des crânes ; j'évoquerais, luisant dans la nuit, le membre immense et écarlate lui servant de visage – un câble tendu vers la lune et produisant une musique inhumaine.

En un instant, toutes les vitres de Gotham volèrent en éclats.

Frappée d'horreur, je reculai.

La créature – Nyarlathotep – tournait le dos au palais et se dirigeait pesamment vers la ville. Ses tentacules fracassaient les maisons, emportant au passage les habitants terrorisés. Je voyais la chose marcher, racler les rues de ses pseudopodes visqueux – leurs chuintements maladifs emplissaient le ciel –, je voyais des milliers de bouches s'ouvrir et se refermer, je voyais des constructions fracassées, des ponts arrachés, une cité en proie aux flammes, et j'étais paralysée.

Nyarlathotep était une insulte aux lois du monde, à ce que devait être le monde, et mes yeux contemplaient, hagards, et mon esprit se refermait. En voyant la chose s'affaler sur une église puis se relever, un clocher de trente pieds fiché dans son flanc, en la regardant saisir le clocher et le planter dans le sol, où il explosa en myriades d'éclats au milieu d'une foule au supplice, j'eus soudain la certitude que l'Empereur lui-même était anéanti. Jamais, sans doute, il n'aurait pu soupçonner un tel déferlement de puissance.

Nous allions tous mourir.

J'avais vomi sans même m'en rendre compte.

La créature se dandinait au-dessus de la ville, déjà grosse comme une colline, et il me semblait qu'elle continuait d'enfler. Affalée dans les avenues, portant à ses bouches avides des grappes d'humains gesticulants, arrachant les arbres, asséchant les canaux de ses souffles délétères, elle progressait par lentes et visqueuses reptations.

Tel un automate, je poursuivis mon ascension. À chaque pas que je faisais, la terre tressautait. Gotham était devenu un charnier, un désastre ouvert à tous les vents, et le monstre tendait son tentacule vers la lune comme pour se repaître de son lait.

Je montai toujours.

Arrêtée devant un vitrail, je vis A'slaan s'envoler et cracher son feu sur la chose, et je vis plusieurs dragons suivre son exemple et attaquer Nyarlathotep avec un courage insensé – mais ils étaient minuscules face à lui, dérisoires sous le ciel de cendres, et leurs offensives devaient lui faire autant de mal que des piqûres de moustique.

C'était moi, pourtant. C'était moi qui guidais le dragon, libéré par mon entremise des spadassins qui avaient cru le tenir, et je sentais ma magie dans son souffle, je sentais cette énergie si longtemps accumulée et contenue, mêlée au désespoir, et, tandis que je continuais de progresser vers le sommet de la tour, mes forces tout entières étaient jetées dans cette bataille, là-haut, au-dessus de la ville, et je savais que je ne pourrais pas tenir très longtemps.

Pour finir, j'atteignis mon but.

Quand je fermais les yeux, j'étais A'slaan, menant les autres dragons au combat, en appelant à leurs instincts les plus profonds.

Quand je les ouvrais, j'étais Mary Wickford, du sang sur les lèvres, les membres engourdis, l'esprit embrumé par une fièvre brûlante.

Dehors, Nyarlathotep semblait avoir atteint sa taille définitive.

Bien qu'il continuât de marcher sur la ville, les attaques des dragons ralentissaient quelque peu sa progression, et il devait dorénavant concentrer son attention sur eux.

Son tentacule, long de plus de cent pieds, fouettait l'air en vagissant. Cette chose était une montagne, absolument : une montagne de matières visqueuses et nauséabondes, un agglomérat contre nature d'organes poisseux, de globes oculaires et de bouches déformées. Le feu des dragons avait beau brûler ces excroissances, il en repoussait d'autres sans cesse, et plusieurs bêtes étaient déjà mortes, pulvérisées sans pitié, agonisant à terre au milieu des rues ou des parcs en flammes, et je les voyais disparaître dans la gueule de Nyarlathotep, avalées par le puits sans fond qui lui tenait lieu de bouche.

J'arrivai dans la salle du trône.

L'Empereur m'attendait, armé d'une rapière. Il avait ôté son manteau et ne portait rien en dessous. Toute une partie de lui était livrée à une peste écœurante ; seul son visage était encore masqué, et je devais affronter ce corps – difforme, vulnérable –, je devais l'affronter sans montrer de pitié.

Je titubais. Ma vision se brouillait. J'étais épuisée, vidée de mon énergie, car tout ce qui vibrait en moi vibrait aussi en A'slaan, et les efforts que mon dragon produisait, seul ou presque face au monstre, dépassaient de très loin ce que j'avais pu imaginer.

Contrairement à ce que j'avais escompté, l'Empereur avait décidé de ne pas faire appel à sa magie. Il s'était servi de ses sortilèges une fois, pour m'amener à lui, et c'était tout. Aujourd'hui, je peux comprendre pourquoi ; je peux comprendre quel formidable instinct de mort palpitait en ses veines : à présent qu'il n'avait plus rien à espérer, il désirait périr de ma main. À cette heure tragique, en revanche, j'étais incapable de réfléchir, de saisir le sens de ses actes, et je me contentais d'avancer, lame flamboyante, attendant mon inéluctable fin.

Les fenêtres du balcon étaient grandes ouvertes. L'Empereur recula, faisant siffler sa lame. Sans attendre, je fondis sur lui. Je n'avais aucune expérience de ce genre de combat – à peine avais-je risqué quelques passes avec Jack dans la forêt de Red Cove – mais je voulais en finir et, par-dessus tout, je savais que le temps jouait contre moi.

Nos lames se heurtèrent. Des étincelles jaillirent. L'Empereur frappait avec calme, sans se dévoiler.

Ses passes étaient fluides, précises, silencieuses. Mes parades étaient vagues, maladroites, trop nerveuses.

À la faveur d'une vive manœuvre, je me glissai derrière lui. Il pivota, mais trop lentement. Je m'apprêtais à frapper lorsqu'un authentique cataclysme ébranla le palais.

Nous nous figeâmes.

Là-bas, dans le lointain, Nyarlathotep était entré dans une fureur destructrice. Il se laissait tomber sur la ville.

Un pan entier du balcon s'était désagrégé dans le vide. Il n'y avait plus de rambarde. Le marbre était hérissé de barres métalliques.

– Qu'avez-vous fait ? dis-je, reculant sans le quitter des yeux. Vous rendez-vous compte de ce que vous avez fait ?

L'Empereur ne répondit pas.

Il s'avança et attaqua encore. Je résistais du mieux que je pouvais, mais mes forces étaient sur le point de m'abandonner. Il frappait de taille, en saccades. Plusieurs fois, je crus ma fin arrivée. Toujours, cependant, je parvenais à parer ses coups, reculant, sautillant, puisant dans mon désespoir grandissant les forces qui me faisaient défaut.

– Te rendras-tu ?

Nous nous jaugeâmes, le souffle coupé. Assurément, l'éclat de son regard flambait derrière la gaze de son voile. Je ne répondis pas. Avec un soupir de résignation, il leva de nouveau sa rapière. Cette fois, il était résolu à en finir.

Ma lame glissa contre la sienne. Je me fendis, trébuchai, retrouvai *in extremis* un semblant d'équilibre. Je devais procéder par bonds arrières et retraites calculées pour maintenir ma position de garde.

L'Empereur effectuait de rapides moulinets. Sa technique était bien supérieure à la mienne. Je parai une fois, deux fois, trois fois, feintai, me fendis. Ce n'était pas suffisant. La lame entailla ma peau. Je gémis.

– Vois, mon enfant. Il faut laver le monde pour qu'il retrouve sa pureté originelle, et la sainteté passe par l'abjection.

– Vous... vous trompez. Vous vous êtes toujours trompé.

Il attaquait, sans se livrer. Son ascendant ne souffrait aucune contestation. Primes, secondes et tierces – je ne pouvais plus tenter la moindre riposte.

Le combat mené par A'slaan m'avait épuisée. Dans un moment de détresse, je compris quelle erreur j'avais commise.

Je reculai.

J'avais voulu mener deux batailles à la fois. J'étais sur le point de tout perdre.

L'Empereur abattit sa lame. Tombée à terre, je m'écartai de justesse. Il frappa une deuxième fois. Je reculai de même, fendant l'air de mon sabre, privée d'énergie.

Nous nous rapprochions de la corniche, ou de ce qu'il en restait. Toutes les issues m'étaient coupées. Sa Majesté frappait avec une régularité mécanique. Ma lame avait perdu sa belle radiance bleutée. Chaque coup, maintenant, pouvait être le dernier. Je ne parvenais plus qu'à retarder l'échéance fatale.

Je crachai ce qui me restait de venin.

– Vous confondez... amour et possession, parvins-je à articuler. Vous prenez l'ordre... pour la bonté.

L'Empereur porta un nouvel assaut. Je fis un pas en arrière et la lame siffla devant mon visage. Je trébuchai. Sans hésiter, mon adversaire me décocha un coup de pied.

Je tombai, lâchai mon sabre. Sa Majesté s'avança et, d'un coup encore, me força à reculer vers le vide. Je me raccrochai à la corniche par une barre de fer fichée dans la pierre.

C'était la fin.

Je me tenais des deux mains. Jetant un œil par-dessus mon épaule, je découvris le vide – des centaines de pieds de vide. Mon dragon avait cessé de combattre, je le sentais. Un vide affreux s'était creusé dans mon cœur.

Nyarlathotep !

Une œuvre de destruction solaire, mais un soleil tout de noirceur, c'était tout ce qu'il me restait à imaginer – la fin de Gotham, des torrents de sang vermeil, des ruisseaux de métal, le vent sur les peaux blanches, la douleur des murailles, les flots en fusion et leurs légions de martyrs, les amoncellements de corps, les pluies de tuiles et de cendres, les pelouses noires et les senteurs de soufre, les os délavés par la fureur d'exhalaisons torrides.

J'avais échoué.

Je levai la tête. L'Empereur aurait pu détacher soigneusement mes doigts, un par un, et me précipiter dans le vide. Au lieu de quoi, avec une lenteur méticuleuse, il souleva son voile.

– Regarde. Vois ce que ce monde a fait de moi.

Mes lèvres frémirent. Ce n'était pas un visage. C'était...

Une moitié de visage.

L'autre moitié manquait, littéralement. À sa place dansait un tourbillon de vide, une chose noire et gazeuse.

Le néant.

À cette seconde, le souvenir de Caleb s'imposa à mon esprit. Sa figure ! J'avais l'impression de la reconnaître, mais comme... comme fendue en son milieu.

Je gémis.

Sa Majesté éclata d'un rire atroce.

– Tu n'aurais pu me tuer, de toute façon. Personne ne peut me tuer. Regarde ! Je suis entré en décomposition et le temps resserre sur moi son étreinte. Qu'importe, je peux bien partir en lambeaux jusqu'à la fin des temps, puisque je suis...

Il leva son sabre. Je fermai les yeux.

– ... ah !

Une détonation avait résonné entre les murs. L'Empereur bascula et tomba par-dessus moi en hurlant.

Au dernier moment, il se raccrocha à ma jambe. Je sentis ses ongles se planter dans ma chair. Ses doigts se refermèrent sur mon mollet et je crus que j'allais lâcher prise. Du sang gouttait dans le vide.

– Nous allons... partir... toi et moi !

Acharné, l'Empereur tenta de remonter le long de ma cuisse. Je serrai les dents. Mes doigts glissaient sur la barre de fer. Je luttai – luttai de toutes mes forces pour qu'il ne m'entraîne pas dans sa chute. Et lui riait tel un dément.

J'allais perdre ce combat. Déjà, je sentais le vent de ma chute, je me voyais m'écraser, avalée par le vide. Un orage écarlate – puis plus rien.

C'est alors qu'une ombre surgit. Déployée, monumentale. Je clignai des yeux. Entendis une voix, à l'orée de ma conscience, un raclement sur la pierre.

Comme par miracle, mon sabre était revenu à ma portée.

Je lâchai une main pour m'en emparer.

L'Empereur s'agrippait à moi avec une énergie farouche. Dans un ultime effort, je parvins à me retourner. J'étais arrivée au bout de mon chemin. Pourquoi chercher à comprendre ? Je levai mon sabre et assénai le coup fatal.

Touché au visage, l'Empereur sombra dans le vide. J'allais le suivre – lorsqu'une main providentielle attrapa mon poignet et me hissa en avant.

Je m'affalai sur la dalle, à demi morte. Je clignai des paupières. Des yeux m'observaient, incrédules. Des yeux que j'avais pensé ne plus jamais revoir.

– Toi !

C'était Thomas Goodwill.

Un dragon nous conduisait vers la nuit. Ce n'était pas le mien. Le mien était mort, et il avait emporté une partie de moi avec lui. Mais la vie avait gagné : je serrais Thomas entre mes bras, accrochée à sa taille, et, en dépit de la haine et du malheur, en dépit de la mort répandue sur le monde, je savais que je tenais là mon salut, une chose infiniment fragile et précieuse.

Thomas Goodwill avait tiré une balle d'eerium. Il avait traversé l'enfer pour me sauver et nous dérivions au-dessus de Gotham saccagée, dans les ténèbres flamboyantes, et tout me semblait horriblement féerique. Je m'accrochais à lui. Je ne voulais rien connaître d'autre.

Nous n'avions pas eu le temps d'avoir peur. Au loin, filant vers le parc Élyséen, nous avions vu le monstre s'affaisser, percuter une muraille, écraser des arbres dans sa chute. La secousse ébranla toutes les avenues alentour. Puis s'étendit sur la ville un incroyable silence.

Notre dragon se posa aux abords des grilles. Thomas sauta à terre et me prit dans ses bras. Il me tapota une joue, me soutint ; j'étais si pâle.

Pour finir, je tombai à genoux.

Au bout de la rue, des soldats de la garde s'étaient précipités. Ils s'arrêtèrent en nous apercevant. Thomas avait levé son arme vers eux. Les hommes ne réagirent pas. Ils avancèrent, humant l'air vicié de la nuit. Des panaches de fumée se dispersaient vers les étoiles. Toujours ce silence, seulement troublé par les cris du lointain et le crépitement des flammes.

Nyarlathotep avait quitté ce monde : son œuvre de destruction achevée, son maître mort, il s'était rétracté sur lui-même en quelques secondes et s'en était retourné vers les abysses. Effarés, les habitants l'avaient vu fondre et se répandre dans les rues en une espèce de boue acide qui, en dernier lieu, s'était évaporée. Des centaines, des milliers de gens étaient morts, mais Gotham était libérée. Gotham se réveillait du plus violent des cauchemars.

Les gardes reprirent leur route. Où allaient-ils ? J'ignore s'ils m'avaient reconnue ou si mon état pitoyable les avait dissuadés de me prêter plus d'attention que je n'en méritais, mais ils étaient passés devant moi et s'étaient dispersés dans une venelle adjacente.

J'entrai dans le parc. J'avais repéré les restes du bûcher. Cette partie des jardins s'était trouvée relativement épargnée, si l'on exceptait les quelques cadavres qui la jonchaient. Soudain, des larmes jaillirent de mes yeux.

– Mary ?

Thomas courut vers moi. Nos mains se joignirent tandis que je levai les yeux vers le poteau où, imaginais-je, Rip Van Winkle avait vécu ses derniers instants.

Où errait-il, à présent ?

Quels gouffres avides contemplaient ses pupilles malicieuses ?

– Viens, fit Thomas en me prenant par le bras. Nous ferions mieux de partir.

Partir...

Les Domilites s'en étaient allées ; leur ennemi abattu, elles avaient rejoint en processions souterraines les eaux noires de l'Atlantique, avec au cœur la prescience de mondes nouveaux, d'horizons inversés, au-delà de la mort.

Elles savaient : contrairement à nous, sans doute.

Dans les jours qui suivirent, après m'être entretenue avec de nombreux habitants de Gotham, après avoir ouvert les portes de cachots oubliés, ou serré contre mon sein ma bonne Anna éplorée (sans parler des sœurs de l'orphelinat qui avaient pu prendre la fuite, ni de Jack, de Jonathan, de Nicketti et des autres – sans parler de Gerardus, qui avait survécu à ses blessures), je me rendis compte en effet que la plupart des rescapés demeuraient incapables d'affronter le poids terrible des événements, et préféraient croire, d'une certaine façon, qu'ils avaient rêvé.

Mais comment leur en vouloir ?

Pour l'heure, la nuit étendait son châle ombreux sur la ville meurtrie. Thomas me ramena à son dragon. Le mien devait reposer quelque part sur la grève, des songes troublés s'échappant en rubans de ses mâchoires mi-closes. Il s'était battu avec un courage exemplaire. Je l'avais senti mourir.

Moi, je n'avais perdu que mon sang.

Thomas joignit ses mains en coupe pour m'aider à grimper. Je m'affalai sur la selle. Il se hissa à son tour ; je posai ma tête sur son dos.

Plus tard, j'allais retrouver Nicketti. Plus tard, Gerardus se traînerait à mes genoux, implorerait mon pardon (« Oh, Mary, jamais je n'ai pu vous avouer mon inquiétude – votre talent étrange, votre appétit vital, et vous savoir partie dans les contrées de l'Esprit, vous, si frêle encore – oh, vous devez me trouver ridicule... »), et je le relèverais pour le serrer dans mes bras, et nous porterions les restes brûlés du corps de Rip Van Winkle, trouvé sous un bosquet, jusqu'à la mer oublieuse et froide. Mais en cette minute, je ne pouvais que fermer les yeux.

Je ne savais pas, alors.

Je refusais d'utiliser mes pouvoirs pour lire l'avenir.

Pleurer nos morts enfin ! Avec des larmes de joie, installés au fond d'auberges lointaines, pleurer nos souvenirs, debout devant des lacs, arpentant des forêts douces, évoquant le futur au milieu des plaines, serments et sortilèges, poussières et paroles, grimoires dorés de la Fraternité – c'est ce que nous ferions, dans les semaines à venir.

Plus tard, bien plus tard encore, Jonathan m'apprendrait des langues inconnues, Nicketti quitterait l'Amérique et traverserait l'océan, Jack deviendrait le parrain de mon fils – mon premier enfant, quelle fierté ! – et nous gagnerions l'Angleterre à notre tour.

En cet instant, toutefois, je ne savais rien de cela encore, et ce n'était pas très important. Les mains posées sur mes joues, Thomas Goodwill me regardait droit dans les yeux.

J'avais appris à connaître l'ennemi. Après quoi j'avais fui.

Et j'avais combattu.

– T'aimer – que puis-je faire d'autre, Mary ?

– J'ai besoin de ta chaleur.

Nous avions murmuré ces mots d'un même souffle. Avec une délicatesse dont je ne l'aurais jamais cru capable, Thomas posa ses lèvres sur les miennes.

– Merci, dit-il encore.

Je contemplai son visage avec étonnement.

– Merci ? Mais c'est toi qui...

Il se retourna en secouant la tête. Notre dragon reprit son envol. La ville était en flammes, mais des hommes sortaient de la pénombre, des hommes déjà s'activaient à réparer, à reconstruire. Nous frôlâmes les cimes du parc Élyséen – ce qu'il en restait. À l'extrémité de mon champ de vision, les vestiges du bûcher oscillaient telle une vision spectrale ; il flottait dans l'air une odeur de brûlé et de mort.

Une autre vie commence, Mary Wickford.

Je me penchai sur les ruines du parc. Ma vision se brouillait. Était-ce un sourire, dans les branches desséchées ? Était-ce une caresse, perdue dans la ouate calcinée des fumées ? Étaient-ce leurs ombres à tous les deux, Lisbeth et Rip, Rip et Lisbeth, la masse souple d'A'slaan trottant à leurs côtés, étaient-ce leurs mains qui se joignaient enfin tandis qu'ils disparaissaient sur le sentier d'herbes grises, et tous les morts à leur suite, joie et présages mêlées, espoirs et tristesses, pouvais-je ne voir en ces mirages que l'étoffe légère de ma vie intérieure, ou bien était-ce cela, finalement, que je devais appeler magie ?

Épilogue

« La nuit tombe sur Londres et une pluie fine bat au carreau.

Mary Goodwill née Wickford s'est endormie devant son secrétaire en bois de cerisier, une plume serrée entre ses doigts.

Depuis des semaines, elle travaille dans cette petite chambre sous la mansarde et, bien que nous n'en parlions que fort rarement et qu'elle m'ait gentiment interdit l'accès à son cabinet de travail, je sais très bien ce qu'elle manigance.

On dirait qu'elle en a terminé. Je n'ai pas lu encore ce qu'elle avait écrit (je n'ai pas eu le courage de me dispenser pleinement de sa permission) mais j'ai parcouru quelques pages au hasard, quelques feuillets de-ci de-là, et cela m'a suffi à comprendre que sa mémoire, comme la mienne d'ailleurs, était une plante des plus vivaces.

J'ai écrit, moi aussi. Mon histoire est différente et, pourtant, elle raconte la même chose. Peut-être comparerons-nous nos versions un jour ou l'autre. Cela pourrait être instructif.

En attendant, je sais ce qui nous lie.

L'amour.

L'amour est un trésor et cette femme en est le

parfait réceptacle : le coffre serti de diamants que convoitent tous les pirates véritables.

Mary m'a ensorcelé.

Il semblerait que ses belles et mortelles ancêtres – loués soient leurs noms – aient toujours produit chez les êtres qu'elles rencontraient un effet comparable. Elles sont de ces femmes qui font naître les passions et les doutes, les cataclysmes et les guerres. Elles sont de ces femmes qui font naître les histoires.

Thomas Goodwill
Londres, automne 1785.

Découvrez l'aventure de Thomas Goodwill, le pirate aux quatre vies...

Vous avez aimé La Malédiction d'Old Haven ? *Retrouvez la flamboyante Mary Wickford, et ne manquez pas la suite de ses aventures dans :*

Le Maître des dragons *(parution automne 2010)*

Le Maître des dragons

C'est d'abord un coup léger, à peine un murmure. Puis un deuxième, plus ferme. Au troisième, mes élèves sursautent. L'un d'eux se gratte la nuque.

– Maître, quelles sont ses chances de devenir adulte ?

Je me redresse en époussetant ma veste ; mon regard s'attarde sur la pelouse du parc. Par-delà la ligne des ormes, un soleil fauve s'abîme. Bientôt, le ciel de Londres s'embrasera. Du bout de ma canne, je désigne l'œuf, le bouscule doucement.

– Celui-ci vivra, c'est une certitude. Mais l'exemple est mal choisi. Lorsqu'un petit vient au monde en milieu naturel, il est confronté à toutes sortes de dangers. Ainsi que nous l'avons observé, une femelle ne pond généralement que deux ou trois œufs ; en pratique, il est rare que plus d'un nouveau-né atteigne les six mois. Les premières semaines sont donc cruciales. William, quels sont selon vous les principaux prédateurs du dragon ?

– Les... euh, les ours ?

Rires nourris dans l'assistance. Rougissant, l'élève baisse la tête. Je pose une main sur son épaule.

– Réfléchissez, William : pensez-vous sincèrement qu'un ours sain d'esprit s'aventurerait de son plein gré dans l'antre d'un reptile de sept tonnes ?

L'intéressé essaie de disparaître sous terre. Je toise les autres.

– Une meilleure réponse ?

Mes élèves se raclent la gorge. M'accroupissant, je caresse la coquille ivoirine, veinée de jade.

– En théorie, seuls les humains représentent un danger pour le dragon. À cet égard, le petit est en sécurité tant qu'il reste auprès de sa mère. Mais il est un autre ennemi dont il oublie parfois de se méfier : lui-même. Dès trois mois, les dragonnets s'aventurent hors du nid alors que leur sens de l'orientation est encore très approximatif. Et il arrive qu'ils se perdent. Qu'ils ne reviennent pas.

Les élèves opinent. Au centre du cercle, l'œuf tressaute.

– Parlez-nous des hommes, Maître.

Barry vient de croiser les bras. Le plus doué de mes pupilles. Dans ses prunelles, j'en jurerais, brille une lueur de défi : il sait qui j'ai été.

Serrant le pommeau de ma canne, je le fixe sans ciller.

– Les hommes savent détruire, dis-je, aucun doute là-dessus. Nul ne songera à nier le néfaste désir de puissance que la vue d'un dragon peut éveiller en eux. Mais le dompteur véritable apprend avant tout à écouter, à s'oublier. Et pour s'oublier soi-même, il faut d'abord se connaître. Comprenez-vous, Barry ?

Le jeune garçon acquiesce sans conviction. À son tour, il passe une main sur la coquille, et je sens l'exaltation frémir en lui.

– Continuez à observer cet œuf, fais-je en me tournant vers le manoir. Contrairement à ce que l'on pourrait penser, il n'éclora pas avant demain. Soyez témoin de la lutte. Admirez l'appétit.

Projetant ma canne en avant, je m'engage sur l'allée gravillonnée. Ce matin, j'ai enfin pris ma décision : je vais écrire l'histoire de mes débuts. Je vais l'écrire, ajoutant à mes pages nouvelles le récit de mon enfance rédigé à l'époque – ce que j'appelais le *Conte de ma jeunesse* –, parce que je veux que l'on sache ce que devenir un homme signifie.

Des mois durant, il m'a semblé que je ne devais ces chroniques qu'à une personne. Une femme a partagé mes aventures. Elle m'a sauvé la vie, et j'ai sauvé la sienne. Nous sommes aussi liés que deux êtres peuvent l'être. Pour autant, elle ne sait pas tout.

Il y a quelques jours, alors que nous discutions elle et moi, je me suis rappelé une ancienne promesse : « Jamais de secrets l'un pour l'autre. »

Aujourd'hui, tandis que la nuit enveloppe Londres tel un cocon et que, d'une main se voulant ferme, je trace ces premières lignes sur la blancheur du papier, les portes de ma mémoire s'ouvrent pareilles à des digues, et tout me revient : l'odeur de la poudre et le fracas des lames, les courses perdues et les forêts gorgées de lune.

Et soudain je réalise que ce n'est pas seulement pour elle que j'écris cette histoire.

Parvenu au sommet des marches, je passe un doigt sur la plaque cuivrée jouxtant la porte du manoir.

École des maîtres dragons
Londres

Puis je regagne mes appartements et, ouvrant grand les fenêtres, me poste à mon balcon.

L'air tiède exhale des parfums de rose. Mes doigts

perclus d'arthrose se crispent sur le garde-fou d'or ciselé.

Là-bas, autour du dragon qui va naître, mes élèves se pressent. Heureux soient-ils, eux qui voient encore l'existence comme un jardin sans clôture. Heureux soient-ils avant l'heure des choix qui nous scellent.

Composition réalisée par NORD COMPO

Achevé d'imprimer en septembre 2009, en France sur Presse Offset par
Maury-Imprimeur - 45330 Malesherbes
N° d'imprimeur : 148906
Dépôt légal 1re publication : octobre 2009
Librairie Générale Française - 31, rue de Fleurus - 75278 Paris Cedex 06